STEVEN ERIKSON

Das Spiel der Götter 12

Buch

Rhulad Sengar, der unsterbliche Herrscher der Tiste Edur, ist am Ziel seiner Wünsche angelangt: Er sitzt auf dem Königsthron von Letheras, herrscht über Tiste Edur und Letherii gleichermaßen. Doch seine durch zahllose Tode und Wiedergeburten erkaufte Unsterblichkeit treibt ihn immer weiter in den Wahnsinn und macht ihn blind für das, was um ihn herum geschieht. Und so bekommt er davon, dass der korrupte Triban Gnol, der schon dem König der Letherii als Kanzler diente, ein Netz von Intrigen spinnt, genauso wenig mit wie von den Machenschaften und Säuberungen der Geheimpolizei. Und auch der Abtrünnige, jener uralte Gott, der auf seine ureigene Weise jahrhundertelang über Lether gewacht hat, kann plötzlich die Zukunft nicht mehr erkennen. Er weiß nur eines: Die Zukunft hält nicht nur Gutes für Lether, seinen Herrscher und seine Bewohner bereit, denn an den Grenzen sammeln sich alte und neue Feinde – und an Bord der Schiffe der heimkehrenden letheriischen Flotte befinden sich zwei der gefährlichsten Wesen, die die Welt jemals gesehen hat …

Autor

Steven Erikson, in Kanada geboren, lebte viele Jahre in der Nähe von London, ehe er vor einiger Zeit in seine Heimat nach Winnipeg zurückkehrte. Der Anthropologe und Archäologe feierte 1999 mit dem ersten Band seines Zyklus »Das Spiel der Götter« nach einer sechsjährigen akribischen Vorbereitungsphase seinen weltweit beachteten Einstieg in die Liga der großen Fantasy-Autoren.

Als Blanvalet Taschenbuch von Steven Erikson lieferbar:

DAS SPIEL DER GÖTTER: 1. Die Gärten des Mondes. Roman (24932), 2. Das Reich der Sieben Städte. Roman (24941), 3. Im Bann der Wüste. Roman (24940), 4. Die eisige Zeit. Roman (24997), 5. Der Tag des Sehers. Roman (24998), 6. Der Krieg der Schwestern. Roman (24271), 7. Das Haus der Ketten. Roman (24292), 8. Kinder des Schattens. Roman (24298), 9. Gezeiten der Nacht. Roman (24403), 10. Die Feuer der Rebellion (24469), 11. Die Knochenjäger (24499)

Steven Erikson

Der goldene Herrscher

Das Spiel der Götter 12

Roman

Aus dem Englischen
von Tim Straetmann

blanvalet

Die englische Originalausgabe erschien 2006
unter dem Titel »Malazan Vol. 7: Reaper's Gale Part 1«
bei Bantam/Transworld

Verlagsgruppe Random House FSC-DEU-0100
Das für dieses Buch verwendete FSC-zertifizierte Papier
Holmen Book Cream liefert Holmen Paper, Hallstavik, Schweden.

1. Auflage
Deutsche Erstausgabe Oktober 2009 bei Blanvalet,
einem Unternehmen der Verlagsgruppe
Random House GmbH, München.

Umschlaggestaltung: HildenDesign München
Umschlagfoto: © Raymond Swanland, Berkeley
Redaktion: Sigrun Zühlke
HK · Herstellung: RF
Satz: deutsch-türkischer fotosatz, Berlin
Druck und Einband: GGP Media GmbH, Pößneck
Printed in Germany
ISBN: 978-3-442-26556-5

www.blanvalet.de

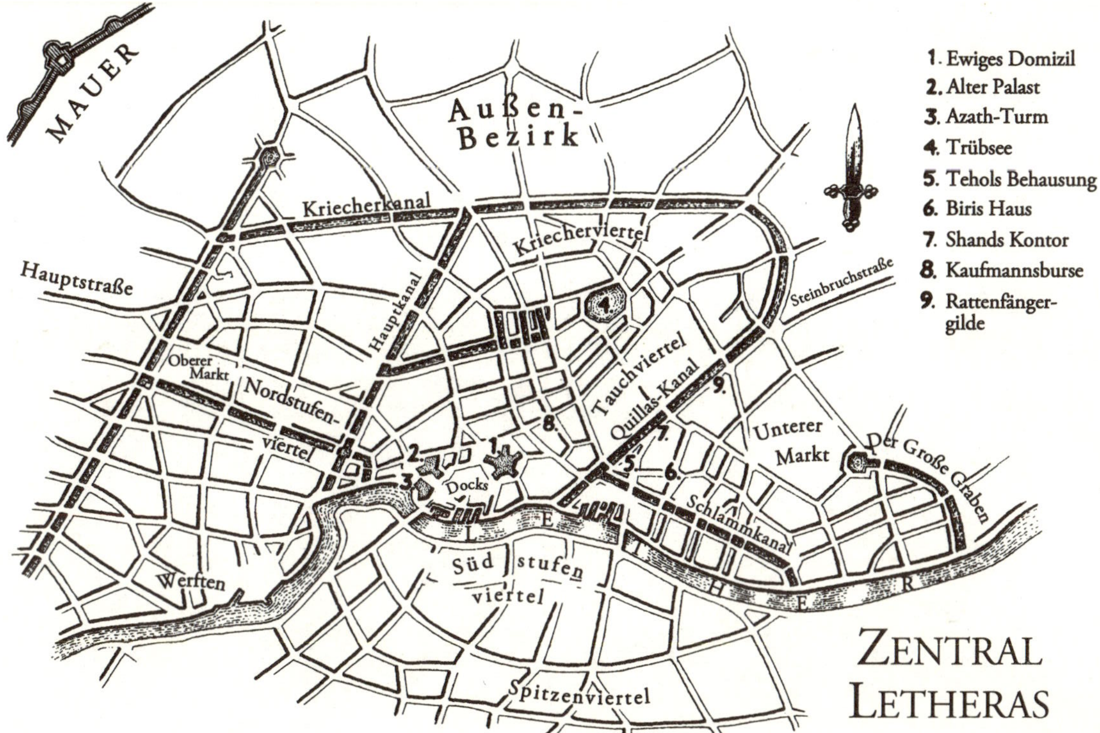
ZENTRAL LETHERAS
1. Ewiges Domizil
2. Alter Palast
3. Azath-Turm
4. Trübsee
5. Tehols Behausung
6. Biris Haus
7. Shands Kontor
8. Kaufmannsburse
9. Rattenfänger-gilde
MAUER
Außen-Bezirk
Kriecherkanal
Kriecherviertel
Hauptstraße
Hauptkanal
Steinbruchstraße
Tauchviertel
Quillas-Kanal
Oberer Markt
Nordstufen-viertel
Unterer Markt
Der Große Graben
Docks
Schlammkanal
LETHERE
Süd stufen viertel
Werften
Spitzenviertel

Prolog

Das Ältere Gewirr Kurald Emurlahn
Das Zeitalter des Zerbrechens

Sechs Drachenkadaver bildeten inmitten einer von Gram zerrissenen Landschaft eine unregelmäßige Linie, die tausend oder mehr Schritte weit in die Ebene hinausreichte – zerfetzte Körper, aus denen gebrochene Knochen ragten, weit aufklaffende Mäuler, ausgetrocknete Augen. Wo ihr Blut auf die Erde geströmt war, hatten sich Gespenster versammelt wie Fliegen um Saft und waren kleben geblieben; sie wanden sich und stießen verzweifelte, hohl klingende Rufe aus, während das Blut dunkler wurde und mit dem unbelebten Boden verschmolz. Als es schließlich fest wurde und zu glasigem Gestein aushärtete, waren diese Geister zu ewiger Gefangenschaft in dem trüben Gefängnis verdammt.

Die nackte Kreatur, die den unebenen Pfad kreuzte, den die gefallenen Drachen erzeugt hatten, konnte es an Masse mit ihnen aufnehmen, doch sie war erdgebunden und ging auf zwei krummen Beinen, deren Oberschenkel so dick waren wie die Stämme tausendjähriger Bäume. Ihre Schultern waren so breit, wie ein Tartheno Toblakai groß war. Über einem dicken Hals, der unter einer Mähne aus glänzenden Haaren verborgen war, ragte die Vorderpartie des Kopfes weit nach vorn – Stirn, Wangen- und Kieferknochen –, und die in tiefen Höhlen liegenden Augen hatten tiefschwarze Pupillen, umgeben von schillerndem Weiß. Die großen Arme waren unverhältnismäßig lang, die gewaltigen Hände schleiften beinahe über den Boden. Die Hängebrüste der Kreatur waren groß und fahl. Sie schritt an den zerfetzten, verwesenden Kadavern vorbei, mit merkwürdig fließenden und ganz und gar nicht schwerfälligen Bewegungen, und es war zu erkennen, dass all ihre Gliedmaßen mit zusätzlichen Gelenken ausgestattet waren.

Ihre Haut hatte die Farbe sonnengebleichter Knochen, die zum Ende der Arme hin dunkler bis zu einem geäderten Rot wurde. Blutergüsse umgaben die Knöchel, ein Netzwerk aus zerfetztem Fleisch, in dem hier und da der Knochen durchschimmerte. Diese Hände hatten offensichtlich Schaden genommen – eine Folge der verheerenden Schläge, die sie ausgeteilt hatten.

Die Kreatur blieb stehen, legte den Kopf in den Nacken und blickte nach oben zum Himmel, wo drei Drachen inmitten der brodelnden Wolken dahinglitten, noch einmal kurz zwischen den Rauchschwaden der sterbenden Sphäre auftauchten und dann in ihnen verschwanden.

Die Hände der erdgebundenen Kreatur zuckten, und ein tiefes Grollen drang aus ihrer Kehle.

Nach einer langen Pause setzte sie ihre Reise fort.

Am letzten toten Drachen vorbei zu einer Stelle, an der eine Hügelkette aufragte. Im größten dieser Hügel klaffte ein Spalt, als hätte eine riesige Hand ihm das Herz herausgerissen, und in dieser Kluft wütete ein Riss, eine Verwerfung des Raums, aus der in perlmuttartigen Strömen Macht quoll. Die Bösartigkeit dieser Energie zeigte sich daran, wie sie die Ränder des Felsspalts verschlang und sich wie Säure in das Gestein der uralten Berme fraß.

Der Riss würde sich bald schließen, und derjenige, der als Letzter hindurchgegangen war, hatte versucht, das Tor hinter sich zu versiegeln. Doch diese Art von Heilung ließ sich niemals eilends bewirken, und so blutete diese Wunde stets von Neuem.

Ohne auf die Bosheit zu achten, die aus dem Riss strömte, trat die Kreatur näher. Unmittelbar davor blieb sie noch einmal stehen und drehte sich um, blickte zurück auf den Weg, den sie gekommen war.

Drachenblut, das zu Stein verhärtete. Waagerechte Schlieren der Substanz hatten bereits begonnen, sich von der umgebenden Erde zu lösen, sich an den Rändern zu erheben und merkwürdig zusammenhanglose Wände zu formen. Einige begannen dann zu versinken und aus dieser Sphäre zu verschwinden. Sie fielen durch Welt um Welt, um schließlich, fest und undurchdringlich, in anderen Sphären wieder zu erscheinen, abhängig vom Aspekt ihres Blutes. Dies waren unbestreitbare Gesetze. Starvald Demelain, das Blut der Drachen und der Tod des Blutes.

In der Ferne hinter der Kreatur wand sich Kurald Emurlahn, die Sphäre des Schattens, die erste Sphäre, die aus der Vereinigung von Dunkel und Licht geboren worden war, in Todeskrämpfen. Weit entfernt tobten die Bürgerkriege weiter, während anderswo das Zersplittern bereits begonnen hatte und große Teile des Gewebes dieser Welt weggerissen wurden, losgelöst, verloren und aufgegeben – um entweder allein zu heilen oder zu sterben. Doch noch immer kamen Eindringlinge hier an, wie Aasfresser, die sich um einen gefallenen Giganten versammelten, und sie rissen sich ihre eigenen Stücke aus der Sphäre. Vernichteten einander in heftigen Kämpfen um die Fetzen.

Niemand – wirklich niemand – hatte sich vorstellen können, dass eine ganze Sphäre auf diese Weise zu Grunde gehen könnte. Dass die bösartigen Taten ihrer Bewohner *alles* zerstören könnten. Welten lebten weiter, das war der Glaube gewesen – die Annahme –, unabhängig davon, was jene, die auf ihnen lebten, taten. Zerfetztes Gewebe heilt, der Himmel klart auf, und etwas Neues kriecht aus dem brackigen Dreck.

Aber nicht dieses Mal.

Zu viele Mächte, zu viel Verrat, zu gewaltige, alles verschlingende Verbrechen.

Die Kreatur richtete den Blick wieder auf das Tor.

Und dann trat Kilmandaros, die Ältere Göttin, hindurch.

Die vernichtete Domäne der K'Chain Che'Malle
nach dem Fall von Silchas Ruin

Bäume barsten in der bitteren Kälte, die sich – unsichtbar, aber dennoch wahrnehmbar – wie ein Leichentuch auf den verwüsteten Wald herabsenkte.

Mühelos konnte Gothos den Spuren folgen, die das wiederholte Aufeinandertreffen zweier Älterer Götter mit dem Wechselgänger-Drachen hinterlassen hatte, und während der Jaghut den Pfad der Verwüstung entlangschritt, brachte er die brutale Kälte von Omtose Phellack mit, dem Gewirr des Eises. *Ich besiegle unsere Abmachung, wie du mich gebeten hast, Mael. Ich sperre die Wahrheit an diesem Ort ein, damit sie mehr bleibt als einfach nur eine Erinnerung. Bis zu jenem Tag, an dem Omtose Phellack selbst zerschmettert werden wird.* Gothos dachte müßig darüber nach, ob es eigentlich jemals eine Zeit gegeben hatte, in der er geglaubt hatte, dass dies niemals passieren würde. Dass die Jaghut – in all ihrem vollkommenen

Glanz – einzigartig waren, dass sie ewig herrschen, ewig triumphieren würden. Eine unsterbliche Zivilisation, während alle anderen zum Untergang verdammt waren.

Nun, es war möglich. Schließlich hatte er einst auch geglaubt, dass alles, was existierte, der gütigen Kontrolle einer fürsorglichen Allmacht unterstand. *Und die Grillen existieren, um uns in den Schlaf zu singen.* Er konnte unmöglich sagen, welche närrischen Ideen noch vor all diesen Jahrtausenden in sein junges, naives Hirn gekrochen sein mochten.

Aber dem war natürlich nicht mehr so. Dinge enden. Arten sterben aus. Jeder Glaube an irgendetwas anderes war eine Täuschung, das Produkt eines entfesselten Egos, der Fluch extremer Selbstüberschätzung.

Also – was glaube ich jetzt?

Er würde sich kein melodramatisches Lachen als Antwort auf diese Frage gestatten. Warum auch? Es war niemand in der Nähe, der es zu würdigen gewusst hätte. Das galt auch für ihn selbst. *Ja, ich bin dazu verflucht, mit mir vorliebnehmen zu müssen.*

Es ist ein persönlicher Fluch.

Und das sind die besten.

Er stieg einen gebrochenen, zerrissenen Hang hinauf, eine gewaltsame Erhebung von Grundgestein, wo sich eine große Spalte aufgetan hatte, an deren senkrechten Wänden bereits der Frost glitzerte, als Gothos ihren Rand erreichte und nach unten blickte. Irgendwo da unten in der Dunkelheit stritten zwei Stimmen lautstark miteinander.

Gothos lächelte.

Er öffnete sein Gewirr, nutzte einen Bruchteil seiner Macht, um sich langsam auf die düstere Sohle der Kluft hinabsinken zu lassen.

Als Gothos sich näherte, verstummten die beiden Stimmen, so dass nur ein rasselndes, zischendes, langsam pulsierendes Geräusch übrig blieb – Ein- und Ausatmen im Rhythmus wogenden Schmerzes – und der Jaghut hörte, wie etwas seitlich von ihm Schuppen über Gestein schabten.

Er ließ sich auf einem Haufen Felstrümmer nieder, ein paar Schritte von der Stelle entfernt, wo Mael stand, während zehn Schritt weiter hinten die mächtige Gestalt von Kilmandaros aufragte, deren Haut – auf eine irgendwie krankhafte Weise – schwach leuchtete. Sie hatte die Hände zu Fäusten geballt, was ihr unmenschliches Gesicht noch streitsüchtiger wirken ließ.

Scabandari, der Wechselgänger-Drache, war in eine Höhlung in der Seite der Felswand getrieben worden, wo er jetzt hockte; seine zersplitterten Rippen machten ihm zweifellos jeden Atemzug zur Qual. Ein Flügel war zerschmettert und halb abgerissen. Eine seiner Hintergliedmaßen war eindeutig gebrochen; Knochen ragten aus dem Fleisch. Seine Flucht war zu Ende.

Die beiden Älteren beäugten nun Gothos, der vortrat und dann das Wort ergriff. »Es ist mir immer wieder eine große Freude«, sagte er, »wenn ein Verräter seinerseits verraten wird. Wie in diesem Fall, wo seine eigene Dummheit ihn verraten hat. Was sogar noch erfreulicher ist.«

»Das Ritual … bist du fertig damit, Gothos?«, fragte Mael, der Ältere Gott der Meere.

»Mehr oder weniger.« Der Jaghut richtete den Blick auf Kilmandaros. »Ältere Göttin. Deine Kinder in dieser Sphäre haben sich verirrt.«

Die große, ungeschlachte Frau zuckte die Schultern. »Sie verirren sich immer, Jaghut.« Ihre Stimme war leise und melodisch.

»Und warum tust du nichts dagegen?«

»Warum tust du nichts?«

Gothos zog eine schmale Augenbraue hoch und lächelte, bleckte seine Hauer. »Ist das eine Aufforderung, Kilmandaros?«

Sie sah zu dem Drachen hinüber. »Ich habe keine Zeit für so etwas. Ich muss nach Kurald Emurlahn zurückkehren. Ich werde ihn jetzt töten …« Sie trat einen Schritt vor.

»Das darfst du nicht«, sagte Mael.

Kilmandaros starrte ihn an. Die großen Hände öffneten sich und schlossen sich dann wieder zu Fäusten. »Das sagst du andauernd, du gekochte Krabbe.«

Schulterzuckend drehte Mael sich zu Gothos um. »Erkläre es ihr bitte.«

»Wie oft möchtest du in meiner Schuld stehen?«, fragte ihn der Jaghut.

»Ach – also wirklich, Gothos!«

»Nun denn. Kilmandaros. Durch das Ritual, das sich nun auf dieses Land herabsenkt, auf die Schlachtfelder und die hässlichen Wälder, wird der Tod selbst geleugnet. Wenn du den Tiste Edur hier tötest, wird seine Seele aus seinem Körper gelöst, aber sie wird bestehen bleiben – und ihre Macht wird nur unbedeutend geschmälert sein.«

»Ich habe vor, ihn zu töten«, sagte Kilmandaros mit ihrer sanften Stimme.

»Dann«, antwortete Gothos, und sein Lächeln wurde breiter, »wirst du mich brauchen.«

Mael schnaubte.

»Warum sollte ich dich brauchen?«, fragte Kilmandaros den Jaghut.

Er zuckte die Schultern. »Ein Finnest muss vorbereitet werden. Um die Seele dieses Wechselgängers zu beherbergen … um sie gefangen zu halten.«

»Also gut, dann mach halt einen.«

»Als Gefallen für euch beide? Ich glaube nicht, Ältere Göttin. Nein, leider ist es genauso wie bei Mael hier. Du musst anerkennen, dass du in meiner Schuld stehst.«

»Ich habe eine bessere Idee«, sagte Kilmandaros. »Ich zerquetsche deinen Schädel zwischen Daumen und Zeigefinger und stopfe deinen Kadaver dann Scabandari in den Rachen, so dass er an deinem wichtigtuerischen Ich erstickt. Das wäre doch ein passender Abgang für euch beide.«

»Göttin, du bist im Alter verbittert und reizbar geworden«, sagte Gothos.

»Das ist keine Überraschung«, anwortete sie. »Ich habe den Fehler gemacht, zu versuchen, Kurald Emurlahn zu retten.«

»Warum machst du dir überhaupt diese ganze Mühe?«, wollte Mael von ihr wissen.

Kilmandaros bleckte zackige Zähne. »Dieses Geschehen ist … höchst unwillkommen. Du kannst deinen Kopf gerne wieder in den Sand stecken, Mael, aber ich warne dich: Der Tod einer Sphäre birgt die Aussicht auf die Zukunft aller anderen Sphären.«

»Wie du meinst«, antwortete der Ältere Gott nach einem Moment des Schweigens. »Und ich gebe zu, dass diese Möglichkeit besteht. Auf jeden Fall verlangt Gothos eine Entschädigung.«

Die Fäuste öffneten sich und schlossen sich dann wieder. »Also gut. Und jetzt mach einen Finnest, Jaghut.«

»Das hier wird genügen«, sagte Gothos. Er griff in einen Riss seines zerfetzten Hemds und brachte einen kleinen Gegenstand zum Vorschein.

Die beiden Älteren starrten ihn einige Zeit lang an, dann gab Mael ein undeutliches Geräusch von sich. »Ja, jetzt verstehe ich. Eine ziemlich seltsame Entscheidung, Gothos.«

»Ich treffe immer seltsame Entscheidungen«, erwiderte der Jaghut. »Also dann, mach weiter, Kilmandaros – bereite dem armseligen Dasein dieses Wechselgängers auf deine feinsinnige Weise ein Ende.«

Der Drache fauchte und schrie vor Wut und Angst, während die Ältere Göttin auf ihn zuschritt.

Als sie Scabandari die Faust gegen den Schädel schmetterte und dabei die Stelle traf, wo die Augenbrauenwülste sich vereinigten, dröhnte das Krachen der dicken Knochen wie ein Klagelied durch die Kluft, und Blut spritzte von den Knöcheln der Göttin, so fest hatte sie zugeschlagen.

Der zerschmetterte Schädel des Drachen fiel schwer auf das geborstene Grundgestein, und unter dem zusammensackenden Körper breitete sich eine Pfütze aus.

Kilmandaros wirbelte herum und blickte Gothos an.

Er nickte. »Ich habe den armen Kerl.«

Mael trat auf den Jaghut zu, streckte eine Hand aus. »Dann werde ich den Finnest jetzt mitnehmen …«

»Nein.«

Jetzt blickten beide Älteren Gothos an, der erneut lächelte. »Die Bezahlung der Schuld. Das gilt für euch beide. Ich beanspruche den Finnest, die Seele von Scabandari für mich selbst. Wir sind quitt. Gefällt euch das nicht?«

»Was hast du vor – was willst du mit ihm machen?«, wollte Mael wissen.

»Das habe ich noch nicht entschieden, aber ich versichere euch, es wird auf höchst merkwürdige Weise unangenehm sein.«

Kilmandaros ballte die großen Hände erneut zu Fäusten und hob sie etwas. »Ich bin geneigt, dir meine Kinder auf den Hals zu hetzen, Jaghut.«

»Wirklich zu dumm, dass sie sich verirrt haben.«

Keiner der beiden Älteren sagte noch irgendetwas, während Gothos die Felsspalte verließ. Es bereitete ihm immer wieder Vergnügen, diese tattrigen alten Wracks mitsamt ihrer ganzen ergrauten, brutalen Macht auszutricksen. Nun, es war ein flüchtiges Vergnügen.

Und das sind die besten.

Als Kilmandaros zu dem Riss zurückkehrte, fand sie eine andere Gestalt dort stehen. Weißhaarig, in einen schwarzen Umhang gehüllt. Die Brauen nachdenklich gewölbt, den Blick auf den zerfetzten Spalt gerichtet.

War er kurz davor, das Tor zu durchschreiten, oder wartete er auf sie? Die Ältere Göttin machte ein finsteres Gesicht. »Du bist in Kurald Emurlahn nicht willkommen«, sagte sie.

Anomandaris Purake blickte die monströse Kreatur kühl an. »Glaubst du, ich würde darüber nachdenken, selbst Anspruch auf den Thron zu erheben?«

»Du wärst nicht der Erste.«

Er richtete den Blick erneut auf den Riss. »Du wirst bedrängt, Kilmandaros, und Randgänger ist anderswo gebunden. Ich biete dir meine Hilfe an.«

»Für dich, Tiste Andii, wird es nicht leicht sein, mein Vertrauen zu gewinnen.«

»Ungerechtfertigterweise«, erwiderte er. »Im Gegensatz zu vielen anderen meiner Art bin ich der Auffassung, dass der Lohn eines Verrats niemals den Preis, den man für ihn bezahlen muss, übersteigt. Jetzt führen – zusätzlich zu den wilden Drachen – auch noch Wechselgänger Krieg in Kurald Emurlahn.«

»Wo ist Osserc?«, fragte die Ältere Göttin. »Mael hat mir mitgeteilt, dass er …«

»Sich mir wieder in den Weg stellen wollte? Osserc hat sich gedacht, ich würde an der Tötung Scabandaris teilnehmen. Warum hätte ich das tun sollen? Du und Mael, ihr beide habt mehr als ausgereicht.« Er gab ein Brummen von sich. »Ich kann mir ausmalen, wie Osserc kreist und kreist. Wie er nach mir Ausschau hält. Dieser Narr.«

»Und Scabandaris Verrat an deinem Bruder? Willst du diesen Verrat nicht rächen?«

Anomandaris blickte sie an, lächelte dann schwach. »Der Lohn für den Verrat. Für Scabandari hat sich der Preis als ziemlich hoch erwiesen, nicht wahr? Und was Silchas angeht – nun, nicht einmal die Azath existieren ewig. Angesichts all dessen, was uns in den vor uns liegenden Jahrtausenden heimsuchen wird, beneide ich ihn beinahe um seine neugewonnene Abgeschiedenheit.«

»Tatsächlich? Würdest du dich gern zu ihm gesellen – in einem ähnlichen Hügelgrab?«

»Ich glaube nicht.«

»Dann nehme ich an, dass Silchas Ruin nicht geneigt sein wird, dir deine Gleichgültigkeit zu vergeben, wenn er eines Tages freikommen sollte.«

»Du könntest überrascht werden, Kilmandaros.«

»Du und deine Art – ihr seid ein Geheimnis für mich, Anomandaris Purake.«

»Ich weiß. Also, Göttin – haben wir einen Pakt?«

Sie legte den Kopf leicht schief. »Ich will die Thronbewerber aus der Sphäre vertreiben – wenn Kurald Emurlahn sterben muss, dann soll es das allein tun können.«

»Mit anderen Worten, du willst, dass der Thron der Schatten unbesetzt bleibt.«

»Ja.«

Er dachte einige Zeit lang nach und nickte dann. »Einverstanden.«

»Hintergehe mich nicht, Wechselgänger.«

»Das habe ich nicht vor. Bist du bereit, Kilmandaros?«

»Sie werden Bündnisse schmieden«, sagte sie. »Sie werden alle gegen uns Krieg führen.«

Anomandaris zuckte die Schultern. »Ich habe heute gerade nichts Besseres vor.«

Nach diesen Worten schritten die beiden Aufgestiegenen durch das Tor und schlossen gemeinsam den Riss hinter sich. Es gab schließlich noch andere Wege, die in diese Sphäre führten. Wege, die keine Wunden waren.

In Kurald Emurlahn angekommen, blickten sie auf eine verwüstete Welt.

Und machten sich daran, zu säubern, was noch von ihr übrig war.

Die Ahl'dan, in den letzten Tagen von König Diskanar

Preda Bivatt, Kommandantin der Garnison von Drene, war weit weg von zu Hause. Einundzwanzig Tage weit, wenn man die Strecke mit einem Fuhrwerk zurücklegte. Sie kommandierte einen Expeditionstrupp aus zweihundert Soldaten der Zerfetztes-Banner-Armee, dreißig Mann leichter Kavallerie aus Blaurose und einen vierhundert Mann starken Versorgungstross, zu dem auch Zivilisten gehörten. Und nun, nachdem sie den Befehl erteilt hatte, das Lager aufzuschlagen, glitt sie vom Rücken ihres Pferdes und ging die gut fünfzig Schritt hinüber zum Rand der Klippe.

Als sie den Grat erreichte, versetzte der Wind ihr einen heftigen Schlag gegen die Brust, als wäre er ganz wild darauf, sie zurückzuschleudern, sie von diesem arg mitgenommenen Landstrich zu fegen. Das Meer jenseits des Grats schien dem Alptraum eines Künstlers entsprungen zu sein – eine brodelnde, wogende Wasserfläche, über der schwere, sich windende Wolken in Fetzen gerissen wurden. Das Wasser war mehr weiß als blaugrün, Schaumkronen erblühten, Gischt stieg über den Felsen auf, während die Wogen auf das Ufer einschlugen.

Doch mit einem Frösteln, das ihr bis tief in die Knochen fuhr, sah sie, dass dies der richtige Ort war.

Ein Fischerboot war weit vom Kurs abgekommen und in den tödlichen Mahlstrom geraten, zu dem das Meer an dieser Stelle wurde – ein Meeresgebiet, in das sich kein Handelsschiff, wie groß es auch sein mochte, freiwillig begeben würde. Ein Meeresgebiet, das vor achtzig Jahren eine Stadt der Meckros gefangen und in Stücke gerissen und dabei die zwanzigtausend oder mehr Bewohner der schwimmenden Siedlung in die Tiefe gerissen hatte.

Die Fischer hatten lange genug überlebt, um ihr schwer mitgenommenes Boot sicher in hüfttiefem Wasser auf Grund laufen zu lassen, vielleicht dreißig Schritt vom felsigen Ufer entfernt. Ihr Fang war verloren, ihr Boot wurde von unbarmherzigen Wogen zu Kleinholz zerschlagen, aber die vier Letherii hatten es geschafft, das trockene Land zu erreichen.

Und hatten … das hier gefunden.

Preda Bivatt zog den Kinnriemen ihres Helms fester, damit der Wind ihn ihr nicht vom Kopf reißen konnte – oder den Kopf gleich mit ab –, und ließ den Blick weiter über die Wrackteile schweifen, die das Ufer säumten. Das Vorgebirge, auf dem sie stand, war unterhöhlt und fiel drei Mannshöhen tief zu einer Bank aus weißem Sand ab, auf dem langgezogene Reihen aus totem Seetang, entwurzelten Bäumen und den Überresten einer achtzig Jahre alten Stadt der Meckros lagen. Und noch etwas anderes. Etwas weitaus Überraschenderes.

Kriegskanus. Für das offene Meer geeignete Kriegskanus, jedes so lang wie ein Korallenstirnwal, mit hohem Bug, länger und breiter als die Schiffe der Tiste Edur. Und sie waren nicht als Wracks ans Ufer geschleudert worden – nein, kein einziges von ihnen wies irgendwelche Anzeichen einer Beschädigung auf. Sie waren in Reihen hoch auf den Strand hinaufgezogen worden; allerdings war dies offensichtlich schon vor einiger Zeit geschehen – mindestens vor Monaten, vielleicht auch schon vor Jahren.

Jemand trat an ihre Seite. Der Kaufmann aus Drene, mit dem der Kontrakt zur Ausstattung dieser Expedition geschlossen worden war. Ein blasser Mann, dessen Haare so hellblond waren, dass sie beinahe weiß wirkten. Jetzt war sein rundes Gesicht vom Wind gerötet, doch sie konnte sehen, dass seine blassblauen Augen auf die Kriegskanus gerichtet waren, dass sein Blick die Reihe entlangglitt, erst nach Westen, dann nach Osten. »Ich habe eine gewisse Begabung«, sagte er zu ihr, so laut, dass er den Sturm übertönte.

Bivatt sagte nichts. Der Kaufmann konnte zweifellos mit Zahlen umgehen – darauf bezog sich die Aussage über seine Begabung. Und sie war Offizier der letheriischen Armee und konnte auch ohne seine Hilfe sehr gut abschätzen, wie groß die Besatzung jedes einzelnen Kanus wahrscheinlich gewesen war. Hundert Mann, vielleicht auch zwanzig mehr oder weniger.

»Preda?«

»Was ist?«

Der Kaufmann gestikulierte hilflos. »Diese Kanus.« Er wedelte mit der Hand, als wollte er den Strand in beide Richtungen einschließen. »Es müssen …« Und dann fehlten ihm die Worte.

Sie verstand ihn nur zu gut.

Ja. Reihe um Reihe, alle auf dieses gefährliche Ufer gezogen. Drene, die nächstgelegene Stadt des Königreichs, lag drei Wochen entfernt in südwestlicher Richtung. Genau südlich von hier war das Land der Ahl'dan, und über die Wanderungen, die die Stämme mit ihren großen Herden zu den entsprechenden Jahreszeiten unternahmen, war buchstäblich alles bekannt. Schließlich waren die Letherii gerade dabei, sie zu unterwerfen. Es hatte keinen Bericht über etwas gegeben, das dem hier auch nur nahekam.

Also. Vor zwei, drei Jahren war eine Flotte an diesem Ufer angelandet.

Jene, die an Bord gewesen waren, hatten die Boote anschließend verlassen, dabei alles, was sie besaßen, mitgenommen und sich wahrscheinlich ins Landesinnere aufgemacht.

Es hätte Hinweise oder Gerüchte geben müssen, zumindest irgendeinen Widerhall bei den Ahl. *Wir hätten davon hören müssen.*

Aber sie hatten nichts davon gehört. Die fremden Eindringlinge waren einfach … verschwunden.

Das ist nicht möglich. Wie kann das sein? Sie musterte erneut die Reihen, als ob sie hoffte, plötzlich irgendeine wesentliche Einzelheit zu entdecken, die ihr hämmerndes Herz beruhigen und ihre bleiernen, sich kalt anfühlenden Glieder leichter machen würde.

»Preda …«

Ja. Hundert Mann pro Boot. Und da, vor uns, sind … in vier, fünf Reihen hintereinander … wie viele? Vier-, vielleicht auch fünftausend?

Die Küstenlinie war eine einzige Masse aus Kriegskanus aus grauem Holz, fast so weit, wie sie nach Westen und Osten blicken konnte. Auf den Strand gezogen. Zurückgelassen. Sie lagen am Ufer wie ein umgestürzter Wald.

»Mehr als eine halbe Million, schätze ich«, sagte der Kaufmann. »Im Namen des Abtrünnigen, Preda – wo sind sie alle hin?«

Sie machte ein finsteres Gesicht. »Tretet Eurer Magierbrut in den Hintern, Letur Anict. Sorgt dafür, dass sie sich ihren unverschämten Lohn verdienen. Der König muss es erfahren. Jede Einzelheit. *Alles.*«

»Sofort«, sagte der Mann.

Während sie das Gleiche mit dem Trupp Akolythen des Ceda tun würde. Diese doppelte Vorgehensweise war notwendig. Ohne die Anwesenheit von Kuru Qans erwählten Schülern würde sie niemals erfahren, was Letur Anict in seinem abschließenden Bericht zurückhielt, wäre sie niemals in der Lage, aus Halbwahrheiten und glatten Lügen die Wahrheit herauszudestillieren. Ein beständiges Problem, wenn man private Unternehmer anheuerte – sie hatten schließlich ihre eigenen Interessen, und für Kreaturen wie Letur Anict, den neuen Repräsentanten von Drene, kam die Loyalität der Krone gegenüber immer erst an zweiter Stelle.

Sie begann nach einem Weg hinunter zum Strand zu suchen. Bivatt wollte sich die Kanus aus der Nähe ansehen, vor allem, da es schien, als wären Teile ihres Bugs entfernt worden. *Was mir irgendwie merkwürdig vorkommt. Aber das ist ein Geheimnis, mit dem ich gut zurechtkomme, eines, um das ich mich kümmern kann, so dass ich nicht über den Rest nachzudenken brauche.*

»Mehr als eine halbe Million.«

Beim Segen des Abtrünnigen, wer weilt jetzt unter uns?

Die Ahl'dan, nach dem Eroberungsfeldzug der Edur

Die Wölfe waren gekommen und wieder verschwunden, und überall dort, wo sie Leichen aus dem festen Durcheinander auf der Hügelkuppe herausgezogen hatten – jenem Ort, wo die unbekannten Soldaten sich zu ihrem letzten Gefecht gestellt hatten –, waren die Spuren ihres Mahls unübersehbar. Diese Einzelheit blieb bei dem einsamen Reiter hängen, während er sein Pferd durch die reglosen, hingestreckten Leichname lenkte. Diese Art, einen Haufen Tote zu plündern, war … ungewöhnlich. Die braun bepelzten Wölfe dieser Ebene waren natürlich genau so sehr auf ihren Vorteil bedacht wie jeder andere Räuber in der Ahl'dan. Trotzdem – ihre lange Erfahrung mit Menschen hätte die Tiere beim ersten Hauch eines säuerlichen Geruchs fliehen lassen müssen, selbst wenn er sich mit dem von vergossenem Blut mischte. Was hatte sie also zu diesem schweigenden Schlachtfeld gezogen?

Der einsame Reiter, dessen Gesicht hinter einer Maske aus karmesinroten Schuppen verborgen war, zügelte sein Pferd am Fuß des niedrigen Hügels. Das Tier war am Ende, immer wieder überliefen es Schauer; noch bevor dieser Tag vorüber war, würde es tot und der Mann zu Fuß unterwegs sein. Als er an diesem Morgen im Licht der Dämmerung sein Lager abgeschlagen hatte, hatte eine Nashornviper das Pferd gebissen, das am Rande einer Wasserrinne an einem Büschel Wierengras gefressen hatte. Das Gift wirkte langsam, aber unaufhaltsam, und keines der Kräuter und Heilmittel, die der Mann bei sich trug, konnte etwas dagegen ausrichten. Der Verlust war zwar bedauerlich, aber nicht verhängnisvoll, da er es nicht eilig hatte.

Raben kreisten am Himmel über ihm, aber keiner von ihnen kam herab – genauso wenig, wie seine Ankunft sie von einem Mahl aufgescheucht hatte. In der Tat waren sie es gewesen – die Art, wie sie über diesem Hügel kreisten –, die ihn an diesen Ort geführt hatten. Ihre Schreie ertönten nur selten, und sie klangen merkwürdig gedämpft, fast kläglich.

Die Legionen aus Drene hatten ihre Toten fortgeschafft, so dass nur ihre Opfer zurückgeblieben waren, um das Gras der Ebene zu düngen. Frühmorgendlicher Reif malte noch immer glitzernde Muster auf im Tode dunkel gewordene Haut, aber er hatte bereits zu tauen begonnen, und dem Mann schien es, als weinten diese toten Soldaten jetzt – ihre erstarrten Gesichter, ihre offenen Augen, ihre tödlichen Wunden.

Er stellte sich in den Steigbügeln auf und musterte den Horizont – zumindest den Teil, den er sehen konnte –, versuchte, seine beiden Begleiter zu entdecken, aber die schrecklichen Kreaturen waren noch nicht von ihrer Jagd zurückgekehrt, und er fragte sich kurz, ob sie irgendwo im Westen eine neue, einladendere Fährte gefunden hatten – die letheriischen Soldaten aus Drene, die triumphierend und übersättigt zu ihrer Stadt zurückmarschierten. Wenn dem so war, würde es an diesem Tag ein Gemetzel geben. Dass dabei der Gedanke an Rache aufkommen könnte, war allerdings ein Zufall. Denn für seine Begleiter waren derartige Gefühle ohne jegliche Bedeutung. Sie töteten aus Freude, soweit er das sagen konnte. Und daher gab es die Auslöschung der Soldaten aus Drene und etwaige Rachegelüste, auf die eine solche Tat zurückgeführt werden könnte, nur in seiner eigenen Vorstellung. Ein bedeutsamer Unterschied.

Trotzdem. Die Vorstellung war überaus befriedigend.

Doch diese Opfer hier, diese Soldaten in ihren grau-schwarzen Uniformen, waren Fremde. Auch wenn sie inzwischen ihrer Waffen und Rüstungen beraubt und ihre Standarten Trophäen in den Händen ihrer Gegner waren, war ihre Anwesenheit hier, in der Ahl'dan – im Herzen der Heimat des Reiters – beunruhigend.

Er kannte schließlich die Eindringlinge, die Letherii. Die unzähligen Legionen mit ihren absonderlichen Namen und ihrer grimmigen Rivalität; er kannte auch die furchtlose Reiterei aus Blaurose. Und was die immer noch freien Königreiche und Gebiete betraf, die an die Ahl'dan grenzten – die rivalisierenden D'rhasilhani, die Keryn, das Königreich Bolkando und der Saphinand-Staat –, so hatte er vor Jahren mit allen verhandelt oder die Klinge gekreuzt, und niemand von ihnen sah aus wie diese Soldaten hier.

Hellhäutig, die Haare strohblond oder rostrot. Die Augen blau oder grau. Und … *so viele Frauen.*

Sein Blick blieb an einem Soldaten hängen, einer Frau, die ziemlich nahe der eigentlichen Hügelkuppe lag. Von Zauberei verzerrt, die Rüstung mit dem zerfetzten Fleisch verschmolzen – auf der Rüstung waren Zeichen zu sehen …

Er stieg ab und stieg den Abhang hinauf, wich den Leichen aus, wobei seine Mokassins immer wieder auf dem blutgetränkten Schlamm wegrutschten, bis er sie erreichte und sich neben sie kniete.

Farbe auf der geschwärzten bronzenen Halsberge. Wolfsköpfe. Zwei Wolfsköpfe. Einer war einäugig und hatte weißes Fell, während das des anderen silbern und schwarz war. Ein Wappen, das er noch nie zuvor gesehen hatte.

Tatsächlich Fremde.

Fremdländer. Hier, im Land seiner Geburt.

Er verzog das Gesicht hinter der Maske. *Ich war zu lange weg. Bin ich nun der Fremde?*

Schwere Trommelschläge ließen den Boden unter seinen Füßen erbeben. Er richtete sich wieder auf. Seine Begleiter kehrten zurück.

Dann also doch keine Rache.

Nun, dafür war immer noch Zeit.

An diesem Morgen hatte ihn das klagende Geheul von Wölfen geweckt, ihre Rufe waren das Erste gewesen, was ihn hierhergezogen hatte, an diesen Ort, als hätten sie einen Zeugen gesucht, als hätten sie ihn tatsächlich herbeibeschworen. Doch die ganze Zeit, da ihr Geheul ihn angespornt hatte, hatte er keinen einzigen Wolf zu Gesicht bekommen. Nicht einen.

Doch irgendwann an diesem Morgen hatten die Wölfe gefressen. Hatten Leichen aus dem Gewühl gezogen.

Seine Schritte wurden immer langsamer, als er den Hang wieder hinunterschritt, bis er schließlich stehenblieb und mit angehaltenem Atem die toten Soldaten auf allen Seiten genauer betrachtete.

Die Wölfe haben gefressen. Aber nicht so, wie Wölfe normalerweise fressen. Nicht wie … wie das hier.

Aufgerissene Brustkörbe, hervorstehende Rippen … sie hatten die Herzen verschlungen. Sonst nichts. Nur die Herzen.

Das Trommeln wurde lauter, kam näher, begleitet von einem zischenden Geräusch – Krallen, die durch das Gras glitten. Über ihm kreischten die Raben auf und flohen in alle Richtungen.

Buch Eins

Der Imperator in Gold

Die Lüge steht allein, eine einzigartige Täuschung,
die dir den Rücken zuwendet, ganz egal, aus welcher Richtung
du auch zögernd nähertrittst, und mit jedem Schritt
wird dein Ziel weiter vorangetrieben, wird dein Schritt davongetragen.
Der Pfad hüllt sich in sich selbst ein, und du gehst
Runde um Runde, und was allein vor dir gestanden hat,
ein umherstreifendes Missgeschick, eine zufällige Äußerung,
enthüllt nun seine Legionen von Kindern, eine Masse,
die in Fäden und Knoten brodelt, und von ihr umzingelt
kannst du keine Luft holen, kannst du dich nicht bewegen.

Die Welt ist so, wie du sie geschaffen hast, mein Freund,
und eines Tages wirst du allein inmitten
eines Meeres von Toten stehen, die Beschaffung deiner Worte
um dich herum, und der Wind wird dir
einen neuen Pfad in endlose Qual lachen –
die einsame Täuschung ist ihre Einsamkeit, die Lüge ist
die Lüge, allein zu stehen, die Fäden und Knoten
der Menge straffen sich in rechtschaffenem Urteil,
mit dem du einst so reichlich jeden, der die Wahrheit sagte,
jede widersprechende Stimme erdrosselt hast.

Also hör nun auf, nach meinem Mitgefühl zu dürsten,
und stirb ausgetrocknet im Ödland.

Fragment, das an jenem Tag gefunden wurde,
da die Dichterin Tesora Veddict von den
Patriotisten verhaftet wurde (sechs Tage vor ihrem Tauchtag)

Kapitel Eins

Zwei Mächte, die einst in heftigem Gegensatz zueinander gestanden hatten, fanden sich nun praktisch als Bettgefährten wieder, obwohl keine von beiden entscheiden konnte, wessen Beine als erste gespreizt worden waren. Die schlichten Tatsachen sind folgende: Die ursprüngliche hierarchische Struktur der Edur-Stämme erwies sich als außerordentlich geeignet für das letheriische System, in dem Macht auf Reichtum beruhte. Die Edur wurden zur Krone, die sich leicht auf die aufgeblähte Gefräßigkeit von Lether setzen ließ – aber verfügt eine Krone über einen eigenen Willen? Krümmt sich derjenige, der sie trägt, unter ihrer Last? Noch eine andere Tatsache ist nun, im Rückblick, offensichtlich. Zwar schienen die beiden Systeme vollkommen fugenlos miteinander zu verschmelzen, aber unter der Oberfläche fand noch eine zweite, subtilere, weitaus tödlichere Vereinigung statt: eine Vereinigung der besonderen Fehler beider Systeme, und diese Mischung sollte sich als höchst launisches Gebräu erweisen.

Die Dynastie der Hiroth (Band XVII)
Die Kolonie – eine Geschichte Lethers
Dinith Arnara

»Wo kommt das her?«

Tanal Yathvanar sah, dass der Beaufsichtiger einen merkwürdigen Gegenstand in seinen dicklichen Händen hielt und ihn langsam hin und her drehte, wobei die Onyxe in den vielen Ringen an seinen kurzen Fingern in den Lichtstrahlen aufglommen, die durch das offene Fenster hereinfielen. Das Ding, an dem Karos Invictad herumfummelte, war eine unförmige Sammlung aus Bronzenadeln, deren Enden zu Schlaufen gebogen waren, die wiederum so miteinander verhakt waren, dass sie einen steifen Käfig bildeten. »Ich glaube, aus Blaurose, Herr«, antwortete Tanal. »Das ist eins von Senorbo. Es dauert im Durchschnitt drei Tage, es zu lösen, obwohl die beste Zeit knapp unter zwei …«

»Und wer war das?«, wollte Karos wissen und blickte von seinem Stuhl hinter seinem Schreibtisch auf.

»Ein Tarthenal-Halbblut, ob Ihr's glaubt oder nicht, Herr. Aus Letheras. Es heißt, der Mann sei ein Einfaltspinsel, aber er besitzt ein natürliches Talent, Rätsel zu lösen.«

»Und die Herausforderung besteht darin, die Nadeln so anzuordnen, dass das ganze Gebilde plötzlich in sich zusammenbricht.«

»Ja, Herr. Es fällt flach in sich zusammen. Nach allem, was ich gehört habe, soll man es mit …«

»Nein, Tanal, sag es mir nicht. Du solltest es doch eigentlich besser wissen.« Der Beaufsichtiger – der Anführer – der Patriotisten, legte den Gegenstand weg. »Danke für das Geschenk. Und jetzt«, fuhr er mit einem kurzen Lächeln fort, »haben wir Bruthen Trana lange genug schmoren lassen, meinst du nicht auch?« Karos erhob sich und nahm sich Zeit, sein karmesinrotes Seidengewand zu richten – er trug immer nur karmesinrote Seidengewänder –, ehe er nach dem kurzen Zepter griff, das er zum offiziellen Symbol seines Amtes erkoren hatte – schwarzes Blutholz aus dem Heimatland der Edur, dessen silberne Endkappen mit geschliffenen Onyxen besetzt waren – und mit ihm zur Tür deutete.

Tanal verneigte sich und ging vor, hinaus in den Korridor und zu der breiten Treppe, über die sie ins Erdgeschoss gelangten, und dann durch die doppelflügelige Tür ins Freie, in den Innenhof.

Die Gefangenen waren an der Westseite des ummauerten Platzes mitten im grellen Sonnenlicht aufgereiht. Man hatte sie einen Glockenschlag vor Anbruch der Morgendämmerung aus ihren Zellen geholt, und mittlerweile war es kurz nach Mittag. Der Mangel an Wasser und Essen, die sengende Hitze des Morgens und die brutalen Befragungen der vergangenen Woche hatten dafür gesorgt, dass mehr als die Hälfte der achtzehn Häftlinge bewusstlos geworden waren.

Tanal bemerkte das Stirnrunzeln des Beaufsichtigers, als er die zusammengebrochenen und reglos in ihren Ketten daliegenden Gestalten erblickte.

Bruthen Trana von den Den-Ratha, der Verbindungsmann zu den Tiste Edur, stand auf der den Gefangenen mehr oder weniger gegenüberliegenden Hofseite im Schatten, und als Tanal und Karos auf ihn zukamen, drehte der große, schweigsame Mann sich langsam um.

»Wie überaus angenehm, Bruthen Trana«, sagte Karos Invictad. »Geht es Euch gut?«

»Lasst uns fortfahren, Beaufsichtiger«, sagte der grauhäutige Krieger.

»Sofort. Wenn Ihr mich begleiten wollt, können wir uns alle Gefangenen, die hier versammelt sind, genauer ansehen. Die besonderen Fälle …«

»Ich bin nicht daran interessiert, ihnen auch nur einen Schritt näher zu kommen als jetzt«, sagte Bruthen. »Sie sind von ihren eigenen Ausscheidungen verdreckt, und in diesem Innenhof regt sich kaum ein Luftzug.«

Karos lächelte. »Ich verstehe, Bruthen.« Er lehnte das Zepter an eine Schulter und richtete den Blick auf die Reihe der Gefangenen. »Wie Ihr sagt, wir müssen nicht zu ihnen hingehen. Ich werde mit dem ganz links außen anfangen, und dann …«

»Ist er bewusstlos oder tot?«

»Nun – wer kann das aus dieser Entfernung schon sagen?«

Tanal, der den finsteren Gesichtsausdruck des Edur bemerkte, verbeugte sich vor Bruthen und Karos und ging die fünfzehn Schritte hinüber zu den Gefangenen. Er kauerte sich hin, um die auf dem Bauch liegende Gestalt genauer zu betrachten, und richtete sich wieder auf. »Er lebt.«

»Dann weck ihn auf!«, befahl Karos. Wenn der Beaufsichtiger die Stimme hob, bekam sie einen schrillen Beiklang, schrill genug, um einen dummen Zuhörer zusammenzucken zu lassen – das heißt, dumm war der betreffende Zuhörer nur dann, wenn der Beaufsichtiger die spontane Reaktion mitbekam. Solch sorglose Irrtümer beging man nur einmal.

Tanal trat den Gefangenen, bis der Mann ein trockenes, krächzendes Schluchzen herausbrachte. »Hoch mit dir, Verräter«, sagte Tanal ruhig. »Der Beaufsichtiger hat es befohlen. Steh auf, oder ich fange an, dir einen nach dem anderen sämtliche Knochen in dem armseligen Hautsack, den du deinen Körper nennst, zu brechen.«

Er schaute zu, wie der Gefangene sich auf die Beine mühte.

»Wasser … bitte …«

»Kein Wort mehr. Stell dich gerade hin, und sieh deinen Verbrechen ins Gesicht. Du bist ein Letherii, oder? Zeig unserem Gast aus dem Volk der Edur, was das bedeutet.«

Tanal ging zurück zu Karos und Bruthen. Der Beaufsichtiger hatte das Wort ergriffen: »… hat bekannterweise Umgang mit abweichlerischen Elementen in der Akademie der Ärzte gepflegt – das hat er bereits zugegeben. Auch wenn diesem Mann keine besonderen Verbrechen vorgeworfen werden können, ist es doch offensichtlich, dass er …«

»Der Nächste«, unterbrach ihn Bruthen Trana.

Karos schloss den Mund – und lächelte, ohne die Lippen zu öffnen. »Natürlich. Der Nächste ist ein Dichter, der einen Aufruf zur Revolution geschrieben und in Umlauf gebracht hat. Er leugnet es nicht, und in der Tat könnt Ihr seinen stoischen Trotz sogar von hier aus erkennen.«

»Und der neben ihm?«

»Der Besitzer eines Gasthofs, dessen Schankstube von unerwünschten Elementen besucht wurde – enttäuschten Soldaten, genauer gesagt. Zwei davon befinden sich unter den Gefangenen. Eine ehrbare Hure hat uns über die Aufwiegelung in Kenntnis gesetzt …«

»Eine ehrbare Hure, Beaufsichtiger?« Der Edur lächelte dünn.

Karos blinzelte. »Wie? Ja, natürlich, Bruthen Trana.«

»Weil sie Euch Informationen über einen Gastwirt geliefert hat.«

»Einen Gastwirt, der einen Verrat geplant hat …«

»Wahrscheinlicher ist, dass er einen zu hohen Anteil von ihren Einnahmen wollte. Macht weiter, aber haltet Eure Beschreibung der Verbrechen bitte möglichst kurz.«

»Natürlich«, sagte Karos Invictad und tippte sich mit seinem Zepter an die weiche Schulter – wie ein Taktstock, der das Marschtempo vorgab.

Tanal blieb an der Seite seines Vorgesetzten und hielt sich bereit, während der Beaufsichtiger seinen Bericht über die jeweiligen Vergehen der Letherii an der Hofmauer wieder aufnahm. Die achtzehn Gefangenen bildeten einen hübschen Querschnitt ihrer mehr als dreihundert Leidensgenossen, die in den unterirdischen Zellen in Ketten lagen. Eine annehmbare Anzahl von Verhaftungen binnen einer Woche, dachte Tanal. Und auf die schlimmsten Verräter warteten die Tauchtage. Einem Drittel der rund dreihundertzwanzig war es bestimmt, mit einem erdrückenden Gewicht auf dem Rücken den Kanal zu durchschreiten. Die Buchmacher beklagten sich in diesen Tagen ständig, dass es niemandem mehr gelang, das Gottesurteil zu überleben. Natürlich beklagten sie sich nicht allzu laut, da sie sonst riskierten, selbst während der nächsten Tauchtage zu den Hauptdarstellern des Spektakels zu werden; es hatte tatsächlich nur einiger weniger frühzeitig statuierter Exempel bedurft, um die Proteste der Übrigen verstummen zu lassen.

Dies war ein Detail, das Tanal zu schätzen gelernt hatte, eines von Karos Invictads vollkommenen Gesetzen von Zwang und Kontrolle, welches der Beaufsichtiger in seinem umfangreichen Traktat über dieses ihm sehr am Herzen liegende Thema wieder und wieder hervorhob. *Nimm einen beliebigen Teil der Bevölkerung, und erlege seinen Mitgliedern genaue, aber klare Bestimmungen hinsichtlich ihres Verhaltens auf, und dann sorge dafür, dass diese Bestimmungen eingehalten werden. Verleite die Schwachen dazu, die Starken bloßzustellen. Töte die Starken, und der Rest gehört dir. Dann nimm dir den nächsten Teil vor.*

Die Buchmacher waren ein leichtes Ziel gewesen, da die wenigsten Menschen sie mochten – allen voran natürlich die unverbesserlichen Spieler, und von denen gab es mit jedem Tag, der verstrich, mehr.

Karos Invictad beendete seine Litanei. Bruthen Trana nickte, drehte sich um und verließ den Innenhof.

Sobald er außer Sicht war, blickte der Beaufsichtiger Tanal an. »Eine Peinlichkeit sondergleichen«, sagte er. »Diese Bewusstlosen.«

»Ja, Herr.«

»Ich glaube, die äußere Mauer braucht ein paar neue Köpfe.«

»Sofort, Herr.«

»Aber zunächst einmal – bevor du sonst etwas tust – musst du mitkommen, Tanal Yathvanar. Es wird nur einen Augenblick dauern; anschließend kannst du dich wieder deinen Aufgaben widmen.«

Sie gingen ins Gebäude zurück, wobei die kurzen Schritte des Beaufsichtigers Tanal wieder und wieder dazu zwangen, langsamer zu werden, als sie sich erneut in Karos Amtszimmer begaben.

Der zweitmächtigste Mann von Lether – nach dem Imperator höchstpersönlich – nahm wieder hinter seinem Schreibtisch Platz. Er griff nach dem Käfig aus Bronzenadeln, veränderte die Lage von etwa einem Dutzend in einem Wirbel genau bemessener Bewegungen, und das Gebilde fiel flach in sich zusammen. Karos Invictad lächelte Tanal zu und warf den Gegenstand auf seinen Schreibtisch. »Schick ein Sendschreiben nach Blaurose, an Senorbo. Teile ihm mit, wie lange ich gebraucht habe, um die Lösung zu finden, und füge dann, ganz im Vertrauen, hinzu, dass ich fürchte, er lässt nach.«

»Ja, Herr.«

Karos Invictad griff nach einer Schriftrolle. »Nun, wie hoch war mein vereinbarter Anteil an der Schenke zur Abgekratzten Schlange?«

»Ich glaube, Rautos hat etwas von fünfundvierzig gesagt, Herr.«

»Gut. Trotzdem glaube ich, dass ein Treffen mit dem Vorsitzenden des Freiheits-Konsortiums angeraten wäre. Irgendwann im Laufe dieser Woche reicht. Trotz all der Einnahmen, die wir in letzter Zeit gemacht haben, mangelt es uns merkwürdigerweise immer noch an Münzen, und ich will wissen, warum.«

»Herr, Ihr wisst, welchen Verdacht Rautos Hivanar in dieser Angelegenheit hegt.«

»Vage. Er wird erfreut sein, wenn er erfährt, dass ich nun bereit bin, mir besagten Verdacht genauer anzuhören. Womit wir zwei Punkte auf der Tagesordnung hätten. Plane für das Treffen einen Glockenschlag ein. Oh, und noch eine letzte Sache, Tanal.«

»Herr?«

»Bruthen Trana. Diese wöchentlichen Besuche. Ich will wissen, ob er zu ihnen gezwungen wird. Ist dies irgendeine für die Edur typische Art königlicher Unzufriedenheit oder Strafe? Oder wollen die Scheißkerle tatsächlich wissen, was wir vorhaben? Bruthen sagt nie etwas. Niemals. Er fragt noch nicht einmal, welche Strafe auf unsere Urteile folgt. Darüberhinaus ermüdet mich seine unverschämte Ungeduld. Es könnte sich der Mühe wert erweisen, ein paar Nachforschungen anzustellen.«

Tanal zog die Brauen hoch. »Ich soll Nachforschungen über einen Tiste Edur anstellen?«

»Natürlich still und unauffällig. Zugegeben, sie tun immer so – und das sehr überzeugend –, als wären sie alle bedingslos loyal, aber ich kann nicht anders, als mich zu fragen, ob tatsächlich sämtliche Edur dagegen gefeit sind, zu Aufwieglern zu werden.«

»Mit dem allerhöchsten Respekt, Herr, aber selbst wenn sie es nicht sind, weiß ich nicht, ob die Patriotisten die geeignete Organisation sind …«

»Tanal Yathvanar«, unterbrach ihn Karos scharf, »die Patriotisten besitzen den Imperialen Freibrief, das Imperium zu kontrollieren und zu überwachen. In besagtem Freibrief wird kein Unterschied zwischen Edur und Letherii gemacht, nur zwischen loyalen und nicht loyalen Bürgern.«

»Ja, Herr.«

»Nun, ich glaube, dass gewisse Aufgaben auf dich warten.«

Tanal Yathvanar verbeugte sich und verließ das Zimmer.

Das Anwesen erhob sich auf einem ausgedehnten Stück Land am Nordufer des Lether, vier Straßen westlich des Quillas-Kanals. Abgestufte Mauern, die seine Grenzen kennzeichneten, zogen sich bis zum Ufer hinunter und – auf Pfeilern, um den Druck der Strömung zu verringern – mehr als zwei Bootslängen weit ins Wasser. Gleich dahinter ragten zwei Anlegestangen in die Höhe. Vor kurzem hatte es eine Überschwemmung gegeben. Ein Ereignis, das im vergangenen Jahrhundert nur selten stattgefunden hatte, wie Rautos Hivanar bemerkte, als er das Hausbuch durchblätterte – einen familieneigenen Wälzer voller Berichte und Karten, in dem alles Wichtige aus den ganzen achthundert Jahren aufgezeichnet war, die die Hivanars schon in diesem Land lebten. Er lehnte sich in seinem Plüschsessel zurück und trank mit beschaulicher Mattigkeit seinen Balat-Tee aus.

Venitt Sathad, sein Hausverwalter und Erster Bevollmächtigter, trat leise vor, um das Buch wieder zurück in die aus Holz und Eisen bestehende Truhe zu legen, die unter dem Kartentisch im Fußboden versenkt war; danach schob er die Bodendielen wieder an Ort und Stelle und breitete den Teppich darüber aus. Als er damit fertig war, zog er sich an seinen angestammten Platz neben der Tür zurück.

Rautos Hivanar war ein großer Mann mit gesunder Gesichtsfarbe und ausdrucksstarken Zügen. Er neigte dazu, einen Raum zu beherrschen, ganz egal, wie groß dieser auch sein mochte. Jetzt saß er in der Bibliothek des Anwesens, an deren Wänden rundum bis zur Decke reichende Regale standen. Auf den Regalbrettern gab es nirgends ein freies Fleckchen, sie waren mit Schriftrollen, Tontafeln und gebundenen Büchern vollgestopft – das zusammengetragene Wissen von tausenden von Gelehrten, von denen viele den Namen Hivanar getragen hatten.

Als Oberhaupt der Familie und Verwalter ihrer gewaltigen finanziellen

Beteiligungen war Rautos Hivanar ein vielbeschäftigter Mann, und seit der Eroberung durch die Tiste Edur – die zur offiziellen Gründung und Anerkennung des Freiheits-Konsortiums geführt hatte, einer Vereinigung der reichsten Familien des letheriischen Imperiums – hatten sich die Anforderungen an seinen Verstand auf eine Weise vervielfacht, die er sich nie hätte träumen lassen. Es wäre ihm nicht leichtgefallen zu erklären, wie ermüdend und entnervend er all diese Tätigkeiten fand. Aber genau das waren sie geworden, selbst als sein Verdacht sich langsam und allmählich in Gewissheit verwandelt hatte; selbst als er angefangen hatte zu begreifen, dass es irgendwo da draußen einen Feind – oder deren mehrere – gab, dessen einziges Ziel es war, die Wirtschaft zu schädigen. Hier handelte es sich nicht mehr um einfache Veruntreuungen – etwas, womit er selbst überaus vertraut war –, sondern um etwas viel Weitgehenderes, Allumfassenderes. *Um einen Feind.* Einen Feind all dessen, worauf Rautos Hivanar sich stützte – er und das Freiheits-Konsortium, dessen Vorsitzender er war; oder, genauer gesagt, einen Feind all dessen, worauf sich das Imperium selbst stützte, unahängig davon, wer gerade auf dem Thron saß, ja, sogar unabhängig von den wilden, armseligen Barbaren, die sich nun an der Spitze der letheriischen Gesellschaft aufplusterten wie grau gefiederte Dohlen über einem Haufen Tand.

Früher hätte eine solche Erkenntnis bei Rautos Hivanar eine sofortige, eifrige Reaktion hervorgerufen. Die Bedrohung allein hätte ausreichen müssen, eine mit Nachdruck betriebene Jagd in Gang zu setzen, und die Vorstellung, dass hier eine treibende Kraft mit dermaßen entsetzlichen Absichten am Werk war – und zwar eine, die von einem höchst subtilen Genius gelenkt wurde, wie er sich gezwungenermaßen eingestehen musste – hätte das Spiel ankurbeln müssen, bis er es mit wahrer Besessenheit weiterverfolgt hätte.

Stattdessen stellte Rautos Hinavar fest, dass er in den verstaubten Hauptbüchern nach Hinweisen auf frühere Überschwemmungen suchte und damit einem insgesamt weitaus nüchterneren Geheimnis nachjagte, das kaum mehr als eine Handvoll vor sich hinmurmelnder Gelehrter interessieren dürfte. Und das war, wie er sich selbst häufig eingestand, sonderbar. Nichtsdestotrotz nahm der Druck zu, und nachts lag er immer öfter neben der reglosen, schweißüberströmten Masse, die seit dreiunddreißig

Jahren seine Frau war, und stellte fest, dass seine Gedanken unablässig rasten, gegen den zyklischen Strom der Zeit ankämpften und mit all seinem Feingefühl versuchten, in vergangene Zeitalter zurückzukriechen. Auf der Suche. Auf der Suche … nach etwas …

Seufzend stellte Rautos die leere Tasse ab und stand auf.

Als er zur Tür schritt, trat Venitt Sathad – dessen Familie nun seit sechs Generationen Schuldner der Hivanars war – vor und nahm die zerbrechliche Tasse an sich, ehe er seinem Herrn folgte.

Hinaus und hinüber zu der zum Fluss hin gelegenen Einfriedung, über das Mosaik hinweg, auf dem die drei Jahrhunderte zurückliegende Amtseinsetzung von Skoval Hivanar als Imperialer Ceda dargestellt war, dann die flachen Stufen hinunter zu dem Teil des Anwesens, der in trockeneren Zeiten als untere Gartenterrasse diente. Aber der Fluss war über das Gelände hinweggeströmt, hatte Mutterboden und Pflanzen mitgerissen und eine höchst eigentümliche Anordnung von Felsblöcken zu Tage gebracht, die wie eine gepflasterte Straße angeordnet waren; sie wurden von einem Rechteck aus hölzernen Pfosten eingerahmt, wobei diese Pfosten mittlerweile kaum mehr als verfaulte Stümpfe waren, die aus den Teichen ragten, die die Flut zurückgelassen hatte.

Am Rande der oberen Terrasse hatten Arbeiter gemäß Rautos' Anweisungen hölzerne Stützwände angebracht, um sie am Einstürzen zu hindern, und an einer Seite stand eine Schubkarre mit einer Menge merkwürdiger Gegenstände, die die Flut freigelegt hatte. Diese Dinge waren auf dem gepflasterten Fußboden verstreut gewesen.

Alles in allem ein Geheimnis, dachte Rautos. Es gab keinen wie auch immer gearteten Bericht darüber, dass die untere Gartenterrasse jemals irgendetwas anderes gewesen war als das, was sie war, und die Aufzeichnungen des Mannes, der den Garten angelegt hatte – aus einer Zeit kurz nach Fertigstellung der Hauptgebäude des Anwesens –, besagten, dass das Ufer auf jener Höhe nichts weiter war als bei Überflutungen angeschwemmter Schlamm.

Der Lehm hatte das Holz geschützt, zumindest bis vor kurzem, von daher konnte man nicht sagen, wie lange es her war, dass die merkwürdige Konstruktion erbaut worden war. Den einzigen Hinweis darauf, wie alt sie tatsächlich war, gaben die Gegenstände, die sämtlich aus Bronze oder

Kupfer bestanden. Keine Waffen, wie man sie in einem Grabhügel finden mochte, und wenn es Werkzeuge waren, dann für etwas, das lang vergessen war, da keiner der Arbeiter, die Rautos hierhergebracht hatte, in der Lage gewesen war, auch nur bei einem einzigen Gegenstand zu ergründen, wozu er gedacht sein mochte. Sie ähnelten keinem bekannten Werkzeug, weder zur Stein- noch zur Holzbearbeitung oder zur Verarbeitung von Nahrungsmitteln.

Rautos nahm einen Gegenstand und untersuchte ihn zum bestimmt hundertsten Mal. Er war aus Bronze und in einer Tonform hergestellt – der Flansch war deutlich zu erkennen – und dabei länglich und rundlich, doch beinahe rechtwinklig gewinkelt. Am Kniestück bildeten kreuz und quer verlaufende Kerben ein Muster. Keines der beiden Enden wies irgendein Anzeichen auf, dass man irgendetwas daran hätte befestigen können – was bedeutete, dass das Ding nicht als Teil eines größeren Mechanismus gedacht gewesen war. Er wog es in der Hand – sein Gewicht war nicht unbeträchtlich. Es wirkte irgendwie unausgewogen, trotz des mittigen Knicks. Er legte es wieder hin und griff nach einer runden Kupferscheibe, die dünner war als die Wachsschicht auf dem Täfelchen eines Sehers. Der umgebende Lehm hatte sie geschwärzt, doch erst jetzt zeigten ihre Ränder erste Anzeichen von Grünspan. Zahllose Löcher waren in die Scheibe gebohrt worden, in keinem erkennbaren Muster, doch jedes Loch war genau gleichartig, vollkommen rund, ohne irgendeine Randwölbung, die darauf hinweisen könnte, von welcher Seite die Löcher gemacht worden waren.

»Venitt«, sagte er, »haben wir eine Karte, auf der genau eingezeichnet ist, wo diese Gegenstände gelegen haben, als sie gefunden wurden?«

»Das haben wir tatsächlich, Herr, von einigen wenigen Ausnahmen abgesehen. Ihr habt sie Euch letzte Woche bereits genau angesehen.«

»Habe ich das? Also gut. Leg sie mir heute nachmittag noch einmal auf den Tisch in der Bibliothek.«

Beide Männer drehten sich um, als die Torwache aus dem schmalen Gang auf der linken Seite des Hauses auftauchte. Die Frau blieb zehn Schritt vor Rautos stehen und verbeugte sich. »Herr, eine Botschaft von Beaufsichtiger Karos Invictad.«

»Sehr gut«, erwiderte Rautos zerstreut. »Ich werde mich ihr gleich widmen. Wartet der Bote auf eine Antwort?«

»Ja, Herr. Er ist im Hof.«

»Sorge dafür, dass er Erfrischungen erhält.«

Die Wache verbeugte sich und ging davon.

»Venitt, ich glaube, du musst dich darauf vorbereiten, in meinem Auftrag eine Reise zu unternehmen.«

»Herr?«

»Endlich erkennt der Beaufsichtiger das Ausmaß der Bedrohung.«

Venitt Sathad sagte nichts.

»Du musst nach Drene reisen«, sagte Rautos, den Blick einmal mehr auf die geheimnisvolle Konstruktion gerichtet, die die untere Terrasse beherrschte. »Das Konsortium benötigt einen möglichst genauen Bericht über die dortigen Vorbereitungen. Leider erweisen sich die Boten des Repräsentanten als unzureichend. Ich muss absolute Vertraulichkeit verlangen, wenn ich mich mit höchster Konzentration der näherliegenden Bedrohung widmen soll.«

Venitt schwieg auch dieses Mal.

Rautos blickte auf den Fluss hinaus. Fischerboote sammelten sich in der gegenüberliegenden Bucht, zwei Handelsschiffe glitten auf die Hauptdocks zu. Eines der beiden, das die Flagge der Familie Esterrict führte, sah beschädigt aus – fast, als hätte es gebrannt. Rautos wischte sich die Hände ab und drehte sich um, begab sich zurück ins Gebäude. Sein Diener eilte hinter ihm her.

»Ich frage mich, was wohl unter diesen Steinen liegen mag.«

»Herr?«

»Schon gut, Venitt. Ich habe nur laut gedacht.«

In der Morgendämmerung hatten zwei Schwadronen der Kavallerie aus Blaurose, über die Atri-Preda Bivatt verfügte, das Lager in der Ahl'dan angegriffen. Zweihundert erfahrene Lanzenreiter, die in einen Mahlstrom aus Panik hineingeritten waren – ein wirres Durcheinander, in dem die Angegriffenen sich verzweifelt bemühten, aus ihren Lederhütten herauszukommen, während die für den Krieg gezüchteten Hunde aus Drene, die den Reitern ein paar Herzschläge voraus waren, sich auf die Hirten- und Zughunde stürzten und alle drei Hundearten binnen eines Herzschlags in einen bösartigen Kampf verstrickt waren.

Die Ahl-Krieger waren unvorbereitet, und die wenigsten hatten Zeit, auch nur ihre Waffen zu finden, ehe die Lanzenreiter mitten unter sie preschten. Binnen weniger Augenblicke fielen auch die Alten und Kinder dem Gemetzel anheim. Die meisten Frauen kämpften an der Seite ihrer männlichen Verwandten – Ehefrau neben Ehemann, Schwester neben Bruder –, und ihr Blut vermischte sich ein letztes Mal, als sie zusammen starben.

Der Kampf zwischen den Letherii und den Ahl dauerte zweihundert Herzschläge. Der Krieg zwischen den Hunden zog sich deutlich länger hin, denn die Hirtenhunde waren zwar kleiner und gedrungener als die Angreifer, aber flink und nicht weniger bösartig, während die Zughunde – gezüchtet, um im Sommer Karren und im Winter Schlitten zu ziehen – mit den Hunden aus Drene vergleichbar waren. Dafür ausgebildet, Wölfe zu töten, erwiesen sie sich den Kriegshunden mehr als ebenbürtig, und wenn nicht die Lanzenreiter gewesen wären, die sich einen Spaß daraus machten, die gefleckten Tiere zu töten, hätte das Kriegsglück sich gewendet. So, wie es war, rissen die Hunde der Ahl schließlich aus, flohen hinaus auf die Ebene, gen Osten. Ein paar Kriegshunde setzten ihnen für kurze Zeit nach, ehe die Hundeführer sie zurückriefen.

Während ein Teil der Lanzenreiter abstieg, um dafür zu sorgen, dass es keine überlebenden Ahl geben würde, ritten die anderen los, um die Myrid- und Rodara-Herden aus dem nächsten Tal zu holen.

Atri-Preda Bivatt saß auf dem Rücken ihres Hengstes und hatte allerhand Mühe, das Tier angesichts des schwer in der morgendlichen Luft liegenden Blutgestanks unter Kontrolle zu halten. Neben ihr hockte Brohl Handar, der erst kürzlich eingesetzte Aufseher von Drene aus dem Volk der Tiste Edur, unbeholfen und unbehaglich im ungewohnten Sattel und sah zu, wie die Letherii das Lager systematisch plünderten, Leichen ihrer Kleidung beraubten und schließlich die Messer zogen. Die Ahl flochten ihren Schmuck – größtenteils Gold – in ihre Zöpfe, so dass die Letherii gezwungen waren, ihnen streifenweise die Kopfhaut abzuschneiden, um an die Beute zu kommen. Natürlich war diese Verstümmelung nicht nur rein zweckdienlich, denn sie war auch auf mit Tätowierungen geschmückte Hautflächen ausgeweitet worden – Tätowierungen im besonderen Stil der Ahl, in hellen Farben und oft mit einer Umrandung aus Goldfaden versehen. Diese Trophäen schmückten die runden Schilde vieler Lanzenreiter.

Die eingefangenen Herden gehörten nun Letur Anict, dem Repräsentanten von Drene, und während Brohl Handar zusah, wie Hunderte von Myrids über den Hügel kamen – ihre dicke schwarze Wolle ließ sie wie Felsblöcke wirken, als sie den Hang herunterströmten –, wurde offenbar, dass der Reichtum des Repräsentanten sich soeben beträchtlich vergrößert hatte. Kurz danach kamen die etwas größeren Rodaras, mit blauem Rücken und langem Hals; ihre langen Schwänze peitschen nervös hin und her, und sie schienen einer Panik nahe, was nicht zuletzt an den Kriegshunden lag, die an den Flanken der Herde entlangrannten und immer wieder so taten, als würden sie auf die Tiere losgehen.

Die Atri-Preda stieß den Atem zwischen zusammengebissenen Zähnen aus. »Wo ist eigentlich der Handlanger des Repräsentanten? Die verdammten Rodaras werden gleich in Panik ausbrechen und losstürmen. Leutnant! Bringt die Hundeführer dazu, die Hunde zurückzurufen! Beeilt Euch!« Dann löste sie die Helmriemen, nahm den Helm ab und stülpte ihn über das Sattelhorn. Sie blickte Brohl an. »Da seht Ihr es, Aufseher.«

»Dies sind also die Ahl.«

Sie verzog das Gesicht und blickte weg. »Nach ihren Maßstäben war das hier ein kleines Lager. Um die siebzig Erwachsene.«

»Und trotzdem große Herden.«

Ihr Gesichtsausdruck wurde noch finsterer. »Früher waren sie größer, Aufseher. Viel größer.«

»Dann gehe ich davon aus, dass Ihr mit Eurem Vorhaben, diese Unbefugten zu vertreiben, Erfolg habt.«

»Es ist nicht mein Vorhaben.« Sie schien irgendetwas in seinem Gesicht zu sehen, denn sie fügte rasch hinzu: »Ja, natürlich, ich befehlige das Expeditionskorps, Aufseher. Aber ich erhalte meine Befehle vom Repräsentanten. Und wenn man es genau nimmt, sind die Ahl keine Unbefugten.«

»Der Repräsentant behauptet etwas anderes.«

»Letur Anict bekleidet einen hohen Rang im Freiheits-Konsortium.«

Brohl Handar musterte die Frau mehrere Herzschläge lang, ehe er sagte: »Nicht alle Kriege werden geführt, um Reichtümer und Land zu gewinnen, Atri-Preda.«

»Da kann ich Euch nicht zustimmen, Aufseher. Seid Ihr – die Tiste Edur – nicht in Lether einmarschiert, um der Bedrohung zuvorzukommen, der ihr Euer Land und Eure Reichtümer ausgesetzt saht? Der Assimilierung Eurer Kultur, die das Ende Eurer Unabhängigkeit bedeutet hätte? Ich habe nicht den geringsten Zweifel«, fuhr sie fort, »dass wir Letherii vorhatten, Eure Zivilisation auszulöschen, wie wir es bereits mit den Tarthenal und so vielen anderen Völkern gemacht haben. Und daher war es ein Krieg aus wirtschaftlichen Gründen.«

»Es überrascht mich keineswegs, dass Euer Volk es so sieht, Atri-Preda. Und ich hege ebenfalls keinen Zweifel daran, dass der Hexenkönig genau diese Bedenken gehabt hat. Haben wir Euer Land erobert, um zu überleben? Vielleicht.« Brohl überlegte kurz, ob er mehr sagen sollte, doch dann schüttelte er nur den Kopf und schaute zu, wie vier Kriegshunde auf einen verletzten Hirtenhund losgingen. Das lahmende Tier wehrte sich, aber es konnte der Übermacht nicht lange standhalten und ging rasch zu Boden. Anfangs zuckten seine Beine noch, doch dann wurden sie schlaff, als die Kriegshunde ihm den Bauch aufrissen.

»Aufseher – fragt Ihr Euch manchmal, wer den Krieg wirklich gewonnen hat?«

Er warf ihr einen düsteren Blick zu. »Nein, das tue ich nicht. Wie ich höre, haben Eure Kundschafter keine weiteren Hiweise auf Ahl in diesem Gebiet gefunden. Also wird der Repräsentant den Anspruch der Letherii nun vermutlich auf die übliche Weise festigen?«

Die Atri-Preda nickte. »Außenposten. Festungen, befestigte Straßen. Anschließend werden Siedler folgen.«

»Und danach wird der Repräsentant seine begehrlichen Absichten ausweiten, noch weiter nach Osten.«

»Ganz wie Ihr sagt, Aufseher. Aber Ihr erkennt bestimmt – davon bin ich voll und ganz überzeugt –, dass die neu errungenen Gebiete auch ein Geschenk für die Tiste Edur sind. Das Imperium dehnt sich aus. Ich bin mir sicher, der Imperator wird erfreut sein.«

Dies war Brohl Handars zweite Woche als Gouverneur von Drene. In dieser entlegenen Ecke von Rhulads Imperium gab es nicht viele Tiste Edur – keine hundert –, und nur die drei Mitarbeiter seines Stabs stammten aus seinem eigenen Stamm, den Arapay. Die Landnahme in der Ahl'dan durch einen inzwischen umfassenden Völkermord hatte schon vor Jahren begonnen – lange vor dem Einmarsch der Edur –, und wer auf welche Weise gerade im fernen Letheras herrschte, schien im Hinblick auf diesen Feldzug kaum von Bedeutung zu sein. Brohl Handar, der Patriarch eines Clans, der sein Leben der Jagd auf die stoßzähnigen Robben gewidmet hatte, fragte sich – und das nicht zum ersten Mal –, was er eigentlich hier machte.

Der nominelle Oberbefehl als Aufseher beinhaltete anscheinend wenig mehr, als zu beobachten. Die wahre Macht lag in den Händen von Letur Anict, dem Repräsentanten von Drene – er, *»der einen hohen Rang im Freiheits-Konsortium bekleidet«*, herrschte hier in Wirklichkeit. Das besagte Konsortium war wohl irgendeine Art von Kaufmannsgilde, das hatte er inzwischen herausbekommen, obwohl er nicht die geringste Ahnung hatte, was denn nun eigentlich so befreiend an der geheimnisvollen Organisation war. Es sei denn, es ging um die Freiheit, zu tun, was immer den Mitgliedern beliebte. Einschließlich des Einsatzes imperialer Truppen, um sich noch mehr Reichtum zu verschaffen.

»Atri-Preda.«

»Ja, Aufseher?«

»Diese Ahl – wehren sie sich? Ich meine nicht so, wie hier und heute. Ich meine – begehen sie Überfälle? Ziehen sie ihre Krieger zusammen, um sich auf den Pfad des allumfassenden Krieges zu begeben?«

Sie machte ein unbehagliches Gesicht. »Nun, Aufseher, was das angeht, gibt es zwei … nun ja, Ebenen.«

»Zwei Ebenen? Was bedeutet das?«

»Eine offizielle … und eine inoffizielle. Es ist eine Frage der Wahrnehmung.«

»Erklärt mir das.«

»Das einfache Volk ist davon überzeugt – und diese Überzeugung wird auch von imperialen Agenten verbreitet –, dass die Ahl sich mit den Ak'ryn im Süden ebenso verbündet haben wie mit den D'rhasilhani und den Königreichen Bolkando und Saphinand – kurz gesagt, mit allen Gebieten, die an das Imperium grenzen –, und dass sie auf diese Weise eine angriffslustige, kriegslüsterne und möglicherweise überwältigende Streitmacht geschaffen haben – die Horde der Bolkando-Verschwörung –, die die gesamten östlichen Gebiete des Imperiums von Lether bedroht. Es ist nur eine Frage der Zeit, bis besagte Horde vollzählig versammelt ist, woraufhin sie sich in Bewegung setzen wird. Folglich dient jeder Angriff des letheriischen Militärs dazu, die Zahl der Krieger zu verringern, die die Ahl stellen können, und darüberhinaus schwächt der Verlust von wertvollem Vieh die Wilden zusätzlich. Einer Hungersnot mag sehr wohl gelingen, was Schwerter alleine nicht schaffen können – den vollständigen Zusammenbruch der Ahl herbeizuführen.«

»Ich verstehe. Und die inoffizielle Version?«

Sie blickte ihn an. »Es gibt keine Verschwörung, Aufseher. Kein Bündnis. Tatsache ist, dass die Ahl sich auch weiterhin untereinander bekämpfen – schließlich schrumpft ihr Weideland. Und sie verachten die Ak'ryn und die D'rhasilhani und sind vermutlich noch niemals irgendjemandem aus Bolkando oder Saphinand begegnet.« Sie zögerte kurz und fuhr dann fort: »Vor zwei Monaten sind wir mit einer Art Söldnerkompanie aneinandergeraten – es gab eine verheerende Schlacht, die Eure Ernennung beschleunigt hat, wie ich vermute. Sie waren vielleicht siebenhundert Mann stark, und nach einem halben Dutzend Scharmützeln habe ich sie mit einer sechstausend Mann starken Truppe verfolgt. In der letzten Schlacht haben wir beinahe dreitausend Soldaten verloren, Aufseher. Wenn unsere Magier nicht gewesen wären …« Sie schüttelte den Kopf. »Und wir haben immer noch keine Ahnung, wer die eigentlich waren.«

Brohl musterte die Frau. Er hatte nichts von einem derartigen Zusammenstoß gewusst. War das der Grund für seine Einsetzung? Vielleicht. »Die offizielle Version, von der Ihr vorher gesprochen habt – die Lüge –, rechtfertigt es in den Augen des einfachen Volkes, die Ahl abzuschlachten. Was alles nur dem Wunsch des Repräsentanten dienlich ist, selbst immer reicher zu werden. Ich verstehe. Sagt mir, Atri-Preda, wofür braucht Letur Anict das ganze Gold? Was macht er damit?«

Die Frau zuckte die Schultern. »Gold ist Macht.«

»Macht über wen?«

»Über jeden und alle.«

»Ausgenommen die Edur, die dem letheriischen Konzept von Reichtum gleichgültig gegenüberstehen.«

»Tut Ihr das, Aufseher? Immer noch?«

»Worauf wollt Ihr hinaus?«

»In Drene gibt es Hiroth – ja, Ihr seid ihnen schon begegnet. Sie alle behaupten, mit dem Imperator verwandt zu sein, und aufgrund dieser Behauptung haben sie sich die besten Güter und Ländereien angeeignet. Sie haben hunderte von Schuldnern als Sklaven. Vielleicht werden schon bald auch Tiste Edur zu den Mitgliedern des Freiheits-Konsortiums zählen.«

Brohl Handar runzelte die Stirn. Auf einer fernen Hügelkuppe standen drei Hunde der Ahl, zwei Zughunde und ein kleinerer Hirtenhund, und schauten zu, wie die Herden durch das verwüstete Lager getrieben wurden. Das Vieh brüllte angesichts des Gestanks nach Blut und Exkrementen. Er musterte die drei Silhouetten auf dem Hügel. Und fragte sich, wo sie jetzt wohl hingehen würden. »Ich habe genug gesehen.« Er zog sein Pferd herum, wobei er die Zügel zu straff anzog. Das Tier warf den Kopf hoch und schnaubte, ging rückwärts, während es sich umdrehte. Brohl hatte alle Mühe, nicht das Gleichgewicht zu verlieren.

Falls die Atri-Preda amüsiert war, war sie klug genug, es nicht zu zeigen. Am Himmel über ihnen waren die ersten Aasfresser aufgetaucht.

Der Südjasp, einer der vier Nebenflüsse des Lether, der vom Blaurosegebirge herunterkam, wurde an seinem Südufer von einer gut ausgebauten Straße flankiert, die ein kurzes Stück voraus langsam zu dem Pass anzusteigen begann, hinter dem das Königreich Blaurose lag, das jetzt Teil des letheriischen Imperiums war. Der Fluss strömte hier schnell dahin, weil der Schwung, mit dem er wild von den Bergen herunterstürzte, noch nicht von der riesigen Ebene aufgezehrt war, die er von nun an durchquerte. Das eisige Wasser schoss brodelnd über große Felsblöcke hinweg, die längst vergangene Gletscher einst zurückgelassen hatten, und schleuderte bitterkalten Nebel in die Luft, der in Schwaden über die Straße trieb.

Die einsame Gestalt, die die sechs Tiste-Edur-Krieger und ihr Gefolge erwartete, war fast noch ein bisschen größer als ein Edur, aber dünn; sie war in einen schwarzen Umhang aus Seehundfell gehüllt und hatte die Kapuze hochgeschlagen. Über ihrer Brust kreuzten sich zwei Wehrgehänge, an denen jeweils ein letheriisches Langschwert hing, und die paar Strähnen langen weißen Haars, die der Wind losgerissen hatte, waren feucht und klebten am Kragen des Umhangs.

Für die sich nähernden Edur vom Stamm der Merude sah das Gesicht unter der Kapuze so blass aus wie der Tod, wie das eines Leichnams, der sich gerade aus dem betäubend kalten Fluss gezogen hätte – eines Leichnams, der lange in den weißadrigen Weiten des Gebirges eingefroren gewesen war, das vor ihnen lag.

Der vorderste Krieger, ein Veteran des Eroberungsfeldzugs nach Letheras, brachte seine Kameraden mit einer Geste zum Stehen und wandte sich dann an den Fremden. Zusätzlich zu den anderen fünf Edur waren da noch zehn letheriische Soldaten, zwei schwer bepackte Wagen und vierzig Sklaven, die mit Hand- und Fußfesseln hinter dem zweiten Wagen aneinandergekettet waren.

»Suchst du bei deinem Aufstieg zum Pass Gesellschaft?«, fragte der Merude, während er blinzelnd versuchte, mehr von dem Gesicht unter der Kapuze zu erkennen. »Es heißt, es soll auf den Höhen jenseits des Passes immer noch Banditen und Abtrünnige geben.«

»Ich brauche keine Gesellschaft.«

Die Stimme klang rauh, der Akzent sehr alt.

Der Merude blieb drei Schritte vor dem Mann stehen. Er konnte das Gesicht jetzt besser erkennen. Die Gesichtszüge waren mehr oder weniger die eines Edur, aber weiß wie Schnee. Die Augen waren … zermürbend. Rot wie Blut. »Und warum verstellst du uns dann den Weg?«

»Ihr habt vor zwei Tagen zwei Letherii gefangen. Die gehören mir.«

Der Merude zuckte die Schultern. »Dann hättest du sie nachts anketten sollen, mein Freund. Diese Schuldner nutzen jede Gelegenheit, um davonzurennen. Was für ein Glück für dich, dass wir sie eingefangen haben. Oh, ja – natürlich werde ich sie wieder in deine Obhut zurückgeben. Zumindest das Mädchen. Der Mann ist ein entflohener Sklave der Hiroth, wie seine Tätowierung verrät. Auf ihn warten bedauerlicherweise die Tauchtage, aber ich werde darüber nachdenken, ob ich dir einen Ersatz anbieten kann. Wie auch immer – das Mädchen ist zwar noch jung, aber wertvoll. Ich hoffe, dass du das Geld aufbringen kannst, um sie zurückzubekommen.«

»Ich werde sie beide mitnehmen. Und nichts bezahlen.«

Stirnrunzelnd sagte der Merude: »Du warst sorglos, darum hast du sie verloren. Wir waren sorgfältig und haben sie wieder eingefangen. Dementsprechend erwarten wir eine Entschädigung für unsere Bemühungen, genau wie du erwarten solltest, für deine Sorglosigkeit zu bezahlen.«

»Macht sie los«, sagte der Fremde.

»Nein. Von welchem Stamm bist du?« Die Augen, die immer noch unverwandt auf seine eigenen gerichtet waren, sahen durch und durch *tot* aus. »Was ist mit deiner Haut passiert?« *So tot wie die Augen des Imperators.* »Wie heißt du?«

»Macht sie jetzt los.«

Der Merude schüttelte den Kopf und fing an zu lachen – es klang ein bisschen dünn –, dann winkte er seine Kameraden zu sich und zog seinen breiten Kurzsäbel.

Er konnte die Absurdität dieser Herausforderung noch immer nicht so recht fassen, das machte seine Bewegungen langsam. Und deshalb hatte er die Waffe auch erst halb aus der Scheide, als der Fremde blitzschnell eines seiner Langschwerter zog und ihm die Kehle durchschnitt.

Die anderen fünf Krieger brüllten wütend auf, zogen blank und stürmten vor, und die zehn letheriischen Soldaten folgten ihnen dichtauf.

Der Fremde sah zu, wie der Anführer zusammenbrach; sein Blut spritze weit durch den Nebel, der vom Fluss aufstieg und sich auf die Straße senkte. Dann zog er sein zweites Langschwert und machte einen Schritt nach vorn, um sich den Edur entgegenzustellen. Stählerne Klingen prallten klirrend aufeinander, und auf einmal begannen die beiden letheriischen Waffen in den Händen des Fremden zu singen, und mit jedem Schlag, den sie abfingen, sangen sie lauter.

Zwei Edur stolperten gleichzeitig rückwärts, tödlich verwundet. Der eine hatte einen Stich in die Brust erhalten, während dem anderen ein Drittel seines Kopfes fehlte. Dieser Krieger drehte sich um, während der Kampf weiter tobte, griff nach unten, um Knochen und Kopfhaut aufzuheben, und wankte dann wie ein Betrunkener die Straße entlang davon.

Ein weiterer Edur fiel, sein linkes Bein war durchtrennt worden. Die restlichen beiden wichen rasch zurück, riefen nach den Letherii, die drei Schritte hinter ihnen standen und zögerten, in den Kampf einzugreifen.

Der Fremde rückte vor. Er parierte einen Stoß von dem Edur rechts mit dem Langschwert in seiner Linken – er führte das Schwert erst über, dann unter die Klinge des Angreifers, zog sie dann nach links, ehe er sie seinem Gegner mit einer Drehung des Handgelenks aus der Hand riss. Ein lang ausgeführter Stoß trieb die Schwertspitze in die Kehle des Edur. Zur gleichen Zeit vollführte er mit dem Langschwert in seiner Rechten eine hoch angesetzte Finte. Der letzte Edur beugte sich nach hinten, um dem Stoß zu entgehen, und setzte gleichzeitig zu einem diagonal geführten Hieb an, der dem Fremden das Handgelenk hätte durchtrennen sollen. Aber das Langschwert senkte sich plötzlich, und aus der gleichen Bewegung heraus, die den Säbel beiseite wischte, bohrte sich die Schwertspitze ins rechte Auge des Edur und zerschmetterte auf ihrem Weg zum Vorderhirn die Knochen der Augenhöhle.

Der Fremde schob sich zwischen den beiden fallenden Edur hindurch, drang weiter vor und schlug die beiden vordersten Letherii nieder, was die restlichen acht dazu brachte, sich umzudrehen und davonzurennen – vorbei an den Wagen, von deren Kutschböcken die Lenker in panischem Entsetzen herunterkletterten, und dann weiter an der Reihe ungläubig starrender Gefangener entlang. Sie rannten und rannten, warfen ihre Waffen weg und rannten weiter.

Als einer der Letherii nahe an einem der gefesselten Sklaven vorbeikam, zuckte plötzlich ein Bein vor und brachte den Mann zum Stolpern, und die Reihe aneinandergeketteter Gefangener schien Wellen zu schlagen, als der Sklave, der das Bein ausgetreckt hatte, sich auf den unglücklichen Letherii warf, ihm die Kette einmal um den Hals schlang – und zuzog. Der Angegriffene trat wild um sich, fuchtelte mit den Armen und griff ins Leere, doch der Sklave ließ nicht locker, und schließlich wurden die Bewegungen des Wächters schwächer.

Silchas Ruin trat mit den immer noch singenden Klingen in den Händen zu Udinaas, der mittlerweile einen Leichnam strangulierte. »Du kannst jetzt aufhören«, sagte der Albino aus dem Volk der Tiste Andii.

»Das kann ich«, sagte Udinaas mit zusammengebissenen Zähnen, »aber ich will nicht. Dieser Dreckskerl hier war der Schlimmste von allen. Der Allerschlimmste.«

»Seine Seele ertrinkt bereits im Nebel«, sagte Silchas Ruin und drehte sich um, als zwei Gestalten aus den Büschen auftauchten, die den Graben parallel zur südlichen Seite der Straße säumten.

»Würg ihn weiter«, sagte Kessel, die ein Stück weiter weg angekettet war. »Der da hat mir wehgetan.«

»Ich weiß«, sagte Udinaas mit heiserer Stimme. »Ich weiß.«

Silchas Ruin trat zu Kessel. »Er hat dir wehgetan? Wie?«

»So wie immer«, antwortete sie. »Mit dem Ding zwischen seinen Beinen.«

»Und die anderen Letherii?«

Das Mädchen schüttelte den Kopf. »Die haben nur zugesehen. Und gelacht, immer gelacht.«

Silchas Ruin drehte sich um, als Seren Pedac bei ihm ankam.

Der Ausdruck in den unheimlichen Augen des Tiste Andii machte Seren frösteln, als Silchas Ruin sagte: »Ich werde diejenigen, die geflohen sind, verfolgen, Freisprecherin. Und bevor der Tag zu Ende ist, wieder zu euch allen zurückkehren.«

Sie schaute weg, sah kurz Forcht Sengar, der über den Leichen der Merude-Krieger stand, wandte den Blick rasch ab und richtete ihn auf die von Felsbrocken übersäte Ebene im Süden – wo noch immer der Tiste Edur dahinstolperte, der ein Drittel seines Schädels verloren hatte. Doch auch dieser Anblick erwies sich als zu quälend. »Also gut«, sagte sie, während sie zu den Wagen und den angeschirrten Pferden hinüberschielte. »Wir werden der Straße weiter folgen.«

Udinaas' Wut auf den Leichnam des Letherii unter ihm war mittlerweile verraucht, und er stand auf, blickte sie an. »Seren Pedac, was ist mit den restlichen Sklaven? Wir müssen sie alle befreien.«

Sie runzelte die Stirn. Das Denken fiel ihr schwer, so erschöpft, wie sie sich fühlte. All die Monate, in denen sie sich versteckt hatten und geflohen waren und sowohl den Edur wie den Letherii immer wieder ausgewichen waren – nur um festzustellen, dass ihre Versuche, nach Osten zu gelangen, jedes Mal aufs Neue behindert wurden, so dass sie immer weiter nach Norden hatten ausweichen müssen –, und das Entsetzen, das dabei die ganze Zeit ihr ständiger Begleiter gewesen war, hatten ihren Gedanken jede Schärfe genommen. *Sie befreien. Ja. Aber dann …*

»Es wird nur weitere Gerüchte geben«, sagte Udinaas, als hätte er ihre Gedanken gelesen, sie vor ihr gefunden. »Davon gibt es jede Menge, und sie verwirren unsere Jäger. Hört zu, Seren – sie wissen bereits mehr oder weniger, wo wir sind. Und was diese Sklaven angeht – sie werden alles tun, um nicht erneut in Gefangenschaft zu geraten. Wir brauchen uns ihretwegen nicht allzu viele Gedanken zu machen.«

Sie zog die Brauen hoch. »Du verbürgst dich für deine Mitschuldner, Udinaas? Dafür, dass keiner von ihnen die Gelegenheit nutzen wird, sich durch wichtige Informationen freizukaufen, ja?«

»Die einzige andere Möglichkeit«, sagte er und blickte sie an, »wäre, sie alle zu töten.«

Diejenigen, die zuhörten, diejenigen, die trotz aller Demütigungen und Schläge noch nicht zu gedankenlosen, nur noch mechanisch handelnden Wesen geworden waren, meldeten sich plötzlich lautstark zu Wort, gaben Erklärungen ab und machten Versprechungen, streckten unter Kettengerassel die Hände nach Seren aus. Die anderen blickten furchtsam auf, wie Myrids, die den Geruch eines Wolfs erhaschen, ohne ihn sehen zu können. Einige kauerten sich in den mit Geröll gesprenkelten Straßenschlamm und weinten laut.

»Der Edur, den er als Ersten getötet hat«, sagte Udinaas, »hat die Schlüssel.«

Silchas Ruin war die Straße entlanggeschritten. In den Nebelschwaden kaum noch zu erkennen, verwandelte der Tiste Andii sich in etwas Großes, das Schwingen hatte, und schwang sich in die Luft. Seren blickte zu den Sklaven hinüber – keiner von ihnen hatte es mitbekommen, wie sie erleichtert feststellte. »Also gut«, sagte sie zu Udinaas und ging dorthin, wo Forcht Sengar noch immer bei dem toten Edur stand.

»Ich muss die Schlüssel holen«, sagte sie und kauerte sich neben den Edur, der als Erster gefallen war.

»Fasst ihn nicht an«, sagte Forcht.

Sie schaute zu ihm auf. »Die Schlüssel … für die Ketten …«

»Ich werde sie suchen.«

Sie nickte, stand auf und trat ein paar Schritte zurück. Schaute zu, wie er ein stummes Gebet sprach und sich dann neben dem Leichnam auf die Knie niederließ. Er fand die Schlüssel in einem Lederbeutel, der am Gürtel des Kriegers befestigt war, und der auch eine Handvoll polierter Steine enthielt. Forcht nahm die Schlüssel in die linke Hand und legte sich die Steine auf die Handfläche der rechten. »Die hier«, sagte er, »sind vom Meeresstrand seiner Heimat. Wahrscheinlich hat er sie schon als Kind gesammelt.«

»Kinder werden groß«, sagte Seren. »Selbst gerade Bäume bringen manchmal krumme Äste hervor.«

»Und was hatte dieser Krieger für Fehler?«, wollte Forcht wissen. Er starrte sie düster an. »Er ist meinem Bruder gefolgt, genau wie alle anderen Krieger der Stämme.«

»Manche von ihnen haben sich irgendwann abgewandt, Forcht.« *Genau wie du.*

»Das, wovon ich mich abgewandt habe, liegt im Schatten dessen, dem ich mich jetzt zugewandt habe, Freisprecherin. Stellt das meine Loyalität gegenüber den Tiste Edur in Frage? Gegenüber meinem eigenen Volk? Nein. Das vergesst Ihr alle wieder und wieder, weil es für Euch so gut passt. Hört mir zu, Freisprecherin. Ich werde mich verstecken, wenn ich muss, aber ich werde nicht meine eigenen Leute töten. Wir haben das Geld, wir hätten ihnen die Freiheit erkaufen können ...«

»Das gilt nicht für Udinaas.«

Er bleckte die Zähne, sagte aber nichts.

Ja, Udinaas – der Mann, den du nur allzu gerne töten würdest. Wenn Silchas Ruin nicht wäre ... »Forcht Sengar«, sagte sie, »Ihr habt Euch entschlossen, mit uns zusammen zu reisen, und es kann keinen Zweifel – wirklich nicht den geringsten – daran geben, dass Silchas Ruin in unserer armseligen Gruppe das Sagen hat. Wenn Euch seine Methoden nicht gefallen – na schön. Aber er ganz allein wird Euch hier durchbringen. Und das wisst Ihr.«

Der Krieger vom Stamm der Hiroth blickte weg, die Straße entlang. Er blinzelte, um das Wasser aus seinen Augen zu bekommen. »Und mit jedem Schritt wird der Preis höher, den ich für meine Suche zu zahlen habe – eine Art, sich zu verschulden, die Ihr nur allzu gut kennen dürftet, Freisprecherin. Die Lebensweise der Letherii, die Bürde, der man niemals entkommen kann. Und von der man sich auch nicht freikaufen kann.«

Sie streckte die Hand nach den Schlüsseln aus.

Er legte sie ihr in die Hand, nicht gewillt, ihr in die Augen zu schauen.

Wir unterscheiden uns nicht von diesen Sklaven. Sie wog die klirrenden Schlüssel in der Hand. *Sind ebenso aneinandergekettet wie sie. Doch ... wer hat die Schlüssel zu unserer Freiheit?*

»Wo ist er hin?«, fragte Forcht.

»Er will die Letherii zur Strecke bringen. Ich gehe davon aus, dass Ihr nichts dagegen einzuwenden habt.«

»Nein. Aber Ihr solltet es, Freisprecherin.«

Ich nehme an, das sollte ich tatsächlich. Sie ging wieder zu den Sklaven zurück.

Ein Gefangener, der unweit von Udinaas angekettet war, war dicht zu ihm gekrochen, und Seren hörte die im Flüsterton gestellte Frage: »Der große Schlächter – war das die Weiße Krähe? Das war er doch, oder? Ich habe gehört …«

»Du hast überhaupt nichts gehört«, sagte Udinaas. Er hob die Arme, als Seren näherkam. »Es ist der Dreieckige«, sagte er zu ihr. »Ja, genau der. Hol uns der Abtrünnige, Ihr habt Euch ganz schön viel Zeit gelassen.«

Sie drehte den Schlüssel, bis die erste Handschelle sich mit einem Klicken öffnete. »Wir sind davon ausgegangen, dass ihr beide etwas von einem Bauernhof stehlen würdet – und nicht davon, dass ihr euch von Sklavenjägern fangen lasst.«

»Die Sklavenjäger haben auf dem verdammten Gelände gelagert. In jener Nacht hat wirklich niemand auf uns herabgelächelt.«

Sie schloss die zweite Handschelle auf, und Udinaas trat aus der Reihe heraus. Er rieb sich die roten Striemen an den Handgelenken. »Forcht hat versucht, Silchas von der Sache abzubringen – also, wenn man sich die beiden anschaut, ist es kein Wunder, dass die Edur und die Andii zehntausend Kriege gegeneinander geführt haben«, sagte Seren.

Udinaas gab ein unbestimmtes Geräusch von sich, während sie gemeinsam zu Kessel gingen. »Forcht ärgert sich darüber, dass er nicht mehr die Befehlsgewalt hat«, sagte er. »Und dass er sie ausgerechnet an einen Tiste Andii verloren hat, macht alles nur noch schlimmer. Er ist immer noch nicht davon überzeugt, dass der Verrat, der vor all diesen Jahrhunderten stattgefunden hat, tatsächlich andersherum war – dass Scabandari als Erster das Messer gezogen hat.«

Seren Pedac sagte nichts. Als sie Kessel erreichte, blickte sie auf das dreckverschmierte Gesicht des Mädchens hinunter, das langsam den Blick hob und die uralten Augen auf sie richtete.

Kessel lächelte. »Ich habe dich vermisst.«

»Wie schlimm bist du benutzt worden?«, fragte Seren, während sie ihr die großen eisernen Handschellen abnahm.

»Ich kann gehen. Und es hat aufgehört zu bluten. Das ist doch ein gutes Zeichen, oder?«

»Wahrscheinlich.« Das Thema war ihr unangenehm – schließlich hatte sie, was Vergewaltigungen anging, ihre eigenen Erinnerungen, die sie in jedem wachen Augenblick verfolgten. »Es werden Narben zurückbleiben, Kessel.«

»Es ist anstrengend, lebendig zu sein. Ich habe immer Hunger, und mir tun die Füße weh.«

Ich hasse Kinder mit Geheimnissen – vor allem solche mit Geheimnissen, die ihnen noch nicht einmal bewusst sind. Ich muss die richtigen Fragen stellen; eine andere Möglichkeit gibt es nicht. »Was ärgert dich sonst noch daran, wieder unter den Lebenden zu sein, Kessel?« *Und … wie? Warum?*

»Dass ich mich klein fühle.«

Seren spürte, wie jemand sie am rechten Arm packte – es war ein Sklave, ein alter Mann, der mit einem Blick voll armseliger Hoffnung die andere Hand nach den Schlüsseln ausstreckte. Sie gab sie ihm. »Befreie die anderen«, sagte sie. Er nickte heftig, fummelte an seinen Handschellen herum. »Nun«, sagte Seren zu Kessel, »das ist ein Gefühl, mit dem wir uns alle abfinden müssen. Zu viel auf der Welt widersetzt sich unseren Bemühungen, es in eine Form zu bringen, die uns gefallen würde. Zu leben bedeutet, Unzufriedenheit und Enttäuschungen kennenzulernen.«

»Ich will immer noch Kehlen zerfetzen, Seren. Ist das schlimm? Ich glaube schon …«

Bei Kessels Worten wich der alte Mann zurück und verdoppelte seine unbeholfenen Bemühungen, sich zu befreien. Hinter ihm fluchte eine Frau ungeduldig.

Udinaas war auf den vorderen Wagen geklettert und eifrig damit beschäftigt, ihn nach allem zu durchstöbern, was sie vielleicht brauchen könnten. Kessel kletterte ebenfalls hinauf, um ihm zu helfen.

»Wir müssen aus diesem Nebel raus«, murmelte Seren. »Ich bin vollkommen durchnässt.« Sie ging zu dem Wagen. »Beeilt euch, ihr beiden. Wenn wir hier noch mehr Gesellschaft bekommen, könnte es sein, dass wir in Schwierigkeiten geraten.« *Vor allem jetzt, wo Silchas Ruin fort ist.* Der Tiste Andii war der einzige Grund dafür, dass sie bis jetzt überlebt hatten. Wenn sie es nicht schafften, den Suchtrupps auszuweichen oder sich vor ihnen zu verstecken, erhoben seine beiden Schwerter ihre Stimmen – und sangen das unheimliche Lied von der Auslöschung. *Die Weiße Krähe.*

Es war eine Woche her, seit sie das letzte Mal Edur und Letherii zu Gesicht bekommen hatten, die eindeutig auf der Jagd waren. Auf der Suche nach dem Verräter: Forcht Sengar. Und nach dem anderen Verräter: Udinaas. Trotzdem war Seren Pedac verwirrt – sie hätten von ganzen Armeen gejagt werden müssen. Und auch wenn sie stetig verfolgt wurden, waren die Bemühungen zwar hartnäckig, aber nicht grimmig entschlossen. Irgendwann einmal hatte Silchas nebenbei erwähnt, dass die K'risnan des Imperators rituelle Zauber wirkten – Zauber, die sie anlocken und festsetzen sollten. Und dass im Osten und um Letheras herum Fallen auf sie warteten. Das mit den Fallen im Osten konnte sie verstehen, denn die wilden Lande jenseits der Grenzen des Imperiums waren von Anfang an ihr Ziel gewesen. Dort glaubte Forcht – aus Gründen, die zu erklären er sich nicht die Mühe machte –, das zu finden, was er suchte; eine Überzeugung, der Silchas Ruin nicht widersprach. Aber dass sie die Hauptstadt ebenfalls mit Fallen umgeben hatten, verblüffte Seren. *Als hätte Rhulad Angst vor seinem Bruder.*

Udinaas sprang vom ersten Wagen herunter und machte sich zum zweiten auf. »Ich habe Münzen gefunden«, sagte er. »Viele Münzen. Außerdem sollten wir diese Pferde mitnehmen – wir können sie verkaufen, wenn wir auf der anderen Seite des Passes angekommen sind.«

»Beim Pass gibt es ein Fort«, sagte Seren. »Es ist zwar möglich, dass es nicht besetzt ist, aber dafür gibt es keine Garantie, Udinaas. Wenn wir mit den Pferden ankommen, und sie sie erkennen …«

»Wir umgehen das Fort«, antwortete er. »Nachts. Ungesehen.«

Sie runzelte die Stirn, wischte sich Wasser aus den Augen. »Das ist ohne Pferde leichter. Davon abgesehen sind diese Tiere alt und heruntergekommen – viel werden wir für die nicht bekommen, schon gar nicht in Blaurose. Und wenn Wyval zurückkommt, werden sie wahrscheinlich vor Entsetzen sterben.«

»Wyval kommt nicht zurück«, sagte Udinaas und wandte sich ab. Seine Stimme klang heiser. »Wyval ist fort, und damit wäre das schon mal erledigt.«

Sie wusste, dass sie nicht an seinen Worten zweifeln sollte. Schließlich hatte der Geist des Drachen-Abkömmlings in ihm gehaust. Aber es gab keine einleuchtende Erklärung für das plötzliche Verschwinden des geflügelten Geschöpfs, zumindest keine, die Udinaas irgendjemandem mitgeteilt hätte. Wyval war nun schon mehr als einen Monat fort.

Udinaas, der mittlerweile auf dem zweiten Wagen hockte, fluchte laut. »Hier ist nichts außer Waffen.«

»Waffen?«

»Schwerter, Schilde und Rüstungen.«

»Aus Lether?«

»Ja. Von mittelmäßiger Qualität.«

»Was wollten diese Sklavenjäger mit einer Wagenladung voller Waffen?«

Schulterzuckend kletterte er wieder von dem Wagen herunter, eilte an ihr vorbei und machte sich daran, die Pferde abzuschirren. »Die Tiere hätten es bei dem Aufstieg ziemlich schwer gehabt.«

»Silchas Ruin kommt zurück«, sagte Kessel und deutete die Straße entlang.

»Das ging schnell.«

Udinaas stieß ein raues Lachen aus. »Die Narren hätten sich aufteilen sollen, so dass er sie alle einzeln hätte jagen müssen. Stattdessen haben sie sich wahrscheinlich neu formiert – dumme, gute Soldaten, die sie nun einmal waren.«

»Dein Blut ist ziemlich dünn, was, Udinaas?«, sagte Forcht Sengar, der in der Nähe des vorderen Wagens stand.

»Wie Wasser«, antwortete der ehemalige Sklave.

Um des Abtrünnigen willen, Forcht, er hat sich nicht aus freien Stücken entschieden, deinen Bruder im Stich zu lassen. Das weißt du. Und er ist auch nicht für Rhulads Wahnsinn verantwortlich. Also – wie viel von deinem Hass auf Udinaas beruht auf Schuldgefühl? Wer ist wirklich für das verantwortlich, was aus Rhulad geworden ist? Für den Imperator der Tausend Tode?

Einer Erscheinung gleich tauchte der weißhäutige Tiste Andii aus dem Nebel auf. Sein schwarzer Umhang glänzte wie Schlangenhaut. Seine Schwerter steckten wieder in ihren Scheiden, was ihre Schreie dämpfte, doch ihre stählernen Stimmen weigerten sich zu verklingen – und würden noch tagelang so weitermachen.

Wie sie dieses Geräusch hasste.

Tanal Yathvanar stand da und schaute auf die nackte Frau in seinem Bett hinunter. Die Fragesteller hatten hart mit ihr gearbeitet, hatten nach den Antworten gesucht, die sie hören wollten. Sie war übel gezeichnet, die Haut von Schnittwunden und Brandblasen übersät, die Gelenke geschwollen und blutunterlaufen. Sie war kaum bei Bewusstsein gewesen, als er sie letzte Nacht benutzt hatte. Dies war einfacher, als zu den Huren zu gehen – und außerdem kostete es ihn nichts. Er war nicht sonderlich daran interessiert, die Frauen selbst zu schlagen, sondern wollte nur zusehen, wie sie geschlagen wurden. Ihm war klar, dass seine Begierden abartig waren, aber diese Organisation – die Patriotisten – bot den vollkommenen Zufluchtsort für Menschen wie ihn. Macht und Immunität, eine höchst tödliche Kombination. Er hatte den Verdacht, dass Karos Invictad über seine nächtlichen Eskapaden sehr wohl Bescheid wusste und dieses Wissen bewahrte wie ein in einer Scheide steckendes Messer.

Es ist ja nicht so, dass ich sie getötet hätte. Es ist ja nicht so, dass sie sich überhaupt an diese Sache erinnern würde. Außerdem ist sie eh für die Tauchtage bestimmt – was spielt es da für eine Rolle, wenn ich mir vorher noch ein bisschen Spaß gönne? Soldaten tun das doch auch. Einst hatte er davon geträumt, Soldat zu werden – damals, vor vielen Jahren, in seiner Jugend, als er sich an fehlgeleitete, romantische Vorstellungen über Heldentum und ungezwungene Freiheit geklammert hatte, als würde Ersteres Letzteres rechtfertigen. In Lethers Geschichte hatte es viele adlige Mörder gegeben. Gerun Eberict war so ein Mann gewesen. Er hatte Tausende umgebracht – Diebe, Halsabschneider und Taugenichtse, die Verkommenen und die Mittellosen. Er hatte die Straßen von Letheras gesäubert – und hatten nicht alle die angenehmen Folgen genossen? Weniger Bettler, weniger Taschendiebe, weniger Obdachlose, weniger von all den anderen heruntergekommenen Fehlentwicklungen der modernen Zeit. Tanal bewunderte Gerun Eberict – er war ein großer Mann gewesen. Von einem Schläger ermordet, den Schädel zu Brei zermatscht – ein tragischer Verlust, sinnlos und grausam.

Eines Tages werden wir seinen Mörder finden.

Er wandte sich von der bewusstlosen Frau ab, zupfte seine leichte Tunika zurecht, so dass die Schulternähte gleichmäßig und gerade waren, und schloss dann die Schnalle seines Waffengürtels. Eine der Maßgaben des Beaufsichtigers an alle Offiziere der Patriotisten: Gürtel, Dolch und Kurzschwert. Tanal mochte das Gewicht der Waffen, die Autorität, die in dem Privileg lag, Waffen tragen zu dürfen, während dies allen anderen Letherii – ausgenommen Soldaten – durch eine Proklamation des Imperators verboten worden war.

Als ob wir jemals rebellieren würden. Der verdammte Narr glaubt, er hat den Krieg gewonnen. Sie alle glauben es. Diese blöden Barbaren.

Tanal Yathvanar ging zur Tür, trat auf den Korridor hinaus und machte sich zum Amtszimmer des Beaufsichtigers auf. Einen Augenblick, bevor er an die Tür klopfte, hallte der zweite Glockenschlag nach Mittag durch das Gebäude. Eine leise Aufforderung, und er trat ein.

Er stellte fest, dass Rautos Hivanar, der Vorsitzende des Freiheits-Konsortiums, bereits da war und Karos Invictad gegenübersaß. Der große Mann schien den halben Raum auszufüllen, und Tanal bemerkte, dass der Beaufsichtiger seinen eigenen Stuhl so weit wie möglich zurückgeschoben hatte, so dass er gegen den Fenstersims stieß. Dennoch nutzte Karos den Platz auf seiner Seite des Schreibtischs so gut es ging und versuchte sich an einer Pose leutseliger Behaglichkeit.

»Tanal, unser Gast ist höchst beharrlich, was seinen Verdacht angeht. Und zwar so sehr, dass ich mittlerweils davon überzeugt bin, dass wir der Suche nach der Quelle dieser Bedrohung ein beträchtliches Maß an Aufmerksamkeit widmen sollten.«

»Beaufsichtiger, was für eine Absicht liegt der Sache zugrunde – Aufwiegelung oder Verrat? Oder haben wir es mit einem Dieb zu tun?«

»Mit einem Dieb, möchte ich annehmen«, erwiderte Karos und warf Rautos Hivanar einen Blick zu.

Der Mann blähte die Wangen, ehe er einen bedächtigen Seufzer ausstieß. »Ich bin mir nicht so sicher. Oberflächlich betrachtet mag es so aussehen, als hätten wir es mit einer zwanghaft handelnden Einzelperson zu tun, die von Gier verzehrt wird und dementsprechend Reichtümer hortet. Aber nur in Form von richtigen Münzen, und deswegen erweist es sich als so schwierig, eine Spur zu finden. Keine Besitztümer, keine Protzerei, kein spöttischer Verzicht auf Vergünstigungen. Inzwischen sind die ersten Folgen bereits spürbar: unsere Münzen werden allmählich knapp. Gewiss, die finanzielle Struktur des Imperiums hat noch keinen echten Schaden erlitten. Noch nicht. Aber wenn der Schwund sich fortsetzt«, er schüttelte den Kopf, »werden wir den Druck in Bälde zu spüren bekommen.«

Tanal räusperte sich und fragte dann: »Herr, habt Ihr selbst Agenten beauftragt, der Sache nachzugehen?«

Rautos runzelte die Stirn. »Der Erfolg des Freiheits-Konsortiums beruht genau darauf, dass seine Mitglieder der Überzeugung sind, die mächtigsten Spieler in einem unangreifbaren System zu sein. Vertrauen ist ein höchst zerbrechliches Gut, Tanal Yathvanar. Zugegeben, ein paar, die speziell mit Finanzen zu tun haben, haben mir ihre Sorgen vorgetragen. Beispielsweise Druz Thennict und Barrakta Ilk. Aber bis jetzt haben sie ihren Bedenken noch keine feste Form verliehen – es gibt keinen echten Verdacht, dass etwas schieflaufen könnte. Allerdings sind beide keine Narren.« Er blickte flüchtig aus dem Fenster hinter Karos Invictad. »Die Untersuchung muss von den Patriotisten durchgeführt werden – unter allerhöchster Geheimhaltung.« Der Blick aus den Augen unter den schweren Lidern senkte sich, richtete sich auf den Beaufsichtiger. »Ich habe gehört, Ihr hättet neuerdings Universitätsmitglieder und Gelehrte aufs Korn genommen.«

»Viele Wege führen zum Verrat.« Ein leichtes Schulterzucken und ein ebenso leichtes Hochziehen der Augenbrauen begleitete Karos Invictads Worte.

»Einige von ihnen sind Angehörige alteingesessener und angesehener letheriischer Familien.«

»Nein, Rautos – diejenigen, die wir festgesetzt haben, nicht.«

»Das stimmt, aber die unglücklichen Opfer haben Freunde, Beaufsichtiger, die sich ihrerseits an mich gewandt haben.«

»Nun, mein Freund, das ist in der Tat heikel. Ihr schreitet nun über hauchdünnen Grund – und darunter befindet sich nichts als Morast.« Er beugte sich vor, stützte die Arme auf den Schreibtisch und faltete die Hände. »Aber ich werde die Sache nichtsdestotrotz untersuchen. Vielleicht war die kürzlich erfolgte Verhaftungswelle erfolgreich und konnte die Enttäuschung unter den Gelehrten ersticken, oder zumindest die schlimmsten von ihnen aussondern.«

»Ich danke Euch, Beaufsichtiger. Und nun sagt mir bitte, wer wird Eure Untersuchung leiten?«

»Nun, ich werde mich persönlich darum kümmern.«

»Venitt Sathad, mein Assistent, der unten im Hof auf mich wartet, kann in dieser Woche als Verbindungsmann zwischen Eurer Organisation und mir dienen; danach werde ich jemand anderen damit beauftragen.«

»Sehr gut. Wöchentliche Berichte sollten ausreichen, zumindest am Anfang.«

»Einverstanden.«

Rautos Hivanar stand auf, und einen Herzschlag später tat Karos Invictad es ihm gleich.

Das Arbeitszimmer wirkte plötzlich sehr voll, und Tanal wich zurück; es machte ihn wütend, dass er sich auf einmal so eingeschüchtert fühlte. *Ich habe von Rautos Hivanar nichts zu befürchten. Und auch von Karos nicht. Ich bin ein Mitwisser. Sie vertrauen mir.*

Karos Invictad stand einen Schritt hinter Rautos und hatte ihm eine Hand auf den Rücken gelegt, während der Vorsitzende die Tür öffnete. Kaum trat Rautos hinaus auf den Korridor, lächelte Karos und sagte ein paar letzte Worte zu seinem Besucher, der als Antwort irgendetwas Unverständliches brummelte, und dann schloss der Beaufsichtiger die Tür und drehte sich zu Tanal um.

»Eines dieser angesehenen Universitätsmitglieder hinterlässt gerade Flecken auf deinen Laken, Yathvanar.«

Tanal blinzelte. »Herr, sie war dazu verurteilt, an den Tauchtagen ...«

»Mach die Verurteilung rückgängig. Sorge dafür, dass die Frau in Ordnung gebracht wird.«

»Herr, es könnte durchaus sein, dass sie sich an gewisse Dinge erinnert ...«

»Du solltest dich eben um ein gewisses Maß an Zurückhaltung bemühen, Tanal Yathvanar«, sagte Karos Invictad kalt. »Verhafte ein paar Töchter von denen, die sowieso schon in Ketten sind, verdammt, und vergnüge dich mit denen. Habe ich mich verständlich genug ausgedrückt?«

»J-ja, Herr. Wenn sie sich erinnert ...«

»Dann wird eine Wiedergutmachung nötig werden, oder? Ich vertraue darauf, dass deine eigenen Finanzen in Ordnung sind, Yathvanar. Und jetzt geh mir aus den Augen.«

Als Tanal die Tür hinter sich zuzog, hatte er Mühe, Luft zu bekommen. *Dieser Dreckskerl. Niemand hat mich gewarnt, die Finger von ihr zu lassen, oder? Wessen Fehler war denn das Ganze? Aber du hast vor, mich dafür bezahlen zu lassen. Für alles. Klinge und Axt sollen dich holen, Invictad, aber das werde ich nicht allein ausbaden.*

Nein, das werde ich nicht.

»Verderbtheit verfügt über eine gewisse Anziehungskraft, findest du nicht auch?«

»Nein.«

»Immerhin – je kränker die Seele, desto süßer die wohlverdiente Strafe.«

»Vorausgesetzt, es gibt eine solche.«

»Es gibt einen Mittelpunkt, da bin ich mir sicher. Und nach meinen Berechnungen sollte es die genaue Mitte sein. Aber vielleicht ist der Angelpunkt selbst fehlerhaft.«

»Was für Berechnungen?«

»Nun, natürlich die, die zu machen ich dich gebeten habe. Wo sind sie?«

»Auf meiner Liste.«

»Und wie berechnest du die Reihenfolge auf deiner Liste?«

»Das ist nicht die Berechnung, um die Ihr mich gebeten habt.«

»Ein Punkt für dich. Wie auch immer, wenn er einfach sämtliche Beine still halten würde, könnten wir meine Annahme gründlich prüfen.«

»Er will nicht, und ich kann erkennen, warum. Ihr versucht, ihn auf dem Mittelpunkt seines Körpers zu balancieren, aber mit all seinen Beinen ist er dafür geschaffen, diesen Teil hochzuhalten.«

»Sind das streng methodische Beobachtungen? Wenn das so ist, mach eine Notiz.«

»Auf was? Wir haben die Wachstafel zum Mittagessen gegessen.«

»Kein Wunder, dass ich das Gefühl habe, ich könnte eine Kuh verschlingen, ohne auch nur einmal aufzustoßen. Sieh doch nur! Ha! Er sitzt! Er sitzt perfekt!«

Beide Männer beugten sich vor, um Ezgara genau zu betrachten, das Insekt, das an beiden Enden seines Körpers einen Kopf hatte. Es war natürlich nicht einzigartig; in diesen Tagen gab es jede Menge von ihnen, die eine geheimnisvolle Nische im komplizierten Miasma der Natur füllten, eine Nische, die seit zahllosen Jahrtausenden leer gewesen war. Die Beine der Kreatur, die an abgebrochene Zweige erinnerten, zuckten hilflos.

»Ihr quält ihn mit ganz offensichtlicher Verderbtheit, Tehol«, sagte Bagg.

»Es sieht nur so aus.«

»Nein, es ist so.«

»Nun gut.« Tehol griff nach unten und pflückte das unglückliche Insekt von dem Angelpunkt. Die beiden Köpfe drehten sich hin und her. »Wie auch immer«, sagte er, während er sich die Kreatur dicht vor die Augen hielt, »das war nicht die Art von Verderbtheit, von der ich gesprochen habe. Aber mal ganz nebenbei – wie läuft's mit dem Baugewerbe?«

»Geht flott den Bach runter.«

»Oh. Ist das eine Beteuerung oder ein angeprangerter Mangel?«

»Wir finden keine Käufer mehr. Niemand hat mehr Münzen, und ich habe genug von Krediten, vor allem, wenn sich herausstellt, dass die Stadtplaner die Liegenschaften nicht verkaufen können. Daher habe ich alle entlassen müssen, mich eingeschlossen.«

»Wann ist das alles passiert?«

»Morgen.«

»Typisch. Ich bin immer der Letzte, der etwas erfährt. Was glaubst du – hat Ezgara Hunger?«

»Er hat mehr Wachs gegessen als Ihr. Was glaubt Ihr, wo all die Abfälle hingehen?«

»Seine oder meine?«

»Herr, ich weiß bereits, wo Eure hingehen, und wenn Biri das jemals herausfindet ...«

»Kein Wort mehr, Bagg. Nun, nach meinen Beobachtungen, und gemäß der Notizen, die zu machen du versäumt hast, hat Ezgara Essen verdrückt, das dem Gewicht einer ertrunkenen Katze entspricht. Aber er bleibt winzig, flink und gesund, und dank unserer heutigen Wachsmahlzeit quietschen auch seine Köpfe nicht mehr, wenn er sie dreht, was ich als gutes Zeichen betrachte, denn nun werden wir nicht mehr hundert Mal pro Nacht aufwachen.«

»Herr.«

»Ja?«

»Woher wisst Ihr, wie viel eine ertrunkene Katze wiegt?«

»Von Selush natürlich.«

»Das verstehe ich nicht.«

»Du musst dich doch erinnern. Es war vor drei Jahren. Die wilde Katze, die auf dem Rinnesict-Anwesen eingefangen wurde, diejenige, die eine flügellose Zierente vergewaltigt hatte. Sie wurde zu einem Auftritt bei den Tauchtagen verurteilt.«

»Ein schrecklicher Tod für eine Katze. Ja, jetzt erinnere ich mich. Man konnte ihr Jaulen in der ganzen Stadt hören.«

»Genau die. Irgendein unbekannter Wohltäter hatte Mitleid mit dem nassen Katzenkadaver und hat Selush ein kleines Vermögen bezahlt, um das Tier für eine angemessene Beerdigung herzurichten.«

»Ihr müsst verrückt sein. Wer würde so etwas tun – und warum?«

»Ganz offensichtlich aus tieferliegenden Beweggründen. Ich wollte natürlich wissen, wieviel eine ertrunkene Katze wiegt. Welchen Sinn hätte dieser Vergleich sonst? Er ist so anschaulich – ich habe Jahre darauf gewartet, ihn anbringen zu können.«

»Drei Jahre.«

»Nein, viel länger. Daher auch meine Neugier – und meine Bereitschaft, die Gunst des Augenblicks zu nutzen. Bevor besagte Katze ihr feuchtes Ende gefunden hat, hatte ich Angst, den Vergleich auszusprechen, denn da es ihm von meiner Seite an Wahrhaftigkeit gemangelt hätte, hätte er nur dazu eingeladen, sich über mich lustig zu machen.«

»Ihr seid ein ganz Weicher, was?«

»Aber sag es niemandem.«

»Herr, was die Gewölbe angeht.«

»Was ist mit ihnen?«

»Ich glaube, dass sie vergrößert werden müssen.«

Tehol benutzte die Spitze seines rechten Zeigefingers, um dem Insekt über den Rücken zu streichen – oder es, anders betrachtet, gegen den Strich zu bürsten. »Jetzt schon? Nun, wie weit bist du im Moment unter dem Fluss?«

»Weiter als zur Hälfte.«

»Und das bedeutet wie viele?«

»Wie viele Gewölbe? Sechzehn. Jeweils drei doppelte Mannshöhen hoch.«

»Und die sind alle voll?«

»Alle.«

»Oh. Dann fängt es vermutlich allmählich an wehzutun.«

»Baggs Baufirma wird das erste große Unternehmen sein, das zusammenbricht.«

»Und wie viele wird es mit in den Untergang reißen?«

»Kann ich nicht sagen. Drei, vielleicht auch vier.«

»Ich dachte, du könntest es nicht sagen.«

»Dann sagt es auch niemandem.«

»Gute Idee. Bagg, Du musst mir eine Kiste mit ganz besonderen Eigenschaften bauen, die ich dir später noch mitteilen werde.«

»Eine Kiste, Herr. Holz gut genug?«

»Was soll denn das für ein Satz sein? Holz gut genug.«

»Nun, Holz ist brennbar, wie Ihr wisst.«

»Ja, ich nehme an, dass Holz genügen wird.«

»Größe?«

»Allerdings. Aber sie braucht keinen Deckel.«

»Jetzt werdet Ihr endlich etwas genauer.«

»Habe ich doch gesagt, dass ich das werden würde.«

»Und wofür ist diese Kiste, Herr?«

»Das kann ich dir leider nicht sagen. Nicht genau. Aber ich brauche sie bald.«

»Was die Gewölbe angeht ...«

»Mach noch zehn mehr, Bagg. Und verdopple ihre Größe. Was Baggs Baufirma angeht, so halte noch ein Weilchen durch, häufe Schulden an, geh deinen Gläubigern aus dem Weg, kaufe weiter Material und lagere es in Lagerhäusern, für die eine besonders hohe Miete zu bezahlen ist. Oh – und unterschlage alles, was du kannst.«

»Das wird mich den Kopf kosten.«

»Mach dir darüber keine Sorgen. Ezgara hier hat einen übrig.«

»Nun ... vielen Dank.«

»Und er quietscht noch nicht einmal.«

»Das ist eine echte Erleichterung. Was macht Ihr jetzt, Herr?«

»Wonach sieht es denn aus?«

»Ihr geht wieder ins Bett.«

»Und du musst eine Kiste bauen, Bagg. Eine höchst schlaue Kiste. Aber denk daran – keinen Deckel.«

»Darf ich zumindest fragen, wofür sie ist?«

Tehol ließ sich auf sein Bett zurücksinken, betrachtete mehrere Herzschläge lang den blauen Himmel über ihnen und lächelte seinen Diener dann an – der zufälligerweise ein Älterer Gott war. »Nun, es geht um eine wohlverdiente Strafe, Bagg – um was sonst?«

Kapitel Zwei

Der Moment des Erwachens erwartet uns alle
auf einer Schwelle oder in der Kurve einer Straße,
wenn am Leben gezerrt wird, Funken wie Motten nach innen
zu diesem einzelnen Splitter aus Zeit, der wie
Sonnenlicht auf dem Wasser glänzt, werden wir
zu einer Masse anwachsen, die kleingemacht ist,
von Ängsten durchzogen und von allem durchzuckt,
was plötzlich wertvoll ist, und das Jetzt wird verschlungen,
das Gewicht des Selbst wird zu einer zermalmenden Unmittelbarkeit,
an diesem Tag, wo die Straße eine Kurve macht,
kommt der Moment des Erwachens.

Wintergedanken
Corara aus Drene

Der Aufstieg zum Hügel begann genau dort, wo die von den Lethe-rii gebaute Straße endete. Während fünfzehn Schritt zu ihrer Linken der Fluss sein unablässiges Getöse erschallen ließ, verschwanden die groben Pflastersteine am Fuß einer Moräne unter einem Erdrutsch aus schwarzen Steinen. Entwurzelte Bäume reckten krumme, verdrehte Äste durch das Geröll wie herausragende Gliedmaßen, von denen feuchte, triefende Wurzelfasern herabhingen. Auf der anderen Seite des Flusses zogen sich kleine Baumgruppen den Berghang im Norden hinauf, und die zerklüfteten Klippen, die das schäumende Wasser auf jener Seite begrenzten, waren so mit Moos überwachsen, dass sie grünlich schimmerten. Der dem Pfad gegenüberliegende Berg, der parallel dazu verlief, war das absolute Gegenteil: von einem Netzwerk aus Spalten, Abbrüchen und Höhlungen durchzogen und größtenteils kahl. In der Mitte dieser zerschmetterten

Fassade gab es nur durch ihre Schatten erkennbare, merkwürdig regelmäßig aussehende Gebilde; und aus dem Pfad selbst waren hier und da breite, ausgetretene Stufen herausgehauen, an denen das herabfließende Wasser ebenso seine Spuren hinterlassen hatte wie die Füße, die jahrhundertelang über sie hinweggeschritten waren.

Seren Pedac glaubte, dass der gesamte Gebirgshang einst eine Stadt gewesen war, eine senkrecht angelegte, in den gewachsenen Fels gehauene Festung. Sie konnte etwas ausmachen, das sie für große, weit offenstehende Fenster hielt, und – hoch oben und im Nebel nur verschwommen zu erkennen – möglicherweise auch Bruchstücke von Balkonen. Aber etwas – etwas Großes, in seiner Monstrosität Schreckliches – war in den Berg gekracht und hatte die ganze Stadt mit einem Schlag vernichtet. Sie konnte die Umrisse des Aufpralls beinahe ausmachen, doch das einzige Gestein, das auf den zerklüfteten Hängen unter dem Geröll sichtbar war, gehörte zum Berg selbst.

Sie standen am Fuß des Pfades. Seren sah, wie der Blick aus den leblosen Augen des Tiste Andii langsam nach oben wanderte.

»Nun?«, fragte sie.

Silchas Ruin schüttelte den Kopf. »Das waren nicht meine Leute. Das waren K'Chain Che'Malle.«

»Ein Opfer Eures Krieges?«

Er warf ihr einen Blick zu, als würde er die Gefühle hinter der Frage abschätzen, und sagte dann: »Die meisten Berge, aus denen die K'Chain Che'Malle ihre Himmelsfestungen herausgehauen haben, sind nun unter Wasser, überschwemmt nach dem Zusammenbruch von Omtose Phellack. Die Städte sind in den Felsen gehauen, allerdings sehen nur die ganz frühen von ihnen so aus, wie man es hier noch erkennen kann – zur Außenwelt hin offen, statt tief im formlosen Fels vergraben.«

»Eine Entwicklung, die darauf hindeutet, dass es plötzlich notwendig wurde, sich zu verteidigen.«

Er nickte.

Forcht Sengar war an ihnen vorbeigegangen und begann mit dem Aufstieg. Udinaas und Kessel folgten ihm einen Augenblick später. Seren hatte weiterhin darauf beharrt, die Pferde zurückzulassen, und sich schließlich durchgesetzt. Auf einer Lichtung ein Stück rechts von ihnen standen vier mit Planen abgedeckte Wagen. Es war klar, dass es völlig unmöglich war, so etwas wie einen Wagen diesen Berg hinaufzubringen, und alles, was weitergeschafft werden sollte, musste getragen werden. Was die Unmengen an Waffen und Rüstungen anging, die die Sklavenjäger befördert hatten, hätte man sie entweder hier verstecken müssen, um auf einen Trupp aus Trägern zu warten, oder die Sklaven hätten wie Maultiere bepackt werden müssen.

»Diesen Berg hier habe ich nie überquert«, sagte Seren, »obwohl ich seine Flanke aus der Ferne gesehen habe. Doch selbst damals habe ich gedacht, ich hätte Anzeichen von Umgestaltungen entdeckt. Ich habe Hull Beddict einmal danach gefragt, aber er hat nichts dazu gesagt. Ich glaube allerdings, dass uns der Pfad an einer bestimmten Stelle ins Innere des Berges führen wird.«

»Die magischen Energien, die diese Stadt zerstört haben, waren gewaltig«, sagte Silchas Ruin.

»Vielleicht irgendeine Naturkatastrophe ...«

»Nein, Freisprecherin. Starvald Demelain. Diese Zerstörung war das Werk von Drachen. Von reinblütigen Eleint. Mindestens ein Dutzend, die zusammengearbeitet und gemeinsam ihre Gewirre entfesselt haben. Das ist ungewöhnlich«, fügte er nach einer kurzen Pause hinzu.

»Was genau?«

»Solch ein großes Bündnis, zum einen. Aber auch das Ausmaß ihrer Wut. Ich frage mich, was für ein Verbrechen die K'Chain Che'Malle begangen haben, das Anlass zu so einer Vergeltungsmaßnahme gab.«

»Ich kenne die Antwort auf diese Frage.« Die Worte erklangen hinter ihnen, ein zischelndes Flüstern. Seren drehte sich um, blickte auf das substanzlose Gespenst hinunter, das hinter ihnen auf dem Boden kauerte.

»Verblichener. Ich habe mich schon gefragt, wohin du wohl verschwunden bist.«

»Ich war auf Reisen ins Herz des Felsens, Seren Pedac. Ins erstarrte Blut. Ihr fragt Euch, was für ein Verbrechen sie begangen haben, Silchas Ruin? Nun, nichts weniger, als versucht zu haben, alles zu vernichten, was existiert. Wenn sie der Auslöschung entgegensahen, dann sollte auch alles andere sterben. War es Verzweiflung oder üble Bosheit? Vielleicht weder das eine noch das andere, vielleicht ein schrecklicher Zufall, diese Verwundung im Zentrum von allem. Aber was kümmert uns das? Bis dahin werden wir alle längst Staub sein. Gleichgültig. Gefühllos.«

»Hüte dich vor dem erstarrten Blut, Verblichener. Es kann dich immer noch holen«, sagte Silchas Ruin, ohne sich umzudrehen.

Das Gespenst stieß ein zischendes Lachen aus. »Wie eine Ameise zum Saft, ja. Oh, aber es ist so verführerisch, Herr.«

»Ich habe dich gewarnt. Wenn du gefangen wirst, kann ich dich nicht befreien.«

Das Gespenst glitt an ihnen vorbei und dann die ungleichmäßigen Stufen hinauf.

Seren rückte ihren ledernen Ranzen zurecht. »Wenn die Fent Vorräte tragen mussten, haben sie sie auf dem Kopf balanciert. Ich wollte, ich könnte das auch.«

»Das drückt die Wirbel zusammen«, sagte Silchas Ruin, »und verursacht anaufhörliche Schmerzen.«

»Nun, meine fühlen sich im Augenblick ziemlich zermalmt an, von daher kann ich keinen großen Unterschied erkennen, fürchte ich.« Sie machte sich an den Aufstieg. »Ihr seid ein Wechselgänger, Ihr könntet einfach …«

»Nein«, sagte er, während er ihr folgte. »Die Verwandlung bringt zu viel Blutgier mit sich. Der Hunger meiner Drachennatur ist jener Ort in meinem Innern, an dem meine Wut lebt, und diese Wut ist nicht leicht im Zaum zu halten.«

Sie konnte nicht anders – sie musste einfach losprusten.

»Du bist erheitert, Freisprecherin?«

»Scabandari ist tot. Forcht hat seinen zerschmetterten Schädel gesehen. Ihr seid niedergestochen und eingesperrt worden, und nun, wo Ihr frei seid, ist alles, was Euch verzehrt, Euer Wunsch nach Rache – an wem? An einer körperlosen Seele? An etwas, das weniger als ein Gespenst ist? Was wird jetzt noch von Scabandari übrig sein? Silchas Ruin, Eure Besessenheit ist rührend. Forcht Sengar sucht immerhin etwas Positives – nicht, dass er es finden wird, da Ihr vermutlich das, was von Scabandari noch übrig ist, auslöschen werdet, bevor er eine Möglichkeit hat, mit ihm zu reden – vorausgesetzt, dass das überhaupt möglich ist.« Er sagte nichts, und so fuhr sie fort. »Es sieht ganz so aus, als wäre es nun mein Schicksal, schon wieder eine solche Suche zu leiten. Genau wie meine letzte Reise – diejenige, die mich in die Lande der Tiste Edur geführt hat. Alle Teilnehmer uneins, voll von verborgenen und gegensätzlichen Beweggründen. Meine Aufgabe war natürlich einfach; bring die Narren hin – und zieh dich zurück, wenn die Messer gezückt werden.«

»Freisprecherin, meine Wut ist komplizierter, als du glaubst.«

»Was meint Ihr damit?«

»Die Zukunft, die du entwirfst, ist zu einfach, zu begrenzt. Ich vermute, dass nichts sich so entwickeln wird, wie du es erwartest, wenn wir unser Ziel erreichen.«

Sie gab ein undeutliches Geräusch von sich. »Ich lasse Euren Einwand gelten, denn das war zweifellos im Dorf des Hexenkönigs der Fall. Immerhin bestand die Auswirkung in der Eroberung des letheriischen Imperiums.«

»Übernimmst du dafür die Verantwortung, Freisprecherin?«

»Ich übernehme für sehr wenig die Verantwortung, Silchas Ruin. Das müsste doch offensichtlich sein.«

Die Stufen waren steil, die Kanten ausgetreten und tückisch. Während sie höher stiegen, wurde die Luft dünner; Nebelschwaden wirbelten von den herabstürzenden Wasserfällen zu ihrer Linken heran, und das Tosen wurde in vielfachen Echos von den Felswänden zurückgeworfen. Wo die alten Stufen gänzlich verschwanden, waren hölzerne Gestelle – halb Leiter, halb Treppe – aufgebaut worden, die sich an den glatten, schrägen Fels schmiegten.

Nach einem Drittel des Aufstiegs fanden sie einen Sims, auf dem sie sich alle zusammen ausruhen konnten. Inmitten des Gerölls auf dem Fels gab es Überreste von Metopen, Gesimsen und Friesen, die zu zersplittert waren, als dass man noch hätte erkennen können, was sie darstellen sollten – ein Hinweis darauf, dass es direkt über ihnen einst eine vollständige Fassade gegeben hatte. Die Holzgerüste wurden hier zu einer richtigen Leiter, und drei Mannshöhen höher klaffte zu ihrer Rechten eine rechteckige, beinahe wie eine Tür geformte Höhlenöffnung.

Udinaas stand da und betrachtete das dunkle Portal lange Zeit, ehe er sich zu den anderen umdrehte. »Ich schlage vor, wir versuchen es.«

»Dazu besteht keine Notwendigkeit, Sklave«, entgegnete Forcht Sengar. »Dieser Pfad verläuft direkt und ist vertrauenswürdig …«

»Und wird eisiger, je höher wir kommen.« Der Schuldner verzog das Gesicht – und lachte dann. »Oh, es werden Lieder gesungen werden, was, Forcht? Von Gefahr und Drangsal, vom Ruhm des Leidens – und all das nur, um deinen heldenhaften Triumph zu erlangen. Du willst, dass die Alten, die einst deine Enkel waren, den Clan um das Feuer versammeln, um ihm deine Geschichte zu erzählen, die Suche eines einsamen Kriegers nach seinem Gott. Ich kann sie fast schon hören, wie sie ihn beschreiben, den furchterregenden Forcht Sengar von den Hiroth, den Bruder des Imperators … und seine Gefolgsleute – das verlorene Kind, die hartnäckige letheriische Führerin, einen Geist, einen Sklaven und natürlich die weißhäutige Nemesis. Die Weiße Krähe mit ihren gewandten Lügen. Oh, wir haben hier eine ganze Skala von Archetypen, was?« Er griff in den Ranzen neben sich und zog einen Wasserschlauch heraus, nahm einen großen Schluck und wischte sich dann mit dem Handrücken den Mund ab. »Und stell dir vor, das alles wird zunichte, wenn du von einer schlüpfrigen Sprosse abrutschst und fünfhundert Mannslängen in die Tiefe deinem schimpflichen Tod entgegenstürzt. Das ist dann leider ganz anders als in der Geschichte – aber andererseits ist das Leben nunmal keine Geschichte, oder?« Er packte den Wasserschlauch wieder zurück und schulterte sein Bündel. »Der verbitterte Sklave benutzt eine andere Route zum Gipfel. Dieser Narr. Andererseits«, er blieb kurz stehen, drehte sich um und grinste Forcht an, »muss ja irgendjemand für die Moral von der Geschichte verantwortlich sein, oder?«

Seren schaute ihm hinterher, wie er die Sprossen hochkletterte. Als er auf Höhe der Höhlenmündung ankam, streckte er einen Arm aus, bis er sich mit einer Hand an ihrem Rand festhalten konnte, dann folgte ein Fuß, wobei er vorsichtig den Untergrund prüfte, eher er ihn belastete. Eine rasche Gewichtsverlagerung und ein gleichzeitiges Sich-Abstoßen von der Leiter – und Udinaas drehte sich geschmeidig auf einem Bein, während das andere über dem Nichts schwebte. Einen Augenblick später trat er, gezogen vom Gewicht des Ranzens auf seinem Rücken, ins düstere Innere der Höhle.

»Gut gemacht«, kommentierte Silchas Ruin. Etwas wie Erheiterung schwang in seiner Stimme mit – als ob ihm gefallen hätte, wie der Sklave in Forchts aufgeblasener Wichtigtuerei herumgestichelt hatte – und offenbarte so, dass seine Bemerkung doppeldeutig war. »Ich glaube, ich werde ihm folgen.«

»Ich auch«, sagte Kessel.

Seren Pedac seufzte. »Also gut, aber ich würde vorschlagen, dass wir uns gegenseitig mit Seilen sichern und die Angeberei Udinaas überlassen.«

In der Höhlenöffnung wurde schnell klar, dass sie einst, bevor die Fassade abgeschert war, ein Gang gewesen war, der vermutlich zu einem Balkon geführt hatte. Große Teile der Wände waren von Rissen durchzogen und hatten sich verlagert, so dass sie in teilweise eigenartigen Winkeln zueinander standen. Und in sämtlichen Spalten und Rissen, die Seren sehen konnte, wimmelte es von Fledermäusen, die nun, da sie aufgewacht waren und bemerkten, dass jemand da war, aufgeregt zu flattern begannen, schrill piepsten und kurz vor der Panik standen. Als Seren ihren Packen absetzte, trat Udinaas zu ihr.

»Hier«, sagte er, und sein Atem dampfte, »macht diese Laterne an, Freisprecherin – wenn es sehr kalt wird, werden meine Hände taub.« Auf ihren fragenden Blick hin sah er kurz zu Forcht Sengar hinüber, ehe er sagte: »Ich habe sie zu viele Jahre in eiskaltes Wasser gehalten. Für einen Sklaven gibt es bei den Edur wenig Behaglichkeit.«

»Du bist ernährt worden«, sagte Forcht.

»Wenn im Wald ein Blutholzbaum umgestürzt ist«, sagte Udinaas, »sind wir losgeschickt worden, um ihn ins Dorf zu schleppen. Erinnerst du dich daran, Forcht? Manchmal ist der Stamm plötzlich weggerutscht – weil alles so schlammig und glitschig war oder warum auch immer – und hat einen Sklaven zermalmt. Einer davon war aus deinem eigenen Haushalt – du erinnerst dich nicht an ihn, stimmt's? Ein toter Sklave, was ist das schon? Wenn so etwas geschehen ist, habt ihr Edur einfach nur gerufen, dass der Geist des Blutholzes nach dem Blut eines Letherii gedürstet hat.«

»Das reicht, Udinaas«, sagte Seren, die es endlich geschafft hatte, die Laterne anzuzünden. Als das Licht aufflammte, barsten die Fledermäuse aus den Rissen und Spalten, und die Luft war plötzlich voller hektisch schlagender Flügel. Ein Dutzend Herzschläge später waren sie fort.

Sie richtete sich auf und hob die Laterne.

Sie standen auf einer dicken, schimmeligen Masse, von der ein fauliger Geruch aufstieg – Dung, in dem unzählige Maden und Käfer krabbelten.

»Wir sollten zusehen, dass wir hier wegkommen«, sagte Seren. »Es gibt bestimmte Arten von Fieber …«

Der Mann schrie, als die Wachen ihn an seinen Ketten quer über den Innenhof zur Ringmauer zogen. Sein zerquetschter linker Fuß hinterließ blutige Schlieren auf den Pflastersteinen. Er jammerte und stieß gellende, anklagende Schreie aus, empörte sich schrill über die Beschaffenheit der Welt – der Welt der Letherii.

Tanal Yathvanar schnaubte leise. »Hört ihn Euch an. Was für eine Naivität.«

Karos Invictad, der neben ihm auf dem Balkon stand, blickte ihn scharf von der Seite an. »Du bist dumm, Tanal Yathvanar.«

»Beaufsichtiger?«

Karos Invictad legte die Unterarme aufs Geländer und schaute auf den Gefangenen hinunter. Finger, die an aufgedunsene Flusswürmer erinnerten, verschränkten sich langsam. Irgendwo über ihren Köpfen lachte eine Möwe. »Wer stellt die größte Gefahr für das Imperium dar, Yathvanar?«

»Fanatiker«, antwortete Tanal nach kurzem Nachdenken. »Solche wie der da unten.«

»Falsch. Hör zu, was er sagt. Er ist von Gewissheit besessen. Er klammert sich an eine sichere Sichtweise auf die Welt, ein Mann mit den richtigen Antworten – dass die erforderlichen Fragen ihrerseits die richtigen waren, versteht sich von selbst. Ein Bürger mit Gewissheit, Yathvanar, kann beeinflusst und umgedreht und zu einem höchst emsigen Verbündeten gemacht werden. Man muss nur eines tun: finden, was solchen Menschen am bedrohlichsten erscheint. Entfache ihre Furcht, und verbrenne das Fundament ihrer Gewissheit zu Asche, dann biete ihnen eine gleichermaßen sichere andere Sichtweise auf die Welt. Sie werden ihre Arme über den Abgrund recken, ganz egal, wie groß er auch sein mag, und sich mit aller Kraft an dir festhalten. Nein, diejenigen voller Gewissheit sind nicht unsere Feinde. Gegenwärtig irregeleitet, wie es bei dem Mann da unten der Fall ist, aber immer höchst anfällig für Ängste. Nimm ihnen den Trost ihrer alten Überzeugungen, und beschwatze sie dann mit scheinbar triftigen und annehmbaren neuen Überzeugungen, die du dir selbst ausgedacht hast. Es ist unumgänglich, dass sie sich diese Überzeugungen schließlich zu eigen machen werden.«

»Ich verstehe.«

»Tanal Yathvanar, unsere größten Feinde sind diejenigen, die keine Gewissheit haben. Diejenigen mit Fragen. Diejenigen, die unseren ordentlichen Antworten mit unauslöschlicher Skepsis begegnen. Diese Fragen bestürmen uns, unterminieren uns. Sie ... wiegeln auf. Du musst verstehen, dass diese gefährlichen Bürger begriffen haben, dass nichts einfach ist; ihre Haltung ist das genaue Gegenteil von Naivität. Die Ambivalenz, die sie zu Gesicht bekommen, macht sie demütig, und sie widersetzen sich trotzig unseren einfachen, tröstenden Versicherungen, dass es Klarheit gibt, dass die Welt schwarz und weiß ist. Wenn du solche Bürger aufs Schwerste beleidigen willst, Yathvanar, dann nenne sie naiv. Sie werden aufgebracht sein, ja, sie werden praktisch sprachlos sein ... bis du siehst, wie ihr Verstand eine Kehrtwendung macht – was durch eine Kaskade von Gesichtsausdrücken deutlich wird, während sie sich fragen: Wer ist der Kerl, der mich naiv nennt? Nun, lautet die Antwort, ganz offensichtlich eine Person, die über Gewissheit verfügt, mit all der Arroganz und Anmaßung, die diese Position nach sich zieht; eine Überzeugung also, die ein rasches Urteil erlaubt, eine höhnische Abweisung aus einer besonders stolzen Höhe. Und all dies wird in den Augen deines Opfers das Licht der Erkenntnis aufleuchten lassen, dass es seinem Feind gegenübersteht, seinem wahrhaftigsten Feind – und das bist du. Und dein Gegenüber wird Furcht kennenlernen. Ja, genauer gesagt, Entsetzen.«

»Ihr fordert damit eine Frage heraus, Beaufsichtiger ...«

Karos Invictad lächelte. »Ob ich Gewissheit besitze? Oder ob ich in Wirklichkeit von Fragen und Zweifeln geplagt werde, in den wilden Strömungen der Komplexität zappele?« Er schwieg einen Augenblick und fuhr dann fort: »Ich beschränke mich auf eine einzige Gewissheit. Macht formt das Angesicht der Welt. Macht an sich ist weder gut noch böse, sie ist einfach nur ein Werkzeug, mit dessen Hilfe derjenige, der über sie verfügt – gleichgültig, ob Mann oder Frau –, alles um ihn oder sie herum formt – und zwar auf eine Weise, die seinem oder ihrem Wohlergehen dient. Natürlich bedeutet Macht auszuüben, sich als Tyrann zu gebärden, was man höchst unauffällig und sanft oder grausam und hart tun kann. Die Ausübung von Macht wiederum – egal, ob politische oder familiäre Macht –, birgt immer die Gefahr der Zwangsherrschaft. Gegen all jene, die Widerstand leisten. Und merke dir eins: Wenn eine Zwangsherrschaft möglich ist, dann *wird sie auch ausgeübt werden.*« Er deutete auf den Gefangenen. »Hör dem Mann da unten zu. Er nimmt mir meine Arbeit ab. Unten in den Verliesen hören seine Zellengenossen seine Raserei, und einige von ihnen stimmen ein – die Wachen achten darauf, wer, und die Liste, die dadurch entsteht, gehe ich täglich durch, denn das sind diejenigen, die ich auf meine Seite ziehen kann. Diejenigen, die nichts sagen, die sich abwenden – nun, das sind diejenigen, die sterben *müssen.*«

»Und daher«, sagte Tanal, »lassen wir ihn schreien.«

»Ja. Die Ironie an der ganzen Sache ist, dass er tatsächlich naiv ist – aber natürlich nicht so, wie du es ursprünglich gemeint hast. Seine allzu große Gewissheit verweist überdeutlich auf seine unbekümmerte Unwissenheit. Es ist darüberhinaus eine weitere Ironie, dass sich bei den beiden Extremen des politischen Spektrums eine Annäherung hinsichtlich der Mittel und Methoden, ja der ganzen Haltung ihrer jeweiligen Anhänger ausmachen lässt – ihre Grausamkeit gegenüber Schwarzsehern, das Blut, das sie so bereitwillig für ihre Sache vergießen, um ihre Version der Wirklichkeit zu verteidigen. Der Hass, den sie all denen entgegenbringen, die Zweifel äußern. Skepsis verschleiert schließlich Verachtung, und von jemandem verachtet zu werden, dem nichts auf der Welt etwas bedeutet, ist die Verletzung, die am tiefsten geht, die am meisten schmerzt. Und daher stellen wir, die wir der Gewissheit treu sind, Yathvanar, rasch fest, dass es unser Auftrag ist, diejenigen zu vernichten, die Fragen stellen, sie auszurotten. Und ach, die Freude, die wir dabei empfinden …«

Tanal Yathvanar sagte nichts, überschwemmt von einem Schwall misstrauischer Gedanken, von denen er jedoch keinen einzelnen hätte herausgreifen und verfolgen können.

»Du warst ziemlich schnell mit einem Urteil bei der Hand, oder?«, sagte Karos Invictad. »Oh, mit deinen verächtlichen Äußerungen hast du so viel verraten. Und ich muss zugeben, dass mich meine eigene, unwillkürliche Antwort auf deine Worte amüsiert. *Naiv.* Hol mich der Abtrünnige, ich wollte dir den Kopf abreißen, als wärst du nichts weiter als eine Sumpffliege. Ich wollte dir wahre Verachtung zeigen. Meine Verachtung. Für dich und deinesgleichen. Ich wollte den herablassenden Ausdruck in deinem Gesicht nehmen und ihn durch den Fleischwolf drehen. Du glaubst, dass du all die Antworten kennst? Du musst es glauben, angesichts der Leichtigkeit, mit der du dein Urteil gesprochen hast. Nun, du armselige kleine Kreatur, eines Tages wird die Ungewissheit an deine Tür klopfen und in deine Kehle klettern – und dann werden die Demut und der Tod sich ein überaus spannendes Rennen liefern. Egal, was passiert – ich werde dir einen Augenblick voller Mitgefühl schenken, und das ist genau das, was uns beide voneinander unterscheidet – nicht wahr? Ist heute eine Sendung angekommen?«

Tanal blinzelte. *Sieh an, wie blutrünstig wir doch alle sind.* Dann nickte er. »Ja, Beaufsichtiger. Ein neues Rätsel für Euch.«

»Hervorragend. Von wem?«

»Es gibt keinen Absender.«

»Sehr merkwürdig. Ist das schon ein Teil des Geheimnisses, oder fürchtet da jemand, sich lächerlich zu machen, wenn ich das Rätsel binnen weniger Augenblicke löse? Nun, wie solltest du diese Frage beantworten können? Wo ist es jetzt?«

»Es ist in Euer Arbeitszimmer gebracht worden, Herr.«

»Gut. Gestatte dem Mann da unten, den Rest dieses Nachmittags zu schreien, dann sorge dafür, dass er wieder ins Verlies gebracht wird.«

Tanal verbeugte sich, als Karos den Balkon verließ. Er wartete hundert Herzschläge lang und ging dann ebenfalls.

Kurze Zeit später stieg er zur untersten Ebene der alten Verliese hinab, folgte den sich spiralförmig in die Tiefe windenden steinernen Treppen zu Korridoren und Zellen, die jahrhundertelang nicht mehr regelmäßig benutzt worden waren. Die Flut hatte vor kurzem diese und die darüberliegende Ebene überschwemmt; mittlerweile war das Wasser wieder abgeflossen, hatte aber dickflüssigen Schlamm und den Geruch nach abgestandenem, schmutzigem Wasser zurückgelassen. Tanal Yathvanar ging mit einer Laterne in der Hand einen schrägen Kanal hinunter, bis er zu einem Raum kam, der einst das wichtigste Verhörzimmer gewesen war. Geheimnisvolle, verrostete Mechanismen kauerten auf dem gepflasterten

Fußboden oder waren an den Wänden befestigt, und ein an ein Bettgestell erinnernder Käfig hing an schweren Ketten von der Decke.

Direkt gegenüber dem Eingang befand sich eine keilförmige Vorrichtung, die reichlich mit Handschellen und Ketten versehen war, die mittels einer seitlich an der Wand befestigten Sperrklinke straff gezogen werden konnten. Das schräg stehende Bett zeigte in den Raum, und an diese Unterlage war die Frau gefesselt, die freizulassen er angewiesen worden war.

Sie war wach und wandte den Kopf vom plötzlichen Lichtschein ab.

Tanal stellte die Laterne auf einen Tisch, der mit Folterwerkzeugen übersät war. »Zeit zum Essen«, sagte er.

Sie antwortete nicht.

Ein wohlangesehenes Mitglied der Universität. Seht sie euch jetzt an. »All Eure hochtrabenden Worte«, sagte Tanal. »Am Ende sind sie weniger als Staub im Wind.«

»Mögest du eines Tages an dem Staub ersticken, kleiner Mann«, sagte sie. Ihre Stimme klang rauh und krächzend.

Tanal lächelte. »›Klein‹. Ihr versucht mich zu verletzen. Ein armseliger Versuch.« Er trat zu einer Kiste, die vor der Wand zu seiner Rechten stand. In ihr waren Schraubstock-Helme gewesen, aber Tanal hatte die Schädelzerschmetterer entfernt und die Kiste mit Wasserflaschen und getrockneten Nahrungsmitteln gefüllt. »Ich werde ein paar Eimer mit Seifenwasser herbringen müssen«, sagte er, während er die Zutaten ihres Abendessens aus der Kiste nahm. »So unvermeidlich Euer Stuhlgang auch sein mag – der Gestank und die Flecken sind höchst unangenehm.«

»Oh, das kränkt dich, ja?«

Er blickte zu ihr hinüber und lächelte. »Janath Anar, eine ranghohe Lehrende an der Akademie Imperialer Gelehrsamkeit. Leider scheint es, als hättet Ihr nichts über die Gepflogenheiten des Imperiums gelernt. Obwohl man natürlich sagen könnte, dass sich das geändert hat, seit Ihr hierhergekommen seid.«

Sie musterte ihn. Der Blick aus ihren blaugeschlagenen Augen war merkwürdig finster. »Vom Ersten Imperium bis zu diesem Tag hat es immer wieder Zeiten unverhohlener Tyrannei gegeben, kleiner Mann. Dass die derzeitigen Unterdrücker Tiste Edur sind, ist kaum der Rede wert.

Schließlich sind Leute wie du für die wahre Unterdrückung verantwortlich. Letherii gegen Letherii. Überdies …«

»Überdies«, sagte Tanal spöttisch, »sind die Patriotisten das Gnadengeschenk der Letherii an ihre eigenen Leute. Besser wir als die Edur. Wir führen keine willkürlichen Verhaftungen durch; wir bestrafen nicht aus Unwissenheit, wir sind nicht wahllos.«

»Ein Geschenk? Glaubst du das tatsächlich?«, fragte sie, während sie ihn immer noch musterte. »Den Edur ist so oder so alles egal. Ihr Anführer kann nicht getötet werden, das macht ihre Herrschaft absolut.«

»Ein hochrangiger Tiste Edur hält fast täglich Verbindung zu uns …«

»Um dich im Zaum zu halten. Dich, Tanal Yathvanar, nicht deine Gefangenen. Dich und diesen Wahnsinnigen – Karos Invictad.« Sie legte den Kopf leicht schräg. »Ich frage mich, wie es kommt, dass Organisationen wie die eure ausnahmslos von erbärmlichen Versagern geführt werden? Von kleingeistigen Psychotikern und Perversen. Die natürlich alle als Kinder schikaniert wurden. Oder von verdrehten Eltern missbraucht – ich bin mir sicher, du hast entsetzliche Geschichten über deine armselige Jugend zu gestehen. Und jetzt liegt die Macht in deinen Händen – und oh, wie wir anderen leiden.«

Tanal ging mit dem Essen und der Wasserflasche zu ihr.

»Um des Abtrünnigen willen«, sagte sie, »binde mir zumindest einen Arm los, so dass ich selbst essen kann.«

Er stellte sich neben sie. »Nein, ich mag es lieber so. Demütigt es Euch, wenn Ihr wie ein Kleinkind gefüttert werdet?«

»Was willst du von mir?«, fragte Janath, während er die Flasche entkorkte.

Er setzte sie ihr an die aufgesprungenen Lippen und schaute zu, wie sie trank. »Ich kann mich nicht erinnern, dass ich gesagt hätte, ich wollte etwas«, erwiderte er.

Sie drehte den Kopf weg, hustete. Wasser spritze ihr auf die Brust. »Ich habe alles gestanden«, sagte sie nach einer kurzen Pause. »Du hast alle meine Aufzeichnungen, meine verräterischen Vorträge über persönliche Verantwortung und die Notwendigkeit von Mitgefühl …«

»Ja, Euren moralischen Relativismus.«

»Ich widerlege jegliche Vorstellung von Relativismus, kleiner Mann – was du wissen würdest, wenn du dir die Mühe gemacht hättest, meine

Aufzeichnungen zu lesen. Die Struktur einer Gesellschaft darf nicht dazu dienen, offensichtliche Ungerechtigkeit oder Ungleichheit zu umgehen oder zu entschuldigen. Der Status quo ist nichts Heiliges, kein Altar, den man mit wahren Strömen aus Blut bemalen muss. Tradition und Gewohnheit sind keine brauchbaren Begründungen …«

»Bei der Weißen Krähe, Frau, Ihr seid ganz gewiss jemand, die gerne Vorträge hält. Als Ihr bewusstlos wart, habt Ihr mir besser gefallen.«

»Am besten verprügelst du mich wieder so lange, bis ich das Bewusstsein verliere.«

»Das darf ich leider nicht. Schließlich erwartet man von mir, dass ich Euch freilasse.«

Sie starrte ihm in die Augen, drehte den Kopf dann wieder weg. »Wie unachtsam von mir«, murmelte sie.

»In welcher Hinsicht?«, fragte er.

»Ich wäre beinahe verführt worden. Die Verlockungen der Hoffnung. Wenn man von dir erwarten würde, dass du mich freilässt, hättest du mich niemals hier herunter gebracht. Nein, ich soll deine persönliche Gefangene sein, und du mein ganz persönlicher Alptraum. Am Ende werden deine Ketten es mit den meinen aufnehmen können.«

»Die Psychologie der menschlichen Seele«, sagte Tanal, während er ihr ein Stück fetttriefendes Brot in den Mund schob. »Euer Spezialgebiet. Dann könnt Ihr also mein Leben so leicht lesen wie eine Schriftrolle. Soll mir das Angst machen?«

Sie kaute und schluckte den Bissen dann mühsam hinunter. »Ich verfüge über eine weitaus tödlichere Waffe, kleiner Mann.«

»Und das wäre?«

»Ich schlüpfe in deinen Kopf. Ich sehe durch deine Augen. Schwimme in den Strömen deiner Gedanken. Ich stehe da und schaue auf die besudelte Kreatur hinunter, die an dieses Zwangsbett gefesselt ist. Und allmählich fange ich an, dich zu verstehen. Es ist intimer, als mit dir zu schlafen, kleiner Mann, denn alle deine Geheimnisse verschwinden. Und nur für den Fall, dass du dich fragst – ja, jetzt mache ich es auch. Ich höre meine eigenen Worte, während du sie hörst, spüre die Enge, die sich plötzlich deiner Brust bemächtigt, dein Frösteln, obwohl du schwitzt. Und die plötzliche Furcht, da dir das Ausmaß deiner Verwundbarkeit bewusst wird …«

Er schlug zu. So hart, dass ihr Kopf zur Seite flog. Blut strömte ihr aus dem Mund. Sie hustete und spuckte, spuckte noch einmal, und ihre Atemzüge kamen abgehackt und keuchend. »Wir können diese Mahlzeit später fortsetzen«, sagte er, wobei er sich bemühte, seine Stimme ausdruckslos klingen zu lassen. »Ich gehe davon aus, dass Ihr in den kommenden Tagen und Wochen ziemlich oft schreien werdet, Janath, aber ich versichere Euch, dass niemand Eure Schreie hören wird.«

Sie gab ein eigentümliches Geräusch von sich, das beinahe wie ein trockenes Husten klang.

Es dauerte einen Augenblick, ehe Tanal klar wurde, dass sie lachte.

»Welch beeindruckende Tapferkeit«, sagte er aufrichtig. »Vielleicht lasse ich Euch letzten Endes doch frei. Im Augenblick bin ich noch unentschlossen. Ich bin mir sicher, dass Ihr mich versteht.«

Sie nickte.

»Arrogante Hexe«, sagte er.

Sie lachte erneut.

Er wich zurück. »Glaubt nur nicht, dass ich die Laterne hierlasse«, knurrte er wütend.

Ihr Lachen folgte ihm, als er den Raum verließ, schneidend wie Glasscherben.

Die reich verzierte, mit Kanthölzern und Randleisten aus schimmerndem Blutholz versehene Kutsche war so an den Rand der Hauptstraße von Drene gelenkt worden, dass ihre großen Räder sich über dem offenen Abwasserkanal befanden. Die vier elfenbeinfarbenen Pferde standen teilnahmslos in der für diese Jahreszeit ungewöhnlichen Hitze und ließen die Köpfe hängen. Direkt vor ihnen wurde die Straße von einem Torbogen mit offenstehenden Torflügeln umrahmt, hinter dem sich das ausgedehnte Labyrinth des Hochmarkts erstreckte, ein großer Platz voller Buden, Karren, Vieh und Menschentrauben.

Ströme von Reichtum, ein wirres Durcheinander viel zu vieler Stimmen und unzählige Hände, die Waren feilboten oder entgegennahmen – das alles schien sich zu einer Kraft zu bündeln, die auf Brohl Handars Sinne einhämmerte, obwohl er sich geschützt im plüschbezogenen Innern der Kutsche befand. Die an- und abschwellenden Geräusche des Markts, die in beide Richtungen chaotisch durch das Tor strömenden Menschen und die Menge auf der Straße neben ihm ließen den Aufseher an religiöse Inbrunst denken, als würde er die fast schon wahnsinnige Variante einer Bestattungszeremonie der Tiste Edur miterleben. Anstelle der Frauen, die rhythmisch und zwanghaft ihre Klagerufe ausstießen, trieben Viehtreiber ihre blökenden Tiere durch das Gewühl. Anstelle ungebluteter Jugendlicher, die sich durch schaumige, blutige Gischt kämpften und mit ihren Paddeln auf die Wellen einschlugen, gab es das Klappern der Wagenräder und die schrillen Rufe der Straßenhändler. Dem Holzrauch der Scheiterhaufen und Opferfeuer, die ein Edur-Dorf umgaben, entsprach hier ein träger, staubiger Fluss, der tausend Gerüche mit sich führte. Mist, Pferdepisse, gebratenes Fleisch, Gemüse und Fisch, unbearbeitete Myridfelle und gegerbte Rodarahäute; verfaulende Abfälle und der widerliche Geruch berauschender Drogen.

Hier, bei den Letherii, wurden keine kostbaren Opfergaben ins Meer geworfen. Die Elfenbeinstoßzähne der ihretwegen bekannten Robben lehnten wie die Fangzähne eines hölzernen Folterapparats an Regalen. In anderen Buden tauchte das Elfenbein wieder auf, dieses Mal als tausendfältiges Schnitzwerk, das allerlei religiöse Objekte der Edur, der Jheck und der Fent darstellte, oder als Spielfiguren für ein Spiel. Polierter Bernstein war hier nichts weiter als Schmuck und keineswegs die heiligen Tränen der gefangenen Abenddämmerung, und Blutholz war zu Schalen, Bechern und Kochutensilien verarbeitet worden.

Oder um eine protzige Kutsche auszustaffieren.

Durch einen Schlitz in den geschlossenen Läden beobachtete der Aufseher das wogende Hin und Her auf der Straße. Gelegentlich tauchte ein Tiste Edur in der Menge auf, einen Kopf größer als die meisten Letherii, und Brohl glaubte, hinter ihrem hochmütigen, unnahbaren Gehabe so etwas wie Verwirrung erkennen zu können; und einmal – bei einem übertrieben protzig gekleideten Ältesten, den Brohl persönlich kannte – sah er den Glanz von Habsucht in den Augen des Edur.

Veränderungen wurden selten bewusst gewählt, und es dauerte lange, bis sie schließlich fast unbemerkt bei der Allgemeinheit angekommen waren. Zugegeben, die Gesellschaft der Letherii hatte einige heftige Erschütterungen verkraften müssen – besiegte Armeen, ein getöteter König, und jetzt eine neue herrschende Klasse –, aber nicht einmal diese unerwarteten Umschwünge hatten sich als auch nur annähernd so katastrophal erwiesen, wie man das vielleicht hätte erwarten können. Der Strang, der Lether zusammenhielt, war elastisch und – wie Brohl mittlerweile wusste – weitaus stärker, als es den Anschein hatte. Was ihn allerdings am meisten beunruhigte, war die Leichtigkeit, mit der dieser Strang alle umgarnte, die sich in seiner Mitte wiederfanden.

Die Berührung ist giftig, aber das Gift ist nicht tödlich, sondern nur berauschend. Es ist süß, aber letzten Endes vielleicht doch tödlich. Dies ist das, was aus … Annehmlichkeiten entsteht. Allerdings konnte er sehr wohl erkennen, dass diese Annehmlichkeiten – diese Belohnungen – nicht für alle verfügbar waren; genauer gesagt schienen es sogar nur beunruhigend wenige zu sein. Während diejenigen, die reich waren, ihren Reichtum offensichtlich triumphierend zur Schau stellten, unterstrich gerade dieses Protzen, dass es sich nur um eine ausgesprochene Minderheit handelte. Aber dieses Ungleichgewicht war, wie ihm jetzt klar wurde, absolut unverzichtbar. Es konnte nicht jeder reich sein – das System würde diese Art von Gerechtigkeit nicht zulassen, denn die Macht und die Vorrechte, die es bot, waren vom genauen Gegenteil abhängig. *Das System braucht die Ungerechtigkeit, denn wie kann Macht sonst bewertet, wie kann das Geschenk von Vorrechten sonst gewürdigt werden? Damit es Reiche geben kann, muss es Arme geben, und zwar mehr von Letzteren als von Ersteren.*

Einfache Regeln, die man durch schlichte Beobachtung erkennen konnte. Brohl Handar war kein sonderlich gebildeter oder feinsinniger Mann, eine Schwäche, die ihm seit seiner Ankunft als Aufseher von Drene jeden Tag aufs Neue bewusst wurde. Er besaß keine besondere Erfahrung im Regieren, und nur wenige der Fähigkeiten, über die er verfügte, halfen ihm bei seinen neuen Aufgaben.

Letur Anict, der Repräsentant, führte einen inoffiziellen Krieg gegen die Stämme jenseits der Grenzgebiete, und er benutzte imperiale Truppen, um sich Land anzueignen und seinen neuen Besitz zu festigen. Es gab keine wirkliche Rechtfertigung für dieses Blutvergießen; das einzige Ziel war persönlicher Reichtum. Bis jetzt wusste Brohl Handar allerdings noch nicht, was er in dieser Angelegenheit unternehmen sollte – ja, ob er *überhaupt* etwas unternehmen sollte. Er hatte einen langen Bericht an den Imperator angefertigt, der die Lage hier in Drene anhand gut dokumentierter Einzelheiten genauestens beschrieb. Doch der Bericht befand sich noch immer bei seiner Habe, denn er hegte mittlerweile den Verdacht, dass der Imperator das Schriftstück niemals zu Gesicht bekommen würde – genauso wenig wie einer seiner Berater aus dem Volk der Edur –, sollte er es nach Letheras schicken. Der letheriische Kanzler Triban Gnol schien von Letur Anicts Taten zu wissen oder vielleicht sogar mit ihm unter einer Decke zu stecken – was auf ein großes, machtvolles und verborgenes Netzwerk hindeutete, das anscheinend ungeachtet der Herrschaft der Edur weiter gedieh. Im Augenblick verfügte Brohl Handar über nichts weiter als Verdachtsmomente, Hinweise auf das tückische Netz der Macht. *Eine* Verbindung war gewiss, und das war die mit dieser Vereinigung reicher letheriischer Familien, dem Freiheits-Konsortium. Möglicherweise bildete diese Organisation auch das Zentrum der verborgenen Macht. Aber ganz sicher war er sich nicht, was das betraf.

Brohl Handar, ein unbedeutender Adliger aus dem Volk der Tiste Edur und frisch ernannter Aufseher über eine kleine Stadt in einem abgelegenen Winkel des Imperiums, wusste nur zu gut, dass er so etwas wie dieses Freiheits-Konsortium nicht herausfordern durfte. In der Tat kam er mehr und mehr zu der Überzeugung, dass die mittlerweile in diesem riesigen Land weit verstreuten Stämme der Tiste Edur nichts weiter als Treibgut waren, das in der gleichgültigen Strömung eines trägen, tiefen Flusses dahintrieb.

Aber da ist immer noch der Imperator.

Der höchstwahrscheinlich wahnsinnig ist.

Er wusste nicht, an wen er sich wenden sollte; er wusste noch nicht einmal, ob das, was er beobachtete, tatsächlich so gefährlich war, wie es ihm erschien.

Ein Tumult in der Nähe des Tores schreckte Brohl auf, und er beugte sich vor, um ein Auge gegen den Schlitz zwischen den Läden zu pressen.

Eine Verhaftung. Menschen entfernten sich rasch vom Schauplatz des Geschehens, als zwei unauffällige Letherii ihr Opfer mit dem Gesicht voran gegen einen der Torpfosten stießen. Es gab keine lautstark vorgebrachten Anschuldigungen, kein furchtsames Leugnen. Die Agenten der Patriotisten blieben ebenso schweigsam wie ihr Gefangener – ein Verhalten, das den Aufseher auf merkwürdige Weise erschütterte. Als ob die Details für alle Beteiligten nicht die geringste Rolle spielten.

Einer der Agenten durchsuchte das Opfer nach Waffen, fand jedoch keine, und dann, als sein Begleiter den Mann gegen den verzierten Torpfosten drückte, nahm er ihm die lederne Hüfttasche vom Gürtel und begann, in ihr herumzukramen. Das Gesicht des Gefangenen wurde seitlich gegen das Bas-Relief gedrückt, das die breite, viereckige Säule zierte; die Bilder zeigten Szenen aus der ruhmvollen Vergangenheit des letheriischen Imperiums. Brohl Handar hatte den Verdacht, dass keiner der Betroffenen die Ironie, die in diesem Sachverhalt steckte, zu würdigen wusste.

Die Anklage würde auf Aufwiegelung lauten. Es war immer Aufwiegelung. Aber gegen was? Nicht gegen die Anwesenheit der Tiste Edur – das wäre schließlich sinnlos, und es hatte sicherlich so gut wie keine Bestrebungen hinsichtlich irgendwelcher Vergeltungsmaßnahmen gegeben – zumindest keine, von denen Brohl Handar gehört hätte. Also … was genau war es? Und gegen wen? Schuldner hatte es schon immer gegeben, und manche flohen vor ihren Schulden, aber die meisten taten das nicht. Politische oder gesellschaftliche Unruhe hatte zur Gründung von Sekten geführt, von denen früher viele Zulauf von den nun bürgerrechtslosen Überbleibseln unterworfener Stämme wie den Fent, den Nerek, den Tarthenal und anderen erhalten hatten. Aber seit der Eroberung hatten sich die meisten dieser Sekten entweder aufgelöst oder waren aus dem Imperium geflohen. Aufwiegelung. Ein Vorwurf, mit dem sich jede Diskussion zum Verstummen bringen ließ. Daher musste irgendwo eine Liste der zugelassenen Meinungen existieren, eine Sammlung von Überzeugungen und Glaubenssätzen, aus denen sich die richtige Lehrmeinung zusammensetzte. Oder war da etwas Heimtückischeres am Werk?

An der Tür der Kutsche war ein Kratzen zu hören, und einen Augenblick später schwang sie auf.

Brohl Handar musterte die Gestalt, die auf das Trittbrett trat; die Kutsche neigte sich angesichts des zusätzlichen Gewichts. »Bei den Schwestern, Orbyn«, sagte er, »kommt rein.«

Orbyn »Wahrheitsfinder« war ein Mann mit einem fleischigen Gesicht und wabbeligen Hängebacken, dessen Muskeln durch Jahre der Untätigkeit schlaff geworden waren. Unabhängig von der in seiner Umgebung herrschenden Temperatur schien er unablässig zu schwitzen, als versuchte irgendein Druck in seinem Innern, das Gift seiner Gedanken an die Hautoberfläche zu befördern. In Brohl Handars Augen war das örtliche Oberhaupt der Patriotisten die verachtenswerteste und boshafteste Kreatur, der er jemals begegnet war.

»Ihr kommt genau richtig«, sagte der Tiste Edur, während Orbyn in die Kutsche kletterte und sich auf der gegenüberliegenden Bank niederließ. Der stechende Schweißgeruch, der ihn umgab, breitete sich im Innenraum aus. »Wenn ich bislang auch nicht wusste, dass Ihr die alltäglichen Tätigkeiten Eurer Agenten höchstpersönlich beaufsichtigt.«

Orbyns schmale Lippen verzogen sich zu einem Lächeln. »Wir sind über ein paar Hinweise gestolpert, die Euch vielleicht interessieren, Aufseher.«

»Schon wieder eine Eurer nicht existierenden Verschwörungen?«

Das Lächeln wurde für einen kurzen Moment breiter. »Wenn Ihr damit auf die Bolkando-Verschwörung anspielt, muss ich Euch leider sagen, dass das Sache des Freiheits-Konsortiums ist. Bei den Hinweisen, an die wir gekommen sind, geht es um Euer Volk.«

Mein Volk. »Also gut.« Brohl Handar wartete. Draußen schleppten die beiden Agenten ihren Gefangenen weg, und um sie herum setzten sich die Ströme aus Menschen wieder in Bewegung, wobei sie allerdings verstohlen einen Bogen um die Patriotisten machten.

»Westlich von Blaurose wurde eine Gruppe gesichtet. Zwei Tiste Edur, einer von ihnen weißhäutig. Letzterer ist – wie ich glaube – unter dem Namen Weiße Krähe bekannt geworden – was, nebenbei bemerkt, eine für uns Letherii höchst beunruhigende Bezeichnung ist.« Er blinzelte mit schweren Lidern. »Sie wurden von drei Letherii begleitet, von denen zwei weiblich sind. Der dritte ist ein entflohener Sklave mit Tätowierungen, die ihn als Eigentum der Hiroth ausweisen.«

Brohl zwang sich, weiter ein ausdrucksloses Gesicht zu machen, obwohl er spürte, wie seine Brust sich verengte. *Das geht dich nichts an.* »Habt Ihr noch mehr Einzelheiten? Etwas darüber, wo sie sich genau aufhalten?«

»Sie waren Richtung Osten unterwegs, auf die Berge zu. Es gibt drei Pässe, von denen so früh im Jahr nur zwei offen sind.«

Brohl Handar nickte langsam. »Die K'risnan des Imperators sind ebenfalls in der Lage, ihren ungefähren Aufenthaltsort herauszufinden. Besagte Pässe sind gesperrt.« Er machte eine kurze Pause und fuhr dann fort: »Es ist genau so, wie Hannan Mosag es vorhergesagt hat.«

Orbyn musterte ihn aus dunklen, halb unter Falten aus Fett verborgenen Augen. »Ich werde an die Tüchtigkeit der Edur erinnert.«

Ja.

»Die Patriotisten haben Fragen im Hinblick auf diesen weißhäutigen Tiste Edur, die Weiße Krähe«, fuhr der Mann, der unter dem Namen Wahrheitsfinder bekannt war, fort. »Zu welchem Stamm gehört er?«

»Zu keinem. Er ist kein Tiste Edur.«

»Oh. Das überrascht mich. Die Beschreibung ...«

Brohl Handar sagte nichts.

»Aufseher, können wir irgendwie behilflich sein?«

»Das ist dieses Mal nicht nötig«, erwiderte Brohl.

»Ich bin überaus neugierig, warum Ihr Euch noch nicht an diese Gruppe herangemacht und sie gefangen genommen habt. Meine Quellen haben mir zu verstehen gegeben, dass es sich bei dem Tiste Edur um niemand anderen als Forcht Sengar, den Bruder des Imperators handelt.«

»Wie ich schon gesagt habe, die Pässe sind gesperrt.«

»Oh. Dann zieht sich das Netz also in eben diesem Augenblick, da wir miteinander sprechen, zusammen.«

Brohl Handar lächelte. »Orbyn, Ihr habt vorhin gesagt, dass die Bolkando-Verschwörung in den Zuständigkeitsbereich des Freiheits-Konsortiums gehört. Wollt Ihr mir somit wirklich erzählen, dass die Patriotisten mit der ganzen Sache überhaupt nichts zu tun haben?«

»Ganz und gar nicht. Das Konsortium greift regelmäßig auf unser Netzwerk zurück ...«

»Wofür Ihr zweifellos belohnt werdet.«

»Natürlich.«

»Ich stelle fest ...«

Orbyn legte den Kopf leicht schräg und hob eine Hand. »Ihr müsst mich entschuldigen, Aufseher. Ich höre Alarmglocken.« Er erhob sich ächzend und stieß die Tür der Kutsche auf.

Brohl sagte nichts, starrte dem Letherii nur nachdenklich hinterher, als er die Kutsche verließ. Sobald die Tür sich wieder geschlossen hatte, griff er in ein kleines Fach und holte einen gewobenen, mit duftenden Gräsern gefüllten Ball heraus, den er sich vors Gesicht hielt. Ein Ruck an einer Schnur brachte den Kutscher dazu, die Zügel wieder in die Hand zu nehmen. Leicht schlingernd setzte sich die Kutsche Bewegung. Brohl konnte jetzt die Alarmglocken hören, eine aufgeregte Kakophonie von Tönen. Er beugte sich nach vorn und sagte in das Sprechrohr: »Bring uns zu den Alarmglocken, Kutscher.« Er zögerte kurz und fügte dann hinzu: »Aber es gibt keinen Grund zur Eile.«

Die Garnison von Drene bestand aus einem vollen Dutzend steinerner Gebäude, die auf einem niedrigen Hügel ein Stück nördlich des Stadtzentrums erbaut waren. Die Rüstkammer, die Soldatenunterkünfte und das Gebäude des Führungsstabs waren alle schwer befestigt, auch wenn der gesamte Komplex nicht von Mauern umgeben war. Einst, vor vielen Jahrhunderten, war Drene ein Stadtstaat gewesen, und nach einem langwierigen Krieg gegen die Ahl hatte der belagerte König letheriische Truppen herbeigerufen, um die Nomaden letztlich doch noch besiegen zu können. Jahrzehnte später hatte sich gezeigt, dass der ganze Konflikt das Ergebnis letheriischer Intrigen gewesen war. Jedenfalls waren die letheriischen Truppen nie wieder abgezogen; der König nahm den Titel eines Wesirs an, und bald darauf wurden er und sein ganzes Geschlecht durch eine Abfolge tragischer Unfälle ausgelöscht. Aber das alles war inzwischen längst Geschichte – und zwar die Art von Geschichte, der man gleichgültig gegenübersteht.

Vom Exerzierplatz der Garnison gingen vier Hauptstraßen ab; die in Richtung Norden vereinigte sich mit der Torstraße, die zur Stadtmauer und weiter zur Nordküstenroute führte – sie war von den drei Straßen, die über Land zur Stadt führten, die am wenigsten benutzte.

Im Schatten unter dem mit einem Giebel versehenen Balkon eines palastartigen Anwesens an eben dieser Nordstraße – gleich hinter der Rüstkammer – stand eine kleine, geschmeidige Gestalt, und sie stand hier nicht nur der Kühle wegen, sondern auch, weil sie von hier aus freie Sicht auf die Garnison hatte. Eine grob gewebte Kapuze verbarg ihre Gesichtszüge, doch hätte sich jemand der Vorbeigehenden die Mühe gemacht, kurz stehenzubleiben und genauer hinzuschauen, wäre er oder sie wahrscheinlich überrascht gewesen, dort, wo das Gesicht sein sollte, rote Schuppen zu sehen – und Augen, die in schwarz geränderten Schlitzen verborgen lagen. Aber die Gestalt hatte etwas an sich, das Anlass dazu gab, ihr so wenig Aufmerksamkeit wie möglich zu schenken. Die Blicke glitten über sie hinweg, und die meisten Menschen, die vorbeikamen, bemerkten nicht einmal so richtig, dass da tatsächlich jemand im Schatten stand.

Seit kurz vor Anbruch der Morgendämmerung stand der Mann hier, mittlerweile war es später Nachmittag. Und die ganze Zeit hatte er den Blick nicht von der Garnison abgewandt, sondern sich alles angesehen: die Boten, die das Hauptgebäude betraten und wieder verließen, das halbe Dutzend Kaufleute adliger Abstammung, die die Garnison besuchten, den Kauf von Pferden, Metallstücken, Sätteln und allerlei anderer Materialien. Er musterte die Häute auf den Rundschilden der Lanzenreiter – flache Gesichter, die Haut so dunkel, dass ihr Farbton nun irgendwo zwischen purpur und ockerfarben lag, wodurch die Tätowierungen kaum noch zu erkennen, aber auf merkwürdige Weise schön waren.

Es war später Nachmittag, und die Schatten wurden länger, als der Beobachter zwei Letherii bemerkte, die zum zweiten Mal sein Blickfeld durchquerten. Ihr Mangel an Aufmerksamkeit kam ihm … verdächtig vor, und irgendein Instinkt sagte dem Mann mit der Kapuze, dass es an der Zeit war, von hier zu verschwinden.

Sobald sie an ihm vorbei waren und weiter die Straße entlang Richtung Westen gingen, verließ der Mann die Schatten und folgte den beiden Männern rasch und lautlos. Er spürte, wie sich ihre Wachsamkeit plötzlich erhöhte – und vielleicht auch so etwas wie Beunruhigung bei ihnen regte. Kurz bevor er sie erreicht hatte, wandte er sich nach rechts und tauchte in ein Gässchen ein, das nach Norden führte.

Fünfzehn Schritt von der Mündung entfernt fand er eine dunkle Nische, in der er sich verstecken konnte. Er schlug seinen Umhang zurück und stopfte ihn hinter den Gürtel, so dass er die Arme frei hatte.

Ein Dutzend Herzschläge verstrichen, dann hörte er Schritte.

Er sah, wie sie vorbeigingen – vorsichtig, mit Messern in den Händen. Der eine flüsterte dem anderen etwas zu, sie zögerten.

Der Mann in der Nische ließ einen Fuß absichtlich über den Boden streifen, als er vortrat.

Sie wirbelten herum.

Die Cadaranpeitsche schnellte flüsternd durch die Luft, die mit münzengroßen, messerscharfen, einander überlappenden halbmondförmigen Klingen besetzte lederne Peitschenschnur blitzte auf, beschrieb einen schimmernden Bogen und leckte beiden Männern über die Kehle. Blut spritzte.

Er sah, wie sie zusammenbrachen. Das Blut strömte ungehemmt – mehr von dem Mann zur Linken –, und breitete sich auf den schmutzigen Pflastersteinen aus. Er trat dicht an sein anderes Opfer heran, zog sein Messer und rammte es dem Verletzten in die Kehle, zog dem Toten dann mit ein paar routinierten Schnitten die Gesichtshaut mitsamt Muskeln und Haaren ab. Bei dem zweiten Toten wiederholte er die entsetzliche Tätigkeit.

Zwei Agenten der Patriotisten weniger, mit denen man sich herumschlagen musste.

Natürlich arbeiteten sie zu dritt; den ersten beiden folgte in einiger Entfernung immer ein weiterer Mann.

Von der Garnison her erklang der erste Alarm, das schrille Geläut mehrerer Glocken, das die staubige Luft über den Gebäuden durchdrang.

Der Mann faltete seine grässlichen Trophäen zusammen und stopfte sie hinter eine Falte des weiten Hemds aus Rodarawolle, das er über seinem Brustpanzer aus Metallschuppen trug, und ging dann die Gasse entlang. in Richtung Nordtor.

Ein Trupp der Stadtgarde erschien an der fernen Mündung der Gasse, fünf in Rüstungen gekleidete und Helme tragende Letherii mit Kurzschwertern und Schilden.

Als der Mann sie sah, fing er an zu rennen, schüttelte im Laufen die Cadaranpeitsche in seiner linken Hand frei, während er mit der Rechten die Rygtha-Sichelaxt aus den Wildlederriemen löste, mit denen sie an seiner Hüfte befestigt war. Ein dicker Schaft, so lang wie der Oberschenkelknochen eines ausgewachsenen Mannes, an dessen beiden Enden jeweils eine stählerne Klinge in Form eines Dreiviertelmonds befestigt war, die im rechten Winkel versetzt zueinander standen. Die Cadaran und die Rygtha, alte Waffen der Ahl'dan – und sie zu beherrschen war eine Kunst, die seit mindestens einem Jahrhundert bei den Stämmen verloren war.

Logischerweise hatte auch die Polizeitruppe sich noch niemals solchen Waffen gegenübergesehen.

Als er noch zehn Schritte von den ersten drei Wachen entfernt war, wischte die Peitschenschnur durch die Luft, beschrieb eine nur verschwommen erkennbare, seitwärts geneigte Acht – woraufhin Schreie ertönten und Blut spritzte, das in der Düsternis der Gasse fast schwarz aussah. Zwei Letherii taumelten rückwärts.

Der geschmeidige, drahtige Angreifer ging auf den letzten Mann in der vordersten Reihe los. Seine rechte Hand glitt am Schaft der Axt entlang bis zu einem Flansch direkt unterhalb der linken Mondsichelklinge, der Schaft klatschte parallel gegen die Unterseite seines Unterarms, als er die Waffe hochbrachte – und einen verzweifelten Hieb des Gardisten abblockte, den dieser mit dem Kurzschwert geführt hatte. Als der Ahl seinen Ellbogen vorstieß, zuckte die rechte Klinge auf, traf den Gardisten knapp unterhalb des Helmrands im Gesicht, glitt durch Nasenrücken und Stirnbein, bevor sie sich in seine weiche Hirnmasse grub. Mit Leichtigkeit glitt die sich verjüngende, scharfe sichelförmige Klinge wieder aus der Wunde, als der Ahl sich an dem zu Boden stürzenden Gardisten vorbeischob und die Peitschenschnur nach einer über den Kopf ausgeführten, ausholenden Bewegung wieder vorzischte, um sich um den Hals des vierten Letherii zu wickeln, der aufkreischte und sein Schwert fallenließ, während er an den tödlichen Klingen zerrte –, woraufhin der Ahl in die Hocke ging, die rechte Hand am Schaft der Rygtha entlangbewegte, bis er den Flansch unterhalb der rechten Klinge berührte – und dann zuschlug. Der fünfte Gardist riss seinen Schild hoch, um den Schlag abzuwehren, doch es war zu spät – die Klinge traf ihn zwischen die Augen.

Ein Ruck an der Peitsche enthauptete den vierten Mann.

Der Ahl ließ die Cadaran fallen, packte die Rygtha an beiden Enden, trat an den letzten Gardisten heran und rammte ihm den Schaft gegen die Kehle, womit er ihm die Luftröhre ihm zermalmte.

Er hob die Peitsche wieder auf und ging weiter.

Eine Straße. Von rechts die Geräusche von Lanzenreitern. Das Tor befand sich fünfzig Schritt zu seiner Linken. Es wimmelte von Wachen – deren Köpfe sich jetzt in seine Richtung drehten.

Er rannte geradewegs auf sie zu.

Atri-Preda Bivatt übernahm persönlich den Befehl über eine Schwadron Lanzenreiter. Gefolgt von zwanzig Reitern setzte sie ihr Pferd in leichten Galopp und folgte den Spuren eines Blutbads.

Zwei Agenten der Patriotisten mitten in der Gasse. Fünf Mitglieder der Stadtwache am hinteren Ende.

Als sie auf die Straße hinausritt, lenkte sie ihr Pferd nach links und zog das Langschwert, während sie sich dem Tor näherte.

Überall lagen Gardisten, zwanzig oder mehr, und nur zwei von ihnen schienen noch am Leben zu sein. Bivatt starrte düster unter ihrem Helm hervor; kalter Schweiß prickelte unter der Rüstung auf ihrer Haut. Überall war Blut. Auf den Pflastersteinen, an Mauern und Wänden ziemlich weit hochgespritzt, am Tor. Und abgetrennte Gliedmaßen. Es stank nach entleerten Därmen, nach herausquellenden Innereien. Einer der Überlebenden schrie unaufhörlich, und sein Kopf wippte vor und zurück. Ihm waren beide Hände abgetrennt worden.

Als Bivatt ihr Reittier zügelte, sah sie, dass gleich hinter dem Tor vier Pferde am Boden lagen, genau wie ihre Reiter. Langsam dahintreibende Staubschwaden deuteten darauf hin, dass die restlichen Mitglieder der ersten Schwadron, die hierhergekommen war, sich an die Verfolgung gemacht hatten.

Der andere Überlebende kam auf sie zugestolpert. Er hatte einen Schlag gegen den Kopf bekommen; sein Helm war auf einer Seite eingedellt, und Blut strömte ihm über Gesicht und Hals. In den Augen, mit denen er sie anstarrte, stand ein Ausdruck reinsten Entsetzens. Er öffnete den Mund, brachte jedoch kein Wort heraus.

Bivatt ließ den Blick noch einmal rundum schweifen und wandte sich dann an ihren Finadd. »Führt die Schwadron durch das Tor und folgt ihnen. Und zieht Eure Waffen, verdammt!« Sie starrte düster wieder auf den Gardisten hinunter. »Wie viele waren das?«

Er glotzte sie an.

Weitere Gardisten tauchten auf. Ein Feldscher eilte zu dem schreienden Mann, der seine Hände verloren hatte.

»Hast du meine Frage gehört?«, zischte Bivatt.

Er nickte. »Einer. Ein Mann, Atri-Preda.«

Ein Mann? Das ist lächerlich. »Beschreibe ihn!«

»Schuppen – sein Gesicht war voller Schuppen. Rote Schuppen – wie Blut!«

Ein Reiter ihrer Schwadron kehrte von der Straße zurück. »Die Mitglieder der ersten Schwadron sind alle tot, Atri-Preda«, sagte er. Seine Stimme klang unnatürlich hoch und gepresst. »Ein Stück weiter die Straße entlang. Die Pferde sind auch alle tot, bis auf eines. Sollen wir die Verfolgung aufnehmen, Atri-Preda?«

»Ob ihr die Verfolgung aufnehmen sollt? Du verdammter Narr – natürlich sollt ihr die Verfolgung aufnehmen! Bleibt ihm auf den Fersen!«

Hinter ihr ertönte plötzlich eine Stimme. »Diese Beschreibung, Atri-Preda …«

Sie drehte sich im Sattel um.

Inmitten der Überreste des Gemetzels stand Orbyn Wahrheitsfinder. Er war schweißüberströmt und blickte sie aus seinen kleinen Augen unverwandt an.

Bivatt schnaubte, fletschte dabei die Zähne. »Ja«, schnappte sie. *Rotmaske. Niemand anderes.*

Der Anführer der Patriotisten in Drene schürzte die Lippen und senkte den Blick, betrachtete die überall herumliegenden Leichen. »Es hat ganz den Anschein«, sagte er, »als wäre seine Verbannung zu Ende.«

Ja.

Möge der Abtrünnige uns retten.

Brohl Handar kletterte aus der Kutsche und ließ den Blick über das Schlachtfeld schweifen. Er konnte sich nicht vorstellen, was für Waffen die Angreifer benutzt hatten, um das Gemetzel anzurichten, das er vor sich sah. Die Atri-Preda hatte den Befehl übernommen, und es tauchten immer mehr Soldaten auf, während Orbyn Wahrheitsfinder im Schatten des Eingangs zum Torhaus stand und alles schweigend beobachtete.

Der Aufseher trat zu Bivatt. »Atri-Preda«, sagte er, »alle Toten, die ich hier sehe, gehören zu Euren Leuten.«

Sie starrte ihn düster an, doch in ihrem Blick lag mehr als einfach nur Wut. Er sah Furcht in ihren Augen. »Ein Ahlkrieger ist in die Stadt eingedrungen«, sagte sie.

»Das hier ist das Werk eines einzigen Mannes?«

»Es ist die geringste seiner Fähigkeiten.«

»Oh, dann wisst Ihr also, wer der Mann ist.«

»Aufseher, ich bin ziemlich beschäftigt …«

»Erzählt mir von ihm.«

Sie verzog das Gesicht, winkte ihm aber, ihr zum Tor zu folgen. Sie mussten beide aufpassen, nicht auf eine der Leichen zu treten, die überall auf den glitschigen Pflastersteinen lagen. »Ich fürchte, ich habe eine Schwadron Lanzenreiter in den Tod geschickt, Aufseher. Das heißt, ich bin nicht unbedingt in der Stimmung für sonderlich lange Unterhaltungen.«

»Tut mir den Gefallen. Wenn ein Trupp Krieger aus der Ahl'dan sich im direkten Randbereich dieser Stadt aufhält, muss es eine organisierte Reaktion geben – eine«, fügte er hinzu, als er ihren gekränkten Gesichtsausdruck bemerkte, »die die Tiste Edur ebenso einschließt wie Eure Einheiten.«

Nach einem kurzen Augenblick nickte sie. »Rotmaske. Der einzige Name, unter dem wir ihn kennen. Selbst bei den Ahl'dan gibt es nur Legenden über seine Herkunft …«

»Und wie lauten sie?«

»Letur Anict …«

Brohl Handar zischte ärgerlich und warf Orbyn, der ein Stück nähergekommen war und sich nun in Hörweite befand, einen finsteren Blick zu. »Warum muss eigentlich jede Katastrophe mit dem Namen dieses Mannes beginnen?«

»Es ist mittlerweile Jahre her«, fuhr Bivatt fort, »da gab es ein paar Geplänkel zwischen einem reichen Stamm der Ahl und dem Repräsentanten. Einfach gesagt, Letur Anict wollte die riesigen Herden des Stammes haben. Er hat Männer ausgeschickt, die sich eines Nachts in ein Lager der Ahl geschlichen und es geschafft haben, eine junge Frau zu entführen – eine Tochter des Clanführers. Die Ahl hatten die Angewohnheit, letheriische Kinder zu stehlen, versteht Ihr? Jedenfalls hatte das Mädchen einen Bruder.«

»Rotmaske.«

Sie nickte. »Einen jüngeren Bruder. Also … der Repräsentant hat das Mädchen in seinen Haushalt aufgenommen, und binnen kürzester Zeit war sie ihm gegenüber verschuldet …«

»Zweifellos ohne dass ihr das überhaupt bewusst war. Ja, ich verstehe.

Letur Anict hat die Herden ihres Vaters gefordert – nur so konnte die Schuld beglichen werden und sie selbst wieder frei kommen.«

»Ja, so sollte es mehr oder weniger laufen. Und der Clanführer hat zugestimmt. Doch leider hat sich das Mädchen, noch während die Truppen des Repräsentanten sich mit ihrer kostbaren Fracht dem Lager der Ahl näherten, einen Dolch ins Herz gestoßen. Danach ist alles ziemlich drunter und drüber gegangen. Letur Anicts Soldaten haben das Lager der Ahl angegriffen und alle getötet …«

»Der Repräsentant war zu dem Entschluss gekommen, dass er sich die Herden so oder so nehmen würde.«

»Ja. Wie sich später allerdings herausstellte, hat es einen Überlebenden gegeben. Ein paar Jahre später, als die Geplänkel immer heftiger wurden, haben die Truppen des Repräsentanten auf einmal einen Kampf nach dem anderen verloren. Hinterhalte verkehrten sich ins Gegenteil. Und zum ersten Mal war von einem Mann namens Rotmaske die Rede – einem neuen Kriegshäuptling. Was nun folgt, ist noch wesentlich unklarer als das, was ich bisher erzählt habe. Es scheint, als hätte es eine Versammlung der Clans gegeben, bei der Rotmaske mit den Ältesten gesprochen hat – das heißt, er hat mit ihnen gestritten. Er wollte die Clans angesichts der Bedrohung durch die Letherii vereinigen, aber die Ältesten haben sich nicht überzeugen lassen. In seiner Wut hat Rotmaske unkluge Worte gesprochen. Die Ältesten wollten, dass er sie zurücknimmt. Er hat sich geweigert und wurde in die Verbannung geschickt. Es heißt, er hätte sich nach Osten begeben, in die Wildlande zwischen hier und Kolanse.«

»Was für eine Bedeutung hat die Maske?«

Bivatt schüttelte den Kopf. »Ich weiß es nicht. Es gibt eine Legende … er soll einen Drachen getötet haben, kurz nachdem seine Familie umgebracht worden war. Damals war er kaum mehr als ein Kind – was die Geschichte ziemlich unwahrscheinlich macht.« Sie zuckte die Schultern.

»Und nun ist er also zurückgekehrt«, sagte Brohl Handar, »oder ein anderer Ahlkrieger hat die Maske übernommen und versucht, euch Letherii einen Schreck einzujagen.«

»Nein, er war es. Er benutzt eine klingenbewehrte Peitsche und eine doppelköpfige Axt. Die Waffen selbst sind im Grunde mythischer Natur.«

Der Aufseher runzelte die Stirn. »Mythischer Natur?«

»Bei den Ahl gibt es Legenden, die behaupten, dass sie einst einen Krieg geführt haben – weit im Osten, als die Ahl noch in den Wildlanden gelebt haben. Die Cadaran und die Rygtha waren Waffen, die speziell für den Kampf gegen diesen Feind entwickelt worden waren. Ich weiß auch nicht mehr als das, was ich Euch gerade erzählt habe – außer, dass es ganz so aussieht, als wäre der Feind – wer oder was auch immer er gewesen sein mag – nicht menschlich gewesen.«

»Jeder Stamm hat Geschichten von vergangenen Kriegen, einem Zeitalter der Helden …«

»Aufseher, die Legenden der Ahl sind anders.«

»Ach?«

»Ja. Vor allem haben die Ahl jenen Krieg verloren. Deswegen sind sie nach Westen geflohen.«

»Hat es denn keine letheriischen Expeditionen in die Wildlande gegeben?«

»Seit Jahrzehnten nicht mehr, Aufseher. Schließlich hatten wir genug Zusammenstöße mit den Bewohnern der verschiedenen Gebiete und den Königreichen an eben jener Grenze. Die letzte Expedition wurde praktisch ausgelöscht; es hat nur eine einzige Überlebende gegeben, die von dem, was sie gesehen hatte, in den Wahnsinn getrieben worden war. Sie hat von etwas gesprochen, das sie die Zischende Nacht genannt hat. Die Stimme des Todes, wie es scheint. Wie auch immer, ihr Wahnsinn konnte nicht geheilt werden, und daher wurde sie hingerichtet.«

Brohl Handar dachte einige Zeit lang über das Gehörte nach. Mittlerweile war ein Offizier angekommen und wartete darauf, mit der Atri-Preda sprechen zu können. »Danke«, sagte Handar zu Bivatt und wandte sich ab.

»Aufseher.«

Er blickte sie noch einmal an. »Ja?«

»Wenn Rotmaske dieses Mal Erfolg hat … mit der Vereinigung der Stämme, meine ich, nun, dann werden wir in der Tat die Tiste Edur brauchen.«

Er zog die Brauen hoch. »Natürlich, Atri-Preda.« *Und vielleicht kann ich auf diese Weise zum Ohr des Imperators und dem von Hannan Mosag durchdringen. Dieser verdammte Letur Anict. Was hat er da jetzt über uns gebracht?*

Er trieb das Pferd der Letherii hart an, verließ die Nordstraße und wandte sich nach Osten, über frisch gepflügte Felder, die einst Weideland der Ahl'dan gewesen waren. Bauern wurden auf ihn aufmerksam, und in dem letzten Weiler, an dem er vorbeigekommen war, hatten drei dort stationierte Soldaten ihre Pferde gesattelt und sich daran gemacht, ihn zu verfolgen.

Sie fanden ihr Ende in einer Senke des Tals, das Rotmaske gerade verlassen hatte, begleitet von einem Chor aus menschlichen und tierischen Stimmen, dessen Schreie durchdringend, aber kurzlebig waren.

Ein Wolke wütender Rhinazan, durch die Gewalttat von ihren bevorzugten Gastgebern vertrieben, wogte lärmend über dem Kopf des Ahlkriegers; ihre Flügel schlugen wie winzige Trommeln, und ihre langen Schwänze zischten durch die Luft, als sie Rotmaske folgten. Er hatte sich mittlerweile längst an ihre Allgegenwärtigkeit gewöhnt. Die wieselgroßen fliegenden Reptilien waren eigentlich Bewohner der Wildlande und daher weit weg von zu Hause, sofern man nicht ihre Gastgeber – die sich im Tal hinter ihm aufhielten und vermutlich einen weiteren Hinterhalt vorbereiteten – als ihre Heimat bezeichnen wollte.

Er ließ sein Pferd langsamer werden, rutschte unbehaglich in dem unbequemen letheriischen Sattel hin und her. Niemand konnte ihn jetzt mehr einholen, das wusste er, und daher war es überflüssig, dieses Tier zuschanden zu reiten. Die Feinde waren in ihrer Stadtgarnison voller Selbstvertrauen gewesen, hatten ihre Trophäen schamlos zur Schau gestellt; Rotmaske hatte in der langen Zeit, in der er sie beobachtet hatte, viel über sie erfahren. Lanzenreiter aus Blaurose, mit vernünftigen Steigbügeln und behende auf ihren Reittieren. Weitaus ernstzunehmender als die Fußsoldaten von vor einigen Jahren.

Von seinem eigenen Volk hatte er seit seiner Rückkehr bisher nur verlassene Lager, die Spuren ziemlich kleiner Herden und nicht mehr benutzte Zeltringe gesehen. Es war, als wäre seine Heimat verkleinert worden und alle Überlebenden geflohen. Und auf dem einzigen Schlachtfeld, auf das er gestoßen war, hatten nur die Leichen von Fremden gelegen.

Die Sonne in seinem Rücken stand bereits tief über dem Horizont, und die Abenddämmerung rückte rasch näher, als er auf das erste niedergebrannte Lager der Ahl'dan stieß. Das musste ein Jahr her sein, vielleicht auch länger. Weiße Knochen ragten ebenso aus dem Gras wie geschwärzte Stümpfe von den Holzrahmen der Hütten, und es roch nach Staub und Elend. Niemand war gekommen, um die Gefallenen zu holen, um die Leichen der Abgeschlachteten auf festgezurrte Plattformen zu legen und so ihre Seelen zu befreien, damit sie mit den Aasvögeln tanzen konnten. Die Szenerie weckte grimmige Erinnerungen.

Er ritt weiter. Als sich die Dunkelheit herabsenkte, trieben die Rhinazan langsam davon, und Rotmaske konnte das Stampfen rechts und links von sich hören, als seine beiden Begleiter, die ihr blutiges Werk verrichtet hatten, flankierende Positionen einnahmen. Sie waren in der Düsternis kaum zu erkennen.

Die Rhinazan ließen sich auf den waagrechten schuppigen Rücken nieder, wo sie Blutspritzer aufleckten und Zecken aufpickten, um sich schnappten und scharf die Luft einsogen, um die beißenden Insekten, die zu nahe heransummten, zu erwischen.

Rotmaske schloss halb die Augen – er war fast zwei Tage wach gewesen. Mit Sag'Churok, dem ungeschlachten Männchen, der zu seiner Rechten über die Erde glitt, und Gunth Mach, dem jungen Geschlechtslosen, der sich gerade zu einem Weibchen entwickelte, zu seiner Linken, war er so sicher, wie er nur sein konnte.

Genau wie die Rhinazan schienen auch die beiden K'Chain Che'Malle zufrieden zu sein, selbst in diesem fremdartigen Land und so weit weg von ihren Artgenossen.

Sie schienen damit zufrieden zu sein, ihm, Rotmaske, zu folgen, ihn zu beschützen und Letherii zu töten.

Und er hatte nicht die geringste Ahnung, warum.

Silchas Ruins Augen wirkten im Laternenlicht echsenhaft, doch dies empfand Seren Pedac angesichts des Raumes, in dem sie sich befanden, als überaus passend. Die steinernen Wände, die sich weiter oben zu einer Kuppel vereinigten, waren in Form einander überlappender Schuppen behauen. Das nirgends unterbrochene Muster lösten bei ihr ein Gefühl von Orientierungslosigkeit aus, verbunden mit einer leichten Übelkeit. Sie setzte sich auf den Fußboden und blinzelte, um den Dreck aus den Augen zu bekommen.

Sie schätzte, dass es beinahe Morgen sein musste. Sie waren fast die ganze Nacht durch Tunnel, ansteigende Gänge und über spiralförmige Rampen gewandert. Die Luft war abgestanden, trotz eines stetigen abwärts gerichteten Luftstroms, der beinahe den Eindruck erweckte, als würde er in jedem Raum und jedem Korridor, den er durchquerte, Geister sammeln.

Sie wandte den Blick von Silchas Ruin ab, ärgerte sich über die Faszination, die dieser wilde, überirdische Krieger auf sie ausübte – genau wie seine Fähigkeit, vollkommen reglos dastehen zu können, so dass selbst das Heben und Senken seiner Brust kaum auszumachen war. Er war Jahrtausende lang begraben gewesen, aber er lebte tatsächlich. In seinen Adern floss Blut, und Gedanken stiegen in ihm auf, beschmutzt vom Staub des Brachliegens. Wenn er sprach, konnte sie das Gewicht von Grabsteinen hören. Es war ihr unvorstellbar, wie jemand so etwas erleiden konnte, ohne verrückt zu werden.

Andererseits war er ja vielleicht tatsächlich verrückt – vielleicht lauerte irgendetwas tief in seinem Innern, das sich entweder angesichts der Notlage zurückhielt oder nur auf seine Befreiung wartete. Als Mörder – denn das war er ganz gewiss – war er gleichermaßen gründlich wie leidenschaftslos. Als könnte die Bedeutung, die das Leben eines sterblichen Wesens hatte, auf ein chirurgisch präzises Urteil verkürzt werden: Hindernis oder Verbündeter. Alles andere spielte keine Rolle.

Sie verstand den Trost, der darin lag, die Welt auf diese Weise zu betrachten. Die Erleichterung, die eine solch einfache Sichtweise bot, war verlockend. Aber für sie unmöglich. Man konnte sich nicht selbst blind für die Kompliziertheit der Welt machen. Doch für Silchas Ruin hatte die scheinbare Kompliziertheit keine Bedeutung. Er hatte eine Art Gewissheit gefunden, und sie war unerschütterlich.

Leider war Forcht Sengar nicht darauf vorbereitet, die Aussichtslosigkeit seiner immer wiederkehrenden Angriffe auf Silchas Ruin zu akzeptieren. Der Tiste Edur stand unweit der dreieckigen Türöffnung, durch die sie bald hindurchgehen würden, als würde diese Ruhepause seine Ungeduld nur vergrößern. »Ihr glaubt«, sagte er jetzt zu Silchas Ruin, »dass ich im Grunde genommen nichts über den alten Krieg, über das Eindringen in diese Sphäre weiß.«

Der Albino aus dem Volk der Tiste Andii richtete den Blick auf Forcht Sengar, sagte aber nichts.

»Die Frauen haben sich erinnert«, sagte Forcht. »Sie haben die Geschichten an ihre Töchter weitergegeben. Generation um Generation. Ja, ich weiß, dass Scabandari Euch ein Messer in den Rücken gerammt hat, auf jenem Hügel oberhalb des Schlachtfelds. Aber war das der erste Verrat?«

Falls er eine Reaktion erwartete, wurde er enttäuscht.

Udinaas, der auf dem Boden saß und sich an die schuppige Wand lehnte, lachte leise auf. »Eure Debatten sind so sinnlos«, sagte er. »Wer hat wen verraten. Was spielt das denn für eine Rolle? Es ist ja nicht so, dass uns hier Vertrauen zusammenhält. Sag mir, Forcht Sengar – du, der du einst mein Herr warst –, hat dein Bruder irgendeine Ahnung, wer Ruin ist? Wo er hergekommen ist? Ich nehme an, dass dem nicht so ist. Denn sonst hätte er uns persönlich verfolgt, mit zehntausend Kriegern in seinem Gefolge. Stattdessen spielen sie mit uns. Willst du nicht einmal wissen, warum?«

Ein halbes Dutzend Herzschläge lang sagte niemand ein Wort, dann begann Kessel zu kichern. Alle Blicke richteten sich auf sie. Sie blinzelte eulenhaft. »Sie wollen natürlich, dass wir erst einmal finden, was wir suchen.«

»Und warum durchkreuzen sie dann alle unsere Versuche, weiter ins Landesinnere vorzudringen?«, wollte Seren wissen.

»Weil sie wissen, dass das die falsche Richtung ist.«

»Und woher sollen sie das wissen?«

Kessels kleine, staubige Hände flatterten wie Fledermäuse vor ihr durch die Luft. »Weil der Verkrüppelte Gott es ihnen gesagt hat, darum. Der Verkrüppelte Gott hat gesagt, dass der richtige Zeitpunkt, um nach Osten zu reisen, noch nicht gekommen ist. Er ist noch nicht zum offenen Krieg bereit. Er will nicht, dass wir in die Wildlande gehen, wo alle Geheimnisse warten.«

Seren Pedac starrte das Mädchen an. »Im Namen des Abtrünnigen – wer ist der Verkrüppelte Gott?«

»Derjenige, der Rhulad das Schwert gegeben hat, Freisprecherin. Die wahre Macht hinter den Tiste Edur.« Kessel riss die Arme hoch. »Scabandari ist tot. Hannan Mosag hat den Handel abgeschlossen – und das Zahlungsmittel war Rhulad Sengar.«

Forcht stand da, die Zähne gebleckt, und starrte Kessel an. In seinen Augen stand ein Ausdruck, der an Entsetzen erinnerte. »Woher weißt du das?«, fragte er.

»Die Toten haben es mir erzählt. Sie haben mir viele Dinge erzählt. Genau wie diejenigen unter den Bäumen, die Gefangenen. Und sie haben noch etwas anderes gesagt. Sie haben gesagt, dass das riesige Rad kurz davor steht, sich noch ein letztes Mal zu drehen, ehe es aufhört. Und es hört auf, weil es aufhören muss, denn er selbst hat es so geschaffen. Damit es ihm all das sagt, was er wissen muss. Damit es ihm die Wahrheit sagt.«

»Damit es wem die Wahrheit sagt?«, fragte Seren; sie war verwirrt und machte ein finsteres Gesicht.

»Ihm. Demjenigen, der kommen wird. Du wirst es sehen.« Sie rannte zu Forcht, packte ihn an einer Hand und fing an zu zerren und zu ziehen. »Wir müssen uns beeilen, oder sie werden uns erwischen. Und wenn sie uns erwischen, wird Silchas Ruin sie alle töten müssen.«

Manchmal könnte ich dieses Kind erwürgen. Aber sie mühte sich wieder auf die Beine.

Udinaas lachte.

Sie verpürte große Lust, ihn ebenfalls zu erwürgen.

»Silchas«, sagte sie, während sie dicht an ihn herantrat, »habt Ihr irgendeine Ahnung, wovon Kessel da gerade gesprochen hat?«

»Nein, Freisprecherin. Aber«, fügte er hinzu, »ich habe vor, ihr auch weiterhin zuzuhören.«

Kapitel Drei

Wir stießen an den östlichen Hängen des Radagargrats auf den Dämon. Er lag in einer flachen Rinne, wie sie manchmal nach plötzlichen Überschwemmungen zurückbleiben. Der Gestank, der die heiße Luft erfüllte, kündete von faulendem Fleisch, und in der Tat, als wir uns den Dämon genauer ansahen – natürlich mit äußerster Vorsicht, da erst am Vortag unser Lager von unbekannten Angreifern überfallen worden war –, stellten wir fest, dass er zwar noch am Leben, aber tödlich verwundet war. Wie soll man solch ein dämonisches Wesen beschreiben? Wenn er aufrecht gestanden hätte, hätte er auf zwei überaus muskulösen Hinterbeinen das Gleichgewicht gehalten – Hinterbeine, wie sie etwa auch der Shaba hat, jener flugunfähige Vogel, der auf den Inseln des Drachen-Archipels gefunden werden kann, wobei diese hier im Vergleich weitaus größer waren. Wenn der Dämon gestanden hätte, hätten sich seine Hüften etwa in Augenhöhe eines Menschen befunden. Er hatte einen langen Schwanz, und das Gewicht des Oberkörpers lag gleichmäßig auf den Hüften; der lange Hals und der Kopf waren weit nach vorne gestreckt, so dass das Rückgrat im Grunde waagrecht verlief. Zwei lange Vordergliedmaßen, von kräftigen Muskeln und gehärteten Schuppen wie durch eine natürliche Rüstung geschützt, endeten nicht in zupackenden Krallen oder Händen, sondern in gewaltigen Schwertern mit stählernen Klingen, die, wie es schien, an den Handgelenken mit den Knochen verschmolzen waren. Der Kopf lief in einer Schnauze aus, ähnlich wie bei den Krokodilen, die im Schlamm des Südufers der Blaurosesee zu finden sind, doch auch in diesem Fall war alles viel größer. Austrocknung hatte die Lippen zurückweichen lassen, so dass zwei gezackte Reihen von Fängen sichtbar waren – Fänge, die jeweils so lang wie ein Dolch waren. Die Augen, die vom bevorstehenden Tod bereits verschleiert waren, wirkten auf uns nichtsdestotrotz unheimlich und sehr fremd.

Die Atri-Preda schritt kühn wie immer voran, um den Dämon mit einem Schwertstoß ins weiche Gewebe der Kehle von seinem Leiden zu erlösen. Angesichts dieser tödlichen Wunde stieß der Dämon einen Todesschrei aus, der uns Schmerzen bereitete, denn das Geräusch, das er von sich gab, lag außerhalb unseres Hörvermögens, barst jedoch so heftig in unsere Schädel, dass es uns das Blut aus Nase, Augen und Ohren trieb.

Eine weitere Einzelheit ist noch erwähnenswert, ehe ich das Ausmaß besagter Verletzungen darlege. Die Wunden, die am Körper des Dämons zu sehen waren, waren höchst eigenartig. Längliche, geschwungene Schnittwunden, vielleicht von einer Art Tentakel – aber einem Tentakel, der über scharfe Zähne verfügte –, während andere Wunden kleiner, aber tiefer waren; letztere fanden sich ausnahmslos in einer Körperregion, die zur Fortbewegung oder einem anderen Gebrauch der hinteren Gliedmaßen unerlässlich war, und sie verwiesen auf durchtrennte Sehnen und so weiter …

Repräsentant Breneda Anict, *Expedition in die Wildlande*
Die Amtlichen Annalen von Pufanan Ibyris

Im Bett war er kein Mann. Oh, das entsprechende Körperteil war voll und ganz gebrauchsfähig, doch in jeder anderen Hinsicht war dieser Imperator der Tausend Tode ein Kind. Aber am Schlimmsten war – wie Nisall inzwischen fand – das, was danach geschah: wenn er in einen halb schlafenden, halb … irgendwie anderen Zustand versank, wenn seine Gliedmaßen zuckten und er unaufhörlich Worte ausstieß, eine Litanei aus Bitten, vermischt mit verweifelten Schluchzern, die an der parfümierten Luft schabten. Und über kurz oder lang – nachdem sie selbst aus dem Bett geflohen war, sich eine Robe übergeworfen und fünf Schritte entfernt an eine Stelle unweit der gemalten Szene in dem falschen Fenster zurückgezogen hatte – konnte sie zusehen, wie er auf den Fußboden krabbelte und quer durch den Raum in eine Ecke kroch, als würde irgendeine Verletzung seines Rückgrats ihn verkrüppeln, wobei er das allgegenwärtige Schwert hinter sich herzuziehen pflegte. In jener Ecke verbrachte er dann zusammengerollt den Rest der Nacht, gefangen in einem ewigen Alptraum.

Tausend Tode, die er Nacht für Nacht aufs Neue durchlebte. Tausend. Das war natürlich übertrieben. Es waren höchstens ein paar hundert.

Imperator Rhulads Qualen waren nicht die Frucht eines fiebrigen Vorstellungsvermögens, und sie hatten ihren Ursprung auch nicht in einem Haufen Ängste. Was ihn heimsuchte, waren die Geschehnisse der Vergangenheit. Die wahren Geschehnisse. Sie war in der Lage, etwas von seinem Gemurmel zu verstehen, besonders, wenn es sich auf die Geschehnisse bezog, die seine Alpträume beherrschten, denn sie war dabei gewesen. Sie war dort gewesen, im Thronraum, hatte Rhulads Nicht-Tod miterlebt, hatte miterlebt, wie er weinend auf dem von all seinem Blut rutschigen Fußboden gelegen hatte, während auf dem Thron ein Leichnam saß, und der Mann, der Rhulad so zugerichtet hatte, halb aufgerichtet auf dem Podest zusammengesunken war – hinweggerafft von Gift.

Hannan Mosag war, als er auf erbärmliche Weise auf den Thron zukriechen wollte, von dem Dämon aufgehalten worden, der aufgetaucht war, um den Leichnam von Brys Beddict zu holen – und durch den beinahe beiläufigen Schwertstoß, der Rhulad getötet hatte, als die Erscheinung sich schon wieder auf dem Rückweg befunden hatte.

Der Schrei, der vom Erwachen des Imperators gekündet hatte, hatte ihr Herz in einen Eisklotz verwandelt – ein Schrei, so brutal, so rau, dass sie sein Brennen in ihrer eigenen Kehle gespürt hatte.

Aber was den Imperator mit tausend bluttriefenden Klingen heimsuchte, war das, was kurz nach Rhulads Rückkehr geschehen war.

Zu sterben, nur um zurückzukehren, bedeutete, niemals fliehen zu können. Niemals fliehen zu können ... *vor überhaupt nichts.*

Während seine Wunden sich schlossen, hatte er sich auf Hände und Knie aufgerichtet, wobei er immer noch das verfluchte Schwert umklammert hatte – die Waffe, die er niemals loslassen würde. Weinend und schwer atmend war er auf den Thron zugekrochen, war erneut in sich zusammengesackt, als er das Podest erreicht hatte.

Nisall war aus ihrem Versteck getreten, in dem sie sich noch wenige Augenblicke zuvor verborgen gehalten hatte. Sie hatte sich wie betäubt gefühlt. Der Selbstmord ihres Königs – ihres Liebhabers – und der des

Eunuchen Nifadas – die vielen entsetzlichen Geschehnisse, die sich in diesem schrecklichen Thronraum in so rascher Abfolge ereignet hatten, die Toten, die wie dicht an dicht aufgestellte Grabsteine auf einem überfluteten Feld umgestürzt waren. Triban Gnol, wie immer praktisch denkend, war vor dem neuen Imperator auf die Knie gefallen und hatte mit der Leichtigkeit eines Aals, der unter einen neuen Felsen glitt, gelobt, sich in seinen Dienst zu stellen. Auch der Erste Galan war Zeuge der Geschehnisse gewesen, aber als Rhulad, die vom Blut nassen Münzen glänzend, sich auf den Stufen umdrehte und mit gebleckten Zähnen Hannan Mosag anblickte, konnte sie Turudal Brizad nirgends entdecken.

»Er gehört dir nicht«, sagte Rhulad krächzend.

»Rhulad …«

»Imperator! Und du, Hannan Mosag, bist mein Ceda. Und kein Hexenkönig mehr. Nein, mein Ceda.«

»Deine Frau …«

»Ist tot. Ja.« Rhulad wuchtete sich auf das Podest und stand dann langsam auf, starrte auf Ezagara Diskanar, den toten König der Letherii hinunter. Dann streckte er die freie Hand aus, packte den König am Brustteil seiner brokatbesetzten Tunika und zog den Leichnam vom Thron, ließ ihn zur Seite fallen, so dass der Kopf hart auf den gefliesten Boden schlug. Ein Schauder schien Rhulad zu durchlaufen. Er setzte sich auf den Thron und sah sich um, richtete den Blick erneut auf Hannan Mosag. »Ceda«, sagte er, »in diesem unserem Zimmer wirst du dich uns immer auf dem Bauch rutschend nähern, genau wie du es jetzt auch tust.«

Aus den Schatten am anderen Ende des Thronraums kam ein dumpfes Gegacker.

Rhulad zuckte zusammen. »Und jetzt wirst du uns verlassen, Ceda«, sagte er. »Und nimm diese Hexe Janall und ihren Sohn mit.«

»Imperator, bitte, du musst verstehen …«

»Verschwinde!«

Der Schrei erschütterte Nisall, und sie zögerte, kämpfte gegen den drängenden Wunsch zu fliehen an. Sie wollte weg von hier. Vom Königshof, von der Stadt, von allem.

Dann zuckte Rhulads freie Hand vor, und ohne sich umzudrehen sagte er: »Nein, du nicht, Hure. Du bleibst.«

Hure. »Diese Bezeichnung ist nicht angemessen«, sagte sie – und erstarrte vor Furcht, verblüfft über ihre eigene Kühnheit.

Er richtete den Blick seiner fiebrigen Augen auf sie. Und dann – so widersinnig es auch schien – machte er eine wegwerfende Handbewegung, und als er wieder sprach, klang seine Stimme plötzlich müde. »Natürlich. Wir entschuldigen uns. Imperiale Konkubine …« Sein glitzerndes Gesicht verzog sich zu einem dünnen Lächeln. »Dein König hätte dich ebenfalls mitnehmen sollen. Er war selbstsüchtig, oder vielleicht hat er dich auch so sehr geliebt, dass er es nicht über sich brachte, dich zum Sterben aufzufordern.«

Sie sagte nichts darauf, denn tatsächlich wusste sie nicht, was sie hätte antworten können.

»Ah, wir sehen den Zweifel in deinen Augen. Konkubine, du hast unser Mitgefühl. Wisse, dass wir dich nicht grausam benutzen werden.« Und dann schwieg er, während er zusah, wie Hannan Mosag sich über die Schwelle der breiten Eingangstür des Raumes zog. Ein halbes Dutzend weitere Tiste Edur waren aufgetaucht; ihre verstohlenen, zittrigen Bewegungen verrieten ihre Unsicherheit angesichts all dessen, was sie hier miterlebten. Ein gezischter Befehl von Hannan Mosag ließ zwei den Raum betreten, die die Säcke, in denen sich die verformten Körper von Janall und ihrem Sohn Quillas befanden, wieder hochkrempelten und schlossen. Als sie die beiden Säcke – die mit kaum mehr als Fleischklumpen gefüllt waren – aus dem Raum zogen, klang das dabei entstehende Geräusch in Nisalls Ohren schlimmer als alles andere, was sie an diesem grausamen Tag gehört hatte.

»Gleichzeitig«, fuhr der Imperator ein paar Herzschläge später fort, »bleiben der Titel und die mit ihm verbundenen Vorrechte dir erhalten … solltest du dies wünschen.«

Sie blinzelte, hatte das Gefühl, sie stünde auf Treibsand. »Ihr gebt mich frei, damit ich mich entscheiden kann, Imperator?«

Ein Nicken. Die trüben, rotgeäderten Augen waren immer noch auf den Eingang gerichtet. »Udinaas«, flüsterte er. »Du Verräter. Du … du durftest nicht wählen. Du warst ein Sklave – mein Sklave – ich hätte der Dunkelheit niemals trauen dürfen … niemals …« Er zuckte erneut zusammen, und plötzlich glitzerten seine Augen. »Er kommt.«

Sie hatte keine Ahnung, wen er meinte, aber die ungemilderten Gefühle, die in seinem Tonfall mitschwangen, machten ihr erneut Angst. Was konnte an diesem schrecklichen Tag denn noch passieren?

Draußen ertönten Stimmen. Eine von ihnen klang anfangs bitter, dann zaghaft.

Sie sah, wie ein Tiste-Edur-Krieger den Thronraum betrat. Rhulads Bruder. Einer seiner Brüder. Derjenige, der Rhulad auf den Fliesen liegengelassen hatte. Jung, auf jene für die Edur typische Weise gutaussehend – gleichermaßen fremd wie vollkommen. Sie versuchte sich zu erinnern, ob sie seinen Namen gehört hatte –

»Trull«, sagte der Imperator krächzend. »Wo ist er? Wo ist Forcht?«

»Er ist … gegangen.«

»Er ist gegangen? Er hat uns verlassen?«

»Uns. Ja, Rhulad – oder bestehst du darauf, dass ich dich Imperator nenne?«

Rhulads münzenbesetztes Gesicht spiegelte die Abfolge von Gefühlen wider, die ihn nacheinander durchströmten. Schließlich verzerrte es sich, und er sagte: »Auch du hast mich verlassen, Bruder. Hast mich blutend … auf dem Fußboden liegen lassen. Glaubst du, dass du anders bist als Udinaas? Dass du nicht genauso ein Verräter wie mein letheriischer Sklave bist?«

»Rhulad, ich wünschte, du wärst wieder mein alter Bruder, so wie früher …«

»Derjenige, auf den du höhnisch heruntergegrinst hast?«

»Wenn es den Anschein gehabt hat, als hätte ich das getan, entschuldige ich mich dafür.«

»Ja. Du siehst jetzt, dass das notwendig ist, nicht wahr?«

Trull Sengar trat vor. »Es ist das Schwert, Rhulad. Es ist verflucht – bitte wirf es weg. Zerstöre es. Du hast jetzt den Thron errungen, du brauchst es nicht mehr …«

»Du täuschst dich.« Er bleckte die Zähne, als als wäre ihm übel vor Selbsthass. »Ohne das Schwert bin ich einfach nur Rhulad, der jüngste Sohn von Tomad. Ohne das Schwert bin ich nichts, Bruder.«

Trull neigte den Kopf. »Du hast uns angeführt, als wir dieses Land erobert haben. Ich werde an deiner Seite stehen. Genau wie Binadas – und unser Vater. Du hast diesen Thron errungen, Rhulad – du brauchst Hannan Mosag nicht zu fürchten …«

»Diesen jämmerlichen Wurm? Du glaubst, dass ich mich vor ihm fürchte?« Die Schwertspitze klickte, als sie von den Fliesen freikam. Rhulad richtete die Waffe auf Trulls Brust. »Ich bin der *Imperator*!«

»Nein, das bist du nicht«, entgegnete Trull. »Dein Schwert ist der Imperator – dein Schwert und die Macht, die hinter ihm steht.«

»Lügner!«, kreischte Rhulad.

Nisall sah, wie Trull zurückzuckte und sich dann wieder fing. »Beweise es.«

Die Augen des Imperators weiteten sich.

»Zerschmettere das Schwert – beim Segen der Schwester, lass es einfach nur fallen. Nur das, Rhulad. Einfach nur das. Lass es fallen!«

»Nein! Ich weiß, was du willst, Bruder! Du willst es selbst haben – ich sehe deine Anspannung, deine Bereitschaft zum Sprung – ich sehe die Wahrheit!« Die Waffe erzitterte zwischen ihnen, als würde sie nach Blut gieren, egal von wem.

Trull schüttelte den Kopf. »Ich will, dass diese Klinge zerschmettert wird, Rhulad.«

»Du kannst nicht an meiner Seite stehen«, zischte der Imperator. »Das ist zu nah – da ist Verrat in deinen Augen – du hast mich verlassen! Hast mich verkrüppelt auf dem Fußboden liegen lassen!« Er hob die Stimme. »Wo sind meine Krieger? Kommt hier herein! Euer Imperator befiehlt es euch!«

Plötzlich tauchten ein halbes Dutzend Edur-Krieger mit blank gezogenen Waffen auf.

»Trull«, flüsterte Rhulad. »Ich sehe, dass du kein Schwert hast. Jetzt ist es an dir, deine bevorzugte Waffe fallen zu lassen – deinen Speer. Und deine Messer. Was ist? Hast du Angst, dass ich dich töten könnte? Beweise das Vertrauen, das du für dich in Anspruch nimmst. Leite mich mit deiner Ehre, *mein Bruder*.«

Sie hatte es damals nicht erkannt; sie hatte nicht genug von der Lebensweise der Edur gewusst, aber sie hatte etwas in Trulls Gesicht gesehen, etwas, das an Selbstübergabe erinnerte – aber eine Selbstübergabe, die weit komplizierter, weit bedeutungsschwerer war, als einfach nur vor seinem

Bruder die Waffen abzulegen. Schichten aus Resignation, die übereinander lagen, eine unmöglich zu ertragende Last, die sich herabsenkte – und das Wissen, was diese Art von Selbstübergabe bedeutete; ein Wissen, das beide Brüder teilten. Sie hatte die wahre Bedeutung von Trulls Antwort damals nicht begriffen, die Art und Weise, in der sie gegeben wurde, nicht in seinem eigenen Namen, nicht für sich selbst, sondern für Forcht. Mehr als für sonst irgendjemanden hatte er es für Forcht Sengar getan. Sie hatte damals nicht begriffen, wie unermesslich groß sein Opfer war, als er seinen Speer losmachte und ihn klappernd auf die Fliesen fallen ließ, als er seinen Messergürtel öffnete und ihn zur Seite warf.

In Rhulads gequältem Blick hätte Triumph stehen müssen, aber da war kein Triumph. Stattdessen wurde er von einer Art Verwirrung verschleiert, die ihn zurückscheuen ließ, als suchte er Hilfe. Sein Blick fiel auf die sechs Krieger, blieb an ihnen hängen, und er wedelte mit dem Schwert und sagte mit gebrochener Stimme: »Trull Sengar soll geschoren werden. Er wird aufhören zu existieren, für uns, für alle Edur. Ergreift ihn. Fesselt ihn. Schafft ihn weg.«

Und sie hatte auch nicht begriffen, was dieses Urteil, diese Entscheidung Rhulad selbst gekostet hatte.

Da ihr zu wählen erlaubt war, hatte sie sich entschieden zu bleiben, aus Gründen, die sie sich noch nicht einmal selbst erklären konnte. War es Mitleid? Vielleicht. Und fraglos auch Ehrgeiz – denn dank jener raubtierhaften Instinkte, die zu entwickeln das Leben bei Hofe notwendig machte, hatte sie gespürt, dass es eine Möglichkeit gab, zu ihm durchzudringen – eine Möglichkeit, jene, die nun nicht mehr an Rhulads Seite waren, ohne die ganze damit verbundene Vergangenheit zu ersetzen. Das konnte nämlich keiner seiner kriecherischen Krieger – sie waren letztlich wertlos, und sie wusste, dass Rhulad sich dieser Tatsache sehr wohl bewusst war. Am Ende – das war für sie klar zu erkennen – hatte er niemanden. Weder seinen Bruder Binadas, der sich genau wie Trull als zu nahestehend und daher zu gefährlich für den Imperator erweisen würde, um ihn dicht bei sich zu haben – und daher musste er ihn wegschicken, auf die Suche nach Meisterkämpfern und verstreuten Artgenossen der Edur-Stämme –, noch seinen Vater Tomad, für den sich die Rolle eines untergeordneten Beraters erneut als zu schwierig erweisen würde, um sich in sie einzufinden. Von

Hannan Mosags überlebenden K'risnan waren glatt die Hälfte mit Tomad und Binadas weggeschickt worden, als wäre es darum gegangen, den neuen Ceda nicht zu stark werden zu lassen.

Und die ganze Zeit, während diese Entscheidungen getroffen wurden, während Trull abseits der Augen der Letherii geschoren wurde und Nisall es mit Geschick ins Bett des Imperators schaffte, hatte Triban Gnol, der Kanzler zugesehen – mit dem verschleierten Blick eines Raubtiers.

Turudal Brizad, der Galan, war verschwunden, obwohl Nisall von den Bediensteten bei Hofe Gerüchte gehört hatte, dass er angeblich nicht weit weg war, sondern sich in den weniger frequentierten Korridoren und unterirdischen Geheimgängen des alten Palasts aufhielt, eine geisterhafte und selten mehr als flüchtig gesehene Erscheinung. Sie war sich nicht sicher, was den Wahrheitsgehalt dieser Aussagen betraf; doch ihr wurde klar, dass es sie nicht im Geringsten überraschen würde, sollte er sich tatsächlich immer noch im Palast aufhalten. Es spielte keine Rolle – schließlich hatte Rhulad keine Frau.

Die Rolle der Geliebten des Imperators war eine, an die sie gewöhnt war, auch wenn es nicht so aussah. Rhulad war so jung, so anders als Ezgara Diskanar. Seine seelischen Wunden waren zu tief, als dass sie sie hätte durch ihre Berührung heilen können, und daher fühlte sie sich hilflos, obwohl sie sich in einer hohen Position befand, einer Machtposition – so nah, wie sie dem Thron war. Und darüberhinaus fühlte sie sich absolut allein.

Sie stand da und sah den Imperator von Lether sich winden, während er sich in der Zimmerecke enger und enger zusammenrollte. Und immer wieder von Gewimmer, von Stöhnen und Keuchen unterbrochen, spuckte er Fetzen der Unterhaltung mit Trull, seinem ausgestoßenen Bruder aus. Wieder und wieder bat Rhulad ihn heiser flüsternd um Vergebung.

Doch sie erinnerte sich daran, dass ein neuer Tag sie erwartete. Sie würde erleben, wie dieser gebrochene Mann sich sammelte und seinen Platz auf dem Thron des Imperiums einnahm, wie er aus seinen rotgeränderten Augen um sich blickte, während seine bruchstückhafte Rüstung aus Münzen matt im Licht der Fackeln schimmerte, die traditionell entlang der Wände des Thronraums aufgereiht waren; wo die Münzen fehlten, war nichts als narbiges Gewebe, von roten Ringen umgebene Schwielen aus missgestaltetem Fleisch. Und schließlich würde diese grässliche Erscheinung sie im Laufe des Tages wieder und wieder in Erstaunen versetzen.

Die alten Etikette imperialer Herrschaft vermeidend, würde der Imperator der Tausend Tode sich eine schier kein Ende nehmende Präsentation von Gesuchen anhören, die von einer immer größer werdenden Anzahl Bürgern des Imperiums – reichen wie armen gleichermaßen – vorgetragen wurden, die die imperiale Einladung angenommen hatten und nun den erforderlichen Mut aufbrachten, ihrem fremden Herrscher von Angesicht zu Angesicht gegenüberzutreten. Glockenschlag um Glockenschlag würde Rhulad Recht sprechen, so gut er konnte. Seine Bemühungen, die Lebensweise der Letherii zu verstehen, hatten Nisall auf unerwartete Weise angerührt; unter all den verfluchten Verletzungen verbarg sich, so hatte sie zu glauben begonnen, eine anständige Seele. Und genau dabei wurde Nisall am dringendsten gebraucht, obwohl in letzter Zeit häufiger der Kanzler die Beratungen beherrschte und ihr inzwischen klar geworden war, dass Tribal Gnol begonnen hatte, sie als Rivalin zu betrachten. Er war derjenige, der die Gesuche in erster Linie organisierte, der Filter, der dafür sorgte, dass die Zahl der Bittsteller noch zu handhaben war, und entsprechend hatte sich sein Amt entwickelt. Dass sein erweiterter Stab auch als ausgedehntes und zudringliches Netzwerk von Spionen im Palast diente, war natürlich eine Tatsache.

Und so beobachtete Nisall, wie ihr Imperator, der durch Seen aus Blut gewatet war, um den Thron zu besteigen, sich bemühte, ein gütiger Herrscher zu sein und nach einer Empfindungsfähigkeit strebte, die zu ehrlich und ungeschickt war, um etwas anderes als aufrichtig zu sein. Und das brach ihr das Herz.

Denn Macht hatte kein Interesse an Rechtschaffenheit. Selbst Ezgara Diskanar, der in seinen jungen Jahren so vielversprechend gewesen war, hatte schließlich im letzten Jahrzehnt seiner Herrschaft eine Mauer zwischen sich und den Bürgern des Imperiums errichtet. Rechtschaffenheit ließ sich zu leicht von anderen missbrauchen, und Ezgara hatte diese Art von Verrat wieder und wieder erlitten – nicht zuletzt und vielleicht am schmerzhaftesten von allem auch durch Janall, seine eigene Frau, und ihren gemeinsamen Sohn Quillas.

Es war zu leicht, über die Last solcher Wunden, die Tiefe solcher Narben hinwegzugehen.

Und Rhulad, der jüngste Sohn einer adligen Familie aus dem Volk der Edur, *war* verraten worden – von jemandem, mit dem ihn wahre Freundschaft verbunden haben musste – von Udinaas, dem Sklaven; und er war von denen verraten worden, mit denen er durch das gemeinsame Blut verwoben war – von seinen eigenen Brüdern.

Doch jeden Tag überwand er die Qualen der Nacht, die gerade verstrichen war. Nisall fragte sich allerdings, wie lange das noch so weitergehen konnte. Sie allein war Zeuge seines inneren Triumphs, jenes außerordentlichen Kampfes, den er jeden Morgen mit sich ausfocht. Trotz all seiner Spione wusste der Kanzler davon nichts, dessen war sie sich sicher. Und diese Unwissenheit machte ihn gefährlich.

Sie musste mit Triban Gnol sprechen. Sie musste diese Brücke instand setzen. *Aber ich werde nicht seine Spionin werden.*

Also eine überaus schmale Brücke, eine, auf der man sich vorsichtig vorantasten musste.

Rhulad bewegte sich in der Düsternis.

Und dann flüsterte er: »Ich weiß, was du willst, Bruder …

Also leite mich … leite mich mit deiner Ehre …«

Oh, Trull Sengar, wo auch immer dein Geist sich verbergen mag – gefällt es dir? Gefällt es dir, zu wissen, dass dein Scheren fehlgeschlagen ist?

So dass du nun zurückgekehrt bist.

Um Rhulad so schrecklich heimzusuchen.

»Leite mich«, krächzte Rhulad.

Das Schwert glitt über den Fußboden, kratzte über die Mosaiksteine – und es klang wie kaltes Gelächter.

»Ich fürchte, das ist nicht möglich.«

Bruthen Trana musterte den Letherii, der vor ihm stand, mehrere Herzschläge lang, ohne etwas zu sagen.

Der Blick des Kanzlers huschte beiseite, als wäre er abgelenkt, und er schien kurz davor zu stehen, den Edur-Krieger geradeheraus wegzuschicken; doch dann – vielleicht, weil ihm klar wurde, dass das unklug sein könnte – räusperte er sich und sagte mit freundlicher Stimme: »Der Imperator besteht auf diesen Bittgesuchen, wie Ihr wisst, und sie beanspruchen jeden Augenblick, den er wach ist. Er ist von ihnen regelrecht besessen, wenn Ihr mir die Bemerkung gestattet.« Seine Brauen hoben sich ein winziges bisschen. »Wie kann ein wahrer Untertan die Gerechtigkeitsliebe seines Imperators in Frage stellen? Die Bürger bewundern ihn mittlerweile. Sie betrachten ihn jetzt als den ehrenvollen Herrscher, der er tatsächlich ist. Diese Veränderung hat einige Zeit in Anspruch genommen, wie ich zugeben muss, und gewaltige Anstrengungen von unserer Seite erfordert.«

»Ich möchte mit dem Imperator sprechen«, sagte Bruthen im gleichen Tonfall wie zuvor, als er das erste Mal sein Anliegen vorgetragen hatte.

Triban Gnol seufzte. »Vermutlich wollt Ihr Euren Bericht hinsichtlich Beaufsichtiger Karos Invictad und seiner Patriotisten persönlich erstatten. Ich versichere Euch, dass ich besagten Bericht weiterleiten werde.« Er blickte den Tiste Edur stirnrunzelnd an, nickte dann und sagte: »Also gut. Ich werde Seiner Hoheit Eure Wünsche übermitteln, Bruthen Trana.«

»Wenn es nicht anders möglich ist, stellt mich zu den Bittstellern.«

»Das wird nicht nötig sein.«

Der Tiste Edur blickte den Kanzler ein halbes Dutzend Herzschläge lang an, dann drehte er sich um und verließ das Arbeitszimmer. Im sich anschließenden größeren Raum warteten eine ganze Reihe Letherii. Zwei Dutzend Gesichter wandten sich Bruthen zu, während er sich durch die Menge schob – nervöse Gesichter, die unterdrückte Furcht verrieten –, während andere den Tiste Edur mit Augen musterten, die nichts preisgaben: die Agenten des Kanzlers, diejenigen, die – wie Bruthen vermutete – jeden Morgen hinausgingen, um die Bittsteller für diesen Tag zusammenzutreiben, und ihnen dann einpaukten, was sie zu ihrem Imperator sagen sollten.

Ohne sonderlich auf die Letherii zu achten, die Platz machten, um ihn durchzulassen, begab er sich hinaus auf den Korridor und ging dann weiter durch das Labyrinth aus Zimmern, Vorzimmern und Gängen, aus denen der Palast bestand. Bis auf einen von Hannan Mosags K'risnan, der gekrümmt ging und mit einer Schulter an der Wand entlangstreifte, sah er keine anderen Tiste Edur; in den dunklen Augen des Hexers flackerte Anerkennung auf, während er weiterhinkte.

Bruthen Trana begab sich in den Flügel des Palasts, der dem Fluss am nächsten lag; hier war die Luft feuchtkalt, die Korridore größtenteils verlassen. Während die Überschwemmung, die sich in den ersten Bauphasen ereignet hatte, durch ein raffiniertes System unterirdischer Pfeiler beseitigt worden war, hatte es den Anschein, als ließe sich die Feuchtigkeit durch nichts vertreiben. So waren beispielsweise Löcher in die Außenmauern geschlagen worden, um zirkulierende Luftströme zu erzeugen, aber das hatte nicht viel gebracht – außer, dass es in der schalen Düsternis jetzt noch zusätzlich nach Flussschlamm und fauligen Pflanzen roch. Bruthen schritt durch eines dieser Löcher, trat nach draußen auf einen größtenteils nicht mehr vorhandenen gepflasterten Pfad, an dessen linker Seite gefällte Bäume im hohen Gras vor sich hin rotteten, während sich zu seiner Rechten das Fundament eines kleinen Gebäudes befand. Eine Aura der Verlassenheit schwängerte die unbewegliche Luft wie schwebender Blütenstaub, und Bruthen war allein, während er den ungleichmäßig ansteigenden Pfad entlangging und schließlich am Rand einer gerodeten Fläche ankam, an deren gegenüberliegendem Ende sich der uralte Azath-Turm erhob, auf beiden Seiten von den niedrigeren Gebäuden der Jaghut flankiert. Auf der Lichtung befanden sich Hinweise auf Gräber, anscheinend willkürlich verteilt. Halb vergrabene Urnen, mit Wachs versiegelt, aus denen Waffen ragten. Schwerter, zerbrochene Speere, Äxte, Streitkolben – Trophäen von Fehlschlägen, ein verkrüppelter Wald aus Stahl.

Die gefallenen Meisterkämpfer, die Bewohner eines höchst angesehenen Friedhofs. Jeder von ihnen hatte Rhulad mindestens einmal getötet, einige sogar mehr als einmal – und der großartigste von ihnen, ein fast reinrassiger Tarthenal, hatte den Imperator sieben Mal getötet. Bruthen konnte sich noch gut an den immer stärker werdenden Ausdruck von Wut und Entsetzen im tierischen Gesicht des Tarthenal erinnern, jedes Mal, wenn sein geschlagener Gegner sich von Neuem erhob – erneuert und stärker und tödlicher als noch wenige Augenblicke zuvor.

Er betrat die bizarre Totenstadt, ließ den Blick über die verschiedenen Waffen schweifen, die einst so liebevoll gehegt und gepflegt worden waren – viele von ihnen hatten Namen –, aber jetzt verrostet waren. Am hinteren Ende, ein Stück abseits von allen anderen, stand eine leere Urne. Vor ein paar Monaten hatte er aus Neugier in sie hineingegriffen und einen silbernen Becher gefunden. Den Becher, der das Gift enthalten hatte, das drei Letherii im Thronraum getötet hatte – das Gift, das Brys Beddict getötet hatte.

Keine Asche. Selbst sein Schwert war verschwunden.

Bruthen Trana vermutete, dass dieser Mann, sollte er jetzt zurückkehren, sich Rhulad erneut entgegenstellen und das tun würde, was er schon einmal getan hatte. Nein, es war mehr als eine Vermutung. Es war Gewissheit.

Unbemerkt von Rhulad hatte Bruthen sich in den Thronraum geschlichen, als der neue Imperator blutend und hilflos auf dem Fußboden gelegen hatte. Er hatte es selbst sehen wollen. Und in jenem Moment hatte er mit einem bangen Blick die entsetzliche Genauigkeit erkannt, mit der Rhulad seine Wunden zugefügt worden waren. Brys Beddict war nachlässig vorgegangen. Wie ein Gelehrter, der eine schwache Beweisführung auseinandernahm – etwas, das ihn nicht mehr Anstrengung gekostet hatte, als seine Mokassins zu schnüren.

Bruthen wünschte sich, er hätte das eigentliche Duell sehen können, hätte Zeuge der Kunstfertigkeit dieses auf tragische Weise getöteten letheriischen Schwertkämpfers werden können.

Er stand da und starrte auf die staubige, von Spinnennetzen überzogene Urne hinab.

Und betete, dass Brys Beddict zurückkehren möge.

Ein Muster nahm allmählich Gestalt an, Stück für Stück und unerbittlich. Doch der Abtrünnige, der einst unter dem Namen Turudal Brizad als Galan von Königin Janall bekannt gewesen war, konnte seine Bedeutung nicht erkennen. Das Gefühl von Unbehagen, von Angst, war neu für ihn. Ja, dachte er, man konnte sich eigentlich keinen unangenehmeren Geisteszustand für einen Gott hier, im Herzen seiner Sphäre, vorstellen.

Oh, er hatte Zeiten der Gewalttätigkeit erlebt; er war über die Asche toter Imperien geschritten, aber selbst damals war sein Gefühl für die eigene Bestimmung immer ungetrübt, unversehrt und vollkommen gewesen. Und, um die Sache noch schlimmer zu machen: er war besessen von Mustern, und er konnte von dieser Besessenheit auch nicht lassen, weil er an seine meisterhafte Beherrschung dieser geheimnisvollen Sprache glaubte – eine unangefochtene Meisterschaft.

Aber wer spielt dann jetzt mit mir?

Er stand in der Düsternis, lauschte dem Tröpfeln von Wasser, das an irgendeiner unsichtbaren Mauer hinunterrann, und starrte auf das Cedarium hinunter, die steinernen Fliesen der Festen, den rätselhaften Fußboden, der das wirkliche Fundament dieser Sphäre war. Das Cedarium. *Meine Fliesen. Meine. Ich bin der Abtrünnige. Dies ist* mein *Spiel.*

Während vor ihm das Muster knirschte. Das Poltern der Steine war zu leise, zu tief, um es zu hören, doch sein Widerhall kratzte an seinen Knochen. *Unvereinbare Dinge, die sich zusammenfügen. Ein Ablauf, der bis zum letzten Augenblick verborgen bleibt – wenn alles zu spät sein wird und die Schließung jede Fluchtmöglichkeit verhindert.*

Erwartest du, dass ich untätig bleibe? Ich bin nicht einfach nur ein weiteres deiner Opfer. Ich bin der Abtrünnige. Durch meine Hand kehrt sich jedes Schicksal um. Alles, was wie Zufall erscheint, ist von mir entworfen. Das ist eine unabänderliche Tatsache. So war es immer. So wird es immer sein.

Dennoch lag ihm der Geschmack von Angst auf der Zunge, als hätte er Tag um Tag an verschmutzten Münzen gelutscht, als wäre ihm der Reichtum eines Imperiums durch den Mund geflossen. *Aber fließt der bittere Strom nach innen oder nach außen?*

Das knirschende Flüstern von Bewegung, all die Entschlossenheit der Bilder, die in die Fliesen gemeißelt waren … *dahin.* Keine einzige Feste würde sich enthüllen.

So war das Cedarium, seit Ezgara Diskanar gestorben war. Der Abtrünnige wäre ein Narr gewesen, hätte er diesen Zusammenhang unbeachtet gelassen, aber diese Überlegung, dieser Pfad hatte ihn noch nirgends hingeführt. Vielleicht war es auch nicht Ezagaras Tod, der eine Bedeutung hatte, sondern der Tod des Ceda. *Er hat mich nie sonderlich gemocht. Und ich habe dagestanden und zugesehen, wie sich der Tiste Edur von der Seite her angeschlichen hat, wie er seinen Speer geworfen hat, der Kuru Qan durchbohrt und damit den größten Ceda seit dem Ersten Imperium getötet hat. Mein Spiel, dachte ich damals. Aber jetzt frage ich mich …*

Vielleicht war es Kuru Qans Tod. *Und irgendwie wirkt er sich immer noch aus. Ich habe ihn nicht vor der drohenden Gefahr gewarnt, oder? Und dieses … Versäumnis ist ihm zweifellos bewusst geworden, bevor er seinen letzten röchelnden Atemzug getan hat.*

Hat dieser verdammte Sterbliche mich verflucht? Mich – einen Gott?!

Solch ein Fluch müsste doch angreifbar sein. Noch nicht einmal Kuru Qan war in der Lage, etwas zu gestalten, das nicht vom Abtrünnigen zerlegt werden konnte. Er musste nur seine Struktur erkennen, all das, was ihn an Ort und Stelle hielt, die verborgenen Stifte, die diese Fliesen lenkten.

Was kommt? Das Imperium wurde wiedergeboren, neu belebt, und macht so die Wahrhaftigkeit der uralten Prophezeiung deutlich. Alles ist so, wie ich es vorhergesehen habe.

Sein musternder Blick auf die verschwommenen Pflastersteine unter der Holzbrücke verfinsterte sich. Er stieß ein wütendes, enttäuschtes Zischen aus und schaute der Dampfwolke hinterher, die sein Atem in der kühlen Luft bildete.

Eine unbekannte Verwandlung, in der ich nichts als das Eis meines eigenen Grolls erkennen kann. Und so sehe ich, und bin doch blind – blind für alles.

Auch die Kälte war ein neues Phänomen. Die Hitze der Macht hatte diesen Ort verlassen. Nichts war, wie es sein sollte.

Vielleicht würde er zu irgendeinem Zeitpunkt zugeben müssen, dass er besiegt worden war. *Und dann werde ich einem kleinen, boshaften alten Mann einen Besuch abstatten müssen. Der als Diener für einen nichtsnutzigen Narren arbeitet. Voller Demut werde ich zu ihm hingehen, um nach Antworten zu suchen. Immerhin habe ich Tehol am Leben gelassen, oder? Das muss doch etwas zählen.*

Mael, ich weiß, dass du dich beim letzten Mal eingemischt hast. Unter unverschämter Missachtung der Regeln. Meiner Regeln. Aber ich habe dir vergeben, und auch das muss doch etwas zählen.

Demut schmeckte sogar noch widerwärtiger als Furcht. Dazu war er noch nicht bereit.

Er würde die Herrschaft über das Cedarium übernehmen. Aber um sich des Musters bemächtigen zu können, musste er zunächst denjenigen finden, der es geschaffen hatte. Kuru Qan? Davon war er nicht so recht überzeugt.

Es herrscht Unruhe im Pantheon – im neuen wie im alten. Chaos, der Gestank von Gewalt. Ja, das ist die Einmischung eines Gottes. Vielleicht steckt Mael selbst dahinter – nein, das fühlt sich falsch an. Viel wahrscheinlicher ist, dass er nichts weiß, dass er immer noch völlig ahnungslos ist. Wird es mir nützen, ihn darauf aufmerksam zu machen, dass etwas nicht stimmt?

Ein wiedergeborenes Imperium. Gewiss, die Tiste Edur hatten ihre Geheimnisse, oder zumindest glaubten sie, die Wahrheit sei wohl verborgen. Aber das war sie nicht. Ein fremder Gott hatte sich ihrer bemächtigt und aus einem jungen Edur-Krieger einen Avatar gemacht, einen Meisterkämpfer – einen als schreckliche Huldigung der eigenen jämmerlichen Störungen des Gottes angemessen fehlerhaften Meisterkämpfer. Macht aus Schmerz, Ruhm aus Herabsetzung, Motive als Hinzufügung – ein wiedergeborenes Imperium bot das Versprechen von Lebenskraft, von Ausdehnung und Langlebigkeit, wobei nichts davon, wie er zugeben musste, wirklich gewiss war. *Aber genau so sind Versprechen.*

Plötzlich erschauerte der Gott in der bitterkalten Luft des riesigen unterirdischen Raums. Erschauerte auf dieser hölzernen Brücke über dem wirbelnden Unbekannten.

Das Muster begann, Gestalt anzunehmen.

Und wenn es damit fertig war, war es zu spät.

»Es ist zu spät.«

»Aber wir müssen doch irgendetwas tun können.«

»Ich fürchte, das können wir nicht. Er stirbt, Herr, und wenn wir sein Ableben nicht zu unserem Vorteil nutzen, wird jemand anderes es tun.«

Der Capabara war mit Hilfe seiner Tentakel an der Kanalmauer hochgeklettert und hatte sich über die Kante auf den Uferweg gezogen, wo er sich merkwürdig gespreizt mit offenem Maul und nach Luft schnappenden Kiemen flach hingelegt und zugesehen hatte, wie die ersten Wolken am Morgenhimmel aufzogen, während er sein Leben aushauchte. Das Tier war so lang wie ein Mann groß, dazu so fett wie ein Hammelfleisch-Händler von den Inneren Inseln, und zu Tehols Erstaunen sogar noch hässlicher. »Aber es bricht mir das Herz.«

Bagg kratzte sich den fast kahlen Schädel und seufzte schließlich. »Es ist das ungewöhnlich kalte Wasser«, sagte er. »Diese Fische mögen es eher schlammig und warm.«

»Kaltes Wasser? Kannst du nicht irgendetwas dagegen tun?«

»Baggs Wasseraufbereitung.«

»Du weitest deine Unternehmungen aus?«

»Nein, ich habe nur mit dem Namen rumgespielt.«

»Und wie wasseraufbedingst du?«

»Ich habe keine Ahnung. Nun gut, ich habe eine, aber es ist eigentlich kein seriöses Gewerbe.«

»Das heißt, es gehört in die Sphäre der Götter.«

»Größtenteils. Obwohl ich«, sagte er, und sein Gesicht hellte sich auf, »angesichts der letzten Überschwemmung und in Anbetracht meiner früheren Erfahrungen im Konstruieren trockener Fundamente allmählich die eine oder andere Möglichkeit erkenne.«

»Kannst du Geldanleger schröpfen?«

Bagg verzog das Gesicht. »Ihr seht immer nur die zerstörerische Seite, was, Herr?«

»Das liegt an meiner überaus anpassungsfähigen Natur ... Die meisten Menschen«, fügte er hinzu, »würden das als gute Eigenschaft betrachten. Also, willst du mir tatsächlich einreden, dass du diesen armen Fisch nicht retten kannst?«

»Er ist bereits tot, Herr.«

»Tatsächlich? Oh. Nun, ich schätze, wir haben jetzt ein Abendessen.«

»Wohl eher fünfzehn.«

»Wie auch immer, ich habe eine Verabredung, also werde ich dich und den Fisch zuhause wiedersehen.«

»Ja, natürlich, danke, Herr.«

»Hatte ich nicht gesagt, dass dieser Morgenspaziergang sich als nützlich erweisen würde?«

»Aber leider nicht für diesen Capabara.«

»Zugegeben. Oh, da fällt mir ein, du musst eine Liste für mich machen.«

»Wovon?«

»Oh, das werde ich dir später sagen müssen. Wie ich schon gesagt habe, bin ich verabredet – und spät dran. Aber was mir gerade einfällt: Ist dieser Fisch zu groß für dich, um ihn allein zu tragen?«

»Nun«, sagte Bagg und beäugte den Kadaver, »er ist klein für einen Capabara – erinnert Ihr Euch an denjenigen, der sich mit einer Galeere paaren wollte?«

»Die Wetten auf das Ergebnis haben die Tauchtage übertroffen. An jenem Tag habe ich alles verloren, was ich hatte.«

»Alles?«

»Drei Kupferstummel, ja.«

»Was für ein Ergebnis hattet Ihr erwartet?«

»Nun, natürlich kleine Ruderboote, die sich mit ihren Flossen selbst rudern können.«

»Ihr kommt zu spät zu Eurer Verabredung, Herr.«

»Warte! Schau nicht her! Ich muss mal eben etwas Ungehöriges tun.«

»Ach, Herr – also wirklich …«

Spione standen an Straßenecken. Kleine Trupps aus Patriotisten in grauen Regenumhängen bewegten sich durch die Menschenmenge, die sich teilte, um ihnen Platz zu machen, während sie heranstolzierten, die behandschuhten Hände auf die Knüppel an ihren Gürteln gelegt, in ihren Gesichtern die Arroganz von Schlägern. Tehol Beddict, der seine Decke wie einen Sarong trug, schritt mit der milden Anmut eines Asketen irgendeines unbekannten, aber harmlosen Kults dahin. Zumindest hoffte er das. Sich in diesen Tagen auf die Straßen Letheras' zu wagen bedeutete, ein gewisses Maß an Risiko einzugehen, das in den Tagen von König Ezgaras wohltuender Nachlässigkeit nicht existiert hatte. Während dies einerseits jedem Gang – und dazu gehörte auch das Einkaufen von überreifen Hackfrüchten – eine Aura von Intrige und Gefahr verlieh, war da andererseits die nervliche Anspannung, die sich nicht ganz bezwingen ließ, ganz egal, wie viele schimmelige Weiße Rüben man auch zufällig mit sich herumtrug.

Dass er in diesem Fall tatsächlich auf Umsturz aus war, verschlimmerte die Angelegenheit natürlich. Eines der ersten Opfer des neuen Regimes war die Rattenfängergilde gewesen. Karos Invictad, der Beaufsichtiger der Patriotisten, hatte gleich am ersten Tag seiner Amtseinführung gehandelt und eine volle Hundertschaft Agenten zum Schuppenhaus geschickt, dem bescheidenen Hauptquartier der Gilde, wo besagte Agenten dann Dutzende von Rattenfängern verhaftet hatten, die sich später allesamt als Illusionen herausstellten – eine Kleinigkeit, die natürlich nicht groß herausposaunt wurde, damit die schrecklichen Patriotisten ihre Ankunft nicht begleitet von Spottrufen ankündigen mussten. Was nicht gut wäre.

Schließlich gibt es in einer Tyrannei keinen Sinn für Humor. Dazu ist sie zu dünnhäutig, zu sehr von ihrer eigenen Wichtigtuerei eingenommen. Entsprechend stellt sie eine beinahe überwältigende Versuchung dar – wie könnte man da meine gelegentliche Spöttelei nicht entschuldigen? Leider fehlte den Patriotisten in diesen Dingen jegliche Flexibilität – die tödlichste Waffe, die man gegen sie einsetzen konnte, war höhnisches Gelächter, und das wussten sie.

Er überquerte den Quillas-Kanal auf einer der unbedeutenderen Brücken und begab sich in das weniger prunkvolle Nordviertel, schlenderte schließlich in eine gewundene, von Schatten erfüllte Gasse, die einst – vor der Erfindung vierrädriger Wagen und Gespanne – eine unbefestigte Straße gewesen war. Statt der üblichen Bruchbuden und Hintertüren, die man in so einer Gasse vielleicht erwartet hätte, wurde diese hier von Läden gesäumt, die sich in den letzten ungefähr siebenhundert Jahren nicht nennenswert verändert hatten. Da war als Erstes zur Rechten der Halb-Axt-Tempel der Kräuter, der wie ein Sumpfloch roch, und in dem man eine pflaumengesichtige Hexe finden konnte, die in einem Schlammloch lebte, während ihre kostbaren Pflanzen das Ufer überwucherten oder direkt in dem von Insekten gesprenkelten Teich wuchsen. Es hieß, sie sei in dem Schlamm geboren worden und nur halb menschlich, und dass auch ihre Mutter dort geboren worden sei, und deren Mutter und so weiter. Dass solche Art von Empfängnis unbefleckt erfolgt sein musste, war selbstverständlich, denn Tehol konnte sich kaum vorstellen, dass ein vernünftiger und nicht einmal ein unvernünftiger Mann diesen besonderen Schritt wagen würde.

Gegenüber der Halb-Axt befand sich der schmale Eingang zu einem Laden, der sich dem Verkauf von kurzen Seilstücken und hölzernen, eineinhalb Mannslängen hohen Stangen verschrieben hatte. Tehol hatte nicht die geringste Ahnung, wie ein so spezialisiertes Unternehmen überleben konnte, vor allem in diesem zerfaserten und beschnittenen Markt, doch die Tür des Ladens stand seit beinahe sechs Jahrhunderten offen, und sie wurde jede Nacht durch ein kurzes Seilstück und eine hölzerne Stange verschlossen.

Die Mischung, die sich anschloss, wenn man die Gasse weiter entlangging, ähnelte ihm nur hinsichtlich ihrer Eigentümlichkeit. Hölzerne

Pfosten und Pflöcke in dem einen Laden, Sandalenriemen in einem anderen – keine Sandalen, nur die Riemen. Ein Laden verkaufte undichte Töpferwaren; das war kein Anzeichen von Unvermögen, denn die Töpfe wurden absichtlich so hergestellt, dass sie unterschiedlich schnell, aber in genau berechneten Zeitspannen, ihren Inhalt verloren. Ein Laden verkaufte Schachteln, die nicht zu öffnen waren, ein anderer giftige Färbemittel. Zähne aus Keramik, Flaschen, die mit dem Urin schwangerer Frauen gefüllt waren, riesige Amphoren, die tote schwangere Frauen enthielten; die Exkremente dicker Hunde; und kleine Schoßtierchen: Hunde, Katzen, Vögel und Nagetiere aller Arten, jedes davon durch generationenlange Auswahl und Weiterzüchtung auf Kleinheit gebracht – Tehol hatte Wachhunde gesehen, die ihm gerade mal bis zum Knöchel reichten, und auch wenn sie niedlich und angemessen fröhlich waren, hegte er gewisse Zweifel hinsichtlich ihrer Wirksamkeit; andererseits waren sie wahrscheinlich das reine Entsetzen für die daumennagelgroßen Mäuse und Katzen, die – durch eine raffinierte Schlaufe des Sandalenriemens gesichert – auf dem großen Zeh einer alten Frau Platz fanden.

Seit die Rattenfängergilde für gesetzeswidrig erklärt worden war, hatte die Abenteuergasse eine neue Aufgabe übernommen, die Tehol jetzt mit der Sorglosigkeit der Eingeweihten in Angriff zu nehmen begann. Zunächst ging es in die Halb-Axt, wobei er sich durch die Reben gleich hinter dem Eingang kämpfen musste, ehe er einen Schritt, bevor er kopfüber in den schlammigen Teich gefallen wäre, stehen blieb.

Geplantsche, träge schwappende Geräusche, und dann tauchte ein dunkelhäutiges, faltiges Gesicht inmitten der hohen Gräser auf, die die Grube säumten. »Du bist es«, sagte die Hexe und verzog das Gesicht, streckte dann ihre überlange Zunge aus, um all die Egel zu zeigen, die an ihr hingen.

»Und du bist es auch«, erwiderte Tehol.

Der rote Auswuchs mit all seinen Freunden verschwand wieder dort, wo er hingehörte. »Komm rein, und schwimm eine Runde, du abscheulicher Mann.«

»Komm raus, und lass deine Haut sich erholen, Munuga. Ich weiß zufällig, dass du gerade mal eben drei Jahrzehnte alt bist.«

»Ich bin eine Landkarte der Weisheit.«

»Vielleicht als Warnung vor den Gefahren zu häufigen Badens. Wo ist die fette Wurzel dieses Mal?«

»Sag mir zuerst, was du für mich hast.«

»Das, was ich immer habe. Das einzige Ding, das du jemals von mir willst, Munuga.«

»Du meinst das einzige, das du mir niemals geben wirst!«

Seufzend zog Tehol eine kleine Phiole unter seinem behelfsmäßigen Sarong hervor. Er hielt sie hoch, so dass die Hexe sie sehen konnte.

Sie leckte sich die Lippen, was sich als beunruhigend schwierig erwies. »Was für welcher?«

»Capabara-Rogen.«

»Aber ich will deinen.«

»Ich erzeuge keinen Rogen.«

»Du weißt, was ich meine, Tehol Beddict.«

»Leider reicht die Armut noch viel tiefer als nur bis auf die Haut. Ich habe auch jeglichen Ansporn verloren, in irgendeiner Hinsicht ein Erzeuger zu sein. Ich meine, was ist das für eine Welt, dass ich auch nur darüber nachdenken könnte, ein Kind hineinzusetzen?«

»Tehol Beddict, du kannst kein Kind in die Welt setzen. Du bist ein Mann. Überlass das In-die-Welt-setzen mir.«

»Ich sag dir was: Kletter aus der Brühe da, werde trocken, und lass mich sehen, wie du eigentlich aussiehst – und wer weiß? Es könnten außergewöhnliche Dinge geschehen.«

Mit finsterem Gesichtsausdruck streckte sie ihm etwas entgegen. »Hier ist deine fette Wurzel. Gib mir die Phiole, und dann verschwinde.«

»Ich freue mich schon so sehr aufs nächste Mal …«

»Tehol Beddict, weißt du, wofür man fette Wurzeln benutzt?«

Ihr Blick war jetzt misstrauisch und schärfer, und Tehol bemerkte, dass sie möglicherweise tatsächlich ziemlich ansehnlich sein könnte – wenn auch auf unbestimmt amphibische Weise –, falls sie jemals richtig trocken werden würde. »Nein, warum?«

»Musst du sie auf absonderliche Weise zu dir nehmen?«

Er schüttelte den Kopf.

»Bist du dir sicher? Kein ungewöhnlicher Tee, der gelb riecht?«

»Der gelb riecht? Was meinst du damit?«

»Wenn du ihn gerochen hättest, würdest du es wissen. Also hast du es ganz offensichtlich nicht getan. Gut. Und jetzt verschwinde, ich verzieh mich.«

Darauf folgte ein hastiger Abgang aus der Halb-Axt. Und weiter, zum Eingang von Grools Unermesslichen Töpfen. Wahrscheinlich sollte diese Bezeichnung ihre unvergleichliche Qualität betonen – oder etwas anderes Entsprechendes –, denn die Töpfe wurden als Uhren sowie für alchemistische Experimente und ähnliche Dinge verkauft, und solche Zwecke konnten sie nur mit einer möglichst genauen Abflussrate erfüllen.

Er betrat den vollgestopften, feuchten Laden.

»Immer, wenn du hier hereinkommst, runzelst du die Stirn, Tehol Beddict.«

»Guten Morgen, Löblicher Grool.«

»Der graue, ja, der da.«

»Ein sehr gut aussehender Topf …«

»Das ist ein Becher, kein Topf.«

»Natürlich.«

»Zum üblichen Preis.«

»Warum versteckst du dich eigentlich immer hinter all diesen Töpfen, Löblicher Grool? Das Einzige, was ich jemals von dir zu sehen kriege, sind deine Hände.«

»Meine Hände sind der einzig wichtige Teil von mir.«

»Na gut.« Tehol zog eine erst kürzlich entfernte Rückenflosse heraus. »Eine Abfolge von Stacheln, die hier sind von einem Capabara. Fein abgestufte Durchmesser …«

»Woher weißt du das?«

»Nun, man kann es sehen – sie werden nach hinten hin kleiner.«

»Ja, aber wie präzise?«

»Das musst du entscheiden. Du willst Gegenstände, mit denen man Löcher machen kann. Hier hast du … wie viele … zwölf. Wie kannst du damit nicht zufrieden sein?«

»Wer sagt, dass ich nicht zufrieden bin? Leg sie auf den Tresen. Nimm den Becher. Und schaff die verdammte fette Wurzel hier raus.«

Von hier aus ging es zur Kleintierhandlung und zu Tierhändlerin Shill, einer übergroßen Frau, die pausenlos geschäftig zwischen den Reihen winziger, übereinander gestapelter Käfige hin und her rannte, einen Schwarm piepsender, trippelnder kleiner Kreaturen ihr auf den flachgedrückten Fersen. Wie üblich quiekte sie vor Begeisterung, als sie die Geschenke – den Becher und die fette Wurzel – sah. Letztere wurde, wie sich herausstellte, im allgemeinen von heimtückischen Frauen benutzt, die die Hoden ihrer Ehemänner zum Schrumpfen bringen wollten, während Shill die auf feinfühlige Weise veränderten verkleinernden Eigenschaften der Wurzel bei ihren Tieren anwendete, die sie in genau berechneten, sich langsam steigernden Mengen mit dem gelb riechenden Tee fütterte, wozu sie den Becher mit dem Loch benutzte.

Das Treffen drohte zu scheitern, als Tehol nach einer Mücke an seinem Hals schlug, woraufhin er darüber unterrichtet wurde, dass er gerade eine blutsaugende Zwergfledermaus getötet hatte. Seine Antwort, dass der Unterschied ihn kalt ließe, kam nicht besonders gut an. Doch Shill öffnete nichtsdestotrotz die Bodenluke im hinteren Bereich des Ladens, und Tehol stieg die sechsundzwanzig schmalen, steilen Steinstufen zu dem krummen, einundzwanzig Schritt langen Gang hinunter, der zu dem uralten, leeren Bienenstock-Grab führte, dessen Wände an drei Stellen niedergerissen worden waren, um drei grob behauene Eingänge zu sich windenden, niedrigen Tunneln zu schaffen, von denen zwei in tödlichen Fallen endeten. Der dritte Durchgang erweiterte sich schließlich zu einem langen Raum, in dem sich etwa ein Dutzend schlampiger Flüchtlinge aufhielten, von denen die meisten zu schlafen schienen.

Glücklicherweise gehörte die Oberste Untersuchungsbeamtin Rucket nicht zu den Schlafenden. Ihre Brauen hoben sich, als sie ihn sah, und auf ihr bewundernswertes Gesicht trat ein Ausdruck echter Erleichterung, während sie ihn an ihren Tisch winkte, dessen Platte mit Pergamenten bedeckt war, auf denen verschiedene Grundrisse und Konstruktionspläne eingezeichnet waren.

»Setzt Euch, Tehol Beddict! Hier ist Wein! Trinkt. Beim Abtrünnigen, ein neues Gesicht! Ihr könnt Euch nicht vorstellen, wie überdrüssig ich meiner langwierigen Begleiter in diesem Loch bin.«

»Es liegt auf der Hand«, sagte er, während er sich setzte, »dass Ihr mehr ausgehen solltet.«

»Leider haben die meisten meiner Untersuchungen in diesen Tagen etwas mit dem Durchwühlen von Archiven zu tun.«

»Oh, das Große Geheimnis, das Ihr entdeckt habt. Und – seid Ihr einer Lösung nähergekommen?«

»Das Große Geheimnis? Eher ein Verdammtes Geheimnis, und nein, ich stehe immer noch vor einem Rätsel, obwohl meine Karte von Tag zu Tag größer wird. Aber sprechen wir nicht länger darüber. Meine Agenten berichten, dass die Risse im Fundament sich unerbittlich ausbreiten – gut gemacht, Tehol. Ich war schon immer der Meinung, dass Ihr klüger seid, als Ihr ausseht.«

»Ja, natürlich, danke, Rucket. Habt Ihr die lackierten Fliesen, um die ich Euch gebeten habe?«

»Onyx hat heute Morgen die letzte fertig gemacht. Insgesamt sechzehn, stimmt's?«

»Perfekt. Mit abgeschrägten Kanten?«

»Natürlich. Alle Eure Anweisungen wurden sorgfältig befolgt.«

»Großartig. Nun, was das unerbittliche Ausbreiten angeht …«

»Wollt Ihr, dass wir uns in mein Zimmer zurückziehen?«

»Äh, nein, jetzt nicht, Rucket. Ich brauche Geld. Einen Zustrom, um eine Kapitalanlage zu stärken.«

»Wie viel?«

»Fünfzigtausend.«

»Werden wir es jemals zurückgezahlt bekommen?«

»Nein, Ihr werdet alles verlieren.«

»Tehol, Ihr rächt Euch zweifellos auf eine höchst langfristige Weise. Aber was haben wir davon?«

»Nun, nichts weiter als die Rückkehr der Rattenfängergilde zu ihrer herausragenden Stellung.«

Ihre ziemlich träumerischen Augen weiteten sich. »Das Ende der Patriotisten? Fünfzigtausend? Sind fünfundsiebzig nicht besser? Oder hundert?«

»Nein, ich brauche fünfzig.«

»Ich erwarte keinerlei Einwände von den anderen Meistern der Gilde.«

»Wunderbar.« Er klatschte in die Hände und stand auf.

Sie blickte stirnrunzelnd zu ihm auf. »Wo geht Ihr hin?«

»In Euer Zimmer natürlich.«

»Oh, wie nett.«

Er starrte sie an. »Kommt Ihr nicht mit, Rucket?«

»Was hätte das für einen Sinn? Die Bezeichnung ›fette Wurzel‹ ist ein Frauenwitz, versteht Ihr?«

»Ich habe keinen gelb riechenden Tee getrunken!«

»Ich rate Euch, in Zukunft Handschuhe zu tragen.«

»Wo ist Euer Zimmer, Rucket?«

Sie zog eine Braue hoch. »Müsst Ihr irgendwas beweisen?«

»Nein. Ich muss nur … ein paar Dinge … überprüfen.«

»Was hätte das für einen Sinn?«, fragte sie noch einmal. »Jetzt, wo Euer Vorstellungsvermögen erwacht ist, werdet Ihr Euch einreden, dass sie kleiner geworden sind, Tehol Beddict. So ist nun einmal die menschliche Natur. Dass Ihr zufällig ein Mann seid, macht es nur noch schlimmer.« Sie stand auf. »Ich hingegen kann objektiv sein, wenn auch gelegentlich auf vernichtende Weise. Also – wagt Ihr es, Euch meinem prüfenden Blick zu stellen?«

Er machte ein finsteres Gesicht. »Na schön, gehen wir. Das nächste Mal sollten wir allerdings auf diese ganze Sache mit der Einladung in Euer Zimmer verzichten, in Ordnung?«

»Das Elend liegt im Detail, Tehol Beddict. Wie wir bald feststellen werden.«

Venitt Sathad rollte das Pergament aus und beschwerte die vier Ecken mit flachen Steinen. »Wie Ihr hier sehen könnt, Herr, gehören sechs einzelne Gebäude zu dem Anwesen.« Er deutete auf die Zeichnungen. »Ställe und Anbauten. Kühlhaus. Trockenlagerraum mit Keller. Unterkünfte für die Bediensteten. Und natürlich, das eigentliche Gasthaus …«

»Was ist mit dem quadratischen Gebäude da?«, fragte Rautos Hivanar.

Venitt runzelte die Stirn. »Soweit ich es verstehe, ist das Innere praktisch gänzlich mit irgendeiner Art Heiligenschrein ausgefüllt. Das Gebäude ist älter als das Gasthaus. Alle Versuche, es zu entfernen, sind fehlgeschlagen. Jetzt wird der noch vorhandene Platz genutzt, um alles Mögliche aufzubewahren.«

Rautos Hivanar lehnte sich auf seinem Stuhl zurück. »Wie zahlungskräftig ist diese Neuanschaffung?«

»Nicht mehr und nicht weniger als jedes andere Gasthaus, Herr. Es könnte sich lohnen, hinsichtlich einer möglichen Restaurierung mit den anderen Anteilseignern einschließlich Karos Invictad über die Frage einer Investition zu sprechen.«

»Hm. Ich werde darüber nachdenken.« Er erhob sich. »Breite in der Zwischenzeit die neuen Artefakte auf dem Putztisch auf der Terasse aus.«

»Sofort, Herr.«

Vierzehn Längen westlich der Dracheninseln hatte sich eine Flaute über diesen Teil des Meeres gelegt und verlieh der Wasseroberfläche eine glasig-schmierige Patina unter feuchter, unbeweglicher Luft. Durch das Fernrohr wirkte das einsame Schiff, dessen schwarzer Rumpf tief im Wasser lag, unbelebt. Der Hauptmast war zersplittert, die gesamte Takelage weggerissen. Irgendjemand hatte ein Focksegel aufgezogen, aber die für einen Sturm festgezurrte Leinwand hing schlaff herunter. Das Steuerruder war festgebunden. Nirgendwo war eine Bewegung auszumachen.

Skorgen Kaban, bekannt als der Hübsche, senkte langsam das Fernrohr, doch er starrte weiterhin argwöhnisch mit seinem guten Auge zu dem fernen Schiff hinüber. Er hob eine Hand, um sich an einem der Luftlöcher zu kratzen – die alles waren, was von einer einstmals großen Adlernase übrig geblieben war –, und zuckte zusammen, als ein Fingernagel sich in empfindliches Narbengewebe grub. In Wirklichkeit juckte nichts, aber die klaffenden Nasenlöcher hatten die Neigung, zu laufen, und das vorgetäuschte Kratzen half ihm, verräterische Feuchtigkeit frühzeitig zu bemerken. Dies war nur eine der vielen Gesten, die er vermutlich für unauffällig hielt.

Leider war sein Kapitän zu klug für solche Dinge. Sie wandte den Blick von Skorgen ab, den sie von der Seite her betrachtet hatte, und richtete ihn wieder auf ihre wartende Mannschaft. Ein jämmerlicher, aber großspuriger Haufen. Flauten machten alle niedergeschlagen, das war verständlich, aber der Laderaum des Piratenschiffs war vollgestopft mit Beute, und dieser vom Glück des Abtrünnigen begünstigte Lauf schien kein Ende zu nehmen.

Nun, da sie ein weiteres Opfer gefunden hatten.

Skorgen sog pfeifend die Luft ein und sagte: »Es ist ein Edur, stimmt.

Ich vermute, dass er ein bisschen von dem Sturm hin und her geschubst wurde, den wir gestern im Westen ausmachen konnten, und vom Weg abgekommen ist. Aller Wahrscheinlichkeit nach ist die Besatzung entweder krank oder tot, oder sie haben das Schiff verlassen und sich mit einem ihrer Knarri-Rettungsboote abgesetzt. Wenn sie das getan haben, werden sie alles brauchbare Zeug mitgenommen haben. Wenn nicht«, er grinste sie an, entblößte dabei schwarz gewordene Zähne, »dann können wir zu Ende bringen, was der Sturm angefangen hat.«

»Zumindest«, sagte der Kapitän, »werden wir es uns ansehen.« Sie rümpfte die Nase. »Vielleicht kommt ja doch noch etwas dabei rum, dass wir in die Sandbänke getrieben wurden. Lass sie die Ruder ins Wasser bringen, Skorgen, aber sorge dafür, dass der Ausguck nicht vergisst, sich auch weiterhin umzuschauen.«

Skorgen blickte sie an. »Ihr glaubt, dass sich vielleicht noch mehr von denen hier draußen rumtreiben?«

Sie schnitt eine Grimasse. »Wie viele Schiffe hat der Imperator ausgesandt?«

Sein gutes Auge weitete sich, und dann betrachtete er das einsame Schiff einmal mehr durch das Fernrohr. »Ihr glaubt, es ist eins von denen? Beim Arschloch des Abtrünnigen, Kapitän, wenn Ihr recht habt …«

»Du hast deine Anweisungen, und es scheint mir, als müsste ich dich schon wieder daran erinnern, Erster Maat. Kein Gefluche auf meinem Schiff.«

»'Tschuldigung, Kapitän.«

Er eilte davon, machte sich daran, Anweisungen an die wartende Mannschaft weiterzugeben.

Eine Flaute sorgte für Ruhe an Bord, da sich eine Art abergläubischer Verstohlenheit der Seeleute bemächtigte, als würde jedes Geräusch, das zu weit hallte, die spiegelglatte See zum Zersplittern bringen.

Sie lauschte, als die vierundzwanzig Ruder hinausgeschoben wurden und die Ruderblätter sich ins Wasser senkten. Einen Augenblick später ertönte der gedämpfte Ruf des Steuermanns, und die *Unvergängliche Dankbarkeit* ächzte, als sie sich schlingernd in Bewegungs setzte. Wolken von Zuckmücken stiegen rings um das Schiff auf, als das klare Wasser im näheren Umkreis aufgewühlt wurde. Die verdammten Dinger hatten die

Neigung, sich dunkle Orte zu suchen, um Schutz zu finden, wenn sie aufgeschreckt wurden und fliegen mussten. Seeleute husteten und spuckten – alles schön und gut für sie, bemerkte der Kapitän, während eine summende Wolke um ihren Kopf herumwirbelte und zahllose Insekten ihr in die Nase, die Ohren und über die Augen krochen. Sonne und Meer waren schon schlimm genug in ihrem vereinten Ansturm auf ihre Würde und das, was eine tote Frau noch an Eitelkeit aufbieten konnte, aber für Shurq Elalle bedeuteten diese Fliegen ein besonders schlimmes Elend.

Piratin, göttliche Untote, Metze der Unersättlichkeit, Hexe der tiefen Wasser – seit sie das erste Mal aus dem Hafen von Letheras hinaus den langen, breiten Fluss hinunter zum westlichen Meer gesegelt war, waren die Zeiten gut gewesen. Jene erste, schlanke und schnittige Galeere war ihr Weg zum Ruhm gewesen, und Shurq bedauerte ihren aufwühlenden Verlust durch diese Sache in Lachensend noch immer. Aber sie war mit der *Unvergänglichen Dankbarkeit* voll und ganz zufrieden. Sie war ein bisschen zu groß für ihre Mannschaft, zugegeben, aber dieses Problem könnte schnell gelöst werden, wenn sie nach Letheras zurückkehrten. Als schlimmsten Verlust hatte sie den Abschied von der Karmesingarde empfunden. Eisenhart hatte von Anfang an deutlich gemacht, dass sie arbeiteten, um sich die Überfahrt zu verdienen. Doch auch so waren die Gardisten eine furchterregende Beigabe bei jener wilden Überquerung des Ozeans gewesen, indem sie das blutige Kielwasser offen und unbeeinträchtigt gehalten hatten, während ein Handelsschiff nach dem anderen gekapert, all seiner Wertsachen beraubt und meistens hinunter in die dunkle Tiefe geschickt worden war. Es waren nicht nur ihre Schwerter gewesen – so tödlich sie auch waren –, sondern vor allem die magischen Fähigkeiten von Corlo. Eine Magie, die weit raffinierter, weit ausgeklügelter war als alles, was Shurq jemals zuvor gesehen hatte.

Solche Einzelheiten hatten ihr die Augen geöffnet. Und den Geist. Die Welt da draußen war riesig. Und in vielen grundlegenden Dingen war das Imperium von Lether, dieser Abkömmling des Ersten Imperiums, eine zutiefst hinterwäldlerische, vergessene Provinz geblieben – in seinem Denken, in der Art und Weise, wie sich das Leben dort abspielte. Eine wahrhaft erniedrigende Enthüllung.

Das Abschiednehmen von Eisenhart und seinem Trupp war für Shurq

Elalle nicht ganz so rührselig und innig gewesen, wie es vermutlich für alle anderen ausgesehen hatte, denn um die Wahrheit zu sagen, hatte sie mehr und mehr begonnen, sich in dieser Gesellschaft unwohl zu fühlen. Eisenhart war niemand, der es sich für längere Zeit schmackhaft machen ließ, sich unterzuordnen – oh, keine Frage, es war bestimmt etwas anderes, wenn es um seine Kameraden, die anderen Bekenner der Karmesingarde ging, oder um ihren legendären Anführer, Fürst K'azz. Aber sie gehörte nicht zu den Bekennern, noch nicht einmal zu den einfachen Soldaten der Garde. Solange sie die gleichen Ziele verfolgten, waren die Dinge vollkommen in Ordnung, und Shurq hatte darauf geachtet, nie von ihnen abzuweichen, um jede Konfrontation zu vermeiden.

Sie hatten die Söldner an einem steinigen Strand an der Ostküste eines Landes namens Jacuruku abgesetzt, in einem Sturm aus Regen- und Graupelschauern. Die Landung war leider nicht unbemerkt geblieben, und das Letzte, was sie von Eisenhart und seinen Soldaten gesehen hatte, war, dass sie sich landwärts gewandt hatten, um sich einem Dutzend schwer gerüsteter Gestalten entgegenzustellen, die große Helme mit heruntergeklappten Visieren getragen hatten und den unebenen Hang heruntergekommen waren. Ein ziemlich grausam aussehender Haufen, und Shurq hoffte, dass ihr kriegerisches Auftreten vor allem Schau war. Der Regen hatte alles, was sich auf dem Strand weiter abspielte, rasch in einen undurchsichtigen grauen Umhang gehüllt, während sie zur *Dankbarkeit* zurückgerudert waren.

Skorgen schwor, er hätte mit seinem guten Ohr Schwerterklirren gehört – nur als leises, schwaches Echo –, aber Shurq selbst hatte nichts gehört.

Jedenfalls hatten sie gemacht, dass sie weggekommen waren, wie Piraten es stets zu tun pflegten, wenn das Risiko bestand, dass sich irgendwo in der Nähe organisierter Widerstand formierte, und Shurq tröstete ihr aufgeregtes Gewissen, indem sie sich in Erinnerung rief, dass Eisenhart mit einer gewissen Vertrautheit über Jacuruku gesprochen hatte – zumindest hatte er den Namen gekannt. Und was Corlos mit weit aufgerissenen Augen gesprochene Gebete zu ein paar Dutzend Gottheiten betraf – nun, er neigte zu melodramatischen Gesten. Ein Dutzend Ritter reichten bestimmt nicht aus, um Eisenhart und seine Karmesingarde aufzuhalten, so entschlossen, wie sie waren, zu tun, was auch immer sie tun mussten – was in diesem Fall bedeutete, Jacuruku von Küste zu Küste zu durchqueren und dort ein weiteres Schiff zu finden.

Die Welt war in der Tat riesig.

Die Ruder hoben sich aus dem Wasser und wurden leise eingezogen, als die *Unvergängliche Dankbarkeit* sich längsseits an das Edur-Schiff heranschob. Shurq Elalle begab sich an die Reling und musterte das Deck des Schiffes aus Schwarzholz.

»Sie liegt tief im Wasser«, murmelte Skorgen.

Keine Leichen inmitten des Durcheinanders. Aber es *gab* ein Durcheinander. »Sie haben das Schiff nicht geordnet verlassen«, sagte Shurq Elalle, während Enterhaken hinüberflogen, deren Zinken sich festbissen, als die Leinen strammgezogen wurden. »Sechs kommen mit uns. Waffen bereithalten«, befahl sie, zog ihr Rapier und stellte sich auf die Reling.

Sie sprang hinüber, landete leichtfüßig etwa zwei Schritte vom zersplitterten Stumpf des Hauptmasts entfernt auf dem Mitteldeck. Einen Augenblick später gesellte Skorgen sich zu ihr, begleitet von einem Ächzen und dann einem Fluch, als er sich das schlimme Bein stieß.

»Das war ein Kampf«, sagte er und schaute sich um. Er hinkte zur Reling zurück und riss einen zersplitterten Pfeilschaft los; sein Gesicht verfinsterte sich, als er ihn genauer betrachtete. »Verdammt kurz und dick – seht Euch die Spitze an, die würde auch 'nen bronzebeschlagenen Schild durchschlagen. Und die Befiederung – das ist Leder, wie Flossen.«

Aber wo waren die Leichen? Stirnrunzelnd machte sich Shurq Elalle zu dem Niedergang auf, der zur Kajüte führte. Als sie an der Luke zum Frachtraum vorbeikam, blieb sie stehen. Die Luke war eingeschlagen worden. Sie schob sie vorsichtig mit dem Fuß beiseite, kauerte sich hin und starrte in den düsteren Laderaum hinunter.

Dort unten schimmerte Wasser … in dem Dinge schwammen. »Skorgen, da unten gibt's Beute. Komm her, und hol eine von den Amphoren rauf.« Trübsal, der zweite Maat, rief ihr von der *Dankbarkeit* aus zu: »Kapitän! Das Ding liegt jetzt tiefer im Wasser als vorhin, als wir angekommen sind.«

Jetzt konnte sie auch das leise Ächzen des Schiffrumpfs hören.

Skorgen griff mit seinem guten Arm in den Laderaum und packte die

Amphore an einem Henkel. Er zischte vor Anstrengung, als er sie hochhob und zwischen sich und den Kapitän auf das Deck rollte.

Die ungefähr hüfthohe Amphore war ein prachtvoller Gegenstand, wie Shurq bemerkte. Fremdartig – und bis hinunter zum Fuß mit cremefarbener Glasur überzogen; nur auf dem Fuß selbst, der wie ein umgedrehter Bienenkorb geformt war, waren die Windungen in schwarzen Mustern auf strahlendem Weiß eingezeichnet. Viel interessanter fand sie allerdings das Bild, das auf den Bauch der Amphore gemalt war. Ziemlich weit unten auf der einen Seite war eine Gestalt zu erkennen, die an ein x-förmiges Kreuz genagelt war. Vom aufwärts gerichteten Kopf der Gestalt wirbelten Krähen weg. Hunderte. Jede von ihnen sorgsam gearbeitet, sämtliche Einzelheiten eingraviert – Krähen, die nach außen strömten – oder vielleicht auch nach innen – sich auf den breiten Schultern der Amphore sammelten, den ganzen Gegenstand umgaben. Strömten sie zusammen, um an dem unglücklichen Mann zu fressen? Oder flohen sie ihn, wie seine letzten ersterbenden Gedanken?

Skorgen hatte ein Messer gezogen und schnippelte an dem Siegel herum, schnitt die dicke Wachsschicht weg, die den Stöpsel festhielt. Ein paar Herzschläge später hatte er es geschafft. Er zog den Stöpsel heraus – und machte einen Satz rückwärts, als sich dickflüssiges Blut aus der Öffnung ergoss und auf dem Deck ausbreitete.

Es sah frisch aus, und es roch widerlich süß nach Blumen.

»Kagenzapollen«, sagte Skorgen. »Sie verhindern, dass das Blut gerinnt – die Edur benutzen sie, wenn sie im Wald Tempel bemalen – Ihr wisst schon, die Bäume. Die Blutweihen. Es sind natürlich keine richtigen Tempel. Keine Wände, keine Decke, nur ein Hain …«

»Ich mag keine brabbelnden Ersten Maate«, sagte Shurq Elalle und richtete sich erneut auf. »Holt die anderen raus. Allein die Behälter werden dafür sorgen, dass wir einen oder zwei Monate lang richtig reich sind.« Sie machte sich wieder auf den Weg zur Kajüte.

Der Gang war leer, die Kajütentür aufgebrochen und hing nur noch an einer einzigen ledernen Angel. Während sie auf sie zuging, blickte sie in die seitlich gelegenen Nischen auf die übereinander angebrachten Kojen der Mannschaft – aber die waren alle leer, allerdings in einem unordentlichen Zustand, als wären sie durchsucht worden.

In der Kajüte selbst gab es weitere Hinweise darauf, dass hier geplündert worden war, während auf dem Fußboden der Leichnam eines Edur mit ausgebreiteten Armen und Beinen lag. Hände und Füße waren an die Bodendielen genagelt worden, und jemand hatte ihn – sehr systematisch – mit einem Messer bearbeitet. Der Raum stank nach Exkrementen, und der Gesichtsausdruck des Toten war schmerzverzerrt und maskenhaft. Seine Augen starrten auf eine Weise ins Leere, als wäre er im Augenblick seines Todes Zeuge einer schrecklichen Enthüllung geworden, die eine Überzeugung zerschmettert hatte.

Sie hörte Skorgen hereinkommen, hörte seinen leisen Fluch, als er den Leichnam sah. »Die haben ihn gefoltert«, sagte er. »Die haben den Kapitän gefoltert. Das ist ein Merude, fast schon ein Ältester. Der Abtrünnige rette uns, Kapitän, wir werden die Schuld zugeschoben bekommen, wenn irgendjemand anderes auf dieses Wrack stößt, bevor es sinkt. Sie haben ihn gefoltert. Ich verstehe das nicht …«

»Es ist ganz einfach«, sagte sie. »Sie wollten Informationen.«

»Was für Informationen?«

Shurq Elalle schaute sich um. »Sie haben das Logbuch und die Karten mitgenommen. Nun, Piraten würden das vielleicht tun, wenn ihnen Lether fremd wäre, aber dann hätten sie keinen Grund, diesen armen Kerl zu foltern. Außerdem hätten sie die Ladung mitgenommen. Nein, wer auch immer das hier getan hat, wollte mehr Informationen – und zwar Informationen, die man nicht aus Karten bekommt. Und die Ladung war ihnen scheißegal.«

»Widerliche Dreckskerle – wer auch immer sie waren.«

Sie dachte an die Amphore und ihren grässlichen Inhalt. Und wandte sich dann ab. »Vielleicht hatten sie einen guten Grund für all das. Schlagt Löcher in den Rumpf, Skorgen. Allerdings werden wir in der Nähe bleiben und warten. Schwarzholz geht nicht gerne unter. Möglicherweise müssen wir das Ding verbrennen.«

»Ein Scheiterhaufen, mit dem wir sie womöglich alle anlocken, Kapitän.«

»Ich bin mir über das Risiko im Klaren. Fangt an.«

Wieder auf Deck, begab Shurq Ellale sich zum Vorderdeck, wo sie sich hinstellte und den Horizont musterte, während Skorgen und die Mannschaft damit begannen, Löcher in den Rumpf des halbwracken Schiffs zu schlagen.

Fremde auf dem Meer.

Fremde, die keine Freunde der Tiste Edur sind. Trotzdem würde ich ihnen lieber nicht begegnen. Sie drehte sich um und blickte zum Mitteldeck. »Skorgen! Wenn wir hier fertig sind, nehmen wir die Ruder. Zurück zur Küste.«

Er zog die vernarbten Augenbrauen hoch. »Nach Letheras?«

»Warum nicht? Wir können alles verkaufen und mehr Leute anheuern.«

Der schwer gezeichnete Mann grinste.

Ja, zurück nach Letheras. Und zwar schnell.

Kapitel Vier

Die Meuterei fand an jenem verhängnisvollen Morgen statt, als wir im ersten Licht der Dämmerung durch den dichten Nebel, der uns zehn Tage lang heimgesucht hatte, nach Osten blickten und dort am von Wolken begrenzten Horizont Drachen aufsteigen sahen – unzählige, gewaltige Drachen. Sie waren zu gewaltig, um es begreifen zu können – mit ihren Köpfen oberhalb der Sonne, während ihre zusammengefalteten Flügel so weit herunterreichten, dass der Schatten, den sie warfen, ganz Drene hätte verschlingen können. Das war zu viel, zu furchterregend selbst für die erfahreneren Soldaten in unserer Truppe, denn die dunklen Augen der Drachen richteten sich auf uns, und ihr fremdartiger Blick raubte unseren Herzen das Blut und unseren Schwerten und Speeren die stählernen Klingen und Spitzen.

In diese Schatten hineinzumarschieren hätte selbst einen Meisterkämpfer des Ersten Imperiums erzittern lassen. Wir hatten solch einer Herausforderung nichts entgegenzusetzen, und obwohl ich meiner Wut und meinem Abscheu lautstark Ausdruck verlieh, war das doch nur das Verhalten, das vom Anführer einer Expedition an den Tag gelegt werden musste, und in der Tat hatte ich nicht die Absicht, von meinen Kameraden den Mut einzufordern, an dem es mir selbst mangelte. Aber ein solches Verhalten ist nicht ganz ungefährlich, denn manchmal hat man damit Erfolg, auch wenn man es eigentlich gar nicht will. Und daher ließ ich von meinem Ärger ab, vielleicht zu rasch, aber niemand erstattete deswegen Bericht, so erleichtert, wie sie alle waren, als wir das Lager abbrachen, unsere Maultiere beluden und uns nach Westen aufmachten.

Vier Tagesmärsche in die Wildlande
Thrydis Addanict

Eine Verbannung tötete die meisten Opfer, wenn die Welt da draußen rau war, wenn das Überleben nicht ohne die Münze der Zusammenarbeit erkauft werden konnte. Unter den Stammesvölkern – ob Ahl, D'rhasilhani oder Keryn – gab es keine härtere Strafe. Dabei war es die Clan-Struktur selbst, die einem die tödliche Unnachgiebigkeit auferlegte, begleitet von der dazugehörigen Verwüstung, wenn man ausgestoßen wurde, allein und all dessen beraubt war, was dem Leben Sinn verlieh. Die Opfer brachen innerlich zusammen, gaben all die Fähigkeiten preis, die dazu dienen konnten, sie am Leben zu erhalten; sie welkten dahin – und starben.

Für die Letherii mit ihren riesigen Städten, diesem Aufruhr zahlloser Gesichter, war die Strafe der Verbannung – über die Ketten des Sich-Verschuldens hinaus – mehr oder weniger bedeutungslos. Natürlich waren auch diese Menschen nicht gegen die Vorstellung einer seelischen Bestrafung gefeit – sie lebten schließlich in Familien, etwas, das allen menschlichen Wesen gemein war –, doch die Wunden, die durch Entfremdung entstanden, waren nicht lebensbedrohlich. Ein anderes Dorf, eine andere Stadt – die Mühe, von neuem zu beginnen, war zu bewältigen, und tatsächlich wurde neu zu beginnen für manche sogar zur Sucht. Zu einer Möglichkeit, sich jeder Verantwortung zu entheben.

Rotmaske, dessen Leben das der Ahl war – ein seit Generationen unbeflecktes Leben –, war zu der Überzeugung gelangt, dass die Natur der Letherii – der ihm am meisten verhassten Feinde – nichtsdestotrotz seinen Geist befleckt hatte. Die Verbannung hatte sich nicht als Todesstrafe erwiesen. Die Verbannung hatte sich im Gegenteil als Geschenk erwiesen, denn durch sie hatte er die Freiheit entdeckt. Jene Verlockung, die so viele junge Krieger ins letheriische Imperium zog, wo namenlos und unbekannt zu sein sich ebenso als Fluch wie als Befreiung erwies.

Als von zu Hause Vertriebener war er weit gewandert, ohne einen Gedanken daran, jemals zurückzukehren. Er war nicht mehr der, der er einst gewesen war, nicht mehr der Sohn seines Vaters, doch was er statt dessen geworden war, blieb sogar für ihn selbst ein Geheimnis.

Am Himmel über ihm stand keine einzige Wolke, die Hitze der neuen Jahreszeit entfaltete sich, und vor ihm rasten Hasen von einem Gebüsch, das ihnen kurzfristig Deckung gewährte, zum nächsten, während er auf einem letheriischen Pferd einer Herde folgte, die die Nordostroute entlangzog. Einer kleinen Herde, wie er bemerkt hatte, denn es fanden sich nur wenige Geburtsflecken an den Rändern des Pfades – jene Stellen, an denen sich die Rodaramännchen schützend versammelten, bis ein Neugeborenes in der Lage war, sicher auf eigenen Beinen zu stehen. Der Clan, der diese Tiere führte, war vermutlich klein.

Rotmaskes K'Chain-Che'Malle-Leibwächter waren nirgends zu sehen, aber das war nicht ungewöhnlich. Die großen Reptilien hatten einen ungeheuren Appetit. Um diese Jahreszeit wagten sich die wilden Bhederin, die in kleinen Wäldchen überwintert hatten – eine einzelgängerischere, größere Art als ihre Artgenossen auf den Ebenen im Süden –, auf der Suche nach Gefährten aus ihrer Deckung. Die Bullen – die so viel wogen wie zwei letheriische Ochsen – waren wild und angriffslustig und pflegten auf alles loszugehen, das ihnen zu nahe kam – ausgenommen ein Weibchen ihrer eigenen Art. Sag'Churok, das K'ell-Jäger-Männchen, hatte Gefallen daran gefunden, sich dem stürmischen Angriff entgegenzustellen; Rotmaske hatte seine Freude gesehen – an den langsamen, peitschenden Bewegungen seines Schwanzes leicht zu erkennen –, wenn er sich einem Bullen in den Weg gestellt hatte, die stählernen Klingen hoch erhoben. Und so schnell der Bhederin auch war, der K'Chain Che'Malle war schneller. Und jedes Mal, wenn er das Tier getötet hatte, überließ er den Kadaver Gunth Mach, bis sie sich vollgefressen hatte.

Rotmaske ritt den ganzen Tag lang weiter, in gemächlichem Tempo, um es dem Pferd leichter zu machen, und als die Sonne dem Horizont entgegensank und ferne Sturmwolken erglühen ließ, gelangte er in Sichtweite des Ahl-Lagers, das sich auf einer ehemaligen Altwasserinsel zwischen zwei ausgetrockneten, ausgewaschenen Flussbetten befand. Die Herden standen beiderseits auf den Talflanken, und die kuppelförmigen, aus zusammengenähten Häuten bestehenden Hütten kauerten sich unter dem Rauch der Kochfeuer zusammen, der das Tal wie ein Schleier bedeckte.

Keine Vorreiter. Keine Wachtposten. Und ein im Verhältnis zur Herde viel zu großes Lager.

Rotmaske zügelte sein Pferd auf dem Grat. Er betrachtete die Szenerie, die sich vor ihm ausbreitete. Hier und da waren rituelle Trauergesänge zu hören. Einige wenige Kinder bewegten sich zwischen den Hütten.

Nachdem er einige Zeit lang reglos im hohen letheriischen Sattel gesessen hatte, entdeckte ihn jemand. Schreie, eilige Bewegungen in den länger werdenden Schatten, dann verließen ein halbes Dutzend Krieger das Dorf und kamen langsam auf ihn zu.

Hinter ihnen wurde bereits in panischer Hast damit begonnen, das Lager abzubrechen. Funken stoben durch die Luft, als Feuerstellen ausgetreten wurden. Die Häute der Hüttenwände bewegten sich.

Hirten- und Zughunde tauchten auf, rasten heran, um sich zu den langsam heranstapfenden Kriegern zu gesellen.

Die Ahl-Krieger waren jung, wie er sah, als sie noch näher herankamen. Sie hatten ihre Todesnacht gerade mal ein, zwei Jahre hinter sich. Kein einziger erfahrener Krieger befand sich unter ihnen. Wo waren die Ältesten? Die Schultermänner?

Fünfzehn Schritt unterhalb des Grats machten die Krieger halt und begannen sich zischend und murmelnd zu unterhalten. Dann drehte sich einer zum Lager um und stieß einen durchdringenden Schrei aus. Jegliche Betriebsamkeit erstarb.

Gesichter starrten zu Rotmaske herauf. Kein einziger der Krieger schien verwegen genug, um noch näherzukommen.

Die Hunde ließen sich von dem einsamen Krieger weit weniger einschüchtern. Knurrend und mit gesträubten Nackenhaaren schlichen sie in einem Halbkreis auf ihn zu. Doch dann bekamen sie einen unerwarteten Geruch in die Nase und wichen schlagartig jaulend und mit gesenkten Schwänzen zurück.

Schließlich trat einer der jungen Krieger einen Schritt vor. »Du kannst es nicht sein«, sagte er.

Rotmaske seufzte. »Wo ist euer Kriegsführer?«, wollte er wissen.

Der junge Krieger holte tief Luft und reckte sich. »Ich bin der Kriegsführer dieses Clans. Ich, Masarch, der Sohn von Naryud.«

»Wann war deine Todesnacht?«

»Das sind die alten Sitten«, sagte Masarch und fletschte die Zähne. »Diese Dummheiten haben wir aufgegeben.«

Einer der Jugendlichen hinter dem Kriegsführer meldete sich zu Wort. »Die alten Sitten haben uns im Stich gelassen! Wir haben sie verstoßen.«

»Nimm die Maske ab«, sagte Masarch. »Die gehört dir nicht. Du versuchst, uns zu täuschen. Du reitest ein Pferd der Letherii – du bist einer der Spione des Repräsentanten.«

Rotmaske antwortete nicht sofort. Er wandte den Blick vom Kriegsführer und seinen Gefolgsleuten ab, richtete ihn erneut auf das Lager dort unten. An seinem diesseitigen Rand sammelte sich eine Menge Schaulustiger. Er schwieg weitere zwanzig Herzschläge lang, und sagte dann: »Ihr habt keine Vorposten aufgestellt. Eine Truppe von Letherii könnte sich auf diesem Grat versammeln und mitten in euer Lager preschen, und ihr wärt nicht vorbereitet. Eure Frauen schreien ihre Verzweiflung heraus, und in einer ruhigen Nacht wie dieser kann man ihr Geschrei meilenweit hören. Deine Leute hungern, Kriegsführer, doch sie entzünden ein Übermaß an Feuern – so viele, dass sich über eurem Lager eine Wolke aus Rauch bildet, die sich nicht von der Stelle bewegen wird und in der sich das Licht der Lagerfeuer spiegelt. Ihr habt die neugeborenen Rodaras und Myrids geschlachtet statt der in die Jahre gekommenen Männchen und der Weibchen, die keine Jungen mehr werfen können. Ihr könnt keine Schultermänner haben, denn wenn ihr welche hättet, würden sie euch unter der Erde begraben und euch die Todesnacht aufzwingen, so dass ihr wieder hervorkommen könnt – neu geboren und hoffentlich mit neuem Wissen beschenkt. Wissen, das euch offensichtlich fehlt.«

Masarch ging nicht auf seine Worte ein. Er hatte inzwischen Rotmaskes Waffen gesehen. »Du bist es doch«, flüsterte er. »Du bist zu den Ahl'dan zurückgekehrt.«

»Was ist dies für ein Clan?«

»Rotmaske«, sagte der Kriegsführer und deutete hinter sich, »dieser Clan … er ist dein …«

Als der einsame, immer noch im Sattel sitzende Krieger nicht antwortete, fügte Masarch hinzu: »Wir – wir sind alle, die noch übrig sind. Es gibt keine Schultermänner, Rotmaske. Und auch keine Hexen.« Er deutete auf die Herden an den Talflanken. »Die Tiere, die du hier siehst, sind alles, was noch übrig ist.« Er zögerte, straffte sich dann erneut. »Rotmaske, du bist … vergebens zurückgekehrt. Du sprichst nicht, und das sagt mir, dass du die Wahrheit erkennst. Großer Krieger, *du kommst zu spät.*«

Doch auch auf diese Worte hin schwieg Rotmaske. Er stieg langsam ab. Die Hunde, die ihn die ganze Zeit furchtsam geduckt mit hängenden

Schwänzen umkreist hatten, fingen entweder einen anderen Geruch auf, oder sie hörten etwas in der Düsternis jenseits des Grats, denn sie drehten sich plötzlich um und schossen den Hang hinunter, verschwanden dann im Lager. Die Panik schien sich auch auf die Krieger zu übertragen, die vor ihm standen, aber keiner von ihnen floh, trotz der Angst und Verwirrung, die sich deutlich auf ihren Gesichtern abzeichnete.

Masarch leckte sich die Lippen. »Rotmaske«, sagte er, »die Letherii vernichten uns. Vorreiterlager wurden überfallen, unsere Leute niedergemacht, die Herden gestohlen. Den Aendinar-Clan gibt es nicht mehr. Die überlebenden Sevond und Niritha sind zu den Ganetok gekrochen – nur der Ganetok-Clan ist noch stark, denn sie leben am weitesten im Osten ... und als die Feiglinge, die sie sind, haben sie ein Bündnis mit Fremden geschlossen ...«

»Fremde.« Rotmaskes Augen verengten sich hinter den Schlitzen der Maske. »Söldner.«

Masarch nickte. »Vor vier Jahreszeiten hat es eine große Schlacht gegeben, in der die Fremden vernichtet wurden.« Er machte eine Geste. »Die Graue Zauberei.«

»Sind die siegreichen Letherii dann nicht zu den Lagern der Ganetok marschiert?«

»Nein, Rotmaske, es waren nicht mehr viele übrig. Die Fremden haben gut gekämpft.«

»Das verstehe ich jetzt nicht, Masarch«, sagte er. »Haben die Ganetok denn nicht an der Seite ihrer Söldner gekämpft?«

Der junge Krieger spuckte aus. »Ihr Kriegsführer hat fünfzehntausend Krieger aus den Clans um sich geschart. Als die Letherii ankamen, ist er geflohen, gefolgt von den Kriegern. Sie haben die Fremden im Stich gelassen! Haben zugelassen, dass sie abgeschlachtet wurden!«

»Beruhige das Lager da unten«, sagte Rotmaske. Er deutete auf die Krieger hinter Masarch. »Ihr werdet die erste Wache halten, hier, auf diesem Grat – und auf dem im Westen. Ich bin jetzt der Kriegsführer des Renfayar-Clans. Masarch, wo verstecken sich die Ganetok?«

»Sieben Tagesreisen im Osten. Sie besitzen jetzt die letzte große Herde der Ahl.«

»Masarch, bestreitest du mein Recht, der Kriegsführer zu sein?«

Der junge Krieger schüttelte den Kopf. »Du bist Rotmaske. Die Ältesten der Renfayar, die deine Feinde waren, sind alle tot. Auch ihre Söhne sind tot.«

»Über wie viele Krieger verfügen die Renfayar noch?«

Masarch runzelte die Stirn, machte dann eine ausholende Geste. »Du kennst uns alle, Kriegsführer.«

»Also sechs.«

Ein Nicken.

Rotmaske bemerkte einen einzelnen Zughund, der allein am Rand des Lagers hockte. Das Tier schien ihn zu beobachten. Er hob die rechte Hand, und der Hund setzte sich in Bewegung. Wenige Augenblicke später war das große Tier, ein Rüde, bei ihm. Es ließ sich auf den Bauch sinken und legte den breiten, narbigen Kopf zwischen Rotmaskes Füße. Er streckte die Hand aus und tätschelte dem Hund die Schnauze – eine Geste, bei der die meisten Menschen einen oder mehrere Finger riskiert hätten. Der Hund rührte sich nicht.

Masarch starrte mit großen Augen auf ihn hinunter. »Der einzige Überlebende eines Vorreiterlagers«, sagte er. »Er hat keinen von uns an sich herangelassen.«

»Diese Fremden«, sagte Rotmaske leise, »hatten sie Kriegshunde?«

»Nein. Aber sie waren verschworene Anhänger der Wölfe des Krieges, und es hatte tatsächlich den Anschein, Kriegsführer, als wären die heimtückischen, schmutzigen Biester ihnen gefolgt – immer in großer Entfernung, aber auch in riesiger Zahl. Bis die Ältesten der Ganetok Magie eingesetzt und sie alle vertrieben haben.« Masarch zögerte kurz und fügte dann hinzu: »Rotmaske, der Kriegsführer der Ganetok …«

Hinter der Maske formte sich – unsichtbar für die anderen – langsam ein Lächeln. »Ist der erstgeborene Sohn von Capalah. Hadralt.«

»Woher wusstest du das?«

»Morgen werden wir die Herden nach Osten treiben, Masarch – zu den Ganetok. Ich würde gerne mehr über die unglücklichen Fremden wissen, die sich entschieden haben, für uns zu kämpfen. Für das Volk der Ahl'dan zu sterben.«

»Wir werden zu den Ganetok kriechen, genau wie die Sevond und die Niritha?«

»Ihr verhungert. Die Herden sind zu geschwächt. Ich bin der Anführer von sechs Jungen, von denen noch keiner die Todesnacht hinter sich hat. Sollen wir sieben gegen die Letherii in den Krieg reiten?«

Masarch war zwar jung, aber er war offensichtlich kein Narr. »Du willst Hadralt herausfordern? Rotmaske, deine Krieger … wir, wir werden alle sterben. Wir sind zu wenige, um den Hunderten von Herausforderungen begegnen zu können, die man uns entgegenschleudern wird, und wenn wir erst tot sind, wirst du dich den Herausforderungen stellen müssen, lange bevor du als würdig genug erachtet werden wirst, die Klinge mit Hadralt selbst zu kreuzen.«

»Ihr werdet nicht sterben«, sagte Rotmaske. »Und niemand wird einen von euch herausfordern.«

»Dann hast du vor, dich durch tausend Krieger zu kämpfen, um Hadralt entgegenzutreten?«

»Was hätte das für einen Sinn, Masarch? Ich brauche die Krieger. Sie zu töten wäre Verschwendung. Nein.« Er machte eine kurze Pause und sagte dann: »Ich bin nicht ohne Wächter, Masarch. Und ich bezweifle, dass auch nur ein einziger Ganetok-Krieger es wagen wird, sie herauszufordern. Hadralt wird sich mir entgegenstellen müssen – er und ich, allein im Kampfkreis. Außerdem«, fügte er hinzu, »haben wir für all das andere gar keine Zeit.«

»Die Ganetok halten sich an die alten Bräuche, Kriegsführer. Es wird Rituale geben. Tagelang, bis der Kampfkreis fertig …«

»Wir müssen gegen die Letherii in den Krieg ziehen, Masarch. Alle Ahl-Krieger …«

»Kriegsführer! Sie werden dir nicht folgen! Selbst Hadralt hat es nur bei einem Drittel von ihnen geschafft, und das nur durch eine Bezahlung in Form von Myrids und Rodaras, die seinen Besitz halbiert haben!« Masarch deutete auf die dezimierten Herden auf den Hängen. »Wir – wir haben nichts mehr! Damit könnte man nicht einmal die Speere von hundert Kriegern kaufen!«

»Wer besitzt die größten Herden, Masarch?«

»Die Ganetok selbst …«

»Nein. Ich frage dich noch einmal: Wer besitzt die größten Herden?«

Masarchs düsteres Gesicht wurde noch düsterer. »Die Letherii.«

»Ich werde drei Krieger losschicken, die die letzten Renfayar zu den Ganetok geleiten sollen. Wähle die beiden deiner Gefährten aus, die uns begleiten sollen.« Der Zughund stand auf und ging zur Seite. Rotmaske griff nach den Zügeln seines Pferdes und ritt auf das Lager zu. Der Zughund folgte ihm etwas nach links versetzt dichtauf. »Wir werden nach Westen reiten, Masarch, und für uns ein paar Herden auftreiben.«

»Wir reiten gegen die Letherii? Hast du dich nicht erst vor wenigen Augenblicken über die Vorstellung, sieben Krieger könnten gegen die Letherii Krieg führen, lustig gemacht, Kriegsführer? Und jetzt sagst du …«

»Der Krieg kommt später«, sagte Rotmaske. »Wir brauchen Herden, genau wie du gesagt hast. Um uns die Dienste der Krieger zu erkaufen.« Er blieb stehen und drehte sich zu dem ihm folgenden Masarch um. »Woher haben die Letherii ihre Tiere?«

»Von den Ahl! Von uns!«

»Genau. Sie haben sie gestohlen. Also müssen wir sie wieder zurückstehlen.«

»Wir vier, Kriegsführer?«

»Und ein Zughund, und meine Leibwächter.«

»Was für Leibwächter?«

Rotmaske ging weiter. »Dir fehlt es an Respekt, Masarch. Ich glaube, heute Nacht wirst du deine Todesnacht haben.«

»Das werde ich nicht! Die alten Gebräuche sind sinnlos!«

Rotmaskes Faust schoss so schnell vor, dass die Bewegung nur verschwommen wahrzunehmen war, und prallte mit Wucht auf das Kinn des jungen Kriegers, der auf der Stelle zusammenbrach. Rotmaske packte ihn am Lederwams und machte sich daran, den bewusstlosen Masarch zurück ins Lager zu ziehen.

Wenn der junge Bursche aufwachte, würde er sich in einem Sarg wiederfinden, unter einer Schicht aus Erde und Steinen, die so dick war wie ein Arm lang. Leider war es nicht möglich, eines der vor einer Todesnacht üblichen traditionellen, wohlüberlegten Rituale zu vollziehen, die dazu dienten, die Auserwählten darauf vorzubereiten, lebendig begraben zu werden. Natürlich zeigte Masarchs Verhalten einen erschreckenden Mangel an Respekt, der groß genug war, das Geschenk der Gnade unnötig zu machen – um das es bei all diesen Ritualen tatsächlich ging.

Es waren harte Lektionen. Aber um erwachsen zu werden, bedurfte es solcher Lektionen.

Er ging davon aus, dass er auch bei den anderen seine Fäuste einsetzen müssen würde, um ihnen einzuhämmern, dass sie sich zu unterwerfen hatten, was bedeutete, dass er eine lange Nacht vor sich hatte.

Nicht nur ich – wir alle.

Den alten Frauen im Lager würde die Unruhe gefallen, davon ging er aus. Es war jedenfalls besser, als die ganze Nacht jammern zu müssen.

Die oberste Ebene der unterirdischen Stadt erwies sich zumindest für Udinaas als die interessanteste. Er hatte genug von den verdammten hinterhältigen Bemerkungen, von denen diese fürchterliche Gruppe von Flüchtlingen anscheinend heimgesucht wurde – Ausdruck einer Gereiztheit, die immer schlimmer zu werden schien, vor allem bei Forcht Sengar. Der ehemalige Sklave wusste, dass der Tiste Edur ihn umbringen wollte; was die Einzelheiten anging, wie es dazu gekommen war, dass er Rhulad im Stich gelassen hatte – all die Dinge, die erklärten, dass Udinaas selbst bei dieser Angelegenheit keine Wahl gehabt hatte, dass er selbst ebenso Opfer gewesen war wie Forchts eigener Bruder – nun, das interessierte Forcht nicht. Mildernde Umstände änderten nichts an seiner Unnachgiebigkeit, seinem strengen Sinn für falsch und richtig, der sich allerdings, wie es schien, nicht auf seine eigenen Taten erstreckte – schließlich war Forcht derjenige gewesen, der Rhulad ganz bewusst verlassen hatte.

Udinaas hingegen hätte zum Imperator zurückkehren sollen, nachdem er das Bewusstsein wiedererlangt hatte.

Und um was zu tun? Durch Rhulads Hand einen grässlichen Tod zu sterben? Ja, wir waren beinahe Freunde, er und ich – so weit das zwischen einem Sklaven und seinem Herrn überhaupt möglich sein kann, und unter der Bedingung, dass es eine Freundschaft ist, bei der der Herr sich immer großzügiger und rechtschaffener als der Sklave fühlt –, aber ich habe nicht darum gebeten, dort, an der Seite dieses Wahnsinnigen zu stehen und mich zu bemühen, ihn über die schmale Brücke geistiger Gesundheit zu führen, während Rhulad am liebsten bei jedem Schritt kopfüber in den Abgrund gesprungen wäre. Nein, er hatte mit dem auskommen müssen, was er gehabt hatte, und dadurch, dass er dieses bisschen Mitgefühl gezeigt hatte, hatte er mehr für Rhulad getan, als alle Sengars zusammen – Brüder, Mutter und Vater. Mehr als jeder Tiste Edur. *Ist es ein Wunder, dass keiner von euch Freude kennt, Forcht Sengar? Ihr seid alle verdrehte Zweige vom gleichen kranken Baum.*

Natürlich war es sinnlos, diese Dinge zu erörtern. Seren Pedac war die Einzige, die all das verstanden hätte, die ihm vielleicht sogar in all dem zugestimmt hätte, was er zu sagen hatte, aber sie war nicht daran interessiert, wirklich zu dieser Gruppe zu gehören. Sie klammerte sich an ihre Rolle als Freisprecherin, als Wegsucherin, als diejenige, die die so eifersüchtig bewachten Karten in ihrem Kopf lesen konnte. Es gefiel ihr, dass sie sich nicht entscheiden musste; und noch viel besser gefiel es ihr, dass sie sich um niemanden sorgen musste.

Eine sonderbare Frau, diese Freisprecherin. Immerzu unnahbar. Ohne Freunde … *aber sie trägt ein Schwert der Tiste Edur. Trull Sengars Schwert. Kessel sagt, er hat es ihr überreicht. Hat sie die Bedeutung dieser Geste verstanden? Sie muss es wohl.* Danach war Trull Sengar zu Rhulad zurückgekehrt. Er war vielleicht der einzige Bruder, der sich wirklich gesorgt hatte – aber wo war er jetzt? *Vermutlich ist er tot.*

Frische, kühle Nachtluft kam die breite Rampe heruntergeströmt, ächzte in den Türöffnungen, die sich im Abstand von etwa zehn Schritten auf beiden Seiten des Gangs befanden. Sie näherten sich der Oberfläche, irgendwo im Satteldach-Pass – aber auf welcher Seite des Forts und der Garnison? Wenn sie sich auf der falschen Seite befanden, würden Silchas Ruins Schwerter laut und lange singen. Die Toten stapelten sich förmlich im Kielwasser des wandelnden weißhäutigen, rotäugigen Alptraums, oder etwa nicht? Wenn die Jäger die Gejagten wirklich einmal einholten – was nur ganz selten vorkam –, bezahlten sie dafür mit ihrem Leben. Trotzdem kamen immer wieder neue – das ergab einfach keinen Sinn.

Es ist beinahe genauso lächerlich wie dieser Mosaik-Fußboden mit seinen schimmernden Armeen. Bilder von Echsenkriegern, die sich im Krieg befanden, Langschwänze gegen Kurzschwänze, wobei die Langschwänze deutlich mehr Opfer zu beklagen hatten, soweit er das sagen konnte. Das bizarre Gemetzel unter ihren Füßen strömte in die angrenzenden Räume, von denen jeder, wie es schien, dem heldenhaften Tod eines Meisterkämpfers gewidmet war – *Dreckige K'ell, Naw'rhuk A'dat und Matronen*, sagte Silchas Ruin, als er in magisches Licht gehüllt die ganzen

Zimmer untersuchte, wobei sein Interesse bestenfalls planlos und willkürlich war. Jedenfalls konnte Udinaas an den anschaulichen Szenen genug ablesen, um ein wahres Schlachtfest gegenseitiger Vernichtung zu erkennen, in dem auf jede Szene mit einem Sieg der Kurzschwänze eine Szene folgte, in der eine Matrone eine magische Feuersbrunst auslöste. Die Sieger siegten niemals, weil die Verlierer sich weigerten, zu verlieren. *Ein irrsinniger Krieg.*

Seren Pedac, die vorneweg ging, befand sich zwanzig Schritt vor ihnen, und Udinaas sah, wie sie stehenblieb, sich plötzlich hinkauerte und eine Hand hob. Die Luft, die hereinströmte, war mit dem Geruch nach Lehm und Waldstaub gesättigt. Die Mündung des Tunnels war klein, vollkommen zugewuchert und halb von den schief hängenden Bruchstücken mächtiger Basaltplatten versperrt, die einst zu einem bogenförmigen Tor gehört hatten. Dahinter lag Dunkelheit.

Seren Pedac winkte ihre Begleiter nach vorn. »Ich werde kundschaften gehen«, flüsterte sie, als sie alle zusammen kurz vor der Tunnelmündung hockten. »Ist sonst noch jemandem aufgefallen, dass auf diesem letzten Stück keine Fledermäuse waren? Dieses Stockwerk war sauber.«

»Es gibt Töne, die ein Mensch nicht hören kann«, sagte Silchas Ruin. »Die Luftströme werden hinter den Wänden durch Ventile in Rohre geleitet und erzeugen dabei ein Geräusch, das Fledermäusen, Insekten, Nagetieren und ähnlichem Getier unangenehm ist. Die Kurzschwänze waren gut in solchen Dingen.«

»Dann ist es also keine Magie?«, fragte Seren Pedac. »Es gibt hier keine Schutzzauber oder Bannflüche?«

»Nein.«

Udinaas rieb sich das Gesicht. Sein Bart war schmutzig, und in den verfilzten Haaren krabbelte immer wieder etwas. »Findet einfach nur heraus, ob wir auf der richtigen Seite von dem verdammten Fort sind, Freisprecherin.«

»Ich wollte mich nur vergewissern, dass ich nicht irgendeinen alten Schutzzauber verletzte, wenn ich nach draußen gehe, Schuldner, etwas, das wohl schon früher geschehen ist, wenn man sich diese zerbrochenen Felsblöcke ansieht. Es sei denn, du willst selbst da rausrennen.«

»Nein, warum sollte ich das tun?«, fragte Udinaas. »Ruin hat Euch die

Antwort gegeben, um die Ihr gebeten habt, Seren Pedac. Worauf wartet Ihr noch?«

»Vielleicht wartet sie darauf, dass du endlich still bist«, sagte Forcht Sengar. »Aber ich vermute, was das angeht, werden wir alle ewig warten müssen.«

»Dich zu quälen, Forcht, ist meine einzige Freude.«

»Das ist aber ein trauriges Eingeständnis«, murmelte Seren Pedac, und dann schob sie sich vorwärts, über umgestürzte Felsen hinweg und verschwand in der Nacht.

Udinaas nahm sein Bündel ab und setzte sich auf den mit dürrem Laub übersäten Fußboden. Die verdorrten Blätter knisterten. Er lehnte sich gegen eine schräge Felsplatte und streckte die Beine aus.

Forcht begab sich ganz vorn an die Tunnelmündung und kauerte sich dort nieder.

Kessel streunte herum und verschwand leise vor sich hin summend in einem der nahegelegenen Zimmer.

Silchas Ruin stand da und betrachtete Udinaas. »Ich bin neugierig«, sagte er nach einer Weile. »Was verleiht deinem Leben einen Sinn, Letherii?«

»Das ist merkwürdig. Das Gleiche habe ich mich bei Euch auch gerade gefragt, Tiste Andii.«

»Tatsächlich.«

»Warum sollte ich lügen?«

»Warum nicht?«

»Na schön«, sagte Udinaas. »Da ist was dran.«

»Dann willst du meine Frage also nicht beantworten?«

»Zuerst Ihr.«

»Ich verberge nicht, was mich antreibt.«

»Rache? Nun, ich nehme an, das reicht als Beweggrund – zumindest für ein Weilchen, und vielleicht seid Ihr ja auch nur an einem Weilchen interessiert. Aber lasst uns ehrlich zueinander sein, Silchas Ruin: Als alleiniger Daseinszweck ist es ein armseliger, erbärmlicher Grund.«

»Wohingegen du behauptest, du würdest existieren, um Forcht Sengar zu quälen.«

»Oh, das schafft er auch ganz von allein.« Udinaas zuckte die Schultern. »Das Problem mit solchen Fragen ist, dass wir die Bedeutung dessen, was wir tun, nur selten erkennen, *während* wir es tun – sondern erst, wenn wir es längst getan haben. In diesem Augenblick haben wir plötzlich nicht nur einen, sondern tausend … Gründe, Entschuldigungen, Rechtfertigungen, von Herzen kommende Einwände. Ihr fragt nach dem Sinn? Also wirklich, Silchas Ruin, fragt mich etwas Interessantes.«

»Also gut. Ich denke darüber nach, unsere Verfolger herauszufordern – Schluss mit diesen unnötigen Täuschungen. Das alles beleidigt meine Natur, um die Wahrheit zu sagen.«

In der Tunnelmündung drehte Forcht sich um, blickte den Tiste Andii an. »Ihr werdet ein Hornissennest aufschrecken, Silchas Ruin. Schlimmer noch – wenn hinter Rhulads Macht tatsächlich dieser gefallene Gott steckt, könnte Euch ein Schicksal ereilen, das weit schrecklicher ist, als Jahrtausende in der Erde begraben zu sein.«

»Forcht verwandelt sich vor Euren Augen in einen Ältesten«, sagte Udinaas. »Lässt sich von Schatten erschrecken. Ihr wollt Euch mit Rhulad, Hannan Mosag und den K'risnan anlegen, Silchas Ruin? Meinen Segen habt Ihr. Packt den Abtrünnigen an der Kehle, und reißt dieses ganze Imperium in Stücke. Verwandelt alles in Staub und Asche. Ebnet den ganzen verdammten Kontinent ein, Tiste Andii – *wir* werden einfach hier in dieser Höhle bleiben. Kommt, und holt uns ab, wenn Ihr fertig seid.«

Forcht sah Udinaas an und bleckte die Zähne. »Warum sollte er sich die Mühe machen, uns zu verschonen?«

»Ich weiß es nicht«, antwortete der ehemalige Sklave. Er zog eine Augenbraue hoch. »Vielleicht aus Mitleid?«

Kessel, die im Türrahmen von einem der Nebenzimmer stand, sagte plötzlich: »Warum mag keiner von euch den anderen? Ich mag euch alle. Sogar Verblichener.«

»Es ist schon in Ordnung«, sagte Udinaas. »Uns quält nur alle, wer wir sind, Kessel.«

Nach diesen Worten sagte niemand mehr etwas.

Seren Pedac erreichte den Waldrand, bewegte sich die ganze Zeit geduckt, um nicht über die verkrüppelten Bäume hinauszuragen. In dieser Höhe war die Luft dünn und kalt. Die Sterne am Himmel waren hell und klar, und die von Staubwolken verschleierte Mondsichel stand tief über dem nördlichen Horizont. Überall um sie herum huschte etwas durch Laubhaufen und Flechten – eine Art schuppiger Mäuse beherrschte nachts den Waldboden. Es waren Wesen, die sie noch nie zuvor gesehen hatte. Sie wirkten ungewöhnlich furchtlos, so sehr, dass ihr schon mehr als eine über den Stiefel gehuscht war. Wahrscheinlich keine Raubtiere. Trotzdem war ihr Verhalten seltsam.

Vor ihr erstreckte sich eine sanft geneigte Lichtung sechzig oder mehr Schritt, die an einem von tiefen Wagenspuren durchzogenen Weg endete. Dahinter lag eine ebene Fläche aus scharfkantigen, spitzen Steinen, die locker genug waren, um tückisch zu sein. Das Fort, das in der Mitte dieser Geröllmulde kauerte, hatte steinerne Mauern von doppelter Mannshöhe, die am Fuß dick waren und sich nach oben stark verjüngten. Die Ecktürme waren wuchtig, rechteckig mit flachen Dächern, die als als Plattformen für schwenkbare Ballisten dienten. Seren konnte zusammengekauerte Gestalten um das Geschütz herum ausmachen, das ihr am nächsten war, und außerdem die Schultern und Köpfe von anderen Soldaten, die auf der erhöhten Plattform auf der gegenüberliegenden Seite der Mauer auf und ab gingen.

Während sie die Befestigungsanlagen musterte, hörte sie ein leises Klirren und Rasseln zu ihrer Linken. Waffen und Rüstungen. Sie schreckte zurück, als eine Patrouille auf dem aufgewühlten Weg auftauchte. Reglos und mit angehaltenem Atem beobachtete sie, wie sie vorbeitrotteten.

Nach weiteren zwanzig Herzschlägen drehte sie sich um und ging durch den Wald aus verkrüppelten Bäumen zurück. Beinahe wäre sie an der Mündung der Höhle vorbeigelaufen, die von dieser Seite kaum mehr als ein schwarzer Schlitz war, verborgen hinter hohen Farnen unterhalb eines schroffen Überhangs aus schrägem, geschichtetem Granit. Als sie sich durch die Pflanzen schob, stolperte sie gegen Forcht Sengar.

»Tut mir leid«, flüsterte er. »Wir haben schon angefangen, uns Sorgen zu machen … oder zumindest ich habe angefangen …«

Sie winkte ihm, ihr in die Höhle zu folgen.

»Gute Neuigkeiten«, sagte sie, sobald sie im Innern waren. »Wir sind hinter der Garnison – der Pass vor uns sollte so gut wie unbewacht sein …«

»Ein Stück weiter vorn auf dem Weg wirken Schutzzauber der K'risnan«, unterbrach Silchas Ruin sie. »Erzähl mir von der Garnison, Freisprecherin.«

Seren schloss die Augen. *Schutzzauber? Hol uns der Abtrünnige – was für ein Spiel spielt Hannan Mosag hier?* »Es gibt Pferde im Fort – ich konnte sie riechen. Sobald wir die Schutzzauber auslösen, werden sie hinter uns her sein. Und wir können nicht vor berittenen Soldaten weglaufen.«

»Die Garnison«, sagte Silchas Ruin.

Sie zuckte die Schultern. »Das Fort sieht uneinnehmbar aus. Ich schätze, dort sind zwischen hundert und zweihundert Soldaten. Und wo so viele Soldaten sind, muss es auch Magier geben. Und zwei Dutzend oder mehr Tiste Edur.«

»Silchas Ruin ist es müde, gejagt zu werden«, sagte Udinaas, der immer noch auf dem Boden saß und sich an ein schräges Stück Felswand lehnte.

Seine Worte machten Seren Pedac Angst. »Silchas, können wir diese Schutzzauber nicht umgehen?«

»Nein.«

Sie blickte zu Forcht Sengar hinüber, fand Misstrauen und Unbehagen in seinem Gesicht, aber er sah ihr nicht in die Augen. *Was für ein Gespräch habe ich hier gerade verpasst?* »Zauberei ist Euch nicht fremd, Silchas Ruin. Könntet Ihr nicht dafür sorgen, dass alle im Fort einschlafen oder so was? Oder ihre Gedanken trüben, sie verwirren?«

Er sah sie auf merkwürdige Weise an. »Ich kenne keine Zauberei, die so etwas bewirken könnte.«

»Mockra«, erwiderte sie. »Das Mockra-Gewirr.«

»Zu meiner Zeit hat es so etwas nicht gegeben«, sagte er. »Die Zauberei der K'risnan ist zwar von Chaos durchzogen, aber sie erscheint mir bekannt. Von diesem Mockra hingegen habe ich noch nie gehört.«

»Corlo, der Magier, der bei Eisenhart war – die Söldner der Karmesingarde –, er konnte den Geist anderer Menschen erreichen und falsches Entsetzen in ihm aufsteigen lassen.« Sie zuckte die Schultern. »Er sagte, die Magie der Festen und Älteren Gewirre wäre fast überall sonst verdrängt worden.«

»Ich hatte mich schon über die scheinbare Schwäche von Kurald Galain in diesem Land gewundert. Freisprecherin, das, worum du mich bittest, kann ich nicht vollbringen. Trotzdem habe ich vor, alle, die sich im Fort befinden, zum Schweigen zu bringen. Und ich werde uns ein paar Pferde besorgen.«

»Silchas, in dem Fort sind Hunderte von Letherii, und zwar nicht nur Soldaten. Ein Fort braucht Bedienstete. Köche, Küchenjungen, Schmiede, Zimmerleute, Diener …«

»Und die Tiste Edur werden Sklaven haben«, fügte Forcht hinzu.

»Das alles interessiert mich nicht«, sagte der Tiste Andii, schob sich an Seren vorbei und verließ die Höhle.

Udinaas lachte leise. »Der Rote Ruin sucht das Land heim. Wir sollten uns diese Geschichte von rechtschaffener, aber auf schrecklich Weise auf Abwege geratener Vergeltung zu Herzen nehmen. Also, Forcht Sengar, deine heldenhafte Queste läuft irgendwie schief – was wirst du deinen Enkeln jetzt erzählen?«

Der Edur-Krieger sagte nichts.

Seren Pedac zögerte; sie konnte Silchas Ruin weggehen hören – ein paar Schritte auf dem dürren Laub – und dann war er fort. Sie hätte hinter ihm herrennen können. Hätte ein letztes Mal versuchen können, ihn von seinem Vorhaben abzubringen. Aber sie rührte sich nicht von der Stelle. Und nun war das einzige Geräusch, das den noch Wald erfüllte, das Rascheln und Scharren der schuppigen Mäuse, die anscheinend zu Tausenden unterwegs waren und alle in die gleiche Richtung wie der Tiste Andii strömten. Schweiß prickelte wie Eis auf ihrer Stirn. *Schau uns an. Erstarrt wie Kaninchen.*

Aber was kann ich schon tun? Nichts. Außerdem geht es mich nichts an, oder? Ich bin nichts weiter als eine bessere Führerin. Keiner der Anwesenden verfolgt ein Ziel, das für mich irgendeine Bedeutung hat. Sollen sie sich doch ihrem übergroßen Ehrgeiz hingeben. Ich wurde nur gebeten, sie aus der Stadt zu bringen. Das ist alles.

Dies ist Silchas Ruins Krieg. Und der von Forcht Sengar. Sie sah zu Udinaas hinüber und stellte fest, dass er sie mit glitzernden Augen musterte, als wüsste er nur allzu gut über ihre Gedanken Bescheid, über ihre schäbigen Überlegungen, die alle zu einem einzigen, erbärmlichen Ergebnis führten. *Es geht mich nichts an. Hol dich der Abtrünnige, Schuldner.*

Ventrala, der verstümmelte und missgestaltete K'risnan, hob einen dürren, an eine Wurzel erinnernden Unterarm und wischte sich den Schweiß von der Stirn. Um ihn herum flackerten Kerzen, eine verzweifelte Einladung an Schwester Schatten, aber es schien, als würde der Ring aus Dunkelheit in dem kleinen Zimmer sich immer enger zusammenziehen, unerbittlich wie die Gezeiten.

Vor einem halben Glockenschlag war er mit klopfendem Herzen und nach Luft schnappend aufgewacht. Im Wald nördlich des Forts wimmelte es von Orthen, felsenbewohnenden, schuppigen Kreaturen, die es nur auf diesem Pass gab; seit er im Fort angekommen war, hatte er vielleicht ein halbes Dutzend dieser Tiere gesehen, die von den Mähnenkatzen – Haustieren der hier lebenden Letherii – angeschleppt worden waren. Die Katzen wussten genau, warum sie gar nicht erst den Versuch machten, die Orthen zu fressen – weil sie nämlich giftig waren –, aber das hinderte sie nicht daran, mit ihnen zu spielen, bis sie tot waren. Orthen mieden den Wald und weichen Untergrund. Sie lebten zwischen Felsen. Doch jetzt schwärmten sie über den Waldboden, und der K'risnan konnte in ihrer Anwesenheit etwas spüren – eine Unruhe, die nach Blutdurst schmeckte.

Sollte er sich hier in diesem Raum zusammenkauern, erschreckt von Kreaturen, die er unter seiner Fußsohle zermalmen konnte? Er musste seine unziemliche Panik meistern – musste lauschen! Von den Wachposten des Forts war nichts zu hören. Es gab keine Alarmrufe.

Aber die verdammten Orthen bedeckten den Waldboden bis hinauf zum Pass, sammelten sich in unvorstellbar großer Zahl und strömten in einer schrecklichen, schuppigen Flut herab. Ventralas Panik wuchs, drohte, sich in Schreien Bahn zu brechen. Er versuchte verzweifelt, ruhig nachzudenken.

Vielleicht war es ja irgendeine Art von Wanderung, die nur einmal alle zehn Jahre vorkam. Oder sogar nur einmal alle hundert Jahre. Ein formloser Hunger. Das und nichts weiter. Die Kreaturen würden gegen die Mauern branden, und um das Fort herum würde es einige Zeit lang von ihnen wimmeln, aber bevor die Morgendämmerung anbrach, würden sie wieder weg sein. Oder sie würden einfach um das Fort herumströmen, nur um von den zahllosen Simsen und Klippen beiderseits des Zugangs zu stürzen. Manche Lebewesen wurden in den Selbstmord getrieben – ja, das war es …

Schlagartig wallte der Blutdurst auf. Der Kopf des K'risnan wurde zurückgeworfen, als wäre er geschlagen worden. Eisige Schauer jagten durch ihn hindurch. Er hörte sich brabbeln, während er gleichzeitig die Zauberei in seinem Innern aufweckte – und zuckte zusammen, als die Macht des Chaos sich wie Gift in seinen Muskeln und Knochen ausbreitete. Schwester Schatten hatte nichts mit der Magie zu tun, die ihn durchwogte – überhaupt nichts –, aber er war längst über jenen Punkt hinaus, an dem er sich darüber noch Sorgen gemacht hätte.

Und dann, als die Wachposten auf der Mauer Rufe ausstießen, spürte Ventrala, der K'risnan, dass da draußen im Wald noch etwas anderes war, etwas, in dem sich der Blutdurst konzentrierte, ein Wesen – und es hatte sich auf den Weg gemacht.

Atri-Preda Hayenar wurde von fernen Schreien geweckt. Alarmrufe – von der Mauer, die dem zum Pass hinaufführenden Weg zugewandt war. Und das ergab nun überhaupt keinen Sinn, wie ihr klar wurde, während sie rasch in ihre Uniform schlüpfte. Andererseits ergab dieser ganze verdammte Auftrag eigentlich keinen Sinn. Verfolgen, hatte man zu ihr gesagt, aber jeden direkten Kontakt vermeiden. Und jetzt war einer von diesen abscheulichen K'risnan eingetroffen, begleitet von fünfundzwanzig Kriegern der Merude. Nun, wenn sich wirklich Ärger zusammenbrauen sollte, würde sie dafür sorgen, dass der K'risnan und die Merude sich der Sache annahmen.

Schließlich wollten *sie* die verdammten Flüchtlinge haben. Sollten sie doch, und dazu noch den Segen des Abtrünnigen.

Einen Augenblick später wurde sie zu Boden geschleudert, als ein ohrenbetäubendes Dröhnen das Fort erschütterte.

Ventrala schrie auf, schlitterte über den Fußboden und krachte gegen die Wand, als eine gewaltige Woge kalter Macht über ihn hinwegschwappte und an ihm zerrte, wie eine Krähe an einem verfaulenden Leichnam. Seine eigene Zauberei war zurückgeschreckt, hatte sich zu einem zitternden Klumpen tief in seiner Brust zusammengezogen – sie hatte tastende Fühler nach dem ausgestreckt, was sich da näherte, hatte sie so lange ausgestreckt, bis es zum Kontakt gekommen war. Und dann war Ventrala – mitsamt all der in seinem Innern brodelnden Macht – *zurückgeschlagen* worden.

Augenblicke später explodierte die Mauer des Forts.

Die Atri-Preda stolperte aus dem Hauptgebäude und fand den Innenhof vollkommen verwüstet vor. Zwischen den beiden der Passhöhe zugewandten Ecktürmen war eine Bresche in die Mauer geschlagen worden, und der Aufprall war so heftig gewesen, dass große Steine und Teile des Mauerwerks auf den Appellplatz geschleudert worden waren. Und die Felsbrocken brannten – mit einem schwarzen, knisternden Funkeln, das den Stein zu verzehren schien, während es wild aufflammte und über das Geröll hinwegraste.

Zerschmetterte Körper lagen in dem Durcheinander, und in den Ställen – dort, wo sich die Rückwand des Gebäudes bedenklich nach innen neigte – wieherten die Pferde so schrill, als würden sie bei lebendigem Leib verschlungen. Überall trippelten unzählige Orthen herum, stürzten sich auf gefallene Soldaten, und dort, wo sie sich versammelten, fraßen sie sich durch die Haut – und dann gruben sich die kleinen schuppigen Kreaturen wie wahnsinnig in zermalmtes Fleisch.

In der von Staubwolken verhangenen Bresche tauchte eine große Gestalt mit zwei blank gezogenen Schwertern in den Händen auf.

Weißhäutig, mit roten Augen.

Hol mich der Abtrünnige – die Weiße Krähe … Er mag nicht mehr weglaufen.

Sie sah ein Dutzend Tiste Edur unweit der Soldatenunterkünfte auftauchen. Schwere Wurfspeere, die den grässlichen Krieger zum Ziel hatten, flogen über den Innenhof.

Er schlug sie alle beiseite, einen nach dem anderen, und jedesmal, wenn eine Klinge gegen einen Speerschaft prallte, sangen die Schwerter, bis es klang, als wäre die Luft von einem Chor tödlicher Stimmen erfüllt.

Dann entdeckte Hayenar knapp zwei Dutzend ihrer Soldaten, die auf den Innenhof gestürmt kamen, und stolperte auf sie zu. »Rückzug!«, rief sie und winkte wie verrückt. »Zieht euch zurück, ihr verdammten Idioten!«

Es schien, als hätten sie nur auf diesen Befehl gewartet, denn die ganze Einheit verwandelte sich schlagartig in einen wilden Haufen, der in Richtung des unteren Tores rannte.

Einer der Tiste Edur kam zur Atri-Preda. »*Was macht Ihr denn?*«, wollte er wissen. »Der K'risnan kommt – er wird diese Mücke zerquetschen …«

»Wenn er das tut«, schnaubte sie und wich langsam zurück, »werden wir uns liebend gern neu formieren!«

Der Edur zog seinen Säbel. »Ruft sie zum Kampf, Atri-Preda – oder ich werde Euch auf der Stelle niederschlagen.«

Sie zögerte.

Rechts von ihnen waren die anderen Tiste Edur vorgestürmt und griffen die Weiße Krähe an.

Die Schwerter heulten, ein Geräusch, so voller Freude, dass Haynenar das Blut gefror. Sie schüttelte den Kopf und schaute zu – genau wie der Krieger, der vor ihr stand –, wie die Weiße Krähe sich den Weg durch die Merude bahnte, umgeben von einem Mahlstrom aus abgetrennten Gliedmaßen und Köpfen, herumfliegenden Eingeweiden und Körpern.

»… Eure Letherii! Greift ihn an, verdammt!«

Sie starrte den Edur-Krieger an. »Wo ist Euer K'risnan?«, wollte sie wissen. *»Wo ist er?«*

Ventrala kroch in die Zimmerecke, die am weitesten von der magischen Feuersbrunst dort draußen entfernt war. Speichelfäden troffen von seinem Mund, aus dem unaufhörlich sinnlose Worte strömten. Seine Macht war geflohen. Hatte ihn im Stich gelassen, hier, in diesem verfluchten Zimmer. Das war nicht in Ordnung. Er hatte alles getan, was von ihm verlangt worden war. Er hatte sein Fleisch und sein Blut übergeben, sein Herz und seine Knochen – er hatte alles Hannan Mosag übergeben.

Ihm war ein Versprechen gemacht worden, ein Versprechen, dass er erlöst, dass er für seine Loyalität reich belohnt werden würde – wenn der verhasste jüngste Sohn von Tomad Sengar erst einmal vom Thron gefegt worden war. Sie sollten Forcht Sengar, den Verräter, verfolgen, und wenn sich das Netz schließlich um ihn schließen würde, würde es nicht Rhulad sein, der voller Befriedigung lächelte. Nein, Rhulad, dieser Narr, wusste von alledem hier nichts. Dies war das Spiel von Hannan Mosag, dem Hexenkönig, dem man den Thron geraubt hatte. Und Hannan war es auch, der Rache nehmen würde – wenn Forcht Sengar erst einmal in seinen Händen war. Forcht – und Udinaas, der Sklave.

Der Imperator musste jeder Unterstützung beraubt werden, sämtliche vertrauten Gesichter mussten zu Masken des Verrats verzerrt werden, ja, er musste aller Dinge beraubt werden, bis er schließlich ganz allein war. Allein in seinem Wahnsinn.

Erst dann …

Ventrala, der sich wie ein Embryo zusammengerollt hatte, erstarrte, als ein leises Lachen an sein Ohr drang … *das aus diesem Zimmer kam!*

»Armer K'risnan«, hörte er dann eine leise Stimme. »Du konntest dir einfach nicht vorstellen, dass dieser bleiche König der Orthen, dieser Krieger, der über Schlachtfelder schreitet, sich gegen dich wenden könnte. Sein Pfad ist ein Fluss aus Blut, du armseliger Narr, und … oh! Sieh nur! Seine Geduld, seine Nachsichtigkeit – *sie sind dahin!*«

Ein Gespenst war hier, bei ihm, und flüsterte ihm wahnsinnige Dinge zu. »Fort mit dir«, zischte er, »oder du wirst das gleiche Schicksal erleiden wie ich! Ich habe dich nicht beschworen …«

»Nein, das hast du nicht. Die Ketten, die mich an die Tiste Edur gebunden haben, sind zertrennt worden. Von dem da draußen. Ja, ich gehöre ihm, nicht dir, verstehst du? Ich gehöre der Weißen Krähe – ha, da haben die Letherii mich überrascht –, aber es waren die Mäuse, K'risnan … das scheint jetzt schon ein Leben lang her zu sein. In dem Wald nördlich von Hannan Mosags Dorf. Und eine Erscheinung – aber leider begreift es niemand, *achtet* niemand darauf. Aber das ist ja wohl nicht mein Fehler, oder?«

»Geh weg …«

»Ich kann nicht. Oder genauer, ich will nicht. Kannst du es hören? Da draußen? Jetzt ist alles still. Unglücklicherweise sind die meisten Letherii entkommen. Sind mitsamt ihrem Hauptmann wie betrunkene Ziegen die Stufen hinuntergestürzt – ja, dieser Hauptmann war kein Narr. Was deine Merude angeht, nun, die sind alle tot. Aber … horch! Schritte auf dem Gang – er kommt!«

Und auf einmal wich das Entsetzen. Es war ja auch sinnlos, nicht wahr? Und immerhin würde er endlich aus diesem schmerzgeplagten, verzerrten Gefängnis erlöst werden, zu dem sein Körper geworden war. Als erinnerte er sich der Würde, die er einmal besessen hatte, begann der Körper sich nun zu bewegen, erhob er sich in eine sitzende Position, schob sich mit dem Rücken in die Ecke – er schien einen eigenen Willen bekommen zu haben, unabhängig von Ventrala, von dem Verstand und der Seele, die sich an diesem Namen festhielt, an dieser armseligen Identität. Hannan Mosag hatte einst gesagt, dass die Macht des Gefallenen Gottes sich von all dem nährte, was in der eigenen Seele – die sich wiederum in Fleisch und Knochen manifestierte – befleckt und fehlerhaft war; deshalb musste man lernen, in dieser Macht zu schwelgen, selbst dann, wenn sie das Gefäß der Seele verzerrte und vernichtete.

Mit jener Klarheit, wie sie häufig mit dem unmittelbar bevorstehenden Tod einhergeht, begriff Ventrala plötzlich, dass das alles eine Lüge war. Schmerz musste nicht angenommen werden. Chaos war ein Fluch für den Körper eines Sterblichen. Es vernichtete ihn, weil es nicht dorthin gehörte. Selbstzerstörung barg keine Erhebung.

Stimmen hallten durch seinen Schädel, ein Chor, der immer lauter wurde. *Die Schwerter ...*

Ein leises, schlurfendes Geräusch auf dem Korridor, dann schwang die Tür quietschend auf.

Orthen strömten herein, wogten wie grauer Schaum in der körnigen Dunkelheit heran. Einen Augenblick später erschien die Weiße Krähe. Der Gesang der beiden Schwerter erfüllte das Zimmer.

Rote, funkelnde Augen richteten sich auf Ventrala.

Dann schob der Tiste Andii die Waffen in die Scheiden und dämpfte das klagende Lied. »Erzähl mir von dem, der sich anmaßt, mich zu erzürnen.«

Ventrala blinzelte, schüttelte den Kopf. »Ihr glaubt, der Verkrüppelte Gott ist daran interessiert, Euch herauszufordern, Silchas Ruin? Nein, diese ... Beleidigung ... ist das Werk von Hannan Mosag – von ihm ganz allein. Das ist mir mittlerweile klar geworden. Deswegen ist meine Macht fort. Geflohen. Der Verkrüppelte Gott ist für Euresgleichen noch nicht bereit.«

Der weißhäutige Mann stand einige Zeit schweigend und vollkommen reglos da. Dann sagte er: »Wenn dieser Hannan Mosag meinen Namen kennt, dann weiß er auch, dass ich einen Grund habe, mich gekränkt zu fühlen. Durch ihn. Durch alle Tiste Edur, die den Lohn von Scabandaris Verrat geerbt haben. Und doch fordert er mich heraus.«

»Vielleicht«, sagte Ventrala, »dachte Hannan Mosag, der Verkrüppelte Gott würde sich an Zwietracht uneingeschränkt erfreuen.«

Silchas Ruin neigte den Kopf. »Wie heißt du, K'risnan?«

Ventrala sagte es ihm.

»Ich werde dich am Leben lassen«, sagte der Tiste Andii, »damit du Hannan Mosag meine Worte übermitteln kannst. Der Azath hat mich mit Visionen geplagt, mit seinen eigenen Erinnerungen, und so bin ich Zeuge vieler Ereignisse geworden – auf dieser Welt und auf anderen. Sag Hannan Mosag Folgendes: Ein von Schmerz erfüllter Gott ist nicht das Gleiche wie ein Gott, der vom Bösen besessen ist. Die Besessenheit deines Hexenkönigs kommt ganz allein aus ihm selbst. Es sieht leider ganz so aus, als wäre er … verwirrt. Deshalb bin ich heute Nacht barmherzig … aber nur heute Nacht. Sollte er sich auch in Zukunft wieder einmischen, wird er das ganze Ausmaß meines Missfallens zu spüren bekommen.«

»Ich werde Eure Worte genauestens übermitteln, Silchas Ruin.«

»Du solltest dir einen besseren Gott suchen, um ihm zu huldigen, Ventrala. Gequälte Seelen mögen Gesellschaft – selbst die eines Gottes.« Er schwieg kurz und fuhr dann fort: »Andererseits sind es vielleicht gerade solche wie du, die den Verkrüppelten Gott geformt haben. Vielleicht wäre er ohne seine gebrochenen, missgestalteten Gläubigen schon vor langer Zeit geheilt.«

Das Gespenst ließ ein leises, krächzendes Lachen hören.

Silchas Ruin ging zur Tür. »Ich werde ein paar Pferde besorgen«, sagte er, ohne sich umzudrehen.

Augenblicke später glitt das Gespenst hinter ihm her.

Die Orthen, die die ganze Zeit anscheinend ziellos hin und her gehuscht waren, begannen sich aus dem Zimmer zurückzuziehen.

Ventrala war wieder allein. *Ich muss zur Treppe, die Atri-Preda finden – ich brauche eine Eskorte, für die Reise zurück nach Letheras. Und dann werde ich mit Hannan Mosag sprechen. Ich werde ihm vom Tod im Pass erzählen. Ich werde ihm von einem Tiste Andii, einem Wechselgänger, erzählen, der auf seinem Rücken zwei Stichwunden trägt. Wunden, die nicht heilen wollen. Dennoch ist er … nachsichtig.*

Silchas Ruin weiß mehr über den Verkrüppelten Gott als jeder von uns – mit Ausnahme von Rhulad vielleicht. Aber er hasst nicht. Nein, er verspürt Mitleid.

Mitleid. Sogar mit mir.

Seren Pedac hörte die Pferde als Erste, hörte den Hufschlag auf dem von Wald gesäumten Pfad. Der Nachthimmel über dem Fort war merkwürdig schwarz, trüb, wie Rauch – aber es war kein Feuerschein zu sehen. Sie hatten den Knall gehört, der mindestens eine Mauer zerstört hatte, und Kessel hatte vor Lachen aufgequietscht, ein groteskes, unheimliches Geräusch. Dann ein paar ferne Schreie, und allzu schnell danach nur noch Stille.

Silchas Ruin tauchte auf, begleitet vom Stöhnen der in ihren Scheiden steckenden Schwerter. Er führte ein Dutzend Pferde am Zügel.

»Und wie viele aus meinem Volk habt Ihr diesmal getötet?«, fragte Forcht Sengar.

»Nur diejenigen, die so dumm waren, sich mir entgegenzustellen«, sagte Silchas Ruin. »Diese Verfolgungsjagd«, fuhr er fort, »ist keine Idee deines Bruders. Der Hexenkönig steckt dahinter. Wir können wohl nicht mehr daran zweifeln, dass er sucht, was auch wir suchen. Und jetzt ist die Zeit gekommen, Forcht Sengar, dass wir beide unsere Messer auf den Boden legen. Die Wünsche des Hexenkönigs mögen ja vielleicht den deinen entsprechen, aber ich versichere dir, diese Wünsche sind nicht mit den meinen in Einklang zu bringen.«

Seren Pedac spürte plötzlich einen schweren Klotz im Magen. So etwas hatte sich schon lange abgezeichnet, die Streitfrage, der sie wieder und wieder aus dem Weg gegangen waren, immerzu entschuldigt durch die Forderungen schlichter Zweckmäßigkeit. Forcht Sengar konnte diesen Kampf nicht gewinnen – das wussten sie alle. Hatte er vor, sich Silchas Ruin in den Weg zu stellen? Ein Tiste Edur mehr, der niedergemacht werden musste? »Es gibt keinen zwingenden Grund, dieses Thema ausgerechnet jetzt anzuschneiden«, sagte sie. »Wir sollten einfach auf die Pferde steigen und losreiten.«

»Nein«, sagte Forcht Sengar, den Blick unverwandt auf den Tiste Andii gerichtet. »Bringen wir es hinter uns. Silchas Ruin, in meinem Herzen habe ich mich mit der Tatsache von Scabandaris Verrat abgefunden. Ihr habt ihm vertraut – und habt deswegen auf unvorstellbare Weise gelitten. Aber wie können wir das wiedergutmachen? Wir sind keine Wechselgänger. Wir sind keine Aufgestiegenen. Wir sind einfach nur Tiste Edur, und daher fallen wir wie Schösslinge durch Euch und Eure Schwerter. Sagt mir, wie können wir Euren Durst nach Rache lindern?«

»Das könnt ihr nicht. Und deine Verwandten zu töten ist keine Antwort auf mein Verlangen. Forcht Sengar, du hast von Wiedergutmachung gesprochen. Ist das dein Wunsch?«

Der Edur-Krieger schwieg ein halbes Dutzend Herzschläge lang. »Scabandari hat uns auf diese Welt gebracht«, sagte er dann.

»Eure Welt lag im Sterben.«

»Ja.«

»Ihr wisst das vielleicht nicht«, sagte Silchas Ruin, »aber Blutauge war zum Teil selbst für das Zerbrechen des Schattens verantwortlich. Doch für mich ist der Verrat, den er vor jenem Verbrechen begangen hat, von weit größerer Bedeutung. Verrat an meinem Verwandten – meinem Bruder Andarist –, dessen Seele danach mit so viel Kummer beladen war, dass es ihn wahnsinnig gemacht hat.« Er neigte langsam den Kopf. »Fandest du es einfältig von mir, mit Scabandari Blutauge ein Bündnis zu schließen?«

Udinaas stieß ein bellendes Lachen aus. »Immerhin wart Ihr so einfältig, ihm den Rücken zuzudrehen.«

Seren Pedac schloss die Augen. *Bitte, Schuldner, halt einfach den Mund. Nur dieses eine Mal.*

»Du sprichst die Wahrheit, Udinaas«, antwortete Silchas Ruin nach einem Moment. »Ich war erschöpft, unachtsam. Ich konnte mir nicht vorstellen, dass er es so … öffentlich tun würde. Doch im Nachhinein betrachtet, musste der Verrat absolut sein – und das hat das Blutbad an meinen Gefolgsleuten mit eingeschlossen.«

»Ihr wolltet Scabandari verraten«, sagte Forcht Sengar, »aber er hat als Erster gehandelt. Also ein wahres Bündnis unter Gleichen.«

»Ich habe schon vermutet, dass du es so sehen würdest«, antwortete der Tiste Andii. »Mach dir eines klar, Forcht Sengar. Ich werde nicht zulassen, dass die Seele Scabandari Blutauges befreit wird. Es gibt bereits genügend tadelnswerte Aufgestiegene auf dieser Welt.«

»Ohne Vater Schatten«, sagte Forcht, »kann ich Rhulad nicht von den Ketten des Verkrüppelten Gottes befreien.«

»Das könntest du auch mit ihm nicht.«

»Ich glaube Euch nicht, Silchas Ruin. Vater Schatten war Euch schließlich ebenbürtig. Und ich glaube nicht, dass der Verkrüppelte Gott Euch ernsthaft jagt. Wenn tatsächlich Hannan Mosag hinter dieser unaufhörlichen Verfolgungsjagd steckt, dann sucht er mich und Udinaas. Nicht Euch. Es wäre sogar möglich, dass der Hexenkönig überhaupt nichts von Euch weiß – davon, wer Ihr seid ... außer, dass Ihr die geheimnisvolle Weiße Krähe seid.«

»Das scheint nicht der Fall zu sein, Forcht Sengar.«

Diese Aussage schien den Tiste Edur zu erschüttern.

Silchas Ruin sprach weiter. »Scabandari Blutauges Körper wurde zerstört. Gegen mich wäre er nun hilflos. Eine Seele ohne Ursprung ist ein verletzliches Ding. Darüberhinaus könnte es sein, dass seine Macht bereits ... benutzt wird.«

»Von wem?«, fragte Forcht. Er flüsterte beinahe.

Der Tiste Andii zuckte die Schultern. »Es hat den Anschein«, sagte er, und es klang beinahe gleichgültig, »als sei deine Suche sinnlos. Das, was du willst, kannst du nicht erreichen. Ich will dir folgendes Angebot machen, Forcht Sengar. An dem Tag, an dem ich mich entschließe, etwas gegen den Verkrüppelten Gott zu unternehmen, wird dein Bruder frei sein, genau wie alle Tiste Edur. Wenn diese Zeit gekommen ist, können wir über Wiedergutmachung sprechen.«

Forcht Sengar starrte Silchas Ruin an, blickte dann kurz zur Seite, zu Seren Pedac. Er holte tief Luft. »Euer Angebot ... beschämt mich. Doch ich kann mir nicht vorstellen, was die Tiste Edur Euch als Gegenleistung für eine solche Befreiung geben könnten.«

»Überlass das mir«, sagte der Tiste Andii.

Seren Pedac seufzte und ging dann zu den Pferden. »Die Dämmerung bricht bald an. Wir sollten mindestens bis heute Mittag reiten. Dann können wir schlafen.« Sie machte eine Pause, sah wieder Silchas Ruin an. »Ihr seid davon überzeugt, dass man uns nicht verfolgen wird?«

»Das bin ich, Freisprecherin.«

»Also haben tatsächlich Schutzzauber auf uns gewartet?«

Der Tiste Andii gab keine Antwort.

Während die Freisprecherin bei einem der Pferde Sattel und Steigbügel so herrichtete, dass Kessel darauf reiten konnte, beobachtete Udinaas das Mädchen; sie hockte nahe beim Waldrand und spielte mit einem Orthen, das keineswegs verzweifelt zu versuchen schien, sich ihrer Aufmerksamkeit zu entziehen. Die Dunkelheit war verschwunden, und im dämmrigen, rasch heller werdenden Licht wirkten die Nebelschwaden silbern.

Verblichener tauchte neben ihm auf, wie ein Stückchen Nacht, das sich weigerte zu verschwinden. »Diese schuppigen Ratten stammen von der Welt der K'Chain Che'Malle, Udinaas. Früher gab es auch größere, die zum Essen gezüchtet wurden, aber sie waren schlau – vielleicht schlauer, als sie hätten sein sollen. Sie haben angefangen, aus ihren Ställen abzuhauen und in den Bergen zu verschwinden. Es heißt, es seien noch immer einige übrig …«

Udinaas gab ein spöttisches Geräusch von sich. »Heißt es das? Hast du dich in Schenken rumgedrückt, Verblichener?«

»Der schreckliche Preis der Vertrautheit – du hast keinen Respekt mehr vor mir, Schuldner. Ein höchst tragischer Irrtum, denn das Wissen, über das ich verfüge …«

»Ist wie ein Fluch der Langeweile«, sagte Udinaas und stand auf. »Schau sie dir an«, fuhr er fort, und nickte in Richtung Kessel. »Sag mir, glaubst du an Unschuld? Ach, was soll's, so sehr interessiert mich deine Meinung gar nicht. Im Großen und Ganzen tu ich's eher nicht. An die Unschuld glauben, meine ich. Trotzdem, was das Kind da betrifft … nun, ich trauere jetzt schon.«

»Warum? Um was?«, wollte Verblichener wissen.

»Um die Unschuld, Gespenst. Wenn wir sie töten.«

Daraufhin schwieg Verblichener untypischerweise.

Udinaas starrte auf den zusammengekauerten Schatten hinunter und sagte höhnisch: »All dein ach so begehrtes Wissen …«

Siebzehn Legenden beschrieben den Krieg gegen die schuppigen Dämonen – die Kechra, wie die Ahl sie nannten; in sechzehn davon ging es um Schlachten, schreckliche Kämpfe, nach denen die Leichen der Krieger überall auf den Ebenen und Hügeln der Ahl'dan verstreut lagen. Es war auch weniger ein richtiger Krieg als vielmehr eine überstürzte Flucht gewesen, zumindest in den ersten Jahren. Die Kechra waren aus dem Westen gekommen, aus Ländern, die eines Tages zum letheriischen Imperium gehören würden, die aber damals, vor unzähligen Jahrhunderten, kaum mehr als verfluchtes Ödland waren – von Fliegen wimmelnde

Sumpfgebiete aus Torf und fauligem Eis. Die Kechra hatten schon früher Schlachten erlebt, waren ein zerrupfter, mitgenommener Haufen, und in einigen Versionen besagter Legenden wurde behauptet, dass die Kechra ihrerseits auf der Flucht gewesen seien – auf der Flucht vor einem gewaltigen, vernichtenden Krieg, der der Grund für ihre eigene Verzweiflung war.

Im Angesicht der drohenden Auslöschung hatten die Ahl gelernt, gegen solche Kreaturen zu kämpfen. Die Flut wurde verlangsamt, wurde aufgehalten – und dann wendete sich das Blatt.

Zumindest verkündeten das die Geschichten in hallenden, triumphierenden Tönen.

Rotmaske wusste es besser, obwohl es Zeiten gab, in denen er sich wünschte, dass dem nicht so wäre. Der Krieg endete, weil die wandernden Kechra die östlichsten Gebiete der Ahl'dan erreichten – und dann weiterzogen. Zugegeben, sie waren von den streitlustigen Vorfahren der Ahl übel zugerichtet worden, doch in Wirklichkeit waren ihnen die Angreifer beinahe gleichgültig gewesen – ein Hindernis auf ihrem Weg –, und der Tod so vieler Artgenossen war nichts weiter als eine weitere Prüfung in einer Geschichte schlimmer, tragischer Prüfungen, seit sie auf diese Welt gekommen waren.

Kechra. K'Chain Che'Malle, die Erstgeborenen der Drachen.

Rotmaske war der Meinung, dass Wissen weder schmackhaft war, noch Kraft gab. Als junger Krieger war seine Welt ein einzelner Knoten im Seil der Ahl gewesen, seine eigene bewusste Bindung an die lange, abgedroschene Geschichte alter Geschlechter. Er war nie auf die Idee gekommen, dass es so viele andere Seile gab, so viele miteinander verknüpfte Fäden; er hatte nie zuvor begriffen, wie gewaltig das Netz der Existenz war, oder wie sehr es sich seit der Nacht des Lebens verknäuelt hatte – seit jenem Augenblick, da alles, was lebte, entstanden war, geboren aus Täuschung und Verrat und dazu verdammt, bis in alle Ewigkeit kämpfen zu müssen.

Und Rotmaske hatte erkannt, was es bedeutete, zu kämpfen – in den überraschten Augen der Rodaras, in der zaghaften Furcht der Myrids; im ungläubigen Blick eines jungen Kriegers, der inmitten von Steinen und vom Wind zerfurchtem Sand starb; im begreifenden Blick einer Frau, die ihr eigenes Leben dem Kind übergab, das sie zwischen ihren Beinen ausstieß. Er hatte Alte gesehen – Menschen und Tiere –, die sich zusammengerollt hatten, um zu sterben; er hatte andere bis zum letzten Atemzug kämpfen gesehen, mit aller Willenskraft, die sie aufbringen konnten. Doch in seinem Herzen konnte er keinen Grund finden, keine Belohnung jenseits des ewig währenden Kampfes erkennen.

Selbst die Geistgötter seines Volkes stritten, schlugen zu und bekriegten einander mit den Waffen des Glaubens, mit Unduldsamkeit und dem süßen, tödlichen Trank namens Hass. Nicht weniger verworren und schäbig als irgendein Sterblicher.

Die Letherii *wollten*, und etwas zu wollen verwandelte sich stets in das moralische Recht, es zu besitzen. Nur Narren glaubten, dass so etwas unblutig abgehen könnte, egal ob es nur Absicht oder ausgeführte Tat war.

Nun, aufgrund der gleichen Beweisführung – mittels der ihr innewohnenden, raubvogelgleich schlagenden Logik – gab es auch ein moralisches Recht, sich ihnen zu widersetzen. Und die sich daraus ergebende Schlacht würde erst dann ein Ende finden, wenn die eine oder andere Seite ausgelöscht war. Oder, was noch wahrscheinlicher war: Beide Seiten waren dazu verdammt, dieses Schicksal zu erleiden. Diese letzte Erkenntnis war eine der Folgen von zu viel Wissen.

Und dennoch würde er weiterkämpfen.

Diese Ebene, durch die er und seine drei jungen Gefolgsleute sich bewegten, hatte einst den Ahl gehört. Bis die Letherii ihre Vorstellung von Eigennutz um das Stehlen von Land und die Verteibung seiner ursprünglichen Bewohner erweitert hatten. Sämtliche Grenzzeichen und Totemsteine waren entfernt worden, die Felsblöcke lagen in Haufen herum; selbst die ringförmigen steinernen Fundamente, auf denen einst die Hütten aufgebaut worden waren, waren fort. Das Gras war zu tief abgeweidet worden, und hier und da gab es ein paar Stellen, an denen ein langer, rechteckiger Streifen Land umgebrochen worden war, weil man dort Getreide anbauen wollte; dicht daneben waren Zaunpfosten gestapelt. Aber Rotmaske wusste, dass dieser Ackerboden nicht gut war, dass er – mit Ausnahme des Bodens in den alten Flusstälern – schnell erschöpft war. Die Letherii würden vielleicht ein oder zwei Generationen hinbekommen, ehe die oberste Schicht Mutterboden davongeweht wurde. Er hatte die Ergebnisse östlich der Ödlande – im fernen Kolanse – zu Gesicht bekommen:

eine ganze Zivilisation, die am Rande des Hungertods dahintaumelte, während die Wüste sich wie eine Seuche ausbreitete.

Der Mond stand bereits hoch am sternengesprenkelten Nachthimmel, als sie sich der Rodara-Herde näherten. Es hatte wenig Sinn, es mit Myrids zu versuchen – die Tiere waren nicht in der Lage, über größere Entfernungen schnell zu laufen –, aber als sie sich noch näher heranschoben, konnte Rotmaske sehen, wie groß diese Rodara-Herde tatsächlich war. Sie mochte zwanzigtausend Köpfe zählen, vielleicht sogar mehr.

Auf einer Hügelkuppe im Norden befand sich ein großes Viehtreiberlager, von Kochfeuern erhellt. Zwei feste Gebäude – aus Baumstämmen erbaute Blockhütten mit grasbepflanzten Dächern – gewährten Aussicht auf das schmale Tal und die Herden. Sie gehörten, wie Rotmaske wusste, dem Vorarbeiter des Repräsentanten und bildeten die Keimzelle für die richtige Siedlung, die hier im Entstehen begriffen war.

Rotmaske, der am Rande einer Wasserrinne im Gras des Talhangs kauerte – links neben ihm die drei jungen Krieger – beobachtete die Letherii weitere zwanzig Herzschläge lang; dann winkte er Masarch und den anderen beiden zu, ihm hinunter in die Wasserrinne zu folgen.

»Das ist Wahnsinn«, flüsterte der Krieger namens Theven. »In dem Lager da drüben müssen mindestens hundert Letherii sein – und was ist mit den Schäfern und ihren Hunden? Wenn der Wind sich dreht ...«

»Still«, sagte Rotmaske. »Überlasst die Hunde und die Schäfer mir. Und was das Lager angeht – nun, sie werden bald genug zu tun haben. Geht zurück zu den Pferden, steigt auf und haltet euch bereit, seitlich an der Herde entlangzureiten und sie zu treiben, wenn sie kommt.«

Im fahlen Mondlicht wirkte Masarchs Gesicht angespannt, und in seinen Augen stand ein wilder Ausdruck – er hatte sich in seiner Todesnacht nicht gut geschlagen, aber bis jetzt wirkte er mehr oder weniger geistig gesund. Rotmaske vermutete, dass sowohl Theven wie auch Kraysos Bleddenkraut in ihre Särge geschmuggelt und die Blätter gekaut hatten, um die Gefühle abzustumpfen und nicht unter Panikattacken und Krämpfen leiden zu müssen. Vielleicht war das auch in Ordnung so. Aber Masarch hatte kein Bleddenkraut gehabt. Und wie bei allen Völkern, die in der offenen Steppe lebten, war Enge schlimmer als der Tod, schlimmer als alles, was man sich vorstellen konnte.

Doch dieser schmerzhafte Übergang ins Erwachsenenleben hatte einen Wert, es war eine Wiedergeburt, die damit begann, sich mit sich selbst auseinanderzusetzen, mit den eigenen dämonischen Heimsuchungen, die eine nach der anderen unerbittlich herankamen und sich nicht abweisen ließen. Die Narben, die dieser Übergang zurückließ, konnten einem Krieger dabei helfen, die Wahrheit über Vorstellungen zu erkennen – dass sie eine Waffe waren, derer sich der Verstand zwar auf Schritt und Tritt bediente, die jedoch für denjenigen, der sie einsetzte, ebenso tödlich war wie für ihre heraufbeschworenen Gegner. Weisheit stellte sich ein, wenn die Gewandtheit im Umgang mit dieser Waffe wuchs – *wir schlagen alle Schlachten mit unseren Vorstellungen: die in unserem Innern, und die draußen in der Welt. Dies ist der wahre Kern des Befehlens, und ein Krieger muss lernen, zu befehlen – sich selbst und anderen.* Es war möglich, dass Soldaten – etwa die der Letherii – etwas Ähnliches erlebten, wenn sie einen bestimmten Rang erreichten, aber dessen sicher war sich Rotmaske nicht.

Als er sich umblickte, sah er, dass seine Gefolgsleute in der Dunkelheit verschwunden waren. Er schätzte, dass sie inzwischen bei ihren Pferden waren. Wo sie mit zugeschnürter Kehle rasch und flach atmend warten würden. Beim kleinsten Geräusch zusammenzuckten, mit schweißnassen Händen die Zügel und Waffen fester packten.

Rotmaske gab ein leises Brummen von sich, und der Zughund, der auf dem Bauch lag, schob sich näher. Er legte dem Tier kurz eine Hand auf den dicht bepelzten Nacken, zog sie dann wieder weg. Einen Augenblick später machten die beiden sich Seite an Seite tief geduckt in Richtung der Rodara-Herde auf.

Abasard schritt langsam am Rand der schlafenden Herde entlang, um munter zu bleiben. Seine beiden Lieblingshunde trotteten hinter ihm her. Als Schuldner in Drene geboren und aufgewachsen, hatte sich der Sechzehnjährige eine solche Welt niemals vorstellen können: den riesengroßen Himmel – sich ausbreitende Dunkelheit und zahllose Sterne in der Nacht, gewaltig und unermesslich am Tag; die Art und Weise, wie das Land sich über unglaubliche Entfernungen erstreckte, so dass er manchmal hätte schwören können, eine Krümmung der Welt zu sehen, als wäre sie nichts weiter als eine Insel im Meer des Abgrunds. Und so viel Leben, im Gras, am Himmel. Im Frühling erblühten winzige Blumen auf allen Hügeln, während in den Tälern Beeren reiften. Bis zu jenem Tag, da seine Familie den Vorarbeiter des Repräsentanten begleitet hatte, hatte er sein ganzes Leben mit seinem Vater und seiner Mutter, seinen Brüdern und Schwestern, seiner Großmutter und zwei Tanten verbracht – alle zusammengepfercht in einem Haus, das kaum mehr als eine Hütte war, und mit Blick auf eine dreckige, nach Urin stinkende Gasse. Bei den Tieren, die er aus seiner Jugend kannte, handelte es sich um Ratten, blauäugige Mäuse, Meers, Kakerlaken, Skorpione und Silberfischchen.

Aber hier, an diesem außergewöhnlichen Ort, hatte er ein neues Leben entdeckt. Winde, die nicht nach Verwesung und Abfall stanken. Und hier war Platz, so viel Platz. Er hatte mit eigenen Augen gesehen, wie die Mitglieder seiner Familie wieder gesund geworden waren – seine zerbrechliche kleine Schwester war nun drahtig und von der Sonne gebräunt, und immerzu fröhlich; der Husten seiner Großmutter war praktisch verschwunden; sein Vater stand jetzt aufrechter, musste sich nicht mehr unter den niedrigen Decken von Hütten und Werkstätten bücken. Erst gestern hatte Abasard ihn zum allerersten Mal lachen gehört.

Vielleicht – wagte sich der Junge an einen ungewohnten Gedanken – gab es ja sogar eine Möglichkeit, sich aus dem Schuldnerdasein herauszuarbeiten, wenn das Land erst einmal umgebrochen und die Feldfrüchte gepflanzt waren. Plötzlich schien *alles* möglich.

Seine beiden Hunde sprangen an ihm vorbei, verschwanden in der Düsternis vor ihm. Was nicht ungewöhnlich war. Sie hatten Spaß daran, Hasen oder tief fliegende Rhinazan zu jagen. Er hörte einen kurzen Aufruhr im Gras jenseits einer niedrigen Kuppe. Abasard packte seinen Stab fester und beschleunigte seine Schritte – wenn die Hunde einen Hasen erwischt hatten, würde es morgen zusätzliches Fleisch im Eintopf geben.

Als er oben auf der Kuppe angelangt war, blieb er stehen, hielt in der Dunkelheit nach seinen Hunden Ausschau. Sie waren nirgends zu sehen. Abasard runzelte die Stirn. Er stieß einen leisen Pfiff aus, rechnete jeden Augenblick damit, zu hören, wie sie angetrottet kamen. Doch auf seinen Pfiff folgte nur Stille. Verwirrt ließ er sich langsam in die Hocke sinken.

Vor ihm und ein Stück zu seiner Rechten bewegten sich ein paar hundert Rodaras – sie waren jetzt wach und unruhig.

Irgendetwas stimmte nicht. Wölfe? Aber diejenigen, die es hier gegeben hatte, waren von der Reiterei aus Blaurose, die der Vorarbeiter unter Vertrag hatte, schon vor langer Zeit zur Strecke gebracht worden. Sogar die Kojoten waren vertrieben worden, genau wie die Bären.

Abasard kroch vorwärts. Sein Mund war plötzlich trocken, und das Herz hämmerte ihm in der Brust.

Seine freie Hand, die er nach vorne ausgestreckt hielt, berührte weiches, warmes Fell. Einer seiner Hunde, der trotz seiner Berührungen reglos und ohne einen Laut von sich zu geben liegen blieb. Das Fell seitlich an seinem Hals war feucht. Er tastete sich an der Feuchtigkeit entlang, bis seine Finger auf eine klaffende Wunde stießen – dort, wo sich die Kehle des Hundes hätte befinden sollen. Die Ränder der Wunde waren ausgefranst. *Ein Wolf. Oder eine von diesen gestreiften Katzen.* Aber von Letzteren hatte er bisher nur Felle gesehen, und die waren von weit im Süden, aus der Nähe des Königreichs Bolkando gekommen.

Inzwischen wirklich verängstigt, bewegte er sich weiter und fand wenige Augenblicke später seinen zweiten Hund. Diesem war das Genick gebrochen worden. Ihm wurde klar, dass die beiden Hunde zur gleichen Zeit angegriffen worden sein mussten, denn sonst hätte eines der Tiere gebellt.

Ein gebrochenes Genick … aber keine anderen Wunden, keine Speichelreste am Fell.

Die Rodaras bewegten sich erneut ein halbes Dutzend Schritte zu einer Seite, und er konnte ganz am äußersten Rand seines Sichtfelds ausmachen, wie sie die Köpfe auf den langen Hälsen reckten und die Ohren aufstellten. Aber sie machten keine Geräusche, die auf Angst hingedeutet hätten. Also war da kein bedrohlicher Geruch, keine Panik – *jemand hat ihre Aufmerksamkeit erweckt. Jemand, dem zu gehorchen sie gewohnt sind.*

Es war kein Irrtum möglich – die Herde wurde gerade gestohlen. Abasard konnte es nicht glauben. Er drehte sich um, ging den Weg zurück, den er gekommen war. Zwanzig leise Schritte später fing er an zu rennen – zurück zum Lager.

Rotmaskes Peitsche schlängelte sich zischend durch die Luft und legte sich um den Hals des Schäfers – der alte Letherii, der einfach dagestanden und stumm die sich jetzt bewegende Herde angestarrt hatte, war vor dem dunklen Hintergrund gut zu erkennen gewesen. Ein kräftiger Ruck – und der Kopf des Schäfers rollte von seinen Schultern, während der Körper – mit kurz zuckenden Armen – zur Seite fiel.

Das war der letzte von ihnen gewesen, wie Rotmaske wusste, während er sich vorwärts bewegte. Außer einem, der so klug gewesen war zu fliehen, auch wenn ihn das am Ende nicht retten würde. Nun, Eindringlinge setzten sich eben einer gewissen Gefahr aus – schließlich waren sie ebenfalls Diebe, oder? Diebe, die in ihrem unverdienten Reichtum schwelgten, auf Land hockten, das ihnen nicht gehörte, und dabei noch so arrogant waren zu verlangen, dass es sich zu verändern hatte, um ihren Zwecken zu dienen. Das war dasselbe wie auf die Geister in der Erde zu pissen – für diese Art Frechheit und Blasphemie musste man immer bezahlen.

Er schob den letzten Gedanken als unwürdig beiseite. Die Geister konnten auf sich selbst aufpassen, und sie würden sich auf ihre Weise rächen, wenn der rechte Zeitpunkt gekommen war – denn sie waren ebenso geduldig wie unerbittlich. Es war nicht an Rotmaske, im Namen dieser Geister zu handeln. Nein, diese Art von Rechtschaffenheit war sowohl unnötig wie unaufrichtig. Die Wahrheit war einfach: Rotmaske genoss es, die rächende Hand der *Ahl* zu sein. Aus persönlichen Gründen, und entsprechend köstlich schmeckte das Gefühl.

Er hatte bereits in Drene damit begonnen, Letherii zu töten.

Mit dem Messer in der Hand kauerte er sich über den abgetrennten Kopf des alten Mannes, zog dem Letherii die Gesichtshaut ab, rollte sie zusammen und steckte sie zu den anderen in den salzverkrusteten Beutel an seiner Hüfte.

Die meisten Hirtenhunde hatten sich der Herausforderung des Zughunds unterworfen – sie folgten jetzt dem größeren, gefährlicheren Tier, das sich daran machte, die ganze Herde zu wecken und dann sogleich nach Osten zu treiben.

Als im Lager der Treiber die ersten Schreie ertönten, richtete Rotmaske sich auf und drehte sich um.

Abasard war noch vierzig Schritt vom Lager entfernt, als er sah, wie eines der Zelte zur Seite hin umfiel – Zeltstangen brachen und Halteseile rissen, als eine riesige, zweibeinige Kreatur darauf sprang, deren Krallen die

Leinwand durchstießen und die sich windenden Gestalten darunter verletzten. Schreie erfüllten die Luft. Den Kopf zur Seite drehend, trottete der Dämon auf merkwürdig staksige Weise weiter. In seinen Händen hatte er große Schwerter.

Ein zweiter kreuzte seinen Weg, schnell, geduckt bewegte er sich auf das Haus des Vorarbeiters zu. Abasard sah, wie eine Gestalt vor dem zweiten Tier zu fliehen versuchte – aber nicht schnell genug, denn der Kopf schoss etwas geneigt vor, so dass sich die Kiefer um den Kopf des Mannes schlossen. Woraufhin das Reptil den Körper mit knochenbrechender Wucht in die Höhe schleuderte. Der schlaffe Körper segelte durch die Luft, kam hart auf dem Boden auf und rollte weiter in ein Kochfeuer. Funken stoben auf.

Abasard stand einfach nur da, wie gelähmt von dem entsetzlichen Gemetzel, das er vor sich sah. Er hatte den Mann erkannt. Ein weiterer Schuldner, ein Mann, der eine seiner Tanten umworben hatte, ein Mann, der immer zu lachen schien.

Und dann fiel ihm eine andere Gestalt ins Auge. Seine kleine, zehn Jahre alte Schwester rannte aus dem Lager – weg von einem Zelt, dessen Bewohner unter hackenden Schwerthieben starben – *unser Zelt. Vater …*

Das Reptil hob den Kopf, sah das wegrennende Mädchen, und raste hinter ihm her.

Plötzlich merkte Abasard, dass er rannte … dass er genau auf die monströse Kreatur zurannte.

Wenn sie ihn herankommen sah, kümmerte sie sich nicht darum – bis zum allerletzten Augenblick, als Abasard seinen Stab hob, und weit ausholte; er hoffte, eines der Hinterbeine des Tiers zu treffen, stellte sich vor, wie Knochen brachen …

Das nähere Schwert schlug zu, so schnell, so …

Und dann lag Abasard im feuchten Gras, spürte, wie eine Seite seines Körper Hitze verströmte, und während er die Hitze verströmte, wurde er immer kälter. Er starrte, sah aber nichts, spürte nur, dass etwas nicht in Ordnung war – er lag auf der Seite, aber sein Kopf lag flach auf dem Boden, sein Ohr wurde ins Gras gepresst. Da hätte eigentlich eine Schulter unterhalb seines Kopfes sein müssen … und ein Arm … und dort strömte auch die Hitze aus ihm heraus.

Und ein Stück weiter unten schien die Seite seiner Brust auch fort zu sein.

Er konnte sein rechtes Bein spüren, das zuckend um sich trat. Aber nicht das linke. Er verstand das alles nicht.

Langsam drehte er sich auf den Rücken, schaute zum Nachthimmel auf.

Dort oben war so viel Platz, eine Decke, die außerhalb jeder Reichweite war und einen Ort bedeckte, an dem sie leben konnten. Nicht zusammengepfercht, sondern mit genug Platz für alle.

Und ihm wurde klar, dass er froh war, hierhergekommen zu sein, um all das zu sehen, es mitzuerleben und zu verstehen. Er war froh – selbst, als er starb.

Rotmaske schritt aus der Dunkelheit dorthin, wo Masarch mit dem letheriischen Pferd wartete. Hinter ihm war die Rodara-Herde eine einzige sich bewegende Masse; ganz vorne gingen die beherrschenden Männchen, die ihre Aufmerksamkeit auf Rotmaske richteten. Hunde bellten und zwickten an den fernen Flanken der Herde. Von Ferne herandringende Rufe der anderen beiden jungen Krieger wiesen darauf hin, dass sie dort waren, wo sie sein sollten.

Rotmaske kletterte in den Sattel, nickte Masarch zu und zog sein Pferd herum.

Masarch hielt längere Zeit inne und starrte zu dem fernen Lager der Letherii hinüber, wo – wie es schien – das scheußliche Blutbad unvermindert weiterging. *Seine Leibwächter, hat er gesagt.*

Er hat keine Angst vor den kommenden Herausforderungen. Er wird sich den Pelz des Kriegsführers der Ganetok holen. Er wird uns in den Krieg gegen die Letherii führen. Er ist Rotmaske, der den Ahl abgeschworen hatte – und der jetzt zurückgekehrt ist.

Ich habe geglaubt, es wäre zu spät.

Jetzt glaube ich, dass ich mich getäuscht habe.

Er dachte wieder an seine Todesnacht, und Erinnerungen kehrten geflügelten Dämonen gleich zurück. Er war in dem ausgehöhlten Baumstamm verrückt geworden, so verrückt, dass kaum etwas von ihm überlebt hatte und zurückkehren konnte, als das Licht des neuen Morgens ihn geblendet hatte. Und jetzt war dieser Wahnsinn frei, knisterte, kribbelte, prickelte an den äußersten Enden seiner Gliedmaßen – er war frei und wild, aber bis jetzt noch unentschlossen, noch nicht bereit zu handeln, sein Gesicht zu zeigen. Es gab nichts, das ihn zurückhalten konnte. Niemanden.

Niemanden außer Rotmaske. Meinen Kriegsführer.

Der schon vor vielen Jahren seinen eigenen Wahnsinn entfesselt hat.

Kapitel Fünf

Unsere ach so gerühmten Ideale sind schon vor langer Zeit verunglimpft worden, aber solche Schädigungen sind schwer zu ermessen, so dass man aufstehen und mit dem Finger auf einen bestimmten Ort, einen bestimmten Zeitpunkt deuten und sagen könnte: Hier, meine Freunde, das war der Augenblick, da unsere Ehre, unsere Integrität gestorben ist.

Die Heimsuchung war zu gewöhnlich, zu sehr eine Folge unserer sich geschlagen gebenden achtsamen Rücksicht und Sorgfalt. Die Bedeutung von Worten wurde unscharf und ungenau – und niemand hat sich die Mühe gemacht, jene ins Gebet zu nehmen, die auf zynische Weise diese Worte missbraucht haben, damit sie ihren eigenen Zielen dienen, ihrer eigenen Haltung, sich jeder persönlichen Verantwortung zu entziehen. Lügen blieben unbestritten, rechtmäßiges Streben wurde zum Betrug und anfällig für die Einflüsse der Korruption. Und die Gerechtigkeit selbst wurde zur Ware, unausgewogen und unbeständig. Die Wahrheit ging verloren, wurde zu einer Schimäre, die neu geformt worden war, um zur Tagesordnung zu passen, zu Vorurteilen, die so den ganzen politischen Prozess zu einem komödiantischen Schauspiel, einer Scharade verkommen ließen – mit falscher Entrüstung, heuchlerischen Posen und einer alles durchdringenden Verachtung für die Allgemeinheit.

Wenn Ideale und jene Ehre, die sich aus der Erklärung dieser Ideale ergibt, erst einmal untergeordnet wurden, können sie nie wieder zurückgewonnen werden, außer, leider, durch ungehemmte Zurückweisung, die ausnahmslos vom gemeinen Volk ausgeht – und zwar dann, wenn ein ganz besonderer Augenblick mit einem einzelnen Ereignis von so unverschämter Ungerechtigkeit zusammentrifft, dass eine Revolution die einzig vernünftige Antwort darauf ist.

So betrachtet dies dann als Warnung. Lügner werden lügen, und das werden sie auch weiterhin tun, selbst wenn sie dabei ertappt werden. Sie werden lügen, und mit der Zeit werden diese Lügner sich selbst überzeugen, werden sie in aller Selbstgerechtigkeit die Lügner ihrer Strafbarkeit berauben. Bis eine Zeit kommt, in der eine letzte Lüge ausgesprochen wird, eine Lüge, die nur noch mit Wut beantwortet werden kann, mit kaltblütigem Mord, und an jenem Tag wird Blut an jeder Mauer dieser viel gepriesenen, entwöhnten Gesellschaft herabrinnen.

Rede des beschuldigten Gildenmeisters
Semel Fural von der Gilde der Sandalenschließenmacher

Die Weibchen der Schildkrötenart, die unter dem Namen Vinik bekannt war, lebten die meiste Zeit in den hintersten Zipfeln der ausgedehnten Quellgebiete des Lether, in den vollgelaufenen Senken und den Hochlandsümpfen, die in den dichten Nadelwäldern am Fuß des Blaurosegebirges häufig zu finden waren. Hier strömten Gebirgsbäche, zurückgehalten und aufgestaut von Dämmen, die die plattschwänzigen Flussratten bauten, über sanfte Stufen zu den breiteren, bereits vereinigten Nebenflüssen hinunter, die den riesigen Fluss nährten. Der Panzer der Vinik-Schildkröten war länglich und besaß einen gezackten Längskiel, und ihre kräftigen vorderen Gliedmaßen endeten in mit Krallen versehenen Händen, die einen gegenständigen Daumen aufwiesen. Zur Zeit der Eiablage durchstreiften die Weibchen – die deutlich kleiner waren als die Männchen, die in den tiefen Flüssen und Meeren lebten – auf der Suche nach den Nestern von Wasservögeln die Teiche. Wenn sie eines fanden, das groß genug und ausreichend zugänglich war, eignete das Vinik-Weibchen sich das Nest an. Bevor sie ihre eigenen Eier legte, sonderte die Schildkröte einen Schleim ab, den sie über die Vogeleier verteilte; dieser Schleim hatte die Aufgabe, die Weiterentwicklung der unausgebrüteten Vögel zu verhindern. Sobald ihre eigenen Eier dann an Ort und Stelle waren, machte die Schildkröte das ganze Nest los, so dass es mit der Strömung dahintrieb. An jedem Hindernis versammelten sich junge Vinik-Männchen, um den Nestern über trockene Stellen hinwegzuhelfen, so dass sie ihre passive Wanderung den Lether hinab fortsetzen konnten.

Viele gingen unter oder stießen auf ihrer langen, mühsamen Reise zum Meer auf ein tödliches Hindernis. Andere wurden von erwachsenen Viniks geplündert, die in den Tiefen des Hauptflusses hausten. In den Nestern, die es bis ins Meer schafften, schlüpften die jungen Schildkröten aus den Eiern, fraßen die Vogel-Embryos und ließen sich dann ins salzige Wasser gleiten. Erst wenn sie ein jugendliches Alter erreicht hatten – nach etwa sechzig oder siebzig Jahren –, würde sich die nächste Generation Viniks auf ihre jahrelange Reise flussaufwärts zu den fernen, schlammigen Teichen in den Wäldern am nordwestlichen Rand des Blaurosegebirges machen.

Nester tanzten auf den Wassern des Lether, der durch Letheras floss, die Hauptstadt des Imperiums und Sitz des Imperators. Die einheimischen Fischer machten einen Bogen um sie, denn manchmal verfolgten große Vinik-Männchen die Nester knapp unter der Wasseroberfläche – und sofern sie nicht hungrig genug waren, um das Nest zu plündern, pflegten sie es zu verteidigen. Nur die wenigsten Fischer wollten es absichtlich mit einer Kreatur aufnehmen, die so viel wiegen konnte wie ein Flussboot – und die in der Lage war, ein solches Flussboot mit ihrem Schnabel und den starken Klauen zu zerfetzen.

Die Ankunft der Nester kündete vom Beginn des Sommers, genau wie die Mückenschwärme über dem Fluss, das Sinken des Wasserstands und der Geruch von trocknendem Schlamm an den Ufern.

Auf dem niedrigen Hügel hinter dem Alten Palast, jenem verwahrlosten Gelände, auf dem die Grundmauern alter Türme standen – vor allem einer, erbaut aus schwarzem Stein, mit einem von einer niedrigen Mauer umgebenen Hof –, schleppte sich eine gebeugte, in einen Kapuzenumhang gehüllte Gestalt mit unbeholfenen, schmerzenden Schritten langsam auf das Tor zu. Das Rückgrat des Mannes war verkrümmt, gebeugt vom verheerenden Wüten frei hindurchwogender Macht, bis schließlich die Umrisse jedes einzelnen Wirbels unter dem fadenscheinigen Umhang sichtbar wurden, seine Schultern weit nach vorn gebeugt, so weit, dass er den verwilderten Erdboden problemlos mit den Armen erreichen konnte, die er dazu benutzte, seinen gebrochenen Körper weiterzuziehen.

Er war auf der Suche nach einem Nest. Einem Hügel aus aufgewühlter Erde und sterbenden Gräsern, einem wurmzerfressenen Loch in einer jetzt toten Sphäre. Er schob sich von einem Hügelgrab zum nächsten über den Hof und suchte dabei mit übernatürlichen Sinnen. Leer … leer … leer.

Merkwürdige Insekten liefen vor ihm davon. Mücken tanzten und tollten in Schwärmen um ihn herum, aber sie ließen sich nicht nieder, um sein Blut zu saugen, denn es war faul von Chaos. Das ersterbende Tageslicht zupfte an seinem missgestalteten Schatten, als würde es versuchen, die Bedeutung dieses bösartigen Flecks auf dem mitgenommenen Hof zu ergründen.

Leer …

Aber dieses hier war es nicht. Er gestattete sich einen kurzen Augenblick des Frohlockens. Schließlich hatte sich der Verdacht doch noch bestätigt. Der Ort, der tot war … war doch nicht ganz tot. Oh, der Azath war inzwischen nichts weiter als ein lebloser Steinturm, all seine Macht und all sein Wille waren dahin. Aber ein gewisses Maß an Zauberei verweilte, hier, unter diesem übergroßen Erdhügel, der von zerschmetterten Bäumen umgeben war. Kurald, ganz sicher. Galain, vermutlich – der Gestank von Tiste Andii war beinahe greifbar. Rituale des Bindens, ein dicker, verflochtener Strang, um etwas … jemanden … *dort unten … festzuhalten.*

Hingekauert streckte die Gestalt ihre Sinne aus, und zuckte dann plötzlich zurück, stieß dabei zischend den Atem aus.

Er hat begonnen, sich zu entwirren! Jemand war hier – und das vor mir! Es kann noch nicht lange her sein. Zauberei, die die Befreiung der eingesperrten Kreatur bewirken sollte. *Vater der Schatten, ich muss nachdenken!*

Hannan Mosag verharrte reglos hingekauert am äußersten Rande des Erdhügels. Seine Gedanken rasten.

Jenseits der Ruinenlandschaft strömte der Fluss dahin, immer weiter bis zum fernen Meer. In seiner Strömung drehten sich ein paar Vinik-Nester träge in kleinen Wirbeln; milchig grüne Eier, noch immer warm von der Hitze des Tages, umschlossen undeutlich sichtbare Umrisse, die sich krümmten und wanden. Sich nach der Geburt, nach dem Licht sehnten.

Mit einer raschen Bewegung hob sie den Kopf. Ihr Mund und ihr Kinn waren mit Blut und ein paar Fetzen eines menschlichen Lungenflügels verschmiert, die jetzt in den offenen Brustkorb ihres Opfers tropften, eines Narren, der – zweifellos den Wahnvorstellungen von Herrschaft und Tyrannei vollkommen erlegen – beschlossen hatte, sie den ganzen Weg vom Oberen Markt bis hierher zu verfolgen. Es war inzwischen eine ziemlich einfache Sache geworden: Eine einsame Frau von hoher Geburt, die sich anscheinend verirrt hatte und sich durch eine Menschenmenge schob, ohne die verschleierten oder gierigen Blicke zu bemerken, die sie auf sich zog. Sie war wie der Köder, den die Fischer benutzten, um hirnlose Fische im Fluss zu fangen. Gewiss, solange sie die Kapuze hochgeschlagen hatte und ihre Arme von schimmernder Seide in der Farbe eines rohen Ochsenherzens bedeckt waren, sie an den Händen elegante Kalbslederhandschuhe trug und dazu enge Beinlinge aus schwarzem Leinen, war es unmöglich, ihre Hautfarbe zu erkennen oder ihre ungewöhnlichen Gesichtszüge. Und trotz des Tiste-Edur-Bluts, das verdünnt durch ihre Adern strömte, war sie keineswegs außergewöhnlich groß, was gut zu ihrer scheinbaren Verletztlichkeit passte, denn es war klar, dass die Besatzer aus dem Volk der Edur viel zu gefährlich waren, um von diesen gewöhnlichen letheriischen Vergewaltigern gejagt zu werden.

Sie hatte ihn in eine Gasse gelockt, wo sie ihm eine Hand in die Brust gerammt und ihm das Herz herausgerissen hatte. Am liebsten aber mochte sie die Lunge – das saftige, mit Luft angereicherte Fleisch, das noch nicht bitter geworden war von den stinkenden Säften eines gewaltsamen Todes.

Die Sphäre der Sterblichen war ein herrlicher Ort. Das hatte sie ganz vergessen.

Aber jetzt war ihre Mahlzeit unterbrochen worden. Jemand war zum Gelände des Azath gekommen. Jemand hatte ihre Rituale erforscht, mit denen sie die bindenden Zauber gelöst hatte, die Silchas Ruin gewoben hatte. Das konnte Ärger bedeuten, und sie war nicht gewillt zuzulassen, dass sich irgendjemand in ihre Pläne einmischte.

Wahrscheinlich war es der Abtrünnige, dieser Dreckskerl, der überall seine Hände im Spiel hatte. Oder – was noch beunruhigender wäre – Mael, der Ältere Gott. Eine jämmerlich vollgestopfte Stadt, dieses Letheras. Sie hatte nicht die Absicht, hier allzu lange zu verweilen; nicht, dass sie womöglich noch entdeckt und ihre Pläne vereitelt würden.

Sie wischte sich Mund und Kinn mit der Rückseite des Unterarms ab, erhob sich und machte sich auf den Weg.

Rautos Hivanar, der Vorsitzende des Freiheits-Konsortiums, kauerte am schlammigen Flussufer, während direkt hinter ihm die Arbeiter die Ausgrabungen für diesen Tag beendeten; die Pumpenmannschaften wuschen sich bereits, und die Geräusche, die aus der hinteren Küche des Anwesens drangen, wurden lauter, je näher das Abendessen rückte. Er legte Wert darauf, dass die Arbeiter gut zu essen bekamen, einerseits, damit sie nicht allzuviel nachdachten, andererseits, um zu verhindern, dass sie widerspenstig wurden. Sie waren mit ihren Grabungen inzwischen längst unterhalb des Flussniveaus angekommen, und wenn die Pumpen nicht die ganze Zeit im Einsatz gewesen wären, hätten sie im brusthoch stehenden Wasser arbeiten müssen. Unter diesen Umständen mussten auch die Streben an den Wänden fortwährend im Auge behalten werden, da Letztere dazu neigten, nach innen zu sacken.

Während er einem halben Dutzend den Fluss hinuntertreibenden Vinik-Nestern nachschaute, ließ Rautos Hivanar seine Gedanken schweifen. Es waren noch weitere geheimnisvolle Objekte gefunden worden, tief vergraben und weit verstreut, aber er hatte mittlerweile den Verdacht, dass sie alle zusammengehörten; dass sie auf eine im Moment noch nicht vorstellbare Weise zu einer Art Mechanismus zusammengesetzt werden konnten – wobei er vermutete, dass ein besonders wichtiges Stück bis jetzt noch nicht gefunden worden war. Vielleicht morgen …

Er hörte Schritte auf dem mit Bohlen ausgelegten Gehweg, der zum Fluss hinunterführte, leichte Schritte von in Pantoffeln steckenden Füßen, und einen Augenblick später ertönte Venitt Sathads Stimme: »Herr.«

»Du hast dir selbst zwei Hauswachen für die Reise bewilligt, Venitt. Nimm noch zwei mehr mit. Und dementsprechend auch zwei zusätzliche Packpferde. Du wirst wie vereinbart ohne einen Wagen mit Vorräten reisen, aber das soll kein Grund für einen Mangel an Bequemlichkeit sein.«

»Wie Ihr wünscht, Herr.«

»Und vergiss nicht, Venitt: Letur Anict ist in jeder Hinsicht der tatsächliche Herrscher von Drene, ungeachtet des offiziellen Status des Gouverneurs der Edur. Man hat mir mitgeteilt, dass du in Orbyn Wahrheitsfinder, dem Agenten des Beaufsichtigers, einen verlässlichen Verbündeten finden wirst. Was Letur Anict angeht … es deutet alles darauf hin, dass der Repräsentant die Dinge … nicht mehr … im richtigen Verhältnis sieht. Er scheint sich hinsichtlich seiner Bestrebungen keinerlei Zurückhaltung mehr aufzuerlegen, als hätte er es aufgegeben, sich noch von der Vernunft oder vom gesunden Menschenverstand leiten zu lassen.«

»Ich werde bei meiner Untersuchung gewissenhaft vorgehen, Herr.«

Rautos Hivanar erhob sich und blickte seinen Bediensteten an. »Sei übervorsichtig, wenn es notwendig werden sollte, Venitt. Ich möchte dich nicht verlieren.«

Im faltigen Gesicht des Schuldners flackerte kurz so etwas wie Überraschung auf, dann verbeugte er sich. »Ich werde sehr umsichtig sein, Herr.«

»Eine Sache noch«, sagte Rautos, während er an Venitt vorbeiging und sich zum Anwesen aufmachte. »Bring mich nicht in eine peinliche Lage.«

Der Blick des Schuldners blieb für ein paar Herzschläge lang an seinem Herrn hängen; sein Gesichtsausdruck war wieder verschlossen.

Hinter ihnen und von beiden Männern ungesehen, stieg unter einem der Vinik-Nester im Fluss ein großer Schatten in die Höhe, und als das Nest umkippte, brach der vordere Rand eines gewaltigen Rückenpanzers durch die Wasseroberfläche, gefolgt von einem geschwungenen Hals und einem riesigen, weit aufgerissenen Schnabel. Der das ganze Nest auf einmal verschlang.

Die Wirbel, die dabei entstanden waren, wurden von der Strömung weitergetragen, bis nichts mehr von ihnen zu sehen war.

»Etwas mitzuerleben ist eine Sache, weißt du. Es als das zu erkennen, was es ist, eine ganz andere.«

Bagg, der auf den fernen Fluss hinausgeblickt hatte, dessen Wasser von den schräg einfallenden Strahlen der sinkenden Sonne in ein gekräuseltes Band aus Blattgold verwandelt wurde, drehte sich um und schaute Tehol Beddict stirnrunzelnd an. »Das klingt aber sehr tiefsinnig aus Eurem Mund, Herr.«

»Ja, das tut es, nicht wahr? Ich bin zu der Überzeugung gelangt, dass mein normales Auge zusieht, während mein blaues Auge dasjenige ist, das erkennt. Ergibt das für dich irgendeinen Sinn?«

»Nein.«

»Gut, da bin ich aber froh.«

»Die Nacht verspricht, sowohl warm als auch drückend zu werden, Herr. Ich würde das Moskitonetz empfehlen.«

»Einverstanden. Kannst du es holen? Ich komme nicht dran.«

»Das würdet Ihr, wenn ihr einen Arm austrecken würdet.«

»Worauf willst du hinaus?«

»Auf nichts. Ich muss zugeben, dass ich ein bisschen … abgelenkt bin.«

»Jetzt – in diesem Augenblick?«

»Ja.«

»Bist du schon darüber hinweg?«

»So gut wie. Leider rühren sich heute Abend ein paar Personen in der Stadt.«

»Und – wirst du etwas dagegen tun, oder muss ich hier tatsächlich alles allein machen?«

Bagg schritt quer über das Dach und blieb neben dem Bett stehen. Er musterte den daliegenden Tehol Beddict einen Moment, dann griff er nach dem Moskitonetz und drapierte es über seinen Herrn.

Zwei Augen – das eine braun, das andere blau – blinzelten zu ihm herauf. »Sollte da nicht ein Rahmen oder sowas dabei sein? Ich habe das Gefühl, ich werde hier für meine eigene Bestattung vorbereitet.«

»Wir haben den Rahmen heute Morgen zum Feuermachen benutzt.«

»Oh. Nun gut. Wird das Ding verhindern, dass ich gebissen werde?«

»Wahrscheinlich nicht, aber es sieht ziemlich bezaubernd aus.«

Tehol schloss sein blaues Auge. »Oh, natürlich.«

Bagg seufzte. »Galgenhumor, Herr.«

»Gute Güte, du bist aber schrecklicher Laune, was?«

»Ich bin unentschlossen«, sagte Bagg und nickte. »Ja, ich weiß – einer meiner ewigen Fehler.«

»Was dir fehlt, alter Freund, ist, die Dinge einmal aus der Sicht der Sterblichen zu betrachten. Also – lass hören. Erkläre mir das Dilemma, so dass ich dich mit einem angemessen prägnanten Lösungsvorschlag versorgen kann.«

»Der Abtrünnige folgt dem Hexenkönig, um zu sehen, was Letzterer plant. Der Hexenkönig spielt mit ruchlosen Ritualen herum, die von einer anderen Aufgestiegenen begonnen wurden, die ihrerseits ihr Mahl an einem vor kurzem Getöteten abbricht und sich zu einem unerwarteten Treffen mit besagtem Hexenkönig aufmacht, bei dem sie einander vermutlich kennenlernen und dann zum beiderseitigen Nutzen einen Handel abschließen werden, und das alles über den zerbröckelnden Ketten, die eine andere Aufgestiegene binden – eine, die schon bald befreit sein wird, was wiederum jemanden weit im Norden beunruhigen wird, obwohl besagte Person wahrscheinlich noch nicht bereit ist, zu handeln. In der Zwischenzeit gleitet die vor langer Zeit aufgebrochene Flotte der Edur am Rande der Drachensee entlang und wird schon bald in die Flussmündung einlaufen, unterwegs zu ihrer schicksalhaften Rückkehr in unsere schöne Stadt, und mit ihr kommen zwei tödliche Meisterkämpfer, die wahrscheinlich beide nicht das tun werden, was man von ihnen erwartet. Und um das Ganze noch ein bisschen zu würzen, wird in bedrückend kurzer Zeit das Geheimnis, das die Seele eines gewissen Scabandari Blutauge darstellt, aufhören, ein Geheimnis zu sein, und so haben wir folglich und zusätzlich und gleichzeitig einen interessanten Sommer vor uns.«

»Ist das alles?«

»Ganz und gar nicht, aber immer fein säuberlich eins nach dem anderen, wie ich zu sagen pflege.«

»Nein, das tust du nicht. Shurq Elalle sagt das immer.«

»Eure Vorliebe für abscheuliche Bilder zeigt sich wie immer zu einem schlechten Zeitpunkt und ist durch und durch unangemessen, Herr. Also, was ist jetzt mit Eurem prägnanten Lösungsvorschlag …«

»Nun, ich muss zugeben, dass ich enttäuscht bin. Meinen großen Plan, das Imperium in den Bankrott zu treiben, hast du noch nicht einmal erwähnt.«

»Der Beaufsichtiger macht inzwischen ernsthaft auf Euch Jagd.«

»Karos Invictad? Kein Wunder, dass du mich unter ein Leichentuch legst. Ich werde bestrebt sein, mich an dem Tag, da er mit seinen sabbernden Handlangern hier auftaucht, nah am Rand des Dachs aufzuhalten, so dass ich mich in die Tiefe stürzen kann, was – wie du mir sicher zustimmen wirst – der Vorstellung, auch nur einen Glockenschlag lang seiner niederträchtigen, grässlichen Befragung ausgesetzt zu sein, deutlich vorzuziehen ist. Aber in der Zwischenzeit – was gibt's zum Abendessen?«

»Vinik-Eier. Ich habe an einem der Anlegeplätze ein Nest gefunden, das irgendwie zerbrochen ist.«

»Aber Vinik-Eier sind giftig, weswegen auch andauernd scharenweise jammernde Möwen über jeder hässlichen, kleinen, dahintreibenden Insel kreisen.«

»Es ist eine Frage der richtigen Zubereitung, Herr; und man muss ein paar wichtige Kräuter hinzufügen, um den größten Teil der üblen Folgen zu verhindern.«

»Den größten Teil?«

»Ja.«

»Und – befinden sich diese lebenserhaltenden Kräuter in deinem Besitz?«

»Nun … nein, aber ich dachte, ich lasse mir etwas einfallen.«

»Da hast du es.«

»Da habe ich was, Herr?«

»Na, meine prägnante Entgegnung natürlich.«

Bagg schaute Tehol Beddict blinzelnd an, der ihm zuwinkte und nun sein braunes Auge schloss. Der Ältere Gott machte ein finsteres Gesicht und sagte: »Danke, Herr. Was würde ich nur ohne Euch tun?«

»Herzlich wenig, würde ich wetten.«

Tanal Yathvanar legte das Päckchen auf den Schreibtisch des Beaufsichtigers. »Das ist heute morgen von einem rattengesichtigen Bengel abgeliefert worden, Herr. Ich gehe nicht davon aus, dass es sich als besondere Herausforderung erweisen wird. Jedenfalls«, fuhr er fort, während er begann, das Päckchen auszupacken, »hat man mir gesagt, ich soll es vorsichtig behandeln und dafür sorgen, dass es aufrecht steht. Und in wenigen Augenblicken werdet Ihr sehen, warum.«

Karos Invictad schaute aus halb von schweren Lidern verborgenen Augen zu, wie die verschmierte, billige Umhüllung aus Ambrosie vorsichtig entfernt wurde. Zum Vorschein kam ein kleines hölzernes Kästchen ohne Deckel, dessen Seitenwände aus mehreren Schichten zu bestehen schienen. Der Beaufsichtiger beugte sich vor, um ins Innere des Kästchens zu spähen.

Und sah ein zweiköpfiges Insekt von der Art, wie sie momentan unten am Fluss auftauchten. Die Beine des Tierchens bewegten sich in einem genau bemessenen Rhythmus und trugen es im Kreis herum … und im Kreis herum. Die Innenseiten des Kästchens bestanden aus farbigen, polierten Fliesen, und es sah aus, als könnte man die Fliesen herausziehen oder neu anordnen, wenn man das wollte.

»Wie waren die Anweisungen, Tanal?«

»Die Aufgabe besteht darin, das Insekt zum Stillstand zu bringen. Es wird anscheinend immer weiter auf der Stelle im Kreis laufen, bis es verhungert ist, was nebenbei bemerkt die Schwachstelle dieses Rätsels ist … in ungefähr vier Monaten. Solange die Kreatur im Kreis herumläuft, wird sie nichts essen. Was Wasser angeht, wird ein kleiner Klumpen vollgesogenes Moos genügen. Wie Ihr seht, können die Fliesen an der Innenseite anders angeordnet werden, und vermutlich wird das Insekt stehenbleiben, sobald jemand auf die richtige Reihenfolge kommt. Womit das Rätsel gelöst wäre. Folgende Einschränkungen gilt es zu beachten: Es darf kein Gegenstand in den Behälter eingebracht werden, und Ihr dürft das Insekt nicht berühren oder Kontakt mit ihm aufnehmen.«

Karos Invictad brummte leise. »Scheint mir deutlich genug. Wie ist die Bestzeit für die Lösung?«

»Es gibt keine. Ihr seid anscheinend der erste und einzige Spieler.«

»Tatsächlich? Eigenartig. Tanal, letzte Nacht sind drei Gefangene in ihren Zellen gestorben – da unten ist irgendeine ansteckende Krankheit ausgebrochen. Sorge dafür, dass die Leichen auf dem Auffanggelände westlich der Stadt verbrannt werden. Vollständig. Und lass die Überlebenden mit einem keimtötenden Mittel abwaschen.«

»Sofort, Beaufsichtiger.«

Die Ruinen waren wesentlich ausgedehnter, als man sich das im Allgemeinen vorstellte. Genau betrachtet haben die meisten Historiker in der frühen Phase der Kolonie den Berichten des Königlichen Ingenieurs – vor allem denen von Keden Qan, der diesen Posten von der Gründung bis zum sechsten Jahrzehnt innehatte – wenig oder gar keine Beachtung geschenkt. Während der Erarbeitung des Besiedlungsplans wurde das Gelände überaus gründlich vermessen. Die drei noch vorhandenen Jhag-Türme hinter dem Alten Palast waren tatsächlich Teil eines weitaus größeren Komplexes, was natürlich im Widerspruch zu dem steht, was man von der Zivilisation der Jhag weiß. Aus diesem Grunde darf man mit einiger Sicherheit annehmen, dass die Jhag-Anlage am Ufer des Lether eine Örtlichkeit darstellt, die aus der Zeit vor der Zerstreuung stammt. Das heißt, bevor ihre Zivilisation sich in ihrer plötzlichen, gewaltsamen Diaspora auflöste. Eine andere Erklärung könnte sein, dass die drei Haupttürme, die vier unterirdischen Gewölbe und das, was Qan den Ausgegossenen Graben genannt hat, dass das alles einer einzigen, ungewöhnlich loyalen Familie gehört hat.

Wie auch immer, worauf ich hinaus will, ist Folgendes: Über den Gebäudekomplex der Jhag – oder, genauer, der Jaghut – hinaus waren da noch andere Ruinen. Natürlich muss man nicht ausdrücklich auf das offensichtlichste und immer noch vorhandene Bauwerk – den Azath – hinweisen; dieser Vortrag wird auf einen anderen Tag warten müssen. Vielmehr geht es um das, was man in einem Gebiet gefunden hat, das beinahe identisch mit dem Gelände ist, welches das heutige Letheras einnimmt: Fundamente, Plätze oder Hallen, ausgestaltete Brunnen, Entwässerungsgräben, sowie – ja, wahrhaftig – eine Art Friedhof oder Leichenhalle, und – hört jetzt genau zu – nichts davon war von Menschenhand erbaut. Oder von den Jaghut. Oder den Tarthenal.

Aber wie hat es in diesem unbekannten Gebäudekomplex genau ausgesehen? Nun, zum einen war er in sich geschlossen, von Mauern umgeben und auf mehreren Ebenen vollkommen überdacht – selbst die Plätze, Straßen und Gassen. Als Festung war er praktisch uneinnehmbar. Unter den kompliziert gepflasterten Böden und Straßen befand sich eine zweite, noch besser zu verteidigende Stadt, deren Korridore und Tunnel nun einen wesentlichen Teil unseres Abwassersystems bilden.

Kurz gesagt: Letheras, die Kolonie des Ersten Imperiums, wurde auf den Ruinen einer älteren Stadt gegründet – einer Stadt, deren Grundriss die Jaghut-Türme und den Azath außer Acht zu lassen scheint, was darauf hindeutet, dass sie älter ist als diese Bauwerke.

Selbst Keden Qan, der erste Ingenieur, war nicht in der Lage oder willens, auch nur zu versuchen herauszufinden, wer diese frühen Baumeister waren. Es wurden praktisch keine Artefakte gefunden – keine Tonscherben, keine Skulpturen, keine Überreste von Metallbearbeitung. Noch eine letzte interessante Einzelheit: Es hat den Anschein, als hätten die Bewohner in der letzten Phase ihres Daseins hektisch Veränderungen an ihrer Stadt vorgenommen. Qans Untersuchungen dieser Bemühungen haben ihn zu dem Schluss geführt, dass eine katastrophale Veränderung des Klimas stattgefunden haben muss, denn die genannten Bemühungen weisen auf einen verzweifelten Versuch hin, Dämmstoffe anzubringen.

Wahrscheinlich sind diese Bemühungen fehlgeschlagen …

Ihr innerer Monolog endete abrupt, als sie ein leises, schleifendes Geräusch hörte. Jemand kam. Den Kopf zu heben war mühselig, aber Janath Anar schaffte es genau in dem Augenblick, als sich die schwere Tür des Raums öffnete und das Licht einer Laterne hereinströmte. Es war schwach und matt, aber es blendete sie trotzdem.

Tanal Yathvanar trat in ihr Blickfeld – es würde niemand anderer kommen, das wusste sie –, und einen Moment später sagte er: »Ich hoffe, Ihr habt Euch noch nicht selbst in den Wahnsinn getrieben.«

Sie verzog die aufgesprungenen, blasenübersäten Lippen zu einem Lächeln und sagte mit krächzender Stimme: »Vorlesungen. Ich habe das Semester zur Hälfte durch. Frühe Geschichte. Wahnsinnig? Oh, ohne Frage ja.«

Sie hörte, wie er näherkam. »Ich war zu lange nicht mehr hier – Ihr leidet. Das war nachlässig von mir.«

»Nachlässig ist es, mich am Leben zu lassen, du armseliger kleiner Wicht«, sagte sie.

»Oh, vielleicht habe ich das verdient. Kommt, Ihr müsst trinken.«

»Und was ist, wenn ich mich weigere?«

»Dann ist Euer Tod unvermeidlich, und Ihr seid besiegt. Durch mich. Seid Ihr Euch sicher, dass Ihr das wollt, Gelehrte?«

»Du drängst mich zu dickköpfigem Widerstand. Ich verstehe. Der Sadist braucht sein Opfer schließlich lebendig. Und zwar so lange, wie es nur irgendwie möglich ist.«

»An Austrocknung zu sterben ist ein höchst unangenehmer Tod, Janath Anar.«

Er setzte den Schnabel eines Wasserschlauchs an ihre Lippen. Sie trank.

»Nicht so schnell«, sagte Tanal und trat einen Schritt zurück. »Euch wird nur übel werden. Was, wie ich sehe, nicht das erste Mal wäre.«

»Wenn man erstmal Maden aus den eigenen Exkrementen kriechen sieht, Yathvanar … Das nächste Mal«, fügte sie hinzu, »nimmst du deine verdammte Kerze mit!«

»Wenn ich das tue«, erwiderte er, »werdet Ihr nichts mehr sehen können.«

»Und – spielt das eine Rolle?«

Er trat wieder dicht an sie heran und ließ ihr noch einmal ein wenig Wasser in den Mund rinnen.

Dann fing er an, sie abzuspritzen. Überall dort, wo Magensäfte die ausgetrocknete Haut angegriffen hatten, waren offene Wunden entstanden, und außerdem hatte sie an ihren Fesseln gezerrt und versucht, ihre Hände aus den Handschellen zu ziehen, wie er sah. »Ihr seht viel mitgenommener aus«, sagte er, während er ihre Wunden mit Salbe bestrich. »Ihr könnt Eure Hände da nicht durchkriegen, Janath …«

»Panik kümmert sich herzlich wenig darum, was möglich ist und was nicht, Tanal Yathvanar. Eines Tages wirst du das merken. Im zweiten Jahrhundert hat ein Priester einen Kult gegründet – und zwar auf der Prämisse, dass jedes Opfer, das man in seinem Leben als Sterblicher auf dem Kerbholz hat, einen nach dem Tod erwartet. Von den leichtesten Verletzungen zu den schlimmsten, jedes Opfer, das dir über die Schwelle des Todes vorausgeht … *wartet.* Auf dich.

Jeder Sterbliche betreibt eine Art geistiger Wirtschaft in seinem oder ihrem Leben, häuft Guthaben und Schulden an. Sag mir, Patriotist – wie verschuldet bist du bis jetzt? Wie groß ist das Ungleichgewicht zwischen deinen guten Taten und deinen endlosen bösen Handlungen?«

»Ein bizarrer, wahnsinniger Kult«, murmelte er und wich ein Stück zurück. »Kein Wunder, dass er gescheitert ist.«

»Was dieses Imperium angeht – ja, da ist es überhaupt kein Wunder. Der Priester wurde auf der Straße überfallen und förmlich in Stücke gerissen. Doch es heißt, dass es bei den besiegten Völkern – den Tarthenal, den Fent und den Nerek, allesamt Opfer letheriischer Grausamkeit – immer noch Anhänger gibt, und Gerüchten zufolge wurde der Kult wiederbelebt, kurz bevor diese Völker so gut wie vollständig aus der Stadt verschwunden sind.«

Tanal Yathvanar schnaubte höhnisch. »Alle Versager brauchen eine Krücke, irgendeine Rechtfertigung – sie machen aus der Not eine Tugend. Karos Invictad hat diese Schwäche in einem seiner Traktate aufgezeigt …«

Janaths Lachen verwandelte sich in abgehacktes Husten. Nachdem sie sich erholt hatte, spuckte sie aus und sagte: »Karos Invictad. Weißt du, warum er Gelehrte so verachtet? Weil er selbst ein gescheiterter Gelehrter ist.« Sie bleckte die fleckigen Zähne. »Er bezeichnet sie als Traktate, ja? Der Abtrünnige schütze uns, wie erbärmlich. Karos Invictad konnte noch nicht einmal eine ordentliche Erörterung verfassen, ganz zu schweigen von einem richtigen Traktat.«

»Ihr täuscht Euch, Janath«, sagte Tanal. »Er hat ja sogar selbst erklärt, warum er als junger Gelehrter so schlecht war – oh, ja, er würde Eure Einschätzung seiner Karriere als Student nicht anfechten. Damals war er Opfer seiner Gefühle. Er war nicht in der Lage, eine überzeugende Argumentation zu führen, und das hat ihn wütend gemacht – aber wütend auf sich, auf sein eigenes Versagen. Jahre später hat er erkannt, dass er sich erst aller Gefühle entledigen musste, damit sein innerer Blick klar werden konnte.«

»Aha, dann musste er also verletzt werden. Was war es? Ich nehme an, irgendeine Art von Verrat. Eine Frau? Ein Schützling, ein Gönner? Spielt das überhaupt eine Rolle? Ich fange an, Karos Invictad zu verstehen. Warum er zu dem geworden ist, was er jetzt ist.« Sie lachte erneut, dieses Mal ohne zu husten. »Was für eine köstliche Ironie«, sagte sie dann. »Karos Invictad ist zum *Opfer* geworden.«

»Ihr solltet nicht …«

»Ein Opfer, Yathvanar! Und es hat ihm nicht gefallen, oh, nein, es hat ihm ganz und gar nicht gefallen. Es hat weh getan – die Welt hat ihm weh getan, und deshalb tut er jetzt der Welt weh. Aber er muss immer noch das Gleichgewicht wiederherstellen. Nur wird ihm das niemals gelingen, verstehst du, denn in seinem Kopf ist er immer noch das Opfer, schlägt er immer noch um sich. Und wie du vorhin gesagt hast … das Opfer und seine Krücke, die Tugend der Not – das eine nährt das andere, ohne Unterlass. Kein Wunder, dass er voller Selbstgerechtigkeit hochfährt, obwohl er immer behauptet, nur gefühlloser Intellekt zu …«

Er schlug zu, richtig fest, so dass ihr Kopf zur Seite flog und Speichelfäden und Blut aus ihrem Mund rannen.

»Zieht über mich her, so viel Ihr wollt, Gelehrte«, zischte Tanal. Er atmete schnell, und seine Brust fühlte sich merkwürdig eng an. »Damit rechne ich. Aber zieht nicht über Karos Invictad her. Er ist die letzte echte Hoffnung des Imperiums. Nur Karos Invictad wird uns zum Ruhm, in ein neues Zeitalter führen – ein Zeitalter ohne die Edur, ohne Mischlinge, sogar ohne die gescheiterten Völker. Nein, es wird nur noch die Letherii geben – ein Imperium, das sich mit Feuer und Schwert ausbreitet, bis zurück zum Heimatland des Ersten Imperiums. Er hat unsere Zukunft gesehen! Unsere Bestimmung!«

Sie starrte ihn im dämmrigen Licht an. »Natürlich. Aber zuerst muss er jeden Letherii umbringen, der diesen Namen verdient. Karos Invictad, der Große Gelehrte und sein Imperium der Schläger …«

Er schlug noch einmal zu, härter als zuvor, und machte dann einen Satz nach hinten, hob die Hand – sie zitterte, die Haut war aufgesprungen, und an einem Knöchel hing der Splitter eines abgebrochenen Zahns.

Janath Anar war bewusstlos.

Nun, sie hat es darauf angelegt. Sie hat einfach nicht aufgehört. Und das bedeutet, sie hat es gewollt. Tief in ihrem Innern wollte sie, dass ich sie schlage. Ich habe von so etwas gehört – Karos hat es mir erzählt –, es gefällt ihnen schließlich irgendwann. Ihnen gefällt die … Aufmerksamkeit.

Also darf ich sie nicht vernachlässigen. Nicht noch einmal. Ich werde ihr viel Wasser geben, sie sauberhalten und gut ernähren.

Und sie trotzdem schlagen.

Aber sie war nicht bewusstlos, denn sie begann plötzlich vor sich hin zu murmeln. Er konnte sie nicht verstehen und schob sich näher an sie heran.

»… auf der anderen Seite … werde ich auf dich warten … auf der anderen Seite …«

Tief in seinen Eingeweiden spürte Tanal Yathvanar plötzlich ein Ziehen. Und floh davor. *Es gibt keinen Gott, der irgendwann ein Urteil fällen wird. Niemand kümmert sich um das Ungleichgewicht der Taten – kein Gott steht über seinem eigenen Ungleichgewicht –, denn seine eigenen Taten werden genauso beurteilt wie die aller anderen. Aber wer bestimmt dann dieses Leben nach dem Tode? Ist es etwas, das von Natur aus existiert? Das ist lächerlich – in der Natur gibt es kein Gleichgewicht. Außerdem gibt es die Natur nur in dieser Welt – einzig und allein in dieser Welt. Ihre Regeln verlieren jede Bedeutung, wenn man die Brücke erst einmal überquert hat …*

Tanal Yathvanar stellte fest, dass er den Korridor entlangschritt und die schreckliche Frau und ihre Zelle bereits weit hinter ihm lagen – obwohl er sich nicht daran erinnern konnte, weggegangen zu sein.

Gerechtigkeit ist eine Einbildung, das hat Karos immer wieder und wieder gesagt. In der Natur gibt es sie nicht. »In Naturkatastrophen so etwas wie eine Strafe zu sehen ist ein Ansatz, dessen sich allzu eifrige und allzu fromme Menschen bedienen, von denen jeder einzelne davon überzeugt ist, dass die Welt zwar enden, er jedoch – und nur er allein, oder auch sie – verschont werden wird. Aber wie wir alle wissen, wird die Welt von den Abscheulichen geerbt, nicht von den Rechtschaffenen.«

Es sei denn, meldete sich ein Gedanke mit Janaths Stimme, *die beiden sind ein und dasselbe.*

Er fletschte die Zähne, als er die ausgetretenen Stufen hinaufeilte. Sie war tief unten. Angekettet. Eine Gefangene in einer Einzelzelle. Für sie gab es keine Möglichkeit zu entkommen. *Ich habe sie da unten gelassen. Tief unten. Weit weg von mir. Sie kann nicht fliehen.*

Aber in seinem Kopf hörte er sie lachen.

Und war sich auf einmal nicht mehr so sicher.

Zwei komplette Flügel des Ewigen Domizils standen leer – lange, verlassene Korridore und Zimmer, die nie benutzt worden waren, Vorratskammern, Verwaltungsräume mit gewölbten Decken, Unterkünfte für die Bediensteten und Küchen. Die Wachen, die einmal am Tag durch diese Abschnitte patrouillierten, trugen ihr Licht in Laternen bei sich und ließen ungeschmälerte Dunkelheit hinter sich zurück. In der zunehmenden Feuchtigkeit dieses unbewohnten Ortes hatte sich der Staub in Schimmel verwandelt, der Schimmel war verfault, und von der fauligen Schicht tropften giftige Flüssigkeiten herab, die an vergipsten Wänden entlangrannen und sich in Mulden im Fußboden sammelten.

Schon bald würden die raffinierten Neuerungen von Baggs Baufirma durch Nichtbenutzung und Vernachlässigung zunichte gemacht werden, wie es den meisten Dingen geschah, die von Händen außerhalb der Erde geschaffen worden waren, und Turudal Brizad, der Abtrünnige, hielt sich beinahe für etwas Besonderes, weil er diese elenden Tatsachen so deutlich erkannte. Es gab durchaus noch andere Ältere, die in ihrer nominellen Existenz weiterbestanden, aber sie fochten immer noch allesamt gegen das verheerende Wüten der unweigerlichen Auflösung. Wohingegen der Abtrünnige sich nicht stören ließ.

Meistens.

Die Jaghut hatten das Wesen der Sinnlosigkeit verstanden, was den Abtrünnigen mit einem Körnchen Mitgefühl für dieses tragischste aller Völker erfüllte. Und er fragte sich, wo Gothos jetzt wohl sein mochte. Vermutlich längst tot, wenn man alles in Betracht zog. Er hatte einen mehrbändigen Abschiedsbrief hinterlassen – seine *Narretei* –, der vermutlich an irgendeinem Punkt endete, obwohl der Abtrünnige bisher weder gesehen noch gehört hatte, dass solch ein Abschluss existierte. Vielleicht sind die nicht enden wollenden Aufzeichnungen eines Selbstmörders ja an sich schon eine versteckte Botschaft, dachte er, plötzlich misstrauisch geworden, aber wenn dem so sein sollte, war die Bedeutung für alle, die nicht über den Verstand eines Jaghut verfügten, zu unklar.

Er war dem Hexenkönig zu dem toten Azath gefolgt und lange genug dort geblieben, um Hannan Mosags Absichten zu erkennen, danach war er ins Ewige Domizil zurückgekehrt, wo er ungestört durch die leeren Gänge schreiten konnte. Und wo er – unter anderem – darüber nachdenken konnte, ob er noch einmal in den Streit eingreifen sollte. Um einmal mehr gegen die Verheerungen der Auflösung zu kämpfen.

Er hatte das Gefühl, als könnte er Gothos irgendwo lachen hören. Aber das war zweifellos nur seine Einbildungskraft, die immer darauf erpicht war, sich über seine sorgsam und vernünftig durchdachten Eingebungen lustig zu machen.

Als der Abtrünnige bemerkte, dass er sich in einem Korridor befand, der von schlammigem Wasser überflutet war, blieb er stehen. »Nun«, sagte er und seufzte leise, »um eine Reise zu beenden, muss man sie zunächst einmal beginnen. Am besten, ich handle, solange der Wille noch da ist.«

Ein Schritt, und er befand sich auf einer Lichtung, grünes, dichtes Gras unter seinen Füßen, ein Kreis aus strahlend schönen Blumen um die schwarzstämmigen Bäume herum, die den freien Platz säumten. Schmetterlinge tanzten von einer bunten Blüte zur nächsten. Das Stück Himmel, das über ihm zu sehen war, hatte einen zinnoberroten Schimmer, und die Luft schien merkwürdig dünn.

Hinter ihm erklang eine Stimme. »Ich wünsche hier keine Gesellschaft.«

Der Abtrünnige drehte sich um. Langsam neigte er den Kopf. »Es geschieht nicht oft, dass der Anblick einer Frau meine Seele mit Angst erfüllt.«

Sie starrte ihn finster an. »Bin ich denn so hässlich, Älterer?«

»Ganz im Gegenteil, Menandore. Eher … beeindruckend.«

»Du hast meinen Zufluchtsort widerrechtlich betreten.« Sie machte eine kurze Pause, ehe sie fragte: »Überrascht es dich, dass jemand wie ich eine Zuflucht braucht?«

»Ich weiß nicht, wie ich diese Frage beantworten soll«, antwortete er.

»Du bist sehr vorsichtig, Abtrünniger.«

»Ich vermute, dass du einen Grund suchst, um mich zu töten.«

Sie schritt an ihm vorbei, und ihr ausgefranster, zerfetzter, langer schwarzer Sarong flatterte hinter ihr her. »Beim Abgrund hienieden«, murmelte sie, »bin ich so leicht zu durchschauen? Wer außer dir hätte erraten können, dass ich eine Rechtfertigung brauche, um zu töten?«

»Dann hat dein Sinn für Sarkasmus also deine Einsamkeit überlebt, Menandore. Das ist doch genau das, was man mir immer vorwirft, oder? Meine … zufälligen Handlungen.«

»Oh, ich weiß, dass sie nicht zufällig sind. Sie wirken nur so. Du findest Vergnügen an tragischen Fehlschlägen, was mich zu der Frage führt, was du von mir willst? Wir passen nicht gut zueinander, du und ich.«

»Was hast du in letzter Zeit so gemacht?«, fragte er.

»Warum sollte ich dir das sagen?«

»Weil ich Informationen für dich habe, die du … *sehr gut zu deiner Natur passend* finden wirst. Und ich will eine Belohnung.«

»Wenn ich ablehne, wirst du diese schlimme Reise umsonst gemacht haben.«

»Sie wird nur schlimm werden, wenn du etwas Ungehöriges versuchst, Menandore.«

»Genau.«

Ihre unmenschlichen Augen betrachteten ihn unverwandt.

Er wartete.

»Himmelsfestungen«, sagte sie.

»Oh, ich verstehe. Dann hat es also angefangen?«

»Nein. Aber bald.«

»Nun, du gehörst zu denjenigen, die nicht handeln, ohne sich lange vorbereitet zu haben, von daher bin ich nicht allzu sehr überrascht. Und auf welcher Seite werden wir dich schließlich finden, Menandore?«

»Auf meiner natürlich.«

»Man wird sich dir entgegenstellen.«

Eine dünne Augenbraue wölbte sich.

Der Abtrünnige blickte sich um. »Ein angenehmer Ort. In welchem Gewirr befinden wir uns?«

»Du würdest es mir nicht glauben, wenn ich es dir sagen würde.«

»Ach, *das.*« Er nickte. »Also schön. Deine Schwestern haben sich verschworen.«

»Nicht gegen mich, Abtrünniger.«

»Nicht direkt, oder genauer, nicht unmittelbar. Aber sei versichert, dass ihr endgültiges Ziel darin besteht, dir den Kopf abzuschlagen.«

»Dann ist sie also befreit worden?«

»In Bälde.«

»Und du wirst nichts tun? Was ist mit den anderen in jener grausamen Stadt?«

Den anderen? »Mael ... ist eben Mael. Wer außer deinen beiden Schwestern versteckt sich noch in Letheras?«

»Schwestern«, sagte sie, und dann grinste sie höhnisch, drehte sich um, ging zum Rand der Lichtung, hockte sich hin und pflückte eine Blume. Sie wandte sich wieder zu ihm um, hob die Blume und sog tief ihren Duft ein.

Aus dem abgebrochenen Stengel tropfte gleichmäßig dickes rotes Blut.

Ich habe tatsächlich einmal gehört, wie jemand Schönheit als die dünnste Haut bezeichnet hat.

Plötzlich lächelte sie. »Nun, niemand. Ich habe mich versprochen.«

»Du verlockst mich zu einer wilden und fraglos zeitraubenden Suche, um deine Treuherzigkeit zu beweisen, Menandore. Was für einen Grund könntest du haben, mich auf so eine Spur zu setzen?«

Sie zuckte die Schultern. »Das geschieht dir recht, Abtrünniger – schließlich bist du in meinen Zufluchtsort eingedrungen. Sind wir hier fertig?«

»Deine Blume ist ausgeblutet«, sagte er, während er einen Schritt zurück machte und sich erneut in dem leeren, überfluteten Korridor im fünften Flügel des Ewigen Domizils wiederfand.

Die anderen. Dieses Miststück.

Sobald der Abtrünnige von der Lichtung verschwunden war, warf Menandore die verwelkte Blume zur Seite, und zwei Gestalten tauchten aus dem Wald auf, eine zu ihrer Linken und eine zu ihrer Rechten.

Menandore machte ein Hohlkreuz, während sie sich mit beiden Händen durch die dichten roten Haare fuhr.

Die beiden Gestalten blieben stehen und sahen ihr zu.

Sie hatte gewusst, dass sie das tun würden. »Ihr habt es gehört?«, fragte sie, und es war ihr gleichgültig, wer antwortete.

Keiner der beiden tat es. Menandore gab ihre Pose auf und starrte den dürren, von Schatten umwaberten Gott zu ihrer Linken an. »Das mit dem Gehstock ist wirklich ein ziemlich affektiertes Gehabe.«

»Stör dich nicht an meinem affektierten Gehabe, Frau. Blut, das aus einer Blume tropft, um des Vermummten willen – oh …« Der Gott, der unter dem Namen Schattenthron bekannt war, neigte den Kopf in Richtung der großen, in einen Kapuzenumhang gehüllten Gestalt ihm gegenüber. »Ergebenste Entschuldigung, Schnitter.«

Der Vermummte, der Lord des Todes, schien den Kopf schiefzulegen, als wäre er überrascht. »Deine?«

»Entschuldigung? Natürlich nicht. Das war kein Aussagesatz. Hatte er ein Subjekt? Nein. Wir drei tödlichen Kreaturen haben uns getroffen, haben miteinander gesprochen, haben uns auf herzlich wenig geeinigt und sind zu dem Schluss gekommen, dass unsere bisherigen Eindrücke voneinander sich als viel zu … generös erwiesen haben. Nichtsdestotrotz scheint es, als würden wir in der einen Sache mehr oder weniger übereinstimmen, die du, Vermummter, ansprechen wolltest. Kein Wunder, dass du so verzückt bist.«

Menandore blickte den Lord des Todes stirnrunzelnd an, suchte nach einem Hiweis auf Verzückung. Da sie keinen fand, beäugte sie Schattenthron erneut. »Du solltest wissen, dass ich deinen Anspruch niemals anerkannt habe.«

»Ich bin überwältigt. Dann sind also deine Schwestern hinter dir her. Was hast du nur für eine schreckliche Familie. Willst du Hilfe?«

»Du auch noch? Vergiss nicht, dass ich den Abtrünnigen abgewiesen habe.«

Schattenthron zuckte die Schultern. »Die Älteren denken zu langsam.

Mein Angebot hat eine andere Größenordnung. Überlege es dir gut, ehe du es zurückweist.«

»Und was willst du als Gegenleistung?«

»Ein Tor benutzen.«

»Welches Tor?«

Schattenthron kicherte – doch dann hörte das unheimliche Geräusch schlagartig auf, und mit ernster Stimme sagte er: »Starvald Demelain.«

»Wozu?«

»Na – um dir Unterstützung zu bieten, natürlich.«

»Du willst auch, dass meine Schwestern aus dem Weg sind – vielleicht mehr als ich. Du windest dich auf deinem Thron, was?«

»Eine günstige Überschneidung von Interessen, Menandore. Frag den Vermummten nach solchen Dingen, vor allem jetzt.«

»Wenn ich dir Zugang zu Starvald Demelain verschaffe, wirst du das Tor mehr als einmal nutzen.«

»Ich doch nicht.«

»Schwörst du das?«

»Warum nicht?«

»Wie töricht«, sagte der Vermummte krächzend.

»Ich werde dich auf deinen Schwur festnageln, Schattenthron«, sagte Menandore.

»Dann nimmst du also meine Hilfe an?«

»Genau wie du die meine in dieser Angelegenheit annimmst. Eine Überschneidung von Interessen, wie du gesagt hast.«

»Du hast recht«, sagte Schattenthron. »Ich ziehe alle Angebote hinsichtlich meiner ›Hilfe‹ zurück. Wir unterstützen uns gegenseitig, wie es zu besagter Überschneidung passt; und über die vor uns liegende Aufgabe hinaus wird es keinerlei gegenseitige Verpflichtungen geben.«

»Damit bin ich einverstanden.«

»Ihr beide«, sagte der Vermummte und wandte sich ab, »seid schlimmer als Advokaten. Und ihr wollt ganz bestimmt nicht wissen, was ich mit den Seelen von Advokaten mache.« Einen Herzschlag später war der Lord des Todes verschwunden.

Menandore runzelte die Stirn. »Schattenthron, was sind Advokaten?«

»Ein Berufsstand, der sich der Untergrabung von Gesetzen verschrieben hat, um dadurch Gewinne zu erzielen«, antwortete er, während er zurück in den Wald schlurfte, wobei sein Gehstock unerklärlicherweise klackende Geräusche machte. »Als ich Imperator war, habe ich daran gedacht, sie alle umzubringen.«

»Und warum hast du es nicht getan?«, fragte sie. Er begann bereits, zwischen den Bäumen zu einem Miasma aus Düsternis zu verblassen.

Seine Antwort kam schwach: »Der Königliche Advokat hat gesagt, es wäre ein schrecklicher Fehler.«

Menandore war wieder allein. Sie schaute sich um, brummte dann: »Bei den Göttern – ich hasse diesen Ort.« Einen Augenblick später war auch sie verschwunden.

Janall, die einstige Herrscherin des letherischen Imperiums, war kaum noch als Mensch zu erkennen. Brutal als Kanal für die chaotische Macht des Verkrüppelten Gottes benutzt, war ihr Körper zu einem bösartigen Alptraum verformt worden – die Knochen gekrümmt, die Muskeln überdehnt und verklebt – und jetzt hingen Fettwülste von ihrem missgestalteten Körper. Sie konnte nicht gehen, konnte noch nicht einmal den linken Arm heben, und die Zauberei hatte ihren Verstand gebrochen. In ihren Augen, die in der Düsternis böswillig glitzerten, loderte der Wahnsinn, wie Nisall feststellte, als sie – eine Laterne in der Hand – im Türrahmen stehenblieb.

Das Zimmer stank nach Schweiß, Urin und den Absonderungen der zahllosen eiternden Wunden auf Janalls Haut; dazu kamen noch andere Gerüche, von denen einer süßlich war – wie nach verdorbenem Essen –, während der andere, stechende, die Konkubine des Imperators an verfaulende Zähne erinnerte.

Janall zog sich mit einer merkwürdigen, asymmetrischen Verlagerung ihrer Hüften vorwärts, drehte sich dabei auf ihrem rechten Arm. Die Bewegung wurde von einem feuchten Geräusch begleitet, und Nisall sah Speichel aus dem missgestalteten Mund der einst schönen Frau strömen. Der ganze Fußboden war mit diesem Schleim bedeckt, der, wie ihr klar wurde, die Quelle des stechenden Geruchs war.

Die Konkubine kämpfte gegen die aufsteigende Übelkeit an und trat ein paar Schritte vor. »Imperatrix.«

»Nicht mehr!« Die Stimme war rau – Worte, die durch eine verformte Kehle gepresst worden waren –, und mit jeder Bewegung ihres verunstalteten Kiefers spuckte sie Sabber aus. »Ich bin Königin! Königin seines Hauses, seines honigsüßen Hauses – oh, wir sind eine zufriedene Familie, oh, ja, und eines Tages, eines baldigen Tages – du wirst es erleben, oh, ja – wird das Hündchen auf dem Thron hierherkommen. Zu mir, seiner Königin. Du, Hure, du bist niemand – das Haus ist nicht für dich. Du machst Rhulad blind für die Wahrheit, aber seine Sicht wird sich klären, sobald wir«, ihre Stimme sank zu einem Flüstern herab, und sie beugte sich vor, »dich los sind.«

»Ich bin gekommen«, sagte Niall, »um nachzusehen, ob Ihr irgendetwas braucht …«

»Lügnerin. Du bist gekommen, weil du Verbündete suchst. Du hast vor, ihn zu rauben. Mir. Unserem wahren Herrn. Du wirst scheitern! Wo ist mein Sohn? Wo ist er?«

Nisall schüttelte den Kopf. »Ich weiß es nicht. Ich weiß noch nicht einmal, ob er noch am Leben ist – manche bei Hofe behaupten, dass er noch lebt, während andere mir erzählen, er sei schon lange tot. Aber ich werde versuchen, es herauszubekommen, Imperatrix. Und wenn ich es weiß, werde ich wieder hierher kommen. Mit der Wahrheit.«

»Ich glaube dir nicht. Du warst nie meine Verbündete. Du warst Ezgaras Hure, nicht meine.«

»Hat Turudal Brizad Euch besucht, Imperatrix?«

Einen Augenblick lang schien es, als würde sie nicht antworten. Dann brachte sie so etwas wie ein Schulterzucken zustande. »Er traut sich nicht. Der Herr sieht durch meine Augen – sag das Rhulad, und er wird wissen, was geschehen muss. Durch meine Augen – schau genauer her, wenn du einen Gott kennenlernen willst. Den Gott. Den einzigen Gott, der jetzt noch wichtig ist. Die anderen sind blind, so blind, wie du Rhulad gemacht hast, aber ihnen allen steht eine Überraschung bevor, oh ja. Das Haus ist groß – größer als du es dir vorstellst. Das Haus sind wir alle, Hure, und eines Tages wird diese Wahrheit verkündet werden, so dass alle es hören werden. Siehst du mich? Ich bin auf den Knien, und das ist kein Zufall. Eines Tages werden alle Menschen auf den Knien sein, und sie werden mich als ihre Königin anerkennen. Was den König in Ketten angeht«, sie lachte, und es klang zäh und schleimig, »nun, der Krone ist es gleichgültig, an wessen Schädel sie gebunden ist. Das Hündchen versagt, verstehst du. Es versagt. Das führt zu … Unzufriedenheit. Ich sollte dich töten, hier und jetzt. Komm näher, Hure.«

Stattdessen trat Nisall einen Schritt zurück, dann noch einen, bis sie wieder im Türrahmen stand. »Imperatrix, der Kanzler ist die Ursache von Rhulads … Versagen. Dein Gott sollte das wissen, damit er keinen Fehler macht. Wenn du jemanden tötest, sollte das Triban Gnol sein … und vielleicht auch Karos Invictad. Sie haben sich verschworen, die Edur zu stürzen.«

»Die Edur?« Janall spuckte aus. »Der Herr ist fast fertig mit ihnen. Fast fertig.«

»Ich werde Bedienstete hierherunter schicken«, sagte Nisall. »Damit sie Euer Zimmer saubermachen, Imperatrix.«

»Spione.«

»Nein, aus Eurem eigenen Gefolge.«

»Die wurden umgedreht.«

»Imperatrix, sie werden sich um Euch kümmern, denn ihre Loyalität ist ungebrochen.«

»Aber ich will nicht, dass sie hierherkommen!« Janall kauerte sich noch mehr zusammen. »Ich will nicht, dass sie … mich so sehen.«

»Ich werde ein Bett herunterbringen lassen. Mit einem Baldachin. Ihr könnt den Schleier zuziehen, wenn sie kommen. Das veschmutzte Bettzeug durch einen Spalt im Vorhang herausgeben.«

»Das würdest du tun? Ich wollte dich töten.«

»Die Vergangenheit hat keine Bedeutung«, sagte Nisall. »Nicht mehr.«

»Verschwinde«, krächzte Janall und blickte weg. »Der Herr ist empört über dich. Zu leiden ist unser natürlicher Zustand. Eine Tatsache, die bekannt gemacht werden muss, und das werde ich tun, wenn ich meinen neuen Thron gewinne. Verschwinde, Hure, oder komm näher.«

»Erwartet Eure Diener binnen eines Glockenschlags«, sagte Nisall. Dann drehte sie sich um und verließ das grässliche Zimmer.

Als die Schritte der Hure verhallten, rollte Janall, die Königin des Hauses der Ketten, sich auf dem glitschigen, besudelten Fußboden zu einem Ball zusammen. Wahnsinn flackerte in ihren Augen auf, war da, wieder fort, dann wieder da. Wieder und wieder aufs Neue. Sie sprach, und einmal klang ihre Stimme dumpf, das andere Mal krächzend.

»Verwundbar.«

»Bis zum endgültigen Krieg. Schau dir die Armee an, wie sie herumschwenkt, ganz und gar herumschwenkt. Diese schäbigen Spielchen hier, diese Zeiten sind fast vorbei, sie sind für uns alle fast vorbei. Oh, wenn der Schmerz schließlich aufhört, wirst du mich wirklich sehen. Teure Königin, einst war meine Macht der süßeste Kuss. Eine Liebe, die nichts zerbrochen hat.«

»Gebt mir meinen Thron. Ihr habt es versprochen.«

»Ist er es wert?«

»Ich bitte Euch …«

»Alle bitten sie mich, und sie nennen es Gebete. Welch sauren Segen muss ich aus dieser immerwährenden Quelle der Angst, Bosheit und nackten Gier schlucken? Werdet ihr es denn niemals erkennen? Niemals verstehen? Ich muss die Gebrochenen finden, nur rechnet nicht mit meiner Berührung. Niemand versteht, wie sehr die Götter die Freiheit fürchten. Niemand.«

»Ihr habt mich angelogen.«

»Du hast dich selbst angelogen. Ihr alle tut das, und ihr nennt es Glauben. Ich bin euer Gott. Ich bin das, was ihr aus mir gemacht habt. Ihr alle macht ein großes Geschrei wegen meiner Gleichgültigkeit, aber ich versichere dir, euer Geschrei wäre noch viel größer, wenn ich euch meine Aufmerksamkeit schenken würde. Nein, erzähle mir nicht, dass es anders wäre. Ich weiß, was ihr in meinem Namen zu tun behauptet. Ich weiß, dass eure größte Angst die ist, dass ich euch eines Tages darauf festnagle – und das ist das wahre Spiel hier, dieses Knöchelchenspiel der Seele. Pass auf, Sterbliche, pass auf, wie ich euch darauf festnagle. Jeden Einzelnen von euch.«

»Mein Gott ist verrückt.«

»Ich bin so, wie ihr mich haben wollt.«

»Ich will meinen Thron.«

»Du willst immer etwas.«

»Warum wollt Ihr ihn mir nicht geben?«

»Ich antworte als Gott: Wenn ich dir das gebe, was du willst, werden wir alle sterben. Ha, ich weiß – *es ist dir egal.* Oh, ihr Menschen, ihr seid wirklich etwas Besonderes. Ihr macht mir jeden einzelnen Atemzug zur unterträglichen Qual. Und meine Krämpfe sind eure Wonnen. Also gut, Sterbliche, ich werde auf deine Gebete antworten. Ich verspreche es dir. Aber sag bitte nie, ich hätte dich nicht gewarnt. Tu das nicht. *Niemals.*«

Janall lachte, spuckte Speichelfäden. »Wir sind verrückt«, flüsterte sie. »Oh, ja, vollkommen verrückt. Und wir steigen ins Licht …«

Trotz all der herumhuschenden Bediensteten und der reglosen, behelmten Wachen an verschiedenen Eingängen fand Nisall die belebteren Bereiche des Ewigen Domizils in mancherlei Hinsicht bedrückender als die verlassenen Korridore, die sie vor einem Drittel Glockenschlag hinter sich gelassen hatte. Misstrauen verschlechterte die Luft, Furcht lauerte wie Schatten am Boden zwischen zwischen den Pfeilern aus Fackellicht. Angesichts des Verfolgungswahns, der Intrigen und des aufkommenden Verrats, von denen der Palast förmlich überquoll, hatte sein Name mittlerweile einen ironischen Beigeschmack bekommen. Als wären die Menschen zu nichts Besserem imstande und für alle Zeiten zu einem derart schäbigen Dasein verdammt.

Offensichtlich war Frieden an sich nichts Befriedigendes – abgesehen von der Freiheit, die er gewährte und die man dazu nutzen konnte, allen möglichen Unsinn zu treiben. Ihr Besuch bei der vermutlich wahnsinnigen Janall hatte Nisall erschüttert. Dieser Verkrüppelte Gott lauerte tatsächlich in den Augen der ehemaligen Herrscherin – Nisall hatte ihn gesehen, hatte gespürt, wie er auch ihr seine Aufmerksamkeit zugewandt, ihren möglichen Nutzen bedacht hatte – und es hatte sie frösteln gemacht. Sie wollte kein Teil der Pläne eines Gottes sein – und ganz besonders nicht dieses Gottes. Womöglich noch erschreckender war, dass Janalls Begierden ungeachtet ihres gequälten, brutal misshandelten Körpers noch immer vorhanden waren, aufgebläht von Visionen von höchster Macht. Der Gott benutzte sie ebenfalls.

Gerüchte über einen Krieg fauchten wie Windböen durch den Palast, Geschichten von einer Verschwörung angriffslustiger Königreiche und Stämme an den Landesgrenzen im Osten. Die Berichte, die der Kanzler

Rhulad übermittelt hatte, waren alles andere als ehrlich gewesen, aber sie sollten den Imperator ja auch dazu ermuntern, den Einsatz zu erhöhen. Eine offizielle Kriegserklärung, das Überschreiten der Grenzen durch große Truppenverbände – ein Eroberungsfeldzug, um den Feinden zuvorzukommen. Schließlich war es weitaus besser, in ihren Ländern Blut zu vergießen statt auf letheriischem Boden. *»Wenn das von Bolkando angeführte Bündnis Krieg will, soll es ihn haben.«* Die glänzenden Augen des Kanzlers straften seine kühl und beinahe tonlos vorgebrachten Worte Lügen.

Rhulad war auf seinem Thron herumgerutscht, hatte seinem Unbehagen vor sich hinmurmelnd Ausdruck verliehen – die Edur waren zu weit verstreut, die K'risnan erschöpft. Warum konnten die Bolkandonen ihn so wenig leiden? Es hatte keine Liste mit Beschwerden gegeben. Er hatte nichts getan, um dieses Feuer zu entfachen.

Triban Gnol hatte in aller Ruhe darauf hingewiesen, dass erst einen Tag zuvor vier Agenten der verschworenen Mächte gefangen genommen worden waren, als sie Letheras betreten hatten. Als Kaufleute verkleidet, die Elfenbein kaufen wollten. Karos Invictad hatte einen Kurier mit ihren Geständnissen geschickt – wollte der Imperator sie vielleicht sehen?

Rhulad hatte nichts gesagt, sondern nur ablehnend den Kopf geschüttelt, während er den Blick seiner schmerzerfüllten Augen nicht von den Fliesen des Podests unter seinen Füßen genommen hatte.

Er war so verloren, dieser schreckliche Imperator.

Als sie in den Gang einbog, der zu ihren privaten Gemächern führte, sah sie eine große Gestalt unweit ihrer Tür stehen. Ein Tiste Edur, einer der wenigen, die im Palast lebten. Sie erinnerte sich vage daran, dass dieser Krieger etwas mit Sicherheitsaufgaben zu tun hatte.

Er neigte grüßend den Kopf, als sie nähertrat. »Erste Konkubine Nisall.«

»Hat der Imperator Euch geschickt?«, fragte sie, während sie an ihm vorbeiging und ihm dabei bedeutete, sie in ihre Gemächer zu begleiten. Nur die wenigsten Männer waren in der Lage, sie einzuschüchtern – dazu konnte sie sich zu gut in ihren Geist einfühlen. In der Gesellschaft von Frauen fühlte sie sich weniger wohl, genau wie in der von gewissermaßen kastrierten Männern wie Triban Gnol.

»Leider ist es mir nicht gestattet, mit meinem Imperator zu sprechen«, sagte der Krieger.

Sie blieb stehen und blickte ihn an. »Seid Ihr in Ungnade gefallen?«

»Ich habe keine Ahnung.«

Jetzt war Nisall wirklich neugierig geworden. Sie schaute den Edur ein paar Herzschläge lang an und fragte dann: »Wollt Ihr etwas Wein?«

»Danke, nein. Wusstet Ihr, dass Karos Invictad die Anweisung erteilt hat, Beweise zusammenzutragen, die zu Eurer Verhaftung wegen Aufwiegelung führen sollen?«

Sie blieb ganz still stehen. Eine Hitzewelle durchströmte sie, dann wurde ihr plötzlich kalt, und die Schweißtropfen auf ihrer Stirn fühlten sich an wie Eis. »Seid Ihr hier«, flüsterte sie, »um mich zu verhaften?«

Er zog die Brauen hoch. »Nein, nicht deshalb. Genauer gesagt, ganz im Gegenteil.«

»Dann wollt Ihr also bei meinem Verrat mitmachen?«

»Erste Konkubine, ich glaube nicht, dass Ihr Euch an irgendwelchen aufrührerischen Handlungen beteiligt. Und falls doch, bezweifle ich, dass sie sich gegen Imperator Rhulad richten.«

Sie runzelte die Stirn. »Aber wenn sich meine Taten nicht gegen den Imperator richten, gegen wen dann? Und wie könnte man sie für verräterisch halten, wenn sie nicht gegen Rhulad gerichtet sind? Glaubt Ihr, ich ärgere mich über die Vorherrschaft der Edur? Gegen wen genau habe ich mich verschworen?«

»Wenn ich gezwungen wäre, eine Vermutung zu wagen … Kanzler Triban Gnol.«

Sie schwieg einen Augenblick und fragte dann: »Was wollt Ihr?«

»Verzeiht mir. Ich heiße Bruthen Trana. Ich wurde beauftragt, die Aktionen der Patriotisten zu überwachen, obwohl der Imperator diesen speziellen Auftrag inzwischen wahrscheinlich vergessen hat.«

»Das überrascht mich nicht. Ihr habt ihm noch keinen Bericht erstattet.«

Er verzog das Gesicht. »Das stimmt. Dafür hat der Kanzler gesorgt.«

»Er besteht darauf, dass Ihr stattdessen *ihm* Bericht erstattet, oder? Ich fange allmählich an zu verstehen, Bruthen Trana.«

»Vermutlich sind Triban Gnols Beteuerungen, dass er besagte Berichte an Rhulad weitergeleitet hat, falsch.«

»Die einzigen Berichte, die der Imperator im Hinblick auf die Patriotisten bekommt, sind die des Beaufsichtigers – nachdem der Kanzler sie überprüft hat.«

Er seufzte. »Genau wie ich vermutet habe. Erste Konkubine, es heißt, dass Eure Beziehung zum Imperator mittlerweile mehr ist als eine zwischen Herrscher und erwählter Hure – verzeiht mir, dass ich diesen Begriff benutze. Rhulad wird von seinem eigenen Volk isoliert. Er nimmt täglich Bittgesuche entgegen, aber die stammen alle von Letherii, und die Bittsteller werden von Triban Gnol und seinen Leuten sorgfältig ausgewählt. Seit die Flotten davongesegelt sind, ist alles noch schlimmer geworden, denn an Bord jener Schiffe waren Tomad Sengar und Uruth und noch viele andere Hiroth, darunter auch Rhulads Bruder Binadas. Alle, die sich den Machenschaften des Kanzlers wirksam hätten entgegenstellen können, wurden aus Rhulads Umfeld entfernt. Sogar Hanradi Khalag …« Er verstummte, starrte sie an. Dann zuckte er die Schultern. »Ich muss mit dem Imperator sprechen, Nisall. Unter vier Augen.«

»Wenn ich demnächst gefangen genommen werde, kann ich Euch wahrscheinlich nicht helfen«, sagte sie.

»Nur Rhulad kann verhindern, dass das geschieht«, sagte Bruthen Trana. »In der Zwischenzeit kann ich Euch einen gewissen Schutz gewähren.«

Sie legte den Kopf schräg. »Wie das?«

»Ich werde Euch zwei Leibwächter aus meinem Volk zuteilen.«

»Oh, dann seid Ihr also doch nicht ganz allein, Bruthen.«

»Der einzige Edur, der hier *wirklich* allein ist, ist der Imperator. Und vielleicht Hannan Mosag, obwohl der immer noch seine K'risnan hat – aber es ist alles andere als gewiss, dass der einstige Hexenkönig Rhulad gegenüber loyal ist.«

Nisall lächelte, aber es war ein humorloses Lächeln. »Und so stellt sich heraus«, sagte sie, »dass sich die Tiste Edur letztlich nicht von den Letherii unterscheiden. Wisst Ihr, Rhulad würde wollen, dass es … anders wäre.«

»Dann können wir ihm vielleicht zusammen dabei helfen, dass seine Vision wahr wird.«

»Eure Leibwächter sollten sehr geschickt sein, Bruthen. Die Spione des Kanzlers beobachten mich ohne Unterlass.«

Der Edur lächelte. »Wir sind die Kinder des Schattens, Nisall …«

Einst, in längst vergangenen Zeiten, war sie eine Zeit lang durch die Sphäre des Vermummten gewandert. In der Sprache der Eleint hieß das Gewirr, das weder ein neues noch ein älteres war, Festal'rythan, die Schichten der Toten. Die entsprechenden Beweise hatte sie gefunden, als sie eine gewundene Schlucht durchquert hatte, deren raue Wände unzählige Schichten offenbarten, die die Wahrheit über die Auslöschung bekundeten. Denn in den Sedimenten von Festal'rythan war jede Art gefangen, die jemals existiert hatte – aber nicht auf die gleiche Weise wie bei ähnlichen geologischen Formationen, die auf allen Welten gefunden werden können; nein, in der Sphäre des Vermummten bestanden die Seelenfunken fort, und was sie zu Gesicht bekam, war ihr »Leben«, hier verwaist, zur Unbeweglichkeit zermalmt. Der Stein selbst war, um das besondere Oxymoron zu gebrauchen, das die Sprache des Todes heimsuchte, *am Leben.*

In der aufgewühlten Erde, die den leblosen Azath von Letheras umgab, waren viele jener seit langem ausgelöschten Kreaturen durch das Tor zurückgekrochen, heimtückisch wie irgendein beliebiges Ungeziefer. Zugegeben, es war kein Tor im eigentlichen Sinn, es waren nur … Risse, Spalten – als hätte ein schrecklicher Dämon von beiden Seiten aus zugeschlagen und mit Krallen so groß wie Zweihandschwertern das Gewebe zwischen den Gewirren zerrissen. Hier hatten Kämpfe stattgefunden, das Blut von Aufgestiegenen war vergossen, unhaltbare Schwüre waren ausgesprochen worden. Sie konnte noch immer den Tod der Tarthenal-Götter riechen, konnte ihr empörtes, ungläubiges Geschrei beinahe hören, als erst einer fiel, dann noch einer, und noch einer … bis alle dahin waren, ausgeliefert an Festal'rythan. Sie hatte kein Mitleid mit ihnen. Es war allzu leicht, arrogant zu sein, wenn man in dieser Welt eintraf, und zu glauben, dass niemand eine entfesselte uralte Macht herausfordern könnte.

Sie hatte schon vor langer Zeit einen Haufen Wahrheiten im unaufhaltsamen Voranschreiten der Zeit entdeckt. Was rau war, wurde verfeinert, und jede Verfeinerung ließ Macht noch tödlicher werden. All das, was einfach war, würde zu gegebener Zeit und unter ausreichend Druck – und wenn die zufällige Gelegenheit sich als gütig und nicht böswillig erwies – eine größere Komplexität erlangen. Und doch wurde an irgendeinem Punkt eine Schwelle überschritten, und die Komplexität brach in sich zusammen und zerfiel. Was das anging, war nichts im Voraus festgelegt. Bei manchen Formen vollzogen sich Aufstieg und Fall mit erstaunlicher Geschwindigkeit, während andere über außergewöhnlich lange Zeiträume hinweg scheinbar unverändert bestehen bleiben konnten.

Und daher glaubte sie, dass sie mehr verstand als die meisten, und stellte fest, dass sie mit diesem Wissen nicht allzu viel anfangen konnte. Sie stand auf dem überwucherten, mitgenommenen Hof, die kalten, unmenschlichen Augen unverwandt auf den missgestalteten Mann gerichtet, der am Rand des größten aufgerissenen Hügelgrabs kauerte, und konnte durch seine äußere Erscheinung hindurch das Chaos in seinem Innern erkennen, konnte sehen, wie es in dem komplizierten Gefüge aus Fleisch, Blut und Knochen zur Auflösung drängte. Schmerz strömte von seinem buckligen, verdrehten Rücken aus, während sie ihn weiter betrachtete.

Er war sich ihrer Anwesenheit bewusst geworden; in seinem Innern flüsterte Furcht, und die magische Macht des Verkrüppelten Gottes baute sich auf. Aber er war sich nicht sicher, ob sie eine Bedrohung darstellte. In der Zwischenzeit stieg und sank sein Ehrgeiz wie schäumende Meereswogen, die sich an der Insel seiner Seele brachen.

Sie kam zu dem Schluss, dass sie den hier gebrauchen könnte.

»Ich bin Hannan Mosag«, sagte der Mann, ohne sich umzudrehen. »Du … du bist eine Wechselgängerin. Die grausamste der Schwestern, verhasst im Pantheon der Edur. Dein Herz ist Verrat. Ich grüße dich, Sukul Ankhadu.«

Sie trat näher. »Verrat gehört zu derjenigen, die da unten begraben ist, Hannan Mosag. Zu der Schwester, die ihr einst angebetet habt. Ich frage mich, wie stark das euer Schicksal geformt hat, Edur? Ist dein Volk in letzter Zeit von irgendeiner Art von Verrat heimgesucht worden? Oh, ich habe gesehen, dass du zusammengezuckt bist. Nun, dann sollte keiner von uns beiden überrascht sein.«

»Du arbeitest daran, sie zu befreien.«

»Ich bin mit Sheltatha Lore immer besser ausgekommen als mit Menandore … auch wenn das dieses Mal vielleicht nicht der Fall sein wird. Die Begrabene hat ihre … fixen Ideen.«

Der Tiste Edur schnaubte. »Haben wir das nicht alle?«

»Wie lange weißt du schon, dass eure am meisten geschätzte Beschützerin hier begraben ist?«

»Ich hatte einen Verdacht. Seit Jahren. Ich hatte gedacht – gehofft –, dass ich auch das, was von Scabandari Blutauge noch übrig ist, hier finden würde.«

»Das ist der falsche Aufgestiegene«, sagte Sukul Ankhadu; ihr Tonfall war eigenartig. »Wenn du wirklich begriffen hättest, wer damals wen verraten hat, hättest du es gewusst.«

»Ich höre die Verachtung in deiner Stimme.«

»Warum bist du hier? Bist du so erpicht darauf, deine Macht den Ritualen hinzuzufügen, die ich da unten entfesselt habe?«

»Es könnte sein«, sagte Hannan Mosag, »dass wir … für eine gewisse Zeit … zusammenarbeiten könnten.«

»Was hätte das für einen Nutzen?«

Der Tiste Edur drehte sich um, um zu ihr aufblicken zu können. »Es scheint offensichtlich. Gerade jetzt sucht Silchas Ruin denjenigen, von dem ich geglaubt habe, dass er hier wäre. Ich bezweifle, dass es dir oder Sheltatha Lore gefallen würde, sollte er Erfolg haben. Ich kann euch auf seine Spur führen. Ich kann euch auch … Unterstützung gewähren, wenn der Augenblick kommt, in dem ihr ihm entgegentretet.«

»Und was willst du als Gegenleistung?«

»Zum einen können wir dafür sorgen, dass du aufhörst, Bürger dieser Stadt zu töten und zu essen. Zum anderen können wir Silchas Ruin vernichten.«

Sie gab einen undeutlichen Laut von sich. »Diese Behauptung habe ich schon früher gehört, Hannan Mosag. Ist der Verkrüppelte Gott wirklich bereit, ihn herauszufordern?«

»Mit Verbündeten – ja.«

Sie dachte über seinen Vorschlag nach. Es würde Verrat geben, aber das würde vermutlich erst geschehen, wenn Ruin erledigt war – wenn es um die Verwendung des Finnest ging. Dann würde sich das Spiel ändern. Sie wusste nur zu gut, dass Scabandari Blutauges Macht nicht mehr das war, was sie einst gewesen war, und dass das, was noch übrig war, sehr verwundbar sein würde. »Sag mir, reist Silchas Ruin allein?«

»Nein. Er hat eine Handvoll Begleiter, aber nur einer von ihnen gibt Anlass zur Besorgnis. Ein Tiste Edur, der älteste der Sengar-Brüder, einst der Befehlshaber der Edur-Krieger.«

»Ein überraschendes Bündnis.«

»Wacklig trifft es besser. Auch er sucht den Finnest und wird, wie ich glaube, alles tun, um zu verhindern, dass er Ruin in die Hände fällt.«

»Oh, der Eigennutz plagt uns alle.« Sukul Ankhadu lächelte. »Also gut, Hannan Mosag. Wir sind uns einig, aber sag deinem Verkrüppelten Gott Folgendes: Im Augenblick des Angriffs zu fliehen, Sheltatha Lore und mich Silchas Ruin zu überlassen und ... sagen wir, sich während des Kampfes mit dem Finnest davonzumachen, würde sich als tödlicher Irrtum erweisen. Mit unseren letzten Atemzügen werden wir Silchas Ruin alles erzählen, was er wissen will, und er wird kommen, um sich den Verkrüppelten Gott zu holen – und sich nicht erweichen lassen.«

»Ihr werdet nicht im Stich gelassen werden, Sukul Ankhadu. Was den Finnest angeht – wollt ihr ihn für euch? Wollt ihr ihn selbst beanspruchen?«

Sie lachte. »Damit wir gegeneinander um ihn kämpfen? Nein. Uns wäre es lieber, wenn er zerstört würde.«

»Ich verstehe. Würdet ihr denn dann Einwände erheben, wenn der Verkrüppelte Gott von seiner Macht Gebrauch macht?«

»Wird ihn das letzten Endes vernichten?«

»Oh, ja, Sukul Ankhadu.«

Sie zuckte die Schultern. »Ganz wie du willst.« *Du musst mich wirklich für eine Närrin halten, Hannan Mosag.* »Dein Gott zieht in den Krieg – er wird auf seinem Marsch jede Hilfe brauchen, die er kriegen kann.«

Hannan Mosag lächelte nun seinerseits – was aus seinem Gesicht eine verzerrte, barbarische Maske machte. »Er kann nicht marschieren. Er kriecht nicht einmal. Der Krieg kommt zu ihm, Schwester.«

Wenn dieser Unterschied eine versteckte Bedeutung hatte, konnte Sukul Ankhadu sie nicht erkennen. Sie hob den Blick und richtete ihn nach Süden, auf den Fluss. Kreisende Möwen, merkwürdige Inseln aus Stöcken und Gräsern, die sich in der Strömung drehten. Und unter der wirbelnden Oberfläche konnte sie riesige, angriffslustige Ungeheuer spüren, die die Inseln als Köder benutzten. Was auch immer zu nahe kam ...

Ein grollender Ausbruch von Macht lenkte ihre Aufmerksamkeit auf das aufgerissene Hügelgrab, und sie schaute erneut nach unten. »Sie kommt, Hannan Mosag.«

»Soll ich gehen? Oder wird sie für unsere Abmachung offen sein?«

»Da kann ich nicht für sie sprechen, Edur. Am besten, du gehst – sie wird zumindest sehr, sehr hungrig sein. Außerdem haben sie und ich viel zu besprechen … alte Wunden zwischen uns, die wir heilen müssen …«

Sie sah zu, wie der missgestaltete Hexer sich davonschleppte. *Letzten Endes bist du viel mehr ihr Kind als meines, und ich ziehe es vor, wenn sie im Augenblick keine Verbündeten hat.*

Außerdem war das alles sowieso Menandores Schuld.

Kapitel Sechs

Die Argumentation lautete folgendermaßen: eine Zivilisation, die an die Beschränkungen übermäßiger Kontrolle gefesselt ist – von der Wahl der Religion bis zur Herstellung von Waren – wird sowohl den Willen als auch den Einfallsreichtum ihres Volkes erschöpfen, da diese Qualitäten nicht mehr genügend gefördert oder belohnt werden. Auf den ersten Blick trifft dies zu. Probleme treten dann auf, wenn die Gegner eines solchen Systems das genaue Gegenteil einführen – ein System, in dem Individualismus eine Art Gott und sakrosankt wird und es nicht mehr möglich ist, einem anderen Ideal (einschließlich dem der Gemeinschaft) auf höhere Weise zu dienen. In einem solchen System gedeiht Habgier unter dem Deckmantel der Freiheit, und die schlimmsten Aspekte der menschlichen Natur kommen zum Vorschein, eine Art Unnachgiebigkeit, die so heftig und sinnlos ist wie ihr mütterliches Gegenstück.

Und so wird man beim Zusammenprall dieser beiden extremen Systeme Zeuge brutaler Dummheit und eines bluttriefenden Mangels an Sensibilität; zwei angriffslustige Gesichter, die einander über eine unergründete Entfernung hinweg anstarren, und die in ihren Taten und ihrem Fanatismus nichts weiter als Spiegelbilder voneinander sind.

Dies könnte erheiternd sein, wenn es nicht so erbärmlich idiotisch wäre …

In Verteidigung des Mitleids
Denabaris von Letheras, 4. Jahrhundert

Tote Piraten waren besser, sinnierte Shurq Elalle. Es lag eine verdrehte Art von Gerechtigkeit darin, wenn die Toten die Lebenden beraubten, vor allem, wenn es darum ging, ihnen ihre geschätzten Besitztümer zu stehlen. Das Vergnügen, ihnen diese letztlich wertlosen Objekte aus den Händen zu reißen, war der einzige Grund für ihre kriminellen Aktivitäten – und er spornte sie mehr als genug an, um sie ihren neu entdeckten Beruf weiter ausüben zu lassen. Außerdem war sie gut darin.

Der Laderaum der *Unvergänglichen Dankbarkeit* war mit der Fracht des verlassenen Edur-Schiffs gefüllt, der Wind wehte kräftig und gleichmäßig und trieb sie scharf nach Norden aus der Drachensee heraus, und es sah so aus, als ob die gewaltige Flotte in ihrem Kielwasser nicht näher kam.

Schiffe der Edur und der Letherii. Hundert, vielleicht auch mehr. Sie waren aus Richtung Südwesten gekommen und steuerten in einem konvergierenden Winkel auf die Schifffahrtsstraße zu, die zur Mündung des Lether führte. Die gleiche Schifffahrtsstraße, der Shurq Elalles Schiff nun folgte, genau wie die beiden Handelsleichter, die die *Unvergängliche Dankbarkeit* rasch einholte. Letzteres war wirklich zu schade, weil diese Leichter aus Pilott reife Beute waren, und ohne die Unmengen imperialer Schiffe, die von hinten herankrochen, hätte sie sich auf sie gestürzt.

Fluchend kam Skorgen Kaban zu ihr auf aufs Achterdeck gehumpelt und stellte sich neben sie an die Reling. »Es ist diese verdammte Suche, was? Die beiden Hauptflotten, oder was noch von ihnen übrig ist.« Der Erste Maat beugte sich über die Reling und spuckte ins schäumende Kielwasser. »Sie werden uns den ganzen Weg bis in den Hafen von Letheras in den Arsch kneifen.«

»Das stimmt, mein Hübscher, was bedeutet, dass wir nett bleiben müssen.«

»Ja, klar. Es gibt nichts Tragischeres, als nett bleiben zu müssen.«

»Wir werden darüber hinwegkommen«, sagte Shurq Elalle. »Wenn wir erst mal im Hafen sind, können wir verkaufen, was wir erbeutet haben, und zwar hoffentlich, bevor die Flotte ankommt und das Gleiche macht – denn dann werden die Preise fallen, vergiss das nicht. Und dann machen wir uns wieder davon. Es gibt noch mehr Leichter aus Pilott, Skorgen.«

»Ihr glaubt nicht, dass die Flotte auf das treibende Wrack gestoßen ist, oder? Sie haben jeden Fetzen Segel gesetzt, als wenn sie uns womöglich verfolgen würden. Wir fahren in die Mündung ein und sitzen in der Falle, Kapitän.«

»Nun, da sagst du was. Wenn sie wirklich von dem Sturm auseinandergepustet wurden, könnten ein paar von ihnen auf das Wrack gestoßen sein, bevor es untergegangen ist.« Sie dachte einige Zeit nach. »Pass auf. Wir werden an der Flussmündung vorbeisegeln. Und wenn sie nicht weiter auf uns achten und flussaufwärts fahren, können wir wenden und ihnen folgen. Aber das bedeutet, dass sie ihre Ladung löschen werden, bevor wir es tun können, was wiederum bedeutet, dass wir nicht so viel kriegen werden …«

»Es sei denn, ihre Beute kommt gar nicht auf den Markt«, unterbrach sie der Erste Maat. »Es könnte sein, dass das alles dafür gedacht ist, die königlichen Schatzkammern wieder aufzufüllen, Kapitän, oder vielleicht geht es auch nur an die Edur und sonst niemanden. Es ist schließlich Blut und Kagenza. Wir können uns immer noch eine Küstenstadt suchen und unsere Ladung dort verkaufen.«

»Mit jedem Teil deines Körpers, den du verlierst, wirst du weiser, mein Hübscher.«

Er grunzte. »Irgendwas Gutes muss es ja haben.«

»Das ist die richtige Einstellung«, antwortete sie. »Na schön, genau das werden wir tun, aber vergiss die Küstenstädte – so weit im Norden sind die alle dreckig und arm. Von nichts als Wildnis und schlechten Straßen umgeben, an denen schon irgendwelche Banditen Schlange stehen und Wegezölle verlangen. Und wenn uns ein paar Edur-Galeeren nachjagen, können wir immer noch geradewegs zu dieser Gefängnisinsel auf dieser Seite des Fingers abhauen, die immer noch durchhält – die Hafeneinfahrt ist schmal, habe ich gehört, und es gibt eine Kette, die alle Schurken daran hindert reinzukommen.«

»Piraten sind keine Schurken?«

»Nicht, wenn es nach ihnen geht. Die Gefangenen haben da jetzt das Sagen.«

»Ich glaube nicht, dass das so einfach werden wird«, murmelte Skorgen. »Wir würden ihnen jede Menge Ärger auf den Hals hetzen – es ist ja nicht so, dass die Edur sie nicht schon lange hätten besiegen können. Die haben nur einfach keine Lust dazu.«

»Vielleicht, vielleicht auch nicht. Tatsache ist, dass uns Wasser und Proviant ausgehen, wenn wir uns nicht irgendwo versorgen können. Die Galeeren der Edur sind schnell – schnell genug, um mit uns mitzuhalten. Überall, wo wir anlegen, werden wir sie am Hals haben, ehe das letzte Tau um den Poller geschlungen ist. Mit Ausnahme der Gefängnisinsel.« Sie machte ein finsteres Gesicht. »Es ist eine verdammte Schande. Ich wäre gern mal wieder nach Hause gegangen.«

»Dann sollten wir wirklich hoffen, dass die ganze verdammte Flotte dahinten flussaufwärts fährt«, sagte Skorgen der Hübsche und kratzte sich am Rand einer Augenhöhle.

»Hoffen und beten. Betest du zu irgendwelchen Göttern, Skorgen?«

»Meistens zu Meeresgeistern. Zum Gesicht Unter Den Wellen, zum Wächter der Ertrunkenen, zum Schiffsverschlinger, zum Windstehler, zum Turm aus Wasser, zu Denen, Die Sich Im Riff Verstecken, zu …«

»Schon gut, mein Hübscher, das genügt. Du kannst deinen Katastrophenhaufen für dich behalten … achte nur einfach darauf, dass du auch alle Opfer bringst.«

»Hab' gedacht, Ihr würdet an all diese Dinge nicht glauben, Kapitän.«

»Tu ich auch nicht. Aber es kann nie schaden, sicherzugehen.«

»Eines Tages werden sie aus dem Wasser aufsteigen, Kapitän«, sagte Skorgen Kaban und machte dabei eine komplizierte, abwehrende Geste mit der einen Hand, die ihm geblieben war. »Und mit ihnen werden auch die Meere ansteigen, um auf den Himmel selbst Anspruch zu erheben. Und die Welt wird in den Wogen verschwinden.«

»Du und deine verdammten Prophezeiungen.«

»Die sind nicht von mir. Die sind von den Fent. Habt Ihr jemals ihre alten Karten gesehen? Auf denen ist die Küste viele Meilen weiter draußen als jetzt. Alle ihre Gründerdörfer sind hunderte von Spannen tief unter Wasser.«

»Deshalb glauben sie, dass ihre Prophezeiungen wahr werden. Nur, dass es zehntausend Jahre dauern wird.«

Sein Schulterzucken war schief. »Könnte sein, Kapitän. Selbst die Edur behaupten, dass das Eis hoch im Norden sich auflöst. Zehntausend Jahre – oder hunderttausend. Aber wie auch immer, wir werden dann schon lange tot sein.«

Sprich für dich, mein Hübscher. Andererseits – was für ein Gedanke. Ich, wie ich eine Ewigkeit auf dem Grund des Meeres herumwandere. »Skorgen, sorg dafür, dass der junge Burdenar vom Krähennest da oben runter- und in meine Kajüte kommt.«

Der Erste Maat verzog das Gesicht. »Kapitän, Ihr erschöpft ihn.«

»Ich habe nicht gehört, dass er sich beklagt hätte.«

»Natürlich nicht. Wir hätten alle gerne so viel Glück – Entschuldigung, Kapitän, dass ich so direkt bin, aber es stimmt. Ich habe es trotzdem ernst gemeint. Ihr erschöpft ihn, und er ist unser jüngster Matrose.«

»Stimmt, was bedeutet, dass ich euch andere vermutlich umbringen würde. Ruf ihn runter, mein Hübscher.«

»In Ordnung, Kapitän.«

Sie starrte wieder auf die fernen Schiffe. Es schien, als wäre die lange Suche vorbei. Was würden sie wohl ins liebliche Letheras mit zurückbringen, außer Fässern voller Blut? *Meisterkämpfer. Die einer wie der andere davon überzeugt sind, dass sie das tun können, was noch niemand geschafft hat: den Imperator töten. Ihn so töten, dass er tot ist. Toter als ich, so tot, dass er sich nie wieder erhebt.*

Zu dumm, dass das niemals geschehen würde.

Als Venitt Sathad, Schuldner und Diener Rautos Hivanars, von Letheras aufbrach, ließ er den bescheidenen Zug vor der letzten Neuerwerbung der Hivanars haltmachen. Die Instandsetzung des Gasthauses war bereits weit fortgeschritten, wie er feststellen konnte, als er zusammen mit dem Eigentümer der beauftragten Baufirma an den Gruppen von Arbeitern vorbeiging, von denen es im Hauptgebäude förmlich wimmelte, und weiter durch den Hinterausgang hinaus zu den Ställen und den anderen Nebengebäuden.

Und dann blieb er stehen.

Das Bauwerk, das um den unbekannten alten Mechanismus herum errichtet worden war, war abgerissen worden. Venitt starrte den großen Monolithen aus unbekanntem Metall an und fragte sich, warum er nun, da er so offen zu sehen war, so vertraut wirkte. Das Ding knickte ohne sichtbare Naht auf drei Viertel seiner Höhe ab – das bedeutete, in ungefähr anderthalb Mannshöhen –, und zwar in einem anscheinend perfekten Winkel von neunzig Grad. Der Scheitelpunkt sah so aus, als würde er auf irgendein Anbauteil warten, wenn die kunstvollen Metallschlaufen nicht wirklich nur Zierrat waren. Das Ding stand auf einer Plattform aus dem gleichen seltsamen stumpfen Metall, und auch hier war keine Trennlinie zwischen ihm und der Plattform zu erkennen.

»Hast du herausbekommen, welchem Zweck es gedient hat?«, fragte Venitt den alten, fast kahlen Mann an seiner Seite.

»Nun«, räumte Bagg ein, »ich habe ein paar Theorien.«

»Ich wäre daran interessiert, sie zu hören.«

»Du wirst noch andere in der Stadt finden«, sagte Bagg. »Keine zwei davon sind vollkommen gleich, aber trotzdem sind es alles die gleichen, wenn du verstehst, was ich meine.«

»Nein, das tue ich nicht, Bagg.«

»Das gleiche Fabrikat, das gleiche Geheimnis, was die Funktion angeht. Ich habe mir nie die Mühe gemacht, sie alle auf einer Karte einzuzeichnen, aber es könnte sein, dass es da eine Art Muster gibt, und wenn man dieses Muster erst mal hat, versteht man vielleicht auch den Sinn ihrer Existenz. Vielleicht.«

»Aber wer hat sie gebaut?«

»Keine Ahnung, Venitt. Jedenfalls ist es lange her, wie ich vermute, denn die paar anderen, die ich selbst gesehen habe, sind zumeist unter der Erde, und weiter draußen, Richtung Flussufer. Begraben im Schlamm.«

»Im Schlamm ...« Venitt starrte weiter das Ding an. Plötzlich weiteten sich seine Augen. Er wandte sich an den alten Mann. »Bagg, ich muss dich um einen sehr wichtigen Gefallen bitten. Ich muss weiterreisen, Letheras verlassen. Aber Rautos Hinavar, meinem Herrn, muss unbedingt eine Botschaft überbracht werden.«

Bagg zuckte die Schultern. »Ich sehe kein Problem darin, das hinzukriegen.«

»Gut. Ich danke dir. Die Botschaft lautet folgendermaßen: Er soll hierherkommen, um sich das hier selbst anzusehen. Und – und das ist besonders wichtig – er soll seine Artefakte mitbringen.«

»Seine Artefakte?«

»Er wird es verstehen, Bagg.«

»In Ordnung«, sagte der alte Mann. »Ich kann in ein paar Tagen zu ihm hingehen ... oder einen Boten schicken, wenn dir das lieber ist.«

»Am besten, du machst es selbst, Bagg – wenn das geht. Wenn der Bote die Nachricht nicht richtig wiedergibt, beachtet mein Herr sie am Ende womöglich gar nicht.«

»Wie du willst, Venitt. Wohin gehst du, wenn ich fragen darf?«

Der Schuldner machte ein finsteres Gesicht. »Nach Blaurose. Und dann weiter nach Drene.«

»Dann hast du eine lange Reise vor dir, Venitt. Möge sie sich als langweilig und ereignislos erweisen.«

»Danke, Bagg. Wie läuft es hier?«

»Wir warten auf eine weitere Materiallieferung. Wenn die kommt, können wir den Rest erledigen. Dein Herr hat noch eine von meinen Arbeiterkolonnen abgezogen, um sie bei dem Stützmauerprojekt auf seinem Anwesen einzusetzen, aber solange die Sachen nicht kommen, ist das nicht so unangenehm, wie es sein könnte.« Er warf Venitt einen Blick zu. »Hast du eine Ahnung, wann Hivanar mit all dem fertig sein wird?«

»Genau gesagt, geht es nicht um eine Stützmauer – obwohl die auch gebraucht wird.« Er machte eine Pause, rieb sich das Gesicht. »Es ist eher ein wissenschaftliches Unterfangen. Mein Herr lässt Dämme weiter in den Fluss hineinbauen und dann das Land entwässern und die Gräben leerpumpen, so dass die Arbeiter sich durch die Schlammschicht graben können.«

Bagg runzelte die Stirn. »Warum? Hat er vor, einen Wellenbrecher oder Pier zu bauen?«

»Nein. Es geht darum … Artefakte zu bergen.«

Venitt sah, wie der alte Mann den Blick wieder auf das Ding vor ihnen richtete – und wie seine wässrigen Augen sich verengten. »Ich hätte nichts dagegen, mir diese Artefakte mal anzusehen.«

»Ein paar von deinen Vorarbeitern und Ingenieuren haben genau das getan … aber keiner von ihnen war in der Lage, herauszukriegen, wozu sie dienen sollen.« *Und ja, es besteht ein Zusammenhang mit dem Ding hier. Tatsächlich ist eines der Stücke eine genaue Nachbildung von dem hier, nur in einem viel, viel kleineren Maßstab.* »Wenn du ihm die Botschaft überbringst, kannst du ihn fragen, ob du dir ansehen darfst, was er gefunden hat. Ich bin mir sicher, dass er deine Einschätzung gern hören würde.«

»Vielleicht«, sagte der alte Mann abgelenkt.

»Nun«, sagte Venitt, »ich sollte jetzt besser gehen.«

»Möge der Abtrünnige dich unbeachtet lassen, Venitt Sathad.«

»Und dich auch, Bagg.«

»Schön wär's …«

Die letzte Bemerkung war nur geflüstert, und während Venitt auf dem Weg nach draußen quer über den Hof ging, warf er noch einmal einen Blick zurück zu Bagg. Eine absonderliche Bemerkung.

Andererseits neigten alte Männer bekanntlich zu Verschrobenheit.

Atri-Preda Bivatt saß ab und begann, zwischen den Trümmern herumzugehen. Geier und Krähen kraxelten von einer aufgeblähten Leiche zur nächsten, als würde ein so reichliches Mahl sie verwirren. Trotz der Bemühungen der Aasfresser war es für sie offensichtlich, dass das, was hier stattgefunden hatte, ungewöhnlich war – oder, genauer: *wie* es stattgefunden hatte. Diese unglücklichen Siedler, Soldaten und Treiber waren durch riesige Klingen sowie mächtige Fänge und Krallen getötet worden. Und wer auch immer dafür verantwortlich war, hatte schon früher zugeschlagen – die Kavallerie-Einheit, die Rotmaske von Drenes Nordtor aus verfolgt hatte, hatte das gleiche Schicksal erlitten.

Ein paar Schritte hinter ihr befand sich Brohl Handar, der Aufseher aus dem Volk der Edur. »Es gibt Dämonen«, sagte er, »die so etwas tun können. Etwa diejenigen, die von den K'risnan während des Krieges beschworen wurden. Allerdings benutzen sie nur selten ihre Zähne und Klauen.«

Bivatt blieb neben einem erloschenen Kochfeuer stehen. Sie deutete auf einen Streifen Erde neben der Feuerstelle. »Hinterlassen Eure Dämonen solche Spuren?«

Der Edur-Krieger trat zu ihr. »Nein«, sagte er nach kurzem Zögern. »Die sehen aus, als würden sie von einem übergroßen Laufvogel stammen.«

»Übergroß?« Sie blickte ihn kurz an und ging dann weiter.

Ihre Soldaten taten ziemlich das Gleiche, sie untersuchten schweigend das verwüstete Lager. Vorreiter umkreisten das Gebiet, hielten sich dabei auf den Hügelgraten.

Die Rodara- und Myrid-Herden waren fortgetrieben worden, die nach Osten führenden Spuren deutlich zu erkennen. Die Rodara-Herde war die erste gewesen, und die Myrids waren ihr einfach gefolgt. Wenn die Letherii schnell ritten, war es durchaus möglich, dass sie die Myrids einholen würden. Bivatt vermutete, dass die Räuber nicht zurückbleiben würden, um sich um die langsameren Tiere zu kümmern.

»Nun, Atri-Preda?«, erklang Brohls Stimme hinter ihr. »Nehmen wir die Verfolgung auf?«

Sie drehte sich nicht um. »Nein.«

»Der Repräsentant wird über Eure Entscheidung überaus ungehalten sein.«

»Und das beunruhigt Euch?«

»Nicht im Geringsten.«

Sie sagte nichts. Der Aufseher wurde immer selbstsicherer. Selbstsicherer oder weniger vorsichtig – im Tonfall des Tiste Edur hatte Verachtung mitgeschwungen. Natürlich war allein die Tatsache, dass er beschlossen hatte, an dieser Expedition teilzunehmen, Beweis genug für seine Unabhängigkeit. Trotzdem tat ihr der Krieger beinahe leid.

»Wenn dieser Rotmaske irgendwelche Dämonen beschwört«, fuhr Brohl Handar fort, »sollten wir am besten in ausreichender Stärke ausrücken, begleitet von Magiern unserer beiden Völker. Folglich stimme ich mit Eurer Entscheidung überein.«

»Es freut mich, dass Ihr die militärische Bedeutung dieser Sache hier begreift, Aufseher. In diesem Fall allerdings sind die Wünsche des Repräsentanten für mich bedeutungslos. Denn zuerst und vor allem bin ich Offizier des Imperiums.«

»Das seid Ihr, und ich bin der Bevollmächtigte des Imperators in dieser Region. Folglich …«

Sie nickte.

Ein paar Herzschläge später seufzte der Tiste Edur. »Es betrübt mich, so viele tote Kinder zu sehen.«

»Wenn wir die Ahl töten, sind wir nicht weniger gründlich, Aufseher.«

»Das betrübt mich ebenfalls.«

»So ist der Krieg«, sagte sie.

Er gab ein unbestimmtes Geräusch von sich. Dann sagte er: »Atri-Preda, was auf dieser Ebene stattfindet, ist nicht einfach ein Krieg. Ihr Letherii habt einen Vernichtungsfeldzug begonnen. Hätten wir Edur uns entschieden, diese Schwelle zu überschreiten, hättet Ihr uns dann nicht wahrhaftig als Barbaren bezeichnet? Ihr befindet Euch in dieser Auseinandersetzung nicht in einer moralisch überlegenen Position, ganz egal, wie Ihr versucht, Eure Taten zu rechtfertigen.«

»Aufseher«, sagte Bivatt kalt, »Rechtfertigungen sind mir vollkommen egal, genauso wie eine moralisch überlegene Position. Ich bin schon viel zu lange Soldat, um noch zu glauben, dass so etwas unsere Handlungen irgendwie beeinflusst. Was auch immer in unser Macht liegt, was auch immer wir tun können, das tun wir.« Sie deutete auf das vernichtete Lager ringsum. »Bürger von Lether sind ermordet worden. Es ist meine Verpflichtung, darauf zu reagieren – und das werde ich tun.«

»Und wer wird gewinnen?«, fragte Brohl Handar.

»Wir natürlich.«

»Nein, Atri-Preda. Ihr werdet verlieren. Genau wie die Ahl. Die Sieger sind solche Männer wie Letur Anict. Leider machen solche Menschen wie der Repräsentant kaum einen Unterschied zwischen Euch und Euren Soldaten und ihren Feinden. Ihr werdet benutzt werden, und das bedeutet, dass viele von euch sterben werden. Letur Anict kümmert das nicht. Er braucht euch, um diesen Krieg zu gewinnen, aber darüber hinaus braucht er euch nicht ... bis ein neuer Feind entdeckt wird. Sagt mir, existieren Imperien nur, um andere Reiche zu verschlingen? Hat der Frieden keinen Wert? Oder Ordnung und Wohlstand und Stabilität und Sicherheit? Sind die Münzstapel in Letur Anicts Schatzkammer die einzige Belohnung, die der Mühe wert ist? Er will es so haben – alles andere ist nebensächlich und nur dann hilfreich, wenn es ihm nützt. Atri-Preda, Ihr seid in Wirklichkeit weniger als ein Schuldner. Ihr seid ein Sklave – ich irre mich in dieser Hinsicht nicht, denn ich bin ein Tiste Edur, der Sklaven besitzt. Ein Sklave – als das sehen Euch Letur Anict und seinesgleichen, Bivatt.«

»Sagt mir, Aufseher, wie würde es Euch ohne Eure Sklaven ergehen?«

»Schlecht, ohne Frage.«

Sie drehte sich um und ging zu ihrem Pferd zurück. »Steigt auf. Wir kehren nach Drene zurück.«

»Und was ist mit diesen toten Bürgern des Imperiums? Wollt Ihr ihre Leichen den Geiern überlassen?«

»In einem Monat werden selbst die Knochen verschwunden sein«, sagte Bivatt, während sie sich auf ihr Pferd schwang und die Zügel ergriff. »Die Schnibbelkäfer werden sie alle zu Staub zernagen. Außerdem gibt es hier nicht genug Mutterboden, um vernünftige Gräber auszuheben.«

»Da liegen Steine«, bemerkte Brohl Handar.

»Die mit Schriftzeichen der Ahl bedeckt sind. Sie zu benutzen hieße, die Toten zu verfluchen.«

»Oh, und so besteht die Feindschaft fort, so dass sogar die Geister gegeneinander Krieg führen. Ihr lebt in einer dunklen Welt, Atri-Preda.«

Sie schaute einen Augenblick auf ihn hinunter. »Sind die Schatten denn besser, Aufseher?« Als er nicht antwortete, fügte sie hinzu: »Auf Euer Pferd, wenn ich bitten darf.«

Aufgebläht durch die Überlebenden des Sevond- und des Niritha-Clans erstreckte sich das Lager der Ganetok über das ganze Tal. Dahinter türmten sich im Osten gewaltige, düstere Wolken, ein Hinweis auf die Herden in den nächsten Tälern. Die Luft war staubgeschwängert und roch durchdringend nach Kochfeuern. Kleine Gruppen schwer bewaffneter Krieger, die sich lautstark miteinander unterhielten, gingen wie Schlägertrupps auf und ab.

Rotmaske und sein armseliger Clan waren bereits früher am Tag von Vorreitern entdeckt worden, aber die Späher hatten Abstand gehalten, waren anscheinend mehr an der großen Rodara-Herde interessiert, die der kleinen Gruppe folgte. Ein unerwarteter Reichtum für so wenige Ahl, was diese Besitztümer für Herausforderungen zugänglich machte, und als Rotmaske auf einem Hügel, der Ausblick auf das Lager gewährte, sein Pferd zügelte, war ihm klar, dass die Nachricht von ihrer Ankunft ihnen vorausgeeilt war und zahllose Krieger dazu ermuntert hatte, die Handvoll Renfayar-Krieger dreist herauszufordern, begierig auf die Rodaras, die sie ihnen abnehmen wollten.

Aber leider würde er sie enttäuschen müssen. »Masarch«, sagte er, »bleib mit den anderen hier. Lasst euch auf keine Herausforderungen ein.«

»Niemand ist uns nahe genug gekommen, um deine Maske zu sehen«, sagte der junge Krieger. »Niemand ahnt, was du vorhast, Kriegsführer. Sobald es ihnen klar wird, werden wir angegriffen werden.«

»Hast du Angst, Masarch?«

»Zu sterben? Nein, nicht mehr.«

»Dann bist du kein Kind mehr. Wartet. Tut nichts.« Rotmaske lenkte sein Pferd auf den Hang und ließ es in einen leichten Galopp fallen, als er sich dem Lager der Ganetok näherte. Augen waren auf ihn gerichtet, und die Blicke ließen ihn alsbald nicht mehr los, während Rufe ertönten; die Stimmen klangen eher wütend als empört. Bis die Krieger, die näher bei ihm waren, seine Waffen sahen. Sie verstummten schlagartig, und die plötzliche Stille lief wie eine Woge durch das ganze Lager. Gefolgt von Gemurmel. Es war die Wut, die er schon anfangs gehört hatte, die aber jetzt anders klang.

Die Zughunde spürten die anschwellende Wut, kamen mit gefletschten Zähnen und gesträubtem Nackenfell näher.

Rotmaske zügelte sein Pferd. Es warf den Kopf hoch, stampfte und schnaubte, um die großen Hunde zu warnen.

Jemand kam durch die versammelte Menge, wie der Bug eines unsichtbaren Schiffs, das sich durch hohes Schilf schob. Rotmaske lehnte sich in dem fremden Sattel zurück und wartete.

Hadralt, der erstgeborene Sohn von Capalah, hatte den gleichen stolzen Gang wie sein Vater, aber nicht dessen körperliche Ausstrahlung. Er war klein und schlank, und es hieß, dass er sehr schnell mit den beiden Kurzschwertern mit Hakenklingen war, die er in überkreuzten Gurten unter seinen Armen trug. Er war von einem Dutzend seiner Lieblingskrieger umgeben – große, ungeschlachte Männer, deren Gesichter so bemalt waren, als trügen sie eine Schuppenmaske, die zwar kupferfarben, aber ganz offensichtlich der von Rotmaske nachempfunden war. Die Gesichter unter der Farbe wirkten verdrießlich.

Hadralt, der unruhig die Fetische an seinem Gürtel befingerte, blickte düster zu Rotmaske auf. »Wenn du der bist, der du zu sein behauptest, dann gehörst du nicht hierher. Verschwinde, oder dein Blut wird die trockene Erde tränken.«

Rotmaske ließ den Blick leidenschaftslos über die kupfergesichtigen Krieger schweifen. »Ihr gebt Echos von euch, aber ihr zittert vor der Quelle.« Er blickte wieder den Kriegsführer an. »Ich stehe jetzt hier vor dir, Hadralt, Sohn des Capalah. Ich, Rotmaske, Kriegsführer des Renfayar-Clans, und heute werde ich dich töten.«

Hadralts dunkle Augen weiteten sich, dann grinste er höhnisch. »Dein Leben war ein Fluch, Rotmaske. Du hast dir das Recht, mich herauszufordern, noch nicht verdient. Sag mir, werden deine erbärmlich wenigen Schoßhündchen für dich kämpfen? Dein Ehrgeiz wird dafür verantwortlich sein, dass sie alle getötet werden, und meine Krieger werden sich die Herden der Renfayar nehmen. Und auch die Frauen der Renfayar – die im gebärfähigen Alter. Die Kinder und die Alten werden sterben, denn sie sind eine Last, mit der wir uns nicht abgeben werden. Die Renfayar werden aufhören zu existieren.«

»Wenn deine Krieger das Recht erlangen wollen, meine Leute herauszufordern, müssen sie erst meine Meisterkämpfer besiegen, Hadralt.«

»Und wo verstecken sie sich, Rotmaske? Es sei denn, du meinst den narbigen Zughund, der dir hierher gefolgt ist.«

Das Lachen, das auf diesen Witz folgte, war überlaut.

Rotmaske blickte zu dem einzelnen Tier hin. Es lag gleich rechts neben seinem Pferd auf der Erde und hatte alle anderen Hunde niedergestarrt, ohne auch nur aufzustehen. Der Zughund hob den Kopf und begegnete Rotmaskes Blick, als hätte das Tier nicht nur die Worte verstanden, die gesprochen worden waren, sondern hieße auch die Gelegenheit willkommen, sich jedem Herausforderer entgegenzustellen. Er spürte, wie sich in seiner Brust etwas regte. »Dieses Tier hier weiß, was Mut bedeutet«, sagte er und richtete den Blick wieder auf Hadralt. »Ich wollte, ich hätte zehntausend Krieger, die ihm gleichkämen. Doch alles, was ich hier vor mir sehe, bist du, Hadralt, Kriegsführer von zehntausend Feiglingen.«

Das Geschrei, das sich daraufhin erhob, schien die Luft zum Glühen zu bringen. Waffen blitzten im Sonnenlicht auf, und die ganze Menge schob sich vorwärts – ein Meer aus wutverzerrten Gesichtern.

Hadralt war bleich geworden. Dann hob er die Arme und verharrte in dieser Position, bis der Tumult abebbte. »Jeder Krieger, der hier ist«, sagte er mit zitternder Stimme, »wird ein Stück von deiner Haut bekommen, Rotmaske. Nichts weniger verdienen sie als Antwort auf deine Worte. Du willst meinen Platz einnehmen? Du willst Anführer werden? Anführer … dieser *Feiglinge*? Du hast in deiner Verbannung nichts gelernt. Kein einziger Krieger von denen hier wird dir jetzt noch folgen, Rotmaske. Kein einziger.«

»Ihr habt eine Armee angeheuert«, sagte Rotmaske. Es war ihm unmöglich, den verächtlichen Unterton aus seiner Stimme herauszuhalten. »Ihr seid an ihrer Seite gegen die Letherii marschiert. Und dann, als es zur Schlacht gekommen ist und eure neu gewonnenen Verbündeten den

Kampf aufgenommen haben – als sie begonnen haben, für *euch* zu kämpfen –, seid ihr alle geflohen. Feiglinge? Das ist ein viel zu freundliches Wort. In meinen Augen seid ihr – du und dein Volk, Hadralt – keine Ahl, nicht mehr, denn kein echter Ahl-Krieger würde so etwas tun. Ich bin auf ihre Leichen gestoßen. Ich bin Zeuge eures Verrats geworden. Die Wahrheit ist folgende: Wenn ich hier Kriegsführer bin, wird es jedem hier anwesenden Krieger obliegen, noch bevor die Sonne dieses Tages den Horizont berührt, seinen Wert zu beweisen, um sich das Recht zu verdienen, mir zu folgen. Und ich werde nicht leicht zu überzeugen sein. Kupferne Farbe auf den Gesichtern von Feiglingen – ihr hättet mir keine größere Beleidigung zufügen können.«

»Steig ab«, sagte Hadralt krächzend. »Runter von dem Letherii-Gaul. Steig ab, Rotmaske, um dein Ende zu erleben.«

Doch der tat nichts dergleichen, sondern zog stattdessen ein ausgehöhltes Rodara-Horn hervor und setzte es an die Lippen. Der durchdringende Ton ließ alle im Lager verstummen, außer den Hunden, die als Antwort traurig zu heulen begannen. Rotmaske steckte das Horn wieder in den Gürtel. »Es ist der Lauf der Zeit«, sagte er laut genug, dass seine Stimme weit trug, »dass alte Feinde im Verstreichen der Zeitalter zum Frieden finden. Wir haben viele Kriege gefochten, doch es war der erste, der den Ahl noch immer im Gedächtnis ist – hier, auf genau diesem Grund und Boden.« Er machte eine Pause, denn er konnte die Erschütterungen spüren – wie die anderen jetzt auch –, als die beiden K'Chain Che'Malle auf seinen Ruf hin auftauchten. »Hadralt, Sohn von Capalah, du wirst gleich ganz allein stehen, und wir beide, du und ich, werden unsere Waffen ziehen. Mach dich bereit.«

Auf dem Grat, wo die bescheidene Gruppe von Renfayar-Kriegern stand – gerade mal sechs Mann –, tauchten zwei andere Gestalten auf, gewaltig und bedrohlich. Und dann eilten die beiden mit geschmeidigen Bewegungen den Hang herunter.

Stille hing schwer über der versammelten Menge, trotz des Aufstampfens krallenbewehrter Füße, und Hände, die auf den Griffen und Knäufen von Waffen geruht hatten, wurden langsam zurückgezogen.

»Meine Meisterkämpfer«, sagte Rotmaske. »Sie sind für deine Herausforderer bereit, Hadralt. Für deine Kupfergesichter.«

Der Kriegsführer sagte nichts, und Rotmaske konnte an seinem Gesicht erkennen, dass er es nicht riskieren würde, die Macht seiner Worte zu verlieren, wenn seine Befehle nicht befolgt werden würden – was genau das war, was geschehen würde, eine Tatsache, die allen, die hier versammelt waren, nun bewusst war. Und jetzt erwartete das Schicksal diesen einzigartigen Zusammenstoß zweier Willen.

Hadralt leckte sich die Lippen. »Rotmaske, was wird mit diesen Kechra, wenn ich dich getötet habe?«

Ohne zu antworten stieg Rotmaske ab, trat vor und blieb sechs Schritt vor Hadralt stehen. Er machte die Rygtha-Sichelaxt los, packte ihren Schaft in der Mitte. »Dein Vater ist tot. Du musst jetzt seine Hand loslassen und allein für dich stehen, Hadralt. Zum ersten und letzten Mal. Du hast als Kriegsführer versagt. Du hast Ahl-Krieger in die Schlacht geführt und dann zur Flucht verleitet. Du hast Verbündete verraten. Und jetzt versteckst du dich hier, am Rande des Ödlands, anstatt den einmarschierenden Letherii mit Klinge gegen Klinge, Zähnen gegen Kehle entgegenzutreten. Du wirst nun beiseitetreten oder sterben.«

»Beiseitetreten?« Hadralt neigte den Kopf und brachte dann ein verzerrtes Lachen zustande. »Diese Wahl hat ein Ahl-Krieger nicht.«

»Das stimmt«, sagte Rotmaske. »Diese Wahl haben nur die Alten, die sich nicht mehr verteidigen können, oder diejenigen, die zu schwer verletzt sind.«

Hadralt fletschte die Zähne. »Ich bin weder das eine noch das andere.«

»Und genausowenig bist du ein Ahl-Krieger. Ist dein Vater beiseitegetreten? Nein, ich sehe, dass er es nicht getan hat. Er hat in deine Seele geschaut und dich erkannt, Hadralt. Und daher hat er – alt, wie er war – gegen dich gekämpft. Für seinen Stamm. Für seine Ehre.«

Hadralt zog seine Hakenklingen aus den Scheiden. Er zitterte wieder.

Eines der Kupfergesichter meldete sich zu Wort. »Capalah hat in der Hütte seines Sohnes gegessen. Innerhalb einer einzigen Nacht ist er krank geworden und gestorben. Am morgen hatte sein Gesicht die Farbe von Blauflechten.«

»Trenys'galah?« Rotmaskes Augen verengten sich hinter den Schlitzen der Maske. »Du hast deinen Vater vergiftet, Hadralt? Statt dich seinen Klingen zu stellen? Wie kann es sein, dass du überhaupt hier stehst?«

»Gift hat keinen Namen«, murmelte das gleiche Kupfergesicht.

»Ich bin der Grund, warum die Ahl noch immer am Leben sind!«, sagte Hadralt. »Du wirst sie zur Schlachtbank führen, Rotmaske! Wir sind noch nicht bereit, den Letherii entgegenzutreten. Ich bin dabei, Waffen zu besorgen – ja, es gibt Letherii, die glauben, dass unsere Sache gerecht ist. Wir geben schlechtes Land her und bekommen dafür gute stählerne Waffen – und jetzt kommst du und willst alle meine Pläne zunichte machen!«

»Ich sehe diese Waffen«, sagte Rotmaske, »in den Händen vieler deiner Krieger. Sind sie im Kampf erprobt worden? Du bist ein Narr, Hadralt, wenn du glaubst, dass du bei diesem Handel gewonnen hast. Die Händler, mit denen du dich triffst, stehen in Diensten des Repräsentanten – er zieht aus beiden Seiten dieses Krieges seinen Nutzen …«

»Das ist eine Lüge!«

»Ich war in Drene«, sagte Rotmaske. »Es ist noch nicht einmal zwei Wochen her. Ich habe die Wagen und die Kisten mit ausrangierten Waffen gesehen, die stählernen Klingen, die beim ersten Schlag gegen einen Schild kaputt gehen werden. Die Waffen zerbrechen, sind nutzlos, aber das ist das, was du in Empfang genommen hast, das ist das, wofür du Land abgetreten hast – Land, das die Heimat des Staubs unserer Vorfahren ist. Die Heimat der Geister der Ahl. Land, das das Blut der Ahl getrunken hat.«

»Letheriische Waffen …«

»Müssen den Leichen ihrer Soldaten abgenommen werden – das sind die einzigen Waffen, die diese Bezeichnung verdienen, Hadralt. Wenn du ihre Art zu kämpfen übernehmen musst, musst du Waffen benutzen, die genauso gut sind wie ihre. Es sei denn, du hast vor, deine Soldaten abschlachten zu lassen. Aber auf einen solchen Kampf«, fügte er hinzu, »hast du dich ganz offensichtlich nicht vorbereitet. Von daher kann ich eigentlich nur zu dem Schluss kommen, dass du die Wahrheit kennst, Hadralt. Wenn dem so ist, haben die Händler dich mit mehr als nur mit Waffen bezahlt. Hast du die Münzen mit deinen Leuten geteilt, Kriegsführer? Wissen sie überhaupt von dem Schatz, den du in deiner Hütte hortest?«

Rotmaske sah, wie die Kupfergesichter langsam von Hadralt abrückten, als sie erkannten, welchen Verrat ihr Anführer an ihnen – an allen Ahl – begangen hatte.

»Du hast vorgehabt, dich zu ergeben, nicht wahr?«, fuhr Rotmaske fort. »Man hat dir ein Anwesen in Drene angeboten, ja? Und Sklaven und Schuldner, die tun, was du willst. Du hast vorgehabt, unser Volk, unsere Geschichte dem Ausverkauf preiszugeben …«

»Wir können nicht gewinnen!«

Hadralts letzte Worte. Drei Schwertklingen barsten aus seiner Brust – sie waren ihm von seinen eigenen Kupfergesichtern in den Rücken gestoßen worden. Mit vor Entsetzen weit aufgerissenen Augen starrte der erstgeborene Sohn und Mörder von Capalah, dem letzten würdigen Anführer der Ganetok, Rotmaske an. Die Hakenklingen fielen ihm aus den Händen, dann sackte er vornüber und rutschte mit einem grässlichen, schmatzenden Geräusch von den Klingen. Blut sprudelte aus den Wunden.

Mit leerem Blick fiel Hadralts Leichnam mit dem Gesicht voran in den Staub.

Rotmaske befestigte die Rygtha wieder an seinem Harnisch. »Samen fallen aus der Krone des Stengels. Die, die fehlerhaft sind, machen alle ihre Kinder krank. Der Fluch der Feigheit hat an diesem Tag sein Ende gefunden. Wir sind die Ahl, und ich bin euer Kriegsführer.« Er machte eine Pause und blickte sich um. »Und daher werde ich euch in den Krieg führen.«

Auf dem Hügelgrat oberhalb des ausgedehnten Lagers vollführte Masarch eine Geste zu Sonne und Himmel, dann zu Erde und Wind. »Rotmaske herrscht jetzt über die Ahl.«

Kraysos, der rechts von ihm stand, gab ein unbestimmtes Geräusch von sich. »Hast du wirklich daran gezweifelt, dass er Erfolg haben würde, Masarch? Kechra beschützen seine Flanken. Er ist der angreifende Wellenkamm eines Flusses aus Blut, und er wird diese Lande überfluten. Und so, wie die Letherii darin ertrinken, werden auch wir es tun.«

»Du hast bei der Todesnacht gemogelt, Kraysos, und deshalb hast du noch immer Angst zu sterben.«

Theven, der auf der anderen Seite von Masarch stand, schnaubte. »Das Bleddenkraut hatte den größten Teil seiner Kraft verloren. Es hat keinen von uns beiden durch die Nacht gebracht. Ich habe geschrien, Masarch. Ich habe geschrien und geschrien. Genau wie Kraysos. Wir fürchten uns nicht vor dem, was kommen wird.«

»Hadralt ist von seinen eigenen Kriegern getötet worden«, sagte Masarch. »Von hinten. Das ist kein gutes Zeichen.«

»Du irrst dich«, sagte Theven. »Rotmaskes Worte haben sie alle verwandelt. Ich hätte nicht gedacht, dass so etwas möglich ist.«

»Ich habe den Verdacht, dass wir das noch oft sagen werden«, bemerkte Kraysos.

»Wir sollten jetzt runtergehen«, sagte Masarch. »Wir sind seine ersten Krieger, und hinter uns stehen jetzt Zehntausende.«

Theven seufzte. »Die Welt hat sich verändert.«

»Du wolltest wohl sagen, wir werden noch ein bisschen länger leben.«

Der junge Krieger warf Masarch von der Seite her einen Blick zu. »Das muss Rotmaske entscheiden.«

Gefolgt von einer Schwadron ritt Brohl Handar an der Seite der Atri-Preda die Handelsstraße entlang, immer noch einen halben Tag von den Toren Drenes entfernt. Die Soldaten hinter ihnen waren still, schürten zweifellos ihre Wut und ihre Racheträume. Schon kurz nach der Annexion von Blaurose waren Kavallerieeinheiten von dort in Drene stationiert worden. Soweit Brohl Handar wusste, war Blaurose dem Imperium nicht so unblutig wie Drene einverleibt worden. Eine komplizierte Religion war das Bindeglied für unzufriedene Teile der Bevölkerung gewesen, und an der Spitze besagter Religion hatte eine geheimnisvolle Priesterschaft gestanden, die vollständig auszulöschen den Letherii bisher nicht gelungen war. Dem Vernehmen nach existierten immer noch ein paar Rebellengruppen, die vor allem in den Bergen am Westrand des Gebietes ihr Unwesen trieben.

Jedenfalls wurde die alte letheriische Politik, Einheiten aus Blaurose in entlegene Teile des Imperiums zu verlegen, auch unter der Herrschaft der Edur fortgesetzt, was zweifellos darauf hindeutete, dass es immer noch Risiken gab. Brohl Handar fragte sich, wie es dem neu eingesetzten Aufseher der Edur in Blaurose wohl ergehen mochte, und er nahm sich vor, mit seinem Amtskollegen Kontakt aufzunehmen – es war wichtig, dass in Blaurose stabile Verhältnisse herrschten, denn jede Störung von Drenes wichtigster Versorgungsroute, jede Erschütterung von Drenes wichtigstem Handelspartner konnte sich als katastrophal erweisen, wenn in der Ahl'dan ein richtiger Krieg aufloderte.

»Ihr seht nachdenklich aus, Aufseher«, sagte Bivatt nach einiger Zeit.

»Ich mache mir Gedanken über unsere Versorgung«, antwortete er.

»Falls sich diese Überlegungen auf militärische Belange beziehen, bin ich dafür verantwortlich.«

»Die Bedürfnisse Eurer Armee können nicht losgelöst von allem anderen betrachtet werden, Atri-Preda. Wenn dieser Konflikt sich ausweitet, was – wie ich glaube – der Fall sein wird, kann noch nicht einmal der Repräsentant garantieren, dass es keine Versorgungs-Engpässe geben wird, vor allem bei der nicht kämpfenden Bevölkerung von Drene und den umliegenden Gemeinden.«

»In einem umfassenden Krieg haben die Bedürfnisse der Truppen immer Vorrang. Überdies gibt es keinen Grund, Engpässe zu erwarten. Wir Letherii sind in diesen Dingen sehr geübt. Unser Transportwesen wurde durch die Erfordernisse der Ausbreitung des Imperiums immer mehr verfeinert. Wir verfügen über die Straßen, die notwendigen Schifffahrtsrouten und die Frachtschiffe.«

»Nichtsdestotrotz bleibt ein Nadelöhr«, erklärte Brohl Handar. »Das Blaurosegebirge.«

Sie warf ihm einen überraschten Blick zu. »Die wichtigsten Handelsgüter, die auf der Route durch die Gebirgskette nach Osten geschafft werden, sind Sklaven und ein paar luxuriöse Delikatessen aus dem tiefen Süden. Blaurose ist natürlich für seinen Reichtum an Bodenschätzen berühmt; dort wird ein Stahl hergestellt, der fast dem Letheriistahl gleichkommt. Zinn, Kupfer, Blei, Kalk und Vulkanite, dazu noch Zedern und Fichten – und alles in Hülle und Fülle –, während es in der Blaurosesee von Dorschen wimmelt. Im Gegenzug erzeugen Drenes riesige Gehöfte jedes Jahr einen Überschuss an Getreide. Aufseher, es scheint, man hat Euch im Hinblick auf die in Frage stehenden materiellen Bedürfnisse falsch informiert. Es wird keine Verknappung von was auch immer geben …«

»Vielleicht habt Ihr recht.« Er machte eine kurze Pause, ehe er fortfuhr. »Atri-Preda, so weit ich weiß, hat der Repräsentant einen ausgedehnten Handel mit Waffen und Rüstungen minderer Qualität in Gang gebracht. Diese Waffen werden über das Blaurosegebirge geschafft und im Tausch für Land – oder zumindest um die Streitereien um bestimmte Gebiete zu beenden – an die Ahl verkauft. Bisher sind mehr als vierhundert große

Wagenladungen auf den Weg gebracht worden. Und obwohl der Repräsentant das Recht hat, den Zehnten zu erheben, hat bisher keine offizielle Bestätigung oder Besteuerung dieser Waren stattgefunden. Daraus kann ich nur schließen, dass auch eine beträchtliche Menge anderer Vorräte über diese Berge hin und her bewegt werden – und das alles ohne offizielle Genehmigung.«

»Ungeachtet der Schmuggel-Aktivitäten des Repräsentanten ist das Blaurosegebirge auf keinen Fall ein Nadelöhr, wenn es um notwendige Vorräte geht, Aufseher.«

»Ich hoffe, Ihr habt recht, vor allem in Anbetracht der jüngsten Zwischenfälle auf besagter Route.«

»Entschuldigt, aber was für Zwischenfälle?«

»Die letzte Ladung minderwertiger Kriegswaren ist nicht auf dieser Seite des Gebirges angekommen, Atri-Preda. Darüber hinaus haben Straßenräuber eine bedeutende Festung auf dem Pass angegriffen und die letheriische Kompanie, die dort stationiert war, in die Flucht geschlagen.«

»Was? Davon habe ich nichts gehört! Eine ganze Kompanie – in die Flucht geschlagen?«

»So scheint es. Leider habe ich auch keine weiteren Informationen erhalten. Ich war mir nicht sicher, was der Repräsentant – abgesehen von den Waffen – mit besagter Ladung noch verloren hat. Wenn, wie Ihr sagt, den Banditen sonst nichts in die Hände gefallen ist, das irgendwelche Auswirkungen haben könnte, bin ich ein bisschen erleichtert.«

Einige Zeit lang schwiegen sie beide. Brohl Handar war sich darüber im Klaren, dass die Gedanken der Atri-Preda rasten, dass sie vielleicht sogar verwirrt und durcheinander war – aus Unsicherheit darüber, wie viel Brohl – und damit die Tiste Edur ganz allgemein – im Hinblick auf Gesetzesverstöße der Letherii wusste; und aufgrund des vielleicht noch größeren Unbehagens darüber, in welchem Ausmaß sie nicht über die jüngsten Ereignisse in Blaurose in Kenntnis gesetzt worden war. Dass diese Dinge sie erschüttert hatten, verriet ihm, dass sie nicht in dem Umfang mit Letur Anict gemeinsame Sache machte, wie er es befürchtet hatte.

Er kam zu dem Schluss, dass er lange genug gewartet hatte. »Atri-Preda, um wieder auf den bevorstehenden Krieg gegen die Ahl zu sprechen zu kommen: Sagt mir, habt Ihr bereits entschieden, welche Anzahl von Streitkräften Eurer Meinung nach nötig sein wird, um den Sieg zu erringen?«

Sie blinzelte, änderte sichtlich die Richtung ihrer Gedanken, um sich seiner Frage zu widmen. »Mehr oder weniger, Aufseher. Wir glauben, dass die Ahl im besten Fall etwa acht- oder neuntausend Krieger ins Feld schicken können. Bestimmt nicht mehr. Als Armee sind sie undiszipliniert und aufgrund alter Fehden und Rivalitäten uneins, und ihre Kampfstil erlaubt ihnen nicht, als taktische Einheit zu kämpfen. Daher lassen sie sich leicht zerschlagen, unvorbereitet wie sie für einen Kampf sind, der länger als vielleicht einen Glockenschlag dauert. Im Allgemeinen ziehen sie es vor, Überfälle zu begehen oder Hinterhalte zu legen; dazu beschränken sie sich meist auf kleine Gruppen und sind bestrebt, sich nicht in längere Kampfhandlungen verwickeln zu lassen. Gleichzeitig sind sie beinahe vollkommen von ihren Herden abhängig, und die Verwundbarkeit ihrer Hauptlager wird sie unausweichlich dazu zwingen, sich zu stellen und zu kämpfen – woraufhin wir sie auslöschen werden.«

»Eine prägnante Darstellung«, sagte Brohl Handar.

»Um Eure Frage zu beantworten: Wir verfügen über sechs Kompanien des Blaurose-Bataillons und fast das vollständige neu formierte Kunsthandwerker-Bataillon, dazu kommen Abteilungen der Garnison von Drene und vier Kompanien der Harridict-Brigade. Um eine beträchtliche zahlenmäßige Überlegenheit sicherzustellen, werde ich die Rotwut-Brigade und mindestens das halbe Kaufmanns-Bataillon anfordern.«

»Geht Ihr davon aus, dass dieser Rotmaske die Taktiken, derer sich die Ahl bedienen, auf irgendeine Weise verändern wird?«

»Nein. Das hat er beim ersten Mal auch nicht getan. Die Bedrohung, die er darstellt, liegt in seiner genialen Begabung für außergewöhnliche Hinterhalte und beängstigend wirkungsvolle Überfälle, vor allem auf unsere Nachschub-Linien. Je früher er getötet wird, desto rascher wird der Krieg zu Ende sein. Wenn es ihm gelingt, sich unserem Zugriff zu entziehen, können wir uns auf eine lange, blutige Auseinandersetzung einstellen.«

»Atri-Preda, ich habe vor, drei K'risnan und viertausend Edur-Krieger anzufordern.«

»Dann wird der Sieg schnell unser sein, Aufseher, denn Rotmaske wird sich nicht lange vor Euren K'risnan verbergen können.«

»Genau. Ich will, dass dieser Krieg so schnell wie möglich vorbei ist, und mit möglichst geringen Verlusten an Menschenleben – auf beiden Seiten. Dementsprechend müssen wir Rotmaske bei der ersten sich bietenden Gelegenheit töten. Und die Armee der Ahl zerschmettern, so, wie die Dinge liegen.«

»Ihr wollt die Ahl dazu zwingen, zu kapitulieren und Verhandlungen anzustreben?«

»Ja.«

»Ich werde ihre Kapitulation annehmen, Aufseher. Was die Bedingungen angeht, habe ich nur eine: dass sie sich vollständig ergeben. Die Ahl werden versklavt werden – alle. Sie werden überall im Imperium verteilt werden, aber immer weit weg von ihrem traditionellen Heimatland. Als Sklaven werden sie Beute sein, und das Recht, sich als Erste ihre Beutestücke auszusuchen, wird die Belohnung sein, die ich meinen Soldaten gewähre.«

»Das Schicksal der Nerek und der Fent und der Tarthenal.«

»Genau.«

»Diese Vorstellung stimmt mich nicht froh, Atri-Preda. Genausowenig, wie irgendeinen anderen Tiste Edur – und dazu gehört auch der Imperator.«

»Lasst uns über diesen Punkt streiten, wenn wir Rotmaske getötet haben, Aufseher.«

Er verzog das Gesicht und nickte dann. »Einverstanden.«

Brohl Handar verfluchte stumm diesen Rotmaske, der alle seine Hoffnungen auf ein Ende der Feindseligkeiten, auf einen gerechten Frieden im Alleingang zerschlagen hatte. Statt dessen verfügte Letur Anict nun über jede Rechtfertigung, die er brauchte, um die Ahl auszulöschen, und auch ein noch so großes taktisches Genie in Sachen Hinterhalte und Überfälle würde daran am Ende nichts ändern könen. *Das ist der Fluch von Anführern – sie glauben, sie könnten tatsächlich die Welt verändern.*

Ein Fluch, der auch mich heimsucht, wie es scheint. Bin ich jetzt auch ein Sklave von Letur Anict und denjenigen, die so sind wie er?

Die Wut in seinem Innern war ein Atemzug aus Eis, tief eingesogen und überlang angehalten, bis er sengend in seiner Brust brannte. Nachdem er die letzten Worte des Kupfergesichts namens Natarkas gehört hatte, stand er in stummer Wut auf und stapfte aus der Hütte; draußen blieb er kurz stehen, bis sich seine Augen einigermaßen an die Düsternis der mondlosen, wolkigen Nacht angepasst hatten. Ganz in der Nähe standen seine beiden K'Chain-Che'Malle-Leibwächter reglos wie in Stein gehauene Statuen; ihre Augen waren kaum mehr als schwach glimmende Flecken in der Dunkelheit. Als Rotmaske sich wieder in Bewegung setzte, drehten sie gleichzeitig die Köpfe, um ihm auf seinem Weg durch das Lager nachzusehen.

Keine der beiden Kreaturen folgte ihm, wofür er dankbar war. Jeder Schritt, den die beiden riesigen Wesen machten, brachte die Lagerhunde zum Heulen, und er war nicht in der Stimmung für ihr hirnloses Geschrei.

Die Nacht war halb vorüber. Er hatte die Clanführer und die meisten Ältesten zusammengerufen, und sie hatten sich alle in die Hütte gedrängt, die eins Hadralt gehört hatte. Sie waren gekommen und hatten wohl erwartet, von ihrem neuen und überaus gefürchteten Kriegsführer erneut gegeißelt und noch mehr verurteilt zu werden, aber Rotmaske hatte kein Interesse daran, die Krieger, die jetzt unter seinem Befehl standen, weiter herabzusetzen. Die Wunden, die er ihnen etwas früher am Tag geschlagen hatte, waren noch zu frisch. Der Mut, den sie verloren hatten, konnte nur auf dem Schlachtfeld wiedergewonnen werden.

Bei all seinen Fehlern hatte Hadralt in einer Hinsicht vollkommen recht gehabt – auf die alte Weise gegen die Letherii zu kämpfen war zum Scheitern verdammt. Aber die vorgebliche Absicht des mittlerweile toten Kriegsführers, den Ahl die Kampfesweise der Letherii beizubringen, war ebenso zum Scheitern verurteilt, erklärte Rotmaske seinen Gefolgsleuten. Es gab keine entsprechenden Traditionen, die Ahl konnten nicht mit den dafür geeigneten Waffen umgehen, und Loyalität bestand meist nur innerhalb eines Clans oder einer Sippe.

Es musste ein neuer Weg gefunden werden.

Rotmaske hatte sie dann über die Söldner ausgefragt, die sie angeheuert hatten, und die Geschichte, die man ihm daraufhin erzählt hatte, hatte sich ebenso kompliziert wie schmutzig angehört; die Einzelheiten hatte er den nur widerwillig Auskunft gebenden, schamrot werdenden Kriegern förmlich aus der Nase ziehen müssen. Oh, die Letherii hatten den Ahl viele Münzen gegeben, im Gegenzug für das Land, das sie gekauft hatten, und dieser Reichtum war ursprünglich mit der Absicht angehäuft worden, eine fremde Armee anzuheuern – eine Armee, auf die man in den Grenzlanden im Osten gestoßen war. Aber dann hatte Hadralt angefangen, all das Gold und Silber zu begehren, und zwar so sehr, dass er jene Armee verraten hatte – dass er sie in den Tod geführt hatte –, um sie nicht bezahlen zu müssen.

So wirkte das Gift namens Geld.

Wo waren diese Fremden hergekommen?

Vom Meer, wie es schien. Sie waren an der Nordküste der Ödlande gelandet, in Transportschiffen unter der Flagge von Lamatath, einem weit weg auf einer Halbinsel gelegenen Königreich. Priestersoldaten und -soldatinnen, Wolfsgöttern verschworen.

Was hatte sie in diesen Teil der Welt geführt?

Eine Prophezeiung.

Bei dieser Antwort – die von Natarkas gekommen war, dem Sprecher der Kupfergesichter, dem gleichen Krieger, der auch den Mord von Hadralt an seinem Vater Capalah offenbart hatte – war Rotmaske zusammengezuckt.

Eine Prophezeiung, Kriegsführer, hatte Natarkas gesagt. *Über einen letzten Krieg. Sie sind auf der Suche nach einem Ort hierhergekommen, den sie das Schlachtfeld der Götter genannt haben. Sie haben sich selbst als die Grauen Schwerter bezeichnet, den Traum von Togg und Fanderay. Viele von ihnen waren Frauen, und auch einer ihrer Anführer war eine Frau. Der andere ist ein einäugiger Mann, der behauptet, dass er sein Auge bereits dreimal verloren hat –*

Nein, Kriegsführer, der Mann lebt noch. Ein Überlebender der Schlacht. Hadralt hat ihn gefangengesetzt. Er liegt in Ketten … hinter der Bluthütte der Frauen …

Natarkas war dann verstummt, war vor der Wut zurückgewichen, die er plötzlich deutlich in Rotmaskes Augen hatte erkennen können.

Und jetzt schritt der maskierte Anführer durch das Lager der Ganetok, nach Osten, an den äußersten Rand, wo in den Hängen Gräben ausgehoben worden waren, in denen die Abfälle der Ahl beseitigt wurden. Er ging auf die Bluthütte zu, die den Frauen gehörte, schritt an ihr vorbei und weiter – dorthin, wo eine an einen Pfahl gekettete verdreckte Kreatur schlief. Die untere Hälfte seines zerschlagenen Körpers lag in dem Abwassergraben, in dem das Blut der Frauen und Urin auf ihrem Weg zu den weiter weg liegenden tiefen Gruben durch Schlamm, Wurzeln und Steine rannen.

Er blieb oberhalb des Mannes stehen, der aufwachte und den Kopf wandte, um mit einem glitzernden Auge zu Rotmaske aufzublicken.

»Verstehst du mich?«, fragte der Kriegsführer.

Ein Nicken.

»Wie heißt du?«

Das Auge blinzelte, und der Mann hob eine Hand, um sich an dem blasenübersäten Narbengewebe zu kratzen, das die leere Augenhöhle umgab, in der sich einst sein anderes Auge befunden hatte. Plötzlich schnaubte er, als wäre er überrascht, und richtete sich mühsam in eine sitzende Position auf. »Mein neuer Name war Anaster«, sagte er, verzog dabei auf merkwürdige Weise die Lippen. War das ein Grinsen gewesen? Der Mann fuhr fort: »Aber ich glaube, dass mein alter Name besser zu mir passt – wenn auch mit einer kleinen Änderung. Ich bin Toc.« Das Lächeln wurde breiter. »Toc der Pechvogel.«

»Ich bin Rotmaske …«

»Ich weiß, wer du bist. Ich weiß sogar, was du bist.«

»Woher?«

»Da kann ich dir leider nicht helfen.«

Rotmaske versuchte es noch einmal. »Was für ein verborgenes Wissen glaubst du über mich zu besitzen?«

Das Lächeln verblasste, und der Mann blickte nach unten, schien den angeschwollenen Strom aus verdünntem Blut um seine Knie zu betrachten. »Es hat damals keinen Sinn ergeben. Und ergibt jetzt sogar noch weniger. Du bist nicht das, was wir erwartet haben, Rotmaske.« Er hustete und spuckte aus, achtete aber sorgsam darauf, nicht in das Blut zu spucken.

»Sag mir, was habt ihr erwartet?«

Ein weiteres angedeutetes Lächeln, aber Toc blickte nicht auf, als er antwortete. »Nun ja, wenn man das Erste Schwert der K'Chain Che'Malle sucht, also … dann geht man davon aus … dass es sich dabei um einen … K'Chain Che'Malle handelt. Nicht um einen Menschen. Eine ziemlich offensichtliche Annahme, findest du nicht auch?«

»Erstes Schwert? Diesen Titel kenne ich nicht.«

Toc zuckte die Schultern. »Meisterkämpfer der K'ell. Galan der Matrone. Hol mich der Vermummte – *König*. In deinem Fall ist das alles das Gleiche.« Jetzt blickte der Mann wieder auf, und in seinem einen Auge glänzte etwas, als er fragte: »Und jetzt erzähle mir bitte nicht, dass die Maske sie getäuscht hat …«

Die Schlucht, aus der die einzelne Gestalt auftauchte, war kaum zu erkennen. Weniger als drei Mannshöhen breit, schmiegte sich der Felsspalt zwischen zwei steile Berghänge, eineinhalb Meilen lang und tausend Schritt tief. Reisende, die dreißig Schritt rechts oder links davon den nackten Fels des Gebirges überquerten, würden nicht einmal ahnen, dass es die Schlucht gab. Natürlich war in einem Umkreis von fünfzehn Meilen um das Tal die Wahrscheinlichkeit von zufällig auftauchenden Besuchern praktisch gleich null. So weit nördlich der wichtigen Pässe wanden sich keine offenkundigen Pfade durch die Blaurosekette, es gab auch keine hochgelegenen Weiden oder Hochebenen, die zur Besiedlung eingeladen hätten, und das Wetter war meistens grimmig.

Sobald die Gestalt über den Rand der Schlucht und in das mittägliche Sonnenlicht geklettert war, kauerte sie sich hin und musterte die nähere Umgebung. Da sie nichts Widriges sah, richtete sie sich auf. Der Mann – denn um einen solchen handelte es sich – war groß und dünn, hatte lange, glatte, mitternachtsschwarze Haare, ein faltenloses Gesicht mit auf unbestimmte Art verschleierten Gesichtszügen und Augen wie Obsidian. Er griff in eine Falte seines verschossenen schwarzen Lederhemds und zog eine dünne Kette heraus, die an beiden Enden jeweils einen schlichten Fingerring – einmal aus Gold, einmal aus Silber – aufwies. Ein kurzes Schnipsen seines rechten Zeigefingers ließ die Ringe herumwirbeln, brachte sie dann nah zusammen, als die Kette sich straff aufwickelte. Einen Augenblick später kehrte er die Bewegung um. Und während seine rechte Hand pausenlos damit beschäftigt war, die Kette auf- und wieder abzuwickeln, setzte er sich in Bewegung.

Er ging Richtung Süden, durchschritt Schatten und helles Sonnenlicht, seine Schritte so gut wie lautlos, das Klicken der Kette das einzige Geräusch, das ihn begleitete. Auf seinem Rücken hing ein ungespannter

Bogen aus Horn und Blutholz. An seiner rechten Hüfte trug er einen Köcher voller Pfeile mit Blutholzschäften und Befiederungen aus Falkenfedern; die Pfeilspitzen am Grund des mit Moos ausgepolsterten Köchers waren aus Eisen, tränenförmig und auf vier Seiten eingekerbt. Außerdem trug er ein Bandelier mit einem schlichten Rapier in einer mit Silber eingefassten Scheide aus Schildpatt. Die gesamte Scheide und ihre Befestigungsringe waren mit Schaffell umwickelt, damit sie beim Gehen kein Geräusch von sich gaben, doch all diese Voraussetzungen, sich verstohlen bewegen zu können, wurden durch das Herumwirbeln und Klicken der Kette zunichte gemacht.

Der Nachmittag verstrich, und schließlich bewegte er sich selbst dann im Schatten, wenn er die östliche Flanke der Täler streifte, die er eines nach dem anderen querte, während er immer weiter Richtung Süden schritt. Und die ganze Zeit wirbelte die Kette. Die Ringe klickten, wenn sie gegeneinander stießen, ehe sie flüsternd aufs Neue herumwirbelten.

Bei Anbruch der Abenddämmerung gelangte er zu einem Felsvorsprung, der Ausblick auf ein breiteres Tal gewährte, das mehr oder weniger von Ost nach West verlief. Hier hockte er sich zufrieden mit seinem Aussichtspunkt hin und wartete. Während die Kette flüsterte und die Ringe klickten.

Zweitausend wirbelnde Bewegungen später klirrten die Ringe und verstummten dann, gefangen in seiner rechten Faust. Die ganze Zeit hatte er ungeachtet der Dunkelheit den Blick nicht von der westlichen Mündung des Tals gelassen – und jetzt hatte er eine Bewegung gesehen. Er stopfte die Kette mit den Ringen wieder in die Tasche auf der Innenseite seines Hemds und stand auf.

Und machte sich an den langen Abstieg.

Die Onyx-Magier, diejenigen mit dem reinsten Blut, hatten schon vor langer Zeit aufgehört, gegen die Einschränkungen des Gefängnisses anzukämpfen, das sie für sich geschaffen hatten. Die Vorzeit und die zahllosen Traditionen, die beibehalten wurden, um die Erinnerung an sie lebendig zu halten, waren die Ketten und Fesseln, die sie hinzunehmen gelernt hatten. Sie hinzunehmen, sagten sie, hieß, die Bedeutung von Verantwortung zu begreifen, und wenn so etwas wie ein diesseitiger Gott existierte, dann lautete der Name dieses Gottes für die Bewohner von Andara – die letzten Gefolgsleute des Schwarzen Geflügelten Lords – Verantwortung. Und in den Jahrzehnten seit der Eroberung durch die Letherii war dieser Gott fast so mächtig geworden wie der Schwarze Geflügelte Lord selbst.

Der junge Bogenschütze, der gerade mal neunzehn Jahre alt war, war nicht der Einzige, der die schwerfälligen, veralteten Methoden der Onyx-Magier ablehnte. Und wie viele seiner Landsleute im ähnlichen Alter – die erste Generation, die in der Verbannung geboren worden war – hatte er einen Namen angenommen, der das ganze Ausmaß seiner Ablehnung erkennen ließ. Der Clan-Name wurde abgelegt und damit auf alle Anklänge an die alte Sprache – sowohl in ihrer allgemein gebräuchlichen Form wie als Dialekt der Priesterschaft – verzichtet. Sein Clan war jetzt der der Verbannten.

Doch trotz all dieser Gesten der Unabhängigkeit durfte ein direkter Befehl von Ordant Brid, dem Traummeister des Felsens im Onyx-Orden, nicht missachtet werden.

Und daher hatte der junge Krieger namens Clip von den Verbannten das ewig dunkle Kloster Andara verlassen, war die endlose Felswand hochgeklettert und schließlich ins verhasste Sonnenlicht getreten, um unter den verborgenen Sternen des Tages über Land zu reisen und an einem Aussichtspunkt oberhalb des Hauptpasses anzukommen.

Die kleine Gruppe von Reisenden, denen er sich nun näherte, waren keine Händler. Sie hatten keine mit Waren beladene Lasttiere bei sich. Und hinter ihnen stolperten auch keine angeketteten Sklaven dahin. Sie ritten letheriische Pferde, doch obwohl mindestens drei von ihnen Letherii waren, wusste Clip, dass dies keine Abordnung des Imperiums war. Nein, die hier waren Flüchtlinge. Und sie wurden gejagt.

Und mitten unter ihnen schreitet der Bruder meines Gottes.

Als Clip sich – von den Reisenden immer noch unbemerkt – näher heranschob, spürte er jemanden neben sich schweben. Er schnaubte voller Widerwille. »Ein Sklave der Tiste Edur. Sag mir, kennst du dein eigenes Blut? Wir werden dich losreißen, Geist – etwas, das du schon selbst vor langer Zeit hättest tun müssen.«

»Ich bin ungebunden«, kam die gezischte Antwort.

»Dann vermute ich, dass du hinreichend sicher vor uns bist.«

»Dein Blut ist unrein.«

Clip lächelte in der Dunkelheit. »Ja, ich bin ein wahrer Kessel aus Ausschuss. Nerek, Letherii – sogar D'rhasilhani.«

»Und Tiste Andii.«

»Dann begrüße mich, Bruder.«

Krächzendes Gelächter. »Er hat dich gespürt.«

»Habe ich mich angeschlichen, Geist?«

»Sie haben Halt gemacht und warten auf dich.«

»Gut. Aber können sie erraten, was ich zu ihnen sagen werde? Kannst du es?«

»Du bist unverschämt. Dir fehlt es an Respekt. Du wirst gleich Silchas Ruin, der Weißen Krähe, von Angesicht zu Angesicht gegenüberstehen …«

»Wird er eine Nachricht von seinem verschollenen Bruder mitbringen? Nein? Das habe ich mir gedacht.«

Noch ein zischendes Lachen. »Seltsamerweise glaube ich, dass du sehr gut zu denen passen wirst, die du gleich treffen wirst.«

Seren Pedac spähte in die Düsternis. Sie war müde. Sie alle waren müde, seit sie nun schon seit Tagen den Pass überquerten – und immer noch war kein Ende in Sicht. Silchas Ruins Bemerkung, dass sich ihnen jemand näherte, brachte sie alle dazu, am sandigen Rand eines Bachs stehenzubleiben, von dem ganze Wolken von Insekten aufstiegen, um über sie herzufallen. Die Pferde schnaubten, schlugen mit den Schweifen, und ihr Fell zuckte.

Sie stieg einen Augenblick nach Silchas Ruin ab und folgte ihm über den Bach. Die anderen blieben, wo sie waren. Kessel schlief in Udinaas' Armen, und er schien sich nicht bewegen zu wollen, um sie nicht aufzuwecken. Forcht Sengar ließ sich von seinem Pferd gleiten, verharrte aber dann.

Als Seren neben dem Albino aus dem Volk der Tiste Andii stand, konnte sie ein merkwürdiges Sirren und Klicken hören, das von irgendwo oberhalb der übereinandergestürzten Felsblöcke kam. Einen Augenblick später tauchte eine große, schlanke Gestalt auf, zeichnete sich als Umriss vor dem grauen Stein ab.

Ein Fleck tieferer Dunkelheit glitt von seiner Seite und schwebte zu Silchas Ruin.

»Ein Verwandter«, sagte das Gespenst.

»Ein Nachkomme meiner Gefolgsleute, Verblichener?«

»Oh, nein, Silchas Ruin.«

Der Tiste Andii stieß zischend die Luft aus. »Von den Gefolgsleuten meines Bruders. Waren sie so nah?«

Der junge Krieger kam näher, so langsam, als würde er schlendern. Er hatte dunkle Haut, deren Farbe sich nicht allzusehr von der der Tiste Edur unterschied. In seiner rechten Hand wirbelte er eine Kette herum, an deren Enden sich Ringe befanden, die allerdings in der Düsternis nur schemenhaft zu erkennen waren. »Silchas Ruin«, sagte er, »ich begrüße Euch im Namen des Onyx-Ordens von Andara. Es ist lange her, dass wir einem Tiste Andii begegnet sind, der nicht aus unserer Kolonie stammt.« Der breite Mund zuckte leicht. »Ihr seht ganz und gar nicht so aus, wie ich es erwartet habe.«

»Deine Worte kommen einer Beleidigung ziemlich nahe«, sagte Silchas Ruin. »Will der Onyx-Orden mich tatsächlich so begrüßen?«

Der junge Krieger zuckte die Schultern. Die Kette wickelte sich kurz auf und wirbelte dann wieder herum. »Auf dem Pfad vor Euch gibt es Schutzzauber der K'risnan – Fallen und Schlingen. Und das, was Ihr sucht, werdet Ihr in Blaurose nicht finden – weder in der Stadt selbst, noch in Jasp oder Raus.«

»Woher weißt du, was ich suche?«

»Er hat gesagt, dass Ihr kommen würdet – früher oder später.«

»Wer?«

Augenbrauen wanderten in die Höhe. »Na, Euer Bruder. Er ist nicht rechtzeitig genug gekommen, um zu verhindern, dass ihr gefällt wurdet … und Eure Gefolgsleute getötet …«

»Hat er mich gerächt?«

»Einen Augenblick«, mischte Seren sich ein. »Wie heißt Ihr?«

Ein weißes Lächeln. »Clip. Um Euch eine Antwort auf Eure Frage zu geben, Silchas Ruin: Er hat keine Veranlassung gesehen, alle Tiste Edur zu töten. Scabandari Blutauge war von Älteren Göttern vernichtet worden. Ein Fluch wurde über das Land westlich von hier gelegt, der selbst die Erlösung verweigerte, die der Tod gewährt. Die Edur wurden verstreut und sahen sich vorrückendem Eis, zurückweichenden Meeren und schrecklichen Stürmen ausgesetzt. In den unmittelbar folgenden Nachwirkungen des auf Omtose Phellack beruhenden Fluchs war ihr Überleben alles andere als gewährleistet, und Rake hat sie sich selbst überlassen.«

»Ich kann mich gar nicht erinnern, dass mein Bruder so … barmherzig war.«

»Wenn unsere geschichtlichen Aufzeichnungen aus jener Zeit zutreffen«, sagte Clip, »dann war er ziemlich beschäftigt. Das Zerbrechen von Kurald Emurlahn. Gerüchte, dass Osserc in der Nähe sein sollte, eine launenhafte Liebelei mit Lady Missgunst, Streitereien und ein wackliges Bündnis mit Kilmandaros, und dann schließlich noch Silanah, die Eleint, die an seiner Seite aus Emurlahn gekommen ist, als das Tor geschlossen wurde.«

»Es scheint, als wäre vieles aus jener Zeit in deinem Orden allgemein bekannt«, bemerkte Silchas Ruin. Sein Tonfall war ausdruckslos. »Dann ist er also längere Zeit bei euch geblieben.«

»Er bleibt nirgendwo sehr lange«, antwortete Clip, den ganz offensichtlich etwas erheiterte.

Seren Pedac fragte sich, ob der Junge wusste, wie dicht davor er war, Silchas Ruin ein bisschen zu sehr zu reizen. Noch ein paar schlecht gewählte Worte mehr, und Clips Kopf würde nicht mehr auf seinen Schultern sitzen. »Habt Ihr den Auftrag«, fragte sie den Tiste Andii, »uns zu unserem Ziel zu führen?«

Ein weiteres Lächeln, ein weiteres Klicken der Kette. »Ja. Ihr werdet … äh … willkommene Gäste des Andara-Klosters sein. Obwohl die Tatsache, dass Tiste Edur und Letherii zu Eurer Gruppe gehören, ein bisschen problematisch ist. Der Onyx-Orden ist verboten worden, wie Ihr wisst, und nun der Gegenstand verwerflicher Unterdrückung. Das Andara stellt den letzten geheimen Zufluchtsort unseres Volkes dar. Sein Standort darf nicht gefährdet werden.«

»Was schlagt Ihr vor?«, fragte Seren.

»Der Rest dieser Reise«, antwortete Clip, »wird durch ein Gewirr führen. Durch Kurald Galain.«

Bei diesen Worten legte Silchas Ruin den Kopf schräg. »Ich fange an zu verstehen. Sag mir, Clip, wie viele Magier des Ordens leben im Andara?«

»Es gibt fünf, und sie sind die letzten.«

»Und können sie sich über irgendetwas einig werden?«

»Natürlich nicht. Ich bin auf Anweisung von Ordant Brid, dem Traummeister des Felsens, hier. Mein Aufbruch ist ohne Zwischenfälle verlaufen, ansonsten wäre ich wahrscheinlich nicht hier …«

»Falls ein anderes Mitglied des Ordens dich abgefangen hätte.«

Ein Nicken. »Könnt Ihr den Tumult erwarten, den Eure Ankunft verursachen wird, Silchas Ruin? Ich nicht.«

»Dann hätte deine Begrüßung vorhin ein bisschen genauer ausfallen müssen. Nicht der Orden heißt uns willkommen. Sondern nur dieser Ordant Brid.«

»Sie alle belieben, gerade dann für den Orden zu sprechen«, sagte Clip mit funkelnden Augen, »wenn es die anderen am meisten bestürzt. Nun, ich kann sehen, wie gespannt Ihr alle seid.« Eine Bewegung seiner rechten Hand ließ die Kette schwingen; der silberne Ring lag um seinen Zeigefinger, und als die Kette sich mit einem Klicken zur vollen Länge entfaltet hatte, erschien zur Rechten des Kriegers ein Tor in die Dunkelheit. »Ruft die anderen hierher«, sagte Clip. »Rasch. Schon jetzt strömen gebundene Gespenster, die den Edur dienen, zusammen. Natürlich träumen sie alle davon, zu entkommen – aber diesen Traum können wir ihnen leider nicht erfüllen. Allerdings schauen ihre Edur-Herren durch ihre Augen, und das ist nicht gut.« Seren Pedac drehte sich um und rief die anderen.

Clip trat einen Schritt zur Seite und verbeugte sich tief. »Silchas Ruin, ich lade Euch ein, als Erster durch das Tor zu treten und einmal mehr die willkommene Umarmung wahrer Dunkelheit zu erleben. Außerdem«, fügte er hinzu, während er sich aufrichtete und Ruin auf das Tor zuschritt, »gebt Ihr für uns ein helles Leuchtfeuer …«

Eines von Silchas Ruins Schwertern glitt zischend aus der Scheide, wischte in einer nur verschwommen wahrnehmbaren Bewegung dort durch die Luft, wo eben noch Clips Hals gewesen war, aber der junge Krieger hatte sich nach hinten gebeugt – gerade weit genug, dass die Klinge nichts als Düsternis zerteilte.

Ein leises Lachen von dem Jungen, der beängstigend entspannt wirkte. »Er hat gesagt, Ihr würdet wütend sein.«

Silchas Ruin starrte Clip mehrere Herzschläge lang an, dann drehte er sich um und schritt durch das Tor.

Seren Pedac holte tief Luft, um ihr rasendes Herz zu beruhigen. Sie blickte Clip düster an. »Ihr habt ja keine Ahnung …«

»Habe ich das nicht?«

Die anderen kamen, brachten ihre Pferde mit. Udinaas, in dessen Armen immer noch Kessel schlief, warf Clip kaum einen Blick zu, ehe er sein Pferd in den Riss lenkte.

»Ihr wollt mit einem Gott die Klinge kreuzen, Clip?«

»Er hat sich verraten – oh, ja, er ist schnell, das stimmt, und da er zwei Waffen führt, würde es schwer werden, mit ihm fertig zu werden, da gebe ich Euch recht …«

»Und wird der Traummeister, der Euch geschickt hat, über Euer unreifes Verhalten erfreut sein?«

Clip lachte. »Ordant hätte irgendeinen von hundert Kriegern für diesen Auftrag auswählen können, Letherii.«

»Aber er hat sich für Euch entschieden, was bedeutet, dass er entweder sehr dumm ist oder Eure Respektlosigkeit vorhergesehen hat.«

»Ihr vergeudet Eure Zeit, Freisprecherin«, sagte Forcht Sengar, der neben sie trat. Er beäugte Clip. »Er ist ein Tiste Andii. Sein Geist ist nichts als Dunkelheit, in der Unwissenheit und Dummheit gedeihen.«

Der junge Krieger verbeugte sich vor Forcht. »Edur, bitte geht weiter. Die Dunkelheit erwartet Euch.« Er winkte in Richtung des Tors.

Als Forcht Sengar sein Pferd ins Tor führte, wirbelte die Kette an Clips rechtem Zeigefinger erneut durch die Luft, und die Bewegung endete mit dem Zusammenprall der Ringe.

»Warum tut Ihr das?«, wollte Seren gereizt wissen.

Augenbrauen hoben sich. »Warum tue ich was?«

Lautlos vor sich hin fluchend, schritt die Freisprecherin durch das Tor.

Buch Zwei

Die Schichten der Toten

Wer folgt jetzt meiner Fährte,
verschlingt die Entfernung zwischen uns,
ganz egal, wie ich fliehe, den vergeudeten
Atem meiner Flucht in den Wind stoße,
und diese Hunde werden obsiegen,
mich erledigen mit schadenfrohem Geheul,
denn die Tiere wurden als vom Schicksal bestimmt geboren
und zu unerschrockener Rache abgerichtet
von meiner eigenen Gerte und Hand,
und kein Gott wird an meiner Stelle stehen
noch mir Zuflucht gewähren, selbst
wenn ich um Absolution bitte –
die Hunde meiner Taten gehören
nur zu mir, und sie haben lange gejagt,
und jetzt endet die Jagd.

Lieder von Schuld
Bet'netrask

Kapitel Sieben

Doppelt so weit wie du glaubst
Die halbe Entfernung, die du fürchtest
Zu dünn, dich zu halten
Und weit über deinem Kopf
Bei weitem so viel schlauer
Doch maßlos einfältig
Willst du jetzt meine Geschichte hören?

Geschichten eines Betrunkenen Barden
Fisher

Atri-Preda Yan Tovis, die bei ihren Soldaten unter dem Namen Zwielicht bekannt war, stand an der Reling und sah zu, wie die Uferböschung des Lether vorbeizog. In den Untiefen ließen sich Möwen auf den Wellen treiben. Fischerboote wurden durch das Schilf gewriggt, und die Netzwerfer unterbrachen ihre Arbeit, um zu der mitgenommenen Flotte herüberzusehen, die unterwegs zum Hafen war. Zahllose Vögel hockten auf den kahlen Ästen der Uferbäume, die ein Opfer der letzten Überschwemmung geworden waren. Hinter den toten Bäumen waren Reiter auf der Küstenstraße unterwegs, galoppierten auf die Stadt zu, um verschiedenen Amtsträgern Bericht zu erstatten, obwohl Yan Tovis davon überzeugt war, dass der Palast über die Rückkehr der ersten Flotte bereits informiert war – und auch über diejenige, die sich kaum einen halben Tag hinter ihnen befand.

Sie freute sich darauf, bald wieder einmal festen Boden unter die Füße zu bekommen. Und unbekannte Gesichter in ihrem Umfeld zu sehen, statt der erschöpften Mienen um sie herum, die sie nur allzu gut kennen- und manchmal, wie sie zugeben musste, auch zu verachten gelernt hatte.

Der letzte Ozean, den sie überquert hatten, lag nun weit hinter ihnen, eine Tatsache, über die sie zutiefst erleichtert war. Die Welt hatte sich als … riesig erwiesen. Selbst die uralten letheriischen Karten, auf denen der Weg vom Land des Ersten Imperiums hierher eingezeichnet war, hatten nur einen Bruchteil der gewaltigen Ausdehnung dieser Sphäre der Sterblichen gezeigt. Die schiere Größe hatte dafür gesorgt, dass sie sich alle kleiner gefühlt hatten, als ob ihre großen Dramen im Grunde bedeutungslos wären, als ob wahre Bedeutung zu dünn gesät, zu schwer zu fassen war, als dass ein einzelner Verstand sie begreifen könnte. Und der Tribut, den diese schicksalhaften Reisen gefordert hatten, war verheerend. Dutzende von Schiffen waren verloren, Tausende von Seeleuten tot – da draußen gab es streitlustige und nur allzu fähige Reiche und Völker, und nur die wenigsten von ihnen hatten gezögert, die Tapferkeit und Entschlossenheit der fremden Eindringlinge auf die Probe zu stellen. Ohne die beachtlichen Zaubereien der Edur und der neuen Kader aus letheriischen Magiern hätten sie mehr Niederlagen als Siege in den Logbüchern verzeichnen müssen, und es hätten noch weniger Soldaten und Seeleute ihre Heimat wiedergesehen.

Hanradi Khalag sowie Uruth und Tomad Sengar würden dem Imperator grässliche Neuigkeiten überbringen müssen, gegen die ihr bescheidener Erfolg verblassen würde, und Yan Tovis war dankbar, dass sie bei dieser Besprechung nicht zugegen sein musste. Davon abgesehen würde sie durch ihre Stellung mehr als genug zu tun haben. Es hatte viele Opfer unter den letheriischen Seesoldaten gegeben – Familien mussten benachrichtigt, Ruhegelder verteilt, verlorene Ausrüstungsgegenstände in Rechnung gestellt und Schulden auf Erben und Verwandte übertragen werden. Eine bedrückende und ermüdende Aufgabe, und sie sehnte sich bereits jetzt danach, das letzte Schriftstück zu siegeln und zu unterschreiben.

Als die Baumgruppen und Gehölze weniger und zunächst von Fischerhütten und Landungsstegen, später dann von den ummauerten Anwesen der Oberschicht abgelöst wurden, trat sie von der Reling zurück und schaute sich auf Deck um. Unweit des Hecks entdeckte sie Taralack Veed und ging zu ihm hinüber.

»Wir sind jetzt fast da«, sagte sie. »Letheras, der Sitz des Imperators, die größte und reichste Stadt auf diesem Kontinent. Und dein Meisterkämpfer kommt immer noch nicht an Deck.«

»Ich sehe da vorne Brücken«, bemerkte der Barbar, während er über das Schiff hinwegblickte.

»Ja. Die Stufen. Es gibt Kanäle in der Stadt. Habe ich dir nicht von den Tauchtagen erzählt?«

Der Mann verzog das Gesicht, drehte sich wieder um und spuckte über die Heckreling. »Sie sterben ohne Ehre, und das amüsiert Euch. Was wollt Ihr – was soll Icarium sehen, Zwielicht?«

»Er wird seinen Zorn brauchen«, sagte sie leise.

Taralack Veed strich sich mit beiden Händen die Haare zurück. »Wenn er das nächste Mal aufgeweckt wird, werden Dinge wie Vorsatz oder Entschlossenheit keine Rolle spielen. Euer Imperator wird ausgelöscht werden, und mit ihm wahrscheinlich der größte Teil dieser funkelnden Stadt. Solltet Ihr Euch entschließen, zuzusehen, werdet Ihr ebenfalls sterben. Genau wie Tomad Sengar und Hanradi Khalag.«

»Ich werde leider nicht hier sein, um Zeuge des Aufeinandertreffens zu werden«, sagte sie nach kurzem Zögern. »Meine Pflichten werden mich wieder nach Norden führen, zurück nach Fenthing.« Sie warf ihm einen Blick zu. »Eine Reise von mehr als einem Monat zu Pferde, Taralack Veed. Wird diese Entfernung ausreichen?«

Er zuckte die Schultern. »Ich kann nichts versprechen.«

»Bis auf eines«, erwiderte sie.

»Ja?«

»Dass er kämpfen wird.«

»Ihr kennt Icarium nicht so gut wie ich. Ja, gewiss, er bleibt da unten, aber er wirkt aufgeregt. Da ist jetzt Vorfreude, eine Vorfreude, wie ich sie noch nie zuvor bei ihm gesehen habe. Er hat sich endlich mit seinem Fluch abgefunden, Zwielicht, ja, mehr noch, er hat ihn sogar *angenommen*. Er schärft sein Schwert, wieder und wieder. Ölt seinen Bogen. Untersucht jeden Morgen seine Rüstung auf Schwachstellen. Er stellt mir keine Fragen mehr, und das ist das verhängnisvollste Zeichen.«

»Er hat schon einmal versagt«, sagte sie.

»Damals hat … sich jemand eingemischt. Das wird nicht noch einmal geschehen, es sei denn, Eure Sorglosigkeit lässt es zu.«

Eine leichte Biegung des Flusses gab den Blick auf Letheras frei, das sich vom Nordufer nach hinten und oben erstreckte: prächtige Brücken, die sich über grell bemalten Gebäuden und dem Dunst unzähliger Kochfeuer wölbten, daneben hoben sich Kuppeln und Terrassen, Türme und Plattformen ab, deren Ränder im golden glühenden Rauch verschwammen. Die imperialen Kais waren direkt voraus, gleich hinter einer Mole, und die vordersten Dromonen der Flotte legten bereits die Ruder ein und schwenkten zu den Liegeplätzen. Dutzende von Gestalten versammelten sich im Hafengebiet, darunter auch ein protziger Zug mit wehenden Wimpeln und Standarten, der vom Ewigen Domizil herunterkam – die offizielle Delegation, bei der sich, wie Tan Yovis bemerkte, allerdings keine Edur befanden.

Es schien, als wäre Triban Gnols stille Machtergreifung so gut wie vollendet. Sie war nicht sonderlich überrascht. Der Kanzler hatte vermutlich schon lange, bevor König Ezgara Diskanar den tödlichen Trank im Thronraum zu sich genommen hatte, damit begonnen, seine Pläne in die Tat umzusetzen. *Um einen sanften Übergang sicherzustellen*, hätte er sich wohl verteidigt. *Das Imperium ist bedeutender als sein Herrscher, und die Loyalität des Kanzlers gilt dem Imperium. Immer und für alle Zeiten.* Eine lobenswerte Gesinnung, keine Frage, aber die Wahrheit war niemals so eindeutig. Machtgier war eine starke Strömung, und in ihr brodelten Wolken, die alles für alle verschleierten, außer vielleicht für Triban Gnol selbst, der sich genau im Zentrum des Mahlstroms befand. Sein Irrglaube, alles unter Kontrolle zu haben, war nie in Frage gestellt worden, aber Yan Tovis glaubte nicht, dass er noch lange halten würde.

Schließlich waren nun die Edur zurückgekehrt. Tomad Sengar, Hanradi Khalag und drei weitere ehemalige Kriegshäuptlinge der Stämme, genau so wie mehr als viertausend erfahrene Krieger, die ihre Naivität schon lange verloren hatten – in Callous, Sepik, Nemil, vor der Küste der Verender, vor Shal-Morzinn oder auf Drift Avalii, in unzähligen fremden Gewässern, bei den Meckros … Die Reise war lang gewesen. Und nervenaufreibend.

»Das Nest wird bald aufgeweckt werden«, sagte Taralack Veed. Ein ziemlich hässliches Grinsen verzerrte seine Gesichtszüge.

Yan Tovis zuckte die Schultern. »Das war zu erwarten. Wir waren lange Zeit fort.«

»Vielleicht ist Euer Imperator schon tot. Ich sehe keine Tiste Edur in der Abordnung.«

»Das halte ich für wenig wahrscheinlich. Unsere K'risnan hätten es gewusst.«

»Weil es ihnen ihr Gott mitgeteilt hätte? Yan Tovis, das Geschenk eines Gottes ist niemals umsonst. Mehr noch, wenn er es für angebracht hält, wird er seinen Anhängern nichts erzählen. Oder er wird lügen. Die Edur verstehen nichts von alledem, aber Ihr überrascht mich. Ist es nicht die Natur Eures Gottes, dieses Abtrünnigen, Euch auf Schritt und Tritt etwas vorzumachen?«

»Der Imperator ist nicht tot, Taralack Veed.«

»Dann ist es nur noch eine Frage der Zeit.«

»Das behauptest du andauernd.«

Er schüttelte den Kopf. »Ich spreche jetzt nicht von Icarium. Ich spreche davon, was geschieht, wenn der Auserwählte eines Gottes *versagt*. Und sie versagen immer, Zwielicht. In den Augen der Götter ist das, was wir tun, nie genug. Wir sind nicht so gläubig, wie wir es sein sollten, nicht so ängstlich, nicht so kriecherisch. Früher oder später verraten wir sie, aus Schwäche oder übersteigertem Ehrgeiz. Wir sehen eine Stadt der Brücken vor uns, doch was ich sehe, und was Ihr seht, sind zwei verschiedene Dinge. Lasst Euch nicht von Euren Augen täuschen – die Brücken, die uns erwarten, sind viel zu schmal für Sterbliche.«

Ihr Schiff bewegte sich langsam wie ein erschöpftes Lasttier auf das mittlere imperiale Dock zu, und jetzt waren eine Handvoll Edur-Offiziere an Deck getreten, während Matrosen an der Backbordreling standen und die Leinen bereithielten. Der Gestank nach Abwässern, der von dem schlammigen Wasser ausging, war so stark, dass er Tränen in die Augen trieb.

Taralack Veed spuckte sich in die Hände und strich sich noch einmal die Haare zurück. »Es ist fast soweit. Ich gehe und hole meinen Meisterkämpfer.«

Von niemandem bemerkt, stand Turudal Brizad, der Abtrünnige, rücklings an einem Hafenspeicher lehnend etwa dreißig Schritt vom Hauptpier entfernt. Er musterte den von Bord gehenden Tomad Sengar. Der ehrwürdige Krieger wirkte erschöpft und gealtert, und als er bemerkte, dass sich kein einziger Edur bei der Delegation vom Palast befand, schien seine Miene mit jedem Augenblick düsterer zu werden. Aber weder an ihm noch an einem der anderen Edur blieb der Blick des Gottes längere Zeit hängen. Brizads Aufmerksamkeit wurde erneut geweckt, als die Atri-Preda, die die letheriischen Seesoldaten an Bord dieser Flotte befehligte, gefolgt von einem halben Dutzend Adjutanten und Offizieren das Fallreep herunterschritt. Denn er spürte sofort, das diese Frau etwas Schicksalhaftes umgab. Aber er konnte keine Einzelheiten ausmachen.

Verärgert über sein nachlassendes Wahrnehmungsvermögen runzelte der Gott die Stirn. Eigentlich hätte er auf der Stelle spüren müssen, was Yan Tovis erwartete. Vor fünf Jahren wäre das auch der Fall gewesen, und er hätte keinen Gedanken an diese Gabe verschwendet, diese schiere Bevorzugung, die mit der Macht eines Aufgestiegenen einherging. Seit den letzten turbulenten Tagen des Ersten Imperiums – jener Abfolge grässlicher Ereignisse, die schließlich die T'lan Imass dazu veranlasst hatten, die Todeszuckungen von Dessimbelackis' Imperium zu ersticken – hatte der Abtrünnige sich nicht mehr so von allem abgetrennt gefühlt. Das Chaos rollte einer alles umwälzenden, gewaltigen Woge gleich auf Letheras zu, eine ozeanische Welle, die die Strömungen dieses Flusses einfach verschlingen würde – *ja, es kommt vom Meer. So viel weiß ich, so viel kann ich spüren. Vom Meer, genau wie diese Frau, diese Zwielicht.*

Eine weitere Gestalt erschien auf der Planke. Ein Fremder, dessen Unterarme mit einem wirren Muster geheimnisvoller Tätowierungen bedeckt waren, während sein restlicher Oberkörper in einen grob gewebten Umhang gehüllt war und eine Kapuze seine Gesichtszüge verbarg. Barbarisch, wachsam, mit glänzenden Augen, die alles in sich aufsogen, machte er auf halbem Weg auf dem Fallreep kurz Halt, um sich zu räuspern und zur Seite hin auszuspucken, eine Geste, die den Abtrünnigen – und, wie es schien, auch die meisten von denen, die auf dem Dock standen – erschreckte.

Einen Augenblick später kam ein weiterer Fremder in Sicht, der am oberen Ende des Fallreeps stehenblieb. Dem Abtrünnigen verschlug es den Atem, und es fröstelte ihn, als wäre der Vermummte höchstpersönlich angekommen und sein kalter Atem striche ihm über den Nacken.

Hol mich der Abgrund, was wartet da alles in seinem Innern. Die Glut, die niemand anders hier sehen kann, deren Vorhandensein niemand auch nur vermuten kann. Teurer Sohn von Gothos und dieser übergroßen Hexe, der Makel des Azath-Blutes schwebt wie eine Wolke über dir. Das war mehr als ein Fluch – all das quälte diesen tödlichen Krieger. Wohlerwogene Stränge waren um ihn gewoben, die Fäden eines kunstvoll ausgeführten, uralten und tödlichen Rituals. Und er wusste, von wem sie stammten. *Die Namenlosen.*

Zwei Soldaten aus Triban Gnols Palastgarde traten vor, um den Jhag in Empfang zu nehmen, als er langsam das Fallreep herunterschritt.

Das Herz des Abtrünnigen hämmerte wild in seiner Brust. *Sie haben einen Meisterkämpfer mitgebracht, einen Herausforderer für den Imperator der Tausend Tode …*

Der Jhag betrat festen Boden.

Von den Gebäuden hinter dem Hafenviertel stoben plötzlich unter vielstimmigem Gekreisch Vögel auf – zu Hunderten, dann zu Tausenden –, und unter den Füßen des Abtrünnigen verschoben sich Steine mit einem dumpfen, ächzenden Geräusch. Weit hinten in der Stadt, jenseits des Quillas-Kanals, stürzte irgendetwas Großes ein, und von ferne waren Schreie zu hören. Der Abtrünnige trat von der Wand weg und sah hinter den kreischenden, in Panik versetzten Tauben, Saatkrähen, Möwen und Staren eine gewaltige Staubwolke aufsteigen.

Das unterirdische Ächzen hörte auf, und eine durchdringende Stille senkte sich herab.

Icariums hauerbewehrter Mund verzog sich zur Andeutung eines Lächelns, als wäre er erfreut über den Willkommensgruß der Erde, und auf diese Entfernung konnte der Abtrünnige nicht sagen, ob dieses Lächeln tatsächlich so kindlich war, wie es schien, oder eher ironisch oder sogar bitter. Er unterdrückte den Drang, näher hinzugehen, um eine Antwort auf diese Frage zu bekommen, und erinnerte sich daran, dass er Icariums Aufmerksamkeit nicht auf sich lenken wollte. Nicht in diesem Augenblick. Und auch in keinem anderen.

Tomad Sengar, derjenige, dem dein Sohn entgegentreten wird …

Es war kein Wunder, wie er schlagartig begriff, dass all das, was geschehen würde, in einem Mahlstrom aus Chaos verborgen war. *Sie haben Icarium … ins Herz meiner Macht gebracht.*

Es war offensichtlich, dass weder die Mitglieder der Delegation noch die anderen umstehenden Letherii die beiden Geschehnisse – das Betreten dieses Landes durch Icarium und das Erdbeben, das Letheras erschüttert hatte – auf irgendeine Weise miteinander in Verbindung brachten, obwohl solche Erschütterungen in dieser Region normalerweise so gut wie unbekannt waren. Und während die entsetzten Vögel und irgendwelche brüllenden Lasttiere sich anscheinend gar nicht mehr beruhigen wollten, ließ die Bestürzung der Menschen im Blickfeld des Abtrünnigen bereits nach. *Närrische Sterbliche – so schnell damit bei der Hand, Unbehagen zu missachten.*

Langsam glätteten sich die unruhigen, zitternden Wogen des Flusses, und die Möwen weiter draußen begannen, sich wieder zwischen den Schiffen niederzulassen, die noch dem Ufer zustrebten. Doch irgendwo in der Stadt war ein Gebäude in sich zusammengestürzt, vermutlich irgendein ehrwürdiger, uralter Bau, dessen Fundament vom Grundwasser geschwächt, dessen Mörtel zerkrümelt und dessen Stützbalken verfault waren.

Es hatte wahrscheinlich Tote und Verletzte gegeben – *Icariums erste Opfer, aber ganz gewiss nicht seine letzten.*

Und er lächelt.

Immer noch fluchend drehte Taralack Veed sich zu Yan Tovis um. »Unruhiges Land – Brand schläft hier nicht ruhig.«

Die Atri-Preda zuckte die Schultern, um ihr Unbehagen zu verbergen. »Im Norden von hier, entlang der Fingerberge, bebt die Erde oft. Das Gleiche gilt für die Nordseite der Bergketten tief im Süden, auf der anderen Seite der Drachensee.«

Sie sah gebleckte Zähne im Schatten unter der Kapuze schimmern. »Aber in Letheras nicht, ja?«

»Ich habe noch nie zuvor von so etwas gehört, aber das hat wenig zu bedeuten«, antwortete sie. »Diese Stadt ist nicht meine Heimat. Ich wurde hier nicht geboren. Und ich bin hier auch nicht aufgewachsen.«

Taralack Veed schob sich näher an sie heran, wandte den Blick von Icarium ab, der bei den zwei Palastwachen stand und zuhörte, während sie ihm erklärten, was als Nächstes geschehen würde. »Närrin«, zischte er sie an. »Brands Fleisch ist zurückgezuckt, Zwielicht. *Zurückgezuckt – seinetwegen.*«

Sie schnaubte.

Der Gral legte den Kopf schief, und sie konnte seine Verachtung spüren. »Was geschieht jetzt?«, fragte er.

»Jetzt? Sehr wenig. Es gibt sichere Quartiere für dich und deinen Meisterkämpfer. Wann der Imperator sich entscheidet, seinen Herausforderern entgegenzutreten, ist ganz allein seine Sache. Manchmal ist er ungeduldig, und der Kampf findet sogleicht statt. Zu anderen Zeiten wartet er, sogar wochenlang. Aber ich werde dir sagen, worum man sich sofort kümmern wird.«

»Und das wäre?«

»Um eine Urne für Icarium und einen entsprechenden Platz auf dem Friedhof, auf dem sich alle Herausforderer aufhalten, denen Rhulad sich gestellt hat.«

»Selbst dieser Ort wird nicht fortbestehen«, murmelte Taralack Veed.

Der Gral ging zu Icarium hinüber. Ihm war übel, und er wollte nicht an die bevorstehende Vernichtung denken. Immerhin hatte er so etwas schon einmal gesehen. *Selbst in deinem ewig währenden Schlaf hast du die stechende Wunde gespürt, die Icarium ist, Brand – und niemand von diesen Leuten hier hat dich unterstützt, niemand von ihnen war bereit für die Wahrheit. Ihre Hände sind nicht in der Erde, die Verbindung ist verloren – aber schau sie dir an: sie nennen mich einen Wilden.*

»Icarium, mein Freund …«

»Kannst du es nicht spüren, Taralack Veed?« In seinen unmenschlichen Augen schimmerte Vorfreude. »Dieser Ort … ich war früher schon einmal hier – nein, nicht in dieser Stadt. Vorher, noch bevor diese Stadt entstanden ist. Ich habe auf diesem Boden gestanden …«

»Und er hat sich an dich erinnert«, knurrte Taralack Veed.

»Ja, aber nicht so, wie du glaubst. Hier gibt es Wahrheiten, die auf mich warten. Wahrheiten. Ich war ihnen noch nie so nahe wie jetzt. Jetzt begreife ich, warum ich mich nicht geweigert habe.«

Dich geweigert? Daran hast du gedacht? War es wirklich so knapp? »Dein Schicksal wird dich schon bald willkommen heißen, Icarium, wie ich es die ganze Zeit gesagt habe. Das konntest du genausowenig leugnen wie das Jaghut-Blut in deinen Adern.«

Icarium verzog das Gesicht. »Jaghut … ja, sie waren hier. In meinem Gefolge. Vielleicht sogar mir auf den Fersen. Vor langer Zeit, und jetzt wieder …«

»Wieder?«

»Omtose Phellack – das Herz dieser Stadt besteht aus Eis, Taralack Veed. Eine überaus heftige Belastung.«

»Bist du sicher? Ich verstehe nicht …«

»Ich auch nicht. Noch nicht. Aber ich werde es verstehen. Kein Geheimnis wird meinen Aufenthalt hier überleben. Es wird sich ändern.«

»Was wird sich ändern?«

Icarium lächelte, eine Hand ruhte auf dem Knauf seines Schwerts. Er antwortete nicht.

»Dann wirst du also dem Imperator entgegentreten?«

»Das wird von mir erwartet, Taralack Veed.« Ein leuchtender Blick. »Wie könnte ich mich verweigern?«

Bei den Geistern hienieden, mein Tod rückt näher. Das war es, was wir die ganze Zeit wollten. Warum verfluche ich es jetzt? Wer hat mir meinen Mut gestohlen?

»Es ist«, flüsterte Icarium, »als würde das Leben in mir neu erwachen …«

Die Hand zuckte in der Düsternis vor, packte die Ratte auf dem hölzernen Käfig, in dem sich die vordere Pumpe befand. Die dürre Kreatur hatte einen Herzschlag lang Zeit, voller Panik zu quieken, ehe ihr das Genick gebrochen wurde. Es gab ein dumpfes Geräusch, als die tote Ratte zur Seite geworfen wurde und gegen die Bordwand prallte, von wo sie ins trübe Bilgenwasser hinunterrutschte.

»Oh, wie ich dich hasse, wenn du die Geduld verlierst«, sagte Samar Dev. Ihre Stimme klang müde. »Durch solche Sachen setzt du dich allen möglichen Krankheiten aus, Karsa Orlong.«

»Das ganze Leben besteht daraus, sich irgendwelchen Krankheiten auszusetzen«, brummte der riesige Krieger aus dem Schatten. Einen Augenblick später fügte er hinzu: »Ich werde sie an die Schildkröten verfüttern.« Er schnaubte. »Schildkröten, die groß genug sind, dieses verdammte Schiff in die Tiefe zu ziehen. Diese Letherii leben im Alptraum eines wahnsinnigen Gottes.«

»Mehr, als dir klar ist«, murmelte Samar Dev. »Hör doch. Rufe vom Ufer. Wir fahren endlich in den Hafen ein.«

»Die Ratten sind erleichtert.«

»Musst du nicht vielleicht irgendetwas tun, um dich vorzubereiten?«

»Und was?«

»Ich weiß es nicht. Noch ein paar Splitter von deinem Schwert abschlagen oder so was. Es schärfen.«

»Das Schwert ist unzerbrechlich.«

»Was ist mit deiner Rüstung? Die meisten Muscheln sind zerbrochen – diese Rüstung verdient ihren Namen nicht mehr und wird keine Klinge aufhalten …«

»Mich wird keine Klinge berühren, Hexe. Ich werde nur einem einzigen Mann entgegentreten, nicht zwanzig. Und er ist klein – mein Volk nennt euch Kinder. Und das seid ihr in Wirklichkeit auch. Kurzlebig, mit stöckchendürren Gliedern und Gesichtern, in die ich am liebsten kneifen würde. Die Edur sind nicht sehr viel anders, nur ein bisschen in die Länge gezogen.«

»Kneifen? Bevor oder nachdem du uns den Kopf abgeschlagen hast?«

Er gab ein kehliges Lachen von sich.

Samar Dev lehnte sich zurück an den Ballen, in dem etwas Hartes, Klumpiges verpackt war. Obwohl es ein bisschen unbequem war, hatte sie keine Lust, die Sache genauer zu untersuchen. Sowohl die Edur wie die Letherii hatten absonderliche Vorstellungen darüber, was alles Beute sein konnte. In genau diesem Laderaum gab es Amphoren, die gewürztes, menschliches Blut enthielten und ein Dutzend mit Wachs umhüllte Leichname von Edur-»Flüchtlingen« aus Sepik, die die Reise nicht überlebt hatten und wie Stoffballen an einem blutbefleckten Schneckenmuschel-Thron aufgestapelt waren, der dem Häuptling einer abgelegenen Insel gehört hatte – und dessen eingelegter Kopf wahrscheinlich in einem der Krüge ruhte, an denen Karsa Orlong lehnte. »Zumindest werden wir bald von diesem verdammten Schiff runterkommen. Meine Haut ist schon ganz ausgetrocknet. Schau dir meine Hände an – ich habe mumifizierte Hände gesehen, die haben besser ausgesehen. Dieses verdammte Salz – es hängt an einem wie eine zweite Haut, und es löst einem …«

»Bei den Geistern hienieden, Frau, du treibst mich noch dazu, gleich noch einer Ratte den Hals umzudrehen.«

»Dann bin ich also verantwortlich für den Tod der letzten Ratte, ja? Es ist wohl überflüssig zu sagen, dass ich dagegen protestiere. Es war deine Hand, Toblakai. Deine Hand, die …«

»Und es ist dein Mund, der nie schweigt, so dass ich etwas töten muss.«

»Ich bin nicht an deinen gewalttätigen Ausbrüchen schuld. Außerdem wollte ich mich nur harmlos unterhalten, damit die Zeit schneller vergeht. Wir haben uns schon einige Zeit nicht mehr unterhalten, wir beide. Ich stelle fest, dass mir Taxiliers Gesellschaft lieber ist, und wenn er nicht krank vor Heimweh wäre und sogar noch schlechter gelaunt als du …«

»Dich unterhalten – so nennst du es? Und warum sind meine Ohren dann taub?«

»Ich bin auch ungeduldig, weißt du. Ich habe schon sehr lange niemanden mehr mit einem Fluch belegt.«

»Deine kreischenden Geister machen mir keine Angst«, antwortete Karsa Orlong. »Und sie kreischen schon die ganze Zeit, seit wir in den Fluss eingelaufen sind. Tausend Stimmen, die in meinem Kopf schreien – kannst du sie nicht zum Schweigen bringen?«

Seufzend legte sie den Kopf zurück und schloss die Augen. »Toblakai … du wirst eine Menge Zuschauer haben, wenn du mit diesem Imperator der Edur die Klinge kreuzt.«

»Was hat das mit deinen Geistern zu tun, Samar Dev?«

»Ja, das war zu rätselhaft, stimmt's? Dann werde ich ein bisschen deutlicher werden. In der Stadt, der wir uns nähern, gibt es Götter. Ortsansässige Götter.«

»Geben die auch mal Ruhe?«

»Sie leben nicht in Tempeln. Und es gibt auch keine Zeichen über den Türen ihrer Häuser, Karsa Orlong. Sie sind in dieser Stadt, aber nur wenige wissen davon. Verstehst du, die Geister kreischen, weil sie nicht willkommen sind, und, was noch beunruhigender ist, sollte irgendeiner von diesen Göttern versuchen, sie mir zu entreißen … nun, es gibt nicht viel, was ich dagegen tun könnte.«

»Aber sie sind auch an mich gebunden, oder?«

Sie klappte den Mund zu, spähte in der Düsternis zu ihm hinüber. Ein

Dröhnen ging durch den Rumpf, als das Schiff seitlich gegen das Dock stieß. Sie sah seine gebleckten Zähne schimmern – es wirkte barbarisch –, und ein Frösteln überlief sie. »Was weißt du davon?«, fragte sie.

»Es ist mein Fluch, Seelen zu sammeln«, antwortete er. »Und was sind Geister, Hexe, wenn nicht einfach mächtige Seelen? Sie suchen mich heim … ich suche sie heim. Die Kerzen, die ich bei dir zuhause angezündet habe – sie waren in dem Wachs, oder?«

»Du hast sie freigelassen, und dann festgehalten, ja. Ich habe sie eingesammelt … nachdem ich dich weggeschickt hatte.«

»Du hast sie in dem Messer an deinem Gürtel gebunden«, sagte Karsa. »Sag mir, spürst du die beiden Toblakai-Seelen in meiner Waffe?«

»Ja. Nein. Das heißt, ich spüre sie, aber ich wage es nicht, mich ihnen zu nähern.«

»Warum?«

»Karsa, sie sind zu stark für mich. Sie sind wie Feuer in den Kristallen dieses Feuersteins, gefangen durch deinen Willen.«

»Nicht gefangen«, antwortete er. »Sie leben darin, weil sie es so wollten, weil die Waffe ihnen Ehre erweist. Sie sind meine Gefährten, Samar Dev.« Der Toblakai stand plötzlich auf, duckte sich unter der Decke. »Sollte ein Gott dumm genug sein, zu versuchen, uns unsere Geister zu stehlen, werde ich ihn töten.«

Sie betrachtete ihn aus halb geschlossenen Augen. Solche Aussagen waren keine Seltenheit bei Karsa Orlong, und sie hatte längst gelernt, dass es keine leeren Prahlereien waren, ganz egal, wie absurd eine Behauptung auch klingen mochte. »Das wäre nicht besonders klug«, sagte sie nach einem Moment.

»Ein Gott, der nicht über Weisheit verfügt, verdient, was er bekommt.«

»Das habe ich nicht gemeint.«

Karsa bückte sich kurz, um die tote Ratte aufzuheben, und ging dann zur Luke.

Sie folgte ihm.

Als sie auf das Hauptdeck kam, ging der Toblakai auf den Kapitän zu. Sie sah zu, wie er dem Letherii die nasse Ratte reichte, sich umdrehte und dabei sagte: »Kümmert Euch um die Winden – schafft mein Pferd an Deck, denn ich will so schnell wie möglich von diesem verdammten Ding runter.« Hinter ihm starrte der Kapitän auf die Kreatur in seinen Händen und warf sie dann mit einem wütenden Knurren über die Reling.

Samar Dev dachte kurz darüber nach, ob sie rasch ein paar Worte mit dem Kapitän wechseln sollte, um den aufziehenden Sturm abzuwenden – einen Sturm, den Karsa auf dieser Reise schon unzählige Male unbekümmert ausgelöst hatte –, und kam zu dem Schluss, dass es nicht der Mühe wert war. Es schien, als wäre der Kapitän zu dem gleichen Ergebnis gelangt, während ein Seemann mit einem Eimer Meerwasser heraneilte, in das der Letherii seine Hände tauchte.

Die Hauptluke zum Frachtraum wurde entfernt, während andere Seeleute die Winden zusammensetzten.

Karsa ging zum Fallreep. Er blieb stehen und sagte dann mit lauter Stimme: »Diese Stadt stinkt. Gut möglich, dass ich sie bis auf die Grundmauern niederbrenne, wenn ich mit ihrem Imperator fertig bin.«

Die Planken bogen sich und erzitterten, als der Toblakai zur Landestelle hinunterschritt.

Samar Dev eilte ihm hinterher.

Eine der beiden voll gerüsteten Wachen hatte bereits begonnen, Karsa in verächtlichem Tonfall zu belehren. »… die Waffen abzugeben, wann immer dir erlaubt wird, den Innenbereich zu verlassen, wobei besagte Erlaubnis ausschließlich vom rangältesten Offizier der Wache erteilt werden darf. Unsere Aufgabe ist es, dich unverzüglich zu deinem Quartier zu geleiten, wo dir der Dreck aus Haaren und vom Körper gewaschen werden …«

Er kam nicht weiter, denn Karsa streckte einen Arm aus, packte den Letherii mit einer Hand an seinem ledernen Wehrgehänge und schleuderte ihn mit einer einzigen Bewegung in die Luft. Der Mann flog sechs oder mehr Schritt nach links und prallte auf vier Stauer, die zugesehen hatten. Alle vier gingen zu Boden.

Der zweite Gardist stieß eine Verwünschung aus und zerrte an seinem Kurzschwert.

Bis Karsas Fausthieb seinen Kopf nach hinten riss und er zusammenbrach.

Heisere Alarmrufe. Mehr letheriische Soldaten strömten zusammen.

Samar Dev beeilte sich. »Der Vermummte soll dich holen, Toblakai – hast du vor, gegen das ganze Imperium Krieg zu führen?«

Karsa starrte den Halbkreis aus Wachen, der sich um ihn schloss, düster an, und verschränkte die Arme. »Wenn ihr meine Eskorte sein wollt«, sagte er zu ihnen, »seid höflich, oder ich werde euch alle in Stücken reißen.« Dann drehte er sich um, schob sich an Samar vorbei. »Wo ist mein Pferd?«, brüllte er die Mannschaft an Deck an. »Wo ist Havok? Ich habe keine Lust mehr, zu warten!«

Samar Dev überlegte, ob sie auf das Schiff zurückkehren und verlangen sollte, dass sie die Segel setzten, den Fluss hinunter und dann hinaus in die Drachensee und noch weiter segelten. Und diesen unberechenbaren Toblakai nicht einfach Letheras und all seinen unglücklichen Bewohnern überlassen sollte.

Aber so etwas haben leider noch nicht einmal Götter verdient.

Bagg stand dreißig Schritte vom großen Eingang des Hivanar-Anwesens entfernt, stützte sich mit einer Hand an eine Mauer. Ein kleines Stück entfernt kreischten Hühner schrill und laut in irgendeinem Garten an einem Gässchen, verkrochen sich in rasender Panik in die Brutkäfige. Über ihm rasten noch immer Schwärme von Staren hin und her.

Er wischte sich die schweißnasse Stirn ab und holte mühsam tief Luft.

Eine angemessene Mahnung, sagte er zu sich. Alles war nur eine Frage der Zeit. Was sich ausstreckte, würde sich danach zusammenziehen. Ereignisse überschlugen sich, Mächte rückten dem Zusammenprall immer näher, und trotz alledem schien das gleichmäßige Tempo fortzubestehen, eine Strömung, die unter allem anderen lag. Doch er wusste, dass selbst das sich veränderte und Takt für Takt langsamer wurde, von einem Zeitalter zum nächsten. *Schon bei der Geburt ist der Tod bestimmt – die Worte einer großen Weisen. Wie hat sie noch gleich geheißen? Wann hat sie gelebt? Oh, so viel hat sich flüsternd aus meinem Geist davongestohlen, so viele Erinnerungen – wie Sand, der einem durch die Finger rinnt. Aber sie konnte sehen, was die meisten nicht sehen können – noch nicht einmal die Götter. Tod und Geburt. Selbst als Gegensätze sind die beiden Kräfte aneinandergebunden, und die eine zu bestimmen heißt die andere mitzubestimmen.*

Und jetzt war *er* gekommen. Hatte mit seinem ersten Schritt die Last der Geschichte überbracht. Der Geschichte dieses Landes. Seiner eigenen. Zwei gegensätzliche Kräfte, doch unauflösbar aneinandergebunden. *Hast du jetzt das Gefühl, nach Hause gekommen zu sein, Icarium? Ich erinnere mich an dich, wie du vom Meer her gekommen bist, ein Flüchtling aus einer Sphäre, die du verwüstet hattest. Aber dein Vater hat nicht auf dich gewartet – er war gegangen, er war in den Rachen eines Azath gegangen. Er war ein Jaghut, Icarium, und bei den Jaghut streckt kein Vater die Hand aus, um die seines Kindes zu ergreifen.*

»Bist du krank, alter Mann?«

Blinzelnd schaute Bagg sich um und sah einen Diener von einem der nahegelegenen Anwesen, der vom Markt zurückkehrte und einen Korb mit Nahrungsmitteln auf dem Kopf balancierte. *Nur vor Kummer, teurer Sterblicher.* Er schüttelte den Kopf.

»Es war die Überschwemmung«, fuhr der Diener fort. »Die hat den Lehm bewegt.«

»Ah, ja.«

»Das Schuppenhaus ist umgefallen – hast du das gehört? Mitten auf die Straße. Wie gut, dass es leer war, was? Obwohl ich gehört habe, dass es ein Todesopfer gegeben haben soll – auf der Straße.« Der Mann grinste plötzlich. »Eine Katze!« Lachend ging er weiter.

Bagg starrte ihm hinterher. Dann machte er sich mit einem Brummen zum Tor auf.

Er wartete auf der Terrasse, starrte stirnrunzelnd in den überraschend tiefen Graben hinunter, den die Arbeiter am Ufer begonnen und dann weiter nach draußen, durch die abgelagerten Schlammschichten des Flusses getrieben hatten. Die Stützwände waren stark, und Bagg konnte zwischen den versiegelten Planken kaum undichte Stellen entdecken. Trotzdem standen zwei Arbeiter an der Pumpe; ihre nackten Rücken waren schweißnass.

Rautos Hivanar trat an seine Seite. »Willkommen, Bagg. Ich nehme an, du willst deine Arbeiter zurückholen.«

»Das hat keine Eile, Herr«, antwortete Bagg. »Mir ist jetzt klar, dass Ihr Euch hier ein … ehrgeiziges Projekt vorgenommen habt. Wie viel Wasser drückt es durch den Boden der Grube?«

»Wenn wir nicht ständig pumpen würden, würde der Graben in etwas weniger als zwei Glockenschlägen überflutet sein.«

»Ich bringe Euch eine Nachricht von Eurem Diener, Venitt Sathad. Als er die Stadt verlassen hat, ist er bei uns vorbeigekommen, um nachzusehen, wie wir mit der Restaurierung des Gasthauses vorankommen, das Ihr vor kurzem erworben habt. Und dabei ist ihm wohl etwas Bedeutsames klar geworden, als er den geheimnisvollen Mechanismus gesehen hat, den wir im Innern eines Nebengebäudes gefunden haben. Er hat weiterhin gemeint, dass es unbedingt erforderlich wäre, dass Ihr ihn Euch mit eigenen Augen anseht. Außerdem hat er eine Sammlung von Artefakten erwähnt ... die Ihr aus diesem Graben habt, ja?«

Der große Mann sagte einige Zeit lang nichts, dann schien er zu einem Entschluss zu kommen, denn er winkte Bagg, ihm zu folgen.

Sie betraten das Hauptgebäude, gingen durch einen länglichen Raum, dessen Fensterläden geschlossen waren und in dem getrocknete Kräuter hingen, weiter einen Korridor entlang und in einen Arbeitsraum, in dem als Erstes ein großer Tisch auffiel, sowie Prismenlaternen, die an dreh- und klappbaren Armen befestigt waren, so dass sie bei Bedarf nah herangezogen oder weggeschoben werden konnten, wenn jemand an dem Tisch arbeitete. Auf der polierten Tischplatte lagen etwa ein Dutzend Gegenstände, sowohl aus Metall als auch aus gebranntem Ton; bei keinem davon war auf Anhieb offensichtlich, wozu er dienen sollte.

Während Rautos Hivanar immer noch schweigend neben ihm stand, betrachtete Bagg die Gegenstände mehrere Herzschläge lang, griff dann nach einem und nahm ihn in die Hand. Er war schwer, wies keinerlei Anzeichen von Lochfraß oder Rost auf und war ohne Naht fast rechtwinklig gebogen.

»Deine Ingenieure konnten nicht feststellen«, sagte Rautos Hivanar, »wozu diese Mechanismen dienen sollten.«

Bei dem Wort »Mechanismen« zog Bagg leicht die Brauen hoch. Er wog den Gegenstand in seiner Hand.

»Ich habe versucht, sie zusammenzusetzen«, fuhr der Kaufmann fort. »Ohne Erfolg. Es gibt keine offensichtlichen Verbindungsstellen, aber irgendwie scheinen sie mir doch alle zu einem Stück zu gehören. Vielleicht ist irgendein wesentliches Teilstück immer noch unter dem Fluss begraben, aber wir haben seit drei Tagen nichts mehr gefunden, außer einer Schubkarre voll kleinerer und größerer Steinsplitter. Und die haben wir aus einer Ablagerungsschicht geholt, die deutlich tiefer lag als diese Artefakte, was mich zu der Überzeugung bringt, dass sie Jahrhunderte, wenn nicht gar Jahrtausende älter sind.«

»Ja«, murmelte Bagg. »Eres'al, ein Paar. Sie haben Feuerstein für Werkzeuge bearbeitet, hier, am Rande dieser riesigen Marsch. Er hat die groben, sie die feineren Arbeiten gemacht. Sie sind drei Jahre lang hierhergekommen, dann ist sie im Kindbett gestorben, und er ist mit dem hungernden Säugling in den Armen weitergewandert, bis auch das Kind gestorben ist. Er hat keine anderen seiner Art gefunden, denn sie waren überallhin verstreut worden – nach den Bränden, die erst die großen Wälder vernichtet hatten und sich dann auch auf die Ebenen ausgedehnt haben. Die Luft war voller Asche. Er ist weitergewandert, bis er gestorben ist, und war so der letzte seines Geschlechts.« Er starrte das Artefakt an, ohne es wirklich zu sehen, während es immer schwerer zu werden schien, an seinen Armen zerrte und ihn in die Knie zu zwingen drohte. »Aber Icarium hat gesagt, es würde nie ein Ende geben, und dass die Vorstellung eines abgeschnittenen Lebensfadens nur eine Illusion wäre – und in seiner Stimme konnte ich seinen Vater hören.«

Eine Hand schloss sich um seine Schulter und drehte ihn herum. Verblüfft schaute Bagg in Rautos Hivanars scharfe, glänzende Augen. Er runzelte die Stirn. »Herr?«

»Du – du neigst dazu, Geschichten zu erfinden. Oder vielleicht bist du auch ein Weiser und verfügst über eine übernatürliche Sicht. Habe ich so etwas gerade gehört, alter Mann? Sag mir, wer war dieser Icarium? Wie hat der Eres'al geheißen? Derjenige, der gestorben ist?«

»Es tut mir leid, Herr.« Er hob den Gegenstand etwas höher. »Dieses Artefakt – Ihr werdet feststellen, dass es genauso aussieht wie der riesige Gegenstand beim Gasthaus, abgesehen von der Größe natürlich. Ich glaube, Euer Diener wollte, dass Euch das klar wird – wie es ihm selbst klar geworden ist, als er das erste Mal das Bauwerk gesehen hat, nachdem wir die Wände abgerissen hatten, die es umgeben hatten.«

»Bist du dir dessen sicher?«

»Ja.« Bagg deutete auf die Ansammlung von Gegenständen auf dem Tisch. »Es ist ganz so, wie Ihr vermutet habt, Herr – ein wichtiges Teil fehlt. Leider werdet ihr dieses Teil nicht finden, denn es ist kein *Gegenstand*. Das Gerüst, das es zusammenhält, besteht aus Energie, nicht aus

Materie. Und«, fügte er in einem immer noch verwirrten Tonfall hinzu, »es muss erst noch ankommen.«

Er legte das Artefakt wieder auf den Tisch und ging aus dem Zimmer, den Korridor entlang, durch den Raum mit den Trockengestellen und hinaus auf die Terrasse. Achtete nicht auf die beiden Arbeiter, die zu arbeiten aufhörten und zu ihm herüberstarrten, während Rautos Hivanar auftauchte, als würde er Bagg verfolgen – der Kaufmann hatte die Arme ausgebreitet, die Handflächen nach oben gedreht, als würde er ihn anflehen, doch er sagte kein Wort, obwohl seine Lippen sich bewegten; es war, als wäre er mit Stummheit geschlagen worden. Baggs Blick streifte den großen Mann nur flüchtig, während er weiterging, den Gang zwischen der Außenmauer des Anwesens und der zum Innenhof entlang bis zu dem Seiteneingang unweit des vorderen Tors.

Und dann war er wieder auf der Straße, nahm die Passanten im kühleren Schatten des Nachmittags kaum wahr.

Es muss erst noch ankommen.

Und doch kommt es bereits.

»Pass auf, wo du hintrittst, alter Mann!«

»Lass ihn in Ruhe – siehst du nicht, dass er weint? Ein alter Mann hat das Recht zu trauern, also lass ihn in Ruhe.«

»Der muss blind sein, der ungeschickte Idiot ...«

Und lange bevor diese Stadt geboren wurde, stand da drüben ein Tempel, in den Icarium hineingegangen ist – genauso verloren wie jeder Sohn, wie jedes Kind, das vom Faden getrennt wird. Aber der Ältere Gott in dem Tempel konnte ihm nichts geben. Nichts über das hinaus, was er selbst vorhatte.

Hättest du dir vorstellen können, wie Icarium das aufnehmen würde, was du getan hast, K'rul? Dass er es sich zu Herzen nehmen würde wie jedes Kind, das nach einer leitenden Hand sucht? Wo bist du, K'rul? Spürst du, dass er zurückgekommen ist? Weißt du, was er sucht?

»Ungeschickt oder nicht, es ist eine Frage der Manieren und des geziemenden Respekts.«

Irgendjemand packte Bagg plötzlich an seiner fadenscheinigen Tunika, zerrte ihn zur Seite – und dann wurde er gegen eine Mauer geschleudert. Er starrte in ein zerschlagenes Gesicht unter einem Helm. Ein Stück daneben stand ein weiterer Mann, der ihn finster anblickte.

»Weißt du, wer wir sind?«, fragte ihn der Mann, der ihn festhielt. Seine Zähne waren fleckig.

»Sicher – Karos Invictads Schläger. Seine persönliche Wachtruppe – diejenigen, die mitten in der Nacht Türen eintreten. Diejenigen, die Kindern die Mütter nehmen, Söhnen die Väter. Diejenigen, die anschließend im Vollbesitz des rechtschaffenen Triumphs, der mit unangefochtener Macht einhergeht, die Häuser der Verhafteten plündern, ganz zu schweigen davon, dass sie ihre Töchter vergewaltigen …«

Bagg wurde ein zweites Mal gegen die Mauer geschleudert. Sein Hinterkopf krachte hart gegen die löchrigen Backsteine.

»Dafür«, stieß der Mann wütend hervor, »wirst du bei den Tauchtagen antreten und ertrinken, du Dreckskerl!«

Bagg blinzelte, um den Schweiß aus den Augen zu bekommen. Dann drangen die Worte des Schlägers zu ihm durch, und er lachte. »Ertrinken? Oh, das ist köstlich. Und jetzt nimm deine Hände weg, bevor ich die Beherrschung verliere.«

Stattdessen packte der Mann Baggs Tunika noch ein bisschen fester, während der andere sagte: »Du hattest recht, Kanorsos, der braucht eine Tracht Prügel.«

»Das größte Entsetzen des Schlägers überkommt ihn dann«, sagte Bagg, »wenn er auf jemanden trifft, der größer ist … und gemeiner …«

»Und das bist du?«

Beide Männer lachten.

Bagg drehte den Kopf, schaute sich um. Die Leute eilten vorbei – es war nie klug, Zeuge solcher Vorfälle zu werden, nicht, wenn die Mördertrupps der Patriotisten an ihnen beteiligt waren. »So sei es denn«, sagte er leise. »Meine Herren, erlaubt mir, euch jemandem vorzustellen, der größer und gemeiner ist als ihr, oder, um genauer zu sein, euch *etwas* vorzustellen.«

Einen Augenblick später war Bagg allein. Er zupfte seine Tunika zurecht, schaute sich um, und machte sich dann in Richtung der Wohnung seines Herrn auf.

Es war, wie er wusste, unvermeidlich, dass jemand das plötzliche Verschwinden zweier bewaffneter und gerüsteter Männer mitbekommen hatte. Aber niemand rief hinter ihm her, wofür er dankbar war, denn er war in diesem Augenblick nicht sonderlich dazu aufgelegt, mit irgendjemandem großartig über etwas zu diskutieren.

Habe ich gerade die Beherrschung verloren? Es ist möglich, aber andererseits warst du abgelenkt. Sogar verwirrt. So was kommt vor.

Federhexe vergeudete wenig Zeit. Runter von den verfluchten Schiffen und weg von ihren zahllosen, unendlich erbärmlichen Besatzungen, die sie immerzu angestarrt hatten, mit misstrauischen oder verächtlichen Gesichtern, und auch weg vom Gestank des Leidens, der von Hunderten von Gefangenen stammte – von den gefallenen Edur von Sepik, allesamt Mischlinge und in den Augen der Stämme schlimmer als letheriische Sklaven; den Dutzenden von Fremden, die über Wissen verfügten, das für nützlich erachtet wurde – zumindest im Augenblick: Fischer aus Nemil; vier kupferhäutige Krieger aus Shal-Morzinn, die aus einer treibenden Karacke gezogen worden waren; Menschen aus dem Reich der Sieben Städte, die aus Ehrlitan, von den Karang-Inseln, aus Pur Atrii und anderen Orten kamen; Seeleute aus Quon, die behaupteten, Bürger eines gewissen malazanischen Imperiums zu sein; Bewohner von Lamatath und Callous …

Unter ihnen waren Krieger, die als würdig betrachtet wurden, als Herausforderer behandelt zu werden. Ein Axtkrieger aus der zerstörten Stadt der Meckros, über die die Flotte hergefallen war, ein Cabalhii-Mönch und eine schweigende Frau, die eine Porzellanmaske trug, auf deren Stirn elf geheimnisvolle Schriftzeichen eingraviert waren – sie war mehr tot als lebendig gewesen, als man sie südlich von Callous in einem Leichter gefunden hatte, dem ein Sturm übel mitgespielt hatte.

Es gab noch andere, die in den Frachträumen anderer Schiffe anderer Flotten angekettet waren, aber woher sie kamen und was sie waren, war größtenteils unerheblich. Das Einzige, was Federhexe immer mehr fasziniert hatte – und zwar im Hinblick auf *alle* diese armseligen Kreaturen –, war das verwirrende Aufgebot an Göttern, Göttinnen, Geistern und Aufgestiegenen, die sie verehrten. Gebete in einem Dutzend Sprachen, Stimmen, die in eine gewaltige Stille hinausgingen – all diese verlorenen Narren und all die unbeantworteten Rufe nach Erlösung.

Bei denjenigen, die sich für auserwählt hielten, war die Selbsttäuschung in jener riesigen, chaotischen Welt grenzenlos. Einzigartig unter ihresgleichen, sich unter dem Blick von Göttern sonnend, die sich einen Dreck um sie scherten – als ob sie es jemals tun würden, wo doch in Wirklichkeit jedes unsterbliche Gesicht trotz all seiner besonderen Züge nichts weiter als eine Facette des einen Gesichts war, und dieses eine hatte sich längst abgewandt und kämpfte einen ewigen Kampf gegen sich selbst. Von den Himmeln regnete nur Gleichgültigkeit herab – wie Asche, die in den Augen brannte und die Kehle rau und kratzig machte. In dieser blind machenden Flut lag nichts Nährendes.

Auserwählt – nun, *das* war ein Dünkel von beängstigenden Ausmaßen. *Entweder sind wir es alle – oder niemand von uns. Und wenn Ersteres der Fall ist, werden wir alle vor dem gleichen Richter stehen, der gleichen Hand der Gerechtigkeit – die Reichen, die Schuldner, der Herr, der Sklave, der Mörder und das Opfer, der Vergewaltiger und die Vergewaltigte, wir alle, also betet kräftig, ihr alle – wenn das denn hilft – und betrachtet euren eigenen Schatten mit Wohlgefallen.* Ihrer Ansicht nach war es wahrscheinlicher, dass niemand auserwählt war und dass auf all die Seelen kein Tag des Gerichts wartete. Jeder Sterbliche sah sich einem einzigartigen Ende gegenüber, und das hieß Vergessen.

Oh, natürlich existierten die Götter, aber keiner von ihnen kümmerte sich einen Deut um das Schicksal der Seele eines Sterblichen, es sei denn, sie konnten diese Seele ihrem Willen unterwerfen, damit sie als ein weiterer Soldat in ihren sinnlosen, selbstzerstörerischen Kriegen diente.

Was sie selbst betraf, so war sie über diese Gedanken hinaus. Sie hatte ihre Freiheit gefunden, aalte sich im gesegneten Regen der Gleichgültigkeit. Sie würde tun, was sie wollte, und noch nicht einmal die Götter konnten sie aufhalten. Nein, ganz im Gegenteil, die Götter selbst – das schwor sie sich – würden zu ihr kommen. Flehend, auf Knien, in ihr eigenes Spiel verstrickt.

Sie bewegte sich lautlos, tief in den unterirdischen Gewölben unter dem Alten Palast. *Einst war ich eine Sklavin – viele glauben, ich sei es immer noch, aber seht mich an – ich herrsche über diese begrabene Sphäre. Ich allein weiß, wo sich die verborgenen Räume befinden, ich weiß, was mich in ihnen erwartet. Ich beschreite diesen höchst schicksalhaften Pfad, und wenn der richtige Zeitpunkt kommt, werde ich mir den Thron nehmen.*

Den Thron des Vergessens.

Es war gut möglich, dass Uruth in eben diesem Augenblick nach ihr suchte, die alte Hexe mit ihrem ganzen Getue und Gehabe, der Blasiertheit von tausend eingebildeten Geheimnissen, aber Federhexe kannte alle diese Geheimnisse. Von Uruth Sengar war nichts zu befürchten – ihre Aufmerksamkeit wurde von den Geschehnissen um sie herum in Anspruch genommen. Von ihrem jüngsten Sohn und von den anderen Söhnen, die Rhulad damals verraten hatten. Von der Eroberung an sich. Die Gesellschaft der Edurfrauen war auseinandergerissen, verstreut; sie gingen dorthin, wo ihre Ehemänner hingeschickt wurden; sie hatten sich mit letheriischen Sklaven, Katzbucklern und Schuldnern umgeben. Sie hatten aufgehört, sich zu sorgen. Jedenfalls hatte Federhexe genug von alledem gehabt. Sie war wieder in Letheras, und genau wie Udinaas, der Narr, floh sie vor den Fesseln; und hier, in den Katakomben des Alten Palasts, würde niemand sie finden.

In den alten Lagerräumen stapelten sich reichlich Vorräte, die sie in den Tagen vor der langen Reise über die Ozeane stückchenweise hier heruntergeschafft hatte. Sie hatte frisches Wasser, Wein und Bier, Stockfisch und Dörrfleisch sowie Tonkrüge mit eingemachten Früchten. Dazu Bettzeug, zusätzliche Kleidung und mehr als hundert Schriftrollen, die sie aus der Imperialen Bibliothek gestohlen hatte. Geschichtliche Werke über die Nerek, die Tarthenal, die Fent und einen Haufen noch unbekannterer Völker, die die Letherii in den letzten sieben oder acht Jahrhunderten vernichtet hatten – die Bratha, die Katter, die Dresh und die Triller.

Und hier, unter dem Alten Palast, hatte Federhexe Räume entdeckt, deren Wände mit Regalen vollgestellt waren, auf denen tausende von schimmelnden Schriftrollen, bröckeligen Tontafeln und wurmzerfressenen gebundenen Büchern lagen und standen. Die meisten von denen, die sie sich genauer angesehen hatte, waren nicht nur verblasst, sondern auch in einem obskuren Letherii verfasst, das sich als schwierig zu entziffern erwiesen hatte. Aber sie lernte, wenn auch langsam. Eine Handvoll alter Wälzer waren allerdings in einer Sprache verfasst, die sie noch nie zuvor gesehen hatte.

Das Erste Imperium, von wo diese Kolonie vor all den Jahrhunderten ursprünglich gekommen war, schien ein komplizierter Ort gewesen zu sein, die Heimat zahlloser Völker, alle mit einer eigenen Sprache und eigenen Göttern. Und auch wenn das Imperium wieder und wieder behauptete, die Wiege der menschlichen Zivilisation zu sein, war es für Federhexe offensichtlich, dass eine solche Behauptung nicht ernst genommen werden konnte. Vielleicht war das Erste Imperium die erste Nation gewesen, die aus mehr als einer einzelnen Stadt bestand – das Ergebnis einer Reihe von Eroberungen, in deren Verlauf ein Stadtstaat nach dem anderen von den sich austobenden Gründern verschluckt worden war. Doch selbst wenn dem so war, war das legendäre Reich der Sieben Städte an seinen Grenzen von unabhängigen Stämmen und Völkern umgeben gewesen, und es hatte Kriege und anschließend Verträge gegeben. Einige wurden gebrochen, doch die meisten nicht. Die imperialen Bestrebungen waren vereitelt worden, und diese Tatsache führte zum Zeitalter der Kolonisation ferner Länder.

Das Erste Imperium war auf Gegner gestoßen, die das Knie nicht hatten beugen wollen. Das war für Federhexe die bedeutendste aller Erkenntnisse – eine, die praktischerweise und absichtlich in Vergessenheit geraten war. Sie hatte Kraft aus dieser Erkenntnis geschöpft, aber letztlich war sie nichts weiter als eine Bestätigung der Entdeckungen, die sie bereits vorher gemacht hatte – in der riesigen Welt da draußen. Es hatte Zusammenstöße gegeben, grimmige Seefahrer, die Anstoß an einer fremden Flotte genommen hatten, die in ihre Gewässer eingedrungen war. Schiffe der Letherii und der Edur waren untergegangen – Gestalten inmitten von Wellen voller Wrackteile, die Arme in hoffnungslosem Flehen hoch erhoben – das Auftauchen und Herumwirbeln von Haien, Dhenrabi und anderen geheimnisvollen Räubern der Tiefe – Schreie, klägliche Schreie, die noch immer in ihrem Kopf nachhallten, ihr den Magen umdrehten. Abscheu und Schadenfreude.

Die Stürme, die der Flotte vor allem westlich der Drachensee arg zugesetzt hatten, hatten die wahre Unermesslichkeit der Kraft der Natur enthüllt, die ganze Schiffe launisch hin- und hergeschleudert und schließlich verschlungen hatte – es lag Freude darin, so gedemütigt zu werden, eine Freude, die mit der Last der Offenbarung über sie kam. Das Imperium von Lether war winzig – genau wie Uruth Sengar hielt es sich an einem Gehabe von Größe fest, obwohl es doch nicht mehr war als eine weitere armselige Bruchbude voller sich angstvoll duckender Sterblicher.

Sie würde nicht bedauern, es zu zerstören.

Zusammengekauert in ihrem Lieblingszimmer unter einer von Sprüngen und Rissen durchzogenen Kuppel, deren Malereien größtenteils von Flecken und Schimmel verdeckt wurden, setzte Federhexe sich im Schneidersitz hin und zog einen kleinen Lederbeutel heraus. In dem sich ihr kostbarster Besitz befand. Sie konnte ihn durch das dünne Leder spüren – die Unregelmäßigkeiten, das leicht ausgefranste Ende, den Bogen eines Nagels, der weitergewachsen war. Sie wollte ihn herausholen, wollte wieder einmal seine glatte Haut berühren …

»Närrisches kleines Mädchen.«

Zischend wich Federhexe vom Eingang zurück. Eine verzerrte, missgestaltete Gestalt hockte auf der Schwelle. Sie hatte ihn lange nicht gesehen, ihn fast vergessen – »Hannan Mosag. Ich werde dir gegenüber keine Rechenschaft ablegen. Und wenn du glaubst, dass ich schwach bin …«

»Oh, nein«, sagte der Hexenkönig schnaufend, »das ist es nicht. Ich habe mein Wort sorgfältig gewählt, als ich ›närrisch‹ gesagt habe. Ich weiß, dass du tief in die Magie von euch Letherii eingetaucht bist. Du bist weit darüber hinausgegangen, die alten, angeschlagenen Fliesen zu werfen, so wie du es früher getan hast, oder? Nicht einmal Uruth hat eine Ahnung von deinem Cedarium – du hast gut daran getan, zu verbergen, was du gelernt hast. Doch trotz alledem bist du immer noch eine Närrin, die davon träumt, was sie erreichen könnte – und dabei bist du in Wirklichkeit ganz allein.«

»Was willst du? Wenn der Imperator erfahren würde, dass du hier unten herumschleichst …«

»Er wird es nicht erfahren. Du und ich, Letherii, wir können zusammenarbeiten. Wir können diese Abscheulichkeit vernichten …«

»Damit dann eine andere seinen Platz einnimmt – nämlich du.«

»Glaubst du wirklich, ich hätte es so weit kommen lassen? Rhulad ist wahnsinnig, genau wie der Gott, der ihn beherrscht. Sie müssen ausgelöscht werden.«

»Ich weiß, wonach du hungerst, Hannan Mosag …«

»Das tust du nicht!«, schnappte der Edur. Ein Schaudern durchlief ihn. Er schob sich weiter ins Zimmer, hob dann eine verstümmelte Hand. »Schau mich genau an, Frau. Schau dir an, was die Zauberei des Angeketteten dem Körper antut – oh, wir sind nun an die Macht des Chaos gebunden, an ihren Geschmack, ihr verführerisches Aroma. Es hätte niemals so weit kommen dürfen …«

»Das hast du schon einmal gesagt«, unterbrach sie ihn mit einem höhnischen Grinsen. »Und wie hätte das große Imperium von Hannan Mosag ausgesehen? Blumenregen auf allen Straßen, alle Bürger frei von Schulden unter der gütigen Aufsicht der Tiste Edur?« Sie beugte sich vor. »Du vergisst, dass ich bei deinem Volk, bei deinem eigenen Stamm geboren wurde, Hexenkönig. Ich erinnere mich daran, wie ich während der Einigungskriege gehungert habe. Ich erinnere mich an die Grausamkeiten, mit denen du uns Sklaven überschüttet hast – wenn wir zu alt wurden, hast du uns als Köder für die Beskrakrabben benutzt – hast unsere Alten in einen Käfig gesteckt und ihn über die Bordwand deines Knarri ins Wasser gelassen. Oh ja, zu ertrinken war eine Gnade, aber bei denjenigen, die du nicht leiden konntest, hast du dafür gesorgt, dass ihre Köpfe über der Wasserobefläche blieben. Du hast sie bei lebendigem Leib von den Krabben fressen lassen und über ihre Schreie gelacht. Wir waren Muskeln, und wenn der Muskel verbraucht war, waren wir Fleisch.«

»Ist Schuldner zu sein denn besser …«

»Nein, denn das ist eine Heimsuchung, die sich auf jedes Familienmitglied ausweitet, auf jede Generation.«

Hannan Mosag schüttelte den missgestalteten Kopf. »Ich hätte dem Angeketteten nicht nachgegeben. Er hat geglaubt, er würde mich benutzen, aber ich habe ihn benutzt. Es hätte keinen Krieg gegeben, Federhexe. Keine Eroberung. Die Stämme waren vereint – dafür hatte ich gesorgt. Wohlstand und ein Leben ohne Furcht haben uns erwartet, und in dieser Welt hätte sich auch das Leben der Sklaven verändert. Ja, vielleicht hätte sich das Leben der Letherii bei den Tiste Edur sogar als ausreichend große Verlockung für die Schuldner in den Südlanden erwiesen, um das Rückgrat dieses Imperiums zu brechen, denn wir hätten ihnen die Freiheit geboten.«

Sie wandte sich ab, wobei sie geschickt den kleinen Lederbeutel verbarg. »Was willst du, Hannan Mosag?«

»Du willst Rhulad zu Fall bringen …«

»Ich will euch alle zu Fall bringen.«

»Aber es muss mit Rhulad anfangen – das siehst du doch selbst. Solange er nicht vernichtet ist – und das Schwert mit ihm –, so lange kannst du nichts erreichen.«

»Wenn du ihn hättest töten können, hättest du das schon vor langer Zeit getan, Hexenkönig.«

»Oh, aber ich werde ihn töten.«

Sie starrte ihn finster an. »Und wie?«

»Nun, mit Hilfe seiner eigenen Familie.«

Federhexe schwieg mehrere Dutzend Herzschläge lang. »Sein Vater duckt sich voller Angst. Seine Mutter kann ihm nicht in die Augen sehen. Binadas und Trull sind tot, und Forcht ist geflohen.«

»Binadas ist tot?« Hannan Mosag stieß langsam und zischend den Atem aus. »Das wusste ich nicht.«

»Tomad hat vom Tod seines Sohns geträumt, und Hanradi Khalag hat nach seiner Seele gesucht – und sie nicht gefunden.«

Der Hexenkönig betrachtete sie mit verschleierten Augen. »Und haben meine K'risnan das Gleiche bei Trull Sengar versucht?«

»Nein, warum sollten sie? Rhulad selbst hat Trull getötet. Hat ihn im Entstehenden angekettet. Es sollte ein Geheimnis bleiben, aber das hat nicht geklappt. Wir haben es gehört – wir Sklaven hören alles ...«

»Ja, das tut ihr, und deswegen können wir einander helfen. Federhexe, du willst, dass dieses verfluchte Imperium in sich zusammenbricht – genau wie ich. Und du solltest wissen: Wenn das geschieht, habe ich vor, meine Edur nach Hause zu bringen. Zurück in unsere Nordlande. Wenn der Süden in Flammen aufgeht, kümmert mich das nicht – ich überlasse die Letherii den Letherii, denn ein besseres Rezept für ihre Auslöschung brauchen wir nicht. Das habe ich von Anfang an gewusst. Lether kann sich nicht selbst erhalten. Sein Appetit ist eine Sucht, und dieser Appetit übersteigt die Mittel, die es zum Überleben braucht. Dein Volk hatte diese Schwelle bereits überschritten, auch wenn es das nicht wusste. Mein Traum war es, einen Wall aus Macht zu errichten, Federhexe, und so die Freiheit der Tiste Edur sicherzustellen. Sag mir, was weißt du von dem drohenden Krieg im Osten?«

»Was für ein Krieg?«

Hannan Mosag lächelte. »Das Entwirren beginnt. Lass uns beide einen

Faden nehmen, du am einen Ende, ich am anderen. Hinter dir – die Sklaven. Hinter mir – alle K'risnan.«

»Lebt Trull Sengar denn noch?«

»Forcht Sengar ist derjenige, der nach dem Mittel sucht, mit dem Rhulad vernichtet werden kann. Und ich will, dass er es findet. Und jetzt entscheide dich, Federhexe. Sind wir Verbündete?«

Sie gestattete sich ein dünnes Lächeln. »Wenn der Augenblick der Auslöschung kommt, Hannan Mosag … dann solltest du lieber schnell kriechen.«

»Ich will sie nicht sehen.«

Mit diesen Worten drehte sich der Imperator auf seinem Thron zur Seite, zog die Beine an und schien sich auf die Wand zu seiner Linken zu konzentrieren. Das Schwert in seiner rechten Hand, dessen Spitze auf dem Podest ruhte, zitterte.

Nisall, die seitlich in einer Nische stand, wollte am liebsten losstürzen und die Hand nach dem heimgesuchten, verängstigten Edur ausstrecken.

Aber vor dem Thron stand Triban Gnol. Dies war seine Audienz – und zwar *ausschließlich* seine Audienz. Und der Kanzler würde es nicht gutheißen, wenn sie ihn unterbrach. Er hasste es ganz offensichtlich, dass sie überhaupt dabei war, aber darauf hatte Rhulad bestanden – das war bisher Nisalls einziger Sieg.

»Hoheit, ich stimme mit Euch überein. Leider hat Euer Vater darauf bestanden, dass ich Euch seine Wünsche übermittle. Er möchte seinen am meisten geschätzten Sohn begrüßen. Überdies bringt er unheilvolle Neuigkeiten …«

»Das sind ihm die liebsten«, murmelte Rhulad. Seine Blicke huschten durch den Raum, als würde er nach einem Fluchtweg suchen. »Geschätzt? Hat er dieses Wort benutzt? Nein, ich glaube nicht. Was er schätzt, ist meine Macht – er will sie für sich. Für sich und Binadas …«

»Vergebt mir die Unterbrechung, Hoheit«, sagte Triban Gnol und verbeugte sich. »Es gibt Neuigkeiten über Binadas.«

Der Imperator zuckte zusammen. Leckte sich die trockenen Lippen. »Was ist geschehen?«

»Wir wissen jetzt«, antwortete der Kanzler, »dass Binadas ermordet wurde. Er hat einen Teil der Flotte befehligt. Es hat eine Schlacht mit einem unbekannten Feind gegeben. Schreckliche Zauberei ist auf beiden Seiten zum Einsatz gekommen, und die Überreste beider Flotten wurden in das Entstehende geworfen. In jener überfluteten Sphäre haben sie ihre Schlacht weitergefochten. Doch das alles war nur das Vorgeplänkel. Nachdem die noch übrigen feindlichen Schiffe geflohen waren, ist ein Dämon an Bord von Binadas' Schiff gekommen. Er hat mit solcher Wildheit gekämpft, dass alle Edur getötet wurden. Binadas selbst wurde von einem Speer, den der Dämon geworfen hat, an seinen Stuhl genagelt.«

»Woher«, krächzte Rhulad, »woher wisst Ihr das alles?«

»Euer Vater … hat geträumt. In dem Traum war er nur ein stummer, geisterhafter Zeuge, als hätte ihn die Laune eines übelwollenden Gottes dorthin gezogen.«

»Was ist mit diesem Dämon? Sucht er immer noch das Entstehende heim? Ich werde ihn zur Strecke bringen, ich werde ihn vernichten. Ja, Binadas muss gerächt werden. Er war mein Bruder. Ich habe ihn losgeschickt, meinen Bruder, habe ihn losgeschickt. Sie alle sterben durch mein Wort. Sie alle … und das ist es, was mein Vater mir sagen will – oh, wie er sich nach diesem Augenblick sehnt, aber er wird ihn nicht bekommen! Der Dämon, ja, der Dämon, der meine Familie verfolgt …« Sein fiebriges Gebrabbel verlor sich, und sein Gesicht war so gramzerfurcht, dass Nisall wegschauen musste, um nicht laut aufzuschreien.

»Hoheit«, sagte der Kanzler mit ruhiger Stimme.

Nisall versteifte sich – das war es, worauf Triban Gnol hingearbeitet hatte; alles, was zuvor gewesen war, hatte nur zur Vorbereitung auf diesen Augenblick gedient.

»Hoheit, der Dämon ist überbracht worden. Er ist hier, Imperator.«

Rhulad schien in sich zusammenzusacken. Er sagte nichts, auch wenn seine Lippen sich bewegten.

»Ein Herausforderer«, fuhr Triban Gnol fort. »Mit Tarthenalblut, aber reiner als bei irgendeinem Tarthenal auf diesem Kontinent, behauptet Hanradi Khalag. Tomad wusste vom ersten Augenblick an, als der riesige Krieger seinen Fuß auf die Bluthholz-Planke eines Edur-Schiffs gesetzt hat, was er war. Er hat ihn erkannt, aber er konnte ihn nicht ansehen, denn Binadas' Seele ist im Schatten des Tarthenal – zusammen mit tausend anderen gefällten Opfern. Sie schreien, wollen alle Freiheit und Rache. Hoheit, jetzt solltet Ihr die Wahrheit erkennen. Euer Gott hat ihn überbracht. Hat ihn Euch überbracht, so dass Ihr ihn töten könnt, so dass Ihr den Tod Eures Bruders rächen könnt.«

»Ja«, flüsterte Rhulad. »Er lacht – oh, wie er lacht. Binadas, bist du in der Nähe? Bist du jetzt nahe bei mir? Sehnst du dich nach der Freiheit? Nun, wenn ich sie nicht haben kann, warum solltest du sie dann haben? Nein, es gibt keinen Grund zur Eile, oder? Du wolltest diesen Thron, und jetzt spürst du, wie es sich anfühlt – nur eine Andeutung, ja, von alledem, was mich heimsucht.«

»Hoheit«, murmelte der Kanzler, »seid Ihr nicht begierig, Binadas zu rächen? Tomad ...«

»Tomad!« Rhulad richtete sich abrupt auf seinem Thron auf und starrte Triban Gnol wütend an – der sichtlich zurücktaumelte. »Er hat gesehen, wie der Dämon Binadas getötet hat, und jetzt glaubt er, er wird das Gleiche mit mir machen! *Das* ist der Wunsch nach Rache, der hier am Werk ist, du fischhäutiger Narr! Tomad will, dass ich sterbe, weil ich Binadas getötet habe! Und Trull! Ich habe seine Kinder getötet! Aber wessen Blut brennt in meinen Adern? *Wessen?* Wo ist Hanradi? Oh, ich weiß, warum er sich nicht im Vorraum befindet – er geht zu Hannan Mosag! Sie tauchen in die Dunkelheit und flüstern von Verrat – meine Geduld mit ihnen ist am Ende!«

Triban Gnol breitete die Arme aus. »Hoheit, ich hatte zwar vor, mit Euch darüber zu sprechen, aber zu einem anderen Zeitpunkt ...«

»Worüber? Heraus damit!«

»Über eine bescheidene Anfrage von Beaufsichtiger Karos Invictad, Hoheit. Er erkundigt sich mit allem Respekt, das versichere ich Euch, nach Euren Wünschen im Hinblick auf Dinge, die mit Verrat zu tun haben – nicht von Seiten der Letherii natürlich, denn dort hat er die Zügel fest in der Hand – sondern unter den Tiste Edur ...«

Nisalls schnappte erschreckt nach Luft – das Geräusch hallte laut durch den plötzlich stillen Raum. Sie schaute hinüber zu den Edur-Wachen und sah, dass sie reglos wie Statuen dastanden.

Rhulad sah aus, als würde er gleich weinen. »Verrat unter den Edur? Meinen Edur? Nein, das kann nicht sein – hat er Beweise?«

Ein schwaches Schulterzucken. »Hoheit, ich bezweifle, dass er diese Anfrage gewagt hätte, wenn er nicht zufällig über ein paar … heikle Informationen gestolpert wäre.«

»Geh weg. Verschwinde. Raus!«

Triban Gnol verneigte sich und zog sich rückwärts gehend aus dem Zimmer zurück. Vielleicht war er zu weit gegangen, doch die Saat war ausgebracht worden. In überaus fruchtbaren Boden.

Sobald die äußere Doppeltür sich geschlossen hatte, trat Nisall aus der Nische. Rhulad winkte sie zu sich heran.

»Meine Liebe«, flüsterte er mit kindlicher Stimme, »was soll ich tun? Der Dämon – sie haben ihn hierher gebracht.«

»Ihr könnt nicht besiegt werden, Imperator.«

»Und wie viele Male muss ich sterben, um ihn zu vernichten? Nein, ich bin nicht bereit. Binadas war ein mächtiger Zauberer, der es mit dem Hexenkönig selbst aufnehmen konnte. Mein Bruder …«

»Es könnte sein«, wagte Nisall einzuwenden, »dass der Kanzler sich geirrt hat, was die Einzelheiten angeht. Es könnte sehr wohl sein, dass Tomads Traum eine betrügerische Botschaft war – es gibt da draußen viele Götter und Geister, die den Verkrüppelten Gott als Feind betrachten.«

»Es reicht. Ich bin zur Verwirrtheit verdammt. Ich verstehe nichts von alledem. Was geschieht da, Nisall?«

»Ehrgeizige Pläne im Palast, Geliebter. Die Rückkehr der Flotten hat die Dinge aufgewühlt.«

»Meine eigenen Edur … planen Verrat …«

Sie streckte die Hand aus und legte sie ihm auf die linke Schulter. Die leichteste aller Berührungen, nur einen Augenblick lang, dann zog sie die Hand wieder zurück. *Kann ich es wagen?* »Karos Invictad ist möglicherweise der ehrgeizigste von allen. Er genießt die Schreckensherrschaft, die er über die Letherii ausübt, und er würde sie gerne ausweiten und sie auf die Tiste Edur ausdehnen. Hoheit, ich bin eine Letherii – ich kenne Männer wie den Beaufsichtiger, ich weiß, was sie antreibt, was ihre bösartigen Seelen nährt. Er hungert nach Kontrolle, denn sein Herz zittert voller Angst vor allem, was nicht seiner Kontrolle unterliegt – vor dem Chaos selbst. In seiner Welt wird er von allen Seiten bestürmt. Hoheit, Karos Invictads ideale Welt ist eine, die von einem Meer aus Leichen umgeben ist, wo alles Unbekannte und Unerkennbare ausgelöscht ist. Und selbst dann wird er keinen Frieden finden.«

»Vielleicht sollte er mir auf dem Kampfplatz gegenübertreten«, sagte Rhulad mit einem plötzlich boshaften Lächeln. »Von Angesicht zu Angesicht mit einem Kind des Chaos, ja? Aber nein, ich brauche ihn, um seine Letherii zur Strecke zu bringen. Die Verräter.«

»Und soll dieser Letherii auch die Vorherrschaft über die Tiste Edur erhalten?«

»Verrat kennt keine Farbe«, sagte Rhulad und rutschte einmal mehr unbehaglich auf dem Thron hin und her. »Er breitet sich unbemerkt aus, ganz egal, was für einen Farbton das Blut hat. Ich habe in dieser Sache noch nicht entschieden. Ich muss nachdenken, muss verstehen. Vielleicht sollte ich den Kanzler noch einmal rufen.«

»Hoheit, Ihr habt einst einen Edur damit beauftragt, die Patriotisten zu überwachen. Erinnert Ihr Euch?«

»Natürlich erinnere ich mich. Hältst du mich für einen Idioten, Frau?«

»Vielleicht kann Bruthen Trana …«

»Ja, das ist er. Kein einziges Mal hat er mir Bericht erstattet. Hat er getan, was ich ihm befohlen habe? Woher soll ich das wissen?«

»Dann zitiert ihn her, Hoheit.«

»Warum versteckt er sich vor mir? Es sei denn, er hat sich mit den anderen Verrätern verschworen.«

»Hoheit, ich weiß ganz sicher, dass er fast täglich versucht, bei Euch eine Audienz zu erhalten.«

»Du?« Rhulad starrte sie an. Seine Augen verengten sich. »Wie das?«

»Bruthen Trana hat mich aufgesucht und mich dringend gebeten, zu seinen Gunsten mit Euch zu sprechen. Der Kanzler verweigert ihm eine Audienz bei Euch …«

»So etwas darf Triban Gnol nicht verweigern! Er ist ein Letherii! Wo sind meine Edur? Warum sehe ich sie nie? Und jetzt ist Tomad zurückgekehrt, und Hanradi Khalag! Keiner von ihnen will mit mir sprechen!«

»Hoheit, Tomad wartet im äußeren Zimmer …«

»Er wusste, dass ich ihn abweisen würde. Du bringst mich ganz durcheinander, Hure. Ich brauche dich nicht – ich brauche niemanden! Ich brauche nur Zeit. Zum Nachdenken. Das ist alles. Sie haben alle Angst vor mir, und das aus gutem Grund, oh ja. Verräter haben immer Angst, und oh, wie sie um ihr Leben betteln, wenn ihre Pläne entdeckt werden! Vielleicht sollte ich alle töten – ein Meer aus Leichen, dann wäre endlich Frieden. Und das ist alles, was ich will. Frieden. Sag mir, sind die Leute glücklich, Nisall?«

Sie verneigte sich. »Ich weiß es nicht, Hoheit.«

»Bist du es? Bist du glücklich mit mir?«

»Ich empfinde nichts als Liebe für Euch, Imperator. Mein Herz gehört Euch.«

»Die gleichen Worte hast du bestimmt auch zu Diskanar gesagt. Und zu all den anderen Männern, mit denen du es getrieben hast. Deine Sklaven sollen dir ein Bad einlassen – du stinkst nach Schweiß, Frau. Und dann erwarte mich unter seidenen Laken.« Er hob die Stimme. »Ruft den Kanzler. Wir wollen unverzüglich mit ihm sprechen! Geh, Nisall. Dein Letherii-Gestank macht mich krank.«

Als sie sich rückwärts gehend entfernte, hob Rhulad die freie Hand. »Meine Teuerste, die goldenen Seidenlaken – zwischen ihnen bist du wie eine Perle. Eine so süße Perle …«

Bruthen Trana wartete im Flur, bis Tomad Sengar, dem die Audienz beim Imperator verweigert worden war, das Zimmer der Bürger verließ. Er trat dem älteren Mann in den Weg und verbeugte sich. »Ich grüße dich, Tomad Sengar.«

Der alte Tiste Edur blickte ihn mit einem verwirrten Stirnrunzeln an. »Den-Ratha. Was willst du von mir?«

»Ein Wort nur, oder zwei, nicht mehr als das. Ich bin Bruthen Trana …«

»Einer von Rhulads Speichelleckern.«

»Leider nicht. Ich wurde in den Anfangstagen seiner Herrschaft damit beauftragt, die letheriische Sicherheits-Organisation zu überwachen, die unter dem Namen Patriotisten bekannt ist. Ein Teil meiner Verantwortlichkeit bestand darin, dem Imperator jede Woche persönlich Bericht zu erstatten. Bis jetzt habe ich noch nicht ein einziges Mal mit ihm gesprochen. Der Kanzler hat sich dazwischengestellt und schickt mich jedes Mal wieder weg.«

»Mein jüngster Sohn nuckelt an Gnols Titte«, sagte Tomad Sengar leise. Seine Stimme klang bitter.

»Ich bin der Überzeugung«, sagte Bruthen Trana, »dass der Imperator selbst sich des Ausmaßes der Barrieren, die der Kanzler und seine Agenten um ihn errichtet haben, gar nicht voll und ganz bewusst ist, Älterer Sengar. Ich habe zwar versucht, sie zu durchdringen, bin aber bisher gescheitert.«

»Und warum wendest du dich dann an mich, Den-Ratha? Ich bin eher noch weniger in der Lage, zu meinem Sohn durchzudringen.«

»Die Tiste Edur werden von ihrem Imperator ferngehalten«, sagte Bruthen. »Nicht nur du und ich. Wir alle.«

»Hannan Mosag ...«

»Wird geschmäht, denn man versteht nur zu gut, dass der Hexenkönig für all das hier verantwortlich ist. Sein Ehrgeiz, sein Pakt mit einem üblen Gott. Er wollte das Schwert für sich haben, nicht wahr?«

»Dann ist Rhulad also wirklich ganz allein?«

Bruthen Trana nickte und fügte dann hinzu: »Es gibt eine Möglichkeit ... da ist eine Person – die Letherii, die seine Erste Konkubine ist ...«

»Eine Letherii?« Tomad fletschte die Zähne. »Du musst verrückt sein. Sie ist eine Agentin von Gnol, eine Spionin. Sie hat Rhulad verdorben – wie sonst könnte sie noch Erste Konkubine sein? Mein Sohn hätte sie niemals genommen, wenn sie nicht irgendeine schändliche Macht über ihn hätte.« Das Zähnefletschen verzerrte die Gesichtszüge des älteren Edur. »Du wirst benutzt, Krieger. Du und ich, wir werden nicht mehr miteinander sprechen.«

Tomad Sengar stieß ihn zur Seite und stapfte den Korridor entlang. Bruthen Trana drehte sich um und sah ihm nach.

Karos Invictad zog ein karmesinrotes Seidentuch aus der Tasche und wischte sich damit die schweißnasse Stirn, während sein Blick an dem merkwürdigen, zweiköpfigen Insekt hing, das sich in seinem Schachtelgefängnis im Kreis drehte, immer wieder herum und herum und herum. »Keine einzige Anordnung der Fliesen wird diese verflixte hirnlose Kreatur zum Stehenbleiben bringen. Ich fange allmählich an zu glauben, dass das Ganze ein Schabernack ist.«

»Wenn es nach mir ginge, Herr«, sagte Tanal Yathvanar, »hätte ich das komische Ding schon lange unter einem Absatz zermalmt. Es muss tatsächlich ein Schabernack sein – die Tatsache, dass Ihr es bis jetzt noch nicht besiegt habt, beweist das hinlänglich.«

Der Beaufsichtiger hob den Blick, sah Tanal an. »Ich weiß nicht, was ekelhafter ist – dass du einräumst, ein Insekt könnte mir eine Niederlage beigebracht haben, oder deine armseligen Versuche, mir zu schmeicheln.« Er legte das Tuch auf den Tisch und lehnte sich zurück. »Das wohlüberlegte Streben nach Lösungen erfordert Geduld, und mehr noch eine bestimmte Art von Verstand. Das ist der Grund, warum du niemals mehr erreichen wirst, als das, was du jetzt hast, Tanal Yathvanar. Du wankst am äußersten Rand deiner Fähigkeiten entlang – oh, das muss dir nicht das Blut ins Gesicht treiben, ich finde dich gerade deswegen so nützlich, weil du bist, was du bist. Darüberhinaus legst du die ungewöhnliche Klugheit an den Tag, deinen Ehrgeiz zu zügeln, so dass du keine Anstrengungen unternimmst, etwas zu versuchen, was deine Fähigkeiten übersteigt. Das ist eine seltene Begabung. Nun, was hast du mir an diesem herrlichen Nachmittag zu berichten?«

»Herr, wir stehen ganz kurz davor, unsere Bemühungen auch auf die Tiste Edur ausdehnen zu können.«

Karos Invictads Brauen hoben sich. »Dann hat Triban Gnol mit dem Imperator gesprochen?«

»Das hat er. Natürlich war der Imperator von der Vorstellung, dass es Verräter unter den Edur geben könnte, erschüttert. Und zwar so sehr, dass er den Kanzler aus dem Thronsaal geschickt hat. Für einige Zeit.« Tanal Yathvanar lächelte. »Einen viertel Glockenschlag, wie es scheint. Das Thema wurde an diesem Tag nicht mehr angeschnitten, aber es ist offensichtlich, dass in Rhulad das Misstrauen gegenüber seinen Edur erwacht ist.«

»Sehr gut. Dann wird es nicht mehr lange dauern.« Der Beaufsichtiger beugte sich erneut vor, starrte stirnrunzelnd auf die Schachtel hinunter. »Es ist wichtig, dass alle Hindernisse aus dem Weg geräumt werden. Die einzigen Worte, die der Imperator hören sollte, sollten die des Kanzlers sein. Bereite eine Akte über die Erste Konkubine vor, Tanal.« Er blickte wieder auf. »Du begreifst doch wohl, dass die Gelegenheit, die Gelehrte freizulassen, die du da tief unten angekettet hast, verstrichen ist? Jetzt gibt es keine andere Wahl mehr – sie muss verschwinden.«

Tanal Yathvanar nickte nur. Er war unfähig, etwas zu sagen.

»Ich erwähne dies deswegen ausdrücklich – und zwar mit einer gewissen Dringlichkeit –, weil du ihrer mittlerweile zweifellos müde geworden bist, und wenn nicht, dann hättest du es werden sollen. Ich vertraue darauf, dass du mich verstanden hast. Würde es dir nicht gefallen, sie durch die Erste Konkubine zu ersetzen?« Karos lächelte.

Tanal leckte sich die trockenen Lippen. »So eine Akte wird schwierig werden, Herr …«

»Sei kein Idiot. Arbeite mit den Agenten des Kanzlers zusammen. Wir sind in diesem Falle nicht an Tatsachen interessiert. Denk dir was aus, das wir gebrauchen können, um sie zu beschuldigen. Das sollte nicht allzu schwierig sein. Beim Abtrünnigen, darin haben wir doch mittlerweile jede Menge Übung.«

»Dennoch … vergebt mir, Herr, aber sie ist die einzige Geliebte des Imperators.«

»Du verstehst überhaupt nichts, stimmt's? Sie ist nicht Rhulads erste Liebe. Nein, jene Frau – eine Edur – hat sich selbst getötet. Oh, vergiss die offizielle Version, ich habe Augenzeugenberichte über den tragischen Vorfall. Sie hat das Kind des Imperators getragen. Folglich hat sie ihn in jeder vorstellbaren Hinsicht verraten. Tanal, für Rhulad ist der Regenschauer gerade erst vorübergezogen, und auch wenn der Lehm unter seinen Füßen sich fest anfühlt, ist er in Wirklichkeit so dünn wie Papyrus. Bei der ersten Andeutung eines Verdachts wird Rhulad außer sich sein und toben – und wir werden uns glücklich schätzen, wenn wir ihm die Frau dann noch entreißen können. Entsprechend muss die Verhaftung im Palast durchgeführt werden, nicht vor aller Augen, sondern wenn die Erste Konkubine allein ist. Und anschließend muss sie unverzüglich hierhergebracht werden.«

»Glaubt Ihr nicht, dass der Imperator ihre Rückkehr verlangen wird?«

»Der Kanzler wird ihm natürlich davon abraten. Bitte, Tanal Yathvanar, überlasse die schwierigen Einzelheiten der menschlichen Natur – und der der Edur – denjenigen von uns, die sie voll und ganz durchschauen. Keine Angst, du wirst die Frau bekommen. Und kannst dann mit ihr tun, was dir beliebt – wenn wir erst einmal ihr Geständnis haben, heißt das. Blutend und mit blauen Flecken übersät – hast du sie so nicht am liebsten? Und jetzt geh. Ich glaube, ich habe eine Lösung für dieses Ding gefunden.«

Tanal Yathvanar blieb einige Zeit vor der geschlossenen Tür stehen und versuchte, sein hämmerndes Herz zu beruhigen. Seine Gedanken rasten. Janath Anar umbringen? Sie verschwinden lassen wie all die anderen? *Um die Krabben am Grund des Flusses zu mästen? Oh, beim Abtrünnigen, ich weiß nicht … ob … ich weiß nicht …*

Durch die Tür von Karos Invictads Arbeitszimmer drang ein verärgertes und enttäuschtes Knurren.

Seltsamerweise erheiterte ihn das Geräusch. *Ja, du gewaltiger Verstand, er hat dich wieder einmal besiegt. Dieser zweiköpfige Alptraum im Kleinformat. Trotz all deiner stolzen Träumereien über deine Genialität verwirrt dich dieses Rätsel. Vielleicht ist die Welt ja doch nicht so, wie du sie gerne hättest, Beaufsichtiger – nicht so klar, nicht so perfekt dazu entworfen, deine Vorherrschaft willkommen zu heißen.*

Er zwang sich, loszugehen, den Weg durch die Halle zu nehmen. Nein, er würde Janath Anar nicht töten. Er liebte sie. Karos Invictad liebte nur sich selbst – das war vermutlich schon immer so gewesen, dachte Tanal, und würde sich auch nicht mehr ändern. Der Beaufsichtiger verstand nichts von der menschlichen Natur, ganz egal, wie sehr er sich in dieser Hinsicht selbst etwas vormachte. Tatsächlich hatte Karos sich durch den gleichgültig vorgetragenen Befehl, sie zu töten, verraten. *Ja, Beaufsichtiger, das ist meine Offenbarung. Ich bin klüger als du. Ich bin dir in allen Dingen, die wirklich wichtig sind, überlegen. Du und deine Macht – das ist alles nur ein Ersatz für das, was du von der Welt nicht verstehst, für die Leere in deiner Seele, wo eigentlich Mitgefühl hingehört. Mitgefühl – und die Liebe, die man für einen anderen Menschen empfinden kann.*

Er würde es ihr sagen. Jetzt gleich. Er würde ihr die Tiefe seiner Gefühle gestehen, und dann würde er sie von ihren Ketten befreien, und sie würden fliehen. Aus Letheras. Irgendwohin, außerhalb der Reichweite der Patriotisten. Gemeinsam würden sie ein neues Leben beginnen.

Er hastete die feuchten, ausgetretenen Stufen hinunter, außer Sichtweite von allen, hinab in seine eigene, geheime Welt. Wo seine Liebe auf ihn wartete.

Der Beaufsichtiger konnte nicht überallhin reichen – was Tanal in Kürze beweisen würde.

Hinab durch die Dunkelheit, wo mittlerweile alles so vertraut war, dass er keine Laterne mehr brauchte. Wo *er* herrschte, und nicht Karos Invictad. Nein, hier nicht. Deswegen griff der Beaufsichtiger ihn wieder und wieder an, mit immer der gleichen Waffe, der stillschweigenden Drohung, ihn bloßzustellen, Tanal Yathvanars guten Namen zu verleumden. Aber alle diese Verbrechen hatte Karos Invictad begangen. Man stelle sich nur die Gegenklagen vor, die Tanal gegen ihn erheben könnte, sollte es notwendig werden – er hatte Abschriften von Berichten, er wusste, wo alle Geheimnisse vergraben waren. Die Listen der blutbefleckten Reichtümer, die der Beaufsichtiger von den Anwesen seiner Opfer zusammengerafft hatte – Tanal wusste, wo diese Aufzeichnungen aufbewahrt wurden. Und was die Leichen derjenigen anging, die verschwunden waren …

Als er an der verriegelten Tür zur Folterkammer ankam, holte er die Laterne herunter, die er auf einem Sims zurückgelassen hatte, und nach einigen vergeblichen Versuchen gelang es ihm, den Docht zu entzünden. Er entfernte den schweren Riegel und stieß die dicke Tür mit einer Hand auf.

»So schnell zurück?« Die Stimme war ein raues Krächzen.

Tanal trat in den Raum. »Ihr habt Euch wieder besudelt. Aber das macht nichts – dies ist das letzte Mal, Janath Anar.«

»Dann bist du also gekommen, um mich zu töten. So sei es. Du hättest es schon lange tun müssen. Ich freue mich darauf, diesen gebrochenen Körper zu verlassen. Du kannst keinen Geist in Ketten legen. Und so wird mein Tod dich zum Gefangenen machen. Du wirst derjenige sein, der gequält wird. Denn solange du lebst – und ich hoffe, das wird lange sein –, werde ich dir ins Ohr flüstern …« Ein Hustenanfall unterbrach sie.

Er trat näher, fühlte sich innerlich leer, durch die Heftigkeit ihrer Worte all seiner Entschlossenheit beraubt.

Die Fuß- und Handschellen schienen Blut zu weinen – sie hatte wieder gegen ihre Fesseln gekämpft. *Sie träumt davon, mich zu quälen, mich zu vernichten. Inwiefern ist sie also anders? Wie konnte ich erwarten, dass sie anders sein würde?* »Schaut Euch an«, sagte er leise. »An Euch ist nichts Menschliches mehr – achtet Ihr nicht auf Eure Erscheinung, darauf, wie Ihr von mir gesehen werden wollt, wenn ich herkomme?«

»Du hast recht«, sagte sie heiser. »Ich hätte warten sollen, bis du da bist, bis du dicht bei mir bist. Um mich dann auf dich zu entleeren. Tut mir leid. Ich fürchte, meine Gedärme sind momentan in einem schlechten Zustand – die Muskeln werden unweigerlich schwächer.«

»Ihr werdet mich nicht quälen, Frau, dazu ist Eure Seele zu nutzlos – der Abgrund wird sie fortreißen, dessen bin ich mir sicher. Außerdem habe ich gar nicht vor, Euch so bald zu töten …«

»Ich glaube nicht, dass das jetzt noch von dir abhängt, Tanal Yathvanar.«

»*Alles* hängt von mir ab!«, kreischte er. »Alles!«

Er trat an sie heran und fing an, erst ihre Arme und dann ihre Beine loszumachen. Noch ehe er ihr zweites Handgelenk befreit hatte, verlor sie das Bewusstsein und sank auf eine Weise in sich zusammen, dass sie sich fast die Beine gebrochen hätte, bevor er ihre aufgescheuerten Knöchel von den Fesseln befreien konnte.

Sie wog so gut wie nichts, daher konnte er sich rasch bewegen, etwa zwanzig Stufen nach oben, bis er zu einem Seitengang kam. Der glitschige, gepflasterte Fußboden, auf dem er nun breitbeinig dahinschritt – über einer Schulter die Frau, in der anderen Hand die Laterne – fiel leicht ab. Ratten huschten vor ihm davon, flohen an die Ränder, wo das unaufhörlich fließende Wasser sich tiefe, schmale Rinnen gegraben hatte.

Schließlich wurden die dunklen Tropfen, die bislang von der geschwungenen Decke getröpfelt waren, zu einem echten Regen. Die Tröpfchen ließen Janath für kurze Zeit das Bewusstsein wiedererlangen – gerade lange genug für ein Stöhnen und einen Hustenanfall, der ein halbes Dutzend Schritte lang währte. Er war dankbar, als sie wieder in Ohnmacht fiel und das klägliche Kratzen auf seinem Rücken aufhörte.

Und jetzt kam der Gestank. *Verschwunden? Oh nein, sie sind hier. Alle. All diejenigen, die Karos Invictad nicht gemocht oder nicht gebraucht hat oder die er aus dem Weg haben wollte.*

Hinein in den ersten großen Raum mit der Kuppeldecke, weiter den steinernen Gehweg entlang, der um einen tiefen Brunnen herumführte, in dem Krabben mit weißen Panzern zwischen Knochen herumturnten. Dieser Brunnen war voll, was dazu geführt hatte, dass ein anderer geöffnet werden musste, dann noch einer und noch einer – es gab so viele von ihnen, hier unten unter dem Fluss.

Als Tanal im letzten Raum ankam, legte er sie auf den Boden und kettete sie mit einer Fußschelle an die Wand. Sie hatte links und rechts Gesellschaft, allerdings war keines der beiden Opfer noch am Leben. Er trat zurück, als sie sich zu rühren begann.

»Das ist nur für kurze Zeit«, sagte er. »Du wirst dich noch nicht zu deinen Freunden neben dir gesellen. Wenn ich zurückkomme – und das wird nicht lange dauern –, werde ich dich wieder woandershin bringen. In eine neue Zelle, die niemand außer mir kennt. Dort werde ich dir beibringen, mich zu lieben. Du wirst schon sehen, Janath Anar. Ich bin nicht das Ungeheuer, für das du mich hältst. Karos Invictad ist das Ungeheuer – er hat mich verdreht, er hat mich zu dem gemacht, was ich bin. Aber Karos Invictad ist kein Gott. Und auch nicht unsterblich. Oder … unfehlbar. Wie wir alle feststellen werden. Er glaubt, ich will sie, diese Hure des Imperators – diese dreckige, entehrte Schlampe. Er könnte sich gar nicht mehr irren. Oh, es gibt jetzt so viel zu tun, aber ich verspreche dir, ich werde nicht lange weg sein. Du wirst sehen, meine Liebe …«

Als sie erwachte, hörte sie, wie seine Schritte sich entfernten, wie sie immer leiser wurden und schließlich im Plitschen und Platschen des tröpfelnden und rinnenden Wassers untergingen. Es war dunkel. Und kalt. Kälter, als es je zuvor gewesen war – sie war jetzt woanders, in irgendeinem anderen Gewölbe. *Aber immer noch im gleichen Alptraum.*

Sie hob eine Hand – so gut sie konnte – und wischte sich über das Gesicht. Danach war ihre Hand schleimig feucht. Doch … *die Ketten, sie sind weg.* Sie versuchte, die Beine anzuziehen, und hörte fast sofort Kettenglieder über Stein rasseln. *Oh, nicht ganz.*

Und jetzt kam der Schmerz – alle ihre Gelenke brannten wie Feuer. Bänder und Sehnen, die so lange gedehnt worden waren, begannen, sich nun wie brennende Seile zusammenzuziehen – *oh, hol mich der Abtrünnige* –

Sie öffnete erneut blinzelnd die Augen, und je mehr ihr Bewusstsein zurückkehrte, desto deutlicher spürte sie einen wilden Hunger, der sich in ihrem geschrumpften Magen wand. Wässrige Abgänge tröpfelten aus ihr.

Es hatte keinen Sinn zu weinen. Keinen Sinn, sich zu fragen, wer von ihnen verrückter war – er mit seinen niederen Trieben und seiner sinnlosen Grausamkeit oder sie, die sich so hartnäckig an diesen kläglichen Rest Leben klammerte. Ein Kampf der Willen, aber ein durch und durch ungleicher Kampf – tief in ihrem Innern wusste sie das, hatte es schon die ganze Zeit gewusst.

All die großen Vorlesungen, die sie sich nach und nach ausgedacht hatte, erwiesen sich als hohle Einbildung, deren Geschmack zu bitter war, um ihn zu ertragen. Er hatte sie besiegt, denn seine Waffen hatten nichts mit Vernunft zu tun – *und so habe ich mit meinem eigenen Wahnsinn geantwortet. Ich dachte, es würde klappen. Stattdessen habe ich am Ende all das ausgeliefert, was ich einmal hatte und was einmal etwas wert war.*

Und daher kann ich jetzt, wo die Kälte des Todes sich in mich hineinstiehlt, nur davon träumen, ein rachsüchtiger Geist zu werden, darauf erpicht, denjenigen zu quälen, der mich gequält hat, so zu ihm zu sein, wie er zu mir war. Und zu glauben, dass so ein Ausgleich angemessen ist. Gerecht ist.

Wahnsinn. Das Gleiche zurückzugeben heißt, gleich zu sein.

Und jetzt lass mich von hier fortgehen, für immer fortgehen …

Und sie spürte, wie der Wahnsinn nach ihr griff, sie in eine Umarmung zog, die ihren Sinn für ihr Selbst wegfegen würde, ihr Wissen darüber, wer sie gewesen war – diese stolze, selbstgefällige Gelehrte, die mit ihrem tadellosen Verstand die Welt neu ordnete. Bis selbst die Sachlichkeit nur noch eine wunderliche Idee war, nicht einmal einer Abhandlung wert, weil die Welt draußen es eigentlich nicht wert war, dass man ihr die Hand ausstreckte – außerdem war sie besudelt, nicht wahr? Von Männern wie Tanal Yathvanar und Karos Invictad – denjenigen, die in dem Unrat schwelgten, den sie geschaffen hatten, denn der Gestank der Ausschweifung war das Einzige, was ihre betäubten Sinne noch wahrnehmen konnten …

… wie er auch zu meinen durchdringt. Horch! Er kommt zurück, einen zögernden Schritt nach dem anderen …

Eine schwielige Hand legte sich auf ihre Stirn.

Janath Anar öffnete die Augen.

Gedämpftes Licht, das von überallher kam. Warmes Licht, sanft wie ein Atemhauch. Über ihr war ein Gesicht. Alt, faltig, von Wind und Wetter gezeichnet, mit Augen, die so tief wie die Meere waren, auch wenn jetzt Tränen in ihnen glänzten.

Sie spürte, wie die Kette herangezogen wurde. Der alte Mann zupfte mit einer Hand, und die Kettenglieder lösten sich wie verfaultes Schilf. Dann bückte er sich und hob sie ohne Mühe hoch.

Abgrund, dein Gesicht ist so freundlich …
Und wieder kam die Dunkelheit.

Unter dem Flussbett, unter Schlammschichten, die beinahe so stark wie ein Geschoss waren, ruhten die Überreste von annähernd sechzehntausend Bürgern von Letheras. Ihre Knochen füllten uralte Brunnen, die gebohrt worden waren, bevor der Fluss hierhergekommen war – bevor der Abfluss des Wassers von den Bergen weit im Osten seine Richtung in einer gewaltigen geologischen Umwälzung grundlegend geändert hatte, so dass die Schlange mit dem Schwanz peitschte und die Sturzbäche sich ein neues Bett gruben – eines, das vor zahllosen Jahrtausenden eine entstehende Stadt überschwemmt hatte.

Letheriische Ingenieure waren vor Jahrhunderten über diese überschwemmten Bauwerke gestolpert und hatten sich über die holprigen Korridore und die Räume mit den kuppelförmigen Decken gewundert, genau wie über die großen, tiefen Brunnen mit ihrem klaren kalten Wasser. Und sie hatten vor einem Rätsel gestanden, als sie erklären sollten, wie es kam, dass solche Tunnel mehr oder weniger trocken blieben, weil anscheinend die Stichkanäle Wasser aufsaugten wie Läufer das eines Schwamms.

Über diese Entdeckungen existierten keine Berichte mehr – die Tunnel und Räume und Brunnen waren verloren gegangenes Wissen. Außer für ein paar wenige Auserwählte. Und von der Existenz paralleler Durchgänge, von den verborgenen Türen in den Wänden der Korridore und den hunderten von kleineren Gräbern wussten noch nicht einmal jene Wenigen. Gewisse Geheimnisse waren ausschließlich den Göttern vorbehalten.

Der Ältere Gott trug die halb verhungerte, brutal misshandelte Frau in einen dieser seitlichen Durchgänge, dessen freitragende Tür sich wieder geräuschlos hinter ihm schloss. Seine Gedanken waren voller Schuldzuweisungen, ein brodelnder Schwall von Wut auf sich selbst. Er hatte sich die bösen Taten und das Gemetzel der Patriotisten nicht in ihrem ganzen Ausmaß vorstellen können und war sehr versucht, sich aufzuwecken und diese absoluten Sadisten seinen allumfassenden Zorn spüren zu lassen.

Natürlich würde das unwillkommene Aufmerksamkeit erregen, was zweifellos ein noch größeres Gemetzel zur Folge haben würde, und zwar eines, das keinen Unterschied mehr zwischen denen machte, die den Tod verdienten, und den anderen, bei denen das nicht so war. Genau dies war schließlich der Fluch der Macht.

Was, wie er nur zu gut wusste, Karos Invictad schon bald bemerken würde.

Beaufsichtiger, du Narr. Wer hat seinen tödlichen Blick auf dich gerichtet? Tödlich, gute Güte, ja, tatsächlich.

Obwohl nur die wenigsten das in Anbetracht der einigermaßen ansehnlichen, durch und durch gütigen Gesichtszüge, in die diese Augen eingebettet waren, wirklich verstehen würden.

Trotzdem, Karos Invictad. Tehol Beddict hat beschlossen, dass du gehen musst. Und ich empfinde beinahe Mitgefühl mit dir.

Tehol Beddict kniete auf dem schmutzigen Fußboden der Hütte und fuhrwerkte in einem kleinen Schutthaufen herum, als er ein schlurfendes Geräusch am Eingang hörte. Er warf einen Blick über die Schulter. »Ublala Pung. Guten Abend, mein Freund.«

Das große Tarthenal-Halbblut schob sich in den Raum, bückte sich, um nicht an die niedrige Decke zu stoßen. »Was macht Ihr da?«

»Ich suche einen hölzernen Löffel – oder zumindest einen Teil davon. Der spielte eine wichtigen Rolle bei der Vorbereitung der heutigen Morgenmahlzeit. Ich fürchte mich vor der Möglichkeit, dass Bagg ihn in den Herd geworfen haben könnte. Ah, hier ist er ja! Da, siehst du das? Ein Tröpfchen Fett hängt noch daran!«

»Für mich sieht das wie Dreck aus, Tehol Beddict.«

»Nun, auch Dreck hat Geschmack«, antwortete er und kroch hinüber zu dem Topf, der köchelnd auf dem Herd stand. »Endlich erlangt meine Suppe feinsinnige Üppigkeit. Kannst du das glauben, Ublala Pung? Schau mich an, zu knechtischen Aufgaben erniedrigt, sogar dazu, meine eigenen Mahlzeiten zuzubereiten! Ich sage dir, mein Diener trägt den Kopf in letzter Zeit ein bisschen zu hoch. Bagg erhebt sich über seine Position, oh, ja, das macht er. Vielleicht könntest du ihm für mich eins hinter die Ohren geben. Nun, ich bin nicht so gleichgültig, wie du denkst – da leuchtet erhöhte Begeisterung aus deinen ziemlich derben, verbissenen Gesichtszügen. Was ist passiert? Ist womöglich Shurq Elalle zurückgekehrt?«

»Wäre ich hier, wenn sie das wäre?«, fragte Ublala. »Nein, Tehol Beddict. Sie ist fort. Hinaus auf die Meere, mit all ihren gekaperten jungen Männern. Ich war zu groß, versteht Ihr. Ich musste auf dem Deck schlafen, ganz egal, wie das Wetter war, und das war kein Spaß – und diese Piraten, die wollten die ganze Zeit Segel an mich binden, und sie haben immer gelacht, als wäre das lustig oder so was gewesen.«

»Ach ja, Seeleute haben ein schlichtes Gemüt, mein Freund. Und Piraten sind größtenteils gescheiterte Seeleute, die die Schlichtheit ins wahre Extrem treiben ...«

»Was? Ich habe Neuigkeiten, wisst Ihr.«

»Und du?«

»Ja.«

»Kann ich sie hören?«

»Wollt Ihr das denn?«

»Wie jetzt – ja, natürlich, sonst hätte ich ja nicht gefragt.«

»Wollt Ihr wirklich?«

»Hör zu, wenn du sie mir gar nicht erzählen willst ...«

»Nein, ich will ja. Sie Euch erzählen. Deswegen bin ich ja hier, obwohl ich etwas von der Suppe essen würde, wenn Ihr mir sie anbietet.«

»Ublala Pung, du bist herzlichst zu dieser Suppe eingeladen, aber lass mich erst diesen Lappen rausfischen, den ich in die Brühe getan habe, sonst verschluckst du dich womöglich noch daran oder so was.«

»Lappen? Was für ein Lappen?«

»Nun, ein quadaratischer, im Wesentlichen. Ich glaube, er ist dazu benutzt worden, eine Küchentheke abzuwischen, wobei er zahllose Nährstoffe in sich aufgenommen hat.«

»Tehol Beddict, einer von den Reinblütigen ist in die Stadt gekommen.«

»Sind das deine Neuigkeiten?«

Der große Mann nickte ernst.

»Ein Reinblütiger?«

Ein weiteres Nicken.

»Also, ein Tarthenal ...«

»Nein«, unterbrach ihn Ublala Pung. »Ein *Reinblütiger*. Reiner als irgendein Tarthenal. Und er trägt ein Steinschwert. In seinem Gesicht hat er die entsetzlichsten Tätowierungen, wie eine zerschmetterte Fliese. Er hat überall Narben, und zahllose Geister umschwirren ihn ...«

»Geister? Du konntest Geister sehen, die ihm gefolgt sind?«

»Sehen? Sehen konnte ich sie natürlich nicht. Aber ich habe sie gerochen.«

»Tatsächlich? Und wie riechen Geister? Ach, ist nicht wichtig. Ein Tarthenal, der mehr Tarthenal ist als alle anderen Tarthenal, ist in der Stadt angekommen. Was will er?«

»Ihr versteht nicht, Tehol Beddict. Er ist ein Meisterkämpfer. Er ist hier, um den Imperator herauszufordern.«

»Oh, der arme Mann.«

»Ja. Der arme Mann, aber er ist kein Mann, oder? Er ist ein Tiste Edur.«

Tehol Beddict schaute Ublala Pung stirnrunzelnd an. »Oh, wir haben von zwei verschiedenen armen Männern gesprochen. Nun, kurz vor dir ist ein Bote von Rucket hier gewesen – es scheint, als wäre während des Erdbebens das Schuppenhaus eingestürzt. Aber das war kein normales Erdbeben, abgesehen davon, dass es die hier ja gar nicht gibt. Ublala Pung, es gibt noch einen anderen Meisterkämpfer, einen, der viel erschreckender ist als dein reinblütiger Tarthenal. Die Rattenfänger sind ziemlich bestürzt und entsetzt – die scheinen allesamt mehr zu wissen, als sie rauslassen. Aber man scheint der Ansicht zu sein, dass die Suche des Imperators dieses Mal eine höchst tödliche Beute zu Tage gefördert hat.«

»Also, davon weiß ich nichts«, sagte Ublala Pung und rieb sich nachdenklich das stoppelige Kinn. »Nur, dass dieser Reinblütige ein Steinschwert hat. Abgeschlagen, wie die alten Speerspitzen, die die Leute auf dem Unteren Markt verkaufen. Es ist fast so groß wie er, und er ist größer als ich. Ich habe gesehen, wie er einen letheriischen Wächter hochgehoben und weggeworfen hat.«

»Weggeworfen?«

»Wie einen Sack … Pilze oder so.«

»Dann hat er sogar noch ein schlimmeres Gemüt als du.«

»Die Reinblütigen kennen keine Furcht.«

»Richtig. Aber wie kommt es, dass du über Reinblütige Bescheid weißt?«

»Die Sereghal. Unsere Götter. Die ich geholfen habe umzubringen. Das waren gefallene Reinblütige. Ausgestoßene.«

»Dann ist der eine, der gerade angekommen ist, also das Gegenstück zu einem deiner Götter, Ublala Pung? Bitte erzähl mir nicht, dass du versuchen willst, ihn zu töten. Ich meine, er hat immerhin ein Steinschwert und so.«

»Ihn töten? Nein, Ihr versteht nicht, Tehol Beddict. Der hier, dieser Reinblütige, ist es wahrhaftig wert, angebetet zu werden. Nicht in der Art, wie wir die Sereghal beschwichtigt haben – das war, um sie von uns fernzuhalten. Wartet ab und seht, wartet ab und seht, was geschehen wird. Mein Volk wird zusammenströmen, wenn die Nachricht sich verbreitet. Sie werden sich versammeln.«

»Und was, wenn der Imperator ihn tötet?«

Ublala Pung schüttelte einfach nur den Kopf.

Sie blickten beide auf, als Bagg im Türrahmen auftauchte, in seinen Armen eine nackte Frau.

»Also wirklich«, sagte Tehol, »der Topf ist noch nicht mal annähernd groß genug. Außerdem, so hungrig ich auch sein mag, es gibt Grenzen, und Gelehrte zu essen geht weit darüber hinaus …«

Der Diener runzelte die Stirn. »Ihr kennt diese Frau?«

»Ja, das tue ich, aus meinem früheren Leben, reichlich versehen mit strengen Tutoren und den gelegentlichen Zielen jugendlicher Schwärmerei und all so was. Leider sieht sie ziemlich mitgenommen aus. Ich habe immer wieder gehört, dass die Welt der Gelehrten mörderisch ist – und nun frage ich mich, welche Debatte über die Feinheiten von was auch immer dazu geführt haben mag.«

Bagg trug sie zu seinem Schlafplatz und legte sie hin.

Als der Diener sich wieder aufrichtete, trat Ublala an ihn heran und versetzte ihm einen Faustschlag an die Schläfe – so hart, dass der alte Mann gegen die Wand geschleudert wurde.

»Warte!«, rief Tehol dem Riesen zu. »Aufhören!«

Bagg rieb sich die Schläfe und schaute blinzelnd zu Ublala Pung hoch. »Was sollte das denn?«, wollte er wissen.

»Tehol hat gesagt …«

»Mach dir nichts aus dem, was ich sage, Ublala. Es war nur ein flüchtiger Gedanke, ein Sinnen ohne Substanz, eine achtlose Bemerkung, die in keinerlei Hinsicht etwas mit handfesten Taten zu tun hatte. Nie beabsichtigt …«

»Ihr habt gesagt, er braucht eine Kopfnuss, Tehol Beddict. Ihr habt mich gebeten – weil er den Kopf zu hoch trägt oder so, also musste ich ihm einen Schlag versetzen, damit er wieder runterkommt. Für mich hat er nicht höher ausgesehen. Aber Ihr habt es gesagt. Er erhebt sich über seine Situation, habt Ihr gesagt …«

»Position, nicht Situation. Worum es mir geht – he, ihr beide, hört auf, mich so anzusehen. Was ich gemeint habe: Ich habe nur ein paar kleinere Beschwerden häuslicher Natur geäußert. Ich hätte niemals vermutet, dass Ublala Pung das, was ich gesagt habe, so wörtlich nehmen würde.«

»Herr – das ist *Ublala Pung*.«

»Ich weiß, ich weiß. Offensichtlich sind die einst so geschliffenen Kanten meines scharfen Verstandes in letzter Zeit etwas abgestumpft.« Sein Gesicht hellte sich auf. »Aber jetzt habe ich jemanden, der mich unterrichten kann!«

»Ein Opfer der Patriotisten«, sagte Bagg. Er beäugte Ublala misstrauisch, während er zu dem Topf auf dem Herd hinüberging. »Beim Abgrund hienieden, Herr, das hier geht ja kaum als trübes Wasser durch.«

»Stimmt, das bedarf leider dringend deiner kulinarischen Magie. Die Patriotisten? Du hast sie aus dem Gefängnis befreit?«

»In gewisser Weise. Ich glaube allerdings nicht, dass die Patriotisten eine Großfahndung nach ihr ausrufen. Sie war eine von denen, die einfach verschwinden.«

Ublala Pung lachte grunzend auf. »Bei einer Großfahndung würden sie sie sowieso nie finden.«

Die anderen beiden Männer blickten zu ihm hinüber.

Der Halbblut-Tarthenal deutete auf das Offensichtliche: »Sie ist klein, seht doch.«

Baggs Stimme klang sanft, als er weitersprach: »Sie braucht sanfte Heilung, Herr. Und Frieden.«

»Nun, es gibt keine bessere Zuflucht vor den Schrecknissen der Welt als die Heimstatt von Tehol Beddict.«

»Eine Großfahndung«, lachte Ublala erneut auf und schüttelte den Kopf: »Die sind wirklich dumm, diese Patriotisten.«

Kapitel Acht

Wenn Stein Wasser ist, ist Zeit Eis.
Wenn alles im Frost erstarrt ist,
regnet es Schicksale in tödlicher Flut.

Mein Gesicht enthüllt in diesem Stein, der Wasser ist.
Die Wellen fest verschlossen in seiner Form
Ein merkwürdig flüchtiges Antlitz.

Zeitalter werden sich verbergen, wenn Stein Wasser ist.
Zyklen, die in diesen Tiefen gebunden sind,
Sind fehlerhafte Trugbilder, die die Strömung brechen.

Wenn Stein Wasser ist, ist Zeit Eis.
Wenn alles im Frost erstarrt ist,
poltern unsere Leben wie eine Steinlawine dahin.

Und wir regnen herab, regnen herab
Wie Wasser auf Stein
Mit jedem Schlag der Hand.

Wasser und Stein
Ältester der Fent

Die Schattensphäre beherbergte manch grausamen Ort, doch nichts war auch nur annähernd so grausam wie Schatten auf der Seele. Solche Gedanken quälten Cotillion in diesen Tagen. Er stand auf einer Hügelkuppe, von der aus ein langgezogener Hang sich sanft bis zu den ruhigen Wassern eines Sees erstreckte. Vierzig Schritt zu seiner Linken war auf einer ebenen Terrasse ein behelfsmäßiges Lager zu sehen, ein einzelnes Langhaus, das von halb begrabenen Nebengebäuden umgeben war, darunter ein Stall und ein Hühnerhaus. Der gesamte Komplex, der glücklicherweise zum entscheidenden Zeitpunkt nicht bewohnt gewesen war – wenn man von einem Dutzend Hennen und einem Hahn, einer gereizten Saatkrähe mit Hinkebein und zwei Milchkühen absah –, war aus einer anderen Sphäre geraubt worden, entweder durch irgendeine Laune des Zufalls oder, was wahrscheinlicher war, weil irgendwelche geheimnisvollen Gesetze gebrochen worden waren, was während der endlosen Wanderung der Schattensphäre anscheinend gelegentlich vorkam.

Wie auch immer er letztlich hierhergekommen war – Schattenthron hatte früh genug davon erfahren, um einen Schwarm Gespenster herzuschicken und somit Anspruch auf die Gebäude und das Vieh zu erheben und sie vor umherstreifenden Dämonen oder auch einem der Schattenhunde zu retten.

Nach dem Debakel beim Ersten Thron waren die knapp zwei Dutzend Überlebenden an diesen Ort gebracht worden, wo sie herumwandern und sich über die merkwürdigen Artefakte wundern konnten, die die vorherigen Bewohner zurückgelassen hatten: den geschwungenen hölzernen Bug mit seinen komplizierten, schlangenförmigen Schnitzereien, der den First des Langhauses sowohl vorne wie auch hinten überragte; die geheimnisvollen Schmuckstücke, die größtenteils aus Silber, gelegentlich aber auch aus Bernstein waren und anscheinend als Totems gedient hatten; die Stoffballen aus grober und feiner Wolle; hölzerne Schüsseln und Becher aus gehämmerter Bronze. Sie wanderten zwischen all diesen Dingen herum, betäubt, mit leeren Blicken …

Sie erholen sich.

Als ob so etwas überhaupt möglich wäre.

Ein Stück entfernt zu seiner Rechten stand eine einsame, in einen Kapuzenumhang gehüllte Gestalt reglos direkt am Ufer und schien auf die vollkommen glatte Wasserfläche hinauszustarren. An diesem See war nichts Normales, wie Cotillion wusste, obwohl der Anblick, der sich von diesem Uferabschnitt aus bot, täuschend friedlich war. Wenn man vom Fehlen der Vögel absah. Und der Abwesenheit von Weichtieren, Krustentieren und sogar Insekten.

Jeder Krümel, der notwendig war, um das Vieh – und die erbärmliche Saatkrähe – zu füttern, wurde von den Gespenstern herbeigeschafft, die Schattenthron mit dieser Aufgabe betraut hatte. Trotz alledem war der Hahn wenige Tage nach der Ankunft gestorben. *Aus Kummer, nehme ich an. Keine einzige Morgendämmerung, die man mit fröhlichem Krähen begrüßen kann.*

Er konnte Stimmen hören, von irgendwo hinter dem Langhaus. Panek, Aystar und die anderen Kinder, die überlebt hatten – nun, eigentlich waren das keine Kinder mehr. Sie hatten eine Schlacht miterlebt, sie hatten miterlebt, wie ihre Freunde starben, sie wussten, dass die Welt – jede Welt – ein unfreundlicher Ort war, an dem ein Menschenleben nicht viel wert war. Und sie wussten auch, was es bedeutete, benutzt zu werden.

Etwas weiter entfernt schritten Trull Sengar und Onrack der Zerbrochene, der T'lan Imass, am Ufer entlang. Wie ein Künstler mit seiner unsterblichen Muse, oder vielleicht auch wie von einem Kritiker mit gespenstischer Miene begleitet. Eine merkwürdige Freundschaft. Andererseits steckten die T'lan Imass stets voller Überraschungen.

Seufzend machte sich Cotillion auf den Weg den Hang hinab.

Als er näher kam, wandte der Mann im Kapuzenumhang halb den Kopf. Ein Gesicht von der Farbe blank geriebenen Leders, dunkle Augen unter dem verfilzten Rand der Kapuze. »Habt Ihr den Schlüssel mitgebracht, Cotillion?«

»Es ist schön, zu sehen, dass du dich erholt hast, Schneller Ben.«

»Mehr oder weniger.«

»Was für einen Schlüssel?«

Ein humorloses Lachen blitzte in dem dunklen Gesicht auf. »Der, der mir die Freiheit schenkt.«

Cotillion stellte sich neben den Magier und betrachtete die trübe Wasserfläche. »Ich würde annehmen, dass du diesen Ort jederzeit verlassen könntest. Du bist ein Hohemagier, und dir steht mehr als ein Gewirr zur Verfügung. Erschaffe ein Tor, und geh hindurch.«

»Haltet Ihr mich für einen Idioten?«, fragte der Schnelle Ben in ruhigem Ton. »Diese verdammte Sphäre wandert. Ich kann unmöglich sagen, wo ich herauskommen würde, obwohl ich – wenn meine Vermutung stimmt – wohl ziemlich lange schwimmen müsste.«

»Oh. Nun, ich fürchte, ich achte in diesen Tagen nicht sonderlich auf solche Dinge. Dann überqueren wir also gerade einen Ozean?«

»Das nehme ich an.«

»Dann benötigst du allerdings tatsächlich unsere Hilfe, wenn du irgendwohin reisen willst.«

Der Magier blickte ihn kurz von der Seite an. »Wie ich es mir gedacht habe. Ihr habt Pfade geschaffen, Tore mit ortsfesten Ausgängen. Wie habt Ihr das geschafft, Cotillion?«

»Oh, das waren wir nicht, das versichere ich dir. Wir sind einfach über sie gestolpert, wenn man so sagen will.«

»Die Azath.«

»Sehr gut. Du warst schon immer schlau, Ben Delat.«

Ein undeutliches Geräusch. »Diese Version meines Namens habe ich schon sehr lange nicht mehr benutzt.«

»Ach? Wann war denn das letzte Mal – kannst du dich erinnern?«

»Diese Azath …«, sagte der Schnelle Ben, die Frage offensichtlich nicht beachtend. »Das Haus des Schattens ist hier, persönlich, in dieser Sphäre, richtig? Irgendwie hat es sich des Tors – des ursprünglichen Tors – bemächtigt. Kurald Emurlahn. Das Haus existiert als geworfener Schatten und gleichzeitig auch als seine echte körperliche Manifestation. Zwischen den beiden lässt sich kein Unterschied erkennen. Eine Verknüpfung … aber das ist für die Azath nicht ungewöhnlich, oder? Ungewöhnlich ist allerdings, dass das Tor nach Kurald Emurlahn überhaupt anfällig dafür war, dass jemand sich seiner bemächtigte.«

»Eine Notwendigkeit, nehme ich an«, sagte Cotillion. Er runzelte die Stirn, als er einen breiten Streifen flacher Wellen auf das Ufer zulaufen sah, deren Ursprung irgendwo weiter draußen lag. *Ganz und gar nicht so friedlich, wie es aussieht …*

»Was meint Ihr damit?«

Der Gott zuckte die Schultern. »Die Sphäre war zerschmettert. Lag im Sterben.«

»Der Azath war an der Heilung der Bruchstücke beteiligt? Absichtlich? Mit Planung, mit Verstand? Oder in der Art, wie Blut trocknet, so dass Schorf entsteht? Ist der Azath nichts weiter als eine Art natürliches Immunsystem, wie unsere Körper es besitzen, um Krankheiten zu bekämpfen?«

»Das Ausmaß deines Wissens ist beeindruckend, Schneller Ben.«

»Das hat nichts zu bedeuten. Die Gewirre waren K'ruls größtes Opfer – sein eigenes Fleisch, sein eigenes Blut. Aber das gilt nicht für die *Älteren* Gewirre – das sollen wir zumindest glauben. Wessen Adern wurden geöffnet, um sie zu erschaffen, Cotillion?«

»Ich wollte, ich wüsste es. Nein, ich glaube, lieber doch nicht. Ich bezweifle allerdings, dass es in irgendeiner Weise wichtig ist. Reagiert der Azath einfach nur auf einen Schaden, oder steckt eine lenkende Intelligenz hinter seinen Handlungen? Ich kann dir keine Antwort geben. Ich glaube nicht, dass überhaupt jemand es kann. Spielt es denn wirklich eine Rolle?«

»Um ehrlich zu sein – ich weiß es nicht. Aber etwas nicht zu wissen macht mich nervös.«

»Ich habe einen Schlüssel für dich«, sagte Cotillion ein paar Herzschläge später. Trull Sengar und Onrack kamen jetzt auf sie zu. »Für euch drei, genauer gesagt. Wenn ihr ihn wollt.«

»Haben wir denn eine Wahl?«

»Die beiden nicht«, sagte Cotillion und nickte in Richtung des Tiste Edur und des T'lan Imass. »Und sie könnten deine Hilfe brauchen.«

»Das war auch bei Kalam Mekhar der Fall«, sagte der Schnelle Ben. »Ganz zu schweigen von Mandata Tavore.«

»Sie haben überlebt«, erwiderte Cotillion.

»Da könnt Ihr nicht sicher sein – nicht bei Kalam. Ihr könnt nicht hundertprozentig sicher sein, stimmt's?«

»Er war noch am Leben, als das Totenhaus ihn sich geholt hat.«

»Das behauptet Schattenthron.«

»Er würde nicht lügen.«

Der Magier stieß ein bitteres Lachen aus.

»Kalam lebt noch, Schneller Ben. Das Totenhaus hat ihn, und dort ist er dem Zugriff der Zeit entzogen. Dennoch wird er heilen. Das Gift wird abgebaut werden, wird allmählich unwirksam werden. Schattenthron hat dem Assassinen das Leben gerettet …«

»Warum?«

»Nun, das ist eine Frage, die schwieriger zu beantworten ist«, räumte Cotillion ein. »Vielleicht einfach, um Laseen die Stirn zu bieten, und du solltest nicht überrascht sein, wenn das sein einziger Grund ist. Für Schattenthron reicht er, glaub mir.« *Und sei froh, Ben Adaephon Delat, dass ich dir seinen wahren Grund nicht nenne.*

Trull Sengar und Onrack traten nun zu ihnen. Der Tiste Edur hatte seinen neuen, mit einer Steinspitze versehenen Speer auf dem Rücken befestigt; gegen die Kälte trug er einen langen, dunkel burgunderrot gefärbten Wollumhang – einen der nützlicheren Schätze, die sie in dem Langhaus gefunden hatten. Zusammengehalten wurde er von einer auserlesenen silbernen Spange, die eine Art stilisierten Hammer darstellte. Die skelettartige Gestalt von Onrack dem Zerbrochenen war so übel zugerichtet, eingedellt und zerbrochen, dass es ein Wunder war, dass der Krieger immer noch an einem Stück war.

»Dieser See, Gott«, sagte der T'lan Imass. »Das gegenüberliegende Ufer …«

»Was ist damit?«

»Es existiert nicht.«

Cotillion nickte.

»Wie kann das sein?«, fragte Trull Sengar. »Onrack sagt, auf der anderen Seite ist kein Tor. Da ist einfach überhaupt nichts.«

Cotillion strich sich durch die Haare, kratzte sich dann das Kinn – und stellte bei dieser Gelegenheit fest, dass er sich wieder einmal rasieren musste – und blickte auf den See hinaus. »Die andere Seite ist … unentschlossen.«

»Was soll das bedeuten?«, wollte der Schnelle Ben wissen.

»Um das voll und ganz zu verstehen, wirst du hingehen müssen, Magier. Ihr alle drei – das ist der Pfad für eure Reise. Und ihr müsst bald aufbrechen.«

»Vergebt uns, wenn wir davon nicht sonderlich begeistert sind«, sagte der Tiste Edur trocken. »Der letzte Alptraum, in den Ihr uns geschickt habt, hat ziemlich widerwillige Abenteurer aus uns gemacht. Wir brauchen einen besseren Grund, Cotillion.«

»Das kann ich mir vorstellen.«

»Wir warten«, sagte der Schnelle Ben und verschränkte die Arme.

»Ich kann euch leider nicht helfen. Jede Erklärung, an der ich mich versuche, wird eure Wahrnehmung dessen beeinflussen, was ihr am Ende eurer Reise finden werdet. Und das darf nicht geschehen, denn die Art, wie ihr wahrnehmt, wird die Wirklichkeit, die euch erwartet, formen und tatsächlich bestimmen.« Er seufzte noch einmal. »Ich weiß, dass das nicht sehr hilfreich ist.«

»Dann ruft Schattenthron herbei«, sagte Trull Sengar. »Vielleicht kann er es besser.«

Cotillion zuckte die Schultern und nickte dann.

Ein Dutzend Herzschläge später erschien in ihrer Mitte ein größtenteils formloser Schatten, aus dem ein knorriger Spazierstock am Ende eines dürren Arms ragte. Der Gott schaute sich um, blickte dann nach unten und stellte fest, dass er sich im knöcheltiefen Wasser befand. Zischend hob Schattenthron die ausgefransten Enden seines Umhangs und stolzierte aufs trockene Land. »Oh, war das nicht lustig?«, krähte er. »Ihr seid alles Wichte. Was wollt ihr? Ich bin beschäftigt. Versteht ihr? Beschäftigt.«

Onrack deutete mit einem Knochenarm hinaus auf den See. »Cotillion will uns über dieses Wasser schicken, auf eine Mission, die er nicht erklären will. Und deshalb wenden wir uns an dich, Formloser, damit du uns sagst, was er nicht sagen will.«

Schattenthron kicherte.

Cotillion blickte beiseite. Er ahnte, was jetzt kommen würde.

»Ich bin hocherfreut, das zu tun, Knochiger. Ich antworte folgendermaßen: Es ist, wie Cotillion vermutet. Der Hahn ist vor Kummer gestorben.«

Der Schnelle Ben fluchte, als Schattenthron sich in einem Wirbel von Schatten auflöste.

Cotillion wandte sich ab. »Vor dem Langhaus sind Vorräte. Wenn ihr hierher zurückkehrt, wird ein Boot bereit sein. Verabschiedet euch so kurz wie möglich von Minala und den Kindern. Der Weg, der vor euch liegt, ist lang und beschwerlich, und uns läuft die Zeit davon.«

Die *Unvergängliche Dankbarkeit* krängte hart nach Steuerbord, und die Böe roch bitter nach Eis. Während die Mannschaft mit der unerwarteten Böe kämpfte, kletterte und zog sich der Erste Maat Skorgen Kaban über das Achterdeck in Richtung des Steuerruders, an dem Shurq Elalle mit weit gespreizten Beinen und durch ein ledernes Wehrgehänge gesichert stand.

Die fallenden Temperaturen schienen ihr nichts auszumachen, und der böige Wind hatte ihr noch nicht einmal einen Hauch Farbe auf die Wangen gezaubert. In der Tat, eine unheimliche Frau. Unheimlich, unersättlich, unirdisch – sie war wie eine Seegöttin aus früheren Tagen, ein bezaubernder Sukkubus, der sie alle ins Verderben lockte – aber nein, das war kein guter Gedanke. Jetzt nicht … überhaupt niemals. Oder zumindest nicht, solange er mit ihr segelte.

»Kapitän! Das wird knapp – diese Eisberge rücken auf den Einschnitt zu, vielleicht schneller als wir! Im Namen des Abtrünnigen, wo kommen die bloß her?«

»Wir werden es schaffen«, behauptete Shurq Elalle. »Wir kommen in den Windschutz der Insel – die Nordwestküste wird platt gemacht werden. Ich wäre verblüfft, wenn die Wälle der Zitadelle auf jener Seite das, was da im Anmarsch ist, überleben sollten. Schau dir den Finger an, mein Hübscher, da sind nur noch Fänge aus Eis – wo auch immer das alles herkommt, es verschlingt die ganze Küste.«

»Verdammt kalt ist es«, knurrte Skorgen. »Vielleicht sollten wir wenden, Kapitän. Die Flotte hat uns nie verfolgt – wir könnten uns in Richtung der Lether-Mündung …«

»Und verhungern, bevor wir auch nur den halben Weg hinter uns gebracht haben. Nein, mein Hübscher, das Fort der Zweiten Jungfrau ist jetzt ein unabhängiger Staat, und das finde ich ziemlich reizvoll. Außerdem bin ich neugierig. Du etwa nicht?«

»Nicht genug, um zu riskieren, von diesen weißen Kiefern zermalmt zu werden, Kapitän.«

»Wir werden es schaffen.«

Die Spitzen der sich hebenden und senkenden Eisberge hatten die Farbe von altem Leder, und ihre dräuende Front war ein Konglomerat aus sich heftig bewegenden Bruchstücken aus Eis, Baumwurzeln, zerschmetterten Baumstämmen und großen, zerbrochenen Felsbrocken, die dem Sog der Tiefe zu trotzen schienen – zumindest lange genug, um kurz über der Wasseroberfläche aufzutauchen, wie die vordere Kante eines Bergrutsches, die ein Stück weit über die Oberfläche des Tumults weiterrollte, ehe sie widerstrebend in den Meerestiefen versank.

Die heranbrandenden Eisberge schoben Nebelschwaden vor sich her, die verfaulten Vorhängen gleich herantaumelten, hin und her geweht und zerfetzt von wilden Windböen, und Shurq Elalle, die nach achtern blickte, schaute zu, wie der Mahlstrom in ihrem Kielwasser sich hob. Er holte auf, aber nicht schnell genug; in wenigen Augenblicken hätten sie die felsige Landspitze der Insel umrundet, die stark genug wirkte, um das Eis zu Seite ablenken zu können.

Zumindest hoffte sie das. Wenn nicht, war der Hafen, der zum Fort der Zweiten Jungfrau gehörte, zum Untergang verdammt. *Genau wie mein Schiff und meine Mannschaft.* Was sie selbst betraf, nun, wenn sie es schaffte, sich nicht zermalmen zu lassen oder irgendwo festzufrieren, würde sie vermutlich einen Weg finden, vielleicht könnte sie das Eis sogar für den langen Fußmarsch zum Festland nutzen.

Dazu wird es nicht kommen. Inseln werden nicht beiseitegeschoben. Begraben vielleicht, aber dann wird sich das alles bei Fenthing aufstauen – was uns hier jagt, ist nur ein Ausläufer, und er wird schon bald mit den Gezeiten zu kämpfen haben. Beim Abtrünnigen, wenn ich mir vorstelle, was wohl mit dem Heimatland der Edur passiert ist – es muss die ganze Küste in Stücke gehauen haben – oder sie wurde ganz verschluckt. Ich frage mich nur, was den Damm gebrochen haben mag …

Ächzend umrundete die *Unvergängliche Dankbarkeit* die Landzunge – und schlagartig ließ der Wind nach, als das Schiff in den von hohen Mauern umgebenen Hafen einlief. Eine Gefängnisinsel, in der Tat – alles, was darauf hindeutete, war noch da: die mächtigen Befestigungsanlagen, die Türme, die sowohl seewärts als auch landeinwärts ein freies Blick- und Schussfeld boten. Überall, wo Platz war, waren große Ballisten, Mangonels und Skorpione aufgestellt, und im Hafen selbst gab es mit Signalflaggen geschmückte Miniaturforts auf Felsblöcken, an denen schnelle Zehn-Mann-Galeeren vertäut waren.

Ein Dutzend Schiffe lagen im kabbeligen Wasser vor Anker. Auf den Docks rannten winzige Gestalten in alle Richtungen, wie Ameisen in einem Nest, dem man einen Tritt verpasst hatte. »Mein Hübscher, lass uns da drüben, hinter der merkwürdig aussehenden Dromone vor Anker gehen. Sieht aus, als würde uns niemand sonderlich viel Beachtung schenken – hörst du das Tosen? Das ist das Eis, das gegen die Nordwestküste brandet.«

»Die ganze verdammte Insel könnte untergehen, Kapitän.«

»Deshalb bleiben wir an Bord – damit wir sehen können, was passiert. Ich will, dass wir bereit sind, falls wir womöglich nach Osten abhauen müssen.«

»Seht, da kommt ein Hafenleichter in unsere Richtung.«

Verdammt. »Typisch. Alles fällt in sich zusammen, aber das hält die Gebühreneintreiber nicht auf. In Ordnung, lass sie an Bord kommen.«

Der Anker war längst ins Wasser gerasselt, als der Leichter längsseits ging. Zwei offiziell wirkende Frauen kamen an Bord geklettert, die eine groß, die andere klein. Letztere sprach als Erste: »Wer ist hier der Kapitän, und wo kommt ihr her?«

»Ich bin Kapitän Shurq Elalle. Wir kommen aus Letheras. Waren zwanzig Monate auf See und haben den Laderaum voller Waren.«

Die große Frau – dünn, blass, mit strähnigen blonden Haaren – lächelte. »Sehr entgegenkommend von dir, meine Liebe. Und wenn du jetzt bitte so nett wärst – Kurz hier wird runter in den Laderaum gehen und eure Fracht inspizieren.«

Kurz, die kleine, dunkelhaarige Frau, sagte: »Und Kernig hier wird die Liegeplatzgebühren einziehen.«

»Fünfzehn Stummel pro Tag.«

»Das ist ein bisschen unverschämt.«

»Tja«, sagte Kernig mit einem schiefen Schulterzucken, »es sieht so aus, als ob die Tage dieses Hafens hier gezählt wären. Da müssen wir zusehen, dass wir noch kriegen, was wir können.«

Kurz starrte mittlerweile stirnrunzelnd Shurqs Ersten Maat an. »Du bist doch wohl nicht Skorgen Kaban, der Hübsche, oder?«

»Doch, das bin ich.«

»Ich habe zufällig das Auge, das du verloren hast, Skorgen. In einem Krug.«

Skorgen schaute kurz düster zu Shurq Elalle, ehe er sagte: »Du und noch ungefähr fünfzig andere Leute.«

»Was? Aber ich hab ’ne Stange Geld dafür bezahlt! Wie viele Leute verlieren ein Auge, wenn sie niesen? Beim Abtrünnigen, du bist berühmt!«

»Beim Niesen, ja? Das hast du gehört? Und du hast es geglaubt? Bei den Geistern der Tiefe, Mädchen – sag, wie viel hast du dem Gauner bezahlt?«

»Du und deine Freundin, ihr könnt gerne die Ladung inspizieren«, sagte Shurq zu Kernig, »aber wenn wir sie nicht löschen, ist damit dann auch Schluss, und ob wir sie löschen oder nicht, hängt davon ab, was eure Käufer bezahlen wollen.«

»Ich werde es dir beweisen«, sagte Kurz und stapfte auf Skorgen Kaban zu. »Es passt genau – das kann ich schon von hier aus sagen.«

»Es kann gar nicht passen«, antwortete der Erste Maat. »Das Auge, das ich verloren habe, hatte eine andere Farbe als das hier.«

»Du hattest verschiedenfarbige Augen?«

»Das stimmt.«

»Das gilt bei Seeleuten als Fluch.«

»Vielleicht ist das der Grund, warum es nicht mehr da ist.« Skorgen wies mit einem Nicken auf die in der Nähe ankernde Dromone. »Wo kommt das Ding her? So eine habe ich noch nie gesehen. Außerdem sieht es so aus, als ob sie die eine oder andere Auseinandersetzung mitgemacht hätte.«

Kurz zuckte die Schultern. »Fremde. Ein paar kommen ...«

»Das reicht«, unterbrach Kernig sie. »Schau dir die Ladung an, mein Liebling. Die Zeit verrinnt.«

Nach dem eigentümlichen Wortwechsel wandte Shurq Elalle sich um und musterte das fremde Schiff ein bisschen genauer. Und kam zu dem Schluss, dass Wind und Wetter der Dromone ziemlich übel mitgespielt hatten. Aber das eine Auge ihres Ersten Maats war tatsächlich scharf: Das Schiff war in einen Kampf verwickelt gewesen, einen, bei dem Zauberei zum Einsatz gekommen war. Schwarze, verbrannte Streifen zogen sich wie ein aufgemaltes Netz in einem Gittermuster über den Rumpf. *Verdammt viel Zauberei. Das Schiff sollte eigentlich als Anmachholz dienen.*

»Hör doch«, sagte Kernig und blickte in Richtung des Inselinnern. »Sie schlagen es zurück – genau wie sie gesagt haben.«

Die sich entwickelnde Katastrophe schien dort drüben, auf der anderen Seite der Insel, wo Wolken aus Eiskristallen sich himmelwärts wölbten, einen raschen Tod zu sterben. Shurq Elalle drehte sich erneut um, so dass sie an der Landzunge vorbei auf das Meer im Süden hinausblicken konnte. Eis, das wie ein gewaltiger gefrorener See aussah, staute sich im Kielwasser der gewaltigen Vorhut, die so kurz davor gewesen war, die *Unvergängliche Dankbarkeit* in ein Wrack zu verwandeln. Aber sein Schwung löste sich rasch auf. Eine warme Windböe strich von hinten über das Deck.

Skorgen Kaban gab ein Brummen von sich. »Und wie viele Opfer haben sie für diese Beschwichtigung von der Klippe gestoßen?« Er lachte. »Andererseits dürfte hier ja kein Mangel an Gefangenen herrschen!«

»Auf dieser Insel gibt es keine Gefangenen«, sagte Kernig. Ihr Gesicht nahm einen hochmütigen Ausdruck an, während sie die Arme verschränkte. »Blutopfer hätten sowieso nichts genützt, du ungebildeter Dummkopf – schließlich ist es einfach nur Eis. Die großen Eisflächen im Norden sind auseinandergebrochen und haben sich in Bewegung gesetzt – ja, vor gerade mal einer Woche haben wir hier noch ordentlich geschwitzt, und das gibt's auf der Zweiten Jungfrau eigentlich nie. Ich muss das wissen, denn ich bin hier geboren.«

»Deine Eltern waren Gefangene?«

»Hast du nicht gehört, was ich gesagt habe, Skorgen Kaban? Auf dieser Insel gibt es keine Gefangenen …«

»Seit ihr eure Gefängniswärter rausgeworfen habt, meinst du.«

»Das reicht«, sagte Shurq Elalle, die sah, dass Kernigs Verärgerung noch um ein paar Grade zunahm – und sie war bereits ziemlich groß. »Die Zweite Jungfrau ist jetzt unabhängig, und das nötigt mir grenzenlose Bewunderung ab. Sag mir, wie viele Edur-Schiffe haben eure Insel während der Invasion angegriffen?«

Kernig schnaubte. »Sie haben einen Blick auf die Befestigungsanlagen geworfen und kurz an den Magiern geschnüffelt, die wir auf die Mauern gestellt hatten, und haben dann einen Bogen um uns gemacht.«

Die Augenbrauen des Kapitäns hoben sich ein Stückchen. »Ich habe gehört, es hätte einen Kampf gegeben.«

»Hat es auch. Als unsere glorreiche Befreiung verkündet wurde. Kurz nach den schrecklichen Unfällen, denen unsere Direktorin und ihre Kumpane zum Opfer gefallen sind.«

»Unfälle, ha! Der war gut.«

Shurq Elalle warf ihrem Ersten Maat einen finsteren Blick zu, aber wie die meisten Männer war er für so eine wortlose Warnung unempfänglich.

»Ich werde die fünfzehn Stummel jetzt mitnehmen«, sagte Kernig kühl. »Sowie die fünf Stummel Landganggebühren, da ich annehme, dass ihr an Land kommen werdet, um Vorräte zu kaufen oder eure Fracht zu verkaufen oder beides.«

»Von den fünf Stummel hast du aber …«

»Mein Hübscher«, unterbrach ihn Shurq Elalle, »geh runter, und sieh nach Kurz – vielleicht hat sie ja Fragen, was unsere Waren angeht.«

»In Ordnung, Kapitän.« Nach einem letzten düsteren Blick auf Kernig humpelte er zur Luke.

Kernig sah Shurq Elalle einen Herzschlag lang argwöhnisch an, ließ dann den Blick über die anderen Seeleute schweifen. »Ihr seid Piraten.«

»Mach dich nicht lächerlich. Wir sind unabhängige Händler. Auf eurer Insel gibt es keine Gefangenen, auf meinem Schiff gibt es keine Piraten.«

»Was willst du mit dieser Feststellung andeuten?«

»Nun, wenn ich irgendetwas angedeutet hätte, hättest du es offensichtlich nicht mitbekommen. Ich gehe davon aus, dass du nicht der Hafenmeister bist, sondern einfach nur eine von denen, die Gebühren eintreiben.« Sie drehte sich um, als erst Skorgen und dann Kurz wieder an Deck kamen. Die Augen der kleinen Frau leuchteten.

»Kernig, die haben vielleicht Zeug!«

»Na, das ist mal ein knapper Bericht«, sagte Shurq Elalle. »Kurz, teile dem Hafenmeister mit, dass wir einen Liegeplatz an einem der steinernen Piers wollen, um unsere Ladung leichter löschen zu können. Außerdem könnte es sich als … lohnend erweisen, einen Boten zu den in Frage kommenden Käufern zu schicken.« Sie schaute kurz Kernig an, blickt wieder weg, als sie fortfuhr: »Was weitere Liege- und Landungsgebühren angeht, werde ich das mit dem Hafenmeister persönlich abwickeln, sobald ich seine Provision mit ihm ausgehandelt habe.«

»Du hältst dich wohl für schlau, was?«, schnappte Kernig. »Ich hätte einen Trupp Wächter mitbringen sollen – wie hätte dir das gefallen, Kapitän? Die hier und da ein bisschen rumgestochert und sich die Sachen so richtig angeschaut hätten. Wie hätte dir das gefallen?«

»Kurz, wer herrscht über die Zweite Jungfrau?«, fragte Shurq Elalle.

»Triller Brullyg, Kapitän. Er ist der Großmeister der Vermeintlichen Versammlung.«

»Die Vermeintliche Versammlung? Bist du dir sicher, dass du da das richtige Wort gebraucht hast, Mädchen? Vermeintlich?«

»Das habe ich gesagt, ja. Das stimmt doch, oder, Kernig?«

»Kapitän Elalle glaubt, sie wäre schlau, aber so schlau ist sie gar nicht, stimmt's? Warte mal ab, bis sie Triller Brullyg begegnet, da wird sie vielleicht überrascht sein …«

»Eigentlich nicht«, sagte Shurq. »Zufällig kenne ich Triller Brullyg. Ich weiß sogar, für welches Verbrechen er verurteilt wurde. Überraschend ist für mich nur, dass er noch am Leben ist.«

»Niemand bringt Triller Brullyg so leicht um«, sagte Kernig.

Einer aus der Mannschaft fing an zu lachen, verwandelte das Lachen jedoch rasch in ein Husten.

»Wir warten auf die Antwort des Hafenmeisters«, sagte Shurq Elalle.

Kernig und Kurz kehrten zu ihrem Leichter zurück, und die Erstere griff zu den Riemen.

»Merkwürdige Frauen«, murmelte Skorgen Kaban, während sie dem sich entfernenden Boot hinterherschauten.

»Eine Insel voller eingeborener Gefangener«, antwortete Shurq leise. »Bist du tatsächlich überrascht, mein Hübscher? Und als wenn das noch nicht reichen würde, herrscht über den Haufen auch noch ein reinrassiger Triller – der zufälligerweise vollkommen verrückt ist. Ich sage dir, unser Aufenthalt hier dürfte sich als sehr interessant erweisen.«

»Ich hasse es, wenn Dinge interessant sind.«

»Und vermutlich auch einträglich.«

»Oh, gut. Ich mag Dinge, die einträglich sind. Solange die Dinge einträglich sind, kann ich auch schlucken, dass sie interessant sind.«

»Sorg dafür, dass die Mannschaft bereit ist, den Anker einzuholen. Ich glaube nicht, dass wir allzu lange warten müssen, bis wir die Signalflagge des Hafenmeisters zu sehen bekommen.«

»Alles klar, Kapitän.«

Udinaas saß da und schaute zu, wie sie ihr Schwert putzte und einölte. Ein Edur-Schwert, das ihr von einem Krieger aus dem Volk der Tiste Edur überreicht worden war. Alles, was sie jetzt noch brauchte, war ein Haus, damit sie das verdammte Ding vergraben konnte. Oh, ja, und natürlich die schicksalhafte Rückkehr des zukünftigen Ehemannes. Nun, vielleicht bedeutete es ja auch gar nichts; vielleicht war es nur eine hilfreiche Geste von einem von Forchts Brüdern gewesen – von dem einzigen der Sengar-Brüder, den Udinaas tatsächlich respektierte. Vielleicht, vielleicht auch nicht.

Der unaufhörliche Singsang summte durch die steinernen Wände, ein Geräusch, das sogar noch schlimmer war als das ungeschliffene Wehklagen der weiblichen Edur bei Trauerfeiern. Die Onyx-Magier berieten sich. Wenn diese Behauptung richtig war, dann war die priesterliche Version ihrer Sprache unverständlich und hatte nichts von dem Rhythmus, den man normalerweise in Gesang und Rede finden konnte. Und wenn es nichts weiter war als ein Gesang, konnten sich die alten Narren noch nicht einmal auf das Tempo einigen.

Und er hatte die Tiste Edur schon merkwürdig gefunden. Dabei waren sie nichts im Vergleich zu diesen Tiste Andii, die den mürrischen Blick zu einem unmenschlichen Extrem gesteigert hatten.

Was allerdings auch kein Wunder war. Die Andara war ein bröckelndes Schwarzsteinbauwerk am Fuß einer mit Abfall übersäten Schlucht. So abgeschieden wie ein Gefängnis. Die Wände der Klippe waren von Höhlen durchlöchert und mit unregelmäßigen Räumen gesprenkelt, aufgereiht wie gigantische zerplatzte Blasen entlang sich windender Tunnel. Es gab bodenlose Gruben, Sackgassen und Durchgänge, die so steil waren, dass man Strickleitern einsetzen musste, um sie zu benutzen. Ausgehöhlte Türme ragten wie umgekehrte Spitztürme aus massivem Grundgestein, während sich schmale Brücken aus weißem Bimsstein – in amorphe Formen gehauen und ohne Mörtel eingesetzt – im Bogen über unterirdische Klüfte spannten. An einem Ort gab es einen See aus erstarrter Lava, dessen Oberfläche glatter war als vom Wind blank geschliffenes Eis, und das Obsidian war von roten Adern durchzogen. Und das war das Zimmer des Versammelns, wo sich alle Einwohner treffen konnten – barfuß –, um Zeuge des endlosen Gezänks der Traummeister zu werden, die ansonsten als Onyx-Magier bekannt waren.

Die Meister des Felsens, der Luft, der Wurzel, des Dunklen Wassers und der Nacht. Fünf Magier insgesamt, die sich über die Anordnung der feierlichen Umzüge stritten, über die Hierarchien der Sühne, die angemessene Saumlänge der Onyxroben und der Abtrünnige wusste, worüber sonst noch. Bei diesen halbverrückten Neurotikern wurde aus jedem Häuflein zusammengeschobenem Stoff eine Masse aus Falten und Kniffen.

Nach allem, was Udinaas mitbekommen hatte, waren nicht mehr als vierzehn der ungefähr fünfhundert Bewohner – neben den Magiern selbst – reinblütige Tiste Andii, und von denen hatten nur drei jemals das Tageslicht gesehen – das sie drolligerweise *die blinden Sterne* nannten –, waren nur drei jemals zu der Welt dort oben emporgeklettert.

Kein Wunder, dass sie alle den Verstand verloren hatten.

»Woher kommt es wohl«, fragte Udinaas, »dass es manchmal mehr wie Weinen klingt, wenn Leute lachen?«

Seren Pedac blickte von dem Schwert auf, das quer über ihren Oberschenkeln lag, einen ölverschmierten Lappen in den langfingrigen Händen. »Ich höre niemanden lachen. Oder weinen.«

»Ich habe nicht notwendigerweise laut gemeint«, antwortete er.

Ein Schnauben von Forcht Sengar, der auf einer Steinbank unweit der Türöffnung saß. »Die Langeweile raubt dir noch die letzten Fitzelchen geistiger Gesundheit, Sklave. Ich für meinen Teil werde sie nicht vermissen.«

»Die Magier und Silchas streiten sich wahrscheinlich über die Art deiner Hinrichtung, Forcht Sengar«, sagte Udinaas. »Immerhin bist du ihr am meisten verhasster Feind. Ein Kind des Verräters, Brut der Lüge und all so was. Es passt zu deiner großen Suche, zumindest für den Augenblick, stimmt's? In den Bau der Schlange – jeder Held muss das tun, richtig? Und wenige Augenblicke bevor das Verhängnis über dich kommt, zischt dein verzaubertes Schwert aus der Scheide, und böse Gefolgsleute sterben zu Dutzenden. Hast du dich jemals gefragt, wie die Nachwehen eines solchen Gemetzels wohl aussehen? Schreckliche Entvölkerung, auseinandergerissene Familien, weinende Säuglinge – und sollte die kritische Schwelle überschritten werden, dann ist die unausweichliche Auslöschung gewiss, schwebt wie ein grässliches Gespenst über ihnen. Oh, ja, ich habe als Kind meinen Anteil an heldenhaften Geschichten und Gedichten und dem ganzen Rest gehört. Aber ich habe immer angefangen, mir Gedanken zu machen … über die bösen Gefolgsleute, die Opfer jener strahlenden Helden und ihrer störrischen Rechtschaffenheit. Ich meine, jemand dringt in dein Versteck, dein geschätztes Heim ein – natürlich versuchst du da, ihn zu töten und zu essen. Wer würde das nicht tun? Da waren sie, alle auf ihre Weise gleich hässlich und verschlagen aussehend, mit ihren eigenen kleinen Leben beschäftigt, indem sie Schlingen flochten oder so was in der Art. Und dann der Schreck! Die Alarmglocken läuten! Die Eindringlinge sind irgendwie ihren Ketten entschlüpft, und in jedem Gang wütet der Tod!«

Seren Pedac schob das Schwert in die Scheide. »Ich glaube, ich würde gerne deine Version einer solchen Geschichte hören, Udinaas. Wie sie deiner Meinung nach ablaufen sollte. Zumindest wird so die Zeit schneller vergehen.«

»Ich möchte Kessels unschuldige Ohren lieber nicht versengen …«

»Sie schläft. Etwas, was sie in letzter Zeit sehr häufig tut.«

»Vielleicht ist sie krank.«

»Vielleicht weiß sie auch einfach nur, wie man abwartet«, antwortete die Freisprecherin. »Also los, Udinaas, wie läuft dein heldenhaftes Epos, deine überarbeitete Version, ab?«

»Nun, zunächst mal zur verborgenen Höhle der Bösen. Dort braut sich eine Krise zusammen. Alles, was ihnen wichtig war, ist durcheinandergeraten – ein früherer böser Herrscher, der keine Ahnung vom Verwalten hatte oder so. Und deshalb haben sie jetzt Verliese und raffinierte, aber letztlich nutzlose Foltergeräte. Sie haben Garkammern mit großen Kesseln, die auf menschliches Fleisch warten, um die Suppe zu versüßen – aber leider ist in letzter Zeit niemand vorbeigekommen. Schließlich hat die Höhle den Ruf, ein verfluchter Ort zu sein, von dem noch nie ein Abenteurer zurückgekehrt ist – was natürlich nichts als reichlich zweifelhafte Meinungsmache ist. Tatsächlich ist die Höhle ein guter Markt für die örtlichen Holzfäller und die Pech-Verschütter – ich meine, es gibt jede Menge große Herde und Fackeln und trübe Öllampen – das ist das Problem mit Höhlen – sie sind dunkel. Was noch schlimmer ist – alle da unten haben seit achthundert Jahren eine Erkältung. Wie auch immer, selbst ein Hort des Bösen unterliegt den Bedürfnissen eines annehmbaren Daseins. Gemüse, Scheffel mit Beeren, Gewürzen und Arzneien, Stoffe und Töpferwaren, Felle und gut abgekautes Leder, böse aussehende Hüte. Natürlich habe ich all die Waffen und die einschüchternden Uniformen noch nicht einmal erwähnt.«

»Du hast den Faden deiner Erzählung verloren, Udinaas«, bemerkte Seren Pedac.

»Das habe ich, und das ist auch ein wichtiger Punkt. So ist das Leben. Wir stolpern auf Abwege. Genau wie die bösen Gefolgsleute. Eine Krise – keine neuen Gefangenen, kein frisches Fleisch. Die Kinder hungern. Eine Katastrophe.«

»Und wie sieht die Lösung aus?«

»Na, sie erfinden eine Geschichte. Von einem magischen Gegenstand, der sich in ihrem Besitz befinden soll, etwas, um Narren in die Höhle zu locken. Das ist plausibel, wenn Ihr mal darüber nachdenkt. Jeder Angelhaken braucht einen sich windenden Wurm. Und dann haben sie einen aus ihrer Mitte erwählt, der die Rolle des Verrückten Meisters spielen sollte – desjenigen, der versucht, die unheilvolle Macht des magischen Gegenstands hervorzubringen und so ein Paradies belebter Leichname zu schaffen, die durch eine Sphäre aus Asche und verschmähten Abfällen stolpern. Also, wenn das nicht Helden in hellen Scharen herbeilockt, dann wird *nichts* irgendetwas bewirken.«

»Haben sie Erfolg?«

»Einige Zeit. Aber erinnert Euch an die nicht so recht durchdachten Foltergeräte. Es ist unvermeidlich, dass irgendein wagemutiger und glücklicher Narr freikommt, einem dösenden Wächter – oder auch dreien – den Schädel einschlägt – und das Chaos auslöst. Endloses Gemetzel – hunderte, dann tausende von unausgebildeten bösen Kriegern, die vergessen haben, ihre Schwerter zu schleifen … und über die Schilde aus Birkenrinde, die der bucklige Holzfäller ihnen verkauft hatte, breiten wir jetzt einfach mal den Mantel des Schweigens.«

Bei diesen Worten musste sogar Forcht Sengar lachen. »In Ordnung, Udinaas, du hast gewonnen. Ich glaube, im Grunde ist mir deine Version lieber.«

Udinaas war so verblüfft, dass es ihm für einen Moment die Sprache verschlug. Er sah Seren Pedac an, die lächelte und sagte: »Du hast deine wahre Begabung enthüllt, Udinaas. Also, der Held kommt frei. Was dann?«

»Der Held tut nichts dergleichen. Stattdessen holt er sich dort unten in den dunklen Tunneln eine Erkältung. Er schafft es allerdings nach draußen und zieht sich in eine nahe gelegene Stadt zurück, wo die Seuche, die er in sich trägt, sich verbreitet und alle Einwohner tötet. Und jahrtausendelang wird der Name des Mannes bei jenen über wie unter der Erde zum Fluch.«

Nach ein paar Herzschlägen meldete sich Forcht zu Wort: »Oh, sogar deine Version enthält eine unausgesprochene Warnung, Sklave. Und die sollte ich wohl deiner Meinung nach beachten – was mich zu einer ganz bestimmten Frage führt: Was kümmert dich mein Schicksal? Du nennst mich aufgrund all der Ungerechtigkeiten, die mein Volk dir angetan hat, deinen Feind, deinen lebenslangen Gegner. Willst du wirklich, dass ich deine Botschaft beachte?«

»Mach, was du willst, Edur«, erwiderte Udinaas, »aber mein Glaube ist tiefer, als du dir vorstellen kannst, und er geht in eine ganz andere Richtung, als du offensichtlich annimmst. Ich habe gesagt, dass der Held davonkommt, zumindest kurzfristig, aber ich habe nichts von seinen unglücklichen Gefolgsleuten, seinen tapferen Gefährten erzählt.«

»Die alle in der Höhle gestorben sind.«

»Ganz und gar nicht. Nach dem Gemetzel war frisches Blut dringend vonnöten. Sie wurden allesamt von den Bösen adoptiert, die nur in einem relativen Sinn böse waren, denn sie waren krank und elend und hungrig und nicht besonders helle. Jedenfalls wurde die Kultur der Höhle auf großartige Weise wiedergeboren, woraufhin dort die schönsten Kunstgegenstände und Schmuckstücke entstanden, die die Welt jemals gesehen hat.«

»Und was ist dann passiert?«, fragte Seren.

»Es blieb so, bis ein neuer Held gekommen ist, aber das ist eine andere Geschichte für eine andere Gelegenheit. Ich bin jetzt heiser vom Reden.«

»Die Frauen der Tiste Edur«, sagte Forcht Sengar daraufhin, »erzählen sich die Geschichte, dass Vater Schatten, Scabandari Blutauge, sich aus freiem Willen entschieden hat, zu sterben, um seine Seele für die Reise auf der Grauen Straße zu befreien – eine Reise auf der Suche nach Absolution, weil die Schuld, die er auf der Ebene der Kechra auf sich geladen hatte, so groß war.«

»Also das ist ja mal eine wirklich vorteilhafte Version.«

»Jetzt mangelt es *dir* an Feinsinn, Udinaas. Diese andere Deutung ist in sich allegorisch, denn in Wirklichkeit verkörpert sie *unsere* Schuld. An Scabandaris Verbrechen. Wir können die Taten von Vater Schatten nicht ungeschehen machen, und wir waren auch niemals in der Lage, ihm zu widersprechen. Er hat angeführt, die Edur sind gefolgt. Hätten wir uns ihm widersetzen können? Möglicherweise. Aber es ist nicht wahrscheinlich. Von daher lastet auf uns eine Schuld, die nicht gemildert werden kann, es sei denn auf allegorische Weise. Und so klammern wir uns an Legenden von Erlösung.«

Seren Pedac stand auf, ging zu ihrem Rucksack mit den Vorräten und legte das Schwert daneben. »Aber dies ist eine Geschichte, die sich die Frauen Eurer Stämme im Geheimen erzählt haben, Forcht. Lassen wir für den Augenblick mal die merkwürdige Tatsache, dass Ihr sie kennt, beiseite – wie kommt es, dass das Versprechen auf Erlösung nur den Frauen zukommt?«

»Die Krieger folgen einem anderen Pfad«, erwiderte Forcht. »Dass ich die Geschichte kenne – und die Wahrheit über Scabandari –, verdanke ich meiner Mutter, die die Tradition der Geheimhaltung abgelehnt hat. Uruth läuft vor dem Wissen nicht weg, und sie wollte, dass auch ihre Söhne es nicht tun ...«

»Und wie erklärst du dir dann Rhulad?«, fragte Udinaas.

»Reize ihn nicht«, sagte Seren Pedac zu dem Sklaven. »Rhulad ist verflucht. Durch das Schwert in seiner Hand, durch den Gott, der das Schwert gemacht hat.«

»Rhulad war jung«, sagte Forcht. Er rang unbewusst die Hände, während er auf den abgenutzten Fußboden des Zimmers starrte. »Man hätte ihn noch so viel lehren müssen. Er wollte ein großer Krieger werden, ein heldenhafter Krieger. Er hat sich im Schatten seiner drei älteren Brüder unwohl gefühlt, und das hat ihn überstürzt handeln lassen.«

»Ich glaube, der Gott hat ihn erwählt ... anstelle von Hannan Mosag«, sagte Udinaas. »Rhulad hatte keine Wahl.«

Forcht musterte Udinaas mehrere Herzschläge lang und nickte dann. »Wenn du das glaubst, dann bist du Rhulad gegenüber weitaus großzügiger als jeder Tiste Edur. Wieder und wieder verwirrst du mich, Udinaas.«

Udinaas schloss die Augen, lehnte sich mit dem Rücken an die raue Felswand. »Er hat mit mir gesprochen, weil ich ihm zugehört habe, Forcht. Ihr anderen habt euch diese Mühe nie gemacht – was nicht sonderlich überraschend ist, denn eure vielgerühmte Familienordnung war gerade zerschmettert worden. Eure kostbare Hierarchie war in Unordnung geraten. Wie erschreckend. Wie entsetzlich. Und während er nicht mit euch sprechen konnte, wart ihr eurerseits nicht gewillt, ihm zuzuhören. Er hat geschwiegen, und ihr wart taub für dieses Schweigen. Der typische Schlamassel – es tut mir nicht leid, dass ich keine Familie habe.«

»Du schiebst alle Verantwortung dem chaotischen Gott in die Schuhe.«

Udinaas öffnete die Augen. Er blinzelte kurz und lächelte dann. »Das wäre bei weitem zu vorteilhaft. Aber wenn ich Erlösung suchen würde, würde ich auf dieses Pferd aufspringen und das Tier die ganze Strecke reiten – bis zum Rand der Klippe, dann darüber hinaus … Amen.«

»Dann also … was?«

»Wo die Schuld liegt? Nun, woher soll ich das wissen? Ich bin einfach nur ein erschöpfter Sklave. Aber wenn ich Vermutungen anstellen müsste, dann würde ich mir als Erstes diese starre Hierarchie ansehen, die ich vorhin erwähnt habe. Sie hält alle gefangen, und alle sorgen dafür, dass auch alle anderen gefangen bleiben. Bis keiner von euch sich mehr bewegen kann, weder zur Seite noch aufwärts. Ihr könnt euch natürlich nach unten bewegen – ihr müsst nur etwas tun, das sonst niemandem gefällt. Missbilligung schmeißt jede Sprosse der Leiter raus – und schon geht's ab nach unten.«

»Das ist eben die Lebensweise der Tiste Edur«, schnaubte Forcht und blickte beiseite.

»Na schön«, sagte Udinaas seufzend, »lass mich dich etwas fragen. Warum wurde das Schwert nicht irgendeinem Letherii angeboten – einem hervorragenden Offizier einer Armee oder einem kaltblütigen Handelsherrn? Warum nicht Ezgara persönlich? Oder, sogar noch besser, seinem Sohn Quillas? Also bei dem waren doch Ehrgeiz und Dummheit im perfekten Gleichgewicht. Und wenn schon keinem Letherii, warum dann nicht einem Schamanen der Nerek? Oder einem Fent, oder einem Tarthenal? Natürlich waren all diese anderen, nun, waren diese Stämme größtenteils ausgelöscht – zumindest all ihre Tabus, Traditionen und Regeln aller Art, die dafür sorgen, dass die Leute nicht über die Stränge schlagen – alles weg, dank der Letherii.«

»Also gut«, sagte Seren Pedac, »warum nicht ein Letherii?«

Udinaas zuckte die Schultern. »Die hatten ganz offensichtlich die falschen unheilvollen Fehler. Der Angekettete hat die absolute Vollkommenheit der Tiste Edur erkannt – ihrer Politik, ihrer Geschichte, ihrer Kultur und ihrer politischen Lage.«

»Jetzt verstehe ich«, murmelte Forcht, der die Arme verschränkt hatte.

»Was verstehst du?«

»Warum Rhulad dich so geschätzt hat, Udinaas. Dich den ganzen Tag Fische entschuppen zu lassen war Vergeudung – wo du doch in Anbetracht deiner Intelligenz und deines Weitblicks stolz auf dem Thron eines jeden Königreichs sitzen könntest.«

Das Grinsen des Sklaven war voller Bosheit. »Verdammt sollst du sein, Forcht Sengar.«

»Wieso fühlst du dich angegriffen?«

»Du hast gerade das entscheidende Argument sowohl für als auch gegen die Sklaverei vorgebracht. Ich war vergeudet, ja? Oder aus Notwendigkeit fest unter dem Joch. Wenn zu viele Leute wie ich frei rumlaufen, kann kein Herrscher, ob Tyrann oder nicht, mehr sicher auf seinem Thron sitzen. Wir würden die Dinge aufwühlen, wieder und wieder. Wir würden in Frage stellen, Einspruch erheben, uns widersetzen. Dadurch, dass wir aufgeklärt sind, würden wir das größte Chaos heraufbeschwören. Und deshalb schieb einen weiteren Korb mit Fischen hier rüber, Forcht, das ist besser für uns alle.«

»Außer für dich.«

»Nein, sogar für mich. Auf diese Weise bleibt all mein Scharfsinn kraftlos, bleibt er harmlos für alle und daher auch ganz besonders für mich – sonst würden meine hochfliegenden Ideen womöglich noch eine Sturzflut aus Blut auslösen.«

Seren Pedac gab einen überraschten Laut von sich. »Du hast Angst vor deinen eigenen Ideen, Udinaas?«

»Die ganze Zeit, Freisprecherin. Ihr nicht?«

Sie sagte nichts.

»Hört mal«, sagte Forcht. »Der Gesang hat aufgehört.«

Wie üblich endete die Debatte damit, dass alle verloren. Der Zusammenprall halsstarriger Auffassungen erzeugte keine Harmonie, sondern nur Erschöpfung und einen Schmerz im Hinterkopf. Clip, der in der Düsternis auf der obersten Stufe saß, von der aus man die lächerlicherweise als solche bezeichnete Scheibe der Übereinstimmung sehen konnte, hatte die Füße auf die nächst niedrigere Bank gestellt und bemühte sich, vollends wach zu werden, während sich dort unten die fünf finster dreinblickenden Onyx-Magier alle gleichzeitig Silchas Ruin zuwandten.

Ordant Brid, der Traummeister des Felsens, der Clip losgeschickt hatte, um diese furchtbaren Wanderer hierher zu holen, ergriff als Erster das Wort. »Silchas Ruin, Bruder im Blute unseres Schwarzen Geflügelten Herrn, wir wissen, was Ihr sucht.«

»Dann wisst Ihr auch, dass Ihr Euch mir nicht entgegenstellen solltet.«

Bei diesen kalten Worten setzte Clip sich aufrechter hin.

»Das ist genau das, wovor ich gewarnt habe!«, schrie Rin Varalath, der Traummeister der Nacht, mit seiner schrillen und zugleich kratzigen Stimme. »Er taucht hier auf wie ein Gigant der Vernichtung! Welcher von den Brüdern wurde mit dem größeren Anteil an Bedachtsamkeit und Weisheit beschenkt? Nun, die Antwort ist offensichtlich!«

»Beruhige dich«, sagte Penith Vinandas.

Clip lächelte in sich hinein und fragte sich dabei einmal mehr, ob der Aspekt der Träume die Persönlichkeit ihrer Meister – oder im Falle Peniths, ihrer Meisterin – gestaltete. Oder war es andersherum? Natürlich würde die Meisterin der Wurzel zur Ruhe raten, zur Beruhigung der wilden Willenskräfte, denn sie war ganz gewiss zutiefst … *verwurzelt.*

»Ich bin ruhig!«, zischte Rin Varalath. Er deutete mit einem Finger auf Silchas Ruin. »Wir dürfen dem da nicht nachgeben, sonst wird alles, was wir erreicht haben, über uns zusammenstürzen. Das Gleichgewicht ist das Einzige, was uns am Leben erhält, und ihr alle wisst das. Und wenn ihr es nicht wisst, habt ihr euch mehr verirrt, als ich mir das jemals vorgestellt habe.«

Draxos Hulch, der Traummeister des Dunklen Wassers, sprach in seinem tiefen Bariton. »Die Sachlage, werte Mitmagier, steht weit weniger zur Debatte, als ihr vielleicht hofft. Es sei denn, wir können diesem Krieger die Art unseres Kampfs und das unbehagliche Gleichgewicht erklären, das wir erst kürzlich erreicht haben.«

»Warum sollte er daran interessiert sein?«, fragte Rin Varalath. »Es bedeutet ihm nichts, wenn das alles hier zusammenbricht. Er wird weitergehen, achtlos – unser Tod wird bedeutungslos sein, soweit es ihn betrifft.«

Silchas Ruin seufzte. »Es ist nicht so, dass mir nicht bewusst wäre, welche Schlacht Ihr hier geschlagen habt, Magier. Aber Ihr verdankt Euren

Erfolg einzig und allein der unvermeidlichen Auflösung des Jaghut-Rituals.« Er ließ den Blick über die Gesichter vor ihm schweifen. »Ihr habt Omtose Phellack nichts entgegenzusetzen, wenn – wie in diesem Fall – derjenige, der sich des Gewirrs bedient hat, kein anderer als Gothos war. Jedenfalls ist das Gleichgewicht, das ihr erreicht zu haben glaubt, eine Illusion. Das Ritual versagt. Eis, das in Schach gehalten, das auf ewig festgehalten wurde, ist wieder in Bewegung geraten. Es wankt in der Wärme dieses Zeitalters, doch sein Masse ist so gewaltig, dass es selbst geschmolzen große Veränderungen nach sich ziehen wird. Was die Gletscher angeht, die sich in den höchsten Bereichen der Berge von Blaurose befinden – die im Norden –, nun, die haben bereits zu wandern begonnen. Ohne Rücksicht auf den Angriff des fernen Ozeans ziehen sie Macht aus einem eigensinnigen Strom kalter Luft. In diesen Gletschern befindet sich noch immer der Speer des Rituals, und schon bald wird er auf Euer Herz zielen, Magier. Die Andara ist zum Untergang verurteilt.«

»Die Andara kümmert uns nicht«, sagte Gestallin Aros, der Traummeister der Luft. »Das Gleichgewicht, von dem Ihr sprecht, ist nicht das, das uns wichtig ist. Silchas Ruin, das Ritual des Jaghut hat sich nur in der Weise des Eises bedient, wie Feuer sich des Holzes bedient – es war das Mittel, um ein ganz bestimmtes Ziel zu erreichen, und dieses Ziel bestand darin, die Zeit einzufrieren. Und das Leben. Und den Tod.«

Clip musterte Silchas Ruin genauer, als der Albino langsam den Kopf schief legte und sagte: »Ihr sprecht von einem anderen Versagen, doch die beiden sind miteinander verbunden …«

»Das wissen wir«, unterbrach ihn Ordant Brid. Und fügte mit einem dünnen Lächeln hinzu: »Vielleicht besser als Ihr. Ihr sprecht von einem Speer aus Eis, vom innersten Kern von Omtose Phellack, der immer noch lebendig, immer noch mächtig ist. Dieser Speer wirft einen Schatten, Silchas Ruin, und in diesem Schatten werdet Ihr finden, was Ihr sucht. Allerdings nicht, wie ich glaube, in der Art, in der Ihr Euch das wünscht.«

»Erklärt mir das genauer.«

»Das werden wir nicht«, schnappte Rin Varalath. »Wenn Ihr es verstehen wollt, fragt Eure Verwandtschaft.«

»Meine Verwandtschaft? Könnt Ihr denn Anomander herbeirufen?«

»Ihn nicht«, entgegnete Ordant Brid. Er zögerte kurz, ehe er fortfuhr:

»Wir wurden vor noch gar nicht allzu langer Zeit von einer Aufgestiegenen besucht. Menandore. Schwester Dämmer …«

»Was hat sie mit alledem zu tun?« Wenn sich Ruins Stimme bei dieser Frage überhaupt verändert hatte, dann hatte sie kälter geklungen.

»Es geht um Gleichgewicht, Ihr unwissender Narr!« Rin Varalaths Schrei hallte durch das Zimmer.

»Wo ist sie jetzt?«, fragte Silchas Ruin.

»Das wissen wir leider nicht«, antwortete Draxos Hulch. »Aber aus Gründen, die nur sie selbst kennt, ist sie ganz in der Nähe. Ich fürchte, sie wird sich Euch entgegenstellen, solltet Ihr Euch entschließen, uns gewaltsam beiseitezuschieben.«

»Ich suche die Seele von Scabandari Blutauge. Ich verstehe nicht, wieso Ihr dagegen Einwände erhebt.«

»Wir erkennen die Wahrheit«, sagte Ordant Brid.

Ein langer Moment der Stille folgte. Die fünf Onyx-Magier blickten einen verblüfften Silchas Ruin an, dem die Worte zu fehlen schienen.

»Es ist«, sagte Penith Vinandas, »eine Frage des … Mitleids.«

»Wir sind keine Narren«, sagte Ordant Brid. »Wir können uns Euch nicht entgegenstellen. Aber vielleicht können wir Euch führen. Die Reise zu dem Ort, den Ihr sucht, ist mühsam – der Pfad ist nicht gerade. Silchas Ruin, ich kann Euch mit einigem Erstaunen sagen, dass wir in dieser Sache so etwas wie Übereinstimmung erreicht haben. Ihr habt keine Ahnung, wie selten so etwas vorkommt – zugegeben, ich spreche von einer Übereinkunft, die einigen von uns mehr Unbehagen bereitet als anderen. Nichtsdestotrotz sind wir übereingekommen, Euch einen Führer anzubieten.«

»Einen Führer? Um mich auf diesem krummen Pfad zu geleiten oder um mich immer weiter von ihm wegzuführen?«

»Solch eine Täuschung würde sich nicht lange aufrechterhalten lassen.«

»Das stimmt. Und ich wäre auch nicht sehr barmherzig, wenn ich sie bemerken sollte.«

»Natürlich nicht.«

Silchas Ruin verschränkte die Arme. »Ihr werdet uns mit einem Führer ausstatten. Also gut. Wer von Euch hat sich freiwillig gemeldet?«

»Nein, keiner von uns«, sagte Ordant Brid. »Die Notwendigkeit, hier zu sein, hindert uns daran, so etwas zu tun. Wir Ihr gesagt habt, ist ein Speer aus Eis auf uns gerichtet, und wenn wir ihn auch nicht zerschmettern können, so können wir ihn vielleicht doch … umlenken. Silchas Ruin, Euer Führer wird das Todbringende Schwert des Schwarzen Geflügelten Lords sein.« Bei diesen Worten winkte der Magier mit einer Hand.

Clip stand auf und begann, zur Scheibe der Übereinstimmung hinunterzusteigen. Die Kette mit den Ringen tauchte wieder in seiner Hand auf, surrte, klackte, surrte wieder.

»Er ist Anomanders Todbringendes Schwert?«, fragte Silchas Ruin. Sein Unglaube war nicht zu übersehen, während er zu dem einzigen Zuschauer dieses Treffens hochblickte.

Clip lächelte. »Glaubt Ihr, er wäre unzufrieden?«

Nach einem kurzen Augenblick verzog Rakes Bruder das Gesicht und schüttelte dann den Kopf. »Vermutlich nicht.«

»Morgen früh«, sagte Ordant Brid, »werden wir damit beginnen, den Weg für Eure Weiterreise vorzubereiten.«

Als Clip den Rand der untersten Stufe erreichte, sprang er leichtfüßig auf die polierte steinerne Scheibe, trat dann zu Silchas Ruin, während die Kette in seiner Hand wirbelte und klackte.

»Musst du das unbedingt tun?«, wollte Silchas Ruin wissen.

»Was tun?«

Silchas Ruin trat ins Zimmer, gefolgt von Clip, zu dem Tiste Andii.

Seren Pedac fröstelte auf einmal, konnte allerdings nicht ergründen, woher es kam. Clip lächelte, doch es war ein zynisches Lächeln, und es schien, als würde er den Blick nicht von Forcht Sengar nehmen, als erwartete er irgendeine Art von Herausforderung.

»Freisprecherin«, sagte Silchas Ruin und öffnete die Schließe seines Umhangs, während er zu dem Steintisch vor der hinteren Wand hinüberging, wo Wein und etwas zu Essen auf ihn warteten, »zumindest ein Geheimnis wurde gelüftet.«

»Ach?«

»Die große Zahl von Gespenstern hier in der Andara, die zahllosen Geister toter Tiste Andii – ich weiß jetzt, warum sie hier sind.«

»Es tut mir leid, aber ich wusste gar nicht, dass es an diesem Ort von

Gespenstern wimmelt. Ich habe in letzter Zeit noch nicht einmal Verblichener gesehen.«

Er schaute zu ihr herüber, füllte sich dann einen Kelch mit Wein. »Es ist ungewöhnlich«, murmelte er, »wie etwas so Grundlegendes wie das Fehlen der Möglichkeit, etwas zu schmecken, sich als überaus quälende Folter erweisen kann … wenn man jahrtausendelang begraben ist.«

Sie sah zu, wie er einen Schluck von dem verdünnten Wein in den Mund nahm, ihn auskostete und dann schluckte. »Die Zeit, Freisprecherin«, sagte er dann. »Das Omtose-Phellack-Ritual, das alles hat erstarren lassen und das selbst dem Vermummten getrotzt hat – Entschuldigung, der Vermummte ist der Lord des Todes. Die Geister – sie konnten nirgendwo hin. Sie wurden mit Leichtigkeit von den Tiste Edur gefangen genommen und versklavt. Aber viele andere haben es geschafft, davonzukommen, und sie sind hier, bei ihren sterblichen Verwandten. Die Onyx-Magier sprechen von Mitleid und Gleichgewicht, verstehst du …«

Nein, das tue ich nicht. Aber ich glaube nicht, dass das eine Rolle spielt. »Werden die Magier uns helfen?«

Auf Silchas Ruins Gesicht erschien ein leicht gequälter Ausdruck, gefolgt von einem Schulterzucken. »Unsere unheilvolle Gruppe hat jetzt ein neues Mitglied, Freisprecherin, das den Auftrag hat, uns zu dem zu führen, was wir suchen.«

Forcht Sengar, der plötzlich angespannt wirkte, trat dicht an Clip heran. »Tiste Andii«, sagte er, »verstehe bitte dies: Ich empfinde dir oder deinem Volk gegenüber keine Feindseligkeit. Wenn du uns tatsächlich dorthin führen wirst, wo die Seele von Scabandari gebunden ist, werde ich in deiner Schuld stehen – ja, alle Edur werden in deiner Schuld stehen.«

Clip grinste. »Oh, das willst du nicht, Krieger.«

Forcht schien sprachlos.

»Du stellst die größte Bedrohung für diese Tiste Andii dar«, sagte Silchas Ruin zu dem Tiste Edur. »Dein Volk hat gute Gründe, sie bis zum letzten Mann zur Strecke zu bringen; und die Letherii sind ihnen angesichts ihres Widerstands gegen die Einverleibung ihrer Heimat ins Imperium auch nicht wohlgesinnt – eines Widerstands, der bis zum heutigen Tag andauert. Blaurose schätzt es nicht, besetzt zu sein, genauso wenig wie die Menschen, die friedlich mit denen zusammengelebt haben, in deren Adern Andii-Blut fließt, den letheriischen Eroberern die geringste Loyalität entgegenbringen. Der Onyx-Orden hat zurückhaltend geherrscht, hat sich nur widerwillig in die alltäglichen Dinge eingemischt und wenig Forderungen an die Bevölkerung gestellt. Und dass dein Volk jetzt über die Letherii herrscht, Forcht Sengar, verschlimmert den Groll, der in Blaurose gärt.«

»Ich kann nicht für das Imperium sprechen«, sagte Forcht. »Nur für mich. Aber ich glaube, dass wenn die Geschehnisse sich so entwickeln, wie ich es mir wünsche, die Belohnung der Edur für die Unterstützung vielleicht wahre Freiheit sein könnte – für die ganze Provinz Blaurose und alle ihre Einwohner. Ich würde mich gewiss dafür einsetzen.«

Clips Lachen war voller Hohn.

Die Kette wirbelte herum und wickelte sich straff um seine rechte Hand, doch das blieb seine einzige Reaktion auf diese gewichtigen Erklärungen und kühnen Versprechen.

Seren fühlte sich innerlich krank. Clip, dieses verrückt machende Jungchen mit seiner Kette und seinen Ringen, seiner immer spöttischen Miene …

Oh, Forcht Sengar, trau dem Kerl nicht. Trau ihm keinen Schritt weit.

»Seid Ihr Euch sicher, dass Ihr das tun wollt, Aufseher?«

Brohl Handar blickte die Atri-Preda an. »Dies soll eine Strafexpedition werden, Bivatt. Es wurde keine formelle Kriegserklärung abgegeben – was das angeht, ist das Sendschreiben aus Letheras eindeutig. Wie es scheint, gehört es zu meinen Pflichten als Aufseher, dafür zu sorgen, dass die Kampfhandlungen den vorgegebenen Rahmen nicht überschreiten. Ihr marschiert, um diejenigen zur Strecke zu bringen und zu vernichten, die die Siedler getötet haben.«

Ihr Blick verharrte auf den Truppenkolonnen aus Letherii und Edur, die die Straße entlangmarschierten. Staubwolken schwebten in der Luft, befleckten das strahlende Blau des Himmels. Die Geräusche der Armee erinnerten Brohl Handar an geborstenes Eis, das ächzend und knirschend einen Fluss hinuntertrieb. »Genau das habe ich vor, Aufseher«, sagte Bivatt. »Das und nicht mehr, wie man es mir befohlen hat.«

Er musterte sie noch ein, zwei Herzschläge länger und verlagerte dann sein Gewicht im Sattel, um die Spannung in seinem unteren Rücken zu verringern – er zog es vor, Pferde aus der Ferne zu bewundern, statt oben auf den verdammten Dingern zu hocken. Es schien, als würden sie seinen Widerwillen spüren und es ihm mit gleicher Münze heimzahlen. Dieses hier hatte die Angewohnheit, den Kopf nach hinten zu werfen, wenn es nach einem kurzen Galopp zum Stehen gebracht wurde, ganz offensichtlich wollte es ihm am liebsten das Kinn zerschmettern. Die Atri-Preda hatte ihm gesagt, er würde sich zu weit nach vorne beugen, und das Pferd wüsste das und würde die Gelegenheit nutzen, um zu versuchen, ihm Schaden zuzufügen. Der Tiste Edur freute sich nicht unbedingt auf diese Reise. »Trotzdem«, sagte er schließlich, »werde ich Euch begleiten.«

Er wusste, dass diese Aussicht sie nicht froh stimmte. Doch er hatte seine eigenen Leibwächter, aus seinem eigenen Stamm. Seine eigene Kutsche mitsamt seinem Kutscher und einem Ochsengespann. Und mehr als genug Vorräte, um zu gewährleisten, dass sie für den Tross keine Belastung darstellten.

»Ich bin nach wie vor um Eure Sicherheit besorgt«, sagte sie.

»Dazu besteht kein Anlass. Ich habe vollstes Vertrauen in meine Arapay …«

»Vergebt mir, Aufseher, aber Robben zu jagen ist nicht das Gleiche wie …«

»Atri-Preda«, unterbrach Brohl Handar sie nun seinerseits, »meine Krieger sind während der Eroberung letheriischen Elitesoldaten gegenübergetreten, und es waren Eure Letherii, die geflohen sind. Robben? Ja, aber einige von ihnen wiegen tatsächlich mehr als ein Ochse, und sie haben Hauer, die länger als ein Kurzschwert sind. Und es waren ja nicht nur Robben. Sondern auch weißpelzige Bären und Höhlenbären. Kurzbeinige Wölfe und Wölfe, die in Rudeln jagen. Und – was man nicht vergessen sollte – Jheck. Gestaltwandler. Glaubt Ihr, die weiße Ödnis des Nordens ist ein leeres Land? Im Vergleich zu dem, womit ein Arapay sich jeden Tag herumschlagen muss, waren die Letherii keine sonderlich große Bedrohung. Und wenn es darum geht, mich vor den Ahl zu schützen – nun, das würde vermutlich nur im Falle einer Niederlage Eurer Truppen notwendig werden. Wir werden einen K'risnan der Den-Ratha sowie Eure Magier-Kader haben. Kurz gesagt«, schloss er, »Eure Besorgnis klingt falsch. Sagt mir, Atri-Preda, worum ist es bei Eurem geheimen Treffen mit Repräsentant Letur Anict gegangen?«

Die Frage, die er wie einen nachträglichen Gedanken vorgebracht hatte, schien ihr einen Schlag zu versetzen, und ihre Augen, die auf ihn gerichtet waren, waren groß und beunruhigt, bis etwas Dunkleres in ihnen lebendig wurde. »Es war ein Gespräch über finanzielle Angelegenheiten«, sagte sie kühl. »Eine Armee muss essen.«

»Die Finanzierung dieser Strafexpedition erfolgt durch die imperiale Schatzkammer.«

»Besagte Mittel werden vom Repräsentanten verwaltet. Das ist schließlich die Aufgabe eines Repräsentanten.«

»Nicht in diesem Fall«, erwiderte Brohl Handar. »Die Auszahlungen werden von meinem Büro verwaltet. Genau genommen wird dieser Feldzug mit Geld der Edur finanziert. Atri-Preda, in Zukunft solltet Ihr Euch der Tatsachen vergewissern, ehe Ihr Euch eine Lüge ausdenkt. Nun, es sieht ganz so aus, als müsstet Ihr mit der Bürde von zweierlei Befehlssätzen zurechtkommen. Ich hoffe um Eurer Seelenruhe willen, dass die beiden sich nicht als sich widersprechend erweisen.«

»Das kann ich mir nicht vorstellen«, sagte sie knapp.

»Seid Ihr davon überzeugt, Atri-Preda?«

»Das bin ich, Aufseher.«

»Gut.«

»Aufseher – einige der Siedler, die getötet wurden, stammten aus dem Haushalt des Repräsentanten.«

Brohls Brauen schoben sich in die Höhe. »Dann muss der arme Letur Anict ja einen schier überwältigenden Wunsch nach besonders blutiger Rache haben.«

»Bei der Besprechung habe ich einfach nur meine Absicht wiederholt, den Mördern die nötige Bestrafung angedeihen zu lassen. Der Repräsentant wollte eine nochmalige Zusicherung, die ich ihm unter diesen Umständen gerne gegeben habe.«

»Mit anderen Worten, Letur Anict war ein wenig beunruhigt darüber, dass ihm die Kontrolle über diesen Feldzugs weggenommen worden ist, weil eine solche Entscheidung auch bisher beispiellos war. Man sollte annehmen, dass er klug genug ist, um zu erkennen – wenn er sich erst einmal wieder beruhigt hat –, dass dies auf eine Missbilligung seiner jüngsten Exzesse hindeutet.«

»Das kann ich leider nicht sagen, Aufseher.«

»Ich bin gespannt, wie ich bei unserer triumphalen Rückkehr seine Demut einschätzen werde, Atri-Preda.«

Sie sagte nichts.

Natürlich, fügte er im Stillen hinzu, würde Letur Anicts Reaktion noch weit bedeutungsvoller sein, wenn man bedachte, dass an dieser ganzen Angelegenheit nichts Offizielles war. Die Kumpane des Repräsentanten im Palast – wahrscheinlich die letheriischen Diener des Kanzlers – würden toben, derart umgangen worden zu sein; doch dieses Mal waren es die Edur, die diesen unbedeutenden unberechtigten Eingriff in die Wege geleitet hatten, das Wirken der Stämme, wobei die Verbindungen durch die K'risnan und die Stäbe verschiedener Aufseher hergestellt worden waren. Die ganze Sache barg ein großes Risiko – schließlich wusste der Imperator selbst nichts von alledem.

Letur Anict musste gezügelt werden. Nein, mehr als das – dem Mann musste man die Füße fesseln. Wie einem Pferd. Dauerhaft. Wenn Brohl sich durchsetzen konnte, würde es binnen eines Jahres einen neuen Repräsentanten in Drene geben, und was Letur Anicts Besitztümer anging – nun, die Strafe für Hochverrat und Korruption in dem Maßstab, in dem er sie betrieben hatte, würde zweifellos die Beschlagnahmung seines gesamten Besitzes beinhalten, wobei ihm zusätzlich alle Familienrechte genommen werden würden und eine Entschädigung auf solch hohem Niveau fällig werden würde, dass die Familie Anict über Generationen zu Schuldnern werden würde.

Er ist korrupt. Und er hat hier ein tödliches Netz gesponnen, das von Drene zu sämtlichen angrenzenden Reichen und Völkern reicht. Er will gegen alle unsere Nachbarn Krieg führen. Einen unnötigen Krieg. Einen sinnlosen Krieg – wenn man davon absieht, dass er der unersättlichen Habgier eines einzigen Mannes dient. Diese Art von Korruption musste ausgemerzt werden, denn es gab viele Letur Anicts im Imperium, die im Schutz des Freiheits-Konsortiums – und, was sehr gut möglich war, der Patriotisten – gediehen. Dieser Mann hier würde das Exempel und das warnende Beispiel sein.

Ihr Letherii haltet uns für Narren. Ihr lacht hinter unserem Rücken. Macht euch über uns lustig, weil ihr glaubt, dass wir zu beschränkt sind, um eure raffinierten Betrügereien zu durchschauen. Nun, es gibt mehr als eine Art von Raffinesse, wie ihr schon bald erkennen werdet.

Endlich fühlte Brohl Handar sich nicht mehr hilflos.

Atri-Preda Bivatt kochte innerlich. Der verdammte Narr an ihrer Seite war auf dem besten Wege, dafür zu sorgen, dass er getötet wurde, und sie würde für ihr Versagen, ihn nicht beschützt zu haben, zur Verantwortung gezogen werden. Der K'risnan und die Arapay-Leibwächter würden nichts nützen. Die Agenten des Repräsentanten waren in jeder letheriischen Legion auf diesem Marsch, und unter diesen Agenten befanden sich … *Assassinen, die der Abtrünnige verfluchen soll. Meister des Giftmords.*

Sie mochte den Krieger an ihrer Seite, so mürrisch er auch sein mochte – was ein Charakterzug der Tiste Edur allgemein zu sein schien. Und obwohl er zweifellos intelligent war, war er auch … naiv.

Letur Anict hatte die armseligen inoffiziellen Bemühungen von Brohl Handar und einem halben Dutzend weiterer Aufseher durchschaut, das war klar, und der Repräsentant hatte vor, die entstehende Bedrohung hier und jetzt auszulöschen. Auf genau diesem Feldzug.

»*Wir haben ein Problem mit Brohl Handar*«, hatte der Repräsentant gesagt, und sein blasses rundes Gesicht hatte in der üblichen Düsternis seines inneren Heiligtums ausgesehen wie staubiger Stein.

»Repräsentant?«

»Er versucht, ohne offizielle Billigung seine Verantwortlichkeiten auszuweiten, und untergräbt dadurch die traditionellen Aufgaben eines Repräsentanten in einer Grenzprovinz. Seine Bestrebungen haben andere in sein Netz gezogen, was leider unheilvolle Auswirkungen haben könnte.«

»Unheilvoll? Inwiefern?«

»Atri-Preda, ich muss Euch etwas sagen. Die Patriotisten konzentrieren sich nicht mehr ausschließlich auf die Letherii im Imperium. Es sind Hinweise auf eine im Entstehen begriffene Verschwörung unter den Tiste Edur ans Licht gekommen – eine Verschwörung gegen den Staat, möglicherweise auch gegen den Imperator selbst.«

Das ist absurd. Hältst du mich tatsächlich für so eine Närrin, Anict? Gegen den Staat und gegen den Imperator sind zwei völlig verschiedene Dinge. Der

Staat – besteht aus dir, aus Leuten wie dir. Der Staat besteht aus dem Freiheits-Konsortium. Den Patriotisten. Dem Kanzler und seinen Kumpanen. Die Vorstellung, dass es unter den Tiste Edur eine Verschwörung gegen diese Kräfte gab – um das Imperium von der Korruption der Letherii zu befreien –, schien mehr als plausibel. Sie waren nun schon lange genug Besatzer, um das Imperium zu verstehen, das sie errungen hatten, um allmählich zu erkennen, das eine weitaus unterschwelligere Eroberung stattgefunden hatte – und dass sie die Verlierer waren.

Die Tiste Edur waren ein stolzes Volk, das sollte man nie vergessen. Es war schwer vorstellbar, dass sie eine Niederlage hinnehmen konnten, und die Tatsache, dass die Sieger nach Edur-Maßstäben im wahrsten Sinne des Wortes Feiglinge waren, würde sie nur noch mehr treffen. Von daher war Bivatt nicht überrascht, dass Brohl Handar und die anderen Aufseher zu guter Letzt eine Kampagne begonnen hatten, die die Letherii, die den Staat verwalteten, ausschalten sollte. *Und es ist auch nicht überraschend, wie sehr die Edur ihren Gegner unterschätzt haben.*

»Repräsentant, ich bin Offizier der Imperialen Armee. Mein Befehlshaber ist der Imperator persönlich.«

»Der Imperator herrscht über uns alle, Atri-Preda«, hatte Letur Anict mit einem dünnen Lächeln geantwortet. »Die Verschwörung von Mitgliedern seines Volkes stellt eine direkte Bedrohung für die Struktur seines loyalen Unterstützungssystems dar – und damit für diejenigen, die unter großen persönlichen Opfern danach streben, es am Laufen zu halten.«

»Leute wie Ihr.«

»In der Tat.«

»Was wollt Ihr von mir, Repräsentant?«

»Brohl Handar wird darauf bestehen, an Eurer Strafexpedition teilzunehmen. Ich glaube, er hat die Absicht, selbst Anspruch auf die zurückeroberten Gebiete zu erheben« – ein Wedeln mit einer Hand – »und das Ganze zweifellos im Namen des Imperiums oder irgendwelchen anderen bedeutungslosen Unsinns.«

Du meinst, genauso wie du es getan hast?

»Ich werde versuchen, es ihm auszureden«, sagte sie. »Es ist nicht sicher …«

»Das ist es tatsächlich nicht. Genau darum geht es mir.« Letur Anict lehnte sich zurück. »Leider werdet Ihr mit Eurem Versuch keinen Erfolg haben. Der Aufseher wird mit Euch marschieren, wird die Gefahr in Kauf nehmen.«

Die Gefahr, ja. Weil er annimmt, sie käme von den Ahl.

»Ich werde tun, was ich kann, ihn zu beschützen«, sagte Bivatt.

Ein Spreizen der Hände. »Natürlich. Das ist Eure Pflicht. Wir wissen beide, wie hinterhältig die Ahl sein können – vor allem, da sie nun von niemand anderem als Rotmaske angeführt werden. Wer kann schon sagen, welche entsetzlichen Hinterhalte er ausgeheckt hat, um dann mit dem vorrangigen Ziel, Kommandanten und andere wichtige Personen zu töten, auf Euch loszustürmen. In der Tat, Atri-Preda, Ihr habt Eure Pflicht zu erfüllen, und nichts weniger erwarte ich auch von Euch. Aber ich will Euch noch einmal daran erinnern, dass Brohl Handar in verräterische Umtriebe verstrickt ist.«

»Dann lasst ihn von Orbyn Wahrheitsfinder verhaften.« *Wenn der sich traut, denn das wird alles ans Licht bringen, und dafür bist du noch nicht bereit.*

»Wir werden auf seine Rückkehr vorbereitet sein«, sagte der Repräsentant.

So schnell? »Ist der Imperator über diese Entwicklungen unterrichtet worden, Herr?«

»Das ist er. Wenn dem nicht so wäre, würden die Patriotisten sich nicht mit dieser Jagd beschäftigen. Ich bin davon überzeugt, dass Ihr das versteht, Atri-Preda.«

Sie glaubte es zumindest. Selbst Karos Invictad würde nicht weitermachen, wenn sein Vorgehen nicht auf irgendeine Weise gebilligt würde. »Ist das alles, Herr?«

»Das ist es. Möge der Abtrünnige auf Eure Jagd herablächeln, Atri-Preda.«

»Ich danke Euch, Herr.«

Und jetzt hatte sich alles genau so entwickelt, wie der Repräsentant es vorhergesagt hatte. Brohl Handar würde den Feldzug begleiten, hatte alle ihre Einwände entkräftet. Als sie ihn nun musterte, sah sie in seinem Gesicht neues Selbstvertrauen und einen neuen Willen – der Aufseher fühlte sich, als hätte er endlich einen festen Stand gefunden. Und er irrte sich ja auch nicht, er hatte seinen wahren Feind erkannt. Durch und durch verhängnisvoll war allerdings die Überzeugung des Edur, dass er den ersten Zug gemacht hatte.

Sie wandte sich an den Aufseher. »Wenn Ihr mich entschuldigen wollt – ich muss mit meinen Offizieren sprechen.«

»Natürlich«, antwortete Brohl Handar. »Wann erwartet Ihr die erste Feindberührung?«

Oh, du Narr, die hat schon stattgefunden. »Das hängt davon ab, ob sie fliehen oder uns entgegenkommen, Aufseher.«

Der Tiste Edur zog die Brauen hoch. »Fürchtet Ihr diesen Rotmaske?«

»Furcht, die Respekt erzeugt, ist keine schlechte Sache, Aufseher. In diesem Sinne – ja, ich fürchte Rotmaske. Genau wie er mich schon bald fürchten wird.«

Dann ritt sie davon, hinunter zu ihren Truppen, suchte nach einem Mann – keinem Offizier, sondern einem Reiter aus Blaurose, der größer und dunkler als die meisten anderen war.

Nach einiger Zeit fand sie ihn und bedeutete ihm, sich an ihre Seite zu gesellen, und sie führten ihre Pferde am Rand der Straße entlang. Sie sprach über zwei Dinge; zum einen – laut genug, dass auch andere es mitbekommen konnten – über Dinge wie den Gesundheitszustand der Reittiere und ähnliche nüchterne Kleinigkeiten, zum anderen sehr viel leiser über etwas, das nur der Mann hören konnte.

»Was kann man am schmierigen Horizont erkennen, das nicht durch eine erhobene Hand ausgelöscht werden kann?«

Rotmaske blickte den Fremden an.

Anaster Toc lächelte. »Ich würde allen angehenden Dichtern empfehlen, sich in einen Graben voller menschlicher Ausscheidungen zu legen. Der Rhythmus von Ebbe und Flut, das Erbe dessen, was wir wegwerfen. Reichtum wie flüssiges Gold.«

Geistig nicht mehr so ganz gesund, dachte Rotmaske, und es überraschte ihn nicht sonderlich. Der Fremde war nur noch Haut und Knochen, sein ganzer Körper von Schorf und rotem, sich schälendem Ausschlag übersät. Immerhin konnte er jetzt ohne die Hilfe eines Stocks stehen, und sein Appetit war zurückgekehrt. Rotmaske glaubte, dass es nicht lange dauern würde, bis der Fremde sich erholt haben würde, zumindest körperlich. Der Geist des armen Mannes war eine ganz andere Sache.

»Dein Volk«, fuhr Anaster Toc nach einem kurzen Augenblick fort, »glaubt nicht an Poesie, an die Macht einfacher Worte. Oh, gewiss, ihr singt, wenn die Dämmerung anbricht und die Sonne flieht. Ihr singt zu den Sturmwolken und den Wolfsspuren und den abgeworfenen Geweihen, die ihr im Gras findet. Ihr singt, um über die Reihenfolge von Perlen auf einer Schnur zu entscheiden. Aber es sind keine Worte. Nur unterschiedliche Töne, so sinnlos wie das Lied eines Vogels …«

»Vögel singen«, unterbrach ihn Natarkas, der auf der anderen Seite des Fremden stand und gen Westen, in die sterbende Sonne blickte, »um anderen zu erzählen, dass sie existieren. Sie singen, um vor Jägern zu warnen. Sie singen, um um Weibchen zu werben. Sie singen an den letzten Tagen, bevor sie sterben.«

»Also schön, das war das falsche Beispiel. Ihr singt wie Wale …«

»Wie was?«, fragten Natarkas und zwei andere Kupfergesichter, die hinter ihnen standen.

»Oh, ist nicht wichtig. Mir geht es darum, dass ihr ohne Worte singt …«

»Musik ist ihre eigene Sprache.«

»Natarkas«, sagte Anaster Toc, »beantworte mir bitte diese Frage: Das Lied, das die Kinder singen, wenn sie Perlen auffädeln, was hat es zu bedeuten?«

»Es gibt mehr als eins. Das hängt von dem Muster ab, das man haben will. Das Lied gibt die Reihenfolge der verschiedenen Perlen vor, ihre Art und ihre Farbe.«

»Warum müssen solche Sachen vorgegeben werden?«

»Weil die Perlen eine Geschichte erzählen.«

»Was für eine Geschichte?«

»Verschiedene Geschichten. Das hängt von dem Muster ab, für das das Lied sorgt. Die Geschichte geht nicht verloren, wird nicht verfälscht, weil das Lied sich niemals ändert.«

»Um des Vermummten willen«, murmelte der Fremde. »Was ist falsch an Worten?«

»Durch Worte ändern sich Bedeutungen«, sagte Rotmaske und wandte sich ab.

»Nun«, sagte Anaster Toc, der Rotmaske zurück ins Lager seiner Armee folgte, »genau darum geht es. Das ist ihr Wert – ihre Fähigkeit, sich anzupassen …«

»Verfälscht zu werden, meinst du. Die Letherii sind Meister darin, Worte und ihre Bedeutung zu verfälschen. Sie nennen Krieg Frieden, sie nennen Tyrannei Freiheit. Auf welcher Seite des Schattens man steht, bestimmt die Bedeutung eines Wortes. Worte sind Waffen, die von jenen benutzt werden, die die anderen verachten. Eine Verachtung, die nur noch größer wird, wenn sie sehen, wie diese anderen getäuscht und zu Narren gemacht werden, weil sie sich entschlossen haben, zu glauben. Weil sie in ihrer Einfalt geglaubt haben, dass die Bedeutung eines Wortes unveränderlich wäre, gefeit gegen Missbrauch.«

»Bei Toggs Zitzen, das war aber eine lange Rede von dir, Rotmaske.«

»Ich verachte Worte, Anaster Toc. Was meinst du, wenn du ›bei Toggs Zitzen‹ sagst?«

»Togg ist ein Gott.«

»Keine Göttin?«

»Nein.«

»Dann sind seine Zitzen …«

»Nutzlos. Genau.«

»Was ist mit diesen anderen Begriffen? ›Beim Atem des Vermummten‹?«

»Der Vermummte ist der Lord des Todes.«

»Also … ist da kein Atem.«

»Richtig.«

»Berus Erbarmen?«

»Sie hat kein Erbarmen.«

»Mowri hilf?«

»Die Lady der Armen hilft niemandem.«

Rotmaske musterte den Fremden. »Dein Volk hat eine seltsame Beziehung zu seinen Göttern.«

»Das stimmt vermutlich. Manche sagen, dieser Umgang sei zynisch, und möglicherweise haben sie nicht ganz unrecht. Es hat alles mit Macht zu tun, Rotmaske, und damit, was diese Macht mit jenen tut, die sie innehaben. Götter nicht ausgenommen.«

»Wenn sie so wenig hilfreich sind, warum verehrt ihr sie dann?«

»Stell dir einfach vor, wie viel weniger hilfreich sie wären, wenn wir es nicht täten.« Was auch immer Anaster Toc daraufhin in Rotmaskes Augen sah – er lachte.

Ärgerlich sagte Rotmaske: »Ihr habt als eine Armee gekämpft, die dem Lord und der Lady der Wölfe geweiht war.«

»Und schau dir an, wohin uns das gebracht hat.«

»Eure Streitmacht wurde nur niedergemacht, weil mein Volk euch verraten hat. Dieser Verrat kam nicht von euren Wolfsgöttern.«

»Das stimmt, nehme ich an. Wir haben den Kontrakt akzeptiert. Wir sind davon ausgegangen, dass die Worte, die wir mit unseren Auftraggebern gewechselt hatten, bei ihnen und uns die gleiche Bedeutung haben.« Ein schiefes Lächeln huschte über sein Gesicht. »Wir haben an Ehre geglaubt und sind in den Krieg gezogen. Tja. Togg und Fanderay sind nicht verantwortlich – vor allem nicht für die Dummheit ihrer Anhänger.«

»Bist du jetzt gottlos, Anaster Toc?«

»Oh, ich habe dann und wann ihr kummervolles Heulen gehört, oder zumindest habe ich mir eingebildet, ich hätte es gehört.«

»Wölfe sind zur Stätte des Gemetzels gekommen und haben die Herzen der Gefallenen geholt.«

»Was? Was meinst du?«

»Sie haben allen deinen Kameraden den Brustkorb aufgerissen und ihr Herz gefressen, alles andere haben sie zurückgelassen.«

»Nun, das habe ich nicht gewusst.«

»Warum bist du nicht mit ihnen gestorben?«, fragte Rotmaske. »Bist du geflohen?«

»Ich war der beste Reiter der Grauen Schwerter. Dementsprechend sollte ich die Verbindung zwischen unseren Streitkräften halten. Unglücklicherweise war ich gerade bei den Ahl, als sie die Entscheidung getroffen haben, zu fliehen. Sie haben mich von meinem Pferd gezerrt und bewusstlos geschlagen. Ich weiß nicht, warum sie mich nicht auf der Stelle getötet haben. Oder mich einfach für die Letherii liegengelassen haben.«

»Es gibt verschiedene Stufen des Verrats, Anaster Toc, und es gibt Grenzen für das, was selbst die Ahl schlucken können. Sie konnten vom Schlachtfeld davonrennen, aber sie konnten dir nicht die Kehle durchschneiden.«

»Nun, das ist wirklich überaus tröstlich. Entschuldigung, ich habe schon immer zu scherzhaften Bemerkungen geneigt. Ich vermute, ich sollte dankbar sein, aber ich bin es nicht.«

»Natürlich bist du das nicht«, sagte Rotmaske. Sie näherten sich dem großen Sonnendach aus Fellen, das die Karten aus Rodaraleder schützte, die der Kriegsführer gezeichnet hatte – größtenteils anhand der Erinnerungen an militärische Karten der Letherii, die er gesehen hatte. Diese neuen Karten waren auf dem Boden ausgebreitet, mit Pflöcken befestigt und so angeordnet worden, dass sie das Abbild eines gewaltigen Gebiets zeigten, das auch die Königreiche an der südlichen Grenze einschloss. »Aber du bist ein Soldat, Anaster Toc, und ich brauche Soldaten.«

»Und deshalb willst du eine Abmachung mit mir treffen.«

»Ja.«

»Mittels bindender Worte.«

»Ja.«

»Und was ist, wenn ich mich entscheide, zu gehen? Einfach wegzugehen?«

»Du wirst ein Pferd und Vorräte bekommen. Du kannst nach Osten oder Südosten oder auch nach Norden reiten, allerdings gibt es im Norden nichts. Aber du kannst nicht nach Westen oder Südwesten.«

»Nicht ins Imperium von Lether, mit anderen Worten.«

»Richtig. Ich weiß nicht, welche Rachegedanken du in deiner verwundeten Seele hegst. Ich weiß nicht, ob du die Ahl verraten würdest – als Reaktion auf den Verrat an dir. Wofür ich dir keinerlei Vorwurf machen würde. Ich möchte dich nicht töten müssen, und deswegen verbiete ich dir, nach Lether zu reiten.«

»Ich verstehe.«

Rotmaske betrachtete im dämmrigen Licht die Karte. Die schwarzen Linien schienen vor seinen Augen zu verschwinden, sich in Nichts aufzulösen. »Ich habe allerdings die Idee, an deinen Wunsch nach Rache an den Letherii zu appellieren.«

»Statt an den Ahl.«

»Ja.«

»Du glaubst, du kannst sie besiegen.«

»Das werde ich, Anaster Toc.«

»Indem du weit im Voraus Schlachtfelder vorbereitest. Nun, als Taktik würde ich dem nicht widersprechen. Vorausgesetzt, die Letherii sind dumm genug, sich genau dort aufzustellen, wo du sie haben willst.«

»Sie sind arrogant«, sagte Rotmaske. »Außerdem haben sie gar keine andere Wahl. Sie wollen das Blutbad an den Siedlern und den Diebstahl von Herden rächen, die sie ihr Eigentum nennen – obwohl sie sie uns gestohlen haben. Sie wollen uns bestrafen und werden daher darauf aus sein, mit uns die Klingen zu kreuzen.«

»Und dabei werden sie Reiterei, Fußtruppen, Bogenschützen und Magier einsetzen.«

»Ja.«

»Wie willst du die Magier unwirksam machen, Rotmaske?«

»Das werde ich dir jetzt noch nicht sagen.«

»Für den Fall, dass ich gehe, einen Bogen um euch mache und dir und deinen Jägern irgendwie entkomme.«

»Die Aussicht darauf ist gering.«

Als der Fremde lächelte, fuhr Rotmaske fort: »Mir ist klar, dass du ein erfahrener Reiter bist, aber ich würde dir keine Ahl hinterherschicken. Ich würde dir meine K'Chain Che'Malle hinterherschicken.«

Anaster Toc hatte sich umgedreht und schien das Lager zu mustern, die Reihen um Reihen von Zelten, den sich kräuselnden Rauch der Dungfeuer. »Du verfügst über wie viele – zehn, zwölftausend Krieger?«

»Eher fünfzehn.«

»Doch du hast die Clans aufgelöst.«

»Das habe ich.«

»In der Art und Weise, die notwendig ist, um etwas ins Feld zu führen, das einer richtigen Armee ähnelt. Du musst dafür sorgen, dass ihre Loyalitäten nicht mehr entlang der alten Blutsbande verlaufen. Ich habe gesehen, wie du den Kommandanten deiner Truppenteile zugesetzt hast, um sicherzustellen, dass sie in der Schlacht deinen Befehlen gehorchen. Dann habe ich gesehen, wie die Kommandanten wiederum ihren Truppführern zugesetzt haben, und die Truppführer ihren Trupps.«

»Du bist Soldat, Anaster Toc.«

»Und ich habe es die ganze Zeit gehasst – jeden einzelnen Augenblick, Rotmaske.«

»Das spielt keine Rolle. Erzähl mir von deinen Grauen Schwertern, von der Taktik, die sie angewendet haben.«

»Das würde dir nicht viel nützen. Ich könnte dir allerdings von der Armee erzählen, der ich ursprünglich – bevor ich zu den Grauen Schwertern gekommen bin – angehört habe.« Er schaute ihn mit seinem einen glitzernden Auge an, und Rotmaske sah Erheiterung darin, eine Art verrückter Fröhlichkeit, die ihm Unbehagen bereitete. »Ich könnte dir von den Malazanern erzählen.«

»Von diesem Stamm habe ich noch nie gehört.«

Anaster Toc lachte noch einmal. »Das ist kein Stamm. Sondern ein Imperium. Ein Imperium, das drei- oder viermal so groß ist wie Lether.«

»Dann wirst du also bleiben?«

Anaster Toc zuckte die Schultern. »Zunächst einmal.«

An diesem Mann war nichts Schlichtes, wurde Rotmaske klar. Er war in der Tat wahnsinnig, doch dieser Wahnsinn mochte sich als nützlich erweisen. »Also dann – wie«, fragte er, »gewinnen die Malazaner ihre Kriege?«

Das verzerrte Lächeln des Fremden ließ seine Zähne in der Düsternis aufblitzen wie ein Messer. »Das könnte ein Weilchen dauern, Rotmaske.«

»Ich werde uns etwas zu essen bringen lassen.«

»Und Öllampen – ich kann auf deiner Karte verdammt nochmal überhaupt nichts erkennen.«

»Findest du meinen Plan gut, Anaster Toc?«

»Eine Berufsarmee zu erschaffen? Ja, das ist unabdingbar – aber es wird alles ändern. Dein Volk. Deine Kultur. Alles.« Er machte eine Pause und fügte dann in trockenem, spöttischen Tonfall hinzu: »Ihr werdet ein neues Lied brauchen.«

»Dann musst du es erschaffen«, erwiderte Rotmaske. »Nimm eines von den Malazanern – eines, das passt.«

»Na klar«, murmelte Anaster Toc, »ein Klagelied.«

Das weiße Messer blitzt erneut auf. Rotmaske hätte es vorgezogen, wenn es in seiner Scheide geblieben wäre.

Kapitel Neun

Wo immer ich hingesehen habe, fand ich die Spuren des Krieges in der Landschaft. Jene Anhöhe dort drüben hatten einst Bäume gekrönt, die Plänkler den Hang hinuntergeschickt hatten, um die kleinwüchsigen Emporkömmlinge im Flussbett herauszufordern – ein Flussbett, das knochentrocken gewesen war, bis die Eisdämme hoch oben in den Bergen brachen – eine Belagerung, die uralte Barrikaden zerstört und Sturzfluten auf das Tiefland losgelassen hat.

Und hier, auf diesem zerfurchten Untergrund sind die alten Narben der Gletscher unter Moosen verschwunden, die herankrochen und Kolonien von Flechten verschlangen, die ihrerseits wieder in Fehden mit Artverwandten verstrickt waren. Ameisen warfen Brücken über Gesteinsspalten aus, während über ihnen Termiten durch die Luft schwirrten und still in den gezahnten Kiefern von Rhinazan starben, die bei dem Versuch, noch grimmigeren Himmelsräubern zu entkommen, hin und her schwenkten und sich duckten.

All diese Kriege verkünden die Wahrheit des Lebens, des Daseins an sich. Nun müssen wir uns fragen, ob wir all das, was wir tun, damit entschuldigen wollen, dass wir uns auf solche uralten und allgegenwärtigen Gesetze berufen? Oder können wir unseren freien Willen dadurch ausdrücken, dass wir uns unserem natürlichen Drang zur Gewalt, Herrschaft und Metzelei widersetzen? Solcherart waren meine Gedanken – unreif und zynisch –, als ich triumphierend über dem letzten Mann stand, den ich getötet hatte, und sein Lebensblut in einem immer dünner werdenden Rinnsal meine Schwertklinge entlangrann, während in meiner Seele ein solches Wohlgefühl aufwallte, dass ich zu zittern begann …

König Kilanbas im Schiefertal
Die Dritte Letheras-Woge – die Eroberungskriege

Die Überreste einer niedrigen Mauer umgaben die Lichtung, so dass Streifen aus grünem Gras von rauem, grob behauenem Basalt voneinander getrennt wurden. Gleich dahinter erhob sich ein lichtes Wäldchen aus jungen Birken und Espen, deren helles, leuchtendes Frühlingslaub sich leicht hin und her bewegte. Hinter diesem Hain wurde der Wald dichter und dunkler; graue Kiefernstämme verdrängten alles andere. Was auch immer die Mauer umschlossen hatte, war unter dem weichen Lehm der Lichtung verschwunden, obwohl hier und da Vertiefungen sichtbar waren, die auf Kellerräume und dergleichen verwiesen.

Die sonnenhelle Luft schien zu wogen und zu wirbeln, so dicht waren die Wolken fliegender Insekten, und da war etwas in der warmen, schwülen Luft, das Sukul Ankhadu ein nicht genau fassbares Unbehagen bereitete, als würde sie von Geistern aus den schwarzen Astlöchern der sie umgebenden Bäume beobachtet. Sie hatte mehr als einmal mit ihren Sinnen geforscht, aber nichts anderes als winzige Lebensfunken gefunden – die natürlichen Bewohner eines jeden Waldes –, so wie das leise Gemurmel von Erdgeistern, die zu schwach waren, um irgendetwas anderes zu tun als sich in ihrem ewigen, dem Verlöschen entgegendämmernden Schlaf unruhig zu bewegen. Es gab also nichts, das sie beunruhigen musste, und das war gut.

Im Augenblick stand sie dicht bei einem der kniehohen Mauerreste und sah zu dem behelfsmäßigen Unterschlupf hinüber, wobei sie eine neuerliche Woge aus Ärger und Ungeduld unterdrückte.

Ihre Schwester, dieses Miststück, hätte ihr dankbar sein müssen, dass sie sie befreit hatte. Schließlich war es Sheltatha Lore in dem Hügelgrab nicht gerade gut ergangen – sie war von Silchas Ruin und einem verdammten Locqui-Wyrm bis zur Bewusstlosigkeit verprügelt und halb ertrunken in einem bodenlosen Sumpf zurückgelassen worden; besagter Sumpf hatte sich in einer Erinnerungsnische des Azath befunden, wo jeder Augenblick Jahrhunderte dauerte, so dass Sheltatha unauslöschlich gezeichnet aus den dunklen Wassern wieder aufgetaucht war – mit flammend roten Haaren und einer Haut, die wie eine Betelnuss gefärbt und so wächsern und zerfurcht war wie bei einem T'lan Imass. Wunden klafften, ohne zu bluten. Krallenartige Fingernägel glänzten wie die länglichen Rückenpanzer von Käfern. Sukul hatte sich dabei ertappt, dass ihre Blicke wieder und wieder von ihnen angezogen wurden, als erwartete sie, dass sie sich jeden Augenblick teilten und Flügel aus sich abschälender Haut freigaben, die die Finger losrissen und wirbelnd himmelwärts trugen.

Außerdem hatte ihre Schwester Fieber. Tobte Tag für Tag im Wahnsinn. Jeder Versuch eines Gesprächs – einer Abmachung – war bisher hoffnungslos gewesen. Und so hatte Sukul es nur geschafft, ihre Schwester aus der grässlichen Stadt herauszuschaffen und hierher, an einen verhältnismäßig ruhigen Ort zu bringen.

Sie beäugte den Schuppen, der aus diesem Blickwinkel die liegende Gestalt von Sheltatha Lore verbarg, und der Anblick erheiterte sie auf bittere Weise. Das Ding konnte man nun wirklich nicht als palastartige Wohnstatt bezeichnen, vor allem in Anbetracht ihres königlichen Blutes – falls das glühende Drachenblut in ihren Adern diese Bezeichnung rechtfertigte, und warum sollte es das nicht? Schließlich waren würdige Aufgestiegene in dieser Sphäre dünn gesät. Abgesehen von einer Handvoll mürrischer Älterer Götter – und diesen namenlosen Geistern von Stein und Baum, Quelle und Strom. *Menandore hat sich zweifellos einen imposanteren Wohnsitz erbaut – geradezu reif dafür, ihn sich anzueignen. Irgendeine Bergfestung, mit spitzen Türmen und uneinnehmbar, so hoch oben, dass sie für immer in Wolken gehüllt ist. Ich will durch die luftigen Hallen schreiten und sie zu meinen eigenen erklären. Unseren eigenen. Es sei denn, mir bleibt nichts anders übrig, als Sheltatha in eine Gruft zu sperren, wo sie toben und kreischen kann, ohne irgendjemanden zu stören –*

»Ich sollte dir die Kehle herausreißen.«

Das Krächzen, das unter dem aus Zweigen bestehenden Dach hervordrang, entlockte Sukul ein Seufzen. Sie ging zur Vorderseite des Unterschlupfs, so dass sie hineinsehen konnte. Ihre Schwester hatte sich aufgesetzt, auch wenn sie den Kopf hängen ließ und die langen, roten Haare ihr Gesicht verbargen. Die langen Fingernägeln an den schlaffen Händen glänzten, als würde Öl aus ihnen heraussickern. »Dein Fieber hat sich gebrochen – das ist gut.«

Sheltatha Lore blickte nicht auf. »Ist es das? Ich habe nach dir gerufen – als Ruin sich befreit hat – als er auf mich losgegangen ist – dieser selbstsüchtige, herzlose Dreckskerl! Er ist auf mich losgegangen! *Und ich habe nach dir gerufen!*«

»Ich habe es gehört, Schwester. Leider war ich zu weit weg, um irgendetwas tun zu können – um dir bei deinem Kampf helfen zu können. Aber letztendlich bin ich doch gekommen, oder? Ich bin gekommen und habe dich befreit.«

Mehrere Herzschläge lang herrschte Stille. Dann fragte Sheltatha mit dunkler, unmenschlicher Stimme: »Also – wo ist sie?«

»Menandore?«

»Sie war es, oder?« Lore hob plötzlich den Kopf und enthüllte bernsteinfarbene Augen, deren Weiß befleckt war, als wäre es rostig geworden. Ein grässlicher Blick, doch offen und eindringlich. »Sie hat mich von hinten niedergeschlagen – ich hatte nicht im Mindesten damit gerechnet – ich dachte, du wärst da, ich dachte – du *warst* doch da, oder? Du warst da!«

»Und genauso ein Opfer wie du, Sheltatha. Menandore hatte sich lange auf diesen Verrat vorbereitet, hat ein Dutzend Rituale benutzt – um dich niederzuschlagen und hilflos zu machen, so dass ich nicht eingreifen konnte.«

»Sie hat zuerst zugeschlagen, meinst du.« Die Feststellung war ein halbes Knurren. »Hatten wir nicht das Gleiche geplant, Sukul?«

»Das ist jetzt nicht mehr so wichtig, oder?«

»Und doch hat sie *dich* nicht begraben, teure Schwester, nicht wahr?«

»Aber das liegt nicht daran, dass ich besonders tapfer gewesen wäre. Und ich habe auch nicht um meine Freiheit gefeilscht. Nein, es scheint, als wäre Menandore nicht daran interessiert gewesen, mich zu vernichten.« Sukul konnte spüren, wie ihr hasserfülltes Grinsen ihre Züge verzerrte. »Sie hat nie geglaubt, dass ich viel taugen würde. Sukul Ankhadu, Dippel, *die Launische*. Nun, sie wird schon bald anders denken, was?«

»Wir müssen einen Azath finden«, sagte Sheltatha Lore und entblößte braune Zähne. »Sie wird das erleiden, was ich erlitten habe.«

»Ich stimme dir zu, Schwester. Leider gibt es hier keine überlebenden Azath – auf diesem Kontinent meine ich. Sheltatha Lore – wirst du mir vertrauen? Ich habe etwas im Sinn – ein Mittel, um Menandore in eine Falle zu locken, um unsere so lang ersehnte Rache zu nehmen. Wirst du mitmachen? Als echte Verbündete – wenn wir zusammenarbeiten, gibt es hier niemanden, der mächtig genug wäre, sich uns entgegenzustellen …«

»Du Närrin. Da ist immer noch Silchas Ruin.«

»Ich habe auch für ihn eine Antwort, Schwester. Aber ich brauche deine Hilfe. Wir müssen zusammenarbeiten, und wenn wir das tun, werden wir den Tod von beiden, Menandore und Silchas Ruin, erreichen. Vertraust du mir?«

Sheltatha Lore lachte rau. »Wirf das Wort weg, Schwester. Es ist sinnlos. Ich will Rache. Du musst etwas beweisen – uns allen. Also gut, wir werden zusammenarbeiten und sehen, was dabei herauskommt. Dann erzähle mir von deinem großen Plan. Erzähl mir, wie wir Silchas Ruin zerschmettern werden, dem in dieser Sphäre niemand ebenbürtig ist …«

»Du musst deine Furcht vor ihm besiegen«, sagte Sukul. Sie blickte weg, schaute sich auf der Lichtung um und bemerkte, dass die Sonnenstrahlen nun schräger einfielen und die zerstörte Mauer sich ringsum wie zerbröckelnde Dunkelheit zusammenkauerte. »Er ist nicht unbesiegbar. Scabandari hat das nur allzu gut bewiesen …«

»Bist du tatsächlich so dumm, dass du das glaubst?«, wollte Sheltatha wissen, während sie aus dem Schuppen kletterte und sich wie ein Baum in menschlicher Gestalt reckte. Ihre Haut glänzte wie poliert und hatte die Farbe von fleckigem Holz. »Ich habe tausend Ewigkeiten lang mit dem Scheißkerl einen Grabhügel geteilt. Ich habe seine Träume zu schmecken bekommen, ich habe am Strom seiner geheimsten Gedanken genippt – er ist unachtsam geworden …«

Sukul starrte ihre Halbschwester finster an. »Was willst du damit sagen?«

Die schrecklichen Augen richteten sich auf sie, schenkten ihr einen spöttischen Blick. »Er hat auf dem Schlachtfeld gestanden. Hat einfach dagestanden und Scabandari den Rücken zugekehrt – Scabandari, den er Blutauge genannt hat, und war das nicht Hinweis genug? Ich sage dir, er hat dagestanden und auf die Messer *gewartet.*«

»Ich glaube dir nicht. Das kann nur eine Lüge sein. Es muss eine sein!«

»Warum? Silchas war verwundet und ohne Waffen. Er hat gespürt, dass die Mächte dieser Sphäre rasch näherkamen – Mächte, die nicht zögern würden, ihn und Blutauge zu vernichten. Im absoluten Sinne zu vernichten. Und er war nicht in der Verfassung, sich gegen sie verteidigen zu können. Genausowenig wie Scabandari, was er sehr wohl wusste, auch wenn der Idiot sich aufgeblasen über die zahllosen Toten ausgelassen hat. Also war die Frage: Sollte er Scabandaris Schicksal teilen … oder *fliehen*?«

»Jahrtausende im Hügelgrab eines Azaths – das nennst du Flucht, Sheltatha?«

»Mehr als jeder andere von uns – sogar mehr als Anomandaris«, sagte sie, und ihre Augen wirkten plötzlich verschleiert, »denkt Silchas Ruin … *wie ein Drache.* Genauso kalt, genauso berechnend, genauso *zeitlos.* Beim Abgrund hienieden, Sukul Ankhadu, du hast ja keine Ahnung …« Ein Schauder überlief Sheltatha Lore, und sie wandte sich ab. »Vergewissere dich deiner Pläne, Schwester«, fügte sie mit kehliger Stimme hinzu, »und ganz egal, wie sicher du dir bist, sorge dafür, dass wir eine Fluchtmöglichkeit haben. Für den Fall, dass wir scheitern sollten.«

Ein weiteres schwaches Seufzen von den Erdgeistern ringsum, und Sukul Ankhadu erschauerte, verspürte plötzlich Unsicherheit – und Furcht. »Du musst mir mehr von ihm erzählen«, sagte sie. »Alles, was du erfahren hast …«

»Oh, das werde ich. Die Freiheit hat dich … arrogant werden lassen, Schwester. Dem müssen wir abhelfen, müssen deinen Blick von diesem Schleier des Vertrauens befreien. Und deine Pläne entsprechend abwandeln.« Diesen Worten folgte eine längere Pause, dann blickte Sheltatha Lore Sukul erneut an. Ihre Augen glitzerten merkwürdig. »Sag mir, hast du dich bewusst entschieden?«

»Was?«

Eine Geste. »Für diesen Platz … den Ort, an dem ich mich erholen sollte.«

Sukul zuckte die Schultern. »Die Ortsansässigen meiden ihn. Daher sind wir hier unter uns … dachte ich …«

»Er wird gemieden, ja, das stimmt. Und dafür gibt es einen Grund.«

»Und der wäre?«

Sheltatha musterte sie mehrere Herzschläge lang und wandte sich dann einfach ab. »Spielt keine Rolle. Ich bin bereit, jetzt von hier zu verschwinden.«

Genau wie ich, nehme ich an. »Einverstanden. Nach Norden …«

Ein weiterer scharfer Blick, dann ein Nicken.

Oh, ich kann deine Verachtung erkennen, Schwester. Ich weiß, dass du genauso empfunden hast wie Menandore – ich weiß, dass du nicht viel von mir hältst. Und du hast gedacht, ich würde mich einmischen, wenn sie zu-

schlagen würde? Warum? Ich habe von Vertrauen gesprochen, ja, klar, aber du hast mich nicht verstanden. Ich vertraue dir tatsächlich, Sheltatha. Ich vertraue auf deine Rachsucht. Und das ist alles, was ich brauche. Für zehntausend Lebensspannen voller Kränkung und Missachtung … ist es alles, was ich brauche.

Der Taxilier, der aufgrund der feuchten Hitze seine tätowierten Arme entblößt hatte, achtete nicht auf die neugierigen Blicke der anderen Gäste der Innenhof-Schenke, als er zu dem niedrigen Tisch kam, an dem Samar Dev saß. Ohne ein Wort zu sagen, setzte er sich hin, griff nach dem Krug mit dem gekühlten, verdünnten Wein und füllte sich einen Kelch damit. Dann beugte er sich vor. »Bei den Sieben Heiligen, Hexe, diese verdammte Stadt ist ein Wunder – und ein Alptraum.«

Samar Dev zuckte die Schultern. »Es hat sich rumgesprochen – knapp zwei Dutzend Meisterkämpfer warten nun darauf, dass der Imperator sich mit ihnen vergnügt. Da bleibt es nicht aus, dass man auf dich aufmerksam wird.«

Er schüttelte den Kopf. »Du verstehst mich falsch. Ich war früher Architekt, ja? Es ist eine Sache« – er wedelte nachlässig mit einer Hand – »mit offenem Mund die außergewöhnlichen Dammstraßen und weit gespannten Brückenbögen und auch den fragwürdigen Protzbau namens Ewiges Domizil anzustarren – ja, sogar die Kanäle mit ihren Schleusen, ihren Zuläufen und Abläufen, die Aquädukte und die großen Blockhäuser mit ihren mächtigen Pumpen und dem ganzen Kram.« Er machte eine Pause, um sich einen Schluck Wein zu genehmigen. »Nein, ich spreche von etwas ganz anderem. Hast du gewusst, dass genau an dem Tag, als wir hier angekommen sind, irgendein alter Tempel eingestürzt ist? Und zwar ein Tempel, der – wie es aussieht – *Ratten* geweiht war …«

»Ratten?«

»Ratten, obwohl ich nicht den kleinsten Hinweis auf einen Kult gefunden habe, der sich um diese üblen Kreaturen dreht.«

»Karsa würde das erheiternd finden«, sagte Samar Dev mit einem leichten Lächeln, »und sich in Anbetracht seiner Vorliebe dafür, Nagetieren den Hals umzudrehen, in den Anhängern des Kultes einen neuen Feind schaffen …«

»Nicht nur Nagetieren, wie ich mitbekommen habe«, sagte der Taxilier leise.

»Ja, leider, aber was das angeht, würde ich dem Toblakai gegenüber ein bisschen Nachsicht walten lassen – er hat ihnen gesagt, dass niemand das Schwert anfassen sollte. Hat sie bestimmt ein Dutzend Mal oder öfter gewarnt. Der Wächter hätte es einfach besser wissen müssen.«

»Teure Hexe«, sagte der Taxilier seufzend, »du warst unachtsam oder – noch schlimmer – träge. Es hat mit dem Imperator zu tun, verstehst du? Die Waffe, die dazu bestimmt ist, sich mit Rhulads Klinge zu kreuzen. Die soll so etwas wie ein Segen sein – hast du das nicht gewusst? Die loyalen Bürger dieses Imperiums *wollen*, dass einer der Meisterkämpfer Erfolg hat. Sie wollen, dass ihr verdammter Tyrann ausgelöscht wird. Sie beten dafür. Sie träumen davon …«

»Schon gut«, zischte Samar Dev, »sei leise, verdammt!« Der Taxilier breitete die Arme aus, verzog dann das Gesicht. »Ja, natürlich. Schließlich verbirgt sich in jedem Schatten ein Patriotist …«

»Sei vorsichtig, über wen du dich lustig machst. Das ist ein unberechenbarer, blutrünstiger Haufen, Taxilier, und dass du ein Fremder bist, macht dich nur noch verwundbarer.«

»Du solltest besser zuhören, wenn die Leute hier miteinander reden, Hexe. Der Imperator kann nicht getötet werden. Karsa Orlong wird sich zu all den anderen auf dem Urnenfriedhof gesellen. Stell dich darauf ein. Und wenn das geschieht – nun, dann werden alle seine … Anhängsel, seine Begleiter … alle, die mit ihm gekommen sind, das gleiche Schicksal erleiden. So lautet das Dekret. Warum sollten sich die Patriotisten angesichts unseres unvermeidlichen Ablebens überhaupt um uns kümmern?« Er trank seinen Kelch leer und füllte ihn erneut. »Wie auch immer – du hast mich abgelenkt. Ich habe von dem eingestürzten Tempel gesprochen, und was ich von seinen Fundamenten gesehen habe – der Beweis für mein wachsendes Misstrauen.«

»Ich habe nicht gewusst, dass wir hingerichtet werden sollen. Nun, das ändert die Dinge – auch wenn ich noch nicht so recht weiß, wie.« Sie verstummte. Dann, nachdem sie kurz über die letzten Worte des Taxiliers nachgedacht hatte, sagte sie: »Sprich weiter.«

Der Taxilier lehnte sich langsam zurück, umfasste den Weinkelch mit beiden Händen. »Denk an Ehrlitan, eine Stadt, die auf den Gebeinen zahlloser anderer Städte erbaut wurde. Was das angeht, unterscheidet sie sich kaum von den meisten Siedlungen im Reich der Sieben Städte. Aber dieses Letheras, das ist ganz anders, Samar Dev. Oh ja. Hier ist die ältere Stadt niemals eingestürzt, niemals zu nichts weiter als Geröll verkommen. Sie steht immer noch, folgt einem Muster von Straßen, das teilweise noch zu erkennen ist. Hier und da gibt es noch die alten Gebäude, wie krumme Zähne. So etwas habe ich noch nie gesehen, Hexe – es scheint, als ob diesen alten Straßen nicht die geringste Beachtung geschenkt worden wäre. Zumindest zwei Kanäle führen mitten durch sie hindurch – man kann die steinernen Ausbuchtungen an den Wänden der Kanäle erkennen, sie sehen aus wie die abgesägten Enden von Röhrenknochen.«

»Das ist in der Tat sonderbar. Leider ist es aber auch etwas, das nur bei einem Architekten oder einem Steinmetz für Aufregung sorgt, Taxilier.«

»Du verstehst es immer noch nicht. Dieses alte Muster, das größtenteils verborgene Netzwerk und die dazugehörige noch stehende Bausubstanz – nichts davon ist zufällig, Hexe.«

»Wie meinst du das?«

»Ich sollte dir das vermutlich nicht erzählen, aber Steinmetze und Architekten kennen Geheimnisse mystischer Natur. Gewisse Tatsachen im Hinblick auf Zahlen und Geometrie offenbaren verborgene Energien, Netze aus Macht. Samar Dev, in dieser Stadt gibt es diese Energieströme, in sie verwoben wie verschlungene Drähte im Mörtel. Der Einsturz des Schuppenhauses hat es mir enthüllt: eine klaffende Wunde, aus der uraltes Blut tropft – beinahe totes Blut, zugegeben, aber es *ist* Blut.«

»Bist du dir sicher?«

»Das bin ich. Und darüberhinaus … *weiß irgendjemand Bescheid.* Genug, um dafür zu sorgen, dass die entscheidenden Konstrukte, die Bauwerke, die ein Netzwerk aus Angelpunkten bilden – die Fixpunkte für das Energiegitter –, dass die alle stehen bleiben …«

»Mit Ausnahme des Schuppenhauses.«

Ein Nicken. »Nicht notwendigerweise eine schlechte Sache – tatsächlich muss dieser Einsturz nicht unbedingt *ein Zufall* gewesen sein.«

»Jetzt komme ich nicht mehr mit. Der Tempel ist absichtlich eingestürzt?«

»Ich würde die Möglichkeit zumindest in Betracht ziehen. Tatsächlich passt es genau zu meinem Verdacht. Wir nähern uns einem bedeutsamen Ereignis, Samar Dev. So viel kann ich im Augenblick sagen. Etwas wird geschehen. Ich kann nur beten, dass wir am Leben bleiben, um es mitzuerleben.«

»Du hast nicht viel getan, um mir den Tag zu versüßen«, sagte sie und beäugte ihr erst zur Hälfte verzehrtes Frühstück aus Brot, Käse und unbekannten Früchten. »Das Mindeste, was du tun kannst, um deine Sünden abzubüßen, ist, uns eine weitere Karaffe Wein zu bestellen.«

»Ich glaube, du solltest fliehen«, sagte der Taxilier leise, ohne sie anzublicken. »Ich würde es tun, wäre da nicht das Ereignis, von dem ich glaube, dass es kommen wird. Aber wie du selbst gesagt hast, ist mein Interesse größtenteils beruflich bedingt. Du hingegen wärst besser dran, wenn du dich um dein eigenes Leben kümmern würdest – darum, es zu behalten, heißt das.«

Sie runzelte die Stirn. »Nicht dass ich unvernünftig viel Vertrauen in Karsa Orlongs Fähigkeiten als Kämpfer hätte. Es gab genügend Hinweise darauf, dass der Imperator bereits gegen andere Meisterkämpfer, gegen andere große Krieger mit vortrefflichen Fähigkeiten gekämpft hat, und keiner konnte ihn besiegen. Nichtsdestotrotz muss ich zugeben, dass ich Karsa gegenüber so etwas wie … nun ja, Loyalität empfinde.«

»Genug, um dich ihm anzuschließen, wenn's zum Tor des Vermummten geht?«

»Ich bin mir nicht sicher. Wie auch immer, kannst du dir nicht vorstellen, dass wir beobachtet werden? Glaubst du, dass noch nie jemand versucht hat, seinem Schicksal zu entfliehen?«

»Doch, bestimmt. Aber es noch nicht einmal zu versuchen …«

»Ich werde darüber nachdenken, Taxilier. So, jetzt habe ich es mir anders überlegt – die zweite Karaffe Wein wird noch ein bisschen warten müssen. Lass uns in dieser schönen Stadt spazierengehen. Ich habe Lust, mir diesen eingestürzten Tempel selbst anzusehen. Wir können gaffen wie die Fremden, die wir nun einmal sind, und die Patriotisten werden sich nichts dabei denken.« Sie erhob sich von ihrem Stuhl.

Der Taxilier tat es ihr nach. »Ich gehe davon aus, dass du bereits bezahlt hast.«

»Ist nicht nötig. Imperiale Freigebigkeit.«

»Großzügigkeit gegenüber den Verdammten – das passt überhaupt nicht zu meinem Bild von diesem mörderischen Imperium.«

»Die Dinge sind immer komplizierter, als sie auf den ersten Blick scheinen.«

Gefolgt von den Blicken von einem Dutzend Stammgästen verließen sie das Gasthaus.

Die Sonne verschlang die letzten Schatten auf dem Boden des Innenhofs, und die zunehmende Hitze stieg in Wogen von dem rechteckigen, von hohen Mauern umgebenen Platz auf. Diener hatten den Sand, mit dem der Boden bestreut war, gerecht und geglättet, und so würde er bis zum späten Nachmittag bleiben – bis die Herausforderer in Wartestellung allesamt herauskommen würden, um Übungskämpfe gegeneinander durchzuführen und gemeinsam – zumindest diejenigen, die eine gemeinsame Sprache sprachen – über die merkwürdigen, makabren Umstände ihres Hierseins zu sinnieren und zu grübeln. Im Augenblick jedoch lehnte Taralack Veed an einer Wand im Eingangsbereich und beobachtete Icarium, der langsam an der Außenmauer des Hofs entlangschritt; der Jhag hatte eine Hand ausgestreckt und strich mit den Fingerspitzen über die verblassten Friese auf dem ausgeblichenen, staubigen Stein.

Die verwaschenen Bilder auf dem Fries kündeten von Helden des Imperiums und ruhmreichen Königen, waren allerdings mittlerweile bei den Übungskämpfen durch die Waffen jener Fremden beschädigt worden, die allesamt vorgehabt hatten, den derzeitigen Imperator zu töten.

Somit gab es jetzt nur eine einzige Fußspur, die an der Mauer entlangführte, und einen Schatten – kaum mehr als ein Nichts unter dem großen Krieger mit der olivfarbenen Haut, der stehenblieb, um nach oben, zum Himmel zu schauen, als ein Schwarm unbekannter Vögel quer über die blaue Weite schoss, und dann weiterging, bis er das hintere Ende des Hofs erreichte, wo ein großes, vergittertes Tor den Weg auf die dahinterliegende Straße versperrte. Die Wachen waren jenseits der dicken, rostzerfressenen Eisenstäbe gerade noch auszumachen. Icarium blieb dem Tor zugewandt stehen, verharrte reglos, und das Sonnenlicht entzog ihm jegliche Farbe, als wäre er gerade aus dem Fries zu seiner Linken herausgestiegen, genauso verblasst und verwaschen wie irgendein Held der Vorzeit.

Aber nein, nicht wie ein Held. Niemand betrachtet ihn als Helden. Niemals. Er war eine Waffe, nichts weiter. Aber … *er lebt, er atmet, und wenn etwas atmet, ist es mehr als eine Waffe. Heißes Blut in seinen Adern, anmutige Bewegungen, Gedanken und Gefühle, die sich in seinem Schädel tummeln, Augen, die vor Bewusstsein brennen.* Die Namenlosen hatten zu lange auf der steinernen Schwelle gekniet. Hatten ein Haus angebetet, seine aufgeworfene Erde, seine hallenden Räume – warum nicht die lebenden, atmenden Wesen, die in jenem Haus vielleicht wohnten? Warum nicht die unsterblichen Erbauer? Ein Tempel war heiliger Boden – aber nicht aufgrund seiner Existenz, sondern wegen des Gottes, den er ehrte. Aber die Namenlosen sahen das anders. *Anbetung, die sich auf absurde Weise ins Extrem gesteigert hat … in Wirklichkeit aber vielleicht genauso primitiv geblieben ist wie eine Opfergabe in einer Felsspalte, eine mit Blut gemalte Zeichnung auf der abgeschürften Oberfläche … oh, das ist nichts für mich, diese Gedanken, die das Innerste meiner Seele zum Frösteln bringen.*

Ein Gral, zerfetzt und gezeichnet von Verrat. Von jener Art von Verrat, der im Schatten eines jeden Mannes wartet – denn wir sind sowohl Haus als auch Bewohner. Stein und Erde. Blut und Fleisch. Und so werden wir die alten Räume aufsuchen und die vertrauten Korridore durchschreiten, bis wir um eine Ecke biegen und uns plötzlich einem Fremden gegenübersehen, der niemand anders sein kann als unser übelstes Spiegelbild.

Und dann werden die Messer gezogen, und ein Lebenskampf wird gefochten – Jahr um Jahr, Tat um Tat. Mut und widerwärtiger Verrat, Feigheit und vielversprechende Tücke.

Der Fremde hat mich zurückgetrieben, Schritt um Schritt. Bis ich mich selbst nicht mehr erkenne – welcher geistig gesunde Mann würde es wagen, seine eigene Ehrlosigkeit anzuerkennen? Wer würde das Gefühl des Bösen genießen, wen würden dessen bittere Belohnungen befriedigen? Nein, statt dessen rennen wir mit unseren Lügen davon – begrüße ich nicht jede Morgendämmerung mit meinen Racheschwüren? Verfluche ich nicht flüsternd all jene, die mir Unrecht getan haben?

Und jetzt wage ich es, die Namenlosen zu beurteilen, die das eine Böse gegen das andere schwingen wollen. Und wo ist mein Platz in diesem grässlichen Plan?

Er starrte hinüber zu Icarium, der noch immer das Tor anblickte – reglos wie eine Statue, verschwommen hinter der flimmernden Hitze. *Mein Fremder. Aber wer von uns ist der Böse?*

Sein Vorgänger, Mappo – der Trell –, hatte solche Kämpfe längst hinter sich gelassen, vermutete Taralack. Hatte sich dafür entschieden, lieber die Namenlosen zu verraten als diesen Krieger vor dem Tor. Eine schlechte Entscheidung? Der Gral war sich seiner Antwort nicht mehr so sicher.

Er gab ein leises Zischen von sich, stieß sich von der Wand ab und schritt über den Innenhof, durch die wogende Hitze, um sich neben den Jhag zu stellen. »Wenn du deine Waffen hierlässt«, sagte Taralack, »ist es dir freigestellt, in der Stadt herumzulaufen.«

»Ist es mir auch freigestellt, meine Meinung zu ändern?«, fragte Icarium mit einem dünnen Lächeln.

»Das würde wenig bringen – allenfalls vielleicht unserer sofortige Hinrichtung.«

»Das könnte eine Gnade sein.«

»Das glaubst du doch selbst nicht, Icarium. Das sagst du nur, um mich zu verspotten.«

»Das könnte sein, Taralack Veed. Was diese Stadt angeht«, er schüttelte den Kopf, »so bin ich noch nicht für sie bereit.«

»Der Imperator könnte jeden Augenblick zu dem Entschluss kommen …«

»Das wird er nicht. Es ist Zeit genug.«

Der Gral schaute finster zu dem Jhag auf. »Wie kannst du dir da so sicher sein?«

»Weil«, sagte Icarium leise und gemessen, während er sich umdrehte, um zurückzugehen, »er Angst hat, Taralack Veed.«

Schweigend starrte der Gral ihm nach. *Vor dir? Was weiß er? Bei den Sieben Heiligen, wer könnte denn etwas über die Geschichte dieses Landes wissen? Über seine Legenden? Sind sie – in Bezug auf Icarium und all das, was in seinem Innern wartet – womöglich vorgewarnt?*

Icarium verschwand im Schatten des Hauseingangs. Nach einem Dutzend schneller Herzschläge folgte Taralack ihm. Doch er hatte nicht vor, sich wieder in die mürrische Gesellschaft des Jhag zu begeben, sondern jemanden zu suchen, der ihm vielleicht Antworten auf all die Fragen geben konnte, die ihn mittlerweile bestürmten.

Einst war Varat Taun der Stellvertreter von Atri-Preda Yan Tovis gewesen, doch jetzt kauerte er sich in einer Ecke des unmöblierten Raums zusammen. Als Yan Tovis den Raum betrat, zuckte er zusammen. Und drückte sich noch enger in die Ecke, ohne den Kopf zu heben und sie anzublicken. Dieser Mann hatte Taralack Veed und Icarium ganz allein durch die Gewirre zurückgeführt – durch einen Tunnel, den unbekannte Magie aufgerissen hatte, und der jede Sphäre durchschnitten hatte, die die Soldaten auf dem Hinweg durchquert hatten. Die Atri-Preda hatte die schwärende Wunde, die das Ausgangstor gewesen war, selbst gesehen; sie hatte sein schrilles Geheul gehört – eine Stimme, die in ihre Brust zu greifen und nach ihrem Herz zu packen schien; sie hatte ungläubig die drei Gestalten angestarrt, die durch das Tor getreten waren, wobei die eine von den beiden anderen mitgeschleppt worden war …

Keine weiteren Überlebenden. Keine. Weder Edur noch Letherii.

Varat Tauns Geist war bereits gebrochen gewesen. Unfähig, zusammenhängende Erklärungen abzugeben, hatte er nur noch vor sich hingebrabbelt. Er hatte jeden mit schriller Stimme angeschrien, der ihm zu nahe gekommen war, und hatte doch den Blick nicht von dem bewusstlosen Icarium abwenden können oder wollen.

Sie sind alle tot. Alle. Das hatte Taralack Veed mit krächzender Stimme gesagt. *Der Erste Thron ist zerstört, alle seine Verteidiger sind tot – nur Icarium hat es überlebt, und auch er wurde schwer verwundet. Er ist … er ist Eures Imperators würdig.*

Aber das hatte der Gral von Anfang an gesagt. Tatsache war jedoch, dass niemand es genau wusste. Was war in der unterirdischen Grabstätte geschehen, in der der Erste Thron gestanden hatte?

Doch damit waren die schrecklichen Neuigkeiten noch nicht zu Ende. Auch der Thron des Schattens war zerstört worden. Yan Tovis erinnerte sich an die Bestürzung und das Entsetzen in den Gesichtern der Tiste Edur, als ihnen die Bedeutung von Taralack Veeds mit einem schlimmen Akzent hervorgestoßenen Worten aufgegangen war.

Eine weitere Expedition war notwendig. Das war offensichtlich gewesen. Um nachzuprüfen, ob Veeds Behauptungen stimmten.

Kurz nachdem das Tor die Überlebenden ausgespuckt hatte, hatte es sich geschlossen; die Heilung war beinahe ebenso gewalttätig und befrachtet gewesen wie die erste Verletzung, und ganz am Schluss waren Schreie aus dem Portal gedrungen – eine entsetzliche Kakophonie, wie von den verlorenen Seelen der Verdammten –, was allen Zeugen klar gemacht hatte, dass noch andere versucht hatten, herauszukommen.

Als hätte das allein noch nicht ausgereicht, verbreitete sich kurz danach auf den Schiffen der Flotte die Nachricht, dass die Hexer der Edur Fehlschlag um Fehlschlag erlitten, wenn sie versuchten, neue Pfade in die Gewirre zu schaffen. Irgendwie hatte das Trauma, das der chaotische Riss verursacht hatte, jeden möglichen Pfad zu jenem Ort versiegelt, an dem sich der Thron des Schattens befand – und auch zu jenem, an dem sich der Erste Thron der T'lan Imass befand. War das von Dauer? Das konnte niemand sagen. Selbst wenn sie nur forschten und prüften, wurden die Hexer unter schrecklichen Schmerzen zurückgestoßen. *Es ist heiß*, sagten sie; *das Fleisch des Daseins selbst wütet wie Feuer.*

In Wahrheit kümmerte das Yan Tovis allerdings herzlich wenig. Sie hatte Soldaten verloren, und nichts schmerzte sie mehr als der Verlust ihres Stellvertreters Varat Taun.

Sie starrte das zusammengerollte Bündel Mensch in der Ecke an. *Werde ich das zu seiner Frau und seinem Kind nach Blaurose bringen?* Letheriische Heiler hatten sich um ihn gekümmert, doch ohne Erfolg. Die Wunden in seinem Verstand zu heilen überstieg ihre Fähigkeiten.

Sie hörte Schritte im Korridor und trat zur Seite, als eine Wache mit einem barfüßigen Begleiter hereinkam. Ein weiterer »Gast«. Ein Mönch aus der Theokratie des Cabal-Archipels, der sich der Edur-Flotte freiwillig angeschlossen hatte. Was zunächst merkwürdig wirkte, aber – wie sich herausstellte – einer alten Tradition folgte, die in der Übergabe von Geiseln an potentielle Feinde bestand. Die Flotte der Edur war zum damaligen Zeitpunkt zu sehr beschädigt gewesen, um eine sonderlich große Bedrohung darzustellen, und hatte noch immer die Wunden geleckt, die ihr der Zusammenstoß mit den Bewohnern von Verende beschert hatte. Doch das schien keine große Rolle zu spielen – die Tradition war offizielle Politik, wenn sich ein erstes Zusammentreffen mit Fremden abzeichnete.

Der Mönch aus Cabal, der nun auf der Türschwelle stand, reichte Zwielicht gerade eben bis zur Schulter; er war schlank, kahl, und sein rundes Gesicht war dick mit leuchtenden Farben bemalt, so dass es einer komischen Maske glich und eine Art von Ausgelassenheit vermittelte, die sich in den glitzernden Augen des Mannes widerspiegelte. Yan Tovis hatte nicht gewusst, was sie zu erwarten hatte, aber sie hatte ganz und gar nicht mit … so etwas gerechnet.

»Ich danke Euch, dass Ihr Euch einverstanden erklärt habt, ihn Euch anzusehen«, sagte sie. »Ich gehe davon aus, dass Ihr über eine Begabung als Heiler verfügt.«

Der Mönch schien kurz davor, bei ihren Worten in schallendes Gelächter auszubrechen, und Zwielicht spürte leichte Verärgerung in sich aufsteigen.

»Könnt Ihr mich verstehen?«, wollte sie wissen.

Die Gesichtszüge unter der aufgemalten Maske blieben ausdrucks- und teilnahmslos, als der Mann in fließendem Letheriisch sagte: »Ich verstehe alle Eure Worte. Euer singender Akzent deutet darauf hin, dass Ihr aus dem Norden des Imperiums kommt, von der Küste. Ihr habt außerdem den Tonfall erlernt, der zum militärischen Sprachgebrauch gehört, was zwar die Überbleibsel Eurer niederen Herkunft nicht ganz korrigieren kann, sie aber ausreichend abmildert, um die meisten Eurer Kameraden über Euren familiären Stand im Unklaren zu lassen.« Die warmen braunen Augen funkelten bei jeder Aussage vor stummer Fröhlichkeit. »Dies bezieht sich natürlich nicht auf die derzeitige Klangfärbung, die vom langen Umgang mit Seeleuten und mit den Tiste Edur herrührt. Die aber – was Ihr vielleicht mit Erleichterung vernehmen werdet – auch bereits wieder im Verschwinden begriffen ist.«

Yan Tovis blickte die Wache an, die hinter dem Mönch stand. Mit einer Geste schickte sie sie weg.

»Falls das Eure Vorstellung von einem Witz war«, sagte sie zu dem Caballhii, nachdem die Frau gegangen war, »hilft Euch noch nicht einmal die Farbe.«

Die Augen blitzten. »Ich versichere Euch, dass kein Humor beabsichtigt war. Also, man hat mir gesagt, dass Eure eigenen Heiler keinen Erfolg hatten. Ist das richtig?«

»Ja.«

»Und die Tiste Edur?«

»Die … sind an Varat Tauns Schicksal nicht interessiert.«

Ein Nicken, dann zog der Mönch sein Seidengewand enger um sich und ging lautlos zu der Gestalt in der hinteren Ecke.

Varat Taun kreischte auf und begann, an den Wänden zu kratzen.

Der Mönch blieb stehen, legte den Kopf ein wenig schief, drehte sich um und trat wieder zu Yan Tovis. »Wünscht Ihr meine Beurteilung zu hören?«

»Nur zu.«

»Er ist wahnsinnig.«

Sie starrte in die tanzenden Augen hinunter und verspürte plötzlich das dringende Bedürfnis, diesen Cabalhii zu erdrosseln. »Ist das alles?« Ihre Stimme klang krächzend, doch die in den Worten mitschwingende Drohung war nicht zu überhören.

»Alles? Es ist beträchtlich. Wahnsinn. Unzählige Ursachen, einige die Folge eines direkten Schadens am Gehirn, andere bedingt durch nicht richtig arbeitende Organe, die auf Eigenschaften der Eltern zurückzuführen sind – ein ererbter Fehler sozusagen. Andere Ursprünge schließen ein Ungleichgewicht der Zehntausend Körpersekrete, das Schlechtwerden ausgewählter Flüssigkeiten oder den fiebrigen Kuss der Wahnvorstellung mit ein. Diese Arten von Ungleichgewicht können das Ergebnis des zuvor erwähnten Schadens oder der falsch arbeitenden Organe sein.«

»Könnt Ihr ihn heilen?«

Der Mönch blinzelte. »Ist das denn nötig?«

»Nun, aus diesem Grunde habe ich nach Euch geschickt – entschuldigt, aber wie heißt Ihr eigentlich?«

»Als ich meinen gegenwärtigen Rang innerhalb der Vereinigten Sekten von Cabal erlangt habe, wurde mein Name abgelegt.«

»Ich verstehe. Und was für ein Rang ist das?«

»Rangältester Beurteiler.«

»Und was beurteilt Ihr?«

Der Gesichtsausdruck des Mönchs veränderte sich nicht. »Alles, was der Beurteilung bedarf. Benötigt Ihr weitere Erklärungen?«

Yan Tovis blickte ihn finster an. »Ich weiß nicht so recht«, murmelte sie. »Ich glaube, wir vergeuden hier nur unsere Zeit.«

Neuerlich wirbelnde Funken in den Augen des Mönchs. »Das Auftauchen einer fremden Flotte zwischen unseren Inseln bedurfte der Beurteilung. Das Imperium, das diese Flotte ausgesandt hat, bedurfte der Beurteilung. Die Forderungen dieses Imperators bedürfen der Beurteilung. Und wie wir nun sehen, bedarf auch die Verfassung dieses jungen Soldaten der Beurteilung. Und so habe ich sie beurteilt.«

»Und wo genau kommt Eure Begabung als Heiler ins Spiel?«

»Die Heilung muss der Beurteilung des Erfolgs oder des Fehlschlags der Behandlung unbedingt vorausgehen.«

»Was für eine Behandlung?«

»Diese Dinge folgen einer Reihe von Bedingungen, die jeweils vollständig erfüllt sein müssen, bevor man in der Lage ist, zur nächsten überzugehen. Also. Ich habe die gegenwärtige Verfassung dieses Soldaten beurteilt. Er ist wahnsinnig. Ich habe dann zu Eurem Nutzen die verschiedenen Arten von Wahnsinn und ihre möglichen Ursachen beschrieben. Danach haben wir die Frage der persönlichen Bezeichnung behandelt – eine Nebenbemerkung von geringer Bedeutung, wie sich herausgestellt hat –, und nun bin ich bereit, mich wieder der vorliegenden Aufgabe zu widmen.«

»Dann verzeiht mir bitte die Unterbrechung.«

»Dazu besteht keine Notwendigkeit. Also, um fortzufahren ... dieser Soldat hat ein Trauma erlitten, das ausreicht, das normale Gleichgewicht der Zehntausend Sekrete zu zerstören. Verschiedene Organe in seinem Gehirn sind nun in einem Kreislauf des Nichtfunktionierens gefangen, der die Möglichkeiten seiner Selbstheilungskräfte übersteigt. Das Trauma hat einen Rückstand in Form einer Ansteckung durch Chaos zurückgelassen – es ist, wie ich hinzufügen möchte, niemals weise, von den tödlichen Wassern zwischen den Gewirren zu trinken. Darüberhinaus ist dieses Chaos mit der Gegenwart eines falschen Gottes befleckt.«

»Ein falscher Gott – was ist falsch an ihm?«

»Ich bin ein Mönch der Vereinigten Sekten von Cabal, und es scheint jetzt notwendig zu sein, dass ich die Natur meiner Religion erkläre. In der Bevölkerung von Cabal gibt es dreitausendundzwölf Sekten. Diese Sekten sind allesamt dem Einen Gott gewidmet. In der Vergangenheit haben schreckliche Bürgerkriege die Inseln von Cabal heimgesucht, als jede Sekte um die Vorherrschaft sowohl in weltlichen wie auch in geistlichen Angelegenheiten gekämpft hat. Erst durch die Große Synode des Neuen Jahres Eins wurde der Frieden gesichert und für alle nachfolgenden Generationen offiziell gemacht. Deswegen die Vereinigten Sekten. Die Lösung der nie endenden Konflikte war, wie sich herausstellte, blendend einfach. ›Der Glaube an den Einen Gott schließt alle anderen Belange ein.‹«

»Aber wie kann es so viele Sekten, aber nur einen Gott geben?«

»Oh. Nun, Ihr müsst Folgendes verstehen: Der Eine Gott schreibt nichts auf. In der Erwartung, dass die Wünsche des Einen Gottes von den Händen der Sterblichen aufgeschrieben und mit dem Verstand der Sterblichen gedeutet werden, hat der Eine Gott seine Kinder mit der Sprache und der Fähigkeit zu denken beschenkt. Dass es im Neuen Jahr Eins dreitausendzwölf Sekten gegeben hat, ist nur in der Hinsicht überraschend, dass es einst Zehntausende gegeben hat – das Ergebnis der vorangegangenen, fehlgeleiteten Politik, jedem Bürger von Cabal eine umfassende Bildung zu Gute kommen zu lassen. Besagte Politik ist mittlerweile im Interesse der Vereinigung geändert worden. Es gibt jetzt pro Sekte eine Hochschule, an der die Doktrin offiziell festgelegt wird. Dementsprechend ist es in Cabal seit dreiundzwanzig Monaten friedlich geblieben.«

Yan Tovis musterte den kleinen Mann, die Fünkchen in seinen Augen, die absurde, farbige Maske. »Und welche Sekten-Doktrin habt Ihr erlernt, Rangältester Beurteiler?«

»Wieso – die der Spötter.«

»Und wie lautet deren Grundsatz?«

»Nur so: Der Eine Gott, der nichts niedergeschrieben hat und alle Fragen der Deutung von Glaube und Anbetung dem ungeleiteten Verstand übergebildeter Sterblicher überlassen hat, ist eindeutig wahnsinnig.«

»Und aus diesem Grunde zeigt Eure Maske ein wildes Gelächter, nehme ich an …«

»Ganz und gar nicht. Uns Spöttern ist Lachen verboten, denn Lachen ist eine Aufforderung zur Hysterie, wie sie den Einen Gott befallen hat. In dem Heiligen Ausdruck, der mein Gesicht schmückt, wird Euch ein wahres Bild des Einen Hinter Dem Großen Entwurf gewährt, insoweit unsere Sekte es bestimmen kann.« Der Mönch verschränkte plötzlich die Hände unter dem Kinn. »Nun, unser armer Soldat hat überlang gelitten, wie es aussieht, während wir schon wieder abgeschweift sind. Ich bin zu der Beurteilung gelangt, dass der heimgesuchte Verstand dieses verwundeten Mannes vom Makel eines falschen Gottes befleckt wird. Dementsprechend muss dieser falsche Gott ausgetrieben werden. Sobald dies geschehen ist, werde ich die Blockaden in seinem Gehirn beseitigen, die eine Selbstheilung verhindern, und so das Gleichgewicht wiederherstellen. Die Folgen besagter Behandlung werden praktisch unverzüglich eintreten und leicht erkennbar sein.«

Yan Tovis blinzelte. »Ihr könnt Ihn tatsächlich heilen?«

»Habe ich das nicht eben gesagt?«

»Rangältester Beurteiler.«

»Ja?«

»Ist Euch bewusst, zu welchem Zweck Ihr hier in Letheras seid?«

»Ich glaube, man erwartet von mir, dass ich dem Imperator auf einem Platz entgegentrete, wo wir versuchen werden, einander zu töten. Darüberhinaus bin ich zu der Erkenntnis gelangt, dass dieser Imperator nicht mit irgendeinem Anspruch auf Endgültigkeit getötet werden kann – von dem falschen Gott verflucht, wie er ist – nebenbei bemerkt, ist es derselbe falsche Gott, der diesen Soldaten hier peinigt. Also lautet meine Beurteilung, dass ich in jenem Kampf getötet werde, zur Bestürzung von allen und niemandem.«

»Und Euer Einer Gott wird Euch nicht helfen – Euch, einem Obersten Priester seines Tempels?«

Die Augen des Mannes glitzerten. »Der Eine Gott hilft niemandem. Schließlich müsste er allen helfen, wenn er einem hilft, und diese Art von möglicherweise umfassender Unterstützung würde unausweichlich zu unüberbrückbaren Widersprüchen führen, die ihrerseits den Einen Gott fraglos in den Wahnsinn treiben würden. Wie es auch tatsächlich vor langer Zeit geschehen ist.«

»Und dieses Gleichgewicht kann niemals wieder hergestellt werden?«

»Ihr bringt mich dazu, Euch neu zu beurteilen, Atri-Preda Yan Tovis. Ihr seid ziemlich schlau, auf eine intuitive Weise. Ich komme zu dem Schluss, dass Eure Zehntausend Sekrete gleichmäßig und klar fließen, möglicherweise das Ergebnis unerbittlicher Objektivität oder irgendeiner vergleichbaren Blasphemie des Geistes – der ich, wie ich Euch versichern möchte, keine besondere Abneigung entgegenbringe. Und so treffen wir uns in der Frage, die den eigentlichen Kern der Doktrin der Spötter ausdrückt. Wir glauben, dass möglich ist, dass das Gleichgewicht wiederhergestellt und die geistige Gesundheit des Einen Gottes zurückkehren wird – und zwar dann, wenn alle Sterblichen in dieser Sphäre gedankliche Klarheit und eine zwingende Beachtung der Moral erlangen und auf diese Weise eine tiefgreifende Menschlichkeit sowie Respekt vor allen anderen und vor der Welt, in der sie leben, entwickeln.«

»Oh … ich verstehe.«

»Ich bin mir sicher, dass Ihr das tut. Nun, ich glaube, eine Heilung steht unmittelbar bevor. Eine Verbindung der Hoch-Mockra- und Hoch-Denul-Gewirre. Physiologische Korrektur durch das Letztere. Ausmerzung des Makels und Aufhebung der Blockaden durch das Erstere. Natürlich ist die Manifestation der besagten Gewirre in dieser Stadt hier aus einer Reihe von Gründen schwach. Nichtsdestotrotz besitze ich in der Tat erhebliche Begabungen, von denen einige für die vorliegende Aufgabe direkt anwendbar sind.«

Yan Tovis rieb sich das Gesicht. Sie fühlte sich ein bisschen benommen und schloss die Augen – und öffnete sie wieder, als sie ein abgehacktes Seufzen von Tarat Vaun hörte. Und dann sah sie, wie ihr Stellvertreter seine Glieder streckte, wie sich die verkrampften Muskeln im Nacken sichtbar entspannten, als der Mann langsam und blinzelnd den Kopf hob.

Und sie entdeckte.

»Varat Taun.«

Ein dünnes Lächeln, von Kummer gezeichnet – aber einem natürlichen Kummer. »Atri-Preda. Dann haben wir es also zurück geschafft …«

Sie runzelte die Stirn und nickte. »Das habt Ihr. Und mittlerweile ist die Flotte nach Hause zurückgekehrt, Leutnant.« Sie machte eine Handbewegung, die das Zimmer einschloss. »Ihr seid in Letheras, im Nebengebäude des Ewigen Domizils.«

»In Letheras? Was?« Er versuchte aufzustehen, hielt kurz inne, um verwundert den Mönch aus Cabal anzusehen; dann richtete er sich auf, indem er die Wand in seinem Rücken zu Hilfe nahm, und blickte Zwielicht in die Augen. »Aber das ist unmöglich. Wir hatten mindestens zwei Ozeane zu überqueren …«

»Eure Flucht hat sich als schreckliche Prüfung erwiesen, Leutnant«, sagte Yan Tovis. »Ich habt viele, viele Monate im Koma gelegen. Ich nehme an, dass Ihr Euch schwach fühlt …«

»Erschöpft, Atri-Preda.« Er verzog das Gesicht.

»Woran erinnert Ihr Euch als Letztes, Leutnant?«

Auf seinem blassen Gesicht zeichnete sich Entsetzen ab, und er senkte den Blick. »An ein Gemetzel, Atri-Preda.«

»Ja. Der Barbar namens Taralack Veed hat überlebt, genau wie Icarium, der Jhag …«

Varat Tauns Kopf zuckte herum. »Icarium! Ja – Atri-Preda, er – er ist eine *Abscheulichkeit*!«

»Einen Augenblick!«, rief der Rangälteste Beurteiler. Er starrte den Leutnant mit einem durchbohrenden Blick an. »Icarium, der Jhag-Krieger? *Icarium, der Lebensstehler?*«

»Ja, Cabalhii, er ist hier«, sagte Yan Tovis, die plötzlich Angst verspürte. »Genau wie Ihr wird er den Imperator herausfordern …« Sie unterbrach sich entsetzt, als der Mönch, dem die Augen aus den Höhlen quollen, sich mit beiden Händen ins Gesicht griff und die dicke Farbe verschmierte und sich dabei so fest auf die Unterlippe biss, dass das Blut spritzte. Er taumelte rückwärts, bis er gegen die Wand neben der Eingangstür stieß – und wirbelte dann herum und rannte aus dem Zimmer.

»Hol uns der Abtrünnige«, zischte Varat Taun, »was sollte das alles?«

Verbotenes Lachen? Sie schüttelte den Kopf. »Ich weiß es nicht, Leutnant.«

»Wer … was …?«

»Ein Heiler«, antwortete sie mit zittriger Stimme, zwang sich dann dazu, tief Luft zu holen. »Derjenige, der Euch aufgeweckt hat, Varat. Ein Gast des Imperators – von Uruths Flotte.«

Varat Taun leckte sich die aufgesprungenen Lippen. »Atri-Preda.«

»Ja?«

»Icarium … möge der Abtrünnige uns retten, er darf nicht aufgeweckt werden – Taralack weiß Bescheid, er war da, er hat es gesehen. Der Jhag … sorgt dafür, dass er weggeschickt wird, Atri-Preda …«

Sie trat zu ihm. Ihre Schritte hallten laut auf dem steinernen Fußboden. »Dann hat der Gral also nicht übertrieben? Er wird die Vernichtung bringen?«

»Ja.« Die Antwort war nur ein Flüstern.

Sie konnte nicht anders – sie streckte die Arme aus, packte Varat an seinem zerlumpten Hemd, zog ihn dicht an sich heran. »Sagt es mir, verdammt! Kann er ihn töten? *Kann Icarium ihn töten?«*

Maßloses Entsetzen spiegelte sich im Blick des Soldaten, als er nickte.

Beim Segen des Abtrünnigen, vielleicht dieses Mal … »Varat Taun. Hört mir zu. Ich breche mit meiner Kompanie in zwei Tagen von hier auf und kehre in den Norden zurück. Ihr werdet mit mir reiten, so weit die Küste entlang, wie es notwendig ist – und dann reitet Ihr nach Osten, nach Blaurose. Ich kommandiere Euch zum Stab des dortigen Repräsentanten ab, habt Ihr verstanden? In zwei Tagen.«

»Ja, Atri-Preda.«

Sie ließ ihn los, schämte sich plötzlich ihres Ausbruchs. Doch ihre Knie fühlten sich immer noch weich an. Sie wischte sich den Schweiß aus den Augen. »Willkommen zurück, Leutnant«, sagte sie mit rauer Stimme, ohne ihn anzusehen. »Seid Ihr kräftig genug, um mich zu begleiten?«

»Ja, Atri-Preda. Ich werde es versuchen.«

»Gut.«

Als sie den Raum verließen, trafen sie auf den Barbaren, den Gral-Krieger. Varat Taun stieß zischend die Luft aus.

Taralack Veed war mitten im Korridor stehengeblieben und starrte den Leutnant an. »Du hast … dich erholt. Ich hätte nicht gedacht …« Er schüttelte den Kopf, fügte dann hinzu: »Ich freue mich, Soldat …«

»Du hast uns wieder und wieder gewarnt«, sagte Varat Taun.

Der Gral verzog das Gesicht, und einen Augenblick lang sah es so aus, als ob er ausspucken wollte, doch dann schien er es sich anders zu überlegen. »Das habe ich«, sagte er ernst. »Und ja, ich war dumm genug, ein neugieriger Zeuge zu sein …«

»Und was ist nächstes Mal?« Varat Tauns Frage war ein Knurren.

»Das brauchst du mich nicht zu fragen.«

Der Leutnant starrte den Wilden scharf an, dann schien er in sich zusammenzusacken, und Yan Tovis war überrascht, als sie sah, wie Taralack Veed ein paar Schritte vorwärts machte, um Varat aufzufangen. *Oh, es ist das, was sie gemeinsam erlebt haben. Das ist es. Das.*

Der Gral sah sie düster an. »Er ist halb tot vor Erschöpfung!«

»Ja.«

»Ich werde ihm helfen – wo führt Ihr uns hin, Atri-Preda?«

»In ein gastfreundlicheres Quartier. Was machst du hier, Veed?«

»Ich hatte plötzlich Angst«, sagte er, während er sich mit dem bewusstlosen Varat abmühte.

Sie trat zu ihm, um ihm zu helfen. »Was für eine Angst?«

»Dass er aufgehalten wird.«

»Wer?«

»Icarium. Dass Ihr ihn aufhalten würdet – jetzt, vor allem jetzt, da dieser Mann wieder bei Sinnen ist. Er wird Euch erzählen – er wird Euch alles erzählen …«

»Taralack Veed«, sagte sie mit harter Stimme, »der Leutnant und ich werden diese Stadt in zwei Tagen verlassen. Wir reiten nach Norden. Bis wir aufbrechen, kümmere ich mich um Varat Taun. Ich – und sonst niemand.«

»Niemand außer mir, heißt das.«

»Wenn du darauf bestehst.«

Der Gral musterte sie über den schlaffen Körper des Leutnants hinweg. »Ihr wisst Bescheid, oder? Er hat es Euch erzählt …«

»Ja.«

»Und Ihr habt vor, nichts zu sagen. Zu niemandem. Keine Warnung …«

»Das ist richtig.«

»Wer könnte sonst noch Verdacht schöpfen – was ist mit den alten Geschichten aus dem Ersten Imperium? Eure Gelehrten …«

»Davon weiß ich nichts. Es gibt noch einen, und wenn ich es schaffe, wird er mit uns kommen.« *Der verdammte Mönch. Aber eigentlich sollte das ziemlich einfach sein. Ein Missverständnis seitens der Cabal-Priester. Sie haben uns einen Botschafter geschickt, keinen Meisterkämpfer. Es ist unnötig, ihn zu töten – der arme Narr kann gar nicht kämpfen – stellt euch vor, wie wütend Rhulad sein wird, wenn er merkt, dass er seine Zeit vergeudet … ja, so sollte es gehen.*

»Keine Gelehrten …«

Sie verzog das Gesicht. »Tot oder im Gefängnis«, sagte sie, blickte den Gral dabei an. »Was ist mit dir? Wirst du mit uns fliehen?«

»Ihr wisst, dass ich das nicht kann – ich muss Icariums Schicksal teilen. Mehr als ihnen allen klar ist. Nein, Atri-Preda, ich werde diese Stadt nicht verlassen.«

»War das deine Aufgabe, Taralack Veed? Icarium hierherzubringen?«

Er wandte den Blick ab.

»Wer hat dich beauftragt?«, wollte sie wissen.

»Spielt das eine Rolle? Wir sind hier. Hört zu, Zwielicht, Euer Imperator wird auf üble Weise benutzt. Unter den Göttern herrscht Krieg, und wir, wir sind nichts – Ihr, ich, Rhulad Sengar. Also reitet, ja, reitet so weit weg, wie Ihr könnt. Und nehmt diesen tapferen Krieger mit. Wenn Ihr das tut, werde ich frei von Kummer sterben ...«

»Und auch ... frei von Bedauern?«

Er spuckte auf den Boden. Das war seine einzige Antwort, aber sie verstand sie nur zu gut.

Eine wuchtige, dicke Mauer aus behauenem Kalkstein am Ende eines seit langem verlassenen Korridors in einem vergessenen Durchgang des Alten Palasts – und dahinter der ehemalige Tempel des Abtrünnigen, der längst aus der Erinnerung der Bürger von Letheras verschwunden war. In dem zentralen Raum mit der bienenstockförmigen Kuppel musste es seit mehr als vier Jahrhunderten immer dunkel gewesen sein, und es hatte nicht den geringsten Luftzug gegeben. In den wie Speichen zu unbedeutenderen Räumen wegführenden Gängen waren die letzten Schritte bereits hundert Jahre zuvor verhallt.

Was nicht verwunderlich war – schließlich war der Abtrünnige in die Welt hinausgeschritten. Der Altar war kalt und tot und vermutlich zerstört. Die letzten Priester und Priesterinnen – die ihre Titel nur insgeheim geführt hatten, da sie sonst Pogromen ausgesetzt gewesen wären – hatten ihre gnostischen Traditionen mit ins Grab genommen, und es waren keine Anhänger mehr da gewesen, die in ihre Fußstapfen hätten treten können.

Der Herr der Festen ist in die Welt hinausgeschritten. Er weilt jetzt unter uns. Es kann jetzt keine Anbetung mehr geben – keine Priester, keine Tempel. Das einzige Blut, das der Abtrünnige von nun an schmecken wird, ist sein eigenes. Er hat uns im Stich gelassen.

Er hat uns alle im Stich gelassen.

Und dennoch hörte das Flüstern niemals ganz auf. Es hallte wie geisterhafter Wind durch den Verstand des Gottes. Jedes Mal, wenn sein Name ausgesprochen wurde – als Gebet, als Fluch –, konnte er die Macht wie ein fernes Zittern spüren. Eine Verspottung all dessen, was er einst in Händen gehalten hatte, eine Verspottung der wütenden Feuer der Blutopfer, von inbrünstigem, angstvollem Glauben. Es gab Zeiten, wie er zugeben musste, in denen er das bedauerte. In denen er bedauerte, all das freiwillig aufgegeben zu haben.

Der Herr der Fliesen, der Schreiter inmitten der Festen. *Aber die Festen sind geschwunden, ihre Macht ist vergessen, begraben unter dem Verstreichen von Zeitalter um Zeitalter. Und auch ich bin geschwunden, gefangen in diesem Landstrich, diesem armseligen Imperium in einem Zipfel eines Kontinents. Ich bin in die Welt hinausgeschritten … aber die Welt ist alt geworden.*

Er stand nun vor der steinernen Mauer am Ende des Korridors. Zögerte ein weiteres halbes Dutzend Herzschläge lang unentschlossen – und trat dann hindurch.

Jenseits der Mauer herrschte Dunkelheit, und die Luft schmeckte abgestanden und trocken. Einst, vor langer Zeit, hatte er Fliesen gebraucht, um so etwas – durch eine feste Steinmauer hindurchgehen – tun zu können. Einst hatte seine Macht frisch gewirkt, vor Möglichkeiten übersprudelnd; einst hatte es so ausgesehen, als könne er die Welt formen und erneuern. Was für eine Arroganz. Sie hatte jedem Angriff der Wirklichkeit getrotzt – eine gewisse Zeit lang.

Er beharrte immer noch auf seinem Dünkel, wie er nur zu gut wusste – ein Fluch, unter dem alle Götter litten. Und er ergötzte sich daran, hier zu zupfen, dort zu stupsen – und dann zurückzutreten und zuzusehen, wie die Fäden des Schicksals sich neu verwoben, während jeder Strang unter seiner Einmischung summte. Aber es wurde schwieriger. Die Welt widersetzte sich ihm. *Weil ich der Letzte bin. Ich bin der letzte Faden, der bis zu den Festen zurückreicht.* Und wenn dieser Faden durchtrennt wurde, wenn er riss und ihn davonschleuderte, so dass er ins Licht des Tages stolpern würde … was dann?

Der Abtrünnige machte eine Geste, und einmal mehr erwachten Flammen in den im unteren Teil der Kuppelwand ringsum eingelassen halbschalenförmigen Nischen, ließen Schatten über den Mosaikfußboden zucken. Der Altar auf seinem erhöhten Podest war mit einem Vorschlaghammer bearbeitet worden. Die zerschmetterten Steine schienen noch immer gegenseitige Schuldzuweisungen zu verströmen. *Wer hat wem gedient, verdammt? Ich bin hinausgegangen, unter euch, um etwas zu verändern – damit ich Weisheit übermitteln konnte, egal, welche Weisheit ich auch besessen haben mag. Ich dachte – ich dachte, ihr würdet dankbar sein.*

Doch ihr habt es vorgezogen, in meinem Namen Blut zu vergießen. Meine Worte sind euch einfach nur in die Quere gekommen, meine Rufe um Gnade für eure Mitbürger – oh, wie wütend euch das gemacht hat.

Seine Gedanken erstarben. Die Haare in seinem Nacken richteten sich auf. *Was ist das? Ich bin nicht allein.*

Ein leises Lachen aus einem der Durchgänge. Der Abtrünnige drehte sich langsam um.

Der Mann, der dort kauerte, war mehr Ungeheuer als Mensch – mit breiten Schultern, die von borstigen schwarzen Haaren bedeckt waren, und einem mächtigen Schädel auf einem kurzen Hals. Die untere Hälfte des Gesichts war von einem langen, sich kräuselnden Schnurrbart und Bart bedeckt und auf merkwürdige Weise vorgeschoben, und große gelbe Hauer ragten aus dem Unterkiefer, schoben sich durch die dichte, gelockte Behaarung und zwischen den Lippen hindurch. Am Ende langer Arme hingen plumpe, zerschlagene Hände, deren Knöchel auf dem Fußboden ruhten.

Von der Erscheinung ging ein tierischer, ranziger Geruch aus.

Der Abtrünnige blinzelte, versuchte, die Düsternis unter den buschigen Brauen zu durchdringen, wo kleine, eng beieinanderstehende Augen matt wie ungeschliffene Granate schimmerten. »Das hier ist mein Tempel«, sagte er. »Ich kann mich nicht erinnern, irgendwelche … Gäste eingeladen zu haben.«

Ein neuerliches leises Lachen. Aber ein Lachen, in dem keinerlei Humor mitschwang, wie dem Abtrünnigen klar wurde. Sondern Bitterkeit, so stark und stechend wie der Geruch, der seine Nase belästigte.

»Ich erinnere mich an dich«, sagte die Kreatur. Ihre Stimme war tief und grollend. »Und ich kannte diesen Ort. Ich wusste, was er gewesen war. Er war … sicher. Wer erinnert sich denn noch an die Festen? Wer wusste genug, um Verdacht zu schöpfen? Oh, sie können mich zur Strecke bringen, ganz wie sie wollen – ja, am Ende werden sie mich finden, das weiß ich. Vielleicht schon bald. Nun, da du mich gefunden hast, Herr der Fliesen, wohl noch eher. Er hätte mich zurückbringen können, verstehst du, zusammen mit anderen … Geschenken. Aber er hat versagt.« Noch ein Lachen. Dieses Mal klang es rau. »Ein nicht ungewöhnlicher Niedergang unter Sterblichen.«

Obwohl es sprach, drangen keine Worte aus dem Mund des Ungeheuers. Die schwerfällige, unbeholfene Stimme war nur im Kopf des Abtrünnigen, was wohl auch am besten war. Diese Hauer mussten jede Äußerung zu unverständlichem Gebrabbel verzerren.

»Du bist ein Gott.«

Noch ein Lachen. »Das bin ich.«

»Du bist in die Welt hinausgeschritten.«

»Nicht freiwillig, Herr der Fliesen. Nicht so wie du.«

»Oh.«

»Und deshalb sind meine Anhänger gestorben – oh, und wie sie gestorben sind. Auf der halben Welt ist ihr Blut in der Erde versickert. Und ich konnte nichts tun. Ich *kann* nichts tun.«

»Das ist schon was«, bemerkte der Abtrünnige, »dass du diese bescheidene Gestalt aufrechterhältst. Aber wie lange wirst du das noch tun können? Wie lange wird es dauern, bis du die Begrenzungen meines Tempels durchbrichst? Wie lange noch, bis du dich erhebst, so dass du für alle sichtbar wirst, mit deinen Schultern die Wolken zur Seite schiebst, Berge zu Staub zermalmst …«

»Wenn das geschieht, werde ich schon lange nicht mehr hier sein, Herr der Fliesen.«

Der Abtrünnige lächelte ironisch. »Das ist beruhigend, Gott.«

»Du hast überlebt«, sagte der Gott jetzt. »So lange überlebt. Wie?«

»Mein Rat an dich wäre leider nutzlos«, sagte der Abtrünnige. »Meine Macht hat sich rasch aufgelöst. Ich war bereits schrecklich verwundet – dafür hatten die Pogrome der Forkrul Assail gegen meine Getreuen gesorgt. Der Gedanke an einen weiteren Fehlschlag dieser Art war zu viel … deshalb habe ich freiwillig auf das meiste von dem, was mir noch geblieben war, verzichtet. Diese Stadt und – vielleicht – noch ein Stückchen Fluss, weiter reicht meine Macht nicht mehr. Und stellt daher auch für niemanden eine

Gefahr dar.« *Noch nicht einmal für dich, Hauerträger.* »Du kannst allerdings nichts Vergleichbares tun. Sie werden die rohe Macht in dir – in deinem Blut – wollen, und dieses Blut muss vergossen werden, damit sie es trinken können, damit sie in dem baden können, was noch von dir übrig ist.«

»Ja. Auf mich wartet eine letzte Schlacht. Das zumindest bedaure ich nicht.«

Du Glücklicher. »Eine Schlacht. Und … ein Krieg?«

Er spürte Erheiterung, und dann: »Oh, in der Tat, Herr der Fliesen. Ein Krieg – ausreichend, um Leben in meinem Herzen aufwallen zu lassen. Und Hunger. Wie könnte es anders sein? Ich bin der Eber des Sommers, der Herr der Heerhaufen auf dem Schlachtfeld. Der Chor all derjenigen, die sterben werden … oh, sei froh, dass es nicht hier in der Nähe sein wird …«

»Dessen bin ich mir nicht so sicher.«

Ein Schulterzucken.

Der Abtrünnige runzelte die Stirn. »Wie lange hast du dann also vor, hierzubleiben?«, fragte er.

»Nun ja, solange ich kann, ehe ich die Kontrolle verliere – oder ich zu meiner Schlacht gerufen werde. Zu meinem Tod, meine ich. Es sei denn, du entscheidest dich dafür, mich zu verbannen.«

»Die Macht, die das heraufbeschwören könnte, möchte ich lieber nicht herausfordern«, sagte der Abtrünnige.

Ein polterndes Lachen. »Du glaubst, ich würde nicht einfach so gehen?«

»Ich weiß es, Eber des Sommers.«

»Wie wahr.« Der Kriegsgott zögerte und fügte dann hinzu: »Biete mir eine Zuflucht, Abtrünniger, und ich werde dir ein Geschenk machen.«

»Also gut.«

»Kein Feilschen?«

»Nein. Dafür habe ich nicht die Kraft. Was ist das für ein Geschenk?«

»Dieses: Die Feste der Tiere ist erwacht. Ich wurde vertrieben, verstehst du, und da war das Bedürfnis, die Notwendigkeit, die *Unumgänglichkeit*, dass jemand – ein Erbe – kommen und meinen Platz einnehmen würde – um die Stimmen des Krieges zu übernehmen. Treach war zu jung, zu schwach. Und deshalb sind die Wölfe erwacht. Sie flankieren jetzt den Thron – nein, sie *sind* der Thron.«

Dem Abtrünnigen verschlug es angesichts dieser Enthüllung fast den Atem. Eine Feste … *aufs Neue erwacht*? Sein Mund war staubtrocken, als er sagte: »Diese Zuflucht ist dein, Eber des Sommers. Und was deine Spur angeht, die hierherführt, so werde ich alles tun, um sie zu … verwischen. Niemand wird es erfahren. Niemand wird es auch nur vermuten.«

»Dann hemme bitte auch jene, die mich immer noch anrufen. Ihre Schreie hallen durch meinen Schädel – es ist zu viel …«

»Ja, ich weiß. Ich werde tun, was ich kann. Dein Name – rufen sie den Eber des Sommers an?«

»Nicht oft«, erwiderte der Gott. »Fener. Sie rufen Fener an.«

Der Abtrünnige nickte und verbeugte sich.

Er schritt durch die Mauer und befand sich wieder in dem unbenutzten Korridor des Alten Palasts. *Aufs Neue erwacht? Beim Abgrund hienieden … kein Wunder, dass das Cedarium chaotisch wirbelt. Wölfe? Kann es sein …*

Das ist das reine Chaos! Es ergibt keinen Sinn! Federhexe starrte auf die angeschlagenen Fliesen hinunter, die vor ihr auf dem Fußboden lagen. *Die Axt, sowohl an den Erlöser wie an den Verräter der Leeren Feste gebunden. Knöchelchen und die Weiße Krähe umkreisen den Eisthron wie Blätter in einem Strudel. Der Älteste der Feste der Tiere steht am Portal der Feste des Azath. Das Tor des Drachen und Bluttrinker nähern sich dem Beobachter der Leeren Feste – aber nein, das ist doch alles Wahnsinn.*

Die Feste der Drachen war so gut wie tot. Jeder wusste das – jeder, der die Fliesen warf, jeder, der von den Zeitaltern träumte. Doch hier wetteiferte sie mit der Leeren Feste um die Vorherrschaft – und was war mit dem Eis? Zeitlos, unveränderlich war dieser Thron jahrtausendelang tot gewesen. *Die Weiße Krähe – ja, ich habe es gehört. Irgendein Räuber in den Weiten des Blaurosegebirges erhebt jetzt Anspruch auf diesen Titel. Er wird von Hannan Mosag gejagt – und das sagt mir, dass sich der kühne Anspruch dieses Räubers auf Macht gründet. Ich muss noch einmal mit dem Hexenkönig, diesem verkrümmten, gebrochenen Scheißkerl sprechen.*

Sie lehnte sich zurück, wischte sich eiskalten Schweiß von der Stirn. Udinaas hatte damals behauptet, er hätte am Strand unweit des Dorfes eine weiße Krähe gesehen – das schien jetzt schon Jahrhunderte her zu sein. Eine weiße Krähe in der Abenddämmerung. Und sie hatte den Wyrm angerufen, war so begierig auf Macht gewesen, dass sie jegliche Vorsicht beiseitegeschoben hatte. Udinaas – er hatte ihr so viel geraubt. Sie träumte von dem Tag, an dem er endlich gefangen genommen werden würde – lebendig und hilflos in Ketten …

Dieser Narr hat geglaubt, er würde mich lieben – ich hätte das ausnutzen können. Ich hätte es ausnutzen sollen. Hätte meine eigenen Ketten um seine Knöchel und Handgelenke zuschnappen lassen sollen, ihn herunterziehen sollen. Zusammen hätten wir Rhulad vernichten können, lange bevor er zu seiner Macht gekommen wäre. Sie starrte auf die Fliesen hinunter, auf diejenigen, die mit der bemalten Fläche nach oben lagen – von den anderen waren keine im Spiel, wie die Geschicke entschieden hatten. *Doch der Abtrünnige ist nirgendwo zu sehen – wie kann das sein?* Sie griff nach einer der verkehrt herum liegenden Fliesen und hob sie hoch, schaute die verborgene Seite an. *Gestaltfinder. Noch nicht einmal hier zeigt der Abtrünnige seine Hand.* Sie betrachtete blinzelnd die Fliese. *Feurige Dämmerung – diese Hinweise sind neu … Menandore. Und ich habe an Udinaas gedacht – ja, jetzt kann ich es erkennen. Du hast darauf gewartet, dass ich dich aufhebe. Du bist das geheime Bindeglied zu alledem.*

Sie erinnerte sich an die Szene, an die entsetzliche Vision, die sie im Traum gehabt hatte, wie diese schreckliche Hexe Udinaas genommen und … *Vielleicht trägt er jetzt ihre Ketten. Daran habe ich noch nicht gedacht. Er wurde vergewaltigt, klar, aber Männer finden manchmal Gefallen daran, solch ein Opfer zu sein. Was, wenn sie ihn jetzt beschützt? Eine unsterbliche … Rivalin. Der Wyrm hat ihn erwählt, oder? Das muss etwas zu bedeuten haben – deshalb hat sie schließlich ihn genommen. Das muss es sein.*

Mit einer plötzlichen Bewegung schob sie die Fliesen zusammen, packte sie wieder in die hölzerne Kiste und umwickelte die Kiste mit Fellstreifen, ehe sie sie unter ihr Lager schob. Dann zog sie einen in Leder gebundenen Folianten aus einer Wandnische, schlug den fleckigen, angeschimmelten Umschlag auf. Mit zitternden Fingern blätterte sie ein Dutzend brüchige Pergamentseiten um, bis sie an die Stelle kam, wo sie zuvor aufgehört hatte, sich die aufgelisteten Namen zu merken – Namen, die den ganzen Band füllten.

Kompendium der Götter.

Ein kühler Luftzug. Federhexe blickte auf, schaute sich um. Nichts.

Am Eingang war niemand, es gab keine unwillkommenen Schatten in den Ecken und Winkeln – schließlich brannten überall Laternen. Der ungehörige Hauch hatte einen Geruch mitgebracht – nach Wachs oder etwas in der Art …

Sie klappte das Buch zu und schob es wieder ins Regal, und während ihr Herz raste, eilte sie zu einem einzelnen Pflasterstein mitten im Zimmer, in den sie vor einiger Zeit mit Hilfe eines Eisenstifts ein kompliziertes Muster geritzt hatte. *Gefangennahme.* »Die Festen sind vor mir«, flüsterte sie mit geschlossenen Augen. »Ich sehe den Fährtensucher der Tiere, höre seine Schritte, während er den Spuren desjenigen folgt, der sich versteckt, der fliehen will. Aber eine Flucht ist unmöglich. Die Beute kreist und kreist, doch sie wird immer näher zur Falle hingezogen. Sie sieht, sie zerrt – die Kreatur schreit auf, aber niemand kommt zu Hilfe – es gibt nichts, nur meine Barmherzigkeit – *und die gibt es niemals umsonst!«* Sie öffnete die Augen und sah einen Nebelfleck, der innerhalb der Begrenzungen des Musters gefangen war. »Ich habe dich! Geist, Spion – zeige dich!«

Leises Lachen.

Der Nebel wirbelte, wogte, beruhigte sich dann wieder. Streckte zögernd ein paar Nebelfäden aus – über die Grenzen des Musters hinaus.

Federhexe keuchte auf. »Du verspottest mich mit deiner Macht – aber weil du ein Feigling bist, wagst du es nicht, dich zu zeigen.«

»Liebes Mädchen – dieses Spiel wird dich bei lebendigem Leibe auffressen.« Die Worte waren nicht mehr als ein kaum wahrnehmbares Flüstern – ein Hauch, der an ihren Ohren entlangstrich. Sie zuckte zusammen, blickte sich um, spürte etwas in ihrem Rücken und wirbelte herum – nichts.

»Wer ist da?«, wollte sie wissen.

»Hüte dich vor dem Sammeln von Namen … es ist … voreilig …«

»Nenne deinen Namen, Geist! Ich befehle es.«

»Oh, die Unwürdigen greifen immer zur gleichen Waffe – Zwang. Lass uns stattdessen in gegenseitigem Vertrauen einen Handel abschließen. Der abgetrennte Finger, den du um deinen Hals trägst – was hast du damit vor, Fliesenwerferin?«

Sie schloss die Hand um den besagten Gegenstand. »Ich werde dir nicht sagen …«

»Dann werde ich dir im Gegenzug ebenso viel verraten – nämlich nichts.«

Sie zögerte. »Ahnst du es denn nicht?«

»Oh. Und – ahne ich richtig?«

»Ja.«

»Voreilig.«

»Ich bin keine Närrin, Geist – ich warte auf den richtigen Augenblick.«

»Stimmt, du bist wirklich keine Närrin«, erwiderte der Geist. »Lass uns trotzdem den Handel ausweiten …«

»Warum? Du hast noch nichts von dir verraten …«

»Geduld. Warte auf meine … Ermutigung, Fliesenwerferin. Ehe du das tust, was du vorhast. Warte auf mich, und ich werde dich unterstützen.«

Sie schnaubte. »Du bist ein Geist. Du hast keinerlei Macht …«

»Ich bin ein Geist, und genau aus diesem Grund habe ich Macht. Um das zu tun, was du vorhast, heißt das.«

»Warum sollte ich dir glauben? Warum sollte ich irgendetwas von dem, was du vorschlägst, zustimmen?«

»Also gut, mein Teil des Handels. Du sprichst mit Kuru Qan, dem ehemaligen Ceda von König Ezgara Diskanar.«

»Der von Trull Sengar getötet wurde …«

So etwas wie ein leises Kichern. »Nun, *irgendjemand* musste den Speer ja werfen …«

»Du hast gewusst, dass das geschehen würde?«

»Etwas zu wissen und etwas dagegen tun zu können sind zwei vollkommen verschiedene Dinge, Fliesenwerferin. Jedenfalls ist der Abtrünnige derjenige, der wirklich schuld ist. Und ich muss zugeben, dass ich durchaus vorhabe, ihn irgendwann einmal auf diese Sache anzusprechen. Aber genau wie du weiß ich, dass es notwendig ist, auf den richtigen Augenblick zu warten. Also – sind wir uns einig?«

Sie leckte sich die Lippen und nickte dann. »Das sind wir.«

»Dann werde ich dich wieder deiner Ausbildung überlassen. Sei vorsichtig, wenn du die Fliesen wirfst – du riskierst viel, wenn du deine Begabung als Seherin auf diese Weise enthüllst.«

»Aber ich muss wissen …«

»Etwas zu wissen und etwas dagegen tun zu können …«

»Ja, ja«, unterbrach sie ihn, »das habe ich schon beim ersten Mal verstanden.«

»Dir mangelt es an Respekt, Mädchen.«

»Stimmt – und ich bin froh darüber.«

»Du magst da nicht ganz unrecht haben. Ich glaube, das könnte bedenkenswert sein.«

»Hast du nun vor, mir hier unten die ganze Zeit nachzuspionieren?«

»Nein, das wäre grausam, um nicht zu sagen dumm. Wenn ich hierherkomme, wirst du gewarnt werden – der Wind, der Nebel, ja? Und jetzt sieh zu, wie er verschwindet.«

Sie starrte auf die wirbelnde Wolke hinunter, schaute zu, wie sie verblasste – und dann verschwand.

Im Zimmer war es still, die Luft bis auf ihre eigenen Atemzüge unbewegt. *Kuru Qan, der Ceda! Sieh nur, wie ich Verbündete gewinne. Oh, dies wird wirklich eine süße Rache werden!*

Die letzten Strahlen der sinkenden Sonne durchschnitten die staubige Luft über dem Platz, an dem der alte Tempel gestanden hatte, wobei die Trümmer, die die untere Hälfte der Lücke füllten, vom Halbdunkel verschluckt wurden. Teile der Fassade lagen verstreut auf der Straße herum – erschreckend viele Körperteile von Ratten. Samar Dev ging näher heran, trat gegen das Geröll und starrte stirnrunzelnd auf die zerstückelten steinernen Nagetiere hinunter. »Das ist überaus … beunruhigend«, sagte sie.

»Oh«, sagte der Taxilier lächelnd, »jetzt spricht die Hexe. Sag mir, was spürst du an diesem fürchterlichen Ort?«

»Zu viele Geister, um sie zu zählen«, murmelte sie. »Und es sind alles … Ratten.«

»Es hat da doch mal einen Vielwandler gegeben, oder? Ein schreckliches dämonisches Wesen, dass die Handelsstraßen im Reich der Sieben Städte bereist hat …«

»Gryllen.«

»Ja, so hat er geheißen! Haben wir hier dann also einen anderen … Gryllen?«

Sie schüttelte den Kopf. »Nein, das hier fühlt sich viel älter an.«

»Und was ist mit der Macht, die von hier … ausgeblutet ist?«

»Ich bin mir nicht sicher.« Sie blickte sich um und sah einen großen Mann in einem Umhang, der auf der gegenüberliegenden Straßenseite an einer Hauswand lehnte und sie beobachtete. »Manche Dinge, die vor langer Zeit knirschend zum Stillstand gekommen sind, sollten niemals wieder in Gang gebracht werden. Leider …«

Der Taxilier seufzte. »›Leider‹. Das Wort benutzt du oft. Du hast dich zu sehr mit den Dingen abgefunden, Samar Dev. Du rennst vor deiner eigenen Neugier davon – ich glaube nicht, dass du schon immer so warst.«

Sie schaute ihn blinzelnd an. »Oh, meine Neugier ist immer noch da. Aber mein Glaube an meine eigene Wirksamkeit hat einen kräftigen Dämpfer versetzt bekommen.«

»Wir wirbeln und tanzen in den Strömungen des Schicksals, ja?«

»Wenn du meinst.« Sie seufzte. »Also schön, ich habe genug gesehen. Außerdem beginnt bald die Zeit der Ausgangssperre, und ich nehme an, dass die Wachen alle Gesetzesbrecher töten, die sie zu Gesicht bekommen.«

»Du hast gesehen – aber du erklärst nichts!«

»Tut mir leid, Taxilier. All das hier … ich muss erst in Ruhe darüber nachdenken. Sobald ich zu irgendeinem eindrucksvollen Ergebnis komme, werde ich dich das natürlich wissen lassen.«

»Habe ich diese Art von Ironie wirklich verdient?«

»Nein, das hast du nicht. Leider.«

Bagg umrundete schließlich die Ecke; nachdem er aus der Düsternis der Gasse aufgetaucht war, blieb er auf der sonnenbeschienenen Straße stehen. Er schaute zu Tehol hinüber, der sich an eine Hauswand lehnte, die Arme unter seiner Decke verschränkt, die er wie ein Gewand trug. »Herr«, sagte Bagg, »warum zögert Ihr jetzt?«

»Ich? Wieso? Das sieht nur so aus, als würde ich zögern. Du hättest natürlich dafür sorgen können, dass ich dir dabei helfe, das da zu tragen.«

Bagg stellte den schweren Sack ab. »Ihr habt es niemals angeboten.«

»Nun, das hätte ungehörig ausgesehen. Du hättest darauf bestehen sollen.«

»Seid Ihr sicher, dass Ihr da nichts durcheinanderbringt, Herr?«

»Ganz und gar nicht, aber ein bisschen Zuvorkommenheit deinerseits hätte dafür gesorgt, dass wir diesen heiklen Augenblick rasch hinter uns gelassen hätten.«

Aus dem Beutel kamen ein paar leise, gackernde Geräusche.

Tehol schaute blinzelnd nach unten. »Bagg, du hast gesagt, Hennen im Ruhestand, oder?«

»Das habe ich. Im Tausch gegen ein paar bescheidene Ausbesserungen an einem Wasserbottich.«

»Aber … die sind nicht tot.«

»Nein, Herr.«

»Aber … das bedeutet, dass einer von uns sie umbringen muss. Ihnen den Hals umdrehen und zusehen muss, wie das Lebenslicht in ihren Knopfaugen erlischt. Du bist ein harter Mann, Bagg.«

»Ich?«

»Im Ruhestand – ihre Zeit des Eierlegens ist vorbei. Wartet denn nicht irgendwo so etwas wie eine Wiese auf sie? Irgendein gut bestreuter Boden, auf dem sie picken können?«

»Nur der im Himmel, Herr. Aber ich verstehe, was Ihr meint. Im Hinblick darauf, sie zu töten, meine ich.«

»Blut an deinen Händen, Bagg. Ich bin froh, dass ich nicht du bin.«

»Das ist lächerlich. Wir werden uns etwas einfallen lassen, wenn wir wieder zu Hause sind.«

»Wir könnten auf unserem Dach einen Verschlag bauen, wie es manche Verrückten für Tauben tun. Auf diese Weise könnten die Vögel davonfliegen und zurückkommen, könnten hin und her fliegen und so etwas von dieser schönen Stadt sehen.«

»Hühner können nicht fliegen, Herr.«

»Aber es ist immer noch besser, als ihnen den Hals umzudrehen, findest du nicht auch?«

»Die Stadt sehen zu können?«

»Nun, vorübergehend.«

Mit dieser Lösung ganz offensichtlich vollauf zufrieden, rückte Tehol seine Decke zurecht und trat auf die Straße. Seufzend hob Bagg den Sack mit dem Dutzend Hennen hoch und folgte ihm etwas langsamer.

»Nun«, sagte er, als er sich vor der Ruine zu Tehol gesellte, »zumindest ist die fremde Hexe weg.«

»Das war eine fremde Hexe? Ziemlich hübsch, auf eine schwerfällige, derbe Weise. Na schön, meinetwegen auch gutaussehend, obwohl ich dir versichern kann, dass ich ihr das nie ins Gesicht sagen werde, da ich weiß, dass Frauen sich sehr leicht beleidigt fühlen.«

»Durch ein Kompliment?«

»Durchaus. Wenn es das falsche Kompliment ist. Du bist viel zu lange … untätig gewesen, mein teurer Bagg.«

»Möglicherweise. Außerdem bin ich zurückhaltend, wenn es um Komplimente geht. Sie neigen dazu, an einem kleben zu bleiben.«

Tehol sah ihn mit hochgezogenen Brauen an. »Das klingt, als wärst du ein, zwei Mal verheiratet gewesen.«

»Ein, zwei Mal«, erwiderte Bagg und verzog das Gesicht. Als er den Blick über das in Trümmern liegenden Schuppenhaus schweifen ließ, wich jede Regung aus ihm. »Oh, ich sehe jetzt, was sie zweifellos auch gesehen hat.«

»Wenn das, was du siehst, der Grund dafür ist, warum sich mir jedes Mal, wenn ich hierherkomme, die Härchen im Nacken aufstellen, dann wäre ich dir sehr dankbar, wenn du es mir erklären würdest.«

»Damit jemand hineingehen kann«, sagte Bagg, »muss es notwendigerweise eine Tür geben. Und wenn es keine gibt, muss eine geschaffen werden.«

»Wie kann ein zusammengestürztes Haus eine Tür sein, Bagg?«

»Ich fange an zu verstehen, was kommt.«

»Genug, um vorschlagen zu können, was wir tun sollen?«

»In diesem Fall ist es das Beste, nichts zu tun, Herr.«

»Hör auf, Bagg, diese spezielle Schlussfolgerung scheint mir bei dir ziemlich häufig vorzukommen.«

»Wir sollten lieber nach Hause gehen, bevor die Ausgangssperre anfängt, Herr. Möchtet Ihr diesen Sack vielleicht ein Weilchen tragen?«

»Beim Segen des Abtrünnigen, hast du den Verstand verloren?«

»Das habe ich mir gedacht.«

In Sirryn Kanars Gedanken gab es nur wenig, das bis hinab in die Tiefen seiner Seele reichte – das Gefühl, das er für sie hatte, reichte aus, um ihn erkennen zu lassen, dass er mit einem im Grunde sorglosen Leben gesegnet war. Er besaß eine Frau, die so viel Angst hatte, dass sie alles tat, was er ihr auftrug. Seine drei Kinder empfanden ihm gegenüber die gebührende Mischung aus Entsetzen und Respekt, und er hatte gesehen, wie sich bei seinem ältesten Sohn ähnliche Charakterzüge von Überlegenheit und Gewissheit entwickelten. Seine Position als Leutnant der Palastzelle der Patriotisten führte, soweit es ihn betraf, keineswegs zu einem Konflikt mit seiner offiziellen Stellung als Sergeant der Palastgarde – der Schutz der Mächtigen verlangte schließlich sowohl offene wie auch heimliche Sorgfalt.

Die Gefühle, die ihn beherrschten, waren gleichermaßen schlicht wie geradlinig. Er fürchtete das, was er nicht verstehen konnte, und er verachtete, was er fürchtete. Aber zuzugeben, dass er sich fürchtete, machte ihn nicht zum Feigling – denn er hatte im Stillen all dem, was ihn bedrohte, auf ewig den Krieg erklärt, sei es eine unaufrichtige Frau, die Mauern um ihre Seele errichtet hatte, oder seien es Verschwörer gegen das Imperium von Lether. Die wahren Feiglinge waren seine Feinde, das begriff er nur zu gut. Sie dachten in Wolken, die all die harten Wahrheiten der Welt verbargen. Ihre Bemühungen, »zu verstehen«, führten unausweichlich zu einer aufrührerischen Haltung gegenüber jeglicher Autorität. Und während sie den Feinden des Imperiums vergaben, verachteten sie die Schwächen ihres eigenen Heimatlandes – ohne zu erkennen, dass sie selbst diese Schwächen verkörperten.

Ein Imperium wie Lether befand sich immer im Belagerungszustand. Dies war die erste Feststellung von Karos Invictad während der Rekrutierung und Ausbildung gewesen, und Sirryn Kanar hatte die Wahrheit, die in diesen Worten lag, verstanden, ohne auch nur einen Augenblick nachdenken zu müssen. Eine Belagerung, innen und außen, ja – genau die Vorrechte, die das Imperium gewährte, wurden von denjenigen ausgenutzt, die das Imperium vernichtet sehen wollten. Und es konnte keinen Raum dafür geben, solche Leute »zu verstehen« – sie waren böse, und das Böse musste ausgelöscht werden.

Die Vision Karos Invictads hatte ihn mit der Wucht einer Offenbarung gepackt, hatte solch eine perfekte Klarheit und – in der Tat – Frieden in dem freigesetzt, was von Zeit zu Zeit eine Seele in Aufruhr gewesen war – gelegentlich übel zugerichtet und bestürmt von einer Welt, die vor lauter

Verwirrung und Verunsicherung nur verschwommen wahrnehmbar gewesen war –, dass all das, was in ihm getobt hatte, sich legte, als Gewissheit sich ausbreitete, dieses leuchtende, blendende, wunderbare Geschenk der Entlastung.

Er lebte jetzt ein unbeschwertes Leben und gab seinen Mitagenten im Palast dadurch ein Beispiel. In ihren Augen hatte er wieder und wieder Ehrfurcht und Angst aufschimmern sehen – oder, und das war ebenso befriedigend, sie waren ein vollkommenes Spiegelbild seiner eigenen Augen: ausdruckslos, unbarmherzig, genauso unempfindlich für jede Täuschung, die der Feind versuchen mochte, wie er selbst.

Und so winkte er den beiden stämmigen Patriotisten unbeschwert zu, die daraufhin herankamen und die Tür eintraten. Sie flog förmlich aus ihren schwachen Angeln, krachte in das üppig ausgestattete Zimmer dahinter. Ein Schrei, dann noch einer, aus der Düsternis zur Linken – wo die Dienerinnen schliefen –, aber die vordersten Agenten hatten den Raum bereits durchquert und standen vor der gegenüberliegenden Tür. Noch mehr Gewalt. Holz splitterte unter schweren Stiefeln.

In dem Gang hinter Sirryn lag der Leichnam eines Tiste Edur auf dem Boden – jemand hatte einen Wächter hier aufgestellt. Merkwürdig, aber ohne große Folgen. Vergiftete Armbrustbolzen hatten sich als schnell und nahezu lautlos erwiesen. Zwei seiner Männer trafen bereits Vorbereitungen, den Leichnam wegzuschaffen – einfach nur ein weiterer Edur, der auf geheimnisvolle Weise verschwand.

Sirryn Kanar stellte sich mitten ins erste Zimmer, als ein weiterer Agent mit einer abgedunkelten Laterne eintraf, der sich an die Seite stellte, so dass gerade genug Licht im Raum vorhanden war. Zu viel wäre nicht gut – die Schatten mussten lebendig sein, sich winden, überall musste Verwirrung herrschen. Sirryn ergötzte sich an Genauigkeiten.

Seine Männer tauchten aus dem hinteren Raum auf, zwischen ihnen eine Gestalt – halbnackt, mit wirren Haaren, einem ungläubigen Ausdruck. Nein. Sirryn Kanars Augen verengten sich. Kein Unglaube. *Resignation. Gut, die Verräterin kannte ihr Schicksal, wusste, dass sie ihm niemals entgehen würde.* Er sagte nichts, winkte seinen Männern nur zu, sie nach draußen zu schaffen.

Drei weinende Dienerinnen kauerten unweit ihrer Schlafstätten an der

Wand. »Kümmert euch um sie«, befahl Sirryn, und vier seiner Männer bewegten sich auf die Frauen zu. »Die Älteste wird befragt werden, die anderen beiden sollten wir auf der Stelle loswerden.«

Er schaute sich um, zufrieden damit, wie glatt alles lief, und nahm die Todesschreie der beiden Dienerinnen kaum wahr.

In kurzer Zeit würde er seine beiden Gefangenen dem Trupp übergeben, der an einem Seiteneingang des Palasts wartete und sich anschließend rasch – und so lange nach Beginn der Ausgangssperre allein und ungesehen – durch die nächtlichen Straßen zum Hauptquartier der Patriotisten begeben würde. Wo die beiden Gefangenen in Befragungszellen gesteckt werden würden. Und dann würde die Arbeit beginnen, und die einzige Möglichkeit, der Tortur zu entkommen, würde ein vollständiges Geständnis ihrer Verbrechen gegen das Imperium sein.

Eine einfaches, geradliniges Verfahren. Das erwiesenermaßen wirksam war. Verräter waren ausnahmslos willensschwach.

Sirryn Kanar glaubte nicht, dass die Erste Konkubine sich sonderlich unterschied. Wenn überhaupt, dann war ihr Geist eher noch schwächer als der der anderen.

Frauen fanden Vergnügen an geheimnisvollem Auftreten, doch dieses Auftreten löste sich unter dem Ansturm männlicher Willenskraft in Nichts auf. Gewiss, Huren verbargen die Dinge besser als die meisten anderen – hinter einer endlosen Folge von Lügen, von denen er sich niemals täuschen ließ. Er wusste, dass sie ihn und Männer wie ihn verachteten, dass sie ihn aufgrund der Tatsache, dass er sie benutzte, für schwach hielten – als ob er sie aus einem tatsächlichen, aufrichtigen Bedürfnis heraus benutzen würde. Aber er hatte immer gewusst, wie er ihnen das selbstgefällige Grinsen aus den geschminkten Gesichtern wischen konnte.

Er beneidete die Vernehmer. Nisall, diese Hündin – wahrscheinlich war sie nicht anders als seine Frau, vermutete er.

Unsere Feinde sind Legion, hatte Karos Invictad gesagt, *von daher müsst ihr alle eines verstehen – dieser Krieg, er wird ewig weitergehen. Ewig.*

Sirryn Kanar war mit dieser Vorstellung zufrieden. Das hielt die Dinge einfach.

Und es ist unsere Aufgabe, war der Anführer der Patriotisten fortgefahren, *das zu gewährleisten. So dass wir niemals entbehrlich werden.*

Dieser Teil war ein bisschen verwirrender, aber Sirryn empfand keinen wirklichen Drang, den Gedanken weiterzuverfolgen. Karos war schließlich schlau. *Er ist schlau und auf unserer Seite. Der richtigen Seite.*

Und während der Leutnant – dicht gefolgt von seinen Männern – den leeren Palastkorridor entlangmarschierte, drehten sich seine Gedanken nur noch um das Bett, das auf ihn wartete, und auf die Hure, die er dort hatte hinbringen lassen.

Bruthen Trana trat in das Zimmer. Sein Blick fiel auf die Leichen der beiden Dienerinnen. »Wie lange ist es her?«, fragte er den Hexer der Arapay, der über den beiden toten Frauen kauerte. Zwei weitere Edur gingen ins Schlafzimmer der Ersten Konkubine – und kehrten bereits einen Augenblick später zurück.

Der Hexer murmelte irgendetwas Unverständliches unhörbar vor sich hin und sagte dann lauter: »Vielleicht einen Glockenschlag. Es waren Kurzschwerter. Die Art, wie sie die Palastgarde trägt.«

»Hol zehn weitere Krieger«, sagte Bruthen Trana. »Wir marschieren zum Hauptquartier der Patriotisten.«

Der Hexer richtete sich langsam auf. »Soll ich Hannan Mosag Bescheid geben?«

»Noch nicht. Wir können uns keine Verzögerung erlauben. Sechzehn Edur-Krieger und ein Hexer sollten eigentlich ausreichen.«

»Du willst die Freilassung der Frauen verlangen?«

»Es sind zwei, oder?«

Ein Nicken.

»Sie werden unverzüglich mit der Befragung beginnen«, sagte Bruthen Trana. »Und das ist keine angenehme Prozedur.«

»Und wenn sie ihnen Geständnisse abgerungen haben?«

»Ich verstehe deine Besorgnis, K'ar Penath. Fürchtest du, dass es heute Nacht zu Gewalt kommen wird?«

Die anderen Krieger im Zimmer hatten in ihrem Tun innegehalten, ihre Blicke ruhten auf dem Hexer der Arapay.

»Ob ich das fürchte? Nicht im geringsten. Wenn allerdings Geständnisse vorliegen, kann Karos Invictad – und damit auch Triban Gnol – behaupten, richtig gehandelt zu haben …«

»Wir vergeuden unsere Zeit«, unterbrach ihn Bruthen Trana. »Was Karos Invictad angeht, so bin ich mit meiner Geduld am Ende.« *Und wo ist der Wächter, den ich draußen im Gang postiert hatte? Als wenn ich das nicht erraten könnte.*

Eine neue Stimme erklang von der vorderen Eingangstür her: »Persönliche Feindschaft ist manchmal ein äußerst gefährlicher Ratgeber, Bruthen Trana.«

Der Tiste Edur drehte sich um.

Auf der Schwelle stand der Kanzler, die Hände gefaltet, während hinter ihm im Korridor zwei Leibwächter zu erkennen waren. Nach einem kurzen Augenblick machte Triban Gnol einen Schritt in den Raum und schaute sich um. Ein Ausdruck des Bedauerns trat auf sein Gesicht, als er die beiden toten Frauen erblickte. »Es hat ganz offensichtlich Widerstand gegeben. Sie waren loyalste Dienerinnen der Ersten Konkubine, vermutlich an sämtlichen Missetaten unschuldig – das ist in der Tat tragisch. Jetzt klebt Blut an Nisalls Händen.«

Bruthen Trana musterte den großen, hageren Mann mehrere Herzschläge lang, dann schritt er an ihm vorbei in den Korridor.

Keiner der beiden Leibwächter schöpfte Verdacht, und keiner der beiden hatte Zeit, seine Waffe zu ziehen, als die Messer des Edur – in jeder Hand eines – von unten gegen ihren Unterkiefer zuckten und sich bis tief ins Gehirn bohrten. Bruthen Trana ließ die Messer, wo sie waren, wirbelte herum und packte den Kanzler mit beiden Händen am schweren, brokatbesetzten Kragen. Der Letherii keuchte auf, als er hochgehoben, herumgerissen und dann hart gegen die gegenüberliegende Wand des Korridors geschmettert wurde.

»Was Euch angeht«, sagte der Edur mit leiser Stimme, »so bin ich mit meiner Geduld ebenfalls am Ende. Tragisch, das Ableben Eurer Leibwächter. Leider klebt jetzt Blut an Euren Händen. Und ich bin gegenwärtig nicht in der Stimmung, Euch ihren Tod zu vergeben.«

Triban Gnols Füße baumelten in der Luft, die harten Spitzen seiner Pantoffeln stießen immer wieder leicht gegen Bruthen Tranas Schienbeine. Das Gesicht des Letherii lief dunkel an, und die Augen traten ihm aus den Höhlen, während er in das harte, kalte Gesicht des Edur starrte.

Ich sollte ihn hier und jetzt töten. Ich sollte hier stehen und zusehen, wie er in den Falten seines eigenen Gewands erstickt. Oder noch besser, ich sollte ein Messer nehmen und ihm den Bauch aufschlitzen – sollte zusehen, wie seine Eingeweide herausquellen und sich auf dem Boden verteilen.

Hinter ihm sagte K'ar Penath: »Kommandant, wie du schon sagtest, haben wir für so etwas keine Zeit.«

Bruthen Trana fletschte die Zähne und warf den armseligen Mann beiseite. Triban Gnol stürzte unglücklich: er streckte eine Hand aus, um den Aufprall abzufangen – und plötzlich war das Geräusch brechender Fingerknochen zu hören – es klang, als würden eiserne Nägel in Holz getrieben –, gefolgt von einem Stöhnen und einem Schmerzensschrei.

Bruthen Trana winkte seinen Kriegern, ihm zu folgen, trat über den Kanzler hinweg und eilte den Korridor entlang.

Als die Schritte verklangen, rappelte Triban Gnol, eine Hand gegen die Brust gepresst, sich mühsam auf. Er starrte in den jetzt wieder leeren Korridor. Leckte sich die trockenen Lippen und zischte: »Dafür wirst du sterben, Bruthen Trana. Du und alle, die dabei waren – die dabeigestanden und nichts getan haben. Ihr werdet alle sterben.«

Konnte er Karos Invictad noch rechtzeitig warnen? Nicht sehr wahrscheinlich. Nun, der Anführer der Patriotisten war ein fähiger Mann. Mit mehr als gerade mal zwei unfähigen, armseligen Leibwächtern. Eine knappe Nachricht an ihre Witwen: *Eure Ehemänner haben versagt. Es wird keine Todes-Ruhegelder geben. Verlasst auf der Stelle die Familiengemächer der Palastgarde – abgesehen von eurem ältesten Kind, das nun Schuldner gegenüber dem Haushalt des Kanzlers ist.*

Er verachtete Unfähigkeit – und dass er unter den Folgen dieser Unfähigkeit zu leiden hatte … nun, irgendjemand bezahlte. Immer. *Dann also zwei Kinder, ja. Hoffnungsvolle Jungen.* Und jetzt würde er zwei neue Leibwächter brauchen. Natürlich aus den Reihen der verheirateten Mitglieder der Wache. *Damit jemand da ist, der die Schulden bezahlen kann, falls sie versagen.*

Seine gebrochenen Finger wurden allmählich taub, obwohl in seinem Handgelenk und im Unterarm heftiger Schmerz pulsierte.

Der Kanzler machte sich zu den Gemächern seines persönlichen Heilers auf.

Mit halb zerrissenem Nachtgewand wurde Nisall in einen fensterlosen Raum gestoßen, der nur von einer einzigen Kerze auf einem Tisch in der Mitte beleuchtet wurde. Die kühle, feuchte Luft stank nach alter Angst und menschlichen Exkrementen. Zitternd von dem nächtlichen Marsch durch die Straßen blieb sie einen Augenblick reglos stehen, versuchte, die gazedünnen Reste ihres Gewandes enger um sich zu schlingen.

Zwei junge, unschuldige Frauen waren tot. Abgeschlachtet wie Verbrecher. *Und Tissin ist die nächste – sie, die immer so etwas wie eine Mutter für mich war. Sie hat nichts getan – halt, hör auf damit. Niemand von uns hat etwas getan. Aber das spielt keine Rolle – etwas anderes kann ich mir nicht vorstellen. Ich kann nicht so tun, als ob irgendwas von dem, was ich sage, etwas ändern wird, mein Schicksal verändern wird. Nein, dies ist das Todesurteil. Für mich. Für Tissin.*

Der Imperator würde nichts von alledem erfahren, dessen war sie sich sicher. Triban Gnol würde ihm mitteilen, dass sie aus dem Palast verschwunden war. Dass sie geflohen war – noch ein Verrat mehr – und Rhulad würde auf seinem Thron zurückzucken, würde in sich zusammensinken, während der Kanzler ebenso sorgfältig wie unbarmherzig die Unsicherheit des Imperators nähren und dann einen Schritt zurücktreten würde, um zu beobachten, wie seine vergifteten Worte das Leben aus Rhulads gequälten Augen stahlen.

Dagegen können wir nicht gewinnen. Sie sind zu schlau, zu skrupellos. Ihr einziger Wunsch ist, Rhulad zu vernichten – seinen Verstand zu vernichten – so dass er nur noch plappernd dahockt, bedrängt von unsichtbarem Entsetzen, unfähig, irgendetwas zu tun, nicht willens, irgendjemanden zu sehen. Irgendjemanden, der ihm helfen könnte.

Möge der Abtrünnige ihn retten …

Die Tür wurde aufgerissen, so dass sie hart gegen die Wand prallte, wo alte Risse zeigten, dass diese gewalttätige Ankündigung ein Teil des gängigen Musters war. Sie hatte die Risse bereits zuvor bemerkt, und deshalb zuckte sie bei dem lauten Geräusch auch nicht zusammen, sondern drehte sich nur um, so dass sie ihren Peiniger ansehen konnte.

Der kein geringerer als Karos Invictad höchstpersönlich war. Ein Wirbel aus karmesinroten Seidengewändern, Onyxringen an den Fingern, in einer Hand das Zepter, das seine Stellung symbolisierte, so gegen die

Schulter gelehnt, dass es neben dem rechten Schlüsselbein ruhte. Auf seinem Allerweltsgesicht lag einen Ausdruck leichten Missfallens. »Teuerste Frau«, sagte er mit seiner hohen Stimme, »bringen wir das hier schnell hinter uns, so dass ich barmherzig sein kann. Ich verspüre nicht den Wunsch, dir Schaden zuzufügen, lieblich, wie du bist. Dementsprechend führt eine Unterschrift unter einer kurzen Darstellung deines Verrats am Imperium zu einer schnellen, nichtöffentlichen Hinrichtung. Deine Dienerin hat sich bereits gefügt und ist barmherzig enthauptet worden.«

Oh, gut gemacht, Tissin. Doch sie selbst hatte Mühe, suchte nach dem gleichen Mut – die Dinge so hinzunehmen, wie sie waren, zu erkennen, dass es keine andere Zuflucht gab. »Und eine Enthauptung ist kein Schaden?«

Ein leeres Lächeln. »Der Schaden, von dem ich gesprochen habe, hat sich natürlich darauf bezogen, dir dein Geständnis zu entreißen. Ein Rat: Entspanne deine Gesichtszüge in den letzten Augenblicken, ehe die Klinge herunterkommt. Es ist eine unglückliche Tatsache, dass der Kopf noch ein paar Augenblicke weiterlebt, nachdem er vom Hals getrennt wurde. Ein paar Blinzler, ein, zwei Mal die Augen rollen, und wenn man nicht … aufpasst, ein Haufen unerfreulicher Gesichtsausdrücke. Leider war deine Dienerin nicht willens, diesen Rat zu befolgen, da sie zu sehr mit einer Tirade sinnloser Flüche beschäftigt war.«

»Ich bete darum, dass der Abtrünnige sie gehört hat«, sagte Nisall. Das Herz hämmerte heftig in ihrer Brust.

»Oh, sie hat mich nicht im Namen des Abtrünnigen verflucht, süße Hure. Nein, stattdessen hat sie einen Glauben offenbart, den man schon lange für ausgestorben gehalten hat. Hast du gewusst, dass ihre Vorfahren Triller waren? Bei den Festen, ich kann mich noch nicht einmal mehr an den Namen des Gottes erinnern, den sie ausgestoßen hat.« Er zuckte die Schultern und lächelte erneut sein leeres Lächeln. »Es spielt auch keine Rolle. Ja, tatsächlich, selbst wenn sie den Abtrünnigen angerufen hätte, gäbe es für mich keinen Grund zur Panik. Im Palast verhätschelt, wie du bist – oder genauer, warst –, weißt du vermutlich nicht, dass die Handvoll Tempel in der Stadt, die, wie man sagt, dem Abtrünnigen geweiht sind, in Wirklichkeit privat und vollkommen weltlich sind – dort werden Geschäfte gemacht, für die die Unwissenheit der Bürger manchmal mehr als dienlich ist. Die Priester und Priesterinnen sind allesamt Schauspieler. Ich frage mich manchmal, ob Ezgara es überhaupt gewusst hat – er schien dem Abtrünnigen auf seltsame Weise ergeben.« Er machte eine Pause und seufzte dann. Er begann, sich mit dem Zepter gegen die Schulter zu klopfen. »Du versuchst, das Unausweichliche hinauszuzögern. Das ist verständlich, aber es reizt mich nicht, die ganze Nacht hierzubleiben. Ich bin müde und will mich bei der ersten sich bietenden Gelegenheit zurückziehen. Du siehst aus, als ob du frieren würdest, Nisall. Und dies hier ist im Grunde ein schrecklicher Raum. Lass uns in mein Amtszimmer zurückgehen. Ich habe noch ein Gewand übrig, das schützt vor jedem Luftzug. Und ich habe dort Schreibzeug.« Er winkte mit dem Zepter und drehte sich um.

Die Tür öffnete sich, und Nisall sah zwei Wachen auf dem Gang.

Benommen folgte sie dem Beaufsichtiger.

Eine Treppe hinauf, dann einen Korridor entlang, und schließlich in das Arbeitszimmer des Anführers der Patriotisten. Wie versprochen, fand Karos Invictad einen Umhang, den er Nisall sachte um die Schultern legte.

Sie zog ihn eng um sich.

Er winkte sie zu einem Stuhl vor dem großen Schreibtisch, wo ein Blatt Pergament, ein Rosshaarpinsel und ein Töpfchen mit Tintenfischtusche auf sie warteten. Ein Stück neben dem Tintenfass stand eine kleine, merkwürdige Schachtel mit aufgeklapptem Deckel. Nisall konnte nicht anders – sie musste sich einfach vorbeugen, um hineinzuschauen.

»Das geht dich nichts an.« Karos Invictads Stimme klang ein bisschen schriller als gewöhnlich, und als sie zu ihm hinüberblickte, stellte sie fest, dass er sie finster anstarrte.

»Ihr habt ein Schoßtier – ein Insekt«, sagte Nisall und wunderte sich, warum Karos Invictad leicht errötete.

»Wohl kaum. Wie ich schon gesagt habe, das geht dich nichts an.«

»Wollt Ihr von dem Ding da auch ein Geständnis? Ihr werdet es zweimal enthaupten müssen. Mit einer sehr kleinen Klinge.«

»Macht dir das Spaß, Frau? Setz dich hin.«

Schulterzuckend tat sie, was er verlangte. Starrte auf das leere Blatt Pergament hinunter, streckte dann die Hand aus und griff nach dem Pinsel. Ihre Hand zitterte. »Was wünscht Ihr – was soll ich gestehen?«

»Du musst keine Einzelheiten nennen. Du, Nisall, gibst zu, dass du dich gegen den Imperator und das Imperium verschworen hast. Du erklärst dies freiwillig und bei klarem Verstand und unterwirfst dich dem Schicksal, dass alle Verräter erwartet.«

Sie tauchte den Pinsel in die Tinte und begann zu schreiben.

»Ich bin erleichtert, dass du das so ohne Weiteres hinnimmst«, sagte Karos Invictad.

»Meine Sorge gilt nicht mir«, sagte sie, während sie die knappe Aussage beendete und das Schriftstück mit einem Schnörkel unterzeichnete, der das Zittern ihrer Hand nicht ganz verbergen konnte. »Sondern Rhulad.«

»Er wird nichts als Gehässigkeit für dich übrig haben, Nisall.«

»Ich kann nur wiederholen«, sagte sie und lehnte sich auf dem Stuhl zurück. »Ich sorge mich nicht um mich.«

»Dein Mitgefühl ist bewundernswert …«

»Es erstreckt sich auch auf Euch, Karos Invictad.«

Er griff nach dem Pergament, wedelte mit dem Blatt in der Luft, damit die Tinte trocknete. »Auf mich? Frau, du beleidigst mich …«

»Das war nicht meine Absicht. Aber wenn der Imperator erfährt, dass Ihr die Frau hingerichtet habt, die seinen Erben getragen hat, nun, selbst wenn Ihr der Anführer der Patriotisten seid …«

Das Pergament glitt Invictad aus den Fingern. Das Zepter hörte auf, zufrieden gegen die Schulter zu tippen. Seine Stimme war nur noch ein Krächzen, als er sagte: »Du lügst. Was sich leicht beweisen lässt …«

»In der Tat. Ruft einen Heiler. Vermutlich habt Ihr zumindest einen hier, für den Fall, dass der Scharfrichter sich an einem Splitter schneidet – oder, was wahrscheinlicher ist, ihm eine Blase aufplatzt, so beschäftigt, wie er ist.«

»Wenn wir feststellen, dass du eine List versuchst, Nisall, nun, dann hat sich jeder Gedanke an Barmherzigkeit erledigt – trotz dieses unterschriebenen Geständnisses.« Er beugte sich vor und nahm das Pergament wieder an sich. Blickte es finster an. »Du hast zu viel Tinte benutzt – sie ist verlaufen, und das Ganze ist jetzt unleserlich.«

»Für die meisten Sendschreiben benutze ich einen Griffel und eine Wachstafel«, sagte sie.

Er knallte das Blatt vor ihr auf den Tisch, mit der Rückseite nach oben. »Noch einmal. Ich bin gleich wieder da – und ich bringe den Heiler mit.«

Sie hörte, wie die Tür sich hinter ihr öffnete und schloss. Nachdem sie ihr Geständnis noch einmal geschrieben hatte, legte sie den Pinsel hin und stand auf. Beugte sich über die merkwürdige kleine Schachtel mit dem im Kreis herumlaufenden zweiköpfigen Insekt. *Du gehst immer im Kreis herum. Weißt du, was Bestürzung ist? Oder Hilflosigkeit?*

Ein Tumult irgendwo unten im Gebäude. Stimmen. Etwas krachte auf den Fußboden.

Die Tür hinter ihr wurde aufgestoßen.

Sie drehte sich um.

Karos Invictad kam herein, geradewegs auf sie zu.

Sie sah, wie er die untere Hälfte des Zepters drehte, sah wie eine kurze Klinge sich daraus hervorschob.

Nisall blickte auf, schaute dem Mann in die Augen.

Und sah in ihnen nichts Menschliches mehr.

Er stieß ihr die Klinge in die Brust, ins Herz. Stieß noch zweimal zu, als sie in sich zusammensackte, dann hinfiel und dabei den Stuhl streifte.

Sie sah, wie der Fußboden ihr entgegenkam, hörte das Knacken, mit dem ihre Stirn aufschlug, spürte vage den Stich, dann umfing sie Dunkelheit. *Oh, Tissin …*

Bruthen Trana schob eine verwundete Wache mit der Schulter beiseite und betrat Invictads Amtszimmer.

Der Anführer der Patriotisten trat von der zusammengesunkenen Nisall zurück, das Zepter in der Hand; die Klinge am unteren Ende – glänzte rot. »Ihr Geständnis hat erfordert …«

Der Tiste Edur schritt an den Schreibtisch, verpasste dem umgefallenen Stuhl einen Tritt, so dass er zur Seite rutschte. Er hob das Pergament auf, starrte es mit leicht zusammengekniffenen Augen an, um die letheriischen Worte zu erkennen. Eine einzige Zeile. Eine Aussage. Ein Geständnis, in der Tat. Einen Augenblick lang hatte er das Gefühl, sein Herz würde stolpern.

Draußen im Korridor waren weitere Tiste-Edur-Krieger. Ohne sich umzudrehen, sagte Bruthen Trana: »K'ar Penath, nimm den Leichnam der Ersten Konkubine mit …«

»Das ist eine Ungeheuerlichkeit!«, zischte Karos Invictad. *»Fass sie nicht an!«*

Knurrend trat Bruthen Trana einen Schritt näher an den Anführer der Patriotisten heran – und schlug mit dem Handrücken seiner Linken zu.

Blut spritzte, während Karos Invictad rückwärts stolperte und das Zepter durch die Luft flog; er prallte mit einer Schulter gegen die Wand. Aus Mund und Nase lief nun noch mehr Blut. Entsetzt starrte der Beaufsichtiger auf seine blutbespritzten Hände hinunter.

Aus dem Korridor erklang die Stimme eines Kriegers in der Sprache der Edur: »Kommandant. Die andere Frau ist geköpft worden.«

Bruthen Trana rollte das Pergament sorgfältig zusammen und stopfte es sich unter sein Kettenhemd. Dann streckte er die Arme nach Karos Invictad aus und zog ihn hoch.

Er schlug den Mann noch einmal. Und noch einmal. Blutspritzer, abgebrochene Zähne, blutigrote Speichelfäden.

Noch einmal. Und noch einmal.

Der Gestank von Urin.

Bruthen Trana packte den Letherii knapp unter dem schlaffen Hals an seinem seidenen Gewand und schüttelte ihn kräftig, schaute sich an, wie der Kopf des Patriotistenführers vor und zurück flog. Er schüttelte ihn weiter.

Bis sich eine Hand um sein Handgelenk schloss.

Bruthen Trana blickte zur Seite, sah durch roten Nebel in die ruhigen Augen von K'ar Penath.

»Kommandant, du wirst diesem bewusstlosen Mann noch das Genick brechen, wenn du ihn weiter so behandelst.«

»Worauf willst du hinaus, Hexer?«

»Die Erste Konkubine ist tot, durch seine Hand. Ist es an dir, ihn zu bestrafen?«

»Die Schwester soll dich holen«, knurrte Bruthen Trana. Dann warf er Karos Invictad auf den Fußboden. »Wir nehmen die beiden Leichen mit.«

»Kommandant, der Kanzler …«

»Mach dir um den keine Gedanken, K'ar Penath. Wickelt die Leichen gut ein. Wir kehren zum Ewigen Domizil zurück.«

»Was ist mit den toten Letherii da unten?«

»Seinen Wachen? Was soll mit ihnen sein? Sie haben sich uns in den Weg gestellt, Hexer.«

»Ganz wie du sagst. Aber da ihr Heiler tot ist, werden einige von ihnen verbluten, wenn wir nicht …«

»Das geht uns nichts an«, sagte Bruthen Trana.

K'ar Penath verbeugte sich. »Ganz wie du sagst, Kommandant.«

Halb blind vor Entsetzen näherte Tanal Yathvanar sich dem Eingang des Hauptquartiers. Sie war weg. Verschwunden von jenem Ort, jenem ach so verborgenen Ort – ihre Fußfesseln aufgebrochen, der eiserne Ring verbogen und verdreht, die Kettenglieder zerteilt, als wären sie nichts weiter als feuchter Lehm.

Das war dein Werk, Karos Invictad. Wieder einmal. Noch eine Warnung für mich – ich soll tun, was du befiehlst. Du weißt alles, du siehst alles. Für dich sind das alles nichts als Spiele, und zwar welche, bei denen du dafür sorgst, dass du immer gewinnst. Aber sie war kein Spiel. Nicht für mich, du Dreckskerl. Ich habe sie geliebt – wo ist sie? Was hast du mit ihr getan?

Ganz langsam sickerte ihm ins Bewusstsein, dass etwas nicht stimmte. Wachen rannten auf dem eingezäunten Gelände herum. Schreie, zuckendes Fackellicht. Der Vordereingang des Gebäudes stand weit offen – er sah ein Paar Stiefel, die zu leblosen Beinen gehörten, auf der Schwelle liegen.

Hol uns der Abtrünnige, wir sind angegriffen worden!

Er eilte vorwärts.

Ein Wächter tauchte auf, trat über den Leichnam.

»Du da!«, rief Tanal. »Was ist hier geschehen?«

Ein angedeuteter Gruß. Der Mann war blass. »Wir haben nach Heilern geschickt, Leutnant …«

»Was ist passiert, verdammt?«

»Edur – ein hinterhältiger Überfall – wir haben nicht damit gerechnet …«

»Und der Beaufsichtiger?«

»Er lebt. Aber er ist schrecklich zusammengeschlagen worden. *Er ist geschlagen worden, Leutnant – von einem Tiste Edur!* Der Verbindungsoffizier – Trana – Bruthen Trana …«

Tanal Yathvanar schob sich an dem Narren vorbei, stürmte in den Vorraum, zur Treppe, die nach oben führte. Mehr Leichen. Wachen, die kaum ihre Waffen hatten ziehen können, ehe sie niedergehauen worden waren.

Was hat die Edur dazu gebracht? Haben sie von unseren Nachforschungen Wind bekommen? Bruthen Trana – ist seine Akte noch vorhanden? Verdammt soll er sein, warum hat er den Dreckskerl nicht einfach umgebracht? Warum hat er ihn nicht so lange gewürgt, bis sein Gesicht genauso rot war wie seine verdammten Seidengewänder? Oh, ich hätte das wahrhaftig ganz anders gemacht. Wenn ich die Gelegenheit gehabt hätte …

Er kam zum Arbeitszimmer des Beaufsichtigers, blieb stolpernd stehen, als er die Blutspritzer an den Wänden und die Blutlachen auf dem Fußboden sah. Der Gestank nach Pisse hing schwer in der Luft. Karos Invictad sah klein und gebrochen aus, wie er da so zusammengekauert in seinem übergroßen Sessel hockte und ein fleckiges Tuch an sein geschwollenes, zerschrammtes Gesicht hielt. Eine Wut, scharf wie Diamanten, loderte in seinen Augen … Augen, die er nun auf Tanal Yathvanar richtete.

»Herr! Die Heiler sind unterwegs …«

Zerschlagene Lippen formten undeutliche Worte: *»Wo warst du?«*

»Was? Wieso – zuhause. Im Bett.«

»Wir haben heute Nacht Nisall verhaftet.«

Tanal schaute sich um. »Davon hat man mir nichts mitgeteilt, Herr …«

»Nein – *denn niemand konnte dich finden!* Weder zuhause, noch sonstwo!«

»Hat Bruthen Trana dann also die Hure zurückgeholt, Herr?«

Ein abgehacktes, gedämpftes Lachen. »Oh, ja. Ihren kalten Körper – aber nicht ihren Geist. Aber er hat ihr eigenhändig geschriebenes Geständnis – bei den Festen, das Sprechen tut weh! *Er hat mir das Gesicht kaputtgeschlagen!«*

Und wie viele Male hat deine Faust einem Gefangenen das Gleiche angetan? »Wollt Ihr vielleicht wagen, einen Schluck Wein zu trinken, Herr?«

Ein düsterer Blick über das fleckige Tuch hinweg, dann ein Nicken.

Tanal ging rasch zum Schrank. Fand einen Tonkrug, in dem sich unverdünnter Wein befand. *Das riecht zumindest besser als deine Angstpisse, kleiner Mann.* Er füllte einen Kelch, zögerte kurz – und füllte sich dann ebenfalls einen. *Verdammt sollst du sein, warum auch nicht?* »Die Heiler werden bald hier sein – ich habe den Wachen gesagt, dass sie ihr Leben riskieren, wenn sie sich nicht beeilen.«

»Der schnell denkende Tanal Yathvanar.«

Er brachte Karos Invictad den Kelch, während er sich fragte, ob die letzte Aussage ironisch gemeint war. Die Stimme des Beaufsichtigers war so entstellt, dass er es nicht heraushören konnte. »Die Wachen wurden vollkommen überrumpelt – ein grausamer Verrat …«

»Diejenigen, die noch nicht tot sind, werden sich bald wünschen, sie wären es«, sagte der Patriotistenführer. »Warum wurden wir nicht gewarnt? Kanzler oder nicht – diese Frage wird er mir beantworten müssen.«

»Ich habe nicht gedacht, dass wir uns die Hure jetzt schon holen würden«, sagte Tanal, während er seinen eigenen Wein holen ging. Über den Kelchrand hinweg sah er zu, wie Karos das Tuch wegzog und so enthüllte, was seinem Gesicht angetan worden war, während er behutsam an dem Wein nippte – und aufstöhnte, als der Alkohol in Schnitte und Risse gelangte. »Vielleicht hätten wir uns zuerst um den Edur kümmern sollen. Bruthen Trana – er machte gar nicht den Eindruck, dass er so eine Schlange ist. Er hat kein Wort gesagt, nichts erkennen lassen …«

»Natürlich nicht. Das hätte ich an seiner Stelle auch nicht getan. Nein. Warten, beobachten, und dann ohne Warnung zuschlagen. Ja, ich habe ihn unterschätzt. Nun, so ein Fehler passiert mir nur einmal. Heute Nacht hat ein Krieg begonnen, Tanal Yathvanar. Und dieses Mal werden die Letherii nicht verlieren.« Noch ein Schlückchen. »Ich bin erleichtert«, sagte er dann, »dass du diese Gelehrte losgeworden bist – zu schade, dass du Nisall nicht zum Spielen bekommen hast, aber ich musste schnell handeln. Erzähle mir, wie du dich ihrer entledigt hast – der Gelehrten, meine ich. Ich brauche zur Abwechslung mal wieder ein paar befriedigende Neuigkeiten …«

Tanal starrte den Patriotistenführer an. *Wenn du es nicht warst …*

Aus dem Korridor waren eilige Schritte zu hören. Die Heiler waren da.

»Kommandant«, sagte K'ar Penath, während er rasch neben Bruthen Trana her eilte, »ersuchen wir um eine Audienz beim Imperator?«

»Nein. Noch nicht. Wir werden erst etwas zusehen, wie sich das alles entwickelt.«

»Und was ist mit den Leichen?«

»Verstecke sie gut, Hexer. Und teile Hannan Mosag mit, dass ich ihn sprechen will. Sobald wie möglich.«

»Er steht im Augenblick nicht in der Gunst des Imperators …«

»Du hast mich falsch verstanden, Hexer. Das hier hat mit Rhulad nichts zu tun. Noch nicht. Wir haben dieses Imperium erobert. Es scheint, als hätten die Letherii das vergessen. Daher ist es an der Zeit, die Tiste Edur wieder einmal aufzurütteln. Um Angst und Schrecken zu verbreiten und unseren Unmut deutlich zu machen. Heute Nacht sind die Waffen gezogen worden, K'ar.«

»Du sprichst von Bürgerkrieg, Kommandant.«

»Gewissermaßen, obwohl ich nichts Offenes vom Kanzler oder Invictad erwarte. Einen Krieg, ja – aber einen, der hinter dem Rücken des Imperators geführt wird. Er wird davon nichts mitbekommen …«

»Kommandant …«

»Dein Entsetzen angesichts meiner Worte überzeugt mich nicht. Hannan Mosag ist kein Narr – genauso wenig wie du oder einer seiner anderen Hexer. Und jetzt sag mir, du hättest nichts geahnt … aha, das habe ich mir gedacht.«

»Ich fürchte, wir sind noch nicht bereit …«

»Wir sind es nicht. Aber sie auch nicht. Dass sie sich Nisall geholt haben – *dass sie sie ermordet haben* –, sagt mir, dass irgendetwas sie in Panik versetzt hat. Wir müssen herausfinden, was das war. Irgendetwas ist geschehen – oder geschieht gerade jetzt –, das die Dinge zugespitzt hat. Und genau das ist der Weg, dem Hannan Mosag folgen muss – nein, ich maße mir nicht an, ihm Befehle zu erteilen …«

»Ich verstehe, Bruthen Trana. Du sprichst wie ein Tiste Edur. Ich werde deinen Rat dem Hexenkönig mit all meinem Pflichteifer übermitteln.«

»Ich danke dir.«

»Als ich heute Nacht miterlebt habe, was du getan hast, Kommandant«, sagte K'ar Penat, »war ich stolz. Wir sind … aufgewacht, wie du gesagt hast. Diese Zivilisation, sie ist ein Gift. Eine Fäulnis auf unseren Seelen. Sie muss herausgeschnitten werden.«

Und jetzt höre ich Hannan Mosag durch dich sprechen, Hexer. Was die Antwort auf einen anderen … Verdacht ist. So sei es.

Nisall. Erste Konkubine, es tut mir leid. Aber wisse, dass ich dich rächen werde. Wie ich auch meinen tapferen Krieger rächen werde – die Schwester soll mich holen, das war unbedacht …

»Der Kanzler wird mit dem Imperator sprechen …«

»Nur, wenn er dumm ist«, sagte Bruthen Trana, »oder der Panik nahe. Aber er ist weder das eine, noch das andere. Nein, er muss immer wieder angestoßen werden, darf sein Gleichgewicht nicht wiederfinden – oh, ja, wir werden dafür sorgen, dass er panisch wird, und früher oder später wird er tun, was du sagst. Mit Rhulad sprechen. Und dann werden wir ihn haben. Und Invictad. Zwei Schlangen im gleichen Korb – einem öl-getränkten Korb. Und Triban Gnol selbst wird derjenige sein, der den Funken schlägt.«

»Wie?«

»Du wirst es erleben.«

Tehol starrte voller Entsetzen durch die Dachluke nach unten. »Das war ein Fehler«, sagte er.

Bagg, der neben ihm stand und ebenfalls nach unten schaute, nickte. »Es war ein Akt der Barmherzigkeit, Herr. Zwölf Hennen in einem Sack, die sich gegenseitig fast zerquetschen, sich in stinkender Dunkelheit drängen. Da hat echte Erstickungsgefahr geherrscht.«

»Genau! Friedliches Ableben, ungesehen, unbemerkt. Keine Notwendigkeit, irgendwelche Hälse umzudrehen! Aber schau sie dir jetzt nur an! Sie haben unser Zimmer übernommen! Mein Haus. Meinen Wohnsitz, meinen Herd …«

»Was das angeht – es sieht so aus, als ob eine von ihnen Feuer gefangen hätte, Herr.«

»Sie schwelt, und sie hat zu wenig Hirn, um sich darum zu kümmern. Wenn wir warten, können wir zum Frühstück gegrilltes Hühnchen essen. Und welche hat das Ei gelegt?«

»Hm, das ist in der Tat ein höchst bedeutungsschwangeres Geheimnis.«

»Kann sein, dass du das jetzt erheiternd findest, Bagg, aber du bist derjenige, der da unten schlafen wird. Sie werden dir die Augen auspicken, verstehst du. Das Böse ist in sie hineingezüchtet worden, Generation um Generation, bis ihre winzigen schwarzen Knopfhirne zu verdichteten Knoten aus Bosheit wurden …«

»Ihr legt eine unerwartete Vertrautheit mit Hühnern an den Tag, Herr.«

»Ich hatte einen Tutor, der die menschliche Ausgabe eines Huhns war.«

Bagg lehnte sich zurück und warf einen Blick zu der Frau hinüber, die in Tehols Bett schlief.

»Sie nicht. Janath war nur ein bisschen böse, ganz wie es sich für alle Lehrmeister geziemt, die oft von quäkenden, verliebten, pickelgesichtigen Schülern geplagt werden.«

»Oh, das tut mir leid, Herr.«

»Sei still. Darüber reden wir nicht. Nein, stattdessen sind tollwütige Hühner in mein Haus eingefallen, und das nur, weil du die Angewohnheit hast, Streuner und all so was aufzulesen.«

»Streuner? Wir werden die Dinger essen.«

»Kein Wunder, dass dir dieser Tage die Streuner aus dem Weg gehen. Hör dir das doch nur an – wie sollen wir bei dem Spektakel denn schlafen?«

»Ich nehme an, sie sind glücklich, Herr. Und sie kümmern sich auf alle Fälle zügig um die Schaben, die uns heimsuchen.«

Das Bett hinter ihnen quietschte, und sie drehten sich um.

Die Gelehrte hatte sich aufgesetzt und schaute sich verwirrt um.

Hastig schob Tehol Bagg in ihre Richtung.

Sie runzelte die Stirn, als der alte Mann nähertrat. »Wo bin ich? Wer bist du? Sind wir auf einem Dach?«

»Woran erinnert Ihr Euch als Letztes?«, fragte Bagg.

»Ich war allein. Im Dunkeln. Er hatte mich … an einen anderen Ort gebracht.«

»Ihr seid befreit worden«, sagte er.

Janath untersuchte ihre formlose, grobe Tunika. »Befreit«, sagte sie leise.

»Das Untergewand war alles, was wir auf die Schnelle finden konnten«, sagte Bagg. »Natürlich werden wir uns darum kümmern, Eure Kleidung so schnell wie möglich zu … äh … verbessern.«

»Ich bin geheilt worden.«

»Eure körperlichen Wunden, ja.«

Sie verzog das Gesicht und nickte. »Die anderen sind schwerer zu fassen.«

»Ihr wirkt bemerkenswert … gesund, Janath.«

Sie blickte zu ihm auf. »Du weißt, wer ich bin.«

»Mein Herr war einst einer Eurer Schüler.« Er sah, wie sie versuchte, an ihm vorbei zu schauen, erst auf der einen, dann auf der anderen Seite. Verwirrt drehte Bagg sich um und stellte fest, dass Tehol sich hin und her bewegte, um dafür zu sorgen, dass sein Diener sich immer zwischen ihm und der Frau im Bett befand. »Tehol, was macht Ihr?«

»Tehol? Tehol Beddict?«

Bagg wirbelte herum und sah, wie Janath ihre Tunika zusammenraffte und da und dort an ihr zog, um so viel wie möglich von ihrem Körper zu bedecken.

»Dieses lüsterne, armselige Würmchen? Bist du das, Tehol? Versteckst du dich hinter dem alten Mann? Nun, du hast dich anscheinend überhaupt nicht verändert. Zeige dich auf der Stelle!«

Tehol trat in ihr Blickfeld. »Hört auf«, wehrte er sich. »Ich bin nicht mehr Euer Schüler, Janath! Außerdem solltet Ihr wissen, dass ich längst über Euch hinweg bin. Ich habe schon … seit … Jahren nicht mehr von Euch geträumt! Seit Monaten!«

Sie zog die Brauen hoch. »Seit Wochen?«

Tehol richtete sich ein bisschen gerader auf. »Es ist allgemein bekannt, dass die Irrtümer, denen ein Mann als Heranwachsender unterliegt, sich bei besagtem Mann auch als Erwachsenem flüsternd zurückmelden, wenn er schläft. In seinen Träumen, meine ich. O ja, in der Tat, den reinsten Alpträumen …«

»Ich hege starke Zweifel daran, dass ich in deinen Alpträumen vorkomme, Tehol«, sagte Janath. »Obwohl du in meinen vorkommst.«

»Ach, tatsächlich? Ich war nicht erbärmlicher als irgendein anderer verliebter Schüler – oder doch?«

Darauf antwortete sie nichts.

»Ihr seid tatsächlich auf einem Dach«, sagte Bagg zu ihr.

»Über einem Hühnerstall?«

»Nun, so könnte man es nennen. Habt Ihr Hunger?«

»Der wunderbare Geruch von gebratenem Hühnchen lässt mir das Wasser im Mund zusammenlaufen«, antwortete sie. »Oh, bitte, habt ihr nichts anderes zum Anziehen? Ich habe nicht den geringsten Zweifel daran, was gerade im abscheulichen kleinen Hirn meines ehemaligen Schülers vor sich geht.«

»Morgen früh werde ich Selush einen Besuch abstatten«, sagte Bagg.

»Ihre Garderobe ist zwar manchmal entsetzlich geschmacklos, aber nichtsdestotrotz umfangreich.«

»Wollt Ihr meine Decke?«, fragte Tehol.

»Bei den Göttern hienieden, Herr, Ihr grinst schon fast anzüglich.«

»Erzähl keinen Unsinn, Bagg. Ich habe doch nur Spaß gemacht. Ha, ha, wir sitzen in einem Zuwenig an Kleidung fest. Ha, ha. Was wäre wohl, wenn das die Tunika eine Kindes gewesen wäre?«

»Was, wenn es so gewesen wäre?«, fragte Janath mit ausdrucksloser Stimme.

»Beim Segen des Abtrünnigen«, sagte Tehol und seufzte laut, »diese Sommernächte sind vielleicht heiß, was?«

»Ich kenne ein Huhn, das Euch zustimmen würde«, bemerkte Bagg, während er wieder zur Luke zurückging, aus der jetzt Rauch aufstieg.

»Tehol Beddict«, sagte Janath, »ich bin froh, dass du hier bist.«

»Wirklich?«, fragten Bagg und Tehol wie aus einem Mund.

Sie nickte, ohne einen der beiden anzusehen. »Ich wurde allmählich verrückt – ich dachte, ich wäre es schon. Yathvanar – er hat mich geschlagen, hat mich vergewaltigt ... und dabei die ganze Zeit von seiner unsterblichen Liebe gefaselt. Du, Tehol, bist das genaue Gegenteil – du bist in deiner Verliebtheit harmlos. Du erinnerst mich an bessere Zeiten.« Sie schwieg mehrere Herzschläge lang. »Bessere Zeiten.«

Bagg und Tehol blickten sich kurz an, dann stieg der Diener die Leiter hinunter. Von oben hörte er Tehols Stimme: »Janath, seid Ihr nicht beeindruckt, was ich aus meiner umfassenden Ausbildung gemacht habe?«

»Das ist ein sehr schönes Dach, Tehol Beddict.«

Bagg nickte vor sich hin, während er auf der Suche nach einem gebratenen Hühnchen durch beißenden Rauch stapfte. Ringsum von hirnlosem Geglucke umgeben. *Hol mich der Abgrund – ich könnte genauso gut in einem Tempel sein ...*

Die Morgensonne schickte ihre Strahlen durch die Ritzen der Fensterläden, malte Streifen aus Licht auf den langen, schweren Tisch, der den Versammlungsraum beherrschte. Rautos Hivanar wischte sich die Hände an einem Tuch ab, als er den Raum betrat und zu seinem Stuhl am einen Ende des Tischs schritt. Er legte das Tuch hin und musterte die Reihe der

Gesichter, die sich im zuwandten – und sah, dass mehr als eines vor Angst und Besorgnis angespannt war.

»Willkommen, meine Freunde. Zwei Punkte auf unserer Tagesordnung. Als Erstes werden wir uns dem Problem zuwenden, um das – wie ich vermute – eure Gedanken im Augenblick hauptsächlich kreisen. Wir haben einen kritischen Zustand erreicht – der Mangel an Münzen, an Silber, an Gold, an geschliffenen Edelsteinen und sogar an Kupferbarren ist jetzt akut. Irgendjemand sabotiert tatkräftig die Wirtschaft unseres Imperiums …«

»Wir wussten, dass dieser Fall eintreten würde«, unterbrach ihn Uster Taran. »Aber welche Maßnahmen hat das Konsortium ergriffen? Keine, soweit ich sehen kann. Rautos Hivanar, die Gedanken derjenigen, die hier versammelt sind, kreisen ebenso um die Frage, ob du auch weiterhin den Vorsitz des Konsortiums innehaben solltest.«

»Ich verstehe. Also gut, lege mir die Liste eurer Bedenken diesbezüglich vor.«

Usters zerklüftetes Gesicht rötete sich. »Eine Liste? Mit unseren Bedenken? Hol uns der Abtrünnige, Rautos, hast du noch nicht einmal die Patriotisten auf die Fährte dieser wahnsinnigen Kreatur gesetzt? Oder auch dieser Kreaturen? Könnte das nicht von außen kommen – von einem der Königreiche an der Grenze –, um uns aus dem Gleichgewicht zu bringen, ehe sie hier eindringen? Es hätten schon längst Neuigkeiten von dieser Bolkando-Verschwörung …«

»Einen Augenblick, bitte. Immer eins nach dem anderen, Uster. Die Patriotisten führen in der Tat eine Untersuchung durch, bisher noch ohne jedes Ergebnis. Eine entsprechende allgemeine Ankündigung hätte zwar möglicherweise eure Befürchtungen verringert, aber sie hätte meiner Meinung nach genauso gut auch Panik auslösen können. Deswegen habe ich mich entschlossen, die Sache geheim zu halten. In der Zwischenzeit bin ich aufgrund meiner eigenen Untersuchungen zu dem Schluss gekommen, dass im Hinblick auf diesen Angriff auf unsere Finanzen jegliche äußere Einmischung auszuschließen ist. Der Ursprung unseres Problems liegt hier in Letheras, meine Freunde …«

»Und warum haben wir den Dreckskerl dann noch nicht erwischt?«, wollte Druz Thennict wissen. Sein Kopf schien auf seinem langen, dünnen Hals auf und ab zu hüpfen.

»Die Spuren sind äußerst geschickt verwischt worden, teurer Druz«, sagte Rautos. »Ganz einfach – wir führen Krieg gegen ein Genie.«

Horul Rinnesict, der am gegenüberliegenden Ende des Tisches saß, schnaubte. »Und warum prägen wir dann nicht einfach mehr Münzen und beheben so den Mangel?«, fragte er.

»Das könnten wir«, erwiderte Rautos, »obwohl es nicht ganz einfach wäre. Die Ausbeute der Imperialen Minen ist festgelegt – und sie ist notwendigerweise mäßig. Und unglücklicherweise auch ziemlich unbeweglich. Darüberhinaus könntest du dich selbst einmal fragen: Was würde ich dann tun, wäre ich dieser Saboteur? Plötzlich gibt es einen Zustrom neuer Münzen – wenn du vorhättest, eine Wirtschaft ins Chaos zu stürzen, was würdest du tun?«

»Mit dem Inhalt meiner Schatzkammern den Markt überschwemmen«, knurrte Barrakta Ilk, »und eine galoppierende Inflation auslösen. Wir würden in wertlosen Münzen ersaufen.«

Rautos Hivanar nickte. »Ich bin davon überzeugt, dass unser Saboteur sich nicht mehr lange verstecken kann. Er oder sie wird zum Vorschein kommen müssen. Der Schlüssel wird sein, genau zu beobachten, welches Unternehmen als Erstes zusammenbricht, denn dort wird seine oder ihre Spur leicht erkennbar werden.«

»Und dann«, sagte Barrakta, »werden die Patriotisten zuschlagen.«

»Oh, das bringt mich zu unserem zweiten Gesprächsthema. So weit ich weiß, hat es Neuigkeiten aus Drene gegeben – wobei ich bis jetzt noch keine Einzelheiten kenne –, aber besagte Neuigkeiten haben anscheinend unter den Patriotisten etwas ausgelöst, das man eigentlich nur als Panik bezeichnen kann. Letzte Nacht ist es hier in Letheras zu einer Reihe beispielloser Verhaftungen gekommen …«

Uster lachte. »Was kann daran, dass die Patriotisten Leute verhaften, schon beispiellos sein?«

»Nun, vor allem haben sie die Erste Konkubine verhaftet.«

Um den Tisch herum herrschte Stille.

Rautos Hivanar räusperte sich. Er hatte alle Mühe, die Wut aus seiner Stimme herauszuhalten. »Es scheint, als hätte Karos Invictad überstürzt gehandelt, was – wie ihr selbstverständlich alle wisst – normalerweise ganz und gar nicht seine Art ist. Infolge seiner Hast sind die Dinge aus dem Ruder gelaufen. Es hat Zusammenstöße zwischen Patriotisten und Tiste Edur gegeben, und zwar sowohl innerhalb wie außerhalb des Ewigen Domizils.«

»Dieser verdammte Narr!«, brüllte Barrakta und hämmerte mit einer Faust auf den Tisch.

»Die Erste Konkubine ist, wie ich weiß, tot. Genau wie eine Reihe von Wachen – in erster Linie die auf dem Gelände der Patriotisten –, und mindestens zwei Leibwächter des Kanzlers.«

»Hegt die verdammte Schlange ebenfalls Selbstmordgedanken?«

»Es hat fast den Anschein, Barrakta«, räumte Rautos ein. »Alles sehr beunruhigend – vor allem Karos Invictads Unwilligkeit, Genaueres über die Geschehnisse mitzuteilen. Ich verfüge nur über einen einzigen Hinweis darauf, wie außergewöhnlich die Ereignisse der letzten Nacht waren, und das ist das Gerücht, dass Karos zusammengeschlagen wurde – dass er fast zu Tode geprügelt wurde. Ich kann dieses Gerücht nicht bestätigen, da er niemanden empfangen hat – und außerdem haben ihn bald nach dem Geschehen zweifellos die Heiler besucht.«

»Rautos«, murmelte Druz, »müssen wir auf Abstand zu den Patriotisten gehen?«

»Das sollten wir zumindest in Erwägung ziehen«, antwortete Rautos. »Vielleicht möchtest du ja schon einmal erste Vorbereitungen diesbezüglich treffen. In der Zwischenzeit brauchen wir die Patriotisten allerdings noch, aber ich muss eine gewisse Sorge eingestehen, dass sie möglicherweise nicht mehr da sein werden, wenn wir ihre Dienste am dringendsten benötigen.«

»Heuere eigene Leute an«, sagte Barrakta.

»Das habe ich bereits getan.«

Knappes Nicken rund um den Tisch beantwortete diese Aussage.

Uster Taran räusperte sich. »Ich möchte mich entschuldigen, Rautos. Du kümmerst dich mit deiner gewohnten Gründlichkeit um die Dinge. Es tut mir leid, dass ich gezweifelt habe.«

»Wie immer begrüße ich Gespräche«, sagte Rautos, während er erneut nach dem Tuch griff und sich die Hände abwischte. »Ja, sogar ein Infragestellen. Sonst werde ich unachtsam. Und jetzt müssen wir abschätzen, wie gesund unsere eigenen Besitztümer sind, um uns allen einen besseren Anhaltspunkt für unsere Belastbarkeit zu geben …«

Während das Treffen andauerte, wischte Rautos sich wieder und wieder die Hände ab. An diesem Morgen hatte sich eine Leiche an einem der Pfosten der gegenüberliegenden Anlegestelle verhakt gehabt – aufgebläht und verwesend, von Krabben und Aalen wimmelnd. Das kam gelegentlich vor, aber es war etwas, das ihn jedes Mal härter traf, vor allem in den letzten paar Jahren. An diesem Morgen war es besonders schlimm gewesen, und obwohl er auf der obersten Stufe seines Hofs geblieben und gar nicht näher herangegangen war, war ihm immer noch so, als hätten irgendwelche Rückstände ihn erreicht und seine Hände merkwürdig klebrig gemacht – Rückstände, die er anscheinend nicht loswerden konnte, ganz egal, wie sehr er es auch versuchte.

Kapitel Zehn

Der Eine Gott schritt von der magischen Feuersbrunst fort – eine Marionette, die durchtrennte Fäden hinter sich her zog. Eine weitere Stadt war zerstört, ein weiteres Volk zu Zehntausenden niedergemacht. Wer von uns, die wir Zeuge seines Erscheinens geworden waren, konnte zu einem anderen Schluss kommen als dem, dass der Wahnsinn ihn gepackt hatte? Denn trotz all der Schaffensmacht, die er besaß, brachte er nichts als Tod und Zerstörung. Räuber des Lebens, Schlächter und Schnitter – in seinen Augen, in denen ein paar Herzschläge zuvor vernunftlose Wut gelodert hatte, war jetzt nichts als Ruhe. Er wusste nichts. Er konnte sich das Blut an seinen Händen nicht erklären. Er bat uns um Antworten, aber wir konnten nichts sagen.

Wir konnten weinen. Wir konnten lachen.

Wir entschieden uns für das Lachen.

Das Glaubensbekenntnis der Spötter
Cabal

Lass uns ein Spiel spielen, flüsterte der Wind, und dann lachte er im sanften Zischen von Staub und Sand.

Igel saß da und lauschte. Der bröckelige Steinblock unter ihm war durch Verwitterung wie ein Sattel geformt worden und unter den gegebenen Umständen durchaus bequem. Vielleicht war er einst ein Altar gewesen, der durch irgendein Loch im Himmel gefallen war – beim Vermummten, im Laufe seiner langen, verschlungenen Wanderung durch diese düstere Welt waren mehr als genug merkwürdige Gegenstände aus der niedrigen, undurchdringlichen Wolkendecke gefallen. Ein paar von ihnen für sein Empfinden viel zu nah.

Ja, vermutlich ein Altar. Die Mulde, in der sein Hintern ruhte, fühlte sich zu gleichmäßig, zu symmetrisch an, um natürlichen Ursprungs zu sein. Er machte sich allerdings keine Sorgen wegen der Blasphemie – dies war schließlich der Ort, an den die Toten gingen. Und zu den Toten zählten gelegentlich auch Götter.

Das hatte der Wind ihm erzählt. Er war nun schon so lange sein Begleiter, dass Igel sich an seine ungezwungenen Offenbarungen gewöhnt hatte, an seine leise gekrächzten Geheimnisse und seine zärtliche Umarmung. Wenn er über einen Haufen riesiger Knochen stolperte, die auf irgendeinen unmenschlichen, monströsen Gott aus längst vergangenen Zeiten verwiesen, dann raunte der Wind – während er an den Knochen entlangglitt, zwischen hochstehenden Rippen hindurchstrich und sich durch Augenhöhlen in leere Schädel wand – den einstmals heiligen Namen dieses Gottes. Die Namen. Es schien, als hätten Götter viele davon, und die Laute wären jetzt und für immer in der Domäne des Windes gefangen. In Staubwirbeln ausgesprochen und nunmehr nichts weiter als Echos.

Lass uns ein Spiel spielen.

Es gibt kein Tor – oh, du hast es gesehen, das weiß ich sehr wohl.

Aber es ist eine Lüge. Es ist etwas, das dein Verstand aufbaut, Stein um Stein.

Denn deine Art liebt Begrenzungen. Schwellen, Trennlinien, Abgrenzungen. Ihr glaubt, ihr müsstet einen Ort verlassen, um einen anderen betreten zu können. Aber schau dich um, dann kannst du es sehen. Da ist kein Tor, mein Freund.

Ich zeige es dir. Wieder und wieder. An dem Tag, an dem du es begreifst, an dem Tag, an dem die Weisheit zu dir kommt, wirst du dich mit mir zusammentun. Das Fleisch, das dich umhüllt, ist deine letzte Einbildung. Gib es auf, mein Lieber. Du hast dich schon einmal zerstreut und wirst es wieder tun. Wenn die Weisheit zu dir kommt. Ist die Weisheit schon angekommen?

Die Versuche des Windes, ihn zu verführen, seine Aufforderungen, so etwas wie einer vorsätzlichen Auflösung zuzustimmen, wurden allmählich lästig. Ächzend stand er auf.

Auf dem Abhang zu seiner Linken, hundert oder mehr Schritte entfernt, lag das Skelett eines Drachen. Irgendetwas hatte seinen Brustkorb zerschmettert, wuchtige Schläge hatten Splitter und ganze Rippenstücke nach innen getrieben – was tödlich gewesen war, wie er selbst aus dieser

Entfernung erkennen konnte. Die Knochen sahen seltsam aus, denn sie waren alle von etwas umhüllt, das wie schwarzes, rauchiges Glas wirkte. Glas, von dem Fäden bis zum Boden reichten, und das dann in erstarrten Strömen durch die Furchen des Hangs geflossen war. Als ob das schmelzende Fleisch der Bestie irgendwie zu Glas geworden wäre.

Das Gleiche hatte er bei den Überresten der beiden anderen Drachen gesehen, an denen er vorbeigekommen war.

Er stand da und schwelgte in dem, was er sich einbildete – dem dumpfen Schmerz in seinem verlängerten Rücken, den unklaren Ohrenschmerzen von dem hartnäckigen Wind und der Trockenheit in seiner Kehle, die ihn dazu zwang, sich immer wieder zu räuspern. Was er auch nun tat, ehe er sagte: »All die Wunder und das Elend eines Körpers – das alles hast du vergessen, Wind. Das ist es, wonach du dich sehnst. Du willst, dass ich mich mit dir zusammentue? Ha – es läuft genau anders rum!«

Du wirst dieses Spiel niemals gewinnen, mein Lieber …

»Und warum spielen wir dann?«

Er ging schräg den Hang hinauf. Oben auf der Hügelkuppe konnte er noch mehr Gesteinstrümmer sehen, die Überreste eines Tempels, der durch ein Loch in der Erde gefallen, den Augen der Sterblichen durch eine Explosion aus Staub und Donner entrissen worden war. Als wären einem Gott die Beine unter dem Körper weggezogen worden. Als wäre ein Glaube durch einen einzigen Messerstich ausgelöscht worden. Ein Loch in der Erde, und dann stürzten die Teile des Tempels durch den Abgrund, Sphäre um Sphäre durch die ätherischen Schichten, bis ihnen die Welten ausgingen, durch die sie hindurchfallen konnten.

Und so landeten sie holterdipolter genau auf dem Kopf des Vermummten.

Deine Respektlosigkeit wirst du noch zutiefst bedauern, mein Lieber.

»Was ich zutiefst bedauere, Wind, ist, dass es hier nie regnet. Keine tosend herabstürzenden Wassermassen – die alle deine Worte ersäufen könnten.«

Du bist heute in schlechter Stimmung. Das passt gar nicht zu dir. Du und ich, wir haben so viele Spiele miteinander gespielt.

»Dein Atem wird kalt.«

Weil du in die falsche Richtung gehst!

»Aha. Danke, Wind.«

Eine bitterkalte Böe schüttelte ihn plötzlich, zeigte ihm das Missfallen des Windes. Sandkörnchen brannten ihm in den Augen, und er lachte. »Und schließlich wird das Geheimnis des Vermummten enthüllt. Trippel wieder zu ihm zurück, Wind, du hast das Spiel verloren.«

Du Narr. Denk doch mal über diese Frage nach: Wirst du unter den Gefallenen, unter den Toten, mehr Soldaten – mehr Kämpfer als Nichtkämpfer finden? Wirst du mehr Frauen als Männer finden? Mehr Götter als Sterbliche? Mehr Narren als Weise? Was übertönt unter den Gefallenen alles andere – der Widerhall marschierender Armeen? Oder das Stöhnen der Kranken, die Schreie der Hungernden?«

»Ich nehme an, dass sich letztlich alles ausgleichen wird«, antwortete er nach einem Augenblick.

Du irrst dich. Ich muss dir antworten, auch wenn es dir das Herz brechen wird. Ich muss.

»Das ist nicht nötig«, antwortete er. »Ich weiß es bereits.«

Tust du das?, flüsterte der Wind.

»Du willst, dass ich zusammenbreche. Vor Verzweiflung. Ich kenne deine Tricks, Wind. Und ich weiß auch, dass du vermutlich das Einzige bist, was noch von irgendeinem uralten, längst vergessenen Gott übrig ist. Beim Vermummten, vielleicht bist du auch sie alle, und ihre unzähligen Stimmen sind ein verworrenes Durcheinander, das noch ein bisschen Staub und Sand und sonst nicht mehr viel anstößt. Du willst, dass ich vor dir auf die Knie falle. Dich unterwürfig anbete, damit dann vielleicht noch ein Tröpfchen Macht zu dir kommt. Genug, damit du fliehen kannst.« Er stieß ein knurrendes Lachen aus. »Aber hier ist was zum Nachdenken für dich, Wind. Warum suchst du von allen Gefallenen ausgerechnet *mich* heim?«

Warum nicht? Du pochst kühn auf Knochen und Fleisch. Du würdest dem Vermummten ins Gesicht spucken – du würdest mir ins Gesicht spucken, wenn dir eine Möglichkeit einfallen würde, wie du meinem Zurückspucken ausweichen könntest.

»Stimmt, das würde ich. Und genau darum geht es mir. Du hast dir den Falschen ausgesucht, Wind. Denn ich bin ein Soldat.«

Lass uns ein Spiel spielen.

»Lieber nicht.«

Um nochmal auf die Gefallenen zurückzukommen, wer …

»Die Antwort lautet *Kinder*, Wind. Mehr Kinder als sonst irgendjemand.«

Und wo ist jetzt deine Verzweiflung?

»Du verstehst überhaupt nichts«, sagte er und blieb stehen, um auszuspucken. »Damit Männer oder Frauen überhaupt erwachsen werden können, müssen sie zuerst das Kind in ihrem Innern töten.«

Du bist ein sehr bösartiger Mann, Soldat.

»Du verstehst es immer noch nicht. Ich habe meine Verzweiflung gerade zugegeben, Wind. Du gewinnst das Spiel. Du gewinnst jedes Spiel. Aber ich werde weitermarschieren, in deinen eisigen Atem hinein, denn das ist es, was Soldaten tun.«

Seltsam. Es fühlt sich überhaupt nicht an, als hätte ich gewonnen.

Auf einem flachen Streifen aus kaltem, aber nicht gefrorenem Schlamm stieß er auf Spuren. Breite, flache, knochige Füße – eine Spur, die in die gleiche Richtung führte, in die er unterwegs war. Irgendjemand … der vielleicht das Gleiche suchte, was er suchte. In den tiefen Abdrücken sammelte sich Wasser, das unbewegt den bleiernen Himmel spiegelte.

Er kauerte sich hin, musterte die tiefen Abdrücke. »Mach dich nützlich, Wind. Sag mir, wer da vor mir hergeht.«

Ein Schweigender. Einer, der nicht spielt.

»Ist das alles, was du draufhast?«

Ein Untoter.

Er starrte blinzelnd auf die Spuren hinunter, bemerkte den breitbeinigen, nicht richtig fluchtenden Gang, die kleinen Streifen, die von herunterbaumelnden Leder- oder Fellstreifen oder wovon auch immer stammten. »Ein T'lan Imass?«

Er ist zerbrochen.

»Zwei, vielleicht auch drei Längen vor mir.«

Mehr. Das Wasser ist hier langsam.

»Ich rieche Schnee und Eis.«

Mein Atem verrät alles, was ich verschlinge. Dreh dich um, und du wirst einen süßeren Kuss bekommen, Geliebter.

»Du meinst den Gestank nach fliegenverseuchtem Sumpf, den ich die letzten beiden Monate ertragen habe?« Er richtete sich auf, rückte seinen schweren Packen zurecht.

Du bist grausam. Der da vorne sagt wenigstens nichts. Und denkt nichts. Spürt nichts.

»Dann ist er ganz sicher ein T'lan Imass.«

Er ist zerbrochen.

»Ja, das habe ich schon beim ersten Mal verstanden.«

Was wirst du nun tun?

»Wenn nötig, werde ich dir etwas schenken, Wind.«

Ein Geschenk? Oh, was denn?

»Ein neues Spiel – du musst raten.«

Ich werde nachdenken und nachdenken und …

»Beim Atem des Vermummten – oh – *oh!* Vergiss, was ich da gerade gesagt habe!«

… und nachdenken und nachdenken …

Sie ritten schnell, zuerst nach Westen, hielten sich fast zwei Tage lang parallel zum großen Fluss, bis sie die Verbindungsstraße erreichten, die nach Norden führte – nach Almas, einer bescheidenen Stadt, die nur wegen ihrer Garnison und ihrer Ställe eine gewisse Bedeutung hatte. Dort würden Atri-Preda Yan Tovis, Varat Taun und ihre Begleiter sich ausruhen, ihre Vorräte auffüllen und die Pferde wechseln können.

Varat Taun erkannte eine Flucht, wenn er Zeuge einer solchen wurde oder selbst daran teilnahm. Weg von Letheras, wo einen Tag vor ihrer Abreise der Palast und die Truppenunterkünfte in einem anschwellenden Sturm der Anspannung gefangen zu sein schienen; der Geruch von Blut hing berauschend in der Luft, tausend Gerüchte breiteten sich in alle Richtungen aus, aber keines davon hatte viel Substanz, abgesehen von den Nachrichten über zwei Familien, die hinausgeworfen worden waren, die Witwen und Kinder zweier Männer, die dem Kanzler als Leibwächter gedient hatten und die offensichtlich nicht mehr am Leben waren.

Hatte jemand versucht, Triban Gnol zu ermorden? Darüber hatte er am Anfang ihrer Reise laut nachgedacht, und seine Kommandantin hatte einfach nur vor sich hingebrummt, als würde sie an dieser Vorstellung nichts überraschen oder womöglich gar beunruhigen. Natürlich wusste sie mehr, als sie erkennen ließ, aber Zwielicht war noch nie besonders freigiebig mit Worten umgegangen.

Und bei mir ist es nicht anders, wie sich herausstellt. Die entsetzlichen Dinge, die ich in jener Höhle mit ansehen musste – nein, nichts, was ich sagen kann, könnte das … schiere Ausmaß dessen, was da geschehen ist, vermitteln. Also lasse ich es am besten. Diejenigen, die dabei sein werden, werden ihre Erfahrung nicht lange überleben. Was wird dann vom Imperium übrig bleiben?

Und ist das nicht der Grund, warum wir davonrennen?

Mit ihnen ritt auch ein Fremder. Ein Spötter, hatte Yan Tovis gesagt, was auch immer das bedeuten mochte. Irgendein Mönch. *Mit einem bemalten Gesicht, als würde er herumtollen und Mummenschanz treiben – was für eine verrückte Religion ist denn das?* Varat Taun konnte sich nicht daran erinnern, dass der merkwürdige kleine Mann auch nur ein einziges Wort gesagt hatte – vielleicht war er stumm, vielleicht war ihm die Zunge herausgerissen worden. Anhänger von Kulten fügten sich manchmal schreckliche Dinge zu. Die Reise über die Meere und Ozeane der Welt hatte ein anscheinend nie endendes Gepränge von bizarren Kulturen und Gebräuchen geboten. Nichts, das sich jemand in Sachen Selbstverstümmelung im fehlgeleiteten Dienst eines Gottes antun könnte, hätte Varat Taun noch überrascht. Der Spötter war einer der Herausforderer gewesen, aber mittlerweile war offensichtlich, wie absurd das gewesen war – nach dem ersten Tagesritt war er so erschöpft gewesen, dass er sich kaum noch im Sattel hatte halten können. Er war offenbar ein Heiler.

Der mich geheilt hat. Der mich aus einem Zustand voller Entsetzen und Verwirrung herausgeführt hat. Ich habe mich bei ihm bedankt, aber er hat nur genickt. Hat er die Visionen in meinem Geist gesehen? Hat ihn das stumm gemacht, ist seine geistige Gesundheit bedroht? Jedenfalls war er kein Herausforderer für den Imperator, und deswegen ritt er jetzt neben Yan Tovis, obwohl der Leutnant keine Ahnung hatte, welchen Wert sie dem Spötter beimaß.

Vielleicht unterscheidet es sich ja gar nicht großartig davon, wie sie mich sieht. Dass ich sie jetzt begleite, ist ein Akt der Barmherzigkeit. Bald werde ich in meine Heimatstadt geschickt werden und dort einen neuen Posten erhalten. Kann dann bei meiner Frau und meinem Kind sein. Zwielicht denkt nicht wie eine Atri-Preda – nicht einmal ihre Pflicht als Soldatin hat sie dazu bringen können, das, was sie erfahren hat, ihren Vorgesetzten mitzuteilen.

Aber das ist nicht das erste Mal, oder? Warum sollte ich also überrascht sein? Schließlich hat sie Fenthing den Edur übergeben, oder? Kampflos. Sie haben einfach nur die Tore aufgemacht.

»Unübersehbar liebt sie die Edur so sehr, dass sie sie begleiten kann, um das Kommando über die letheriischen Streitkräfte an Bord der Flotten zu übernehmen.« So hatte es geheißen, trocken und spöttisch.

Und die Wahrheit ist möglicherweise, dass Yan Tovis feige ist.

Dieser Gedanke gefiel Varat Taun nicht, auch wenn er ihn von nun an nicht mehr losließ. Er gemahnte sich an die Schlachten, an die Scharmützel, sowohl zu Wasser wie zu Lande, wo er niemals auch nur den allerkleinsten Grund gehabt hatte, an ihrem Mut zu zweifeln.

Doch hier und jetzt floh sie mit ihrer Elitetruppe aus Letheras.

Weil ich die Behauptungen dieses Gral-Kriegers bestätigt habe. Davon mal abgesehen – würde ich noch einmal freiwillig neben Icarium stehen wollen? Nein. Ich würde weder an seiner Seite stehen, noch in der gleichen Stadt sein wollen – möglichst nicht einmal auf dem gleichen verdammten Kontinent. Macht mich das auch zum Feigling?

In der Höhle war ein Kind gewesen, ein merkwürdiges Ding, mehr Kobold als Mensch. Und es hatte geschafft, was niemandem zuvor gelungen war – Icarium auszuschalten, ihm seine Wut und all die Macht zu stehlen, die mit dieser Wut einherging. Varat Taun glaubte nicht, dass es noch einmal zu einem solchen Eingreifen kommen würde. Die Verteidiger des Ersten Throns hatten Verbündete gehabt. Der Imperator in Gold konnte gar nicht anders, als so etwas abzulehnen. Es würde niemand da sein, um Icarium aufzuhalten. Niemand außer Rhulad – was natürlich möglich war.

Unser Mangel an Vertrauen in unseren Imperator hat uns auf diese Straße geführt.

Aber was ist, wenn keiner der beiden fällt? Was, wenn Icarium Rhulad wieder und wieder tötet, töten muss? Zehnmal, fünfzigmal, hundertmal – zehntausendmal? Eine endlose Folge von Kämpfen, in deren Verlauf alles andere ausgelöscht werden würde. Könnte es nicht sein, dass wir das Ende der Welt vor uns sehen?

Icarium kann nicht aufgeben. Und Rhulad wird *es nicht. Sie werden beide in dieser Zwangsläufigkeit gefangen sein. Und sie werden beide dem Wahnsinn verfallen, der die logische Folge davon ist.*

Blaurose würde nicht weit genug weg sein. *Kein Ort wird es sein.*

Er hatte den einzigen Mann zurückgelassen, der das, was geschehen würde, besser verstand als sonst irgendjemand. Den Barbaren. Der eine schwere Kapuze trug, um seine Gesichtszüge zu verbergen, wenn er sich unter Fremden aufhielt. Der in die Hände spuckte, um sich die Haare zu glätten. Der jede Morgendämmerung mit einer Litanei von Flüchen gegen all jene begrüßte, die ihm Unrecht getan hatten. *Doch jetzt sehe ich ihn vor meinem inneren Auge, als würde ich einen Bruder ansehen.*

Er und ich – wir sind die Einzigen, die überlebt haben. Zusammen haben wir Icarium herausgeschafft.

Seine Gedanken hatten ihn bis an diesen Punkt, zu diesem Aufeinandertreffen von Erkenntnissen geführt, und er spürte, wie ihm das Herz in der Brust kalt wurde. Varat Taun trieb sein Pferd an, bis er auf gleicher Höhe mit seiner Kommandantin war. »Atri-Preda.«

Sie schaute zu ihm herüber.

»Ich muss umkehren«, sagte er.

»Um sie zu warnen?«

»Nein, Atri-Preda.«

»Und was ist mit Eurer Familie, Varat Taun?«

Er blickte weg. »Mir ist etwas klar geworden. Nirgendwo ist weit genug weg.«

»Ich verstehe. Aber wollt Ihr dann nicht erst recht bei ihnen sein?«

»Da ich weiß, dass ich sie nicht retten kann …« Varat schüttelte den Kopf. »Der Gral und ich – wir beide – ich weiß nicht, aber vielleicht können wir beide zusammen etwas tun – wenn wir dort sind.«

»Kann ich Euch diese Idee ausreden?«

Er schüttelte den Kopf.

»Also gut. Der Abtrünnige möge Euch segnen, Varat Taun.«

»Er hat recht«, sagte der Spötter hinter ihnen. »Ich muss auch umkehren.«

Yan Tovis stieß einen tiefen Seufzer aus. »So sei es denn – ich hätte es besser wissen müssen, anstatt zu versuchen, irgendjemanden außer mir selbst zu retten – nein, so verbittert, wie es vielleicht klingt, bin ich gar nicht. Entschuldigung. Ihr habt beide meinen Segen. Lasst die Pferde ab und zu mal Schritt gehen.«

»Ja. Atri-Preda? Ich danke Euch.«

»Was für eine Nachricht soll ich Eurer Frau schicken?«

»Gar keine, Atri-Preda. Bitte.«

Yan Tovis nickte.

Varat Taun lenkte sein Pferd von der Straße und zügelte es. Der Mönch tat es ihm nach, allerdings deutlich ungeschickter. Der Leutnant beobachtete ihn mit einer gewissen Erheiterung. »Habt Ihr bei Euch zuhause keine Pferde?«

»Nur ein paar. Cabal ist größtenteils ein Archipel. Die Gebiete auf dem Festland liegen auf den Flanken ziemlich steiler Klippen, der ganze Küstenstreifen ist recht gebirgig. Und die Pferde, die wir haben, werden als Zugtiere und zum Essen gezüchtet.«

Dazu sagte Varat Taun nichts.

Sie warteten am Straßenrand, sahen zu, wie die berittenen Soldaten vorbeizogen.

Hol mich der Abtrünnige – was habe ich getan?

Der See erstreckte sich endlos, nirgendwo war ein Ende in Sicht. Die drei Gestalten hatten ihr mit Vorräten gut bestücktes Boot etwa einen Tag und den größten Teil einer Nacht – oder dem, was in der Schattensphäre dafür galt – gerudert, bis es im flachen Wasser auf Grund gelaufen war. Da sie keinen anderen Weg finden konnten, hatten sie ihre Bündel geschultert und das Boot zurückgelassen, waren von da an durch schlammiges, knietiefes Wasser gewatet. Jetzt, um die Mittagszeit des folgenden Tages, schleppten sie sich seit der Morgendämmerung auf müden, taub gewordenen Beinen durch das hüfttiefe Wasser eines ruhigen Sees – bis der Seegrund unter ihren Füßen plötzlich steil abfiel.

Trull Sengar war vorn gegangen, hatte seinen Speer benutzt, um den Boden voraus zu prüfen; jetzt bewegte er sich Schritt für Schritt zur Seite und wühlte mit dem hinteren Ende des Speerschafts den grauen, milchigen Schlamm am Rande des Absturzes auf. Beobachtet von seinen Begleitern, machte er einige Zeit so weiter. »Es fühlt sich nicht natürlich an«, sagte er schließlich, als er wieder zu den anderen trat. »Der Absturz ist sanft und gleichmäßig.« Er ging an Onrack und dem Schnellen Ben vorbei und versuchte es in der anderen Richtung. »Hier ist es genauso.«

Der Magier stieß eine lange Reihe kunstvoller Flüche auf Malazanisch aus und sagte dann: »Ich könnte mich in die Luft begeben, indem ich auf Serc zurückgreife – allerdings ist vollkommen offen, wie lange ich das durchhalten kann.« Er starrte Onrack düster an. »Du könntest einfach zu Schlamm zerfallen, du verdammter T'lan Imass.«

»Womit ich übrig bliebe«, sagte Trull. Er zuckte die Schultern. »Ich werde dann schwimmen – es könnte gut sein, dass ein Stück voraus das Wasser wieder flacher wird – ich meine, wir sind nun einige Zeit lang auf einem unnatürlich gleichmäßigen Boden gegangen. Stellt euch doch nur einmal vor, dass wir auf irgendeinem überspülten Platz sind – der wäre riesig, zugegeben, aber trotzdem. Dieser Absturz könnte einfach nur ein Kanal sein. Was bedeuten würde, dass ich schon bald auf der anderen Seite ankommen würde.«

»Ein Platz?« Der Schnelle Ben verzog das Gesicht. »Trull, wenn das hier unter uns ein Platz ist, dann hat er die Ausmaße eines Stadtstaates.«

»Ein solches Konstrukt bedeckt beispielweise die südöstliche Halbinsel von Stratem, Magier«, sagte Onrack. »K'Chain Che'Malle. Ein Ort, an dem rituelle Kriege ausgefochten wurden – bevor jegliche Rituale aufgegeben wurden.«

»Du meinst, als die Kurzschwänze rebelliert haben.«

Trull fluchte leise vor sich hin. »Ich hasse es, wenn alle anderen mehr wissen als ich.« Dann schnaubte er. »Andererseits bin ich in Gesellschaft eines Magiers und eines Untoten unterwegs; so gesehen sollte es mich wohl nicht allzu sehr überraschen, wenn ich verglichen mit ihnen etwas schwächele.«

»Du und schwächeln?« Onracks Hals knirschte laut, als der Krieger den Kopf drehte, um den Tiste Edur anzusehen. »Trull Sengar, du bist der Ritter des Schattens.«

Der Schnelle Ben schien sich an irgendetwas zu verschlucken.

Trulls Reaktion übertönte den plötzlichen Hustenanfall des Magiers: »Ich bin *was*? War das Cotillions Idee? Dieser verdammte Emporkömmling …«

»Cotillion hat dich nicht erwählt, mein Freund«, sagte Onrack. »Ich kann dir nicht sagen, wer dich zu dem gemacht hat, was du jetzt bist. Vielleicht die Eres'al, obwohl ich nicht verstehe, welcher Natur ihr Anspruch in der Sphäre des Schattens ist. Eine Sache ist allerdings sehr klar – sie interessiert sich für dich, Trull Sengar. Trotzdem glaube ich nicht, dass die Eres'al dafür verantwortlich ist. Ich glaube, du selbst warst es.«

»Wie? Was habe ich denn getan?«

Der T'lan Imass legte langsam den Kopf zu einer Seite. »Krieger, du hast vor Icarium gestanden. Du hast den Lebensstehler aufgehalten. Du hast etwas getan, was noch nie zuvor ein Krieger getan hat.«

»Das ist absurd«, schnappte Trull. »Ich war erledigt. Wenn der Schnelle Ben hier – und die Eres'al – nicht gewesen wären, dann wäre ich jetzt tot und meine zerschlagenen Knochen würden vor dem Thronraum verschimmeln.«

»Das ist deine Art, mein Freund, deinen Heldentaten ihren Glanz zu nehmen.«

»Onrack …«

Der Schnelle Ben lachte. »Er sagt, dass du bescheiden bist, Edur. Und mach dir nicht die Mühe, das zu leugnen – damit schaffst du es immer noch, mich zu überraschen. Ich habe den größten Teil meines Lebens unter Magiern oder in einer Armee verbracht, und weder da noch dort ist mir so was wie Selbstentwertung nennenswert untergekommen. Dafür waren wir alle viel zu sehr damit beschäftigt, den anderen ans Bäumchen zu pissen. Man braucht ein gewisses Maß an … äh … vorgetäuschter Tapferkeit, wenn man den Beruf hat, Leute zu töten.«

»Trull Sengar hat wie ein Soldat gekämpft«, sagte Onrack zu dem Magier. »Der Unterschied zwischen euch beiden liegt darin, dass er unfähig ist, seinen Kummer angesichts der Zerbrechlichkeit des Lebens zu verbergen.«

»An uns ist nichts Zerbrechliches«, murmelte der Schnelle Ben. »Das Leben bleibt hartnäckig, bis es keine andere Wahl mehr hat, als aufzugeben, und selbst dann spuckt es wahrscheinlich noch ein letztes Mal demjenigen ins Auge, der es getötet hat. Wir sind grausam im Sieg und grausam in der Niederlage, meine Freunde. So. Wenn ihr beide jetzt mal einen Moment still sein würdet, könnte ich mich auf die Suche nach einem Ausweg machen, der es uns ermöglicht, von hier zu verschwinden.«

»Dann willst du nicht fliegen?«, fragte Trull, während er sich auf seinen Speer lehnte.

»Nein, ich suche ein verdammtes Tor. Ich fange allmählich an zu glauben, dass dieser See kein Ende hat.«

»Er muss ein Ende haben«, sagte der Edur.

»Im Abgrund toben nicht immer wilde Stürme. Manchmal ist er wie hier – ruhig, farblos, eine Flut, die so langsam ansteigt, dass man es nicht bemerkt … aber sie steigt sehr wohl an, verschlingt diese gekippte sterbende Sphäre.«

»Die Schattensphäre *stirbt*, Schneller Ben?«

Der Magier leckte sich die Lippen – eine nervöse Geste, die Trull schon früher bei dem großen, dünnen Mann gesehen hatte – und zuckte dann die Schultern. »Ich nehme es an. Das ist nicht *so* überraschend, wenn man sich klarmacht, dass alle ihre Grenzen offene Wunden sind. Und jetzt seid still. Ich muss mich konzentrieren.«

Trull schaute zu, wie der Schnelle Ben die Augen schloss.

Einen Augenblick später wurde der Körper des Magiers undeutlich, seltsam körnig an den Rändern, dann begann er zu wabern, schien gänzlich zu verschwimmen und wieder fest zu werden.

Der Tiste Edur, der sich immer noch auf seinen Speer lehnte, grinste Onrack an. »Nun, alter Freund, es sieht so aus, als würden wir wieder einmal durch das Unbekannte wandern.«

»Ich bedaure nichts, Trull Sengar.«

»Bei mir ist es gewissermaßen das Gegenteil – abgesehen davon, dass ich dich überredet habe, mich zu befreien, als ich kurz davor war zu ertrinken … damals, im Entstehenden – wo es, wie mir gerade klar geworden ist, gar nicht so anders als hier ausgesehen hat. Überflutete Welten. Kommt so etwas häufiger vor, als wir es bemerken?«

Der T'lan Imass zuckte knochenrasselnd die Schultern. »Ich würde gerne etwas wissen, Trull Sengar. Wenn der Friede zu einem Krieger kommt …«

Der Edur blickte den zerschlagenen Untoten aus zusammengekniffenen Augen an. »Wie wird man dann den ganzen Rest los? Die aufwallende Begeisterung auf der Höhe des Schlachtgetümmels? Die aufbrandenden Empfindungen, die jede für sich drohen, dich zu überwältigen, dich mitzureißen, so dass du in ihnen ertrinkst? Das prickelnde Gefühl, am Leben zu sein? Onrack, ich dachte, dass Deinesgleichen … nichts spürt.«

»Wenn die Erinnerungen erwachen«, antwortete Onrack, »erwachen auch noch andere … Kräfte der Seele.« Der T'lan Imass hob eine verwitterte Hand. »Diese Ruhe ringsum – sie verhöhnt mich.«

»Wäre es besser, wenn wir einen heftigen Sturm hätten?«

»Ich glaube ja. Einen Gegner, gegen den man kämpfen kann. Trull Sengar, ich glaube nicht, dass ich zurückkehren würde, sollte ich mich als Staub mit diesem Wasser vermischen. Vergessen würde sich meiner bemächtigen – mit dem Versprechen, dass ein Kampf beendet ist. Es ist nicht das, was ich mir wünsche, mein Freund, denn es würde bedeuten, dich im Stich zu lassen. Und meine Erinnerungen aufzugeben. Aber was macht ein Krieger, wenn er Frieden gefunden hat?«

»Er geht angeln«, murmelte der Schnelle Ben, dessen Augen immer noch geschlossen waren, und dessen Körper wie zuvor waberte. »Und jetzt habt ihr erstmal genug geredet. Was ich vorhabe, ist nicht leicht.«

Er waberte erneut, wurde diffuser, dann wieder fester – und dann war er plötzlich fort.

Seit Schattenthron ihn fortgerissen hatte – zu einem Zeitpunkt, da Kalam ihn am dringendsten gebraucht hatte –, hatte der Schnelle Ben innerlich gekocht. Der einen Seite eine Schuld zurückzuzahlen hatte bedeutet, auf der anderen Seite einen Freund zu verraten.

Überaus boshaft. Und wenn Schattenthron glaubt, dass ich ihm gegenüber jetzt loyal bin, nur weil er Kalam ins Totenhaus geschafft hat, dann ist er wirklich so verrückt, wie wir alle vermuten. Oh, ich bin mir sicher, dass der Azath und welch grässlicher Wächter auch immer in ihm haust, Kalam mehr als bereitwillig aufnehmen werden. Vielleicht sogar seinen Kopf auf den Kaminsims stellen – na gut, dass ist nicht sehr wahrscheinlich. Aber der Azath sammelt. Ja, das tut er – und jetzt hat er meinen ältesten Freund. Also – wie bekomme ich ihn da raus, im Namen des Vermummten?

Verdammt sollst du sein, Schattenthron.

Aber solch eine Wut sorgte dafür, dass er sich nicht im Gleichgewicht fühlte, und das machte es wiederum schwierig, sich zu konzentrieren. *Und dass so ganz nebenbei die Haut an meinen Beinen zu verfaulen anfängt, macht es auch nicht gerade leichter.* Aber sie brauchten einen Weg nach draußen. Cotillion hatte nicht viel erklärt. *Nein, er hat schlicht und einfach von uns erwartet, dass wir alles selbst ausknobeln. Was bedeutet, dass es nur eine wirkliche Richtung gibt. Schließlich würde es nichts bringen, wenn wir ausgerechnet jetzt verloren gingen, oder?*

Etwas ermutigt – ein kurzlebiger Triumph über die Verzagtheit – konzentrierte sich der Schnelle Ben, streckte seine Sinne nach dem umgebenden Äther aus. Fest, feuchtkalt, eine glatte Oberfläche, die wie ein Schwamm unter dem Druck seiner Hände – die er sich nur vorstellte – nachgab. Das Gewebe dieser Sphäre, die narbige Haut einer verwüsteten Welt. Er begann, mehr Druck auszuüben, suchte … *nach weichen Stellen, Schwächen – ich weiß, dass es euch gibt.*

Oh, du weißt jetzt, dass ich da bin – das kann ich spüren. Merkwürdig, du fühlst dich beinahe … weiblich an. Nun, es gibt für alles ein erstes Mal. Was sich unter seiner Berührung feuchtkalt angefühlt hatte, war jetzt nur noch kalt. *Beim Atem des Vermummten, ich weiß nicht so recht, ob mir die Bilder gefallen, die mit der Vorstellung, da durchzustoßen, einhergehen.*

Abgesehen von seinem Gefühl, etwas zu berühren, war da nichts. Nichts, was seine Augen hätten entdecken können; kein Geruch in der lauwarmen Luft; kein Geräusch außer dem schwachen Rauschen des Bluts in seinem Körper – einen Augenblick lang war es noch da, im nächsten schon verschwunden, während er sich mühte, seine Seele aus dem Körper zu lösen, sie zu befreien, damit sie herumwandern konnte.

Das ist gar nicht so schlecht …

Ein grausiges, reißendes Geräusch, dann ein gewaltiges, unerbittliches Einatmen, das seinen Geist losriss – ihn vorwärts und hindurchzerrte, so dass er stolperte, in ätzende, wirbelnde Hitze, während von allen Seiten schwere Wolken ihn umschlossen und weicher, vollgesogener Boden unter seinen Füßen war. Er tappte voran, während seine Lungen sich mit stechendem Brodem füllten, der ihn schwindlig machte. *Bei den Göttern, was für eine Krankheit ist das? Ich kann nicht atmen …*

Der Wind drehte, trieb ihn stolpernd weiter – und dann war es plötzlich kalt, unter seinen Füßen waren Steine, und es gab gesegnete klare Luft, die er verzweifelt keuchend einsog.

Runter auf Hände und Knie. Flechten und Moos auf dem felsigen Boden. Auf beiden Seiten ein spärlicher Wald aus kleinen Bäumchen – er sah Eichen, Fichten, Erlen, alle alt und verwachsen und gerade mal hüfthoch. Graubraune Vögel flatterten zwischen winzigen grünen Blättern herum. Mücken kamen, versuchten, auf ihm zu landen – aber er war hier nur ein Geist, eine Erscheinung – *bis jetzt. Aber hier müssen wir hin.*

Der Magier hob langsam den Kopf und kam dann mühsam auf die Beine.

Er stand in einem flachen, breiten Tal. Der Zwergwald bedeckte die Senke hinter ihm und zog sich an allen Seiten die Hänge hinauf; da die Bäume so verstreut standen, wirkte er auf merkwürdige Weise beinahe wie ein Park. Und zwischen den Bäumen wimmelte es von Vögeln. Von irgendwoher ganz in der Nähe hörte er das Plätschern von Wasser. Über seinem Kopf schossen Libellen mit der Flügelspannweite von Krähen mit der für sie typischen Präzision hierhin und dorthin, jagten Mücken. Der Himmel über dieser rauschhaften Fressorgie war blau, am Horizont fast purpurn. Hoch oben zogen Fetzen langgezogener Wolken in Streifen dahin wie die Gischt gefrorener Wellen an einem himmlischen Ufer.

Ursprüngliche Schönheit – *der Saum einer Tundra. Bei den Göttern, ich hasse die Tundra. Aber so sei es, wie Könige und Königinnen zu sagen pflegen, wenn alles das Pissloch runtergespült ist. Es ist nicht zu ändern. Wir müssen hierherkommen.*

Als urplötzlich ein Husten ertönte, zuckte Trull Sengar zusammen – der Schnelle Ben war wieder aufgetaucht, halb vornübergebeugt. Tränen strömten ihm aus den Augen, und etwas wie Rauch stieg von seinem ganzen Körper auf. Er hustete, spuckte aus und richtete sich langsam auf.

Und grinste.

Der Besitzer der Harridict-Schenke war ein Mann, der sich im Belagerungszustand befand. Ein Elend, das monatelang, jahrelang angedauert hatte. Im Gefolge der Gefangenenrevolte hatte man sich das Gasthaus, in dem einst für die Wächter des Inselgefängnisses ausgeschenkt worden war, längst ebenso angeeignet wie die übrige Hafenstadt. Jetzt regierte das Chaos und ließ ehrliche Leute vorzeitig altern. Aber das Geld war gut.

Er hatte sich angewöhnt, sich zu Kapitän Shurq Elalle und Skorgen

Kaban dem Hübschen an den von ihnen bevorzugten Tisch in der Ecke zu setzen, wenn eine Flaute im Chaos herrschte und das Herumgerenne der Schankmädchen und Küchenjungen mehr von Absicht als von Panik zeugte und dumpfe Erschöpfung das erbärmliche Entsetzen in ihren glasigen Augen verdrängte – wenn also für ein paar Momente alles richtig und ordentlich zu sein schien.

Kapitän Elalle umgab eine gewisse Ruhe – *eine Piratin, wenn der Abtrünnige geradeaus pisst, und bis jetzt hat er immer getroffen* –, und ihr Verhalten war deutlich von einer Eleganz und Höflichkeit geprägt, die dem Besitzer verriet, dass sie sich nicht nur die Münzen der Hochgeborenen angeeignet hatte, sondern auch deren Kultur – was bewies, dass sie eine kluge, scharfsinnige Frau war.

Er glaubte, dass er gerade dabei war, sich zu verlieben, so hoffnungslos das auch war. Die Anstrengungen seines Metiers und zu viele Kostproben von dem Bier aus dem Binnenland hatten ihn – seiner ehrlichen, keineswegs unangemessen harten Einschätzung nach – zu einem körperlichen Wrack gemacht, das bestens zu der moralischen Trägheit passte, die er an guten Tagen als seinen Geschäftssinn bezeichnete. Ein ausladender Bauch, so rund wie ein Kessel voll Eintopf, und fast genauso speckig. Eine Knollennase – da war er Skorgen voraus – mit geplatzten Äderchen, haarigen Mitessern und borstigen Haaren, die aus den Nasenlöchern ragten und sich mit seinem Schnurrbart verwoben – was einstmals eine Mode unter haarigen Männern gewesen war, aber inzwischen leider nicht mehr. Wässrige, dicht beieinanderstehende Augen, deren Weiß schon so lange gelb war, dass er sich mittlerweile nicht mehr sicher war, ob sie nicht schon immer so gewesen waren. Ein paar Vorderzähne waren noch übrig – vier insgesamt, einer oben, drei unten. Immerhin war er damit noch besser dran als seine Frau, die ihre letzten beiden verloren hatte, als sie ein Bierfass geleert hatte und dabei gegen eine Wand gestolpert war – der kupferne Zapfhahn hatte die beiden Grabsteine sauber ausgeschlagen, und wenn sie sich an den verdammten Dingern dann nicht verschluckt hätte, wäre sie immer noch bei ihm, gesegnet sei sie. In den Zeiten, in denen sie nüchtern war, hatte sie gearbeitet wie ein Pferd, und genau so kräftig zugebissen, und beides hatte ihr geholfen, wenn sie bedient hatte.

Aber das Leben war einsam in diesen Tagen, ja, das war es – und dann kommt auf einmal Kapitän Elalle, diese prächtige, heißblütige Piratin hereingeschlendert. Ein viel besserer Anblick als diese Fremden, die in Brullyg Trillers Palast ein und aus gingen, als ob er ihr angestammtes Heim wäre, und die dann die Nächte hier verbrachten, zusammengekauert am Spieltisch – dem größten Tisch in der ganzen verdammten Schenke, wohlgemerkt, mit einem einzigen Krug Bier, der die ganze Nacht vorhielt, ganz egal, wie viele von ihnen sich um ihr merkwürdiges, fremdes, anscheinend nie endendes Spiel versammelten.

Oh, er hatte einen Anteil verlangt, wie es sein Recht war, und sie führten den Betrag friedfertig an ihn ab – obwohl er aus den Spielregeln ganz und gar nicht klug wurde. Und wie diese eigenartigen rechteckigen Münzen hin und her flogen! Aber was die Schenke erhielt, war nicht der Rede wert. Ein paar ordentliche Runden Ballenschöpfen in einer Nacht würde das Doppelte für das Haus abwerfen. Und was das Bier anging – ein Spieler brauchte keinen klaren Verstand, um Ballenschöpfen spielen zu können, der Abtrünnige sei gepriesen. Und daher waren diese Fremden schlimmer als Moosklumpen, die sich einen Felsen pachteten, wie sein teures Weib zu sagen pflegte, wann immer er sich hingesetzt hatte, um sich auszuruhen.

Ich denke über das Leben nach, meine Liebe. Denk doch mal über diese Faust nach, lieber Mann. War sie nicht was Besonderes, war sie nicht wirklich was Besonderes gewesen? Es war so still, seit der Zapfhahn ihr die Zähne in den Rachen geschlagen hatte.

»Also schön, Ballant«, sagte Skorgen Kaban, begleitet von einer Bierfahne, und beugte sich vor. »Du kommst an unseren Tisch und sitzt die ganze verdammte Nacht lang da. Sitzt einfach nur da. Sagst nichts. Du bist der wortkargste Schankwirt, der mir jemals untergekommen ist.«

»Lass den Mann in Ruhe«, sagte Kapitän Elalle. »Er trauert. Trauer braucht keine Worte als Gesellschaft. Tatsächlich sind Worte sogar so ziemlich das Letzte, was Trauer braucht, also wisch dir die tropfende Nase, mein Hübscher, und klapp das zahnige Loch darunter wieder zu.«

Der Erste Maat duckte sich. »He, ich hatte noch nie was mit Trauer zu tun, Kapitän.« Er benutzte die Rückseite eines Ärmelaufschlags, um damit über die feuchten Öffnungen zu wischen, die sich dort befanden, wo einst seine Nase gewesen war. »Du bleibst einfach hier sitzen, Wirt, und sagst so lange weiter nichts zu niemandem, wie es dir gefällt.«

Ballant gab sich alle Mühe, seinen bewundernden Blick von Kapitän Elalle loszureißen, und er schaffte es lange genug, um zu nicken und Skorgen Kaban zuzulächeln, ehe er sich ihr wieder zuwandte.

Der Diamant in ihrer Stirn glitzerte im gelben Laternenlicht wie eine winzige Sonne, ein Juwel in ihrem Stirnrunzeln – oh, das sollte er sich merken –, aber sie runzelte *tatsächlich* die Stirn, und das war nie gut. Nicht bei einer Frau.

»Mein Hübscher«, sagte sie jetzt leise, »erinnerst du dich noch an diese Karmesin-Gardisten? An ein paar davon? Da war doch dieser Dunkelhäutige – der hatte eine Haut, die mehr nach Erde aussah als nach Edur. Und der andere mit der leicht bläulich getönten Haut, der hat gesagt, er sei ein Mischling von irgendeiner Insel.«

»Was ist mit ihnen, Kapitän?«

»Nun.« Sie nickte in Richtung der Fremden am Spieltisch auf der gegenüberliegenden Seite des Schankraums. »Die da. Irgendwas an denen erinnert mich an die beiden in Eisenharts Trupp. Nicht nur ihre Hautfarbe, sondern auch ihre Gesten, die Art, wie sie sich bewegen – sogar ein paar von den Wörtern der Sprache, die sie sprechen, und die ich zufällig gehört habe. Einfach nur … merkwürdige Echos.« Jetzt richtete sie ihre dunklen, aber strahlenden Augen auf Ballant. »Was weißt du über sie, Wirt?«

»Kapitän«, protestierte Skorgen, »er trauert …«

»Sei still, mein Hübscher. Ich und Ballant, wir unterhalten uns nur ganz belanglos.«

Ja, höchst belanglos, auch wenn der Diamant ihn blendete, und das wundervolle, würzige Aroma ihres Atems dafür sorgte, dass ihm schwindlig wurde, als wäre er der feinste Likör. Blinzelnd leckte er sich die Lippen – und schmeckte Schweiß –, ehe er sagte: »Sie treffen sich ziemlich oft mit Brullyg Triller. Und dann kommen sie hier runter und vertrödeln ihre Zeit.«

Sogar ihr antwortendes Knurren war lieblich.

Skorgen schnaubte – feucht – und wischte dann mit seiner gesunden Hand den Tisch sauber. »Könnt Ihr das glauben, Kapitän? Brullyg ist ein alter Freund von Euch, und Ihr werdet noch nicht mal reingelassen, so dass Ihr ihn treffen könnte, während ein Haufen billiger Fremder ihm jeden Tag den ganzen Tag die Ohren vollquatschen kann!« Er erhob sich halb. »Ich glaube, ein paar Sätze mit denen da drüben ...«

»Setz dich wieder hin, mein Hübscher. Irgendetwas sagt mir, dass du dich eigentlich nicht mit denen da drüben anlegen willst. Es sei denn, du hättest vor, ein weiteres Körperteil zu verlieren.« Ihr Stirnrunzeln vertiefte sich, verschluckte fast den Diamanten. »Ballant, du hast gesagt, sie vertrödeln hier ihre Zeit, ja? Nun, das ist das wirklich Seltsame an dieser ganzen Geschichte. Leute wie die da vertrödeln keine Zeit. Nein. Sie warten. Auf etwas oder jemanden. Und diese Treffen mit dem Triller – das klingt nach Verhandlungen, und zwar nach der Art Verhandlungen, denen Brullyg nicht aus dem Weg gehen kann.«

»Das hört sich aber nicht gut an, Kapitän«, murmelte Skorgen. »Im Gegenteil, es macht mich nervös. Jetzt mal ganz abgesehen von den Eislawinen – Brullyg ist nicht weggelaufen, als die gekommen sind ...«

Shurq Elalle schlug mit der Faust auf den Tisch. »Das ist es! Ich danke dir, mein Hübscher. Es war etwas, was eine von diesen Frauen gesagt hat. Kurz oder Kernig – eine von denen eben. Das Eis wurde zurückgeschlagen, ja, klar, aber nicht dank der Handvoll Magier, die für den Triller arbeiten. Nein – diese Fremden sind diejenigen, die diese verdammte Insel gerettet haben. Und deswegen kann Brullyg seine Tür nicht vor ihnen verriegeln. Es sind auch keine Verhandlungen, denn sie, nur sie allein sind diejenigen, die da reden.« Sie lehnte sich langsam zurück. »Kein Wunder, dass der Triller mich nicht sehen will – hol mich der Abtrünnige, es würde mich überraschen, wenn er überhaupt noch am Leben wäre ...«

»Nein, er lebt noch«, sagte Ballant. »Zumindest hat man ihn gesehen. Außerdem mag er Fent-Bier und bestellt regelmäßig alle drei Tage ein Fass bei mir, und das hat sich nicht geändert. Nein, erst gestern ...«

Kapitän Elalle beugte sich erneut vor. »Ballant, wenn das nächste Mal ein Fass bestellt wird, lass mich und den Hübschen hier das Ausliefern übernehmen, ja?«

»Wie? Nun, ich könnte Euch sowieso nichts abschlagen, Kapitän«, sagte Ballant, und dann spürte er, wie er rot wurde.

Aber sie lächelte einfach nur.

Er mochte diese belanglosen Unterhaltungen. Sie unterschieden sich nicht allzu sehr von denen, die er früher mit seiner Frau geführt hatte.

Und … ja, da war es – das unvermittelte Gefühl, dass vor ihm ein Abgrund gähnte, der nur auf seinen nächsten Schritt wartete. Sehnsucht nach der Vergangenheit wallte in ihm auf, ließ seine Augen feucht werden.

Wirst du belagert, lieber Mann? Ein Schlag mit dieser Faust, und die Mauern werden in sich zusammenstürzen – das weißt du doch, Mann, oder?

Oh, ja, meine Liebe.

Merkwürdig. Manchmal hätte er schwören können, dass sie nie fortgegangen war. Tot oder nicht, sie hatte immer noch Zähne.

Blaugrauer Schimmel füllte kleine Vertiefungen in dem sich zersetzenden Eis, als hätte der Schnee ein eigenes Fell, das er im Lauf der Jahreszeiten abwarf, während die helle Hitze der Sonne den Gletscher verschlang. Aber wenn der nächste Winter kam, würde er wenig mehr tun, als die unaufhaltsame Auflösung ein bisschen verlangsamen. Dieser Fluss aus Eis lag im Sterben, ein Zeitalter befand sich im Rückzug.

Seren Pedac konnte sich unter dem kommenden Zeitalter nicht sonderlich viel vorstellen, weil sie sich fühlte, als würde sie bei seiner Geburt ertrinken, als würde sie mitsamt dem Schlamm und dem Unrat seit langer Zeit gefrorener Trümmer davongeschwemmt. Während ihre uneinige, sich ständig streitende Gruppe immer höher in den nördlichen Teil des Blaurosegebirges stieg, hörten sie in regelmäßigen Abständen, wie in der Ferne Klippen aus Eis donnernd in sich zusammenfielen, der Gletscher angesichts der ihn bedrängenden Sonne kalbte; und überall floss Wasser über den nackten Fels, suchte sich gurgelnd in Rinnen und Spalten seinen Weg, strömte bei seinem Abstieg in die Dunkelheit an ihnen vorbei – seine Reise zum Meer hatte gerade erst begonnen –, strömte an ihnen vorbei, um unterirdische Höhlen ebenso zu durchqueren wie im Schatten liegende Schluchten und von Feuchtigkeit getränkte Wälder.

Sporen stiegen vom Schimmel auf, und das hatte bei Seren zu körperlichen Reaktionen geführt – ihre Nase war verstopft, ihre Kehle trocken und wund, und sie wurde von Niesanfällen geschüttelt, die immerhin so erheiternd gewesen waren, dass sie sogar Forcht Sengar ein mitleidiges Lächeln entlockt hatten. Dieser Hauch von Mitgefühl war das Einzige, was sie verzieh – das Vergnügen, das die anderen aus ihrem Unwohlsein zogen, verdiente nichts als eine angemessene Erwiderung, wenn die Gelegenheit sich ergeben sollte; und sie war sich sicher, dass das geschehen würde.

Silchas Ruin hatte – so weit sie das sagen konnte – natürlich keinen Sinn für Humor. Oder er war so trocken, dass daneben eine Wüste wie ein Feuchtgebiet wirken musste. Außerdem war er so weit voraus, dass er von ihren Niesanfällen kaum etwas mitbekam, und Clip, der Tiste Andii, war nur ein paar Schritte hinter ihm – wie ein Spatz, der einen Falken belästigte. Gelegentlich kamen ein paar Bruchstücke von Clips Monolog bei Seren und ihren Gefährten an, und während es unübersehbar war, dass er den Bruder seines Gottes zu ködern versuchte, war es ebenso offensichtlich, dass das Todbringende Schwert des Schwarzen Geflügelten Lords den falschen Köder benutzte, wie Udinaas bemerkt hatte.

Seit vier Tagen befanden sie sich nun auf ihrer Reise in den verwüsteten Norden, erkletterten sie das Rückgrat der Berge. Umgingen gewaltige Massen aus zerbrochenem Eis, das – fast schon wahrnehmbar – unter entsetzlichem Ächzen und Knirschen nach unten rutschte. *Die Giganten sind tödlich verwundet, wie Udinaas einst gesagt hat, und sie werden nicht still und leise gehen.*

Das schmelzende Eis verströmte einen Gestank, der trotz des beißenden Geruchs der Schimmelsporen wahrnehmbar war. Sich zersetzender Abfall: Pflanzen und Schlamm, die jahrhundertelang eingefroren gewesen waren; die verschrumpelten Kadaver von Tieren, darunter längst ausgestorbene, mit verzerrten Fellresten, die so spröde waren, dass sie von jedem Windhauch in die Luft gerissen wurden, gebrochenen Knochen und aufgedunsenen, mit Gasen gefüllten Hohlräumen, die irgendwann aufplatzten und zischend ihren stinkenden Atem ausstießen. Kein Wunder, dass Seren Pedacs Körper rebellierte.

Die wandernden Berge aus Eis waren, wie sich herausstellte, der Grund für die Beinahe-Panik der Tiste Andii, die das unterirdische Kloster bewohnten. Die tiefe Schlucht, in der sein Eingang lag, erstreckte sich vielfältig verzweigt weit nach Norden, und in jedem dieser Schluchtausläufer krochen nun fest gepresster Schnee und gewaltige Eisblöcke heran, wobei das Schmelzwasser das Schmiermittel lieferte, und sie wurden immer schneller auf ihrer Wanderung gen Süden. Und in besagtem Eis steckte stinkende Magie, die Überreste eines uralten Rituals, das immer noch mächtig genug war, die Onyx-Magier zu besiegen.

Seren Pedac hatte den Verdacht, dass an dieser Reise – und an der Tatsache, dass Clip sie begleitete – mehr dran war, als man sie hatte glauben machen wollen. *Wir bewegen uns auf das Herz jenes Rituals zu – sind unterwegs zu dem Kern, der noch da ist. Weil dort ein Geheimnis auf uns wartet.*

Hat Clip vor, den Bann zu zerschmettern? Und was wird geschehen, wenn er es tut?

Und was, wenn auch wir davon in Mitleidenschaft gezogen werden? Oder genauer, unsere Aussichten, die Seele von Scabandari Blutauge zu finden und freizulassen?

Sie fing allmählich an, sich vor dem Ende dieser Reise zu fürchten.

Es wird Blut fließen.

Udinaas, der nun in die Pelze gehüllt war, mit denen die Andii sie versorgt hatten, schloss zu ihr auf. »Freisprecherin, ich habe nachgedacht.«

»Ist das klug?«, fragte sie.

»Natürlich nicht, aber ich kann leider nichts dagegen tun. Und ich bin mir sicher, dass für Euch das Gleiche gilt.«

Sie verzog das Gesicht. »Ich habe hier meine Aufgabe verloren. Clip führt uns jetzt. Ich … ich weiß nicht, warum ich überhaupt noch in eurer schäbigen Gesellschaft dahinstapfe.«

»Dann denkt Ihr darüber nach, uns zu verlassen?«

Sie zuckte die Schultern.

»Tut das nicht«, sagte Forcht Sengar hinter ihnen.

Überrascht wandte sie sich halb um. »Warum nicht?«

Der Krieger schien sich angesichts seiner eigenen Aussage unbehaglich zu fühlen. Er zögerte.

Was ist das für ein Geheimnis?

Udinaas lachte. »Sein Bruder hat Euch ein Schwert überreicht, Freisprecherin. Forcht weiß es – das war nicht einfach nur aus Zweckmäßigkeit. Genauso, wie Ihr es nicht nur aus einem solchen Grund angenommen habt, da würde ich wetten …«

»Das weißt du nicht«, sagte Seren, die sich plötzlich unwohl fühlte. »Trull hat gesagt … er hat mir versichert, dass es nichts weiter ist …«

»Erwartet Ihr, dass alle offen sprechen?«, fragte der ehemalige Sklave.

an seiner Seite und versuchte, ihm das schlammverschmierte Gesicht sauber zu wischen. Er hustete und sagte dann: »Das war das letzte Mal, dass ich dir ein Kompliment gemacht habe, Forcht.«

Seren drehte sich zu dem ehemaligen Sklaven um. »Es war ein ziemlich boshaftes Kompliment, Udinaas. Und ich unterstütze deinen eigenen Vorschlag – sag so etwas nicht noch einmal. Niemals. Nicht, wenn dir dein Leben lieb ist …«

Udinaas spuckte Dreck und Blut aus. »Oh, aber jetzt sind wir wirklich in ein dunkles Zimmer gestolpert«, sagte er. »Und Ihr seid dort nicht willkommen, Seren Pedac.« Nicht ganz ohne Mühe kam er wieder auf die Beine. »Ihr seid gewarnt.« Er blickte auf, eine Hand auf Kessels Schulter gestützt. Musterte Seren und Forcht mit Augen, die plötzlich leuchteten, ließ den Blick dann den Pfad entlangschweifen, nach vorn und oben, wo Silchas Ruin und Clip jetzt nebeneinander standen und zu ihnen herunterschauten. »Hier ist eine überaus aufschlussreiche Frage – von der Art, wie sie nur wenige zu stellen wagen, nebenbei bemerkt. Wer von uns, meine Freunde, wird nicht von einer Todessehnsucht heimgesucht? Vielleicht sollten wir uns über gegenseitigen Selbstmord unterhalten …«

Ein halbes Dutzend Herzschläge lang sagte niemand ein Wort, bis Kessel das Schweigen brach: »Ich will nicht sterben!«

Seren sah, wie das bittere Lächeln des ehemaligen Sklaven in sich zusammenfiel und einer nicht zu leugnenden Trauer Platz machte, ehe er sich abwandte.

»Trull war seiner eigenen Wahrheit gegenüber blind«, sagte Forcht leise zu ihr. »Ich war da, Freisprecherin. Ich weiß, was ich gesehen habe.«

Sie weigerte sich, ihm in die Augen zu blicken. *Zweckmäßigkeit. Wie könnte solch ein Krieger verkünden, dass er mich liebt? Wie könnte er auch nur glauben, er würde mich gut genug kennen, um so etwas zu empfinden?*

Und warum kann ich sein Gesicht so klar und deutlich vor meinem inneren Auge sehen, als ob er hier vor mir stünde? Ich werde tatsächlich heimgesucht. Oh, Udinaas, du hattest recht. Forcht ist ein ehrenvoller Mann – so ehrenvoll, dass er uns allen das Herz brechen wird.

Aber, Forcht, es ist sinnlos, jemanden zu ehren, der tot ist.

»Trull ist tot«, sagte sie, betäubte sich selbst mit ihrer Brutalität, während sie sah, dass Forcht sichtlich zusammenzuckte. »Er ist tot.« *Genau wie ich. Es ist sinnlos, die Toten zu ehren. Ich habe zu viel gesehen, um irgendetwas anderes zu glauben. Trauere um die verlorenen Möglichkeiten, das Ende aller Möglichkeiten, den ewig stummen Untergang jedes Versprechens. Trauere darum, Forcht Sengar, dann wirst du letztendlich verstehen, dass Kummer nur ein Spiegel ist, der einem dicht vor das eigene Gesicht gehalten wird.*

Und jede Träne entspringt den Entscheidungen, die wir selbst nicht getroffen haben.

Wenn ich trauere, Forcht, kann ich noch nicht einmal den Hauch meines eigenen Atems sehen – was sagt dir das?

Sie gingen weiter. Schweigend.

Hundert Schritt oberhalb der kleinen Gruppe ließ Clip seine Kette mit den Ringen wirbeln. »Um was ging es da eigentlich gerade?«, fragte er.

»Du hast viel zu lange in deiner schmucken Höhle gelebt«, sagte der weißhäutige Tiste Andii.

»Oh, ich komme oft raus. Gehe auf Zechtour nach Blaurose – die Götter allein wissen, wie viele Bastarde ich gezeugt habe. Warum …«

»Eines Tages«, unterbrach ihn Silchas Ruin, »wirst du entdecken, was tiefer schneidet als jede stählerne Waffe, Todbringendes Schwert.«

»Kluge Worte von einem, der immer noch nach Grabhügel und verrottenden Spinnweben riecht.«

»Wenn die Toten sprechen könnten, Clip – was würden sie dir dann wohl sagen?«

»Wenig, vermute ich, außer dass sie sich über dies und das beklagen würden.«

»Vielleicht ist das einfach das Einzige, was du verdienst.«

»Oh, mir fehlt es an Ehre, ja?«

»Ich weiß nicht genau, woran es dir fehlt«, erwiderte Silchas Ruin, »aber ich bin überzeugt, dass ich es verstehen werde, ehe es vorüber ist.«

Die Kette spannte sich. »Da sind sie. Sollen wir weitergehen?«

Es gab so viel, an das Toc der Jüngere – Anaster, der Erstgeborene des Toten Samens, der Dreimal-Geblendete, der von den Wolfsgöttern Erwählte, der Unglückliche – sich nicht erinnern wollte. An seinen anderen Körper zum Beispiel; den Körper, in den er hineingeboren worden war, das erste

Heim seiner Seele. Detonationen vor Mondbrut über der dem Untergang geweihten Stadt Fahl, Feuer und sengende, lodernde Hitze – *oh, steh nicht da rum.* Und dann Locke, diese verdammte Marionette, die ihn ins Vergessen stieß, wo seine Seele einen neuen Reiter gefunden hatte, eine andere Macht – einen Wolf, einäugig und voller Kummer.

Wie der Pannionische Seher nach seinem Tod gegiert hatte. Toc rief sich den Käfig ins Gedächtnis zurück, jenes geistige Gefängnis, und die Qual, als sein Körper zerbrochen, geheilt – und dann erneut zerbrochen worden war, eine Kette von Ereignissen, die kein Ende zu nehmen schien. Aber dies waren nichts als Erinnerungen, die mit ihnen verbundenen Qualen und Ängste kaum mehr als eine abstrakte Vorstellung. Doch so verstümmelt und verdreht jener Körper auch gewesen sein mochte – *zumindest war er meiner.*

Streife Jahre ab, ströme unvermittelt in neuem Blut, spüre diese merkwürdigen Glieder, die so empfindlich gegen die Kälte sind. Um im Körper eines anderen zu erwachen, gegen Erinnerungen der Muskeln anzukämpfen und sich mit denen herumzuschlagen, die plötzlich verschwunden waren. Toc fragte sich, ob wohl schon einmal irgendeine andere sterbliche Seele diesen quälenden Weg entlanggetaumelt war. Stein und Feuer hatten ihn gezeichnet, wie Tool einst zu ihm gesagt hatte. Ein Auge zu verlieren hatte bedeutet, mit übernatürlicher Sicht gesegnet zu werden. Und wie war es dann damit, einen verbrauchten Körper für einen jüngeren, gesünderen zu verlassen? *Ganz gewiss ein Geschenk – das hatten zumindest die Wölfe gewollt, oder war es Silberfuchs?*

Aber halt. Ein näherer Blick auf diesen Anaster – der ein Auge verloren, ein neues bekommen und dieses dann erneut verloren hat. Dessen Geist – ehe er zerbrochen und weggeschmissen wurde – von Entsetzen verdreht war, geplagt von schrecklicher Mutterliebe; der ein Leben als Tyrann unter Kannibalen gelebt hatte – oh, ja, schau dir diese Glieder genauer an, die Muskeln unter der Haut, und erinnere dich: dieser Körper ist durch das Essen von menschlichem Fleisch gewachsen. Und dieser Mund, der so eifrig mit seinen Worten war, hat die Säfte seiner Artgenossen gekostet – erinnerst du dich?

Nein, er konnte sich nicht erinnern.

Aber der Körper kann es. Er kennt Hunger und Begierde auf dem Schlachtfeld – während er durch die Reihen der Toten und Sterbenden schreitet, das zerfetzte Fleisch, die herausragenden Knochen sieht, frisches Blut riecht – oh, wie das Wasser im Mund zusammenläuft.

Nun, ein jeder hatte seine Geheimnisse. Und nur die wenigsten davon waren es wert, mit irgendjemandem geteilt zu werden. *Es sei denn, es macht einem Spaß, Freunde zu verlieren.*

Er ritt ein Stück vom Tross entfernt, tat, als übernähme er die Aufgaben eines Vorreiters, wie er es auch vor langer Zeit als Soldat getan hatte. Rotmaskes Armee der Ahl, etwa vierzehntausend Krieger, halb so viele im nachfolgenden Versorgungstross – Waffenschmiede, Heiler, Pferdeweiber, Älteste, alte Frauen, Lahme und erst vor kurzem geborene Kinder, und natürlich ungefähr zwanzigtausend Rodaras. Außerdem Wagen, Schlepptragen und fast dreitausend Hirtenhunde und die größeren Wolfsjäger, die als Zughunde eingesetzt wurden. Wenn irgendetwas in Toc kalte Furcht auslösen konnte, dann diese Tiere. Viel zu viele und selten gefüttert, streiften sie in Meuten umher und brachten im meilenweiten Umkreis jedes Lebewesen der Ebene zur Strecke.

Aber wir wollen die K'Chain Che'Malle nicht vergessen. Lebende, atmende K'Chain Che'Malle. Tool – oder vielleicht war es auch Lady Missgunst gewesen – hatte ihm erzählt, dass sie seit Tausenden von Jahren ausgestorben waren – seit Zehntausenden, Hunderttausenden sogar. Von ihrer Zivilisation war nichts als Staub geblieben. *Und Wunden am Himmel, die niemals heilen; nun, das ist eine Einzelheit, die es wert ist, sich an sie zu erinnern, Toc.*

Die riesigen Kreaturen bildeten Rotmaskes Leibwache an der Spitze der Vorhut – das Risiko, dass Rotmaske ermordet wurde, war nicht allzu groß, dessen konnte man sich sicher sein. Das Männchen – Sag'Churok – war ein K'ell-Jäger, gezüchtet, um zu töten, die Elitegarde der Matrone. *Und wo ist dann die Matrone? Wo ist seine Königin?*

Vielleicht war es ja das junge Weibchen, das den K'ell begleitete. Gunth Mach. Toc hatte Rotmaske gefragt, woher er ihre Namen kannte, aber der Kriegsführer hatte ihm die Antwort auf diese Frage verweigert. *Ein Anführer muss seine Geheimnisse haben, vielleicht mehr als alle anderen. Aber Rotmaskes Geheimnisse treiben mich in den Wahnsinn. K'Chain Che'Malle, um des Vermummten willen!*

Als Ausgestoßener war der junge Krieger in die Ödlande im Osten gereist. So ging die Geschichte, obwohl sie genau betrachtet nach dieser anfänglichen Aussage nirgendwo mehr hinführte, da ansonsten so gut wie nichts über Rotmaskes Abenteuer in jenen Jahrzehnten bekannt war – *doch an irgendeinem Punkt hat dieser Mann eine Maske aus roten Schuppen angelegt. Und lebende K'Chain Che'Malle gefunden. Die ihn nicht in Stücke gehauen haben. Die ihm irgendwie ihre Namen mitgeteilt haben. Und ihm dann Gefolgschaft geschworen haben. Was gefällt mir dann an dieser Geschichte so ganz und gar nicht?*

Wie wäre es mit der ganzen Geschichte an sich?

Die Ödlande im Osten. Eine typische Beschreibung für einen Ort, den diejenigen, die ihr den Namen verliehen hatten, unwirtlich oder unbezwingbar fanden. *Wir können keinen Anspruch darauf erheben, also ist es wertlos, ein ödes Land, ein Ödland. Ha – und du hast gedacht, wir wären phantasielos!*

Von Geistern oder Dämonen heimgesucht, die Erde – auf der jeder Grashalm sich in armseligem Entsetzen an einen Nachbarn klammert – verflucht. Das Licht der Sonne ist dunkler, ihre Wärme geringer. Schatten sind verwischt. Das Wasser ist brackig und wahrscheinlich giftig. Zweiköpfige Kinder sind normal. Jeder Stamm brauchte so einen Ort. Damit heldenhafte Kriegsführer im Rahmen einer nervenaufreibenden Queste voll undurchsichtiger Beweggründe, die leicht in eine Geschichte mit moralischer Botschaft gehämmert werden konnte, dorthin wandern konnten. *Und diese besondere Geschichte ist leider weit davon entfernt, zu Ende zu sein. Der Held muss zurückkehren, um sein Volk zu erlösen. Oder es auszulöschen.*

Toc hatte seine Erinnerungen, ein ganzes Schlachtfeld voller Erinnerungen, und als letzter Mann, der noch am Leben war, hatte er – was Erhabenheit betraf – wenig Illusionen, weder als Beobachter noch als Spieler. *Und daher kann dieses einsame Auge gar nicht anders als skeptisch blicken. Ist es ein Wunder, dass ich mich der Poesie zugewandt habe?*

Die Grauen Schwerter waren in Stücke gehauen worden. Niedergemetzelt. Oh, sie hatten ihr Leben in genug Blut abgetreten, um den Tribut an die Hunde zu zahlen, wie die Gadrobi gewöhnlich sagten. Aber was hatte ihr Tod bedeutet? *Nichts. Eine Verschwendung.* Und doch ritt er hier, in der Gesellschaft derjenigen, die ihn verraten hatten.

Bietet Rotmaske Wiedergutmachung? Er verspricht die Niederlage der Le-

therii – aber sie waren nicht unsere Feinde ... oder erst, nachdem wir dem Vertrag zugestimmt haben. Also – was wird wiedergutgemacht? Die Auslöschung der Grauen Schwerter? Oh, um diese beiden zusammenzubinden, muss ich mich verrenken und krümmen, und wie mache ich mich bis jetzt?

Schlecht. Nicht einmal ein Hauch von Rechtschaffenheit – und auf meiner Schulter krächzt keine Krähe, während wir dem Krieg entgegenmarschieren.

Oh, Tool, ich könnte deine Freundschaft jetzt sehr gut gebrauchen. Ein paar knappe Worte über Sinnlosigkeit, um mich aufzuheitern.

Zwanzig Myrids waren getötet, ausgenommen und gehäutet, aber nicht zum Ausbluten ausgehängt worden. Die Höhlungen, in denen sich ihre inneren Organe befunden hatten, waren satt mit einheimischen Knollen ausgefüllt worden, die zuvor auf heißen Steinen angeschwitzt worden waren. Dann hatte man die Kadaver in Häute gewickelt und auf einen Wagen geladen worden, der von allen anderen Wagen des Trosses ferngehalten wurde. *Rotmaskes Pläne für die bevorstehende Schlacht. Nicht eigenartiger als all die anderen. Der Mann hat Jahre damit verbracht, über diesen unausweichlichen Krieg nachzudenken. Das macht mich nervös.*

He, Tool, du würdest denken, dass ich nach allem, was ich durchgemacht habe, keine Nerven mehr habe. Aber ich bin nicht Elster. Oder Kalam. Nein, für mich wird es einfach nur schlimmer.

Ich marschiere in einen Krieg. Wieder einmal. Es scheint, als wollte die Welt, dass ich ein Soldat bin.

Nun, die Welt kann sich das, was sie will, meinetwegen sonstwohin schieben.

»Ein heimgesuchter Mann«, sagte der Älteste knurrend und abgehackt, während er die Hand hob und sich an der grausamen roten Narbe an seinem Hals kratzte. »Er sollte nicht bei uns sein. Der ist todgeweiht in der Dunkelheit. Er träumt davon, mit den Wölfen zu laufen.«

Rotmaske zuckte die Schultern und fragte sich wieder einmal, was dieser alte Mann wohl von ihm wollte. Ein Ältester, der sich nicht vor den K'Chain Che'Malle fürchtete und so kühn war, sein altes Pferd zwischen Rotmaske und Sag'Churok zu lenken.

»Du hättest ihn töten sollen.«

»Ich habe dich nicht nach deinem Rat gefragt, Ältester«, sagte Rotmaske. »Wir sind ihm einen Aufschub schuldig. Wir müssen unser Volk in seinen Augen entlasten.«

»Das ist sinnlos«, schnappte der alte Mann. »Töte ihn, und wir müssen uns niemandem gegenüber entlasten. Töte ihn, und wir sind frei.«

»Man kann der Vergangenheit nicht entfliehen.«

»Tatsächlich? Diese Überzeugung muss für jemanden wie dich bitter schmecken, Rotmaske. Am besten, du legst sie ab.«

Rotmaske drehte sich langsam zu dem Mann um. »Du weißt nichts von mir, Ältester.«

Ein verzerrtes Lächeln. »Leider tue ich das sehr wohl. Du erkennst mich nicht, Rotmaske. Aber das solltest du.«

»Du bist ein Renfayar – gehörst zu meinem Stamm. Du bist vom gleichen Blut wie Masarch.«

»Ja, aber nicht nur das. Ich bin alt. Verstehst du? Ich bin der Älteste unseres Volkes, der Letzte, der noch übrig ist … der dabei war und sich erinnert. An alles.« Das Lächeln wurde breiter, offenbarte verfaulte Zähne und eine spitze rote, fast schon purpurne Zunge. »Ich kenne dein Geheimnis, Rotmaske. Ich weiß, was sie dir bedeutet hat, und *ich weiß auch, warum.*« Seine schwarzen, rot umrandeten Augen funkelten. »Du solltest mich fürchten, Rotmaske. Du solltest meine Worte – meine Ratschläge – beherzigen. Ich werde an deiner Seite reiten, ja? Von diesem Augenblick an bis zum Tag der Schlacht. Und ich werde mit der Stimme der Ahl sprechen, meine Stimme wird die Stimme ihrer Seelen sein. Und wisse dies, Rotmaske: Ich werde nicht zulassen, dass sie verraten werden. Weder von dir noch von diesem einäugigen Fremden und seinen blutrünstigen Wölfen.«

Rotmaske musterte den alten Mann ein paar Herzschläge lang und richtete den Blick dann wieder nach vorn.

Ein leises, abgehacktes Lachen ertönte neben ihm. »Du wagst es nicht, etwas zu sagen. Du wagst es nicht, etwas zu tun. Ich bin ein Dolch, der über deinem Herzen schwebt. Fürchte mich nicht – dazu besteht keine Notwendigkeit, solange du nichts Böses im Schilde führst. Ich wünsche dir großen Ruhm in diesem Krieg. Ich wünsche mir das Ende der Letherii, für alle Zeit. Vielleicht wird solch ein Ruhm durch deine Hand kommen – du und ich, lass uns gemeinsam danach trachten, ja?«

Ein langer Augenblick der Stille folgte.

»Sprich, Rotmaske«, knurrte der Älteste. »Sonst fange ich an zu glauben, dass du mich herausfordern willst.«

»Den Letherii ein Ende bereiten, ja«, sagte Rotmaske schließlich mit knirschender Stimme. »Sieg für die Ahl.«

»Gut«, knurrte der alte Mann. »Gut.«

Die magische Welt hatte abrupt geendet, mit der Plötzlichkeit eines zugeschlagenen Deckels – ein Geräusch, das sie immer erschreckt hatte, sie hatte erstarren lassen. In der Stadt, an jenem Ort voller Gerüche und Geräusche, hatte es einen Hausverwalter gegeben, einen Tyrannen, der Sklavenkinder zu schikanieren pflegte, die ihn, seinen eigenen Worten zufolge, enttäuscht hatten. Eine Nacht in der muffigen Enge der Bronze-Kiste würde sie das eine oder andere lehren, nicht wahr?

Stayandi hatte eine solche Nacht verbracht, eingeschlossen in dunkler Enge, etwa zwei Monate bevor die Sklaven zu den Kolonisten draußen auf der Ebene geschickt worden waren. Das schwere Einschnappen des Deckels hatte damals wirklich wie das Ende der Welt gewirkt. Ihre Schreie hatten den engen Innenraum der Kiste erfüllt, bis etwas in ihrer Kehle zerbrochen war und jeder neue Schrei nur noch als Zischen kam.

Seit damals war sie stumm, doch das hatte sich als Geschenk erwiesen, denn sie war auserwählt worden, als noch lernende Kammerzofe die Domäne der Herrin zu betreten. Schließlich würden ihr keinerlei Geheimnisse über die Lippen kommen. Und sie wäre noch immer dort, wäre nicht die Sache mit der neuen Siedlung gewesen.

Eine magische Welt. So viel Platz, so viel Luft. Die Freiheit eines blauen Himmels, ein unablässiger Wind und eine Dunkelheit, die von zahllosen Sternen erhellt wurde – sie hätte sich nie vorstellen können, dass es eine solche Welt gab, noch dazu in ihrer Reichweite.

Und dann hatte es aufgehört. In einer einzigen Nacht. Ein grimmiger Alptraum, der in den Schreien der Sterbenden Wirklichkeit geworden war.

Abasard …

Sie war in die Dunkelheit geflohen, betäubt von dem Wissen um seinen Tod – ihr Bruder, der sich dem Dämon in den Weg geworfen hatte, der an ihrer Stelle gestorben war. Ihre bloßen, federleichten Füße trugen sie davon, und bald schon war das Zischen der Gräser das einzige Geräusch, das an ihre Ohren drang. Sterne glitzerten, tauchten die Ebene in silbernes Licht, und der Wind kühlte den Schweiß auf ihrer Haut.

In ihren Gedanken trugen ihre Füße sie quer über einen ganzen Kontinent. Weg von der Sphäre der Menschen, der Sklaven und Herren, der Herden und Soldaten und Dämonen. Sie war jetzt allein, wurde Zeuge einer Abfolge von Dämmerungen, vernebelten Sonnenuntergängen, allein auf einer Ebene, die sich ungebrochen in alle Richtungen erstreckte. Sie sah wilde Kreaturen, immer aus der Ferne. Hasen, die hierhin und dorthin schossen, Antilopen, die sie von Hügelkuppen aus beobachteten, Falken, die am Himmel kreisten. Nachts hörte sie das Geheul von Wölfen und Kojoten und einmal das heisere Gebrüll eines Bären.

Sie aß nichts, und schon bald verschwanden die Schmerzen, die der Hunger ihr anfangs bereitete, so dass sie dahinschwebte, und alles, was ihr vor die Augen kam, leuchtete strahlend hell und klar. Sie leckte Wasser von taufeuchten Grashalmen, trank aus den vollgelaufenen Spuren von Hirschen und Elchen in den Senken, und einmal fand sie eine Quelle – fast verborgen von dichtem Gebüsch, in dem Hunderte winziger Vögel herumflatterten. Ihr Gezwitscher war es gewesen, das ihre Aufmerksamkeit erregt hatte.

Nachdem sie eine Ewigkeit lang weitergerannt war, war sie gestürzt. Und fand keine Kraft mehr, um noch einmal aufzustehen, um die wundersame Reise durch dieses glühende Land noch einmal aufzunehmen.

Dann stahl sich die Nacht heran, und nicht lange danach kam das vierbeinige Volk. Die Neuankömmlinge trugen Felle, die nach Wind und Staub rochen, und sie versammelten sich eng beieinander, als sie sich hinlegten, die Wärme ihrer dicken weichen Umhänge teilten. Es gab auch Kinder bei ihnen, winzige Säuglinge, die krabbelten wie ihre Eltern, um sie herumwuselten und sich an sie kuschelten.

Und wenn sie Milch tranken, machte Stayandi das Gleiche.

Die Angehörigen des vierbeinigen Volks waren genauso stumm wie sie – bis sie in der tiefsten Nacht mit ihren traurigen Schreien begannen; sie schrien – wie sie wusste –, um die Sonne herbeizubeschwören.

Sie blieben bei ihr, Wächter mit ihren Geschenken von Wärme und Nahrung. Nach der Milch gab es Fleisch. Zermalmte, verstümmelte Kadaver – Mäuse, Spitzhörnchen, eine kopflose Schlange – sie aß alles, was sie ihr gaben, zermalmte winzige Knochen ebenso in ihrem Mund wie feuchtes Fell und zähe Haut.

Auch dies schien zeitlos zu sein, schien ewig Bestand zu haben. Die Erwachsenen kamen und gingen. Die Kinder wurden stämmiger, und sie krabbelte jetzt mit ihnen, wenn es Zeit zum Weiterziehen war.

Als der Bär auftauchte und auf sie zustürmte, fürchtete sie sich nicht. Er wollte die Kinder, das war offensichtlich, aber die Erwachsenen griffen ihn an und verjagten ihn. Ihre Leute waren stark und furchtlos. Sie herrschten über diese Welt.

Bis sie eines Morgens aufwachte und feststellte, dass sie allein war. Sie zwang sich auf die Hinterbeine, während hilfloses Wimmern in schmerzlichen Wogen aus ihrer Kehle drang, und schaute sich um …

Und sah den Riesen. Nackt von der Hüfte an aufwärts, die von der Sonne gebräunte Haut fast vollständig unter weißer Farbe verborgen – Farbe, die seine Brust, seine Schultern und sein Gesicht in Knochen verwandelte. Als er näherkam, wirkten seine Augen wie schwarze Höhlen im farbverkrusteten, maskenhaften Schädel. Er trug Waffen, einen langen Speer und ein Schwert mit breiter, gekrümmter Klinge. Der Pelz des vierbeinigen Volks war um seine Hüften geschlungen, und die kleinen, aber tödlichen Messer, die in einem Halsband des Kriegers steckten, gehörten ebenfalls ihrem Volk.

Ängstlich, wütend, bleckte sie dem Fremden gegenüber die Zähne, auch noch, als sie sich in die Furche eines kleinen Hügels kauerte – sie konnte nirgendwo hinrennen, denn sie wusste, er würde sie mit Leichtigkeit erwischen. Und sie wusste auch, dass gerade eine weitere ihrer Welten zerschmettert worden war. Angst war ihre Bronze-Kiste, und sie war gefangen, unfähig, sich zu bewegen.

Er musterte sie einige Zeit, legte den Kopf schief, während sie immer noch schnappte und knurrte. Dann kauerte er sich langsam hin, bis seine Augen auf gleicher Höhe mit ihren waren.

Und sie wurde still.

Erinnerte sich an … Dinge.

Es waren keine freundlichen Augen, aber sie waren – das wusste sie plötzlich – wie ihre eigenen. Wie auch sein haarloses Gesicht unter der totenähnlichen Farbe.

Sie war weggelaufen, erinnerte sie sich jetzt, bis es schien, als hätte ihr fliehender Geist ihr Fleisch und ihre Knochen hinter sich gelassen, wäre in etwas Unbekanntes und Unerkennbares davongeschossen.

Und dieses wilde Gesicht ihr gegenüber brachte langsam ihren Geist zurück. Und jetzt verstand sie, wer das vierbeinige Volk war, was es war. Sie erinnerte sich daran, wie es war, aufrecht zu stehen, mit zwei Beinen statt mit vier zu rennen. Sie erinnerte sich an ein Lager, an das Ausheben von Kellern, das erste der Häuser, deren Wände mit Grassoden bedeckt waren. Sie erinnerte sich an ihre Familie – ihren Bruder – und an die Nacht, in der die Dämonen gekommen waren, um ihr alles zu nehmen.

Nachdem sie sich einige Zeit lang schweigend angestarrt hatten, richtete der Krieger sich auf, rückte seine Waffen und seine Ausrüstung zurecht, und ging weg.

Sie zögerte, stand dann auf.

Und folgte ihm in einiger Entfernung.

Er ging der aufgehenden Sonne entgegen.

Toc kratzte sich an der vernarbten, klaffenden Höhlung, in der einst sein eines Auge gesessen hatte, und schaute den Kindern zu, die hin und her rannten, während die ersten Kochfeuer entzündet wurden. Die Alten humpelten mit eisernen Töpfen und eingewickelten Nahrungsmitteln herum – sie waren drahtige, wettergegerbte Leute, aber der tagelange Marsch hatte das Feuer in ihren Augen gedämpft, und mehr als ein paar blafften die Kinder an, die ihnen zu nahe kamen.

Er sah Rotmaske in dem Bereich auftauchen, der für die Yurte des Kriegsführers bereitgemacht worden war; Masarch, Natarkas und ein weiterer Krieger mit rotbemaltem Gesicht folgten ihm dichtauf. Als Rotmaske Toc entdeckte, kam er zu ihm.

»Du hast unseren Marsch heute im Norden flankiert, Toc Anaster. Sag mir, hast du Spuren gesehen?«

»Was für Spuren meinst du?«

Rotmaske drehte sich zu Natarkas' Begleiter um. »Schwall ist im Süden geritten. Er hat eine Spur entdeckt, die einem Antilopenwechsel folgte – ein Dutzend Männer zu Fuß …«

»Oder mehr«, sagte der Mann namens Schwall. »Sie waren geschickt.«

»Dann waren es also keine Letherii«, vermutete Toc.

»Sie haben Mokassins getragen«, erwiderte Rotmaske. Sein Tonfall verriet seine leichte Verärgerung darüber, dass Schwall ihn unterbrochen hatte. »Und sie sind groß und schwer.«

»Ich habe nichts dergleichen bemerkt«, sagte Toc. »Wobei ich allerdings zugeben muss, dass ich hauptsächlich den Horizont beobachtet habe.«

»Dieser Ort wird unser Lager sein«, sagte Rotmaske nach einem kurzen Augenblick. »Neun Meilen von hier, in dem Tal, das als Bast Fulmar bekannt ist, werden wir auf die Letherii treffen. Toc Anaster, wirst du hierbleiben, bei den Alten und Kindern, oder wirst du uns begleiten?«

»Ich habe schon genug Schlachtfelder gesehen, Rotmaske. Ich habe gesagt, dass ich wieder Soldat bin, aber selbst der Tross einer Armee braucht Wachen, und das ist so in etwa das, wozu ich jetzt fähig bin.« Er zuckte die Schultern. »Vielleicht von jetzt an.«

Die Augen hinter der schuppigen Maske ließen Toc ein halbes Dutzend Herzschläge lang nicht los, ehe sie sich auf etwas anderes richteten. »Du wirst auch hierbleiben, Schwall.«

Der Krieger fuhr überrascht auf: »Kriegsführer …«

»Du wirst anfangen, die Kinder auszubilden, die sich ihrer Todesnacht nähern. Bogenschießen, Nahkampf mit dem Messer.«

Schwall verbeugte sich steif. »Wie du befiehlst.«

Rotmaske schritt davon, gefolgt von Natarkas und Masarch.

Schwall warf Toc einen Blick zu. »Mein Mut ist nicht gebrochen«, sagte er.

»Du bist immer noch jung.«

»Du wirst die jüngeren Kinder beaufsichtigen, Toc Anaster. Nur das und sonst nichts. Und ihr werdet mir aus dem Weg gehen, du und die Kinder.«

Toc hatte genug von dem Mann. »Schwall, du bist an der Seite eures alten Kriegsführers geritten, als ihr Ahl uns im Kampf gegen die letheriische Armee im Stich gelassen habt. Sei vorsichtig mit deinen kühnen Sprüchen von Mut. Als ich zu euch gekommen bin und um das Leben meiner Soldaten gebettelt habe, hast du dich genauso abgewandt wie alle anderen. Ich glaube, Rotmaske hat dich gerade eingeschätzt, Schwall, und wenn du mir noch einmal drohst, werde ich dir einen Grund geben, mich zu verfluchen – und zwar mit deinem letzten Atemzug.«

Der Krieger bleckte die Zähne zu einem humorlosen Lächeln. »Alles, was ich in deinem einen Auge sehe, sagt mir, dass du schon verflucht bist, Toc Anaster.« Er drehte sich um und schritt davon.

Tja, da hat der Scheißkerl nicht ganz unrecht. Dann bin ich vielleicht doch nicht so gut in dieser ganzen Sache mit dem Geben und Nehmen, wie ich immer gedacht habe. Für diese Ahl ist es schließlich eine Lebensweise. Andererseits sind die malazanischen Armeen darin auch ziemlich gut – kein Wunder, dass ich nirgendwo so recht hinpasse.

Ein halbes Dutzend Kinder rannte an ihm vorbei, gefolgt von einem schlammverschmierten Kleinkind, das versuchte, irgendwie mitzuhalten. Als der Kleine die plappernde Meute hinter einem Zelt verschwinden sah, blieb er stehen und fing an zu jammern.

Toc grunzte. *Ja, du und ich, wir beide …*

Er gab ein unanständiges Geräusch von sich, und der Kleine schaute aus weit aufgerissenen Augen zu ihm herüber. Und dann lachte er.

Da die Augenhöhle wieder schrecklich juckte, kratzte Toc sich kurz, ehe er zu dem Kind ging, wobei er noch einmal ein unanständiges Geräusch von sich gab. *Oh, schau dir das an – dieses unschuldige Entzücken. Tja, dann, Toc – hol dir deine Belohnungen, wo und wann du sie kriegen kannst.*

Rotmaske stand am äußersten Rand des ausgedehnten Lagers und musterte den Horizont im Süden. »Da draußen ist jemand«, sagte er leise.

»So sieht es aus«, sagte Natarkas. »Fremde – die in unserem Land herumlaufen, als würde es ihnen gehören. Kriegsführer, du hast Schwall verletzt …«

»Schwall muss den Wert von Respekt lernen. Und das wird er, als Waffenmeister von zwei Dutzend ruhelosen Halbwüchsigen. Wenn wir ihn das nächste Mal treffen, wird er weiser sein. Willst du meine Entscheidungen infrage stellen, Natarkas?«

»Infrage stellen? Nein, Kriegsführer. Aber ich werde sie gelegentlich überprüfen, wenn ich es für notwendig halte, sie besser zu verstehen.«

Rotmaske nickte. »Achte auf diese Worte, Masarch«, sagte er dann zu dem Krieger, der ein paar Schritte entfernt stand.

»Das werde ich«, antwortete der junge Krieger.

»Morgen führe ich meine Krieger in den Krieg«, sagte Rotmaske. »Nach Bast Fulmar.«

Natarkas stieß ein Zischen aus. »Das ist ein verfluchtes Tal.«

»Wir werden das Blut ehren, das dort vor dreihundert Jahren vergossen wurde, Natarkas. Die Vergangenheit wird dort sterben, und danach werden wir nur noch in eine neue Zukunft blicken. Eine in jeder Hinsicht neue Zukunft.«

»Diese neue Art zu kämpfen, Kriegsführer – ich empfinde sie nicht als sehr ehrenvoll.«

»Du hast recht. An ihr ist nichts Ehrenvolles. Aber sie ist unumgänglich.«

»Schließt dieses unumgänglich ein, alles aufzugeben?«

Rotmaske blickte den Krieger an, dessen Gesicht eine aufgemalte Maske trug, die seiner eigenen glich. »Wenn das, was man aufgibt, unausweichlich zu einer Niederlage führt, dann ja. Es muss getan werden. Manche Bräuche müssen weggeworfen werden.«

»Die Ältesten werden das nicht so leicht hinnehmen, Kriegsführer.«

»Ich weiß. Du und ich – wir haben dieses Spiel schon zuvor gespielt. Dies ist nicht ihr Krieg. Sondern meiner. Und ich habe vor, ihn zu gewinnen.«

Und dann schwiegen sie beide, während der Wind geisterhaft seufzend über das Land strich, ein Klagelied zwischen dürren Gräsern sang.

Kapitel Elf

Ein Meer ohne Wasser
verstreut weiße Knochen
flachgedrückt und ausgebleicht
wie Pergament
dort, wo ich gegangen bin.

Aber dieses Gekritzel
das mein Kielwasser zerkratzt
ist ohne Geschichte
jedes Gewandes beraubt
um mein Schicksal zu bekleiden.

Der Himmel hat seine Wolken verloren
an einen rauen Wind
der niemals auf Grund läuft
diese Untiefen enthüllt
auf unbetretenen Pfaden.

Der Wind hebt die Wellen
unbemerkt in der Muschel
ein Becher des Versprechens, unerfüllt
die widerliche Lüge von Salz
das meine Zunge beißt.

Ich wohnte einst am Meer
ätzte Geschichten
am endlosen Strand
in schlingernde Schriftrollen
aus Treibgut und Seegras.

Gerüchte des Meeres
Fisher kel Tath

Am Nachmittag hatte es geregnet, was ganz gut gewesen war, denn den ganzen Wald niederzubrennen hätte nun wirklich nicht viel genützt, abgesehen davon, dass er persönlich zu seinen besten Zeiten nicht sonderlich beliebt gewesen war. Sie hatten sich über seine Possen lustig gemacht, und sie hatten auch gesagt, er würde stinken, so sehr, dass sich nie jemand in die Reichweite seiner großen, knorrigen Hände begab. Wäre ihm tatsächlich einmal einer seiner Nachbarn so nahe gekommen, hätte es gut sein können, dass er ihm die Glieder ausgerissen hätte – als Antwort auf viele Jahre der Verachtung und des Missbrauchs.

Der bucklige alte Arbat zog seinen Karren nicht mehr von Bauernhof zu Bauernhof, von Hütte zu Hütte, um die Exkremente zu sammeln, unter denen er die Abbilder der Tarthenal-Götter begrub, die eine größtenteils vergessene Lichtung tief in den Wäldern beherrscht hatten. Das war schließlich nicht mehr nötig. Die verdammten altersgrauen Alpträume waren tot.

Arbats Nachbarn hatten seinen plötzlichen Ruhestand nicht zu würdigen gewusst, denn der Gestank ihrer eigenen Abfälle hatte nun auf einmal angefangen, ihre eigenen Häuser zu verpesten. Als faule Verschwender, die sie nun einmal waren, kamen sie nicht auf die Idee, ihre Senkgruben tiefer zu machen – leerte der Alte Buckel sie denn nicht regelmäßig? Tja, jetzt nicht mehr.

Allein das hätte schon Grund genug sein können, sich zu verdrücken. Und Arbat hätte nichts lieber getan, als einfach im düsteren Wald zu verschwinden und niemals wieder gesehen zu werden. Weit weg zu gehen, o ja, bis er zu einem Weiler oder einem Dorf gekommen wäre, in dem ihn niemand kannte, in dem noch nie jemand von ihm gehört hatte. Vom Regen reingewaschen von jedem Geruch, einfach nur ein netter, harmloser mischblütiger Tarthenal, der für ein oder zwei Münzen zerbrochene Dinge in Ordnung bringen konnte, auch Fleisch und Knochen.

Dann also weggehen. Die alten Gebiete der Tarthenal verlassen, weg von den unkrautbewachsenen Statuen auf den überwucherten Lichtungen. Und vielleicht sogar weg vom alten Blut seines Erbes. Schließlich waren nicht alle Heiler Schamanen, oder? Niemand würde unangenehme Fragen stellen, solange er sie richtig behandelte, und das konnte er. Mit Leichtigkeit.

Alte Mistkerle wie er verdienten ihren Ruhestand. Er hatte ein Le-

»Erwartet Ihr, dass überhaupt jemand offen spricht? In was für einer Welt lebt Ihr, Freisprecherin?« Er lachte. »Ganz sicher nicht in der gleichen wie ich. Bleiben nicht für jedes Wort, das wir sagen, tausende ungesagt? Sagen wir nicht oft das Eine und meinen eigentlich das genaue Gegenteil? Frau, seht uns an – seht Euch selbst an. Unsere Seelen könnten genauso gut in einer heimgesuchten Festung gefangen sein. Gewiss, wir haben sie selbst gebaut – wir alle, mit unseren eigenen Händen, aber wir haben die Hälfte der Zimmer vergessen, wir verirren uns in den Gängen. Wir stolpern in Räume, in denen Hitze wütet, und torkeln rückwärts, nur weg, damit unsere eigenen Gefühle uns nicht bei lebendigem Leibe rösten. Andere Orte sind kalt wie Eis – so kalt wie dieses gefrorene Land hier um uns herum. Wieder andere bleiben ewig dunkel – keine Laterne wird funktionieren, jede Kerze stirbt, als ob es ihr an Luft mangeln würde, und wir tasten herum, stoßen gegen Möbel, die wir nicht sehen können, gegen Mauern. Wir schauen aus den hohen Fenstern nach draußen, aber wir misstrauen allem, was wir sehen. Wir wappnen uns gegen unwirkliche Trugbilder, doch Schatten und Geflüster lassen uns bluten.«

»Eine gute Sache, dass die tausend Worte für jedes gerade gesprochene Wort ungesagt geblieben sind«, murmelte Forcht Sengar, »sonst sind wir am Zwielicht allen Seins angelangt, bis du fertig bist.«

Ohne sich umzudrehen, antwortete Udinaas: »Ich habe den Schleier weggerissen, hinter dem der Grund verborgen ist, warum du die Freisprecherin gebeten hast, zu bleiben. Leugnest du das? Du betrachtest sie als Verlobte deines Bruders. Und dass er zufällig tot ist, hat dabei keine Bedeutung, denn im Gegensatz zu deinem *jüngsten* Bruder bist du ein ehrenvoller Mann.«

Udinaas stöhnte überrascht auf, als Forcht ihn mit einer Hand an den Pelzen packte, in die er sich gewickelt hatte. Eine wütende Bewegung schleuderte den ehemaligen Sklaven auf den schlammigen, von Geröll bedeckten Boden.

Als der Tiste Edur herumwirbelte, um weiter auf den Letherii loszugehen, dem der Aufprall die Luft aus der Lunge getrieben hatte, trat Seren Pedac ihm in den Weg. »Halt. Bitte, Forcht. Ja, ich weiß, dass er es verdient hat. Aber … trotzdem …«

Udinaas hatte es mittlerweile geschafft, sich aufzusetzen. Kessel kauerte ben lang gedient. Versöhnungen, die Masken des Träumens, die anzüglich grinsenden Steingesichter, die einsamen Rituale – das alles war jetzt erledigt. Er konnte seinen letzten Gang antreten – ins Unbekannte. Ein Weiler, ein Dorf, ein von der Sonne erwärmter Felsblock neben einem kleinen Bach, wo er sich zurücklehnen und seine gequälten Knochen entspannen konnte und sich nicht zu bewegen brauchte, bis die letzte Maske heruntergezogen wurde …

Stattdessen war er im Dunkeln aufgewacht, kurz vor dem ersten grauen Heraufdämmern des Morgens, hatte gezittert, als hätte er Schüttelfrost, und vor seinen Augen hatten noch die langsam zerfallenden Bruchstücke einer höchst unerwarteten Traummaske geschwebt. Einer Maske, die er noch nie zuvor gesehen hatte, die jedoch ein Gesicht von erschreckender Macht zeigte. Von Rissen durchzogen und kurz davor, zu zerplatzen …

Er hatte auf seinem Lager gelegen und von Kopf bis Fuß gezittert – so sehr, dass der Holzrahmen unter ihm geächzt hatte –, und hatte auf die Offenbarung gewartet.

Als er schließlich aus seiner Hütte getreten war, hatte die Sonne bereits hoch am Himmel gestanden. Im Westen waren Wolkenbänke in die Höhe gestiegen – Boten eines Sturms, der vom Meer gekommen war und sich bereits erschöpft hatte –, und er hatte ungeachtet des irgendwann einsetzenden Regens mit seinen Vorbereitungen begonnen.

Jetzt, da die Abenddämmerung näherrückte, griff Arbat zu einem Bündel Binsen und entzündete das eine Ende an seinem Herdfeuer. Er steckte erst seine Hütte in Brand, dann den Schuppen und schließlich die alte Scheune, in der sich sein zweirädriger Karren befand. Zufrieden, dass alle drei Gebäude lichterloh brannten, schulterte er den Sack, in dem sich all die Habseligkeiten und Vorräte befanden, die er wirklich brauchen würde, und begab sich auf den Pfad, der zur Straße führte.

Kurze Zeit später, auf der Straße, stieß er ein überraschtes Grunzen aus, als er knapp zwei Dutzend Dorfbewohnern in die Arme lief, die ihm entgegengerannt kamen. Vorneweg rannte der Repräsentant, der erleichtert aufschrie, als er Arbat sah.

»Dem Abtrünnigen sei Dank, du lebst, Buckel!«

Arbat musterte das Pferdegesicht des Mannes ein paar Herzschläge lang mit einem düsteren Blick, den er dann über die blassen Flecken der Gesichter hinter dem Repräsentanten schweifen ließ. »Was hat das zu bedeuten?«, wollte er wissen.

»Eine Truppe Edur übernachtet heute im Gasthaus, Arbat. Als sie von dem Feuer hörten, haben sie darauf bestanden, dass wir uns darum kümmern und, wenn nötig, helfen sollten – falls der Wald anfängt zu brennen, verstehst du?«

»Der Wald, genau. Und wo sind diese Eindringlinge jetzt?«

»Sie sind natürlich im Dorf geblieben. Aber man hat mir aufgetragen ...« Der Repräsentant führte den Satz nicht zu Ende. Er beugte sich vor und starrte Arbat an. »War es vielleicht Vrager? Der Narr mag Feuer, und er ist kein Freund von dir.«

»Vrager? Könnte sein. Er hat die Angewohnheit, sich nachts ranzuschleichen und an meine Tür zu pissen. Will irgendwie nicht hinnehmen, dass ich jetzt im Ruhestand bin und so. Er sagt, es wäre meine Pflicht, seine Scheiße wegzukarren.«

»Und das ist es auch!«, knurrte irgendjemand in der Menge hinter dem Repräsentanten. »Warum sonst sollten wir dich hier leben lassen?«

»Nun, das Problem ist ja jetzt gelöst, oder?«, sagte Arbat grinsend. »Vrager hat mich ausgeräuchert, und daher gehe ich.« Er zögerte kurz, ehe er fragte: »Wieso haben die Edur sich da eigentlich eingemischt? Es hat doch vorhin erst geregnet – es besteht keine nennenswerte Gefahr, dass der Brand sich ausbreitet. Hast du ihnen nicht gesagt, dass meine Hütte auf einer Lichtung steht und es auf jeder Seite achtzig oder sogar hundert Schritt bis zu den Bäumen sind? Und dann sind da noch die alten Sickergruben, die sind genauso gut wie ein Wassergraben.«

Der Repräsentant zuckte die Schultern. »Sie haben nach dir gefragt, und dann haben sie gedacht, dass jemand dich vielleicht aus Bosheit abgefackelt haben könnte – und das ist gegen das Gesetz, und den Edur gefällt es nicht, wenn so etwas passiert ...«

»Und dann haben sie dir gesagt, du sollst deine Arbeit machen, ja?« Arbat lachte dem Mann ins Gesicht. »Das wäre das erste Mal!«

»Du hast gesagt, dass es Vrager war – ist das eine offizielle Anklage, Arbat? Denn wenn das so ist, musst du sie diktieren und dein Zeichen drunter machen, und dann musst du hier bleiben für die Vorladung, und wenn Vrager einen Anwalt anheuert ...«

»Vrager hat einen Verwandten in Letheras, der Anwalt ist«, sagte irgendjemand.

Der Repräsentant nickte. »All das könnte ganz schön lange dauern, Arbat, und außerdem ist niemand verpflichtet, dir ein Dach über dem Kopf zu geben …«

»So dass es am besten wäre, wenn ich keinen Ärger mache, richtig? Du kannst den Edur erzählen, dass ich keine offizielle Anklage deswegen erhoben habe. Und weil die Schuppen inzwischen ziemlich runtergebrannt sind und die Kälte in eure Knochen kriecht und nichts darauf hindeutet, dass das Feuer irgendwohin überspringt …« Arbat gab dem Repräsentanten einen Klaps auf die Schulter – was den Mann beinahe in die Knie gehen ließ – und ging an ihm vorbei. »Macht mal Platz, ihr anderen – könnte sein, dass ich von all dem widerlichen Zeugs, das ihr mir auf den Karren geladen habt, immer noch ansteckend bin.«

Seine Worte sorgten dafür, dass sein Weg binnen weniger Herzschläge frei war. Und Arbat stapfte weiter.

Vrager würde ein bisschen Ärger bekommen – es war schließlich nie gut, die Aufmerksamkeit der Edur zu erregen –, aber es würde nichts Schlimmes passieren. Gegen eine Tür zu pissen hatte ja nicht zur Folge, dass man sein Leben verwirkt hatte, oder? Aber wie auch immer, die Edur würden weiterreiten, wo auch immer sie hinwollten, und er würde sie ihren eigenen …

Was war das? Pferde auf der Straße, Reiter kamen herangeprescht. Leise vor sich hin brummend begab Arbat sich an den Straßenrand und wartete.

Noch eine verdammte Truppe. Dieses Mal Letherii.

Der vorderste Reiter – ein Offizier – war eine Frau. Als sie Arbat sah, ließ sie ihr Reittier langsamer werden, und die Truppe hinter ihr machte auf ihren Befehl hin das Gleiche. Sie lenkte ihr Pferd näher an Arbat heran und rief: »Du da – ist da vor uns ein Dorf?«

»Ja, da ist ein Dorf«, antwortete Arbat. »Aber es könnte sein, dass Ihr um einen Platz im Gasthaus kämpfen müsst.«

»Und warum?«, fragte sie und lenkte ihr Pferd zur gegenüberliegenden Straßenseite.

»Weil ein paar Edur dort die Nacht verbringen werden.«

Daraufhin brachte die Frau ihr Pferd zum Stehen und winkte ihren

Leuten, ebenfalls haltzumachen. Dann drehte sie sich im Sattel um und musterte Arbat. »Tiste Edur?«

»Ja, Tiste Edur.«

»Was tun die hier?«

Ehe er antworten konnte, mischte sich einer ihrer Leute ein. »Atri-Preda, da vorne brennt etwas – man kann den Lichtschein sehen und man riecht es auch.«

»Das wird meine Hütte sein«, antwortete Arbat. »Ein Unfall. Das Feuer wird sich nicht ausbreiten, da bin ich mir sicher. Hat nichts mit den Edur zu tun«, fügte er hinzu. »Die sind nur auf der Durchreise.«

Die Atri-Preda fluchte leise vor sich hin. »Du bist ein Tarthenal, ja?«

»Zum größten Teil.«

»Hast du vielleicht eine Idee, wo wir heute Nacht lagern können? Irgendwo in der Nähe, aber nicht direkt an der Straße.«

Arbat schaute sie blinzelnd an. »Nicht direkt an der Straße, ja? Ihr meint, weit genug weg davon, dass Ihr ungestört seid, oder?«

Sie nickte.

Arbat rieb sich das stoppelige, vorspringende Kinn. »So etwa vierzig Schritt weiter vorn gibt es einen Pfad auf der rechten Seite. Er führt erst durch ein Dickicht, dann über eine alte Obstwiese, und dann kommt ein verlassenes Gehöft. Die Scheune hat immer noch ein Dach, auch wenn ich nicht glaube, dass es noch dicht ist. Es gibt auch einen Brunnen, was Euch sicher helfen wird.«

»So nah – und niemand hat es sich angeeignet oder abgerissen?«

Arbat grinste. »Oh, das werden sie schon bald tun. Der Wind weht von meiner Hütte her in diese Richtung, versteht Ihr?«

»Nein.«

Sein Grinsen wurde zu einem Lächeln. »Das Lokalkolorit verblasst irgendwie, wenn man Außenstehenden davon erzählt. Es spielt keine Rolle, wirklich nicht. Alles, was Ihr heute Nacht riechen werdet, ist Holzrauch, und der schreckt die Insekten ab.«

Er sah, wie sie darüber nachdachte, ob sie die Sache weiterverfolgen sollte; doch als ihr Pferd den Kopf hochwarf, griff sie wieder nach den Zügeln. »Danke, Tarthenal. Ich wünsche dir eine gefahrlose Reise.«

»Das wünsche ich Euch ebenfalls, Atri-Preda.«

Sie ritten weiter, und Arbat wartete am Straßenrand, bis die ganze Truppe an ihm vorbeigezogen war.

Eine gefahrlose Reise. Oh, ja, sehr gefahrlos, nehme ich an. Auf der Straße gibt es nichts, mit dem ich nicht fertig werden könnte.

Nein – es ist das Ziel meiner Reise, was meine Knie gegeneinanderklappern lässt wie zwei Totenschädel in einem Sack.

Er lag auf dem Bauch, schob sich zur Dachluke und linste nach unten. Dort gab es eine Menagerie zu sehen, die in ihrer merkwürdigen Häuslichkeit irgendwie tröstlich wirkte. Ja, doch, er wusste, Künstler würden dafür bezahlen, eine solche Szenerie beobachten zu können. Zehn Hennen wanderten umher, wichen gelegentlich zeternd dem schwerfällig geschwungenen Fuß von Ublala Pung aus, während der große Mann auf und ab schritt. Janath, die Gelehrte, saß mit dem Rücken an eine Wand gelehnt und rollte Hühnerdaunen, oder wie immer das hieß, in ihren Handflächen, ehe sie sie in einen Jutesack stopfte, der irgendwann einmal als Kissen dienen sollte – womit zweifelsfrei erwiesen war, dass Gelehrte nichts von Dingen wussten, die zu wissen sich lohnte. Ganz zu schweigen von dem aufkeimenden Hauch der Angst, dass Baggs Versuch, ihren Verstand zu heilen, vielleicht doch nicht ganz so erfolgreich gewesen sein könnte. Und schließlich Bagg selbst, der vor dem Herd kauerte und mit einem Hühnerfuß in dem Topf mit der dampfenden Hühnersuppe rührte, ein Detail, das – wie Tehol sich eingestehen musste – einen gewissen makabren Unterton aufwies. Genauso wie das tonlose Summen seines getreuen Dieners.

Ja, es stimmte, der Haushalt war mit reichlich Essen gesegnet, eine Fortsetzung ihrer derzeitigen Glückssträhne. Vor ein paar Wochen ein großer Capabara neben dem Kanal, und jetzt Hennen im Ruhestand, die eine nach der anderen mit der Unerbittlichkeit immer aufs Neue knurrender Mägen in den endgültigen Ruhestand versetzt wurden. Oder auch mal zwei oder drei auf einen Schlag. Oder vier, vorausgesetzt, dass Ublala nur einen Magen hatte, was alles andere als gewiss war. Selush würde es vielleicht wissen, hatte sie doch genug Leichen von innen nach außen ausgestattet. Schließlich verfügten Tarthenal in ihren gewaltigen Körpern über mehr Organe als normale Menschen. Was für das Gehirn leider nicht galt.

Denn einmal mehr plagte Ublala Pung eine formlose, unbeschreibbare Sorge. Möglicherweise hatte ihn einfach nur wieder die Liebe im Griff, vielleicht hatte ihn aber auch die Angst vor dieser Liebe ergriffen. Das Halbblut lebte in einer Welt der Ängste, was alles in allem ziemlich überraschend war. Andererseits brachte ihm das, was sich so unbestreitbar beeindruckend zwischen seinen Beinen befand, reichlich Verehrerinnen ein, ließ in weiblichen Augen Besessenheit, Habsucht und boshaften Wettbewerb aufschimmern – kurz gesagt, all jene Charakterzüge, die bei Priesterschaften häufig vertreten waren. Aber diese Verehrung erfolgte aus vollkommen falschen Gründen, wie Ublalas gereizter Geisteszustand zeigte. Sein armseliges Hirn wollte um seiner selbst willen geliebt werden.

Was ihn leider zu einem völligen Idioten machte.

»Ublala«, sagte Bagg, der immer noch vor dem Suppentopf kauerte, »schau doch bitte für mich nach oben und bestätige mir, dass die Knopfaugen, die uns beobachten, meinem Herrn gehören. Und wenn dem so ist, sei so nett und bitte ihn zum Abendessen hier herunter.«

Ublala war so groß, dass sein Gesicht, das nun in Tehols Blickfeld geriet, als der Tarthenal den Kopf hob und zu ihm heraufblickte, in seine Reichweite kam. Tehol lächelte und tätschelte ihm den Kopf. »Mein Freund, tritt doch bitte von dem zurück, was hier als Leiter dient – und in Anbetracht der matten Bemühungen, sie zu reparieren, benutze ich diese Bezeichnung mit Bedacht –, damit ich auf eine Weise hinuntersteigen kann, die meiner Stellung entspricht.«

»Was?«

»Mach Platz, du Esel!«

Ublala duckte sich und wich grunzend zurück. »Warum ist er so verächtlich?«, fragte er und deutete mit einem Daumen nach oben. »Die Welt steht vor dem Untergang, aber macht ihm das was? Nein. Tut es nicht. Es macht ihm nichts. Dass die Welt vor dem Untergang steht. Oder?«

Tehol drehte sich so herum, dass jetzt seine Füße in Richtung der obersten Sprosse der Leiter zeigten. »Geschwätziger Ublala Pung. Wie sollen wir jemals deinen Gedankengängen folgen? Ich bin verzweifelt.« Er schlängelte sich über die Kante und tastete mit den Füßen nach der obersten Sprosse der Leiter.

»In Anbetracht des Anblicks, den Ihr uns im Augenblick bietet, Herr«, sagte Bagg, »ist Verzweiflung in der Tat ein passendes Wort. Seht am besten weg, Janath.«

»Zu spät«, antwortete sie. »Zu meinem Entsetzen.«

»Ich lebe mit Voyeuren unter einem Dach!« Tehol schaffte es, mit einem Fuß die Sprosse zu finden, und machte sich daran, herunterzuklettern.

»Ich dachte, das sind Hühner«, sagte Ublala.

Ein durchdringendes, schrilles Kreischen, das in einem Knirschen endete.

»Oh.«

Bagg fluchte. »Verdammt sollst du sein, Pung! Dieses Huhn isst du jetzt aber! Und zwar ganz allein! Und du darfst es dir auch gern selbst kochen!«

»Es ist mir einfach so unter den Fuß gelaufen! Wenn du ein paar Räume angebaut hättest, wäre das nicht passiert, Bagg.«

»Und wenn du da draußen in der Gasse hin und her laufen würdest – oder, was noch besser wäre, wenn du einfach aufhören würdest, dir über irgendwelche Dinge Sorgen zu machen – oder diese Sorgen dann mit hierherzuschleppen – oder immer zur Abendessenszeit hier aufzutauchen – oder …«

»Na, na«, warf Tehol ein, trat von der letzten Sprosse und zupfte seine Decke zurecht. »Die Nerven liegen blank, die Unterkünfte sind übervoll, und Ublalas übervolles Hirn zerrt erbarmungslos an unseren Nerven, von daher wäre es wohl am besten, wenn wir uns alle …«

»Herr – er hat gerade eine Henne plattgemacht!«

»Einen Voyeur«, beharrte Ublala.

»… vertragen würden«, beendete Tehol seinen Satz.

»Ich glaube, es ist an der Zeit für ein bisschen Schadensbegrenzung, Tehol«, sagte Janath. »Ich meine mich daran erinnern zu können, dass du eine gewisse Begabung dafür hast, vor allem dafür, dich aus den vielen Versuchen, dich auszuschließen, herauszuwinden.«

»Klar«, sagte Ublala. »Und wo tun wir das?«

»Wo tun wir was?«, fragte Janath.

»Ich muss los.«

»Drüben beim Lagerhaus«, sagte Tehol und schob dabei Ublala Richtung Tür – allerdings ohne großen Erfolg. »Übe dich hinter dem Lagerhaus im Ausschließen, Ublala, beim Entwässerungsrohr. Benutze den

Schwarzwurz-Busch, der aus dem Abfallhaufen wächst, und dann wasch deine Hände in dem schräg stehenden Trog.«

Der große Mann, der irgendwie erleichtert wirkte, duckte sich unter den Türrahmen und trat in die Gasse hinaus.

Tehol drehte sich um, blickte Bagg an. »In Ordnung, und nun einen Augenblick des Schweigens für die in den endgültigen Ruhestand versetzte Henne.«

Bagg rieb sich die Stirn, lehnte sich zurück und sagte seufzend: »Es tut mir leid. Ich bin nicht an solche ... Massen gewöhnt.«

»Was mich erstaunt«, sagte Tehol, während er die Hennen musterte, die noch am Leben waren, »ist ihre unheimliche Gleichgültigkeit. Sie machen einfach einen Bogen um ihre zermalmte Schwester ...«

»Wartet noch einen Moment, und sie werden anfangen, sie zu zerfetzen«, sagte Bagg. Er stand auf und watschelte zu dem toten Tier hinüber. »Da ist mir ihre Gleichgültigkeit lieber.« Er hob den schlaffen Kadaver auf, starrte auf den hin und her baumelnden Hals. »Im Tod sind sie still, wie alle Dinge. Fast alle Dinge, meine ich ...« Abrupt schüttelte er den Kopf und warf das tote Tier vor Janath auf den Boden. »Noch mehr Federn für Euch, Gelehrte.«

»Was für eine überaus angemessene Aufgabe«, murmelte Tehol, »hübsches Gefieder wegzuzupfen, um den pickeligen Alptraum darunter zu enthüllen.«

»So ähnlich, wie versehentlich unter deine Tunika zu schauen, Tehol Beddict.«

»Ihr seid eine grausame Frau.«

Sie hielt inne und sah zu ihm auf. »Vorausgesetzt, das waren tatsächlich nur Pickel.«

»Überaus grausam, was in mir den Verdacht weckt, dass Ihr mich tatsächlich gern habt.«

Janath warf Bagg einen Blick zu. »Was für eine Heilung hast du an mir vorgenommen, Bagg? Meine Welt wirkt ... kleiner.« Sie tippte sich gegen die Schläfe. »Hier drin. Wie weit meine Gedanken auch wandern – so weit wie irgend möglich – verschwinden sie dennoch in ... weißem Nichts. Gesegnetes Vergessen. Und so erinnere ich mich zwar an das, was geschehen ist, aber es dringt nicht einmal mehr der Hauch eines Gefühles zu mir durch.«

»Janath, der größte Teil dieser Abschirmung kommt aus Euch selbst. Die Dinge werden sich wieder … ausdehnen. Aber es wird einige Zeit dauern. Jedenfalls ist es nicht allzu überraschend, dass Ihr Tehol gegenüber Zuneigung entwickelt, ihn als Euren Beschützer betrachtet …«

»Jetzt aber mal langsam, alter Mann! Zuneigung? Zu Tehol? Zu einem ehemaligen Schüler? Das ist auf jede auch nur vorstellbare Weise geschmacklos.«

»Ich dachte, es wäre ganz alltäglich«, sagte Tehol. »Na ja, ein paar von den Geschichten, die ich gehört habe …«

»Alltäglich für die Narren, die Liebe mit Anbetung verwechseln – und all das nur, um ihr armseliges Ego zu nähren, möchte ich hinzufügen. Für gewöhnlich sind es auch Männer. Verheiratete Männer. Es ist erbärmlich …«

»Janath, hat … Nein, ist nicht wichtig.« Tehol rieb sich die Hände und wandte sich Bagg zu. »Gute Güte, diese Suppe riecht wunderbar.«

Ublala Pung kam zurück, schob sich durch den Türrahmen. »Der Schwarzwurz hat widerlich geschmeckt«, sagte er.

Die drei starrten ihn mehrere Herzschläge lang an.

Schließlich sprach Bagg. »Siehst du die Kürbishälften, Ublala? Bring sie her, und du bekommst deine Voyeursuppe.«

»Ich habe so großen Hunger – ich könnte ganz alleine eins von den Dingern da aufessen.«

Tehol deutete mit einem Finger. »Da drüben liegt eins, Ublala.«

Der große Mann hielt inne, schaute zu dem schmuddeligen Kadaver hinüber. Und drückte Tehol dann die Kürbisse in die Hand. »In Ordnung.«

»Lässt du mir ein paar Federn übrig?«, fragte Janath.

»In Ordnung.«

»Macht es dir etwas aus, Ublala, wenn wir anderen … äh … oben auf dem Dach essen?«, fragte Tehol.

»Nur zu.«

»Nach dem Abendessen«, fuhr Tehol fort, während das Halbblut sich im Schneidersitz niederließ, nach dem Kadaver griff und ihm ein Bein ausriss. »Ich meine, nachher können wir über das reden, was dir Sorgen macht, Ublala, in Ordnung?«

»Hat keinen Sinn zu reden«, sagte Ublala etwas undeutlich, da er den

Mund voller Federn, Haut und Fleisch hatte. »Ich muss Euch zu ihm bringen.«

»Zu wem?«

»Zu einem Meisterkämpfer. Dem Toblakai.«

Tehol schaute Bagg an und sah in dessen Augen echte Bestürzung.

»Wir werden in das Gebäude einbrechen müssen«, fuhr Ublala fort.

»Oh … in Ordnung.«

»Und dann dafür sorgen, dass er uns nicht tötet.«

»Ich dachte, du hättest gesagt, dass es keinen Sinn hätte, zu reden!«

»Habe ich. Und es hat auch keinen.«

Janath griff nach ihrer Kürbishälfte voller Suppe. »Dann müssen wir diese Leiter also einhändig hinaufsteigen? Und ich nehme an, dass ihr wollt, dass ich als Erste gehe? Haltet ihr mich für eine Närrin?«

Tehol starrte sie finster an – doch schlagartig hellte sich sein Gesichtsausdruck auf. »Ihr habt die Wahl, Janath. Entweder folgt Ihr mir und Bagg und riskiert dabei, Euren Appetit zu verlieren, oder wir folgen Euch und heben Euch mit unseren bewundernden Seufzern zum Himmel hinauf.«

»Wie wäre es mit keinem von beidem?« Mit diesen Worten trat sie auf die Gasse hinaus.

Von dort, wo Ublala saß, kamen schreckliche, knirschende Geräusche. Nach kurzem Zögern folgten Tehol und Bagg Janath nach draußen.

Ormly, der ehemalige Meisterrattenfänger, setzte sich Rucket gegenüber.

Nachdem sie ihm grüßend zugenickt hatte, wandte sie sich wieder ihrem Essen zu. »Ich würde dir ja was von den knusprigen Schweinsohren anbieten, aber wie du sehen kannst, ist kaum noch was übrig – und sie sind eins meiner Lieblingsgerichte.«

»Das machst du absichtlich, oder?«

»Männer gehen immer davon aus, dass schöne Frauen nichts anderes als Sex im Kopf haben, oder vielmehr, dass sie allzeit besessen sind von der Möglichkeit, Sex haben zu können. Aber ich versichere dir, Essen bietet einen sinnlichen Genuss, der nur selten bei irgendwelchen unbeholfenen Fummeleien auf einer flohverseuchten Matratze erreicht wird, erst recht, wenn die Zugluft einen dann auch noch bei jedem Stellungswechsel frösteln lässt.«

Ormlys verhutzeltes Gesicht verzog sich, und er starrte sie düster an. »Stellungswechsel? Was bedeutet das?«

»Irgendetwas sagt mir, dass es nirgendwo eine Legion geplagter Frauen gibt, die den Verlust eines gewissen Ormly beklagen würden.«

»Davon weiß ich nichts. Hör zu, ich bin nervös.«

»Was glaubst du denn, wie ich mich fühle? Willst du einen Schluck Wein? Oh, ich hatte gehofft, du würdest ablehnen. Sich in dieser Gruft zu verstecken hat ein paar ausgesuchte Weine stark beansprucht. Für dich ist das alles gut und schön, schließlich drückst du dich jede Nacht in den Schatten rum. Ich hingegen muss mich als neue Anführerin unserer Rebellen-Union hier unten verstecken, und den ganzen Tag bekomme ich Nachrichten, oder ich schicke welche weg, kümmere mich um den endlosen Papierkram …«

»Was für Papierkram?«

»Nun, den Papierkram, mit dem ich mich rumschlage, um die Speichellecker davon zu überzeugen, dass ich furchtbar beschäftigt bin, damit sie nicht ständig hier angerannt kommen, verdammt.«

»Ja. Aber was schreibst du auf, Rucket?«

»Ich zeichne Gesprächsfetzen auf, die ich zufällig mitgehört habe – die Akustik hier unten ist beeindruckend, wenn auch ein bisschen eigensinnig. Gelegentlich kann das zu reinster Poesie führen, wenn man die Schnipsel mit kritischem Blick nebeneinanderstellt.«

»Wenn's Zufall ist, ist es keine Dichtkunst«, sagte Ormly. Er machte noch immer ein finsteres Gesicht.

»Du bis ganz offensichtlich nicht auf dem Laufenden, was moderne Strömungen betrifft.«

»Nur bei einer, Rucket. Und deswegen bin ich auch so nervös. Es geht um Tehol Beddict, verstehst du?«

»Da haben wir ein höchst außergewöhnliches Beispiel für das Nebeneinanderstellen«, antwortete sie und griff nach einem weiteren Schweinsohr. »Idiotie und Genialität. Vor allem seine Genialität, für idiotische Augenblicke zu sorgen. Na ja, das letzte Mal, als wir uns geliebt haben …«

»Rucket – bitte! Siehst du nicht, was da draußen vorgeht? Oh, tut mir leid, ich nehme an, das tust du tatsächlich nicht. Dann hör mir zu. Er ist *zu* erfolgreich! Es geht alles zu schnell! Die Patriotisten haben irgendwas

Schreckliches am Köcheln, und du kannst sicher sein, dass das Freiheitskonsortium sie mit allen ihm zur Verfügung stehenden Mitteln unterstützt. Auf den Unteren Märkten haben sie mit Tauschhandel angefangen, weil es keine Münzen mehr gibt.«

»Nun – das war der Plan …«

»Aber wir sind noch nicht bereit!«

»Ormly, das Schuppenhaus ist eingestürzt, oder?«

Er starrte sie misstrauisch an, gab ein undeutliches Geräusch von sich und wandte den Blick ab. »Stimmt, aber wir wussten, dass das passieren würde. Darauf waren wir vorbereitet, ja. Nur zu wahr. Auch wenn uns das nicht näher dranbringt, zu wissen, was passieren wird, wenn – was auch immer es ist – passiert, vorausgesetzt, dass wir überhaupt wissen werden, dass es passiert, wenn es passiert. Wie auch immer, du versuchst gerade, mich zu verwirren, weil du in Bezug auf Tehol jegliche Objektivität verloren hast.«

»Oh nein, also wirklich – hältst du mich für eine Idiotin?«

»Ja. Die Liebe, die Lust, irgendwas in der Art hat deine Fähigkeit, klar zu denken, beeinflusst, wenn es um diesen Verrückten geht.«

»Du bist derjenige, der nicht klar denkt. Das Geheimnis heißt in diesem Fall nicht Tehol. Das mit Tehol ist einfach – nein, ich meine nicht in Hinsicht auf … oh, nun gut, in der Hinsicht dann doch. Egal. Wie ich schon gesagt habe: Mit ihm ist es einfach. Das wahre Geheimnis, Ormly, ist sein verdammter Diener.«

»Bagg?«

»Bagg.«

»Aber der ist doch nur der Strohmann …«

»Bist du dir sicher, dass es nicht andersrum ist? Was macht er mit den ganzen Münzen, die sie an sich gerafft haben? Sie im Hinterhof vergraben? Die beiden haben noch nicht mal einen Hinterhof. Ormly, wir sprechen hier von einer riesigen Menge Münzen.« Sie wedelte mit einer Hand. »Mit denen könnte man diese Gruft hier zwanzig Mal füllen. Ja, klar, es gibt andere Grüfte unter der Stadt, aber wir kennen sie alle. Ich habe Läufer hingeschickt, aber sie sind samt und sonders leer, der Staub auf dem Fußboden ist seit Jahren nicht mehr aufgewirbelt worden. Wir haben Ratten losgeschickt – in jeden Spalt, jeden Riss, jeden Ritz. Nichts.« Sie schnippte mit den Fingern. »Das Geld ist weg. Als ob es sich in Luft aufgelöst hätte. Und nicht nur hier, in dieser Stadt.«

»Vielleicht hat Tehol ein Versteck gefunden, in dem wir noch nicht nachgesehen haben. Etwas, das gleichermaßen genial und idiotisch ist, wie du gesagt hast.«

»Die Idee hatte ich auch schon, Ormly. Vertrau mir, wenn ich behaupte, dass alles weg ist.«

Ormlys finsteres Gesicht hellte sich plötzlich auf, und er füllte sich seinen Becher wieder mit Wein. »Ich hab's. Es ist alles im Fluss versenkt worden. So einfach. So leicht.«

»Bis auf die Tatsache, dass Tehol behauptet, es könnte zurückgeholt werden – um den Markt zu fluten, wenn die Geldleute des Konsortiums die Panik kriegen und anfangen, mehr als das übliche Kontingent an Münzen prägen zu lassen. Und selbst dieses Kontingent würde sich als inflationär erweisen, da ja die alten Münzen nicht wiederverwertet werden. Es gibt nichts, das neu gegossen werden könnte. Ich habe gehört, dass sogar das Imperiale Schatzamt betroffen ist. Tehol sagt, er kann alles binnen kürzester Zeit wieder auf die Straße werfen.«

»Vielleicht lügt er.«

»Vielleicht auch nicht.«

»Vielleicht könnte ich das letzte Schweinsohr haben.«

»Vergiss es.«

»Schön. Wir haben noch ein anderes Problem. Im Augenblick herrschen ziemliche Spannungen zwischen den Edur und den Patriotisten – und dem Kanzler und seiner Armee aus Schlägern und Spionen. Es ist Blut vergossen worden.«

»Das ist nicht überraschend«, antwortete Rucket. »Das musste früher oder später passieren. Und glaube nicht, dass die Probleme mit dem Geld nichts damit zu tun haben.«

»Wenn, dann nur indirekt«, sagte Ormly. »Nein, ich glaube, bei diesem Zusammenstoß ging es um etwas Persönliches.«

»Können wir die Sache für unsere Zwecke nutzen?«

»Oh, endlich können wir etwas besprechen und tatsächlich zu einem Ergebnis kommen.«

»Du bist nur eifersüchtig auf Tehol Beddict.«

»Und wenn schon. Vergiss es. Lass uns Pläne machen.«

Seufzend winkte Rucket einem ihrer Bediensteten. »Bring uns noch 'ne Flasche, Unn.«

Ormly zog die Brauen hoch, und als der große Mann in einen angrenzenden Raum davontrottete, beugte er sich näher zu Rucket. »Unn? Der Mann, der …?«

»Gerrun Ebberict umgebracht hat? Ja, genau der. Mit seinen eigenen Händen, Ormly. Mit seinen eigenen Händen.« Sie lächelte plötzlich. »Und was diese Hände angeht – nun, sie sind nicht nur gut darin, jemanden umzubringen.«

»Ich hab's gewusst! Du denkst immer nur an das Eine!«

Sie lehnte sich auf ihrem Stuhl zurück. *Sorge dafür, dass sie sich für schlau halten. Das ist die einzige sichere Methode, den Frieden zu bewahren.*

Unter Letheras befand sich ein gewaltiger Kern aus Eis. Eine Faust aus Omtose Phellack, die einen uralten Geist in ihrem unerbittlichen Griff hielt. Angelockt und dann durch ein überraschendes Bündnis aus Ceda Kuru Qan, einer Zauberin aus dem Volk der Jaghut und einem Älteren Gott gefangen genommen. Für den Abtrünnigen war es nicht leicht, dieses Bündnis zu verstehen, ganz egal, wie vorteilhaft seine Folgen auch sein mochten. Ein Geist, der so lange gefangen bleiben würde, bis das Ritual alt und schwach werden – oder, was wahrscheinlicher war, bis es aus reiner Bosheit absichtlich zerschlagen werden würde. Und so hatte das Ritual, obwohl befristet – aber galt das letztlich nicht für alles? – Tod und Vernichtung von gewaltigen Ausmaßen verhindert. Alles sehr gut.

Kuru Qan hatte sich mit einer Jaghut-Zauberin eingelassen – das war überraschend, aber nicht beunruhigend. Es war die Tatsache, dass Mael daran beteiligt war, was den Abtrünnigen ins Grübeln brachte.

Ein Älterer Gott. Aber nicht K'rul, nicht Draconus, nicht Kilmandaros. Nein, das hier war der Ältere Gott, der sich niemals mit etwas befasst hat. Maels Fluch war für alle anderen ein Segen. Also – was hat sich geändert? Was hat den alten Bastard dazu getrieben, sich einzumischen, so dass er Bündnisse geschmiedet und seine Macht auf den Straßen der Stadt entfesselt hat? Dass er sich zu einer abgelegenen Insel aufgemacht und einen zerbrochenen Gott windelweich geprügelt hat?

Die Freundschaft zu einem armseligen Sterblichen?

Und was, teurer Mael, hast du jetzt mit all deinen Anhängern vor? Denjenigen, die deine Gleichgültigkeit so missbrauchen? Es gibt sie scharenweise, und von ihren Händen tropft Blut, das sie in deinem Namen vergossen haben. Gefällt dir das? Schließlich erlangst du durch sie Macht. Genug Macht, um diese ganze Sphäre absaufen zu lassen.

Krieg zwischen den Göttern, doch waren die Frontlinien so klar gezogen, wie es den Anschein hatte? Der Abtrünnige war sich dessen nicht mehr so sicher.

Er stand in festem Felsgestein, in Reichweite des gewaltigen Knotens aus Eis. Er konnte sie riechen – jene eisige, uralte Zauberei, die zu einer anderen Epoche gehörte. Der Geist, der im Innern des Eises gefangen war – eingefroren, während er durch einen stinkenden See der Oberfläche entgegengestiegen war –, war ein tobender Sturm aus hilfloser Wut, nur undeutlich und verwaschen erkennbar. Einer von Maels Verwandten, vermutete der Abtrünnige, wie ein Stück, das losgerissen worden war, um dann unter einen Bann des Verkrüppelten Gottes zu geraten. Vollkommen unwissend – bis jetzt –, was das Netzwerk aus schrecklichen Rissen anging, die sich durch das Eis zogen; Risse, die immer weiter nach innen vordrangen.

Wahrhaftig zerschmettert. Absichtlich? Nein, dieses Mal nicht, doch sie haben sich geirrt, als sie einen Platz ausgewählt haben, von dem sie glaubten, dass er von Dauer sein würde. Und nein, sie haben es nicht wissen können. Dieser … Stupser … stammt nicht von mir. Das sind einfach nur … grässliche Umstände.

Weiß Mael darüber Bescheid? Hol mich der Abgrund, ich muss mit ihm sprechen – oh, wie abstoßend ich allein schon die Vorstellung finde! Wie lange kann ich es noch herauszögern? Was für eine verrottete Ware würde mein Schweigen mir einbringen? Welche armselige Belohnung meine Warnung?

Vielleicht sollte er noch einmal mit diesem Kriegsgott sprechen, mit Fener. Aber nein, diese arme Kreatur wusste vermutlich sogar noch weniger als er. Außerdem versteckte Fener sich, war so gut wie entmachtet … *entmachtet, nun, das ist eine interessante Vorstellung. Götter, die Krieg gegeneinander führen … ja, möglicherweise.*

Der Abtrünnige zog sich zurück, glitt geisterhaft durch das Gestein.

Tanz von Gleichen bezeichnen. Macht war einst stabil. Jetzt ist sie …« – er lächelte, trat noch einen Schritt näher – »*grazil.* Verstehst du, was ich dir anbiete, Hexe?«

Sie starrte ihn finster an, um ihre Angst zu verbergen. »Nein. Du stinkst wie eine Abfallgrube, Galan – du bist hier nicht willkommen …«

»Die Fliesen wollen so gern spielen, stimmt's? Doch sie fallen in zerbrochenen Mustern zu Boden, immer nur in zerbrochenen Mustern. Es gibt keinen *Fluss*. Sie sind veraltet, Hexe. *Veraltet.*«

Eine Geste ihrer Hand über der Glut, und dann blickte Federhexe am Abtrünnigen vorbei.

Hinter ihm erklang eine schwache Stimme: *»Tu das nicht.«*

Der Abtrünnige drehte sich um. »Kuru Qan. *Dich* hat sie beschworen?« Er lachte. »Ich könnte dich mit einem Blinzeln verbannen, Geist.«

»Sie hätte das niemals wissen dürfen. Höre auf meine Warnung, Abtrünniger: Du wirst zur Verzweiflung getrieben. Und was die trügerische Hoffnung auf Ruhm anbelangt – verstehst du denn nicht, was dich befallen hat? Du hast zu nah am Eis gestanden. Bist von einer Woge der Begierde eines gefangenen Dämons überschwemmt worden. Von seinem Ehrgeiz. Seiner Gier.«

Ein Aufflackern von Zweifel – kurz, schmerzhaft –, dann schüttelte der Abtrünnige den Kopf. »Ich bin der Herr der Fliesen, Ältester. Ein armseliger Quellgeist hätte mich niemals so beeinflussen können. Meine Gedanken sind klar. Meine Absichten …« Er drehte sich erneut um, wandte sich achtlos von dem Geist hinter ihm ab. Und schwankte ein wenig, musste einen Schritt machen, um sich wieder zu fangen.

Der Geist des Ceda sprach erneut. *»Abtrünniger, du hast vor, die Gewirre herauszufordern? Begreifst du denn nicht, dass ebenso, wie einst die Fliesen einen Herrn hatten, dies auch für die Gewirre gilt?«*

»Sei kein Narr«, sagte der Abtrünnige. »Es gibt keine Fliesen, die diese Gewirre beschreiben …«

»Keine Fliesen. Aber Karten. Einen ganzen Stapel. Und ja, es gibt einen Herrn. Entscheidest du dich jetzt, dich ihm entgegenzustellen? Um was zu erreichen?«

Der Abtrünnige erwiderte nichts, obwohl die Antwort wie ein Raunen durch seinen Schädel wehte. *Mir anzueignen, was er besitzt. Verglichen mit jemandem wie mir ist er wie ein Kind. Ich könnte durchaus sein, dass ich Mit-*

leid mit ihm haben werde, wenn ich ihm alle Macht entreiße, jeden Blutstropfen – sein Leben.

In Zukunft werde ich mich nicht mehr aus dieser Welt zurückziehen.

»Wenn du die Festen in den Krieg gegen die Gewirre schickst«, fuhr Kuru Qan fort, *»wirst du Bündnisse zerschmettern, Abtrünniger …«*

Der Abtrünnige schnaubte. »Sie sind bereits zerschmettert, Ceda. Was einfach nur als ein weiterer Marsch gegen den Verkrüppelten Gott, als brutale Strafexpedition begonnen hat – als ob der Gefallene schon allein durch seine bloße Existenz ein Verbrechen begehen würde – nun, das ist keiner mehr. Die Älteren sind erwacht, sind sich ihrer bewusst geworden – erinnern sich an das, was sie einst waren, was sie wieder sein könnten. Außerdem«, fügte er hinzu, während er einen weiteren Schritt auf die jetzt zitternde letheriische Hexe zumachte, »ist der Feind uneins und verwirrt …«

»Das sind alles Fremde für dich. Für uns. Bist du dir so sicher, dass das, was du spürst, auch wahr ist? Und nicht nur einfach das, was dein Feind dich glauben machen will?«

»Jetzt spielst du Spielchen, Kuru Qan. Das war schon immer eine deiner Schwächen.«

»Dies ist nicht unser Krieg, Abtrünniger.«

»Oh – aber das ist er sehr wohl. Mein Krieg. Rhulads Krieg. Der Krieg des Verkrüppelten Gottes. Schließlich sind es nicht die Älteren Götter, die so sehr danach gieren, den Gefallenen zu vernichten.«

»Sie würden, wenn sie es denn nur verstehen würden, Abtrünniger. Aber die Aussicht auf Auferstehung macht sie blind – genauso blind, wie du es jetzt und hier bist. Alle bis auf einen, und das ist der Schöpfer der Gewirre. K'rul höchstpersönlich. Hör mir zu, Abtrünniger! Wenn du die Festen gegen die Gewirre schickst, erklärst du K'rul den Krieg …«

»Nein. Nur seinen Kindern. Kindern, die ihn töten werden, wenn sie können. Sie wollen ihn nicht. Er war fort, doch jetzt wandelt er wieder durch die Sphären und schleppt die Fliesen, die Festen, die alten Orte, die er so gut gekannt hat, hinter sich her – das ist der wahre Krieg, Ceda!«

»Das stimmt, und K'ruls blödsinnige Nostalgie erweist sich als äußerst bösartiges Gift – auch wenn er das erst noch erkennen muss. Ich bin tot, Abtrünniger – die Pfade, auf denen ich gewandert bin …«

»Interessieren mich nicht.«

»Tu es nicht. Das ist alles das Spiel des Verkrüppelten Gottes!«

Lächelnd streckte der Abtrünnige eine Hand aus – so schnell, dass die Bewegung kaum zu sehen war. Er packte die letheriische Hexe am Hals. Hob sie hoch.

In der anderen Hand hielt er plötzlich ein Messer.

Blut. Das Geschenk der Sterblichen an die Älteren Götter …

Sie hatte etwas in der Hand. Um sich tretend und gegen seinen mörderischen Griff ankämpfend – während ihr die Augen aus den Höhlen quollen und ihr Gesicht immer dunkler wurde – fuchtelte sie mit jener Hand herum.

Und stieß ihm einen abgetrennten Finger ins linke Auge.

Der Abtrünnige brüllte vor Überraschung und Empörung auf, als sich ein weißglühender Speer aus brennendem Schmerz in sein Hirn bohrte.

Sein Messer grub sich in den Körper der Frau. Er schleuderte sie weg, taumelte, drosch dann auf sein eigenes Gesicht ein – wo Blut floss und etwas am Ende eines Fadens vor seiner Wange baumelte. *Ich hab' sie erwischt, und es ist unwichtig, was sie mir angetan hat – hab' sie erwischt, diese widerliche Kreatur – ihr Blut – mein Blut – hol mich der Abgrund, diese* Schmerzen!

Und dann war sie wieder da. Hände wie Klauen griffen nach seinem Gesicht – packten etwas, rissen es weg – *Schmerz*! Und ihr bösartiges Knurren, ganz dicht bei ihm – *»Ich sammle.«* Und dann drehte sie sich weg, während er noch einmal mit dem Messer zustach, spürte, wie es sich tief in einen Körper bohrte, an Knochen entlangschrammte.

Sie hatte ihm ein Auge ausgerissen. Es war weg. In einer blutigen Hand zermalmt.

Aber auf seinem Messer schimmerte ihr Blut. Genug. Mehr als genug.

Eine Hand ausgestreckt und darum kämpfend, das ungewohnte, perspektivisch veränderte Bild zu begreifen, das er mit seinem einen, ihm verbliebenen Auge sah, stolperte der Abtrünnige auf den Eingang zu.

Alles, was ich brauche.

Eine Blutspur hinter sich herziehend, schleppte Federhexe sich zur Rückwand des Raums, wo sie sich zusammenrollte, in einer blutbefleckten Hand das Auge eines Gottes, in der anderen den abgetrennten Finger von

Brys Beddict – er fühlte sich jetzt geschwollen an, als hätte er das Blut des Abtrünnigen in sich aufgesogen. Und er war warm, nein, *heiß*.

»Ich sammle«, flüsterte sie.

Der Geist des Ceda glitt dicht an sie heran. *»Du stirbst, Kind. Du brauchst einen Heiler.«*

Sie spuckte aus. »Dann besorg mir einen.«

Die Glut in der Kohlepfanne pulsierte, aber sie konnte nur Kälte spüren – tief drin in ihrem Körper und sich ausbreitend, um ihren Gliedmaßen alles Leben zu rauben.

»Beeil dich«, murmelte sie.

Aber niemand antwortete.

Der Abtrünnige ging stolpernd die Brücke entlang. Zu beiden Seiten wirbelten die Fliesen des Cedariums in einem wirren Durcheinander. Er stieß ein bellendes Lachen aus, hielt das glitschige Messer vor sich, als wenn es eine Fackel wäre – er konnte die Hitze spüren, die ihm das Gesicht versengte, das Blut und die anderen Flüssigkeiten trocknete, die aus seiner linken Augenhöhle strömten.

Jemand war hier gewesen. Vor noch nicht allzu langer Zeit.

Hannan Mosag. Auf der Suche nach den Geheimnissen uralter Macht.

Aber er war ein Tiste Edur. Diese Kräfte hier waren ihm fremd.

Nein, sie gehören mir. Sie haben immer mir gehört. Und jetzt komme ich. Um erneut Anspruch auf sie zu erheben.

Und um dich herauszufordern, Herr der Drachenkarten, wer auch immer, was auch immer du sein magst. Tritt mir hier entgegen, wenn du den Mut dazu hast. Ich fordere dich heraus!

Der Abtrünnige erreichte das Podest in der Mitte, hob das Messer – und schleuderte es hinunter auf die Fliesen.

Die Spitze grub sich tief in einen bemalten Stein.

Er starrte nach unten. Mit seinem einen Auge. Das sich weitete.

Das Messer hatte eine Fliese genau in ihrer Mitte durchbohrt, sie auf den Fußboden genagelt. Die anderen begannen, darum herumzuwirbeln, als würden sie in einen Mahlstrom hineingezogen.

Die Mitte einer Fliese.

Seiner eigenen. Die Klinge hatte sich in die Brust der Person auf dem

Bild gegraben. *In meine Brust. Was soll das bedeuten? Spielt keine Rolle. Welche andere Fliese hätte es denn überhaupt nehmen sollen?*

Die Welt erzitterte – er konnte es spüren, tief in ihrem Innern, ein Zittern, das sich in Kräuselungen ausbreitete, die dann anschwollen, Energie verschlangen, zu Wellen wurden. Und diese Wellen wurden immer höher, immer schneller, hoben sich …

Der Abtrünnige lachte, als Macht in seinem Innern aufloderte. »Blut der Sterblichen!«

War sie jetzt tot? Er hatte sie zweimal erwischt. Hatte das Messer tief in sie hineingestoßen. Sie müsste inzwischen verblutet sein. Ein Leichnam, der zusammengerollt in jenem verfluchten Zimmer lag. Bis die Ratten sie fanden. Und das war gut. Sie durfte nicht überleben – er wollte keine Hohepriesterin, keine Sterbliche, die an seine wiederauferstandene Göttlichkeit gebunden war. *Die anderen Gebete kann ich schlucken. Nicht beachten. Sie alle wissen, dass ich niemals antworte. Niemals etwas preisgebe. Sie erwarten nichts, und daher bekommen sie auch nichts, und ich bin nicht an sie gebunden.*

Aber eine Hohepriesterin …

Er musste sich vergewissern. Musste zurückgehen und es sicherstellen.

Der Abtrünnige drehte sich um und machte sich auf den Weg.

»Dreckskerl«, sagte Federhexe. Sie hatte den Geschmack von Blut im Mund. Das ihr aus der Nase rann, in ihrer Kehle Blasen bildete. Die rechte Seite ihres Brustkorbs wurde wie von einem gewaltigen Druck zermalmt.

Sie konnte nicht länger warten. Der Geist würde zu spät kommen.

»Ich sterbe.«

Nein. Abtrünniger, du Bastard-Gott, du vergessener Gott, du hungriger Gott.

Nun, du bist hier nicht der Einzige, der Hunger hat.

Sie bleckte die blutigen Zähne, stopfte sich dann den zusammengedrückten Augapfel in den Mund.

Und schluckte ihn.

Der Abtrünnige taumelte und prallte von einer Wand des Korridors zurück, als etwas in seine Brust griff und ihm eine Woge aus Macht entriss. Sie stahl. Und eine Höhle aus Schmerzen zurückließ.

»Dieses Miststück!«

Sein Schrei hallte von den kalten steinernen Wänden wider.

Und dann hörte er ihre Stimme, die seinen Schädel erfüllte: *»Ich bin jetzt dein. Und du bist mein. Anbeterin und Angebeteter, in gegenseitigem Hass ineinander verschlungen. Oh, wird das die Dinge nicht verdrehen?*

Du hättest dir jemand anderen suchen sollen, Abtrünniger. Ich habe die geschichtlichen Werke gelesen. Destrai Anant, Gott-Erwählte, die Quelle des Geistes. Federhexe. Du bist mein. Ich bin dein. Und höre auf mein Gebet – hör zu! Deine Destrai verlangt es! In meinen Händen wartet jetzt unser Todbringendes Schwert. Auch er hat dein Blut geschmeckt. Deine Macht kann ihn heilen, wie sie mich geheilt hat. Spürst du seine« – boshafte Freude – *»Berührung nicht immer noch?«*

Ihr Lachen hallte durch seinen Kopf, schmerzlich verstärkt durch die Macht, die ihm gestohlen worden war.

»Ruf ihn herbei, Abtrünniger. Wir brauchen ihn.«

»Nein.«

»Wir brauchen ihn! Und einen Schild-Amboss – einen T'orrud Segul in der Sprache des Ersten Imperiums. Wer von uns beiden soll ihn aussuchen? Oh, du wirst dieses Recht natürlich für dich beanspruchen wollen. Aber ich habe einen Kandidaten. Noch jemanden, der sich in enge Netze aus Bosheit verwickelt hat – ich spreche seinen Namen aus und kann so meinem tiefsten Hass ein Gesicht geben – ist das nicht passend?

Ja, er lebt immer noch. Udinaas. Lass uns aus dieser Priesterschaft eine Gemeinschaft von Verrätern machen. Lass uns Anspruch auf den Leeren Thron erheben – er hat immer rechtmäßig uns gehört, Abtrünniger – Geliebter.

Udinaas. Erhebe Anspruch auf ihn! Erwähle ihn! Wir können tausend Jahre lang die Seele des anderen verzehren. Zehntausend Jahre lang!«

»Verschwinde, verdammt!«

»Verschwinden? Du, mein Gott – ich zwinge dich!«

Der Abtrünnige fiel auf die Knie, warf den Kopf zurück und schrie seine Wut heraus.

Und die Welt erzitterte von Neuem.

Er hatte es vergessen. Die Ketten. Die in einen ewigen Krieg verstrickten Willen. Die wieder und wieder aufsteigenden Fluten leidenschaftlicher Gefühle. Das dauernde Ertrinken. *Ich bin wieder in der Welt. Ich habe mei-*

ne Schwäche aufgegeben und bin durch Macht gefangen. »Nur die Schwachen und Nutzlosen sind wahrhaft frei«, flüsterte er.

Sie hörte seine Worte. *»Es gibt keinen Grund, so weinerlich zu werden, Abtrünniger. Geh zurück zum Cedarium, und sieh selbst. Zwischen den Fliesen fließt jetzt Blut. Zwischen allen. Die Gewirre. Endlich zeigt das Cedarium die Dinge so, wie sie wirklich sind. Die Fliesen … fließen jetzt, um deine Worte zu benutzen.*

Kannst du sie nicht schmecken? Diese neuen Gewirre? Komm, lass uns sie erforschen – wir beide zusammen – und unseren Aspekt wählen. Es gibt verschiedene Geschmacksrichtungen … Licht und Dunkel, Schatten und Tod, Leben und … oh, was ist das? Die Narren des Zufalls, neutral, Oponn? Oponn – teurer Abtrünniger, da gibt es Emporkömmlinge, die an deiner Stelle stehen. Diese Zwillinge spielen dein Spiel, Abtrünniger.

Was werden wir dagegen unternehmen?«

»Hol mich der Abgrund.« Ächzend ließ der Gott sich auf die kalten, feuchten Pflastersteine sinken.

»Ruf ihn herbei, Abtrünniger. Wir brauchen ihn. Jetzt. Ruf unser Todbringendes Schwert herbei.«

»Das kann ich nicht, du verdammte Närrin. Er ist für uns verloren.«

»Ich besitze …«

»Ich weiß, was du besitzt. Glaubst du tatsächlich, das reicht? Um ihn Maels Griff zu entwinden? Du dummes, armseliges Weibsstück. Und jetzt hör mit dem verdammten Gebet auf, Destrai. Jede einzelne deiner Forderungen schwächt mich – und das ist nicht klug. Jetzt nicht. Es ist noch zu früh. Ich bin … verwundbar. Die Edur …«

»Die Edur-Hexer zittern und zucken bei jedem Schatten zusammen – sie wissen nicht, was passiert ist. Sie wissen nur, dass sie schreckliche Angst haben …«

»Sei still!«, bellte der Gott. »Wer kann diese Hexer schon durchschauen, du plappernde Capabara? *Lass mich in Ruhe! Sofort!*«

Seinem Ausbruch antwortete … nichts. Plötzliche Abwesenheit, eine zurückweichende Präsenz.

»Schon besser«, knurrte er.

Doch er blieb, wo er war, zusammengekauert auf dem kalten Fußboden, umgeben von Dunkelheit. Und dachte nach. Aber nicht einmal die Gedanken kamen umsonst, ohne dass er einen Preis bezahlen musste.

Beim Abgrund hienieden, ich glaube, ich habe einen Fehler gemacht. Jetzt muss ich damit leben.

Und Pläne machen.

Gadalanak trat vor, duckte sich hinter und unter seinen Rundschild. Eine riesige Hand packte ihn knapp unterhalb der Schulter am Arm, und einen Augenblick später flog er quer über den Innenhof, kam hart auf, schlitterte und rutschte weiter, bis er gegen die Mauer prallte.

Der Meckros-Krieger stöhnte, schüttelte den Kopf, ließ dann seine kurzschäftige Doppelaxt los und nahm den Helm ab. »Das war nicht anständig«, sagte er. Er setzte sich auf, zuckte dabei zusammen, und starrte dann düster Karsa Orlong an. »Der Imperator hätte das nicht tun können.«

»Pech für ihn«, antwortete der Toblakai mit grollender Stimme.

»Ich glaube, du hast irgendwas in meinem Arm zerrissen.«

Samar Dev, die auf einem Stuhl im Schatten saß, mischte sich ein. »Dann solltest du dir am besten einen Heiler suchen, Gadalanak.«

»Wer sonst wagt es, mir entgegenzutreten?«, wollte Karsa wissen und beäugte auf sein Schwert gestützt das halbe Dutzend anderer Krieger. Alle Blicke richteten sich auf die maskierte Frau, die still und vollkommen reglos dastand, von Zeit und Wetter gezeichnet wie eine vergessene Statue in irgendwelchen Ruinen. Die Aufmerksamkeit schien ihr gleichgültig zu sein. Und sie hatte ihre beiden Schwerter noch immer nicht gezogen.

Karsa schnaubte. »Feiglinge.«

»Nun aber mal langsam«, sagte der Mann namens Glibber und verzog das narbige Gesicht. »Das ist es nicht, du verdammter Bhederin-Bulle. Es ist deine Art zu kämpfen. Es hat keinen Sinn, irgendwie zu lernen, wie man damit umgeht, weil der Imperator der Edur nicht so kämpft. Er könnte es nicht. Ich meine, er hat die Kraft dafür nicht. Und auch nicht die Reichweite. Außerdem ist er zivilisiert – du kämpfst wie ein Tier, Karsa, und es könnte gut sein, dass du den Dreckskerl fertigmachst – nur, dass du es nicht mehr tun musst, weil ich es vor dir tun werde.« Er wog den kurzen Wurfspieß in einer Hand. »Zuerst werde ich ihn aufspießen – mal sehen, wie er mit einem Speer im Bauch kämpft. Ich spieße ihn aus sechs Schritt Entfernung auf, ja? Und dann gehe ich mit meinem Säbel auf ihn los und haue ihn in Stücke.«

Samar Dev hörte nicht mehr hin, denn sie hatte Glibbers Prahlereien schon öfter gehört, sondern richtete den Blick stattdessen auf die Frau, die der Meckros-Krieger eine Seguleh genannt hatte. Das war ein Wort aus dem Ersten Imperium. *Der Amboss.* Ein merkwürdiger Name für ein Volk – vermutlich ein übriggebliebener Clan aus der Kolonisierungs-Epoche von Dessimbelackis' Imperium. Ein Teil einer Armee, zur Belohnung für irgendeinen großen Sieg auf einer angenehmen Insel angesiedelt – die Armeen hatten damals alle Namen gehabt, und »der Amboss« war nichts weiter als die Variation eines Motivs, das beim Militär des Ersten Imperiums gebräuchlich gewesen war. Die Maske hingegen war eine einzigartige Vorliebe. Gadalanak sagte, dass alle Seguleh eine trugen, und dass irgendetwas in dem Gekritzel auf den emaillierten Masken auf den Rang verwies. *Aber wenn das tatsächlich Schriftzeichen sind, dann haben die nichts mit dem Ersten Imperium zu tun. Noch nicht einmal annähernd. Seltsam. Zu dumm, dass sie nie etwas sagt.*

Gadalanak, der sich den Schildarm hielt, nutzte die Mauer, um wieder auf die Beine zu kommen, und stapfte dann auf der Suche nach einem Heiler davon.

Im Palast war irgendetwas geschehen, das Erschütterungen ausgelöst hatte, die bis in den Gebäudetrakt der Herausforderer gedrungen waren. Vielleicht war die Liste veröffentlicht, die Reihenfolge der Kämpfe entschieden worden. Ein Gerücht, das den blödsinnigen Kriegern gefiel, die hier versammelt waren – obwohl Karsas einzige Reaktion auf diese Theorie ein säuerliches Grunzen gewesen war. Samar Dev neigte dazu, ihm zuzustimmen – sie war nicht davon überzeugt, dass das Gerücht der Wahrheit entsprach. Nein, es war etwas anderes geschehen, etwas ziemlich Schmutziges. *Interessengruppen, die sich wie räudige Köter gegenseitig um ein Festmahl balgen, das sie sich alle teilen könnten, wenn sie auch nur ein Fünkchen Verstand hätten. Aber so ist es ja schließlich immer, oder? Genug ist nie genug.*

Plötzlich spürte sie etwas, ein Erzittern der Fäden – der Knochen –, die tief unter dem Fleisch dieser Sphäre begraben lagen. *Unter dieser Sphäre ... und unter allen anderen. Bei den Göttern hienieden ...* Die Hexe stellte fest, dass sie aufgestanden war. Sie blinzelte. Und sah mitten auf dem Innenhof Karsa, der zu ihr herüberschaute, einen grimmigen Blick in seinen viehischen Augen. Der Toblakai bleckte die Zähne.

Sie riss sich zusammen und wandte den Blick von dem schrecklichen Krieger ab, ging schnell in den angrenzenden Säulengang und von dort zu dem Durchgang, an dem die Kammern lagen, in denen die Meisterkämpfer einquartiert waren. Weiter den Korridor entlang.

In ihr bescheidenes Zimmer.

Sie schloss die Tür, murmelte bereits das Ritual des Versiegelns. Da draußen gab es Ärger; Blut war vergossen worden und zischte wie Säure. Grässliche Ereignisse, irgendetwas unvorstellbar Altes, das nun in neuer Macht schwelgte …

Ihr Herz setzte plötzlich mehrere Schläge aus. Eine Erscheinung stieg mitten im Zimmer vom Fußboden auf. Bahnte sich einen Weg durch ihre Schutzzauber.

Sie zog ihr Messer.

Ein verdammter Geist. Der Geist eines verdammten Magiers, genauer gesagt.

Leuchtende, aber kraftlose Augen richteten sich auf sie. *»Hexe«,* flüsterte der Geist, *»widersetze dich nicht, ich bitte dich.«*

»Du bist nicht eingeladen«, sagte sie. »Warum sollte ich mich nicht widersetzen?«

»Ich brauche deine Hilfe.«

»Dafür scheint es mir ein bisschen spät.«

»Ich bin der Ceda Kuru Qan.«

Sie runzelte die Stirn, nickte dann. »Den Namen habe ich schon gehört. Du bist gefallen, als die Edur die Stadt erobert haben.«

»Gefallen? Eine Vorstellung, die einer eingehenden Überlegung wert wäre. Jetzt jedoch leider nicht. Du musst jemanden heilen. Bitte. Ich kann dich zu ihr führen.«

»Wer ist es?«

»Eine Letherii. Sie heißt Federhexe …«

Samar Dev stieß ein Zischen aus. »Du hast dir die falsche Person ausgesucht, Ceda Kuru Qan«, sagte sie. »Diese blonde Rhinazan heilen? Wenn sie im Sterben liegt, werde ich ihr gern dabei helfen. Die Frau ist eine Schande für alle Hexen.«

Ein weiteres Mal wurde das unsichtbare Netz, das die Welt zusammenhielt, von einer Erschütterung durchlaufen.

Sie sah, wie Kuru Qans Geist zusammenzuckte, sah das Entsetzen in seinen Augen.

Und sie spuckte auf die Klinge ihres Messers, schoss vorwärts und zog die Waffe durch den Geist.

Der Schrei des Ceda war kurz, denn die eiserne Waffe fing den Geist, zog ihn nach innen, setzte ihn fest. Das Heft des Messers in ihrer Hand war plötzlich kalt wie Eis. Dampf stieg von der Klinge auf.

Sie murmelte rasch ein paar Worte vor sich hin, festigte den Bann.

Danach wankte sie zurück, bis sie mit den Beinen gegen ihr Bett stieß. Sie ließ sich darauf niedersinken, zitterte unter den Nachwehen der Gefangennahme. Ihr Blick fiel auf die Waffe in ihrer Hand. »Bei den Göttern hienieden«, murmelte sie. »Noch einer.«

Wenige Augenblicke später wurde die Tür aufgestoßen. Sich unter dem Türrahmen duckend, betrat Karsa Orlong das Zimmer.

Samar Dev sah ihn an und fluchte. »Musst du das tun?«, fragte sie.

»Dieser Raum stinkt, Hexe.«

»Du marschierst durch meine Schutzzauber, als ob es Spinnweben wären. Toblakai, eigentlich muss man ein verdammter Gott sein, um das zu tun, was du gerade getan hast – aber du bist kein Gott. Das würde ich auf die Knochen sämtlicher armer Kerle schwören, die du getötet hast.«

»Ich mache mir nichts aus deinen verdammten Schutzzaubern«, erwiderte der riesige Krieger. Er lehnte sein Schwert gegen eine Wand und trat mit einem einzigen Schritt in die Mitte des Zimmers. »Ich kenne den Geruch. Geister – es ist der Gestank des Vergessens.«

»Des Vergessens?«

»Wenn die Toten vergessen, dass sie tot sind, Hexe.«

»So wie deine Freunde in deinem Steinschwert?«

Die Augen, aus denen er sie anblickte, waren kalt wie Asche. »Sie haben dem Tod ein Schnippchen geschlagen, Samar Dev. Das war mein Geschenk. Ihres war es, sich abzuwenden vom Frieden. Vom Vergessen. Sie leben, weil das Schwert lebt.«

»Ja, ein Gewirr innerhalb einer Waffe. Bilde dir bloß nicht ein, das wäre so einzigartig, wie du es dir vielleicht vorstellst.«

Er bleckte die Zähne. »Nein. Immerhin hast du dieses Messer.«

Sie zuckte zusammen. »In dieser Klinge ist wohl kaum ein Gewirr, Karsa Orlong. Nur gefaltetes Eisen. Auf ganz bestimmte Weise gefaltet …«

»Um als Gefängnis zu dienen. Ihr zivilisierten Leute seid so wild darauf, die Bedeutung eurer Worte abzuschwächen. Wahrscheinlich, weil ihr so viele von ihnen habt, die ihr viel zu oft und ohne Grund benutzt.« Er blickte sich um. »Dann hast du also einen Geist gebunden. Das passt gar nicht zu dir.«

»Dagegen kann ich nichts einwenden«, gab sie zu, »weil ich mir gar nicht mehr so sicher bin, wer ich bin. Wie ich eigentlich sein sollte.«

»Du hast mir einmal erzählt, dass du nichts erzwungen hast, dass du nichts gebunden hast. Du hast immer einen Handel abgeschlossen.«

»Oh, das. Nun, ja, wenn ich die Wahl hatte. Es scheint, als würde das Vorrecht, die Wahl zu haben, unter der eisernen Ferse deiner Gesellschaft zermalmt, Toblakai.«

»Du gibst mir die Schuld für deine Gier?«

»Keine Gier. Eher das überwältigende Bedürfnis nach Macht.«

»Um dich mir entgegenzustellen?«

»Dir? Nein, das glaube ich nicht. Wohl eher, um am Leben zu bleiben, nehme ich an. Du bist gefährlich, Karsa Orlong. Deine Willenskraft, deine Stärke, deine … Missachtung. Du stellst einen seltsamen und beängstigenden Beweis dafür dar, dass man durch willentliche Nichtachtung der Gesetze und Regeln des Universums nicht unter ihrem Einfluss zu leiden hat. Wie du dir vielleicht vorstellen kannst, bestätigt dein Erfolg dieses Theorem, und damit kann ich mich nicht abfinden, weil es im Widerspruch zu meinen lebenslangen Beobachtungen steht.«

»Schon wieder zu viele Worte, Samar Dev. Sag es auf einfache Weise.«

»Na schön«, schnappte sie. »Alles, was mit dir zu tun hat, jagt mir Angst ein.«

Er nickte. »Und außerdem fasziniert es dich.«

»Arroganter Scheißkerl. Glaub doch, was du willst!«

Er drehte sich um, wandte sich der Tür zu. Während er sein Schwert aufhob, sagte er über die Schulter: »Die Seguleh hat für mich ihre Schwerter gezogen, Hexe.«

Dann war er verschwunden.

Samar Dev blieb ein weiteres Dutzend Herzschläge auf ihrem Bett sitzen. »Verdammt soll er sein!«, sagte sie schließlich – und stand auf und eilte hinaus, um zum Übungsplatz zu kommen, ehe der Kampf begann. *Verdammt soll er sein!*

Die Sonne war weit genug auf eine Seite des Himmels gekrochen, dass der Innenhof nun im Schatten lag. Als Samar Dev aus dem Säulengang trat, sah sie die Seguleh in der Mitte des Übungsplatzes stehen, in jeder Hand ein Langschwert mit schmaler Klinge. Ihre dunklen Haare hingen ihr in fettigen Strähnen bis über die Schultern, und ihr dunkler Blick folgte Karsa durch die Augenschlitze ihrer Maske, während er über die sandbestreute freie Fläche auf sie zu kam.

Knapp zwei Dutzend Meisterkämpfer hatten sich als Zuschauer versammelt, ein Zeichen dafür, dass sich herumgesprochen hatte, was gleich geschehen würde, und Samar Dev sah voller Entsetzen Taralack Veed, den Gral – und hinter ihm Icarium. *Bei den Göttern hienieden, der Name, der Jhag … all das, was ich weiß, all das, was ich gehört habe. Icarium ist hier. Ein Meisterkämpfer.*

Er wird diese Stadt als Trümmerhaufen zurücklassen. Er wird ihre Bürger als Gebirge aus zerschmetterten Knochen zurücklassen. Bei den Göttern, seht ihn euch an! Da steht er, ganz ruhig, so weit im Schatten, dass er kaum mehr zu sehen ist – Karsa kann ihn nicht sehen, nein. Die Aufmerksamkeit des Toblakai gilt allein der Seguleh, während er sie in einigem Abstand umkreist. Und sie bewegt sich wie eine Katze, um ihn immer vor sich zu haben.

Oh, schon klar, sie ist eine Kämpferin.

Und Karsa wird sie über die verdammte Mauer werfen.

Wenn sie es wagt, dicht an ihn heranzugehen. Was sie muss. Sie muss hinter die Reichweite des verdammten Feuersteinschwerts kommen.

Er wird sie über die Mauer werfen. Oder durch sie hindurch.

Ihr Herz hämmerte, die Schläge kamen schnell und beunruhigend unregelmäßig.

Sie spürte jemanden an ihrer Seite und sah erschreckt und bestürzt einen Tiste Edur – und dann erkannte sie ihn. *Preda … Tomad. Tomad Sengar.*

Der Vater des Imperators.

Karsa, diese Art von Zuschauern willst du nicht …

In einem Wirbel von Bewegungen gingen die beiden Kämpfer plötzlich aufeinander los – hinterher konnte niemand mehr sagen, wer sich zuerst gerührt hatte, als ob die Seguleh und Karsa eine instinktive Übereinkunft geschlossen hätten und ihr gemäß schneller handelten, als man denken konnte.

Und als Stahl gegen Stein prallte – oder Stein gegen Stahl – tat Karsa Orlong etwas Unerwartetes.

Er stampfte mit einem Fuß auf. Stampfte unglaublich hart auf dem festgetretenen Sandboden auf.

Während die Seguleh sich mitten in ihrem geschmeidigen Tanz befand.

Karsa stampfte so heftig auf, dass der ganze Übungsplatz erzitterte und selbst die Zuschauer ins Wanken gerieten.

Das perfekte Gleichgewicht der Seguleh ... war dahin.

Zweifellos war es nur eine Winzigkeit, die Störung in der Bewegungsabfolge so gering, dass nur die Wenigsten sie überhaupt bemerkt hätten, und ebenso zweifellos fing sie sich binnen eines Herzschlags wieder – aber da ließ ein wilder Hieb mit der flachen Seite von Karsas Klinge sie schon rückwärts taumeln, ein Hieb, den zu parieren ihr beide Handgelenke gebrochen hatte.

Doch noch während sie stürzte, drehte sie sich ein Stück, trat mit einem Fuß nach oben und zielte auf Karsas Schritt.

Er fing ihren Fuß mit einer Hand ab – und hob sie dann hoch.

Sie trat mit dem anderen Fuß zu.

Lachend ließ Karsa sein Schwert fallen und packte auch das zweite Bein.

Hielt sie einfach hoch.

Ließ sie baumeln.

Hinter Taralack Veed war ein leises Seufzen zu hören, und der Gral drehte sich blinzelnd um.

Icarium lächelte. Und sagte leise: »Ich glaube, wir sind uns bereits begegnet, er und ich. Vielleicht schon vor langer Zeit. Ein Duell, das unterbrochen wurde.«

Von Mappo. Das kann gar nicht anders sein. Von Mappo, der einen Sturm heraufziehen gesehen hat. Oh, Trell ...

Taralack leckte sich die trockenen Lippen. »Willst du das Duell wieder aufnehmen, Icarium?«

Die Brauen des Jhags hoben sich ein winziges Stück. Dann schüttelte er zur Antwort den Kopf.

Den Geistern sei Dank.

Preda Tomad Sengar gab ein undefinierbares Geräusch von sich.

»Diese Spiele«, wagte Samar Dev zu sagen und zog damit seine Aufmerksamkeit auf sich, »sollen doch unterhalten, oder? Jeder Kampf soll aufregender sein als der vorangegangene.«

Der Tiste Edur musterte sie mit ausdrucksloser Miene. »Unter den Zuschauern gibt es einige, die sich unterhalten fühlen«, sagte er.

»Ja.«

Nach einem kurzen Augenblick fügte er hinzu: »Ja, dieser Tarthenal wird als Letzter drankommen. In dieser Hinsicht waren sich alle unsere Beobachter einig.« Er zuckte die Schultern. »Ich bin gekommen, um ihn mir selbst anzusehen. Auch wenn mein Urteil keinerlei Bedeutung hat.«

»Diese Seguleh war sehr gut«, sagte Samar Dev.

»Vielleicht. Aber sie hat mit keinem anderen Übungskämpfe geführt.«

»Sie haben große Achtung vor ihr.«

»Auch jetzt noch? Wann wird er sie runterlassen?«

Sie schüttelte den Kopf.

Tomad Sengar wandte sich ab. »Der Tarthenal ist grandios.«

»Und dennoch ist Euer Sohn besser.«

Dies veranlasste ihn, noch einmal stehen zu bleiben. Er blickte sie aus leicht zusammengekniffenen Augen an. »Dein Tarthenal ist grandios«, wiederholte er. »Aber er wird trotzdem sterben.«

Der Tiste Edur schritt davon.

Auf dem Kampfplatz reagierte Karsa Orlong schließlich auf die Rufe und Bitten der Zuschauer und legte die Frau auf den Boden.

Drei letheriische Heiler rannten zu ihr, um sich um sie zu kümmern.

Karsa hob sein Schwert auf, richtete sich auf und schaute sich um.

Oh, dachte Samar Dev, *oh, nein.*

Aber Icarium war weg. Genau wie sein Aufpasser vom Stamm der Gral.

Der Toblakai kam zu ihr.

»Ich musste es nicht erst herausfinden«, sagte sie.

»Nein, du hast es bereits gewusst.«

Oh, bei den Göttern!

Er kam noch ein bisschen näher und starrte auf sie herab. »Der Jhag ist geflohen. Der Trell, der bei ihm war, ist nicht mehr bei ihm. Vermutlich ist er tot. Jetzt gibt es da einen Wüstenkrieger, den ich mit einer Hand zerbrechen könnte. Es wäre niemand mehr da gewesen, der uns hätte aufhalten können – diesen Icarium und mich. Das hat er gewusst. Deshalb ist er geflohen.«

»Du verdammter Narr. Icarium ist nicht die Sorte Krieger, die *Übungskämpfe* austrägt. Verstehst du mich?«

»Wir hätten keinen Übungskampf ausgetragen, Samar Dev.«

»Und warum willst du dich im Kampf gegen ihn verausgaben? Wolltest du dich nicht an diesen Edur und ihren letheriischen Sklaven rächen?«

»Wenn ich mit ihrem Imperator fertig bin, werde ich mir Icarium vornehmen. Wir werden zu Ende bringen, was wir angefangen haben.«

»Hüte dich davor, die Männer vor dem Rammbock zu versammeln, Karsa Orlong.«

»Ein dummes Sprichwort«, meinte er nach kurzem Zögern.

»Ach, und warum?«

»Bei den Teblor *sind* die Männer der Rammbock. Sieh mich an, Samar Dev. Ich habe gekämpft und gewonnen. Siehst du den Schweiß auf meinen Muskeln? Komm, teile das Lager mit mir.«

»Nein. Mir ist schlecht.«

»Ich werde dafür sorgen, dass du dich besser fühlst. Ich werde dich aufspalten.«

»Das klingt wirklich nach großem Spaß. Verschwinde.«

»Muss ich mir dann eine andere Hure besorgen?«

»Sie fangen alle an zu laufen, wenn sie dich sehen, Karsa Orlong. Ich meine, vor dir weg, natürlich.«

Er schnaubte verächtlich und schaute sich um. »Vielleicht die Seguleh.«

»Also wirklich! Du hast ihr gerade die Arme gebrochen!«

»Sie wird sie nicht brauchen. Außerdem kümmern sich die Heiler um sie.«

»Bei den Göttern hienieden, ich verschwinde.«

Während sie davonging, hörte sie sein grollendes Lachen. *Oh, ich weiß, dass du dich über mich lustig machst. Ich weiß es, und trotzdem falle ich im-*

mer wieder darauf rein. Du bist zu schlau, Barbar. Wo ist der dummköpfige Wilde? Derjenige, der zu deinem Gehabe passt?

Während Hannan Mosag seine verkrüppelten Beine hinter sich herzog und jeder Ruck einen stechenden Schmerz durch sein verkrümmtes, verdrehtes Rückgrat jagte, blinzelte er nach vorn, wo er gerade eben noch die Geröllhalde aus vom Fluss glatt geschliffenen Steinen ausmachen konnte, die wie eine Straße zwischen den Klippen der Schlucht anstieg. Er wusste nicht, ob das, was er sah, wirklich war.

Doch es fühlte sich richtig an.

Wie zu Hause.

Kurald Emurlahn, die Sphäre des Schattens. Aber nicht nur ein Bruchstück, nicht ein zerfetzter Fleck, von Unreinheiten zerrissen. Zu Hause, wie es einst gewesen war, ehe all der Verrat es auseinandergerissen hatte. *Das Paradies wartet auf uns. In unseren Gedanken. Geisterbilder, durch den Willen zusammengesetzte Vollkommenheit – und nur durch den Willen. Glaub, was du siehst, Hannan Mosag. Das hier ist zu Hause.*

Und doch sträubte es sich. Versuchte, ihn zurückzuweisen – seinen zerschmetterten Körper, seinen vom Chaos besudelten Geist.

Mutter Dunkel. Vater Licht. Seht her – seht eure verkrüppelten Kinder an. Seht mich an. Seht Emurlahn an. Heilt uns. Seht ihr nicht die Welt, die ich in meinem Geist erschaffen habe? Alles so, wie es einst war. Ich halte immer noch an dieser Reinheit fest, an all dem, was ich in der Sphäre der Sterblichen zu erzeugen versucht habe, bei den Stämmen, die ich gefügig gemacht habe – an dem Frieden, den ich gefordert und errungen habe.

Niemand hätte meinen innigsten Wunsch erraten können. Der Thron des Schattens – er war für mich bestimmt. Und unter meiner Herrschaft würde Kurald Emurlahn wieder stark werden. Wieder ganz. Rechtmäßig an seinem Platz.

Ja, da war Chaos – die rohe, ungebundene Kraft, die wie unpassierbare Flüsse wogte, die jede Insel des Schattens isolierte. Aber ich hätte das Chaos genutzt … um zu heilen.

Ketten. Ketten, um die Bruchstücke zusammenzuziehen, um sie zusammenzubinden.

Der Gefallene Gott war nichts weiter als ein Werkzeug.

Aber Rhulad Sengar hatte all das zerstört. Im Griff einer Kinderhand. Und jetzt ... starb alles. War alles vergiftet. Löste sich langsam auf.

Er erreichte den Fuß der Geröllhalde. Glatte, runde Kieselsteine klapperten unter seinen verkrümmten Fingern. Rauer Sand geriet unter seine Fingernägel. Nass. Schneidend. *Meine Welt.*

Regen fiel in nebelhaften Schleiern, und es roch durchdringend nach Moos und verrottendem Holz. Und mit dem Wind ... kam Meeresrauschen. Schwarzholzbäume überragten den steilen Hang aus Kieseln wie riesige Wächter.

Hier gab es keine zudringlichen Dämonen. Diese Welt war die Welt der Tiste Edur.

Der Schatten einer Eule glitt über den feucht glänzenden Hang, kreuzte Hannan Mosags Weg, und der Hexenkönig erstarrte.

Nein. Das kann nicht sein. Es ist niemand am Leben, der diesen Titel für sich beanspruchen könnte.

Er ist tot.

Er war noch nicht einmal ein Tiste Edur!

Und dennoch – wer hatte sich allein Rhulad Sengar entgegengestellt? *Ja, sie hat seinen abgetrennten Finger. Die Eule – das älteste aller Omen – die Eule, die das Kommen des Einen kennzeichnet.*

Wut wallte in ihm auf.

An mir ist es, die Wahl zu treffen. An mir! Mutter Dunkel! Vater Licht! Führt mich zum Thron des Schattens. Damit Emurlahn wiedergeboren wird! Entweder dies, das sage ich euch beiden, entweder dies – oder der König in Ketten, und hinter ihm der Verkrüppelte Gott! Hört mein Angebot!

»Andii, Liosan, Edur, die *Armeen der Tiste*. Kein Verrat. Schluss mit all dem Verrat – bindet uns an unsere Worte, wie ihr euch aneinander gebunden habt. Licht, Dunkel und Schatten, die ersten Elemente des Daseins. Energie und Leere und die unaufhörliche Bewegung – das Anschwellen und Abebben dazwischen. Diese drei Kräfte – die ersten, die gewaltigsten, die reinsten. Hört mich. Ich will die Edur so sehr diesem Bündnis verpflichten! Schickt mir diejenigen, die für die Andii sprechen werden. Für die Liosan. Schickt sie her – bringt eure Kinder zusammen!

Mutter Dunkel. Vater Licht. Ich warte auf eure Antwort. Ich warte ...«

Er konnte nicht weiter gehen.

Weinend ließ Hannan Mosag den Kopf auf die Steine sinken. »Wie ihr sagt«, murmelte er. »Ich werde das Omen nicht zurückweisen. Also gut – es ist nicht an mir, die Wahl zu treffen.

Er soll unser Todbringendes Schwert von Emurlahn sein – nein, er wird nicht den alten Titel tragen. Sondern den neuen, der zu diesem Zeitalter passt. Todbringendes Schwert.« *Das ist Wahnsinn – warum sollte er überhaupt zustimmen? Ein Letherii …*

»So sei es.«

Die Abenddämmerung war hereingebrochen. Doch er spürte Wärme auf seiner Wange und hob den Kopf. Da drüben, im Osten war die Wolkendecke aufgebrochen – ein quellender Streifen aus Dunkelheit.

Und im Westen zerteilte ein weiterer Riss die Wolken.

Der grelle Schein der Sonne.

»So sei es«, flüsterte er.

Bruthen Trana trat zurück, als der ausgestreckt daliegende Hexenkönig zusammenzuckte und wie ein sterbendes Insekt die Beine anzog.

Einen Augenblick später riss Hannan Mosag die blutunterlaufenen Augen auf. Und schien ein, zwei Herzschläge lang nichts zu sehen. Dann wanderte sein Blick nach oben. »Krieger«, sagte er undeutlich, verzog das Gesicht und spuckte einen Mundvoll Schleim auf die dreckigen Pflastersteine. »Bruthen Trana. K'ar Penath spricht offen über deine Loyalität, deine Ehre. Du bist ein Tiste Edur – bist so, wie wir alle einmal waren. Vor … vor Rhulad.« Er hustete, richtete sich dann in eine sitzende Position auf, hob mit offensichtlicher Mühe den Kopf, um finster zu Bruthen Trana aufzuschauen. »Und deshalb muss ich dich wegschicken.«

»Hexenkönig, ich diene diesem Imperium …«

»Der Abtrünnige soll das verdammte Imperium holen! Du dienst den Tiste Edur!«

Bruthen Trana betrachtete die zerbrochene Kreatur zu seinen Füßen und sagte nichts.

»Ich weiß«, sagte Hannan Mosag, »dass du unsere Krieger durch den Palast über uns führen würdest. Von einem Raum zum anderen, und dabei würdet ihr sämtliche bösartigen Spione des Kanzlers niederhauen. Ihr würdet Rhulad von dem Netz befreien, das um ihn herum gesponnen wurde – aber der Narr auf dem Thron da oben würde die Freiheit nicht einmal erkennen, wenn sie sich mit gespreizten Flügeln auf seinen Schultern niederlassen würde. Er wird es als Angriff betrachten, wird es für Rebellion halten. Hör zu! Überlass den Kanzler uns!«

»Und was ist mit Karos Invictad?«

»Überlass sie alle uns, Bruthen Trana. Das erkläre ich hiermit vor dir.«

»Wo soll ich hingehen, Hexenkönig? Soll ich Forcht Sengar verfolgen?«

Hannan Mosag zuckte zusammen und schüttelte dann den Kopf. »Nein. Aber ich wage es nicht, den Namen desjenigen auszusprechen, den du finden musst. Hier, in dieser Sphäre, fließt der Verkrüppelte Gott durch meine Adern – dort, wo ich noch vor wenigen Augenblicken war, war ich frei. Und konnte erkennen. Und … beten.«

»Woher soll ich wissen, wo ich suchen muss? Wie werde ich wissen, dass ich denjenigen, den du suchst, gefunden habe?«

Der Hexenkönig zögerte, leckte sich die Lippen. »Er ist tot. Aber doch nicht tot. Ist fern, und doch auch herbeigerufen. Sein Grab ist leer, aber es war niemals besetzt. Über ihn wird niemals gesprochen, aber das, was er getan hat, sucht uns alle wieder und wieder heim.«

Bruthen Trana hob eine Hand – und war nicht überrascht, als er feststellte, dass sie zitterte. »Das genügt. Wo werde ich den Anfang des Pfades finden?«

»Dort, wo die Sonne stirbt. Glaube ich …«

Der Krieger machte ein finsteres Gesicht. »Im Westen? Aber du bist dir nicht sicher?«

»Ich bin es nicht. Ich wage nicht, es zu sein.«

»Soll ich allein reisen?«

»Das musst du selbst entscheiden, Bruthen Trana. Aber vor allem anderen musst du dir etwas – einen Gegenstand – von dieser letheriischen Sklavin besorgen. Von dieser Federhexe – sie versteckt sich unter dem Alten Palast …«

»Ich kenne die Tunnel, Hexenkönig. Was ist das für ein Gegenstand?«

Hannan Mosag sagte es ihm.

Er musterte den verkrüppelten Hexer noch einen Moment – das gierige Funkeln in seinen fiebrig leuchtenden Augen –, dann drehte er sich um und verließ das Zimmer.

Der Trupp Wachen schuf mit seinen Laternen einen Teich aus fahlem gelben Licht, das sich schimmernd im Wasser des Quillas-Kanals spiegelte, als sie mit klirrenden Waffen und unter gelegentlichem Gemurmel über die Brücke stapften. Als der Trupp die andere Seite erreichte, wandte er sich nach rechts, folgte der Hauptstraße zum Kriecher-Viertel.

Sobald sich der Lichtschein entfernte, stupste Tehol Ublala an, und sie eilten auf die Brücke. Tehol warf einen Blick nach hinten zu dem Halbblut, machte ein finsteres Gesicht und zischte: »Schau her, wie ich es mache, du Blödmann! Siehst du? Ich schleiche. Nein – duck dich, schau dich misstrauisch um, husch erst hierhin, dann dahin. Duck dich, Ublala!«

»Aber dann sehe ich nichts.«

»*Sei still!*«

»Tut mir leid. Können wir jetzt von dieser Brücke runter?«

»Erst will ich sehen, wie du schleichst. Mach schon, du musst üben.«

Murrend duckte sich Ublala, und er runzelte die vorstehende Stirn, als er erst in die eine, dann in die andere Richtung spähte.

»Sehr schön«, sagte Tehol. »Und jetzt beeil dich, und schleich hinter mir her.«

»In Ordnung, Tehol. Es ist nur so, dass eigentlich Ausgangssperre ist, und ich will keinen Ärger.«

Sie kamen auf die andere Seite, und Tehol übernahm die Führung, dreißig Schritt in die Richtung, in die die Wachen gegangen waren, dann ein scharfer Schlenker nach links, der sie in Sichtweite der Schatzkammer der Burse brachte. Weiter in eine Gasse, wo er sich hinkauerte und Ublala dann wild gestikulierend bedeutete, das Gleiche zu tun.

»In Ordnung«, flüsterte er. »Weißt du, in welchem Flügel?«

Ublala sah ihn in der Düsternis blinzelnd an. »Was?«

»Weißt du, wo der Tarthenal untergebracht ist?«

»Ja. Bei allen anderen Meisterkämpfern.«

»Gut. Und wo ist das?«

»Nun, es muss irgendwo sein.«

»Ein kluger Gedanke, Ublala. Und jetzt bleib dicht bei mir. Schließlich bin ich ein Meister in dieser Art von Gaunerei.«

»Tatsächlich? Aber Bagg hat gesagt ...«

»Was? Was hat mein elender Diener gesagt? Über mich? Hinter meinem Rücken?«

Ublala zuckte die Schultern. »Viele Dinge. Ich meine, nichts. Oh, Ihr habt mich falsch verstanden, Tehol. Ich habe nichts gesagt. Ihr seid kein ungeschickter Esel, der den Kopf voller großartiger Wahnvorstellungen hat oder so was. Nichts in der Art.« Sein Gesicht hellte sich auf. »Wollt Ihr, dass ich ihm noch einmal eins hinter die Ohren gebe?«

»Später. Hör zu, was ich glaube. In der Nähe der Truppenunterkünfte, aber in einem Flügel des Ewigen Domizils. Oder zwischen dem Ewigen Domizil und dem Alten Palast.«

Ublala nickte.

»Also«, fuhr Tehol fort, »wollen wir los?«

»Wohin?«

»Irgendwie habe ich das Gefühl, dass diese Nacht nicht so richtig gut laufen wird. Ach, egal, bleib einfach bei mir.«

Ein rascher Blick die Straße entlang, erst in die eine, dann in die andere Richtung, und dann huschte Tehol vorwärts, drückte sich dicht an die nächste Mauer. Als sie sich dem Ewigen Domizil näherten, wurden die Schatten weniger – an Kreuzungen standen Laternen, die Straßen waren breiter, und es waren Soldaten an Nebeneingängen und vor Eckhäusern postiert –, ja, im Grunde waren überall Soldaten postiert.

Tehol zog Ublala in die letzte benutzbare Gasse, wo sie sich einmal mehr in der Düsternis hinkauerten. »Das sieht schlecht aus«, flüsterte er. »Da sind Leute, Ublala. Nun gut, hör zu, es war ein netter Versuch. Aber wir wurden von überlegenen Sicherheitsvorkehrungen besiegt, und das war's dann.«

»Sie stehen alle in ihrem eigenen Licht«, sagte Ublala. »Sie können nichts sehen, Tehol. Außerdem ist mir eine Ablenkung eingefallen.«

»So eine Ablenkung wie deine üblichen Ablenkungen, Ublala? Vergiss es. Shurq Elalle hat mir erzählt, wie es letztes Mal gelaufen ist …«

»Ja, genau so. Es hat geklappt, oder?«

»Aber damals ist es darum gegangen, dass sie in Gerrun Ebericts Haus eindringen konnte – sie, nicht du. Bist du nicht derjenige, der mit diesem Meisterkämpfer sprechen will?«

»Deshalb werdet Ihr ja auch die Ablenkung übernehmen, Tehol.«

»Ich? Bist du verrückt?«

»Es ist die einzige Möglichkeit.«

Plötzlich hörten sie schwere Schritte auf der Straße – und dann eine laute Stimme: *»He, da vorne! Wer schleicht da in der Gasse rum?«*

Ublala duckte sich noch tiefer. »Woher weiß er das?«

»Wir sollten lieber rennen!«

Sie jagten los, als der Lichtstrahl einer Laterne wie ein Speer in die Mündung der Gasse zuckte; verfolgt von den rufenden Soldaten erreichten die beiden Fliehenden das hintere Ende der Gasse.

Wo Tehol sich nach links wandte.

Und Ublala nach rechts.

Alarmglocken hallten durch die Nacht.

Die Antwort auf seine Gebete sah nicht so aus, wie Bruthen Trana sich das vorgestellt hatte. Nicht zuletzt, weil sie von der grotesken Kreatur kam, zu der Hannan Mosag, der Hexenkönig, geworden war. Der Mann, der die Edur überhaupt erst auf diesen Pfad der Vernichtung geführt hatte. Der für Ehrgeiz, Gier und Verrat stand. Bruthen Trana schaffte es gerade noch, einfach nur reglos vor Hannan Mosag zu stehen, statt dem Hexenkönig den Hals umzudrehen.

Doch aus dem verzerrten Mund waren Worte der … Hoffnung gedrungen. Es schien unmöglich. Grausig. Verspottete Bruthen Tranas Visionen von heldenhafter Erlösung. *Rhulad fällt – das ganze Geschlecht der Sengar wird ausgelöscht – und dann … Hannan Mosag. Für seine Missetaten. Ehre kann errungen werden – ich werde dafür sorgen.*

Genau so muss es geschehen.

Was die Letherii anging, war er nicht übermäßig besorgt. Der Kanzler würde nicht mehr lange leben. Der Palast würde gesäubert werden. Die Patriotisten würden zermalmt, ihre Agenten getötet werden, und all die armen Gefangenen, deren einziges Verbrechen – so weit er es sagen konnte – darin bestand, dass sie nicht mit den Praktiken der Patriotisten einverstanden waren … all diese Gefangenen – ausschließlich Letherii – würden befreit werden. Hier war keine echte Aufwiegelung am Werk. Kein Verrat. Karos Invictad griff zu solchen Anschuldigungen, als ob sie eine Schuld herbeiführten, die keiner Beweise bedurfte, als ob sie jede ihm in den Sinn kommende Behandlung der Angeklagten rechtfertigten. Ironischerweise untergrub er durch diese Vorgehensweise die menschliche Natur an sich, was ihn letztlich zum größten aller Verräter machte.

Aber nicht einmal das spielte eine große Rolle. Bruthen Trana mochte den Beaufsichtiger nicht, eine Abneigung, die Grund genug schien, den Dreckskerl zu töten. Karos Invictad fand Gefallen an Grausamkeiten, was ihn gleichermaßen erbärmlich wie gefährlich machte. Wenn man ihm erlaubte, so weiterzumachen, bestand die ernstzunehmende Gefahr, dass die Letherii tatsächlich rebellieren könnten, und dann würden sich die Rinnsteine in sämtlichen Städten des Imperiums rot färben. *Es spielt keine Rolle. Ich mag ihn nicht. Jahrelang habe ich in seinem Blick die Verachtung gesehen, die er mir entgegenbringt. Ich werde diese Beleidigung nicht mehr länger hinnehmen.*

Eines erschreckte Bruthen Trana jedoch mehr als alles andere: dass Hannan Mosag darauf bestanden hatte, dass er unverzüglich aufbrach – zu einem Ort, an dem die Sonne stirbt. *Nach Westen. Aber nein, nicht nach Westen. Der Hexenkönig hat seine eigene Vision falsch verstanden …*

Ein plötzlicher Gedanke verlangsamte seine Schritte, während er unterwegs zu den unterirdisch gelegenen Korridoren und Zimmern unter dem Alten Palast war. *Wer hat auf seine Gebete geantwortet? Wer hat ihm den Pfad gezeigt? Er hat behauptet, dass es nicht der Verkrüppelte Gott war. Also … Vater Schatten? Ist Scabandari Blutauge zu uns zurückgekehrt?*

Nein, das ist er nicht. Aber … wer war es dann?

Einen Augenblick später verfinsterte sich Bruthen Tranas Gesicht; er fluchte und setzte sich wieder in Bewegung. *Man schenkt mir Hoffnung – und was tue ich? Ich versuche sie eigenhändig zu töten. Nein, ich erkenne den Pfad – besser als Hannan Mosag.*

Wo die Sonne stirbt … das ist nicht im Westen.

Es ist unter den Wogen. In den Tiefen.

War es nicht ein Dämon der Meere, der seinen Körper geholt hat? Nein, Hannan Mosag, du wagst es nicht, seinen Namen zu nennen. Er ist nicht einmal ein Tiste Edur. Aber er muss unsere Erlösung sein.

Er erreichte den abschüssigen Tunnel, der ihn zu der ihrer Meinung nach verborgenen Behausung der Sklavin führen würde. Diese Letherii waren in der Tat erbärmlich.

Ein plötzliches Verlangen und Ungeduld trieben ihn weiter. Für das, was er vorhatte, würde er die Hand eines Sterblichen brauchen. Das Blut eines Sterblichen.

Er tauchte auf einem Fußboden aus schimmelüberzogenen, unebenen Pflastersteinen auf. Wie weit war er gereist? Wie viel Zeit war vergangen? Dunkelheit und das gedämpfte Geräusch von tropfendem Wasser. Er sog schnüffelnd die Luft ein, erhaschte den Geruch von Leben. Dem die Beschäftigung mit alter Magie einen bitteren Beigeschmack verlieh. Und jetzt wusste er, wo er war. Also war er nicht sehr weit gereist. Und nicht sehr lange. *Verstecke dich niemals am gleichen Ort, Kind.* Mit trockenem Mund – vor so etwas wie Erwartung – eilte er den krummen Korridor entlang.

Ich kann nichts tun, so schwach, wie ich bin. Den Lauf der Schicksale ein bisschen verschieben – einst war ich sehr viel mehr. Der Herr der Fliesen. All die Macht in den angedeuteten Bildern, die Beinahe-Worte aus einer Zeit, in der keine geschriebenen Worte existiert haben. Ohne meinen Segen wären sie verhungert. Verwelkt. Bedeutet das etwa nichts? Bin ich über das Feilschen hinaus?

Er konnte jetzt spüren, wie in seinem Innern etwas aufflackerte, eine einstmals matte Glut aus … aus … *aus was? Oh, ja, ich kann es deutlich erkennen. Ich kann es erkennen.*

Ehrgeiz.

Der Abtrünnige erreichte das verborgene Zimmer, konnte am Eingang heraussickernde Hitze wahrnehmen.

Sie kauerte über einem Kohlebecken und wirbelte herum, als er in das Zimmer trat. Die berauschende, feuchte, von Gewürzen geschwängerte Luft machte ihn benommen, als wäre er halb betrunken. Er sah, wie ihre Augen sich weiteten.

»Turudal Brizad …«

Der Abtrünnige stolperte vor. »Darum geht es, verstehst du? Ein Handel …«

Er sah, wie sie die Hand ausstreckte, sie über die Glut der Kohlepfanne hielt. »Sie wollen alle handeln. Mit mir …«

»Die Festen, Hexe. Sie stoßen mit ihnen zusammen, schwerfällig wie alte Weiber. Mit den jungen – den *Gewirren.* Nur ein Narr könnte es als

Wir tragen alle einen Hauch Emurlahn in uns – alle Tiste Edur. Deswegen hat niemals ein Sklave den Stämmen entkommen können.

Außer einem, berichtigte er sich selbst. Udinaas. Andererseits wussten die K'risnan, wo er war – zumindest vermutete Bruthen Trana das. Sie wussten es – aber sie hatten sich entschlossen, nichts zu unternehmen.

Kein Wunder, dass Rhulad ihnen nicht traute.

Genauso wenig wie ich.

Er konnte den Gestank bitterer Magie riechen, als er sich ihrem Versteck näherte, und er hörte sie in ihrem Zimmer vor sich hinmurmeln, und er wusste, dass sich etwas verändert hatte. In der Sklavin namens Federhexe. In der Macht, über die sie verfügte.

Nun – er würde ihr keine Zeit geben, sich vorzubereiten.

Als der Tiste Edur den Raum betrat, blickte Federhexe voller Furcht und Entsetzen auf. Sie wich kreischend zurück, bis eine Wand ihre Flucht aufhielt, dann ließ sie sich auf den Boden sinken und verbarg ihr Gesicht in den Händen.

In der Miene des Kriegers lag nichts als nackte Entschlossenheit.

Er packte sie an den Haaren und riss sie hoch, zunächst auf die Beine, dann höher. Sie stieß einen Schmerzensschrei aus.

Mit seiner anderen Hand packte er den kleinen Lederbeutel zwischen ihren Brüsten. Als er ihn losriss, schnitt der Lederriemen in ihrem Nacken und hinter einem Ohr wie ein Draht in ihre Haut. Sie konnte Blut spüren und hatte das Gefühl, als wäre ihr beinahe das Ohr abgetrennt worden, als würde es nur noch an einem Fetzen …

Er warf sie wieder zu Boden. Ihr Kopf krachte gegen die steinerne Mauer. Sie brach auf dem Fußboden zusammen; ihre Brust hob und senkte sich, und sie stieß abgerissene Schluchzer aus.

Und lauschte – so gut sie es angesichts des in ihrem Schädel rauschenden Bluts vermochte – auf seine sich entfernenden Schritte.

Er hatte den abgetrennten Finger mitgenommen.

Er zieht los, um Brys Beddicts Seele zu finden.

Tehol stolperte in den Raum, brach neben dem Herd zusammen. Er war schweißgebadet und japste nach Luft.

Bagg, der mit dem Rücken an eine Wand gelehnt dasaß und Tee schlürfte, zog langsam die Brauen hoch. »Ihr leidet unter dem Irrglauben, befähigt zu sein, wie ich sehe.«

»Das ... das hast du ... zu Ublala ... gesagt? Du grausamer, herzloser ...«

»Die Bemerkung hat sich eigentlich auf alle Sterblichen bezogen.«

»Er hat sie aber nicht so verstanden!«

Janath, die ebenfalls aus einem angeschlagenen Tonbecher trank, meldete sich zu Wort. »Die Alarmglocken, die überall in der Stadt läuten – alles deinetwegen, Tehol Beddict?«

»Sie sind jetzt bestimmt alle unterwegs«, bemerkte Bagg, »und halten nach einem Mann Ausschau, der eine Bettdecke trägt.«

»Nun«, gab Tehol zurück, »davon muss es ziemlich viele geben, stimmt's?«

Er erhielt keine Antwort.

»Es muss viele geben«, beharrte Tehol auf seinem Standpunkt. Seine Worte klangen selbst in seinen eigenen Ohren ein bisschen zu laut. Er bemühte sich rasch um einen gemäßigteren Tonfall. »Die immer breiter werdende Kluft zwischen den Reichen und den Armen und das alles. Ja, doch, Bettdecken sind die neueste Mode bei den Mittellosen. Da bin ich mir sicher.«

Keiner seiner beiden Zuhörer sagte etwas. Stattdessen tranken sie weiter aus ihren Bechern.

»Was trinkt ihr da?«, fragte Tehol stirnrunzelnd.

»Hennentee«, sagte Bagg.

»Du meinst Brühe.«

»Nein«, sagte Janath. »Tee.«

»Wartet mal ... wo sind die ganzen Hühner?«

»Auf dem Dach«, sagte Bagg.

»Werden sie denn nicht runterfallen?«

»Oh, vielleicht eins oder zwei. Wir machen regelmäßig die Runde. Bis jetzt haben sie eine vollkommen untypische Schlauheit an den Tag gelegt. Ziemlich einzigartig für diesen Haushalt.«

»Na klar, verpass dem erschöpften Flüchtling noch einen Tritt, warum auch nicht? Wahrscheinlich haben sie den armen alten Ublala erwischt.«

»Vielleicht. Er hatte eine Ablenkung geplant.«

Tehol starrte seinen Diener aus zusammengekniffenen Augen an. »Die paar Flusen über deinen Ohren müssen gestutzt werden. Janath, wollt Ihr mir bitte ein Messer geben?«

»Nein.«

»Ihr würdet Euch tatsächlich auf seine Seite schlagen, was?«

»Bagg ist wirklich ein überaus fähiger Mann, Tehol. Du verdienst ihn überhaupt nicht, verstehst du?«

»Ich kann Euch versichern, dass die Unverdientheit auf Gegenseitigkeit beruht, Gelehrte.«

»Was soll das heißen?«

»Nun ja, wisst Ihr, was den Geruch angeht, könnte ich – wie ich glaube – schlüssig beweisen, dass der Hennentee sich nicht von wässriger Hühnersuppe oder zumindest von Brühe unterscheidet.«

»Du hast Semantik noch nie verstanden, Tehol Beddict.«

»Ich habe ziemlich viel nicht verstanden, wenn meine Erinnerung mich nicht trügt. Doch ich werde meinen Eifer verteidigen, meine aufrichtige Begierde nach verführerischem Wissen, die Reinheit wahren akademischen … äh … Strebens – nun ja, ich könnte ewig so weitermachen …«

»Das war schon immer dein Fehler, Tehol.«

»… aber genau das werde ich, der ich mit einem meinen Vortrag nicht gebührend würdigenden Publikum gestraft bin, nicht tun. Also sag mir, Bagg, warum war Ublala so darauf versessen, mit diesem reinblütigen Tarthenal zu sprechen?«

»Ich nehme an, dass er herausbekommen will, ob der Krieger ein Gott ist.«

»Ein was?«

»Ein neuer Gott, meine ich. Oder ein Aufgestiegener, um es etwas genauer zu sagen. Ich glaube nicht, dass Anhänger in die Sache verstrickt sind. Bis jetzt.«

»Nun, die Tarthenal beten nur das an, was ihnen Entsetzen einflößt, richtig? Das im Palast ist nur irgendein Krieger, der dazu verdammt ist, durch das Schwert des Imperators zu sterben. Wohl kaum die geeignete Person, den armen Ublala Pung zu erwecken.«

Baggs einzige Reaktion auf diese Worte bestand aus einem Schulterzucken.

Tehol wischte sich den Schweiß von der Stirn. »Gibst du mir bitte was von dem Hennentee?«

»Mit oder ohne?«

»Mit oder ohne was?«

»Federn.«

»Das kommt darauf an. Sind die Federn denn sauber?«

»Jetzt ja«, antwortete Bagg.

»In Ordnung, dann bitte – da ich mir wirklich nichts Absurderes vorstellen kann – mit.«

Bagg griff nach einem Tonbecher. »Ich wusste, dass ich mich auf Euch verlassen kann, Herr.«

Sie erwachte von einem metallischen Scheppern draußen im Korridor.

Samar Dev setzte sich auf und starrte in die Dunkelheit ihres Zimmers.

Sie glaubte, jemanden atmen zu hören ... direkt vor ihrer Tür ... und dann ein deutliches, gedämpftes Wimmern. Sie stand auf, wickelte sich in ihre Decke und ging mit bloßen Füßen zur Tür. Sie hob den Riegel und schwang das dürftige Hindernis beiseite.

»Karsa?«

Die große Gestalt wirbelte herum und blickte sie an.

»Nein«, sagte sie. »Nicht Karsa. Wer bist du?«

»Wo ist er?«

»Wer?«

»Der, der so ist wie ich. In welchem Zimmer ist er?«

Samar Dev schob sich auf den Korridor hinaus. Sie schaute nach links und sah zwei reglose Gestalten – die beiden Palastwachen, die normalerweise an den Mündungen des Korridors postiert waren. Ihre behelmten Köpfe waren auffallend nah beieinander, und die stählernen Töpfe wiesen deutliche Dellen auf. »Hast du sie getötet?«

Der große Mann blickte ebenfalls zu den Wachen. »Sie haben in die falsche Richtung geschaut.«

»Du meinst, sie haben dich nicht gesehen.«

»Vielleicht meine Hände.«

Der unsinnige, aber auf merkwürdige Weise befriedigende Wortwechsel war im Flüsterton erfolgt. Samar Dev gab dem Fremden ein Zeichen, dass er ihr folgen solle, und ging den Korridor entlang, bis sie zur Tür von Karsas Zimmer kam. »Er ist hier drin.«

»Klopf an«, befahl der Riese. »Und dann geh vor mir rein.«

»Oder?«

»Oder ich haue deinen Kopf … zusammen.«

Seufzend hob sie eine Faust, um anzuklopfen – als sich überraschend die Tür öffnete und im gleichen Moment die Spitze eines Steinschwerts knapp vor ihrer Kehle schwebte.

»Wer ist da hinter dir, Hexe?«

»Du hast Besuch«, antwortete sie. »Von … draußen.«

Karsa Orlong, dessen Gesichtstätowierung, die ihn als entflohenen Sklaven auswies, sich als wirres Netz bis auf die Schultern und die Brust erstreckte, wie man aufgrund seines nackten Oberkörpers gut erkennen konnte, nahm die Klinge weg und trat zurück.

Der Fremde schob Samar Dev zur Seite und betrat das kleine Zimmer.

In dem er sich sogleich auf die Knie sinken ließ und sich tief verbeugte. »Reinblütiger«, sagte er, und das Wort klang wie ein Gebet.

Samar Dev schob sich ebenfalls ins Zimmer und zog die Tür hinter sich zu, während Karsa Orlong sein Schwert auf das Bett warf, dann eine Hand ausstreckte – und sie dem Fremden seitlich gegen den Schädel hämmerte.

Der Schlag brachte den Mann ins Wanken. Blut spritzte ihm aus der Nase, und er schaute benommen blinzelnd zu Karsa auf.

Der jetzt sagte: »In dir fließt Toblakai-Blut. Toblakai knien vor niemandem.«

Samar Dev verschränkte die Arme und lehnte sich gegen die Tür. »Die erste Lektion im Umgang mit Karsa Orlong«, murmelte sie. »Rechne mit dem Unerwarteten.«

Der große Mann stand mühsam auf, wischte sich dabei das Blut aus dem Gesicht. Er war nicht ganz so groß wie Karsa, aber fast ebenso breit. »Ich bin Ublala Pung von den Tarthenal …«

»Tarthenal.«

»Die Überreste einer hiesigen Toblakai-Bevölkerung, allerdings mit gemischtem Blut«, sagte Samar Dev. »Früher hat es in der Stadt wohl mehr von ihnen gegeben – ich habe allerdings noch keinen draußen auf den Märkten oder so gesehen. Sie sind im Grunde genommen verschwunden, genau wie die meisten anderen Stämme, die die Letherii unterworfen haben.«

Ublala drehte sich halb um und starrte sie düster an. »Nicht verschwunden. Besiegt. Und jetzt leben die, die noch übrig sind, auf Inseln in der Drachensee.«

Als das Wort »besiegt« fiel, sah Samar Dev, wie sich Karsas Gesicht verfinsterte.

Ublala wandte sich erneut dem Toblakai zu und sagte seltsam ehrfürchtig: »Führe uns, Kriegsführer.«

In Karsas Augen loderte plötzlich ein Feuer auf, und er blickte Samar Dev an. »Ich habe dir früher einmal gesagt, dass ich eine Armee aus meinem Volk anführen würde, Hexe. Es hat angefangen.«

»Sie sind keine Toblakai ...«

»Wenn auch nur ein Tropfen Toblakai-Blut in ihren Adern brennt, Hexe, dann sind sie Toblakai.«

»Geschwächt von letheriischer Zauberei ...«

Ein höhnisches Grinsen. »Letheriische Zauberei? Was kümmert mich die?«

Ublala Pung hingegen schüttelte den Kopf. »Sogar mit unseren besten Schamanen konnten wir sie nicht besiegen, Reinblütiger. Ja, Arbanat selbst ...«

Dieses Mal unterbrach ihn Samar Dev. »Ublala, ich habe gesehen, wie Karsa Orlong sich einen Weg durch diese Zauberei geschlagen hat.«

Das Halbblut starrte sie mit offenem Mund an. »Geschlagen?« Das Wort war kaum mehr als eine Bewegung der Lippen, der Hauch eines Flüsterns.

Ihrem eigenen Willen zum Trotz nickte sie. »Ich wünschte, ich könnte dir etwas anderes erzählen, du armer Kerl. Ich wünschte, ich könnte dir sagen, dass du wegrennen und dich mit deinen Stammesgenossen auf den Inseln verstecken sollst, von denen du gesprochen hast, weil Karsa Orlong leere Versprechungen macht. Leider kann ich das nicht. Er macht keine leeren Versprechungen. Zumindest bis jetzt nicht. Selbstverständlich«, fügte sie mit einem Schulterzucken hinzu, das über die Bitterkeit hinwegtäuschte, die sie empfand, »wird dieser Imperator der Edur ihn töten.«

Ublala Pung schüttelte den Kopf.

Leugnen? Bestürzung?

Karsa Orlong wandte sich an Ublala: »Wenn das hier erledigt ist, Krieger, musst du gehen. Du musst zu euren Inseln reisen und unser Volk sammeln und es dann hierherbringen. Ihr seid jetzt meine Armee. Ich bin Karsa Orlong, ein Toblakai und Teblor. Ich bin euer Kriegsführer.«

»Die Zeichen auf deinem Gesicht«, flüsterte Ublala.

»Was ist mit ihnen?«

»So zersplittert wie die Tarthenal. Wie die Toblakai – zerbrochen, auseinandergetrieben. So erzählen die ältesten Legenden – zersplittert durch Eis, durch Verrat …«

Ein eisiger Luftzug schien Samar Dev anzuwehen, wie eine kalte Woge, die einen Felsen umschloss, und sie erschauerte. *Oh, was ich da höre, gefällt mir ganz und gar nicht, denn es klingt wie ein Echo der Wahrheit. Zu offensichtlich.*

»Aber sieh dir mein Gesicht dahinter an«, sagte Karsa. »Zwei Wahrheiten. Was war und was sein wird. Bestreitest du das, Ublala von den Tarthenal?«

Ein stummes Kopfschütteln. Der Krieger warf einen kurzen Seitenblick auf Samar Dev, ehe er sagte: »Kriegsführer, ich muss dir etwas sagen. Über … über Rhulad Sengar, den Imperator der Edur. Etwas … über sein Geheimnis.«

»Lass uns allein, Hexe«, sagte Karsa.

Sie zuckte zusammen. »Was? Nie im Leben …«

»Lass uns allein, oder ich werde meinem Krieger befehlen, deinen Kopf zusammenzuschlagen.«

»Oh, jetzt begeistert dich also der Schwachsinn?«

»Samar Dev«, sagte Karsa. »Dieser Krieger hat sämtliche Hindernisse überwunden, die diesen Gebäudetrakt umgeben. Ich bin nicht an dem interessiert, was er zu sagen hat. Hast du die Alarmglocken nicht gehört? Er kämpft wie ein Toblakai.«

»Sie haben auch einmal versucht, mich zu ertränken«, sagte Ublala.

Samar Dev schnaubte verächtlich. »Wenn er in der Nähe ist, ist es wirklich ein Kampf, ernst zu bleiben, von würdevoll ganz zu schweigen. Ein Heilmittel gegen Prahlerei, Karsa Orlong – sorge dafür, dass der hier an deiner Seite bleibt.«

»Geh.«

Sie machte eine verächtliche Geste. »Oh, schön, dann mal los, ihr zwei. Später werde ich dich auf etwas aufmerksam machen, Karsa.«

»Auf was?«

Sie öffnete die Tür. »Dieser Esel konnte nicht einmal dein Zimmer finden.«

Draußen im Korridor hörte Samar Dev, wie sich eine der Wachen bewegte; es folgte ein Stöhnen … und dann die deutlichen Worte: »Was sind das alles für Lichter?«

Kapitel Zwölf

Ich blickte nach Westen und sah tausend sinkende Sonnen.

Sidivar Trelus

Noch bevor sie die Armee der Ahl das erste Mal zu Gesicht bekamen, hing der unverkennbare Geruch der Dungfeuer in der Luft. Im trüben Licht eines matten Mondes ritten die Atri-Preda und Brohl Handar mit den Kundschaftern zum Fuß einer Hügelkette, wo sie absaßen, die Pferde in der Obhut eines Soldaten zurückließen und sich zu Fuß den Hang hinaufbegaben.

Oben auf der Kuppe wuchs kaum Gras, und überall dort, wo der unablässig wehende Wind das spärliche Erdreich abgetragen hatte, waren kantige Höcker aus Grundgestein zu sehen. Tief geduckt schoben sich das halbe Dutzend Letherii und Tiste Edur zwischen den Felsen voran, füllten die Lücken in dem gebrochenen Rückgrat aus Basalt.

Vor und unter ihnen brannten – etwa eine Meile entfernt – die Kochfeuer des Feindes. Ein Meer aus herabgestürzten, schwelenden Sternen, das sich so weit erstreckte, dass es ein ganzes Tal ausfüllte und auch noch den gegenüberliegenden Hang bedeckte und so dessen Umrisse nachzeichnete.

»Was schätzt Ihr, wie viele es sind?«, fragte Brohl Handar die Atri Preda leise.

Bivatt seufzte. »Kämpfer? Vielleicht zehn, elftausend. Diese Armeen sind eher so etwas wie Stammeswanderungen, Aufseher. Alle kommen mit.«

»Und wo sind dann die Herden?«

»Wahrscheinlich im Tal hinter der nächsten Hügelkuppe.«

»Dann werden wir also morgen in die Schlacht reiten.«

»Ja. Und ich empfehle Euch noch einmal, mit Eurer Leibwache beim Tross zu bleiben …«

»Das wird nicht nötig sein«, unterbrach Brohl Handar sie und wiederholte dabei Worte, die er in den vergangenen drei Tagen und Nächten bestimmt ein Dutzend Mal vorgebracht hatte. »Ihr habt Edur-Krieger dabei, und sie werden eingesetzt werden, oder?«

»Wenn sie gebraucht werden, Aufseher. Aber es sieht nicht so aus, als würde der Kampf, der uns erwartet, sich von all den anderen Kämpfen unterscheiden, die wir Letherii gegen die Stämme der Ebenen ausgefochten haben. Es scheint, als wäre Rotmaske nicht imstande gewesen, die Alten mit irgendwelchen neuen Plänen zu beeinflussen. Es ist die alte Taktik – die Taktik, die sie wieder und wieder scheitern lässt.« Sie schwieg kurz, ehe sie fortfuhr: »Das Tal hinter uns wird Bast Fulmar genannt. Für die Ahl hat es irgendeine geheimnisvolle Bedeutung. Dort werden wir aufeinandertreffen.«

Er drehte sich zu ihr und musterte sie im düsteren Licht. »Ihr seid damit einverstanden, dass sie den Ort bestimmen, an dem die Schlacht stattfinden wird?«

Sie schnaubte. »Wenn es in diesem Landstrich jede Menge Hohlwege, Schluchten, Trockentäler oder unpassierbare Flüsse geben würde – oder wenn es hier Wälder gäbe –, würde ich es mir in der Tat gut überlegen, ob ich mich dem Feind dort zum Kampf stelle, wo er es will, Aufseher. Aber nicht hier. Die Sicht ist kein Problem – und vor unseren Magiern können die Ahl sich sowieso nicht verstecken. Es gibt auch keine komplizierten Rückzugsrouten, keine Sackgassen. Der Kampf morgen wird ebenso einfach wie grausam sein. Die Wildheit der Ahl gegen die Disziplin der Letherii.«

»Und wenn dieser Rotmaske sie anführt, werden sie wahrhaftig wild sein.«

»Ja. Aber am Ende werden sie scheitern.«

»Ihr seid sehr zuversichtlich, Atri-Preda.«

Er sah, dass sie lächelte. »Eher erleichtert, Aufseher. Heute Nacht sehe ich nur, was ich schon ein Dutzend Mal gesehen habe. Glaubt aber bitte nicht, dass ich den Feind unterschätze. Es wird blutig werden.« Bei diesen Worten winkte sie, und die Gruppe begann, sich vom Hügelkamm zurückzuziehen.

Als sie unterwegs zu den unten wartenden Pferden waren, sagte Brohl Handar: »Ich habe keine Vorposten gesehen. Keine Vorreiter. Kommt Euch das nicht merkwürdig vor?«

»Nein. Sie wissen, dass wir in der Nähe sind. Sie wollten, dass wir das Lager sehen.«

»Und was wollten sie damit erreichen? Soll das ein unsinniger Versuch sein, uns einzuschüchtern?«

»Etwas in der Art, ja.«

Du forderst mich dazu auf, Verachtung für diese Ahl zu empfinden. Warum? Damit du eine Rechtfertigung hast, die Tiste Edur nicht einzusetzen? Oder den K'risnan? Du willst, dass der morgige Sieg den Letherii gehört. Du willst dich den Edur nicht verpflichtet fühlen – nicht für diesen gewaltigen Diebstahl von Land und Vieh, diese Ernte von Sklaven.

Deswegen vermute ich, dass der Repräsentant dir entsprechende Anweisungen erteilt hat. Letur Anict ist niemand, der die Beute teilt.

Oh, nein, Atri-Preda – ich bin nicht erleichtert.

»Pfeile mit Steinspitzen – du bist wirklich ein Narr. Sie werden an den Rüstungen der Letherii zerbrechen. Ich kann von dir nichts erwarten. Immerhin merke ich das jetzt und nicht erst mitten in der Schlacht.«

Toc Anaster ging in die Hocke und schaute Schwall hinterher, der aus dem Feuerschein davonstapfte. Er ging … irgendwohin. Zu einem wichtigen Ort. *Wie den Latrinen.* Dann machte er sich wieder daran, die Befiederung der Imass-Pfeile zu überprüfen. *Ein Geschenk von einem alten Freund. Von dieser klappernden, knirschenden Ansammlung komischer Knochen.* Er konnte sich kaum daran erinnern, wann er das letzte Mal unter Freunden gewesen war. Vielleicht damals, mit Grantl. Auf einem anderen Kontinent. Ein Abend, an dem viel getrunken wurde – war es saltoanischer Wein gewesen? Oder Bier aus Gredfallan? Er wusste es nicht mehr.

Ringsum hörte er das Gemurmel und die Geräusche von mehreren tausend Menschen, die sich durch das Lager bewegten oder leise an den Kochfeuern unterhielten. Alte Männer und alte Frauen, die Lahmen und die Jugendlichen. Ein Feuer für jeden einzelnen Ahl.

Und irgendwo da draußen auf der Ebene sind Rotmaske und seine Krieger – in einer Nacht ohne Feuer, ohne Gespräche. Nichts außer dem sanften

Schärfen der Klingen, wie ich annehme. Dem Flüstern von Eisen und Stein in der Nacht.

Eine einfache Täuschung, deren Erfolg von den Erwartungen der Letherii abhing. Immerhin hatten die feindlichen Kundschafter das Lager erspäht. Wie vorhergesagt. Unzählige Feuer in der Dunkelheit, angemessen nah bei Bast Fulmar, dem Schauplatz der bevorstehenden Schlacht. Alles so, wie es sein sollte.

Aber Rotmaske hatte andere Pläne. Und, wie Toc vermutete, ein bisschen geheimnisvolle Zauberei der K'Chain Che'Malle, um ihm bei seiner Täuschung zu helfen.

Ein Ältester tauchte auf, kam krummbeinig in den Lichtschein gewatschelt. Toc hatte ihn mit Rotmaske sprechen sehen, hatte ihn oft an der Seite des Kriegsführers reiten gesehen. Der alte Mann hockte sich gegenüber von Toc hin und musterte ihn ein Dutzend Herzschläge lang. Dann spuckte er in die Flammen, nickte, als er das Zischen hörte, und sagte: »Ich traue dir nicht.«

»Ich bin niedergeschmettert.«

»Die Pfeile da, die sind an rituelle Magie gebunden. Aber kein Geist hat sie gesegnet. Was ist das für eine Art von Zauberei? Die der Letherii? Bist du eine Kreatur der Fliesen und Festen? Ein Verräter in unserer Mitte. Du planst Verrat, willst dich dafür rächen, dass wir euch im Stich gelassen haben.«

»Versuchst du, mich zu erwecken, Ältester? Tut mir leid, wenn ich dich enttäuschen muss, aber in der Asche ist keine Glut mehr – da ist nichts mehr, was man wieder zum Leben erwecken könnte.«

»Du bist jung.«

»Nicht so jung, wie du glaubst. Außerdem – was hat das mit alledem zu tun?«

»Rotmaske mag dich.«

Toc kratzte sich an der Narbe, die sich dort befand, wo einmal ein Auge gewesen war. »Hat das Alter deinen Geist verwirrt?«

Ein Grunzen. »Ich kenne Geheimnisse.«

»Ich auch.«

»Die sind nichts im Vergleich zu meinen. Ich war dabei, als Rotmaskes Schwester sich getötet hat.«

»Und ich habe an der Titte einer Matrone der K'Chain Che'Malle genuckelt. Wenn Titte das richtige Wort ist.«

Der alte Mann verzog ungläubig das Gesicht. »Das ist eine gute Lüge. Aber dieses Spiel spiele ich nicht. Ich habe die großen Kriegskanus mit eigenen Augen gesehen. An der Nordküste. Tausende. Abertausende.«

Toc begann, die Pfeile wieder in den Lederköcher zu stopfen. »Diese Pfeile hat ein toter Mann gemacht. Einer, der seit hunderttausend Jahren tot war – vielleicht auch länger.«

Das faltige Gesicht seines Gegenübers verdüsterte sich noch mehr. »Ich habe Skelette durch die Nacht rennen sehen – hier, auf dieser Ebene.«

»Dieser Körper ist nicht meiner. Ich habe ihn gestohlen.«

»Ich allein kenne die Wahrheit über Bast Fulmar.«

»Der Vater dieses Körpers war ein toter Mann – im gleichen Augenblick, da ihm auf einem Schlachtfeld sein Samen genommen wurde, hat er seinen letzten Atemzug getan.«

»Der Sieg vor langer Zeit war in Wirklichkeit eine Niederlage.«

»Dieser Körper wurde stark, weil er Menschenfleisch gegessen hat.«

»Rotmaske wird uns verraten.«

»In diesem Mund läuft das Wasser zusammen, wenn ich dich ansehe.«

Der alte Mann stand auf. »Das Böse spricht in Lügen.«

»Und die Guten kennen nur eine Wahrheit. Aber das ist eine Lüge, denn es gibt immer mehr als eine Wahrheit.«

Eine weitere Ladung Spucke flog ins Feuer. Es folgte eine Reihe komplizierter Gesten – ein Strang von Schutzzaubern, die über den Flammen in die Luft geschrieben wurden und einen Augenblick lang im dünnen Rauch zu wabern schienen. »Du bist verbannt«, verkündete der Älteste.

»Du hast ja keine Ahnung, alter Mann.«

»Ich glaube, du hättest schon vor langer Zeit sterben sollen.«

»Öfter als ich zählen kann. Angefangen hat das alles mit einem Stück von einem Mond. Dann eine verdammte Puppe, dann … ach, vergiss es.«

»Schwall sagt, du wirst davonrennen. Letzten Endes. Er sagt, dein Mut ist gebrochen.«

Toc blickte in die Flammen. »Das könnte gut sein«, sagte er.

»Dann wird er dich töten.«

»Vorausgesetzt, dass er mich erwischt.«

Schnaubend stürmte der Älteste davon.

»Mut«, murmelte Toc leise vor sich hin. »Ja, das ist so was. Und vielleicht ist diesen Knochen tatsächlich Feigheit angeboren.« *Denn – machen wir uns nichts vor – Anaster war kein kaltes Eisen. Und übrigens auch kein heißes.*

Irgendwo in der Nacht ertönte das klagende Geheul eines Wolfs.

Toc brummte leise. »Ja, nun, es ist ja nicht so, dass ich hätte wählen können, oder? Ich frage mich, ob irgendjemand von uns das konnte. Es jemals konnte.« Er sprach etwas lauter. »Weißt du, Schwall – ja, ich sehe dich da draußen rumlungern – es scheint mir in Anbetracht dessen, was vor einiger Zeit geschehen ist, als wäre die Frage der Feigheit eine, der sich die Ahl morgen stellen müssen. Ich habe nicht den geringsten Zweifel, dass Rotmaske – wenn er sich irgendwelche Sorgen macht – in eben diesem Augenblick über genau das nachdenkt. Und sich fragt … ob er euch alle zu ehrenvollem Verhalten prügeln kann.«

Der schattenhafte Umriss, der Schwall war, ging davon.

Toc schwieg, warf noch einen Klumpen Rodara-Dung ins Feuer und dachte an alte Freunde, die schon lange fort waren.

Die einsame Spur schlurfender Fußstapfen endete bei einer Gestalt, die den fernen Hang aus Lehm und Kieseln hinaufstapfte. Das war der Haken dabei, wenn man einer Spur folgte, ermahnte sich Igel. Man konnte leicht vergessen, dass die verdammten Fußstapfen zu etwas Wirklichem gehörten, vor allem, nachdem man dem Dreckskerl schier wochenlang gefolgt war. Ein T'lan Imass, wie er es vermutet hatte. Diese gespreizten, knochigen Füße schleiften zu sehr, vor allem mit einem Fußgewölbe, das so hoch war, dass es keinen Eindruck hinterließ. Klar, ein o-beiniger Wickaner hätte vielleicht eine ähnliche Spur hinterlassen, aber der wäre niemals in einem Tempo gegangen, dass Igel so lange gebraucht hätte, um ihn einzuholen. Völlig unmöglich. Allerdings war es für sich betrachtet merkwürdig, dass der uralte untote Krieger überhaupt ging.

Es wäre leichter gewesen, dieses Ödland als Staub zu durchqueren.

Vielleicht ist es zu feucht. Vielleicht ist es kein Spaß, Schlamm zu sein. Ich werde ihn das fragen müssen.

Vorausgesetzt, dass er mich nicht ohne Umschweife umbringt. Oder es zu-

mindest versucht, meine ich. Ich vergesse immer wieder, dass ich ja schon tot bin. Wenn es etwas gibt, woran die Toten sich erinnern sollten, dann ist es dieses entscheidende Detail, meinst du nicht auch, Fid? Pah, was kannst du schon wissen. Du bist immer noch am Leben. Und außerdem auch nicht hier.

Hol mich der Vermummte, ich brauche dringend Gesellschaft.

Allerdings nicht diesen verdammten flüsternden Wind. Gut, dass er geflohen war, in Fetzen, dass er nicht näher an diesen T'lan Imass herankam, der – ja, tatsächlich – nur einen Arm hatte. *Ein ziemlich übel vermöbeltes Ding – na, das passt ja, was?*

Er war sich sicher, dass der T'lan Imass wusste, dass er hier war, tausend Schritt hinter ihm. *Wahrscheinlich weiß er auch, dass ich ein Geist bin. Weswegen er sich nicht die Mühe gemacht hat, mich anzugreifen.*

Ich glaube, ich fange allmählich an, mich daran zu gewöhnen.

Igel legte eine weitere Drittellänge zurück, bis er nahe genug heran war, um die Aufmerksamkeit des untoten Kriegers auf sich zu lenken. Der stehen blieb und sich langsam umdrehte. Die Feuersteinwaffe in seiner Hand war eher ein schwerer, breiter Säbel als ein Schwert und lief in einer merkwürdigen hakenförmigen Spitze aus. Das Heft war aus dem handförmigen Teil eines Geweihs gemacht worden, so dass ein dürftiger, mit Zinken versehener Handschutz entstanden war, braun und abgeschliffen vom Alter. Das Gesicht des Kriegers war zum Teil durch Schläge grausam verunstaltet worden, aber die eine Seite seines wuchtigen Kiefers war noch in Ordnung, was seine grässliche Miene schief hängen ließ.

»Weiche, Geist«, sagte der T'lan Imass mit einer uralten rauen Stimme.

»Nun, das würde ich ja glatt tun«, erwiderte Igel, »allerdings sieht es so aus, als wären wir in die gleiche Richtung unterwegs.«

»Das kann nicht sein.«

»Warum nicht?«

»Weil du nicht weißt, wo ich hingehe.«

»Oho, perfekte Imass-Logik. Oder, in anderen Worten: absurde Idiotie. Nein, ich weiß nicht genau, wo du hingehst, aber der Ort kann unzweifelhaft in der gleichen Richtung gefunden werden, in die ich unterwegs bin. Ist diese Feststellung zu scharfsinnig für dich?«

»Warum klammerst du dich an deinen Körper?«

»Vermutlich aus dem gleichen Grund, aus dem du dich an das klammerst, was noch von deinem Körper übrig ist. Hör zu. Ich heiße Igel. Früher war ich Soldat, ein Brückenverbrenner. Bei den malazanischen Seesoldaten. Bist du ein Verstoßener von den Logros-T'lan-Imass?«

Der Krieger schwieg ein paar Augenblicke und sagte dann: »Ich war einst ein Kron-T'lan-Imass. In der Jahreszeit des Bluts-von-den-Bergen in den Clan von Eptr Phinana hineingeboren. Mein eigenes Blut stellte sich an den Ufern des Jagra Til ein. Ich bin Emroth.«

»Eine Frau?«

Ein klapperndes, ungleiches Schulterzucken.

»Nun, Emroth, was machst du hier – warum marschierst du durch die vergessene Eisgrube des Vermummten?«

»Hier ist keine Grube.«

»Ganz wie du sagst.« Igel schaute sich um. »Ist dies hier denn der Ort, zu dem verlassene T'lan Imass gehen?«

»Nicht hierher«, erwiderte Emroth. Dann hob sie den Säbel und deutete.

Nach vorn. In die Richtung, die Igel Norden zu nennen beschlossen hatte. »Was denn – sind wir etwa zu einem großen Haufen gefrorener Knochen unterwegs?«

Emroth drehte sich um und setzte sich wieder in Bewegung.

Igel holte auf und ging neben der untoten Kreatur her. »Warst du einst schön, Emroth?«

»Ich kann mich nicht erinnern.«

»Was Frauen angeht, war das bei mir eine hoffnungslose Sache«, sagte Igel. »Meine Ohren sind zu groß – ja, das ist der Grund, warum ich diese Lederkappe trage. Und außerdem habe ich knorrige Knie. Deshalb bin ich Soldat geworden, verstehst du. Um mit Frauen zusammen zu sein. Und dann habe ich festgestellt, dass Soldatinnen furchteinflößend sind. Ich meine, sie sind viel furchteinflößender als normale Frauen, und das will was heißen. Ich nehme an, ihr Imass … also, ihr wart wohl alle Krieger, stimmt's?«

»Ich verstehe«, sagte Emroth.

»Tatsächlich? Und was verstehst du?«

»Warum du keine Kameraden hast, Igel von den Brückenverbrennern.«

»Du wirst dich jetzt doch wohl nicht in eine Staubwolke verwandeln, oder?«

»An diesem Ort kann ich das nicht. Leider.«

Grinsend nahm Igel den Faden seiner Geschichte wieder auf. »Es ist natürlich nicht so, dass ich als Jungfrau oder so was gestorben wäre. Sogar hässliche Kerle wie ich – nun, zumindest solange man genug Münzen hat. Aber ich sag dir was, Emroth: Das ist nicht das, was man Liebe nennt, oder? Aber egal, die Wahrheit ist, dass ich das niemals mit jemandem geteilt habe. Liebe. Ich meine die ganze Zeit, seit ich aufgehört habe, ein Kind zu sein, bis zu dem Augenblick, in dem ich gestorben bin.

Da war mal diese Soldatin, vor langer Zeit. Sie war groß und gemein. Ihr Name war Detoran. Sie hatte beschlossen, mich zu lieben, und hat's mir dadurch gezeigt, dass sie mich bewusstlos geschlagen hat. Tja, wie erklärst du dir das? Nun, ich habe es rausgefunden. Weißt du, sie war nämlich noch weniger liebenswert als ich. Arme alte Kuh. Ich wollte, ich hätte das damals schon verstanden. Aber ich war zu sehr damit beschäftigt, vor ihr wegzulaufen. Lustig, wie's manchmal so geht, was?

Sie ist auch gestorben. Und deshalb hatte ich Gelegenheit, mit ihr … äh … zu sprechen. Weil wir uns am selben Ort wiedergefunden haben. Ihr Problem war, dass sie nicht genügend Wörter aneinanderreihen konnte, um einen richtigen Satz zustande zu bringen. Sie war nicht dumm. Nicht sehr. Sie konnte sich einfach nur nicht ausdrücken. Aber wie soll man bei solchen Leuten wissen, was in ihrem Kopf vorgeht? Sie können es einem nicht sagen, und deshalb bleibt die Vermutung eine Vermutung, und meistens liegt man so falsch, dass es einfach nur erbärmlich ist. Nun, wir haben es rausgefunden, mehr oder weniger. Glaube ich zumindest. Als Geist hat sie sogar noch weniger gesagt.

Aber so ist es halt, Emroth. Es gibt die große Explosion, erst das Weiße, dann das Schwarze, und dann kommt man auf einmal wieder zu sich. Als verdammter Geist, der nirgendwo hingehen kann, wo sich's hinzugehen lohnt, und alles, was man noch hat, sind Erkenntnisse und Trauer. Und eine Liste von Wünschen, die länger ist als …«

»Hör auf, Igel von den Brückenverbrennern«, unterbrach ihn Emroth, und ein Hauch von aufflackernden Gefühlen schwang in der Stimme der Imass mit. »Ich bin keine Närrin. Ich verstehe, was für ein Spiel du spielst. Aber meine Erinnerungen gehen dich nichts an.«

Igel zuckte die Schultern. »Und dich auch nicht mehr, vermute ich.

Hast sie alle aufgegeben, um Krieg gegen die Jaghut führen zu können. Sie waren so böse, so gefährlich, dass ihr euch selbst zu euren ersten Opfern gemacht habt. So 'ne Art rückwärts gerichteter Rache, würdest du das nicht auch sagen? Als wenn ihr hingegangen wärt und ihre Arbeit für sie gemacht hättet. Und der eigentliche Witz ist, dass sie überhaupt nicht so böse oder gefährlich waren. Oh, vielleicht ein paar von ihnen, aber die paar haben ziemlich schnell den Zorn ihrer Artgenossen zu spüren bekommen – oft schon lange, bevor ihr und eure Armeen überhaupt aufgetaucht seid. Sie hatten sich selbst ziemlich gut im Griff. Sie haben Gletscher auf euch geschleudert, und was habt ihr getan, um das abzuwehren? Naja, ihr habt eure Herzen noch kälter, noch lebloser als jeden Gletscher gemacht. Beim Vermummten, das ist mal eine nette Ironie.«

»Ich bin ungebunden«, sagte Emroth krächzend. »Mir sind meine Erinnerungen geblieben. Und diese Erinnerungen waren es, die mich gebrochen haben.«

»Gebrochen?«

Ein weiteres Schulterzucken. »Igel von den Brückenverbrennern, im Gegensatz zu dir kann ich mich an Liebe erinnern.«

Einige Zeit lang sagte keiner von ihnen etwas. Der Wind peitschte bitterkalt und trocken auf sie ein. Unter ihren Füßen knirschten verharschte Schneereste in Nestern aus Moosen und Flechten. Am Horizont vor ihnen ragte eine Art schiefergraue Bergkette auf, merkwürdig kantig wie unzählige umgestürzte Gebäude. Über dem Grat war der Himmel milchig weiß. Igel deutete nach Norden. »Also, Emroth, ist es das da?«

Der halb zerschmetterte Kopf hob sich. »Omtose Phellack.«

»Tatsächlich? Aber ...«

»Wir müssen es überqueren.«

»Oh. Und was liegt dahinter?«

Die T'lan Imass blieb stehen und starrte Igel mit ihren verwitterten, von Schatten gefüllten Augenhöhlen an. »Ich bin mir nicht sicher«, sagte sie. »Aber ich glaube jetzt, dass es ... vielleicht ... zu Hause sein könnte.«

Verdammt sollst du sein, Emroth. Du hast die Dinge gerade sehr viel schwieriger gemacht.

Der Tempel stand auf einem niedrigen Hügel, der von unfruchtbarem Land umgeben war. Die gewaltigen, zyklopischen Mauern wirkten ziemlich mitgenommen und nach innen gedrückt, als hätten zehntausend steinerne Fäuste auf sie eingedroschen. Ungleichmäßige Risse durchzogen den dunkelgrauen Granit vom Fuß bis zu dem gewaltigen Sturzstein, der wie betrunken über einem ehemals eindrucksvollen, prächtigen Eingang hing. Auf Podesten beiderseits der breiten, mittlerweile abgesackten Stufen erhoben sich die Überreste von Statuen.

Udinaas wusste nicht, wo er war. Bloß in einem weiteren Traum, oder in etwas, das als Traum begann. Und wie alle anderen dazu verdammt war, sich zu etwas viel Schlimmerem zu entwickeln.

Und daher wartete er, zitternd und mit verkrüppelten Beinen, die gebrochen und leblos waren – eine neue Variante des Themas Unfähigkeit. Ein niederschmetterndes Symbol seiner vielen Mängel. Er erinnerte sich daran, wie er sich das letzte Mal ohne Glieder auf der Erde gewunden hatte, eine Schlange mit gebrochenem Rückgrat. Es schien, als würde seinem Unterbewusstsein jeglicher Feinsinn abgehen – ein überaus bitteres Eingeständnis.

Natürlich sah das alles ganz anders aus, wenn jemand anderes diese Heimsuchungen schickte.

Mittlerweile waren Gestalten auf den steinigen Hängen unterhalb des Tempels aufgetaucht. Erst Dutzende, dann Hunderte.

Groß und mit einer Haut so blass wie Schildkröteneier, mit rotgeränderten Augen, die tief in länglichen, scharf geschnittenen Gesichtern lagen, und zu vielen Gelenken an ihren langen Gliedmaßen – was alles zusammen ihre starren Totengesichter in etwas Surreales, Fiebriges verwandelte. Aber Letzteres war keine Überraschung.

Und jetzt … eine verschwommene Bewegung in der Dunkelheit unter dem Sturzstein. Eine Gestalt kam stolpernd heraus. Sie war nicht wie die Toten. Nein, sie sah aus … *wie ein Mensch.*

Von Kopf bis Fuß blutbespritzt taumelte der Mann vorwärts, blieb am oberen Ende der Stufen stehen und schaute sich mit wilden, wütenden Blicken um. Und dann warf er den Kopf in den Nacken und brüllte den farblosen Himmel an.

Keine Worte. Nur wilde Wut.

Udinaas schauderte zurück, versuchte wegzukriechen.

Doch der Mann sah ihn. Eine rote, tropfende Hand hob sich, streckte sich nach ihm aus. Winkte.

Als wäre er an der Kehle gepackt worden, schlingerte Udinaas näher an den Mann heran, an den Tempel, an die Geröllhalde aus kalten Leichnamen. »Nein«, murmelte er, »nicht mich. Such dir jemand anderen. Nicht mich.«

»Kannst du diesen Kummer spüren, Sterblicher?«

»Er gilt nicht mir!«

»Doch, das tut er. Du bist der Einzige, der noch übrig ist. Sollen ihre Tode hohl sein, vergessen und ohne Bedeutung?«

Udinaas versuchte, sich am Boden festzuhalten, aber die Steine rutschten unter seinen Händen weg, und dort, wo seine Fingernägel Furchen hinterließen, kam sandiger Erdboden zum Vorschein. »Such dir einen anderen!« Als hätte er seinen Schrei dem Tempel direkt entgegengeschleudert, wogte er durch den weit offen stehenden Eingang ins Innere des Gebäudes und hallte dort drinnen wider – gefangen, geraubt, immer wieder zurückgeworfen, bis es nicht mehr seine Stimme war, sondern die des Tempels selbst – ein trauriger Schrei, der vom Sterben kündete, von verzweifeltem Trotz. Der Tempel äußerte seinen Hunger.

Irgendetwas erschütterte den Himmel. Lichtlose Blitze, geräuschloser Donner – jemand war gekommen, und diese Ankunft erschütterte die Welt.

Der ganze Tempel neigte sich zur Seite; Staubwolken quollen aus mörtellosen Fugen. Das Gebäude stand kurz davor, zusammenzubrechen –

»Nein!«, brüllte der Mann am oberen Ende der Treppe, während er stolpernd versuchte, das Gleichgewicht zu halten. *»Der hier gehört mir! Das ist mein T'orrud Segul! Schau dir diese Toten an – sie müssen gerettet werden, müssen übergeben werden, sie müssen …«*

Doch jetzt ertönte eine andere Stimme hinter Udinaas, von hoch oben und von fern – die Stimme des Himmels selbst. »Nein, Abtrünniger. Diese Toten sind Forkrul Assail. Die du selbst getötet hast. Du kannst sie nicht töten, um sie zu retten …«

»Du schreckliche Hexe, du hast nicht die geringste Ahnung! Sie sind die Einzigen, die ich retten kann!«

»Der Fluch der Älteren Götter – sieh dir das Blut an deinen Händen an. Das hast du alles selbst getan. Alles.«

Ein großer Schatten glitt über Udinaas hinweg. Schwenkte herum.

Windböen kamen auf, wirbelten verfilzte schwarze Haare von Leichnamen auf, zerrten an den zerfetzten Überresten ihrer Kleidung; dann ein plötzlicher Druck, als würde sich ein gewaltiges Gewicht herabsenken, und der Drache war da – zwischen Udinaas und dem Abtrünnigen –, reckte seine langen Hinterbeine nach unten, durchbohrte mit seinen Klauen kalte Leichname und zermalmte sie geräuschvoll, als er sich schließlich auf dem Hang niederließ. Der geschmeidige Hals drehte sich herum, der große Kopf glitt dichter an Udinaas heran und betrachtete ihn mit Augen aus weißem Feuer.

Eine Stimme hallte durch seinen Schädel. »Weißt du, wer ich bin?«

Silberne Flammen spielten über goldene Schuppen, und die Erscheinung verströmte weißglühende Hitze – die Leichen der Forkrul Assail unter ihr wurden schwarz, ihre Haut kräuselte sich, schrumpfte. Fett schmolz, platzte aus sich bildenden Blasen und nässte aus den Gelenken.

Udinaas nickte. »Menandore. Schwester Dämmer. Die Vergewaltigerin.«

Ein herzhaftes, perlendes Lachen. Der Kopf drehte sich weg, wandte sich dem Abtrünnigen zu. »Der hier gehört mir«, sagte sie. »Ich habe schon vor langer Zeit Anspruch auf ihn erhoben.«

»Du kannst Anspruch erheben, so viel du willst, Menandore. Bevor wir hier fertig sind, wirst du ihn mir geben. Freiwillig.«

»Tatsächlich?«

»Als … Bezahlung.«

»Für was?«

»Für Neuigkeiten über deine Schwestern.«

Sie lachte erneut. »Glaubst du etwa, ich weiß es nicht?«

»Aber ich habe noch mehr zu bieten.« Der Gott hob die blutroten Hände. *»Ich kann dafür sorgen, dass sie dir nicht in die Quere kommen, Menandore. Ein einfacher … Stups.«*

Der Drache drehte sich um, sah wieder Udinaas an. »Für den hier?«

»Ja.«

»Also gut, du kannst ihn haben. Unser Kind jedoch nicht.«

Dieses Mal hatte der Abtrünnige Grund zu lachen. »*Wann hast du diesem … Kind zuletzt einen Besuch abgestattet, Menandore?*«

»Was meinst du damit?«

»*Nur, dass der Junge mittlerweile erwachsen ist. Und über seinen Geist verfügt er selbst. Nicht du, Menandore. Du bist gewarnt, und dieses Mal will ich nichts dafür. Hin und wieder kennen auch Ältere Götter Barmherzigkeit, meine Teure.*«

Sie schnaubte – ein Ausbruch roher Macht. »Ich habe es gehört. Hübsche Propaganda, diese Häppchen, mit denen du deine hungernden, armseligen Gläubigen fütterst. Dieser Mann, dieser Vater meines Kindes, wird dich im Stich lassen. T'orrud Segul. Er glaubt an nichts. Das Mitleid in seinem Innern ist wie eine Meerratte in einer Löwengrube – es tanzt schneller, als man sehen kann, ist aber immer nur einen Herzschlag von der Auslöschung entfernt. Er hat schon lange damit gespielt, Abtrünniger. Du kannst es nicht fangen, kannst es nicht einfordern, kannst es nicht an deine Sache binden.« Ein weiteres grausames Lachen. »Ich habe ihm mehr genommen, als du erkennen kannst.«

Einschließlich meiner Angst vor dir, du verdammtes Miststück. »Du glaubst, du kannst mich weggeben, Menandore?«

In den Augen flackerte Erheiterung auf. Vielleicht war es auch Verachtung. Oder beides. »Dann sprich, Udinaas. Lass uns deine verwegenen Ansprüche hören.«

»Ihr glaubt beide, ihr hättet mich hierherbeschworen, oder? Für euer dummes Tauziehen. Aber in Wirklichkeit habe ich euch beide herbeibeschworen.«

»Du bist verrückt …«

»Vielleicht, Menandore. *Aber das hier ist mein Traum.* Nicht deiner. Und seiner auch nicht. *Meiner.*«

»Du Narr«, zischte sie. »Versuche doch einfach mal, uns zu verbannen …«

Udinaas öffnete die Augen, schaute zu einem kalten, klaren Nachthimmel auf, und gestattete sich ein Lächeln. *Mein Traum, euer Alptraum.* Er wickelte sich enger in seine Pelze, zog die Beine an – vergewisserte sich, dass sie nicht gebrochen waren. Die Knie waren steif, aber das war normal, das kam davon, wenn man sich über Fels und Eis mühte, aber sie fühlten sich warm und lebendig an. »Alles ist gut«, flüsterte er.

»Schön«, sagte Kessel.

Udinaas drehte sich um, blickte auf. Sie kauerte an seiner Seite. »Warum bist du wach?«, wollte er wissen.

»Das bin ich nicht. Und du auch nicht. Der Tempel ist umgefallen, nachdem du weg warst.«

»Dann hoffe ich, dass er den Abtrünnigen zermalmt hat.«

»Nein. Du hattest ihn schon weggeschickt. Sie auch.«

»Aber dich nicht.«

»Nein. Du wusstest nicht, dass ich da war.«

»Na schön, dann träume ich also immer noch. Was willst du?«

»Der Tempel. Er hätte diese Seelen nicht alle bewahren können. All den Kummer. Er war gebrochen, und deswegen ist er umgefallen. Das war das, was du sehen solltest. Damit du es verstehst, wenn alles passiert. Und nicht traurig bist. Und damit du in der Lage bist, das zu tun, was er will, das du tust, nur nicht so, wie er gedacht hat, dass es sein würde. Das ist alles.«

»Schön. Und jetzt krieche zurück zu deinen eigenen Träumen, Kessel.«

»In Ordnung. Denke einfach daran – weine nicht zu früh. Du musst warten.«

»Tatsächlich. Wie lange wird es dauern, bis ich weinen werde?«

Aber sie war fort.

Er hatte sich von dem faulenden Eis irgendein verdammtes Fieber geholt. Hatte seit drei – oder vielleicht auch vier – Nächten Schüttelfrost und Halluzinationen. Absonderliche Träume in Träumen, und so weiter und so fort. Vorstellungen von Wärme, von Pelzen, die nicht mit Schweiß vollgesogen waren, den Trost von geheimnisvollen Gesprächen, deren Sinn keine Rolle spielte. *Ich mag dieses Leben. Es ist voraussagbar. Größtenteils. Und wenn es das nicht ist, fühlt sich das auch nicht anders an. Ich nehme, was auch immer kommt. Als würde ich jede Nacht Lektionen darüber erhalten … wie man das Heft in die Hand nimmt.*

Jetzt wurde es Zeit für den großen Tisch, der von all den Sachen überquoll, die er am liebsten aß.

Sie sagten, er sei so dürr wie ein Gespenst.

Aber jede Nacht schlug er sich den Bauch voll.

Als das Licht der Dämmerung die Schatten in die Klüfte und Täler zurückdrängte, wickelte Seren Pedac sich aus ihren Pelzen und stand auf. Sie fühlte sich schmutzig und zerzaust. Die Höhe ließ ihre Kehle kratzig und die Augen trocken werden, und ihre Allergien machten alles nur noch schlimmer. Sie zitterte, während sie im schneidenden Wind Forcht Sengar bei seinen Bemühungen zusah, das Feuer wieder zu entfachen. Holz, das lange gefroren war, wollte so gar nicht brennen. Kessel hatte ein paar Büschel Gras gesammelt und hockte sich jetzt mit ihren Errungenschaften neben den Tiste Edur.

Ein raues Husten ertönte von dort, wo Udinaas noch immer in seinen Pelzen lag. Wenige Augenblicke später setzte er sich langsam auf. Sein Gesicht war vom Fieber gerötet, die Stirn schweißnass, seine Augen trübe. Er gab ein abgehacktes Geräusch von sich, das Seren erst mit einiger Verspätung als Lachen erkannte.

Forchts Kopf fuhr herum, als hätte ihn eine Wespe gestochen. »Das erheitert dich? Hättest du lieber eine weitere kalte Mahlzeit, um mit ihr den Tag zu beginnen?«

Udinaas starrte den Tiste Edur blinzelnd an, zuckte dann die Schultern und schaute weg.

Seren räusperte sich. »Was auch immer ihn erheitert hat, hatte nichts mit Euch zu tun, Forcht.«

»Sprecht Ihr jetzt für mich?«, fragte Udinaas sie. Er stand schwankend auf, immer noch in seine Pelze gewickelt. »Das hier könnte auch einfach nur ein weiterer Traum sein«, sagte er. »Der weißhäutige Krieger, der da drüben hockt, könnte sich jederzeit in einen Drachen verwandeln. Und Kessel, das Kind, wird ihren Mund wie eine Tür öffnen, und in diese Tür wird dann Forcht Sengar stürzen, von seinem eigenen Hunger nach Verrat verschlungen.« Seine ausdruckslosen, trüben Augen richteten sich auf Seren Pedac. »Und Ihr werdet verlorene Zeitalter beschwören, als ob die Verrücktheiten der Geschichte irgendeine Bedeutung hätten.«

Das Surren und Klicken einer Kette unterstrich die bizarren Aussagen.

Udinaas blickte zu Clip hinüber und lächelte. »Und Ihr träumt davon, Eure Hände in einen See aus Blut zu tauchen, aber nicht in irgendein altes Blut. Die Frage ist – könnt Ihr die Geschehnisse so beeinflussen, dass Ihr den roten Sturzbach zustande bringt?«

»Dein Fieber hat dir das Hirn weichgekocht«, sagte der Tiste-Andii-Krieger und lächelte ebenfalls. Dann blickte er Silchas Ruin an. »Tötet ihn, oder lasst ihn hier zurück.«

Seren Pedac seufzte. »Wann werden wir mit dem Abstieg beginnen, Clip?«, fragte sie. »Weiter unten gibt es Kräuter, mit denen sein Fieber besiegt werden kann.«

»Das wird noch einige Tage dauern«, antwortete er und ließ die Kette um seine rechte Hand wirbeln. »Und selbst wenn wir tiefer kommen … nun, ich bezweifle, dass Ihr das finden werdet, was Ihr sucht. Außerdem«, fügte er hinzu, »ist das, was ihn plagt, nicht nur natürlich.«

Silchas Ruin, der den Pfad betrachtete, den sie an diesem Tag weiter erklimmen würden, sagte: »Er spricht die Wahrheit. Diese stinkende Luft ist von alter Zauberei erfüllt.«

»Was für Zauberei?«, fragte Seren.

»Sie ist zersplittert. Vielleicht … K'Chain Che'Malle – sie haben ihre Magie nur selten auf eine Weise benutzt, die leicht verständlich gewesen wäre. Und niemals in einer Schlacht. Ich erinnere mich an etwas, das mit … Geisterbeschwörung zu tun hatte.«

»Und – ist es das, was diese Luft erfüllt?«

»Das kann ich nicht sagen, Freisprecherin.«

»Aber warum ist Udinaas der Einzige, der davon heimgesucht wird? Was ist mit uns anderen?«

Niemand wagte zu antworten – abgesehen von Udinaas, der ein weiteres abgehacktes Lachen hören ließ.

Ringe klickten aneinander. »Ich habe meinen Vorschlag gemacht«, sagte Clip.

Und wieder schien das Gespräch zu ersterben. Kessel ging zu Udinaas hinüber und stellte sich dicht neben ihn, als wollte sie ihm Schutz gewähren.

Das kleine Feuer brannte endlich, wenn auch nur schwach. Seren griff nach einem Zinntopf und machte sich auf, ein bisschen sauberen Schnee zu suchen, was eigentlich eine einfache Sache hätte sein müssen. Aber die verrotteten Flecken waren von allen möglichen Überresten besudelt. Von schmierigen Streifen aus vermodernder Vegetation, fleckigen Schichten aus Holzkohle und Asche, den Kadavern von irgendwelchen im Eis lebenden Würmern oder Käfern. Alles kaum genießbar. Sie war überrascht, dass sie nicht schon alle krank waren.

Vor einer schmalen Felsspalte, die in ihrer ganzen Länge von einem Streifen aus mit Eis überzogenem Schnee ausgefüllt war, blieb sie stehen, zog dann ihr Messer, kniete sich hin und begann, auf das Eis einzuhacken. Stücke brachen heraus. Sie schaute sich jedes einzelne genau an und warf diejenigen beiseite, die zu sehr von Dreck verfärbt waren, während sie die anderen in den Topf legte. Hier war alles anders als bei normalen Gletschern – zumindest den wenigen, die sie von nahem gesehen hatte. Immerhin waren aufeinanderfolgende Schneefälle genauso für ihre Entstehung verantwortlich wie vorankriechendes Eis. Und besagte Schneefälle sorgten normalerweise für ziemlich unberührte Schichten. Aber hier war es, als wäre die Luft von treibendem Unrat geschwängert gewesen, der sich an jeder einzelnen Schneeflocke auf ihrem Weg zum Boden hinunter angelagert hätte. *Eine Luft, die von Rauch, Asche und den Fetzen lebender Wesen erfüllt war. Was könnte das verursacht haben?* Wenn es nur Asche gewesen wäre, hätte sie es als das Ergebnis eines Vulkanausbruchs interpretieren können. *Aber nicht, wenn da verdammte Hautstücke und Fleischbrocken dabei sind. Welches Geheimnis verbirgt sich in diesen Bergen?*

Sie schaffte es schließlich, die Messerspitze tief ins Eis zu bohren, und lehnte sich auf den Griff. Schlagartig hob sich die ganze noch vorhandene Eisplatte, brach aus der Spalte. Und unter ihr … lag ein Speer.

Der Schaft, der so lang war wie Seren groß, war nicht aus Holz. Poliert und bernsteinfarben und braun gesprenkelt sah er beinahe … geschuppt aus. Die breite Spitze – Stichblatt und Stiel – bestand aus einem einzigen Stück milchig glatter, geschliffener Jade und war wie ein Blatt geformt. Es gab keinen Hinweis auf irgendwelchen Leim oder eine Schnürung, die den Sockel mit dem Schaft verbunden hätte.

Sie hob die Waffe auf. Und sah, dass die schuppenartige Oberfläche aus versetzt übereinanderliegend verzahnten Hornschichten bestand, was ihr fleckiges Aussehen erklärte. Wieder konnte sie nicht erkennen, wie die Schichten befestigt waren. Der Speer war erstaunlich schwer, als ob der Schaft versteinert wäre.

Hinter ihr ertönte eine Stimme: »Nun, das ist mal ein interessanter Fund.«

Sie drehte sich um und musterte Clips spöttisches Gesicht, und sie spürte einen Anflug von Verärgerung. »Stellt ihr immer anderen Leuten nach, Clip?«

»Nein, meistens führe ich sie. Ich weiß, dass Ihr dadurch beiseitegedrängt werdet. Weshalb Ihr Euch nutzlos fühlt.«

»Wollt Ihr noch irgendwelche anderen gescheiten Erkenntnisse von Euch geben?«

Er zuckte die Schultern, ließ die verdammte Kette erneut vor und zurück wirbeln. »Der Speer, den Ihr gefunden habt. Er stammt von den T'lan Imass.«

»Soll mir das irgendetwas sagen?«

»Das wird es.«

»Das ist keine Waffe, mit der *Ihr* kämpft, oder?«

»Nein. Und ich verstecke mich auch nicht auf Bäumen und werfe mit Früchten.«

Sie runzelte die Stirn.

Er lachte und wandte sich ab. »Ich wurde in Dunkelheit geboren, Freisprecherin.«

»Und?«

Er blieb stehen, blickte zu ihr zurück. »Was glaubt Ihr – warum bin ich das Todbringende Schwert des Schwarzen Geflügelten Lords? Weil ich so gut aussehe? Weil ich so eine liebenswürdige Persönlichkeit habe? Weil ich so gut mit diesen Klingen hier umgehen kann?«

»Nun«, sagte sie, »Ihr habt gerade meine Liste mit Gründen erschöpfend abgearbeitet.«

»Ha, ha. Hört mir zu. Geboren in Dunkelheit. Gesegnet von unserer Mutter. Der Erste seit Tausenden von Jahren – sie hat sich abgewandt, versteht Ihr? Von ihren auserwählten Söhnen. Seit Tausenden von Jahren? Eher seit Zehntausenden. Aber von mir nicht. Ich kann in der Dunkelheit *wandeln*, Freisprecherin.« Er deutete mit der Hand, die die Kette hielt, in Richtung der anderen. »Das kann noch nicht einmal Silchas Ruin von sich behaupten.«

»Weiß er es?«

»Nein. Dies ist unser beider Geheimnis – solange Ihr wollt.«

»Und warum sollte ich wollen, dass er es nicht erfährt, Clip?«

»Weil ich hier der Einzige bin, der ihn davon abhalten kann, Euch zu töten. Euch und Udinaas – die beiden, die er für die Nutzlosesten hält. Ja, in der Tat sogar für mögliche Feinde.«

»Feinde? Warum sollte er das denken?« Sie schüttelte ungläubig den Kopf. »Wir sind nicht mehr als Käfer, die er jederzeit unter seinen Füßen zermalmen könnte. Ein Feind ist jemand, der eine Bedrohung darstellt. Wir tun das nicht.«

»Nun, was das angeht, sehe ich keine Notwendigkeit, Euch zu erleuchten. Noch nicht.«

Schnaubend drehte sie sich um und griff nach dem Topf mit den glitzernden Eisstücken.

»Habt Ihr vor, Euren Fund zu behalten?«, fragte Clip.

Sie blickte auf die Waffe in ihrer rechten Hand hinunter. »Udinaas kann ihn als Krücke benutzen.«

Clips Lachen war auf bittere Weise grausam. »Oh, was für eine Ungerechtigkeit, Freisprecherin, für eine geschichtenumwobene Waffe wie die da.«

Sie starrte ihn stirnrunzelnd an. »Ihr sprecht, als würdet Ihr sie erkennen. Ist das so?«

»Ich würde einfach sagen, sie gehört zu uns.«

Frustriert ging sie an ihm vorbei zurück zum Lager.

Der Speer erregte Aufmerksamkeit – erschreckend schnell bei Silchas Ruin, der zusammenzuzucken schien, ehe er sich umdrehte und sie anblickte. Auch Udinaas reagierte. Sein Kopf fuhr hoch, als sie auf ihn zuging. Sie hatte das Gefühl, ihr Herz würde stolpern, und fürchtete sich plötzlich.

Doch sie versuchte, das Gefühl zu verbergen, indem sie sich hartnäckig an ihren ersten Gedanken klammerte. »Udinaas, ich habe das hier gefunden – du kannst es benutzen, um dich aufzustützen.«

Er brummte und nickte dann. »Eine Steinspitze – die wird ja wohl kaum eine scharfe Schneide haben, oder? Zumindest werde ich nicht stolpern und mir das Auge ausstechen, wenn ich mir nicht wirklich viel Mühe gebe – und warum sollte ich das tun?«

»Mach dich nicht über die Waffe lustig«, sagte Silchas Ruin. »Benutze sie ruhig so, wie die Freisprecherin es vorgeschlagen hat. Aber denke daran, dass sie nicht dir gehört. Du wirst sie wieder herausgeben müssen – merk dir das, Udinaas.«

»Ich werde sie wieder herausgeben müssen – vielleicht an Euch?«

Wieder das Zusammenzucken. »Nein.« Silchas Ruin wandte sich erneut ab.

Udinaas sah Seren mit einem schwachen Grinsen im Gesicht an. »Habt Ihr mir gerade eine verfluchte Waffe gegeben, Freisprecherin?«

»Ich weiß es nicht.«

Er stützte sich auf den Speer. »Ach, ist auch egal. Ich habe schon eine ganze Sammlung von Flüchen – einer mehr macht da auch nichts mehr aus.«

Eis wurde geschmolzen, Wasserschläuche wieder aufgefüllt. Ein weiterer Topf mit gefrorenem Schnee bescherte das Wasser für eine Brühe aus Kräutern, fetter Myrid-Schwarte, Beeren und ein paar Klumpen Ahornsaft – den letzten Ahorn hatten sie vor zehn Tagen auf einer Anhöhe gesehen, auf der die Luft erfrischend kräftigend gewesen war und lieblich nach Leben gerochen hatte. Hier hingegen, hier gab es keine Bäume. Noch nicht einmal Gestrüpp. Der riesige Wald, der sie umgab, reichte ihnen kaum an die Knöchel – eine verfilzte Welt aus Flechten und Moosen.

Als Udinaas eine Schale mit Suppe in den zitternden Händen hielt, wandte er sich an Seren. »Einfach nur, damit das in unserer monumentalen Posse klar ist – habt Ihr diesen Speer gefunden, oder hat er Euch gefunden?«

Sie schüttelte den Kopf. »Das spielt keine Rolle. Jetzt gehört er dir.«

»Nein. Silchas hat recht. Ihr habt ihn mir nur geliehen. Er rutscht mir durch die Hände, als ob er eingefettet wäre. Ich könnte ihn nicht benutzen, um mit ihm zu kämpfen – nicht einmal, wenn ich wüsste, wie man mit einem Speer kämpft, was ich nicht tue.«

»Das ist nicht schwer«, sagte Clip. »Halte ihn einfach an dem Ende fest, das nicht scharf ist, und stoße das andere – das scharfe – in die Leute, bis sie umfallen. Mir ist allerdings noch kein Krieger mit einem Speer untergekommen, den ich nicht hätte in Stücke hauen können.«

Forcht Sengar schnaubte.

Und Seren wusste, warum. Es reichte, um diesen Morgen ein bisschen heller zu machen und ihr ein schiefes Lächeln auf die Lippen zu zaubern.

Clip, der es bemerkte, grinste höhnisch, sagte jedoch nichts.

»Packt zusammen«, sagte Silchas Ruin ein paar Herzschläge später. »Ich bin des Wartens müde.«

»Wie ich schon sagte, Silchas Ruin«, meinte Clip und ließ die Kette einmal mehr wirbeln, »alles geschieht zu seiner Zeit.«

Seren drehte sich um und blickte zu den im Norden aufragenden Gipfeln. Das Gold war verblasst, als wäre es aller Wunder, allen Lebens beraubt. Ein weiterer anstrengender Tag wartete auf sie. Ihre Stimmung verdüsterte sich, und sie seufzte.

Eigentlich hätte dies *sein* Spiel sein sollen. Nicht das von Cotillion und auch nicht das von Schattenthron. Aber es waren genügend Einzelheiten zu Ben Adaephon Delat gelangt, schwer und grausig wie die Asche eines Waldbrands, dass er im Augenblick damit zufrieden war, sich im Würgegriff der Probleme anderer zu befinden. Seit dem magischen Flankenfeuer vor Fahl war sein Leben ziemlich stürmisch gewesen. Er fühlte sich, als würde er einen steilen Hügel hinunterstürzen und wäre dabei der alles vernichtenden Katastrophe immer nur genau einen Schritt voraus.

Früher einmal hatte er dieses Gefühl genossen. Es war der Beweis dafür gewesen, dass er am Leben war.

Doch inzwischen … waren zu viele Freunde auf der Strecke geblieben. Viel zu viele. Und andere ließ er nur zögernd ihren Platz einnehmen – das galt auch für diesen bescheidenen Tiste Edur mit dem viel zu großen Herzen und seiner offenen Wunde aus Trauer; und erst recht für den verdammten T'lan Imass, der jetzt durch ein bombastisches Meer aus Erinnerungen watete, als würde er eine – *nur eine einzige* – suchen, die nicht aus Tränen der Sinnlosigkeit bestand. Die beiden waren in der Tat die falsche Gesellschaft für den Schnellen Ben – denn sie waren wie eine offene Einladung zur Freundschaft. Nicht zum Mitleid – was doch viel leichter gewesen wäre. Nein, diese Möglichkeit ließ ihre verdammte *Würde* nicht zu.

Und er musste sich doch nur anschauen, was aus allen seinen Freunden geworden war. Elster, Igel, Trotter, Dujek Einarm, Kalam … nun, war es nicht immer so gewesen, dass der Schmerz des Verlusts die … *Noch-nicht-Verlorenen* so leicht überwältigte? Und diese traurige Liste war nur die jüngste. Alle seit Fahl. Was war mit den anderen, mit denen vor langer

Zeit das Gleiche geschehen war? *Wir verdammten Überlebenden haben es nicht leicht. Nicht im mindesten.*

Bei diesem Gedanken verzog er innerlich höhnisch die Lippen. Was sollte dieses Selbstmitleid? Das war doch nichts weiter als erbärmliches Schwelgen.

Am Rande einer unterseeischen Schlucht platschten sie durch hüfthohes, lauwarmes Wasser und wirbelten dabei Schlamm auf, der locker auf dem unsichtbaren, konstant gepflasterten Seegrund geruht hatte. Mittlerweile wurden sie auch von Fischen begleitet, deren bucklige Rücken dann und wann auf der einen oder anderen Seite auftauchten; ihre Rückenflossen waren gerippt, und die Aufwölbung im Wasser deutete auf Körper hin, die ein bisschen zu groß für eine beruhigende Betrachtung waren.

Am wenigsten erfreulich bei alledem war Trull Sengars vor wenigen Augenblicken geäußerte Bemerkung, dass diese Fische vermutlich zu der gleichen Art gehörten wie die, die ihn einst zu fressen versucht hatten.

Woraufhin Onrack der Zerbrochene geantwortet hatte: »Ja, das sind die gleichen wie die, gegen die wir auf der Flutmauer gekämpft haben, obwohl sie damals natürlich in der landbewohnenden Phase ihres Lebens waren.«

»Warum sind sie dann hier?«, fragte Trull.

»Weil sie Hunger haben«, antwortete Onrack.

Das reichte endgültig, um den Schnellen Ben aus seiner verdrießlichen Schweigsamkeit zu reißen. »Hört euch doch nur mal selbst reden! Wir stehen kurz davor, von riesigen, magierfressenden Fischen angegriffen zu werden, und ihr schwelgt in Erinnerungen! Also – sind wir jetzt wirklich in Gefahr, oder was?«

Onrack wandte ihm das robuste, zerklüftete Gesicht zu und blickte ihn ein, zwei Herzschläge lang an. »Wir sind davon ausgegangen, dass du uns vor ihnen beschützt, Schneller Ben«, sagte der T'lan Imass dann.

»Ich?« Er schaute sich um, suchte nach irgendeinem Anzeichen von trockenem Land – aber das milchig-trübe Wasser erstreckte sich endlos in alle Richtungen.

»Ist es dann also an der Zeit, dein Tor zu benutzen?«

Der Schnelle Ben leckte sich die Lippen. »Ich glaube ja. Ich meine, ich habe mich vom letzten Mal erholt – mehr oder weniger. Und ich habe etwas gefunden, wo wir hingehen können. Es ist nur …«

Trull Sengar stützte sich auf seinen Speer. »Du bist von jener magischen Reise zurückgekehrt und hattest das Grinsen der Verdammten im Gesicht, Schneller Ben. Wenn unser Bestimmungsort tatsächlich so nervenaufreibend ist, wie es scheint, kann ich dein Zögern verstehen. Außerdem ist mir, nachdem ich dich einige Zeit beobachtet habe, mittlerweile klar geworden, dass der Kampf gegen Icarium dich auf einer grundlegenden Ebene geschwächt hat – vielleicht hast du Angst, kein Tor erschaffen zu können, das lange genug besteht, um uns allen drei Durchgang zu gewähren? Wenn dem so ist …«

»Warte«, unterbrach ihn der Magier und fluchte im Stillen. »Na schön, ich bin ein bisschen … geschwächt. Seit ich mit Icarium zu tun hatte. Du siehst viel zu viel, Trull Sengar. Aber ich kann uns alle drei durchbringen. Das ist ein Versprechen. Es ist nur …« Er warf Onrack einen Blick zu. »Nun, es könnte die eine oder andere … unvorhergesehene … äh … Entwicklung geben.«

»Bin ich in Gefahr?«, fragte Onrack.

»Ich bin mir nicht sicher. Vielleicht.«

»Das sollte deine Entscheidung aber nicht über Gebühr beeinflussen«, erwiderte der T'lan Imass. »Ich bin entbehrlich. Diese Fische können mich schließlich nicht fressen.«

»Wenn wir gehen«, sagte der Schnelle Ben, »wirst du hier für immer gefangen sein.«

»Nein. Ich werde diese Gestalt aufgeben. Ich werde in diesen Wassern ins Vergessen eintreten.«

»Onrack …«, sagte Trull Sengar, ganz offensichtlich beunruhigt.

Aber der Schnelle Ben unterbrach ihn. »Du kommst mit uns, Onrack. Ich sage nur, dass es ein bisschen ungewiss ist, was mit dir geschehen wird. Mehr kann ich nicht erklären. Es hängt einfach davon ab, wo wir ankommen werden. Vom Aspekt der betreffenden Sphäre, meine ich.«

Trull Sengar schnaubte. »Manchmal«, sagte er mit einem schiefen Lächeln, »bist du wirklich ein hoffnungsloser Fall, Magier. Am besten, du öffnest jetzt das Tor, bevor wir noch im Bauch eines Fischs enden.« Er deutete auf einen Punkt hinter dem Schnellen Ben. »Der da sieht aus, als ob er von allen der Größte wäre – seht nur, wie die anderen vor ihm davonspritzen – und er kommt genau auf uns zu.«

Der Magier drehte sich um – und seine Augen weiteten sich.

Das hüfthohe Wasser reichte dem monströsen Fisch noch nicht einmal bis zu den Augen, und er schob sich einfach durch die Untiefen. Irgendeine Art von verdammtem Wels, länger als eine napanesische Galeere …

Der Schnelle Ben hob die Arme und rief mit lauter, merkwürdig hoher Stimme: »Es ist Zeit zu gehen!«

Geschwächt. Oh, ja, das bin ich. Ich habe zu viel durch mich hindurchfließen lassen, als ich versucht habe, ihn zurückzuschlagen. Aber es gibt eine Grenze für das, was ein menschlicher Körper ertragen kann. Beim Vermummten, das ist die älteste aller Regeln.

Er öffnete das Tor mit Gewalt, hörte, wie sich ein Schwall Wasser explosionsartig in die dahinterliegende Sphäre ergoss, spürte die Strömung an seinen Beinen zerren, und warf sich mit dem Ruf: »Folgt mir!« vorwärts.

Abermals dieser übelkeiterregende, grässliche Augenblick des Erstickens, dann stolperte er durch einen Bach, Wasser spritzte in alle Richtungen, schoss davon – und kalte Winterluft wehte zwischen Dampfschwaden heran.

Trull Sengar wankte an ihm vorbei, benutzte seinen Speer, um sich aufzurichten, und stürzte kurz darauf zu Boden. Keuchend drehte der Schnelle Ben sich um.

Und sah eine Gestalt aus den weißen Nebelschwaden auftauchen.

Trull Sengars überraschter Aufschrei scheuchte einen Schwarm Vögel aus einer Gruppe nicht weit entfernt stehender kniehoher Bäume auf; auf ihrem Weg zum Himmel rasten die Tiere in einem Halbkreis über den Kopf von Onrack dem Zerbrochenen hinweg. Bei ihren Schreien und angesichts der winzigen, um ihn herumschießenden Schatten blickte der Krieger nach oben – und blieb stehen.

Der Schnelle Ben sah, wie Onracks Brust unter einem Atemzug anschwoll, der kein Ende zu nehmen schien.

Dann neigte er den Kopf wieder.

Und der Magier starrte in ein Gesicht aus glatter, wettergegerbter Haut. Grüne Augen glitzerten unter einer stark ausgeprägten, vorspringenden Stirn. Ströme aus kalter Luft bildeten Fahnen unter Onracks breiter und flacher, oft gebrochener Nase.

»Onrack? Bei den Schwestern, Onrack!«, rief Trull Sengar.

Die kleinen, unter einer verlängerten Falte des Oberlids liegenden Augen richteten sich auf den Edur. »Trull Sengar«, sagte der Krieger aus Fleisch und Blut mit tiefer, hallender Stimme. »Ist das … ist das Sterblichkeit?«

Der Tiste Edur trat einen Schritt näher. »Du erinnerst dich nicht? Wie es sich anfühlt, lebendig zu sein?«

»Ich … ich … ja.« Ein Ausdruck der Verwunderung legte sich auf die wuchtigen Gesichtszüge. »Ja.« Ein weiterer tiefer Atemzug, und dann ein Ausatmen, das voller beinahe wildem Jubel war. Der fremdartige Blick richtete sich erneut auf den Schnellen Ben. »Ist dies eine Sinnestäuschung, Magier? Ein Traum? Eine Reise meines Geistes?«

»Ich glaube nicht. Ich meine, ich glaube, dass es ausreichend wirklich ist.«

»Dann … diese Sphäre. Es ist Tellann.«

»Vielleicht. Ich bin mir nicht sicher.«

Trull Sengar war plötzlich auf den Knien, und der Schnelle Ben sah, dass dem Tiste Edur Tränen über das schmale, düstere Gesicht rannen.

Der vierschrötige, muskulöse Krieger vor ihnen, der noch immer die verrotteten Überreste alter Felle trug, ließ den Blick langsam über die umliegende Landschaft – eine vertrocknete Tundra – schweifen. »Tellann«, flüsterte er. *»Tellann.«*

»Als die Welt jung war«, begann Rotmaske, »lag die Ebene, die uns umgibt, höher und war dem Himmel näher. Die Erde war wie eine dünne Haut, die dickes Fleisch bedeckte, das nichts weiter war als gefrorenes Holz und gefrorene Blätter. Der verfaulte Kadaver uralter Wälder. Unter der Sommersonne flossen unsichtbare Flüsse durch den Wald, unter jedem Zweig, jedem heruntergebrochenen Ast. Und mit jedem Sommer wurde die Sonne heißer, die Jahreszeiten länger, und die Flüsse strömten, entwässerten den riesigen begrabenen Wald. Und so sank die Ebene herab, senkte sich, als die ausgetrockneten Wälder zu Staub zerbröselten, und mit den Regenfällen sank mehr Wasser ein, schwemmte den Staub weg, nach Süden, nach Norden, nach Osten, nach Westen; es folgte den Tälern, stieg an, um sich zu Strömen zu vereinigen. Es floss davon, in alle Richtungen.«

Masarch saß schweigend bei den anderen Kriegern – knapp zwei Dutzend oder mehr, die sich versammelt hatten, um die alte Geschichte zu hören. Doch weder Masarch noch einer der anderen hatte sie jemals auf diese Weise gehört – in Worten, die hinter der rotschuppigen Maske hervordrangen –, erzählt von einem Krieger, der sonst nur selten sprach und es doch jetzt mit Leichtigkeit tat und dabei genau den Tonfall der Ältesten traf.

Die K'Chain Che'Malle standen ganz in der Nähe, ungeschlacht und reglos, wie ein Paar grotesker Statuen. Doch Masarch dachte, dass sie genauso zuhörten wie er und seine Kameraden.

»Das Land verließ den Himmel. Das Land ließ sich auf Gestein nieder, auf den Knochen der Welt. Und so wurde das Land zu einem Widerhall der verfluchten Zaubereien, die die Schamanen der Geweihe wirkten – diejenigen, die zwischen Felsblöcken knien und den Stein anbeten, die Waffenmacher.« Er machte eine Pause und fuhr dann fort: »Dies war kein Zufall. Was ich gerade beschrieben habe, ist nur eine Wahrheit. Es gibt auch eine andere.« Dieses Mal war die Pause etwas länger, gefolgt von einem langgezogenen Seufzer. »Schamanen der Geweihe. Sie sind knorrig wie Baumwurzeln, jene wenigen, die noch übrig sind, jene wenigen, die noch immer unsere Träume heimsuchen, genau wie diese uralte Ebene. Sie verbergen sich in den Spalten der Knochen der Welt. Manchmal sind ihre Körper fort, so dass nur noch ihre verwitterten Gesichter aus den Spalten herausschauen und die Ewigkeit herausfordern, wie es ihrem schrecklichen Fluch entspricht.«

Masarch war nicht der Einzige, der angesichts der Bilder, die Rotmaskes Worte heraufbeschworen, in der frühmorgendlichen Kühle kurz vor Anbruch der Dämmerung erschauerte. Jedes Kind wusste von den verdrehten, heimtückischen Geistern, den Hüllen schon seit langem toter Schamanen, die nicht richtig sterben konnten. Unter dem sternengesprenkelten Nachthimmel rollten sie Steine zu seltsamen Mustern, nagten mit den Zähnen an der Oberfläche von Felsblöcken herum und erschufen auf diese Weise furchterregende Bilder, die nur abends und morgens während der Dämmerung erschienen, wenn das Licht der Sonne gerade neu geboren worden war oder erstarb; und in den weitaus häufigsten Fällen waren die Felsblöcke so ausgerichtet, dass die tiefe Magie in der Abenddämmerung erweckt wurde, wenn diese Bilder aus vorher zufällig wirkenden Kritzeleien entstanden. Magie, um den Wind an jenem Ort zu töten …

»In der Zeit, bevor die Ebene herabsank, machten die Schamanen und ihre schrecklichen Gefolgsleute Musik in der kürzesten Nacht beim Sterben der Sonne oder zu anderen heiligen Zeiten, ehe der Schnee kam. Sie benutzten dazu keine fellbespannten Trommeln. Das war nicht nötig. Nein, sie benutzten die Haut der Erde, den begrabenen Wald unter ihnen. Sie hämmerten auf die Haut der Erde ein, bis jedes Tier auf der Ebene zitterte und die Bhederin losstürmten – zu Zehntausenden stürmten sie los wie ein einziges Wesen, rannten ungezügelt durch die Nacht – und spielten auf diese Weise ebenfalls die Musik der Schamanen der Geweihe und nährten deren dunkle Macht.

Aber am Ende zerfiel das Land – die Schamanen hatten nach der Ewigkeit griffen, und dadurch die Erde getötet. Dieser Fluch kommt nie zur Ruhe. Wenn er könnte, würde er sich in eben dieser Nacht um unsere Hälse legen und um die Hälse aller, die hier sind.«

Nach diesen Worten schwieg Rotmaske einige Zeit, als wollte er dem Schrecken Zeit lassen, sich in den Herzen seiner Zuhörer frei zu entfalten. Doch schließlich nahm er den Faden wieder auf. »Daraufhin versammelten die Schamanen der Geweihe ihre unsterblichen Krieger und zogen los, um Krieg zu führen. Sie gaben diese Ebene auf – und seit dieser Zeit wurden nur diejenigen hierher zurückgebracht, die im Kampf gefallen sind. Bruchstücke. Gescheitert und so verwittert wie die Ebene selbst, niemals mehr in der Lage, den Himmel zu erreichen oder ihn auch nur zu sehen. Solcherart war ihr Fluch.

Wir vergeben nicht. Vergebung liegt nicht in unserer Natur. Aber wir werden auch nicht vergessen.

Bast Fulmar, das Tal der Träume. Die Letherii glauben, dass wir ihm große Ehrfurcht entgegenbringen. Sie glauben, dass dieses Tal der Schauplatz eines alten Kampfs zwischen den Ahl und den K'Chain Che'Malle war – obwohl die Letherii den wahren Namen unseres alten Feindes nicht kennen. Vielleicht hat es dort tatsächlich Geplänkel gegeben, und diese Erinnerung hat überlebt, um verdreht und in falschen Formen neu gebunden zu werden. Viele von euch halten an diesen neuen Formen fest, halten sie für wahr. Eine Schlacht in alter Zeit. Eine, die wir gewonnen haben. Eine, die wir verloren haben – es gibt Älteste, die sind kühn, was das letztere Geheimnis angeht, als wäre die Niederlage ein in ihrer Herzhand verborgenes Messer.« Rotmaske tat die Vorstellung mit einem Schulterzucken ab. Fahler Lichtschein kroch heran. Vogelgezwitscher stieg vom niedrigen Gestrüpp auf.

»Bast Fulmar«, sagte Rotmaske noch einmal. »Das Tal der Trommeln. Und hier ist nun also die geheime Wahrheit. Die Schamanen der Geweihe trommelten auf der Haut des Tals, das vor uns liegt. Bis alles Leben gestohlen, alles Wasser geflohen war. Sie tranken kräftig, bis nichts mehr übrig war. Denn damals waren die Schamanen nicht allein, nicht für das schreckliche Ritual. Nein, andere ihrer Art hatten sich zu ihnen gesellt – auf fernen Kontinenten, hunderte, tausende von Meilen entfernt, alle in jener einen Nacht. Um ihr Leben von der Erde zu trennen, um diese Erde von ihrem eigenen Leben zu trennen.«

Nun herrschte Stille, kein einziger Krieger wagte es, auch nur Luft zu holen. Sie hielten den Atem an – zu lange …

Rotmaske erlöste sie mit einem weiteren Seufzer. »Bast Fulmar. Wir erheben uns jetzt, um Krieg zu führen. Im Tal der Trommeln wird die Zauberei der Letherii *versagen*, meine Krieger. Auch die Zauberei der Edur *wird versagen*. In Bast Fulmar gibt es kein magisches Wasser, keinen Strom der Macht, von dem man stehlen kann. Das ist alles verbraucht, alles dazu benutzt worden, um jenes Feuer zu löschen, das das Leben ist. Unser Feind weiß das nicht. Am heutigen Tag werden sie die Wahrheit erfahren. Zu spät. Heute, meine Krieger, wird es Stahl gegen Stahl heißen. Das und nichts anderes.«

Rotmaske stand auf. »Erzählt die Wahrheit – erzählt sie allen Kriegern. Dann macht euch fertig. Wir marschieren in die Schlacht. Dem Sieg entgegen.«

Mut wallte in Masarchs Brust auf, und er stellte fest, dass er auf den Beinen war, dass er zitterte und in die sich auflösende Düsternis schritt und allen, an denen er vorbeikam, die gleichen Worte zuflüsterte. Wieder und wieder.

»An diesem Tag singt Bast Fulmar. Das Tal singt: Es gibt keine Magie. Es gibt keine Magie!«

Während Pferdeknechte die Pferde zusammenholten und über den Hof hinter ihr führten, übergab Atri-Preda Yan Tovis einem Adjutanten die

Zügel ihres Reittiers und schritt auf den plumpen, düsteren Eingang des Anwesens zu. Neunzig Meilen südlich der Hafenstadt Rennis gelegen, war Fort Boaral einst die Wiege der Grasjacken-Brigade gewesen, aber das war ein ganzes Jahrhundert her, und jetzt war diese Festung im Besitz irgendeines dritten oder vierten Sohnes eines entfernt verwandten Boaral, der sich an den altmodischen adeligen Titel Dresh-Preda oder Domänenherr klammerte. Die Garnison unter seinem Befehl bestand aus knapp einem Dutzend Soldaten, von denen mindestens zwei – die am äußeren Tor – betrunken waren.

Müde, wundgeritten und ausgesprochen ungeduldig stieg Yan Tovis die vier breiten, niedrigen Stufen zu den von einem Sturzstein gekrönten Haupttüren hinauf. Keine Wache in Sicht. Sie löste den Riegel, trat die schwere Tür auf und stapfte in die düstere Empfangshalle dahinter, wobei sie zwei alte Frauen mit Eimern und Scheuerlappen aus Khalit-Reben aufschreckte.

Sie wichen zurück, hielten die Augen niedergeschlagen und beugten eilends das Knie.

»Wo ist Dresh Boaral?«, wollte Zwielicht wissen, während sie ihre Handschuhe auszog.

Die alten Weiber wechselten Blicke, dann versuchte eine der beiden so etwas wie einen Knicks, ehe sie sagte: »Der schläft bestimmt sein' Rausch aus, werte Dame, oh, ja. Und wir, wir räumen sein Abendessen weg.«

Ein gedämpftes Schnauben von der anderen Dienerin.

Erst jetzt bemerkte Yan Tovis den scharfen Geruch von Galle, der sich mit dem der Seifenlauge mischte. »Und wo ist dann sein Waffenmeister?«

»Werte Dame«, ein weiterer Knicks, »der is' mit vier Soldaten weggeritten, nach Westen, wie sie sagen, will zur Küste, so schnell wie 'ne Klaffmuschel spritzt, und die Wolke, die hängt immer noch in der Luft.«

»Dann ist er also erst vor kurzem aufgebrochen? Aus welchem Grund? Und wie weit ist die Küste von hier entfernt?«

»So schnell, wie der los is', braucht der nich' mal 'nen Glockenschlag, werte Dame.«

»Und aus welchem Grund?«

Ein weiterer geheimnisvoller Blickwechsel. »Werte Dame, an der Küste is' wohl alles schwarz, und es gibt Geflüster. Fischer sin' verschwunden, und Dämonenaugen ham aus den Tiefen geleuchtet. Die Inseln sin' voller Eis und allem, so bleich und tödlich wie im Schädel von 'nem Mörder.«

»Der Waffenmeister ist losgeritten, nachdem er abergläubische Gerüchte gehört hat?«

»Werte Dame, ich hab zufällig 'ne Base am Gestade …«

»Die alberne, ja«, unterbrach die andere Dienerin sie.

»Klar is' sie albern, aber das is hier egal, denn hier geht's um die Stimmen der See, die sie gehört hat – und mehr als einmal. Stimmen, werte Dame, wie die Geister der Ertrunkenen, hat sie gesagt, und sie hat sie gehört, und das mehr als einmal.«

Hinter der Atri-Preda standen nun zwei ihrer Sergeanten und hörten zu. Zwielicht löste den Riemen ihres Helms. »Der Waffenmeister bleibt nüchtern?«, fragte sie.

»Einer muss ja, gesund sein und das alles.«

»Ja, das muss er«, stimmte die andere zu. »Und das is' 'n Fluch, und in schlechten Zeiten wie jetzt macht's das alles noch schlimmer für uns …«

»Sei still! Diese werte Dame is'n Soldat, der wo viel höher is' als der Dresh!«

»Das weiß' du gar nich', Schluckse! Warum …«

»Doch, ich weiß es! Wem sein Neffe hat denn Latrinen für die Grasjacken gegraben, na? Sin' die Rangzeichen und Halsbänder und der Umhang und das alles …«

Yan Tovis drehte sich zu einem ihrer Sergeanten um. »Stehen frische Pferde in den Ställen?«

Ein Nicken. »Vier, Atri-Preda.«

Bei diesen Worten stieß die erste alte Frau die zweite an und sagte: »Hab ich's dir nich' gesagt! Und wie ich's dir gesagt hab!«

Yan Tovis legte den Kopf in den Nacken und versuchte, die verspannten Muskeln zu lockern. Sie schloss einen Moment lang die Augen und seufzte dann. »Sattle sie, Sergeant. Such mir die drei Mann zusammen, die am wenigsten erschöpft sind. Ich will los und unseren verschwundenen Waffenmeister suchen.«

»Jawohl.« Der Mann salutierte und ging davon.

Die Atri-Preda wandte sich wieder den alten Frauen zu. »Wo steht die nächstgelegene Abteilung der Tiste Edur?«

Ein halbes Dutzend Herzschläge lang tauschten die beiden alten Frauen sich aus, ohne miteinander zu sprechen, dann nickte die erste und sagte: »In Rennis, werte Dame. Un' sie war'n kein einziges Mal hier.«

»Sei froh, dass sie's nicht waren«, sagte Zwielicht. »Sie hätten Boaral den Kopf von den Schultern gehauen.«

Die zweite Frau schnaubte. »Das würd' der doch nich' mal merken …«

»Schsch!«, schimpfte die erste. Dann wandte sie sich wieder an Zwielicht. »Werte Dame, Dresh Boaral hat fast alle seine Verwandten verlor'n, als die Edur hier runtergekomm' sin'. Hat auch seine Frau verlor'n, im Schlingensumpf, das is' jetz' … na, drei Jahre her …«

Die andere alte Frau spuckte auf den Fußboden, den sie gerade gewischt hatten. »Verlor'n? Die is' erwürgt und versenkt worden, Schluckse, von sei'm Meister persönlich! Und jetz' ersäuft er an seiner eigenen Trinkerei! Aber, oh, sie war Feuer, und wie – keine Zeit für wimmernde Ehemänner, aber ihm gefällt sein Gewimmer, und wie, und es gefällt ihm so gut, dass er seine eigene Frau umbringt!«

Zwielicht wandte sich an den Sergeanten, der noch bei ihr stand. »Wir werden ein paar Tage hierbleiben. Ich will, dass der Dresh hier unter Hausarrest gestellt wird. Schick einen Boten nach Rennis, um einen Rechtsspruch der Tiste Edur anzufordern. Die Untersuchung wird gewisse Arten von Zauberei mit sich bringen, vor allem Gespräche mit den Toten.«

Der Sergeant salutierte und verließ den Raum.

»Am besten wär's wohl, Ihr sprecht nicht mit der Herrin, werte Dame.«

Zwielicht blickte die alte Frau stirnrunzelnd an. »Warum nicht?«

»Weil sie nich' wieder aufhör'n wird, wenn sie erst mal angefangen hat. Der Herr is' betrunken, und sie is' Feuer, ganz Feuer – sie könnt' ihm glatt die Augen auskratzen, und wie.«

»Seid ihr Hexen, ihr beide?«

Noch mehr stummer Austausch zwischen den beiden alten Weibern, dann schob die erste einen knorrigen, haarigen Fuß vor und wischte mit ihm sorgfältig über den Speichelklumpen auf dem gefliesten Boden. Zwielicht sah, dass ihre Zehen lange Krallen trugen.

»Ihr seid Triller? Schulterfrauen, die den Alten Wegen folgen?«

Borstige Brauen hoben sich, dann machte die Alte namens Schluckse erneut einen Knicks. »Ja, das ham wir gewusst, dass Ihr hier gebor'n seid.

Man merkt's, werte Dame, Ihr seid ein Kind vom Gestade, und wo seid Ihr nich' all hingegangen, aber nich' so weit weg, dass Ihr's vergessen habt. Die Herrin hat uns nie besonders gemocht.«

»Also, wer hat sie erdrosselt und ihren Leichnam im Schlingensumpf versenkt, Schluckse?«

Die andere schien zu würgen und sagte dann: »Der Dresh gibt seine Anweisungen so klar wie 'n Netz auf'm Weg, stimmt's, Schluckse? Gibt seine Anweisungen, und wir, wir sin' schon hier, und wie. Seit der erste schwarze Stein der Festung ausgelegt wurde. Loyal, klar. Boaral-Blut war Letherii-Blut, die ersten, die in dieses Land gekommen sind, die ersten Herren überhaupt. Dresh der Erste hat uns ganz bewusst sein Blut gegeben, wollt' den Schwarzen Stein schwärzen.«

»Der erste Dresh hat euch entdeckt und euch gezwungen, ihm euren Segen zu geben?«

Ein Kichern von der zweiten Frau. »Das, was er wohl für 'nen Segen gehalten hat!«

Zwielicht wandte den Blick ab, trat zur Seite und lehnte sich mit einer Schulter an die schmutzige Wand. Sie war zu müde für all das. Das Geschlecht der Boaral, von Triller-Hexen verflucht – die Generation für Generation lebendig und wachsam waren. Sie schloss die Augen. »Schluckse, wie viele Ehefrauen habt ihr beide umgebracht?«

»Keine, bei der der Dresh 's nich' befohlen hätte, werte Dame.«

»Aber euer Fluch macht sie wahnsinnig, macht sie alle wahnsinnig. Ich möchte die Frage nicht noch einmal stellen müssen.«

»Einun'zwanzig war'n 's wohl, werte Dame. Wenn ihre gebärfähige Zeit vorbei war. Meistens.«

»Und ihr habt die Tiste Edur von hier ferngehalten.«

»Das hier geht die nichts an, werte Dame.«

Genauso wenig wie mich. Aber nein … das stimmt nicht ganz, oder? »Hebt den Fluch auf, Schluckse. Ihr habt genug getan.«

»Boaral hat mehr Triller umgebracht als jeder andere Dresh, werte Dame. Das wisst ihr.«

»Hebt ihn auf«, sagte Zwielicht. Sie machte die Augen auf und sah die beiden Frauen an, »oder eure Köpfe werden in Säcken stecken und tief im Schlingensumpf vergraben sein, noch ehe diese Nacht vorüber ist.«

Schluckse und ihre Kameradin grinsten einander an.

»Ich bin vom Gestade«, sagte Yan Tovis mit harter Stimme. »Mein Triller-Name ist Zwielicht.«

Die beiden alten Hexen wichen schlagartig zurück, sanken dann mit gebeugten Köpfen auf die Knie.

»Hebt den Fluch auf«, sagte Zwielicht noch einmal. »Oder wollt ihr euch einer Prinzessin des Letzten Blutes widersetzen?«

»Keine Prinzessin mehr«, sagte Schluckse zum Fußboden.

Yan Tovis spürte, wie ihr das Blut aus dem Gesicht wich – wenn sie nicht an der Wand gelehnt hätte, wäre sie ins Taumeln geraten.

»Eure Mutter is' vor 'nem guten Jahr gestorben«, sagte Schluckse mit sanfter, trauriger Stimme.

»Das Boot is' umgekippt, als sie von der Insel rübergekomm' is'«, fügte die andere Hexe hinzu. »War wohl 'n Dämon aus der Tiefe, wie's heißt, von dunkler Magie draußen aufm Meer zu dicht hier rangedrückt – die gleiche Magie, meine Königin, die den Waffenmeister nach Westen gespritzt haben könnte, wie sie sagen. Ein Dämon, der von unterm Boot aufgetaucht is', und alle sin' ertrunken. Flüstern ausm Wasser, meine Königin, dunkel und beinahe schwarz.«

Yan Tovis holte tief Luft. Eine Triller zu sein bedeutete, Kummer zu kennen. Ihre Mutter war tot, war jetzt ein Gesicht, aus dem das Leben gewichen war. Nun, sie hatte die Frau seit mehr als einem Jahrzehnt nicht mehr gesehen, oder? Warum dann also dieser Schmerz? *Weil da noch etwas anderes ist.* »Wie heißt der Waffenmeister, Schluckse?«

»Yedan Derryg, Hoheit. Die Wacht.«

Der Halbbruder, den ich nie kennen gelernt habe. Derjenige, der weggelaufen ist – vor seinem Geschlecht, vor allem. Der fast so weit weggelaufen ist wie ich. Und wenn schon, war die alte Geschichte überhaupt wahr? Schließlich war die Wacht hier, kaum einen Ritt von einem Glockenschlag von der Küste entfernt. Sie begriff jetzt, warum er in dieser Nacht fortgeritten war. *Etwas anderes, und das ist es also.*

Yan Tovis zog ihren Umhang um sich. »Kümmert euch gut um meine Soldaten. Ich werde im Morgengrauen mit Derryg zurückkehren.« Sie wandte sich zur Tür und blieb noch einmal stehen. »Der Wahnsinn, der den Dresh befallen hat, Schluckse.«

Hinter ihr antwortete die Hexe: »Für ihn wird's wohl zu spät sein, Hoheit. Aber wir werden heute Nacht den Schwarzen Stein säubern. Bevor die Edur kommen.«

Oh, ja, ich habe nach ihnen geschickt, nicht wahr? »Ich nehme an«, sagte sie, den Blick auf die Tür gerichtet, »eine schnelle Hinrichtung von Dresh Boaral wird eine Gnade für den armen Mann sein.«

»Ihr habt vor, es tun, bevor die Edur hier sind, wie es heißt, Hoheit?«

»Ja, Schluckse. Ich nehme an, er wird bei einem Fluchtversuch sterben.« Ein, zwei Herzschläge später fragte sie: »Schluckse, wie viele Schulterfrauen sind noch übrig?«

»Mehr als zweihundert, Hoheit.«

»Ich verstehe.«

»Meine Königin«, wagte sich die andere vor, »Botschaften werden ausgesandt werden, die Spinne geht ans Netz, wie's so schön heißt, noch ehe die Sonne aufgeht. Für Euch wurde ein Verlobter ausgewählt.«

»Ist das so? Wer ist es?«

»Triller Brullyg, von der Insel.«

»Und bleibt mein Verlobter im Fort der Zweiten Jungfrau?«

»Das nehmen wir an, Hoheit«, antwortete Schluckse.

Bei diesen Worten drehte sie sich um. »Ihr wisst es nicht?«

»Das Netz ist zerrissen, Hoheit. Seit fast einem Monat. Eis und Dunkel und Geflüster, wir können nicht über die Wogen hinwegreichen. Das Gestade ist blind für die See, Hoheit.«

Das Gestade ist blind für die See. »Ist so etwas schon jemals zuvor geschehen?«

Die beiden Hexen schüttelten den Kopf.

Zwielicht drehte sich um und eilte nach draußen. Ihre Begleiter waren bereits aufgesessen und warteten, stumm vor Erschöpfung. Sie ging zu dem Pferd, das ihren Sattel trug – ein Fuchswallach, der Tauglichste von allen, wie sie im Fackelschein sehen konnte –, und zog sich auf seinen breiten Rücken.

»Atri-Preda?«

»Zur Küste«, sagte sie und griff nach den Zügeln. »Im Galopp.«

»Was stimmt mit ihnen nicht?«

Das Gesicht des Hundemeisters war von Schmerz gezeichnet, Tränen rannen ihm über die von Sonne und Wind gegerbten Wangen und glitzerten wie Schweißtropfen in seinem Bart. »Sie sind vergiftet worden, Atri-Preda! Vergiftetes Fleisch, das auf dem Boden gelegen hat – ich werde sie alle verlieren!«

Bivatt fluchte leise vor sich hin. »Dann werden wir ohne sie auskommen müssen.«

»Aber die Magier der Edur …«

»Wenn unsere Magier ihnen nicht helfen können, Bellict, dann können es auch die Hexer nicht. Die Edur-Stämme züchten keine Kriegshunde, oder? Es tut mir leid. Und jetzt geht.«

Nur eine weitere unangenehme Überraschung an diesem frühen Morgen. Ihre Armee war die letzten beiden Glockenschläge der Nacht durchmarschiert, um das Tal zu erreichen – sie wollte als Erste die Truppen für die bevorstehende Schlacht aufstellen, wollte Rotmaske zwingen, zu *reagieren*, statt ihm den ersten Zug zu überlassen. Angesichts der Position des Ahl-Lagers hatte sie es mit dem Marsch nicht eilig gehabt, denn sie hatte angenommen, dass die Wilden frühestens am Mittag auf der Ostseite von Bast Fulmar auftauchen und dadurch jeden Vorteil, den ihnen die helle Morgensonne im Rücken gewährt hätte, verlieren würden.

Aber das Lager der Feinde war eine Täuschung gewesen.

Als sie nur wenig mehr als eine Meile vom Tal entfernt gewesen waren, waren Kundschafter zur Marschkolonne zurückgekehrt und hatten berichtet, dass der Feind sie in großer Anzahl bei Bast Fulmar erwartete.

Wieso hatten ihre Magier die Ahl nicht gefunden? Auf diese Frage hatte sie keine Antwort erhalten, abgesehen von beunruhigend furchtsamen Blicken. Selbst Brohl Handars K'risnan vom Stamm der Den-Ratha und seine vier Hexer hatten ihr nicht erklären können, wieso Rotmaskes Täuschung so erfolgreich hatte sein können. Die Nachricht hatte den sauren Geschmack von Selbstvorwürfen auf Bivatts Zunge hinterlassen – sich auf Magier zu verlassen war ein Fehler gewesen, eine Bequemlichkeit, die auf vergangenen Erfolgen beruhte. Vorausgeschickte Kundschafter hätten die List schon vor Tagen entdeckt, wenn sie sich nur die Mühe gemacht hätte, sie außer Sichtweite reiten zu lassen. Sie dicht beim Tross zu halten sorgte dafür, dass sie weder Überfällen noch Hinterhalten zum Opfer fielen, beides Taktiken, für die die Ahl bekannt waren. Sie hatte sich an die militärische Doktrin gehalten. Peinlich genau.

Verdammt soll dieser Rotmaske sein. Ganz offensichtlich kennt er diese Doktrin so gut wie ich. Und hat uns daraus einen Strick gedreht.

Nun stand die Schlacht unmittelbar bevor, und die helle Morgensonne würde tatsächlich ihren eigenen Soldaten ins Gesicht scheinen, während das erste Blut vergossen wurde.

Sie stellte sich in den Steigbügeln auf und spähte noch einmal zum fernen Talhang hinüber. Berittene Ahl in rascher Bewegung, in scheinbarem Chaos; sie ritten hin und her und wirbelten dabei Staubwolken auf, die im morgendlichen Licht golden leuchteten. Größtenteils berittene Bogenschützen. Sie sammelten sich in großer Zahl vor einem der breiteren Hänge im Süden, zu ihrer Rechten. Ein zweiter sanfter Hang lag leicht links von ihr, und dort – auf dem Grat, wenn man es denn so nennen wollte – waren fünf sich rastlos bewegende keilförmige Formationen von Ahl-Kriegern zu Fuß zu erkennen; sie konnte ihre langen Speere sehen, die hin und her wogten wie Schilf an einem Ufer. Speere, nicht die schwachen Schwerter, die die Bevollmächtigten des Repräsentanten ihnen verkauft hatten. Sie schätzte, dass jeder Keil aus etwa tausend Kriegern bestand – die sich selbst jetzt, bevor der eigentlich Kampf überhaupt begonnen hatte, viel zu diszipliniert verhielten. *Sie sollten berauscht sein. Auf ihre Schilde hämmern. Ihre Schamanen sollten vor ihnen hin und her rennen, auf der ganzen Strecke bis runter zum Flussbett. Sollten uns ihre Hintern zeigen, während sie sich entleeren. Sollten Flüche rufen, sollten tanzen, um schreckliche Geister heraufzubeschwören, sollten all das tun, was sie sonst in einer solchen Situation tun. Stattdessen haben wir das hier …*

Nun, wie wahrscheinlich ist es, dass diese Keile den Kontakt mit meinen Soldaten überstehen? Sie sind für diese Art der Kriegführung nicht ausgebildet – und Rotmaske hatte auch nicht die Zeit, mehr als diese dünne Tünche von Ordnung hinzukriegen. Ich habe mehr als sechzehntausend Mann. Achtzehntausend, wenn ich die Tiste Edur mitzähle. Allein diese eine Armee – meine Armee – ist dem, was die ganze Ahl-Bevölkerung an Kriegern aufbringen kann, zahlenmäßig überlegen. Und auch wenn es so aussieht, als hätte Rotmaske sie tatsächlich alle um sich geschart, sind es nicht genug.

Aber er machte es ihr nicht leicht, die Zahl seiner Krieger abzuschätzen. Das wirre Hin und Her der berittenen Bogenschützen, die Staubwolken, das durch den Hang auf der anderen Talseite verkürzte Blickfeld – er machte sie blind.

Brohl Handar zügelte neben ihr sein Pferd. Er musste laut sprechen, um sich angesichts der Geräuschkulisse der vorrückenden Truppen und der Befehle brüllenden Offiziere Gehör zu verschaffen. »Atri-Preda, Ihr scheint vorzuhaben, den größten Teil Eurer mittelschweren Infanterie als Reserve zurückzuhalten.« Er weis nach hinten, um seine Worte zu unterstreichen. Als klar war, dass sie ihm nicht antworten würde, deutete er nach vorn. »Die Flanken dieses Tals sind zwar nicht steil, aber es gibt etliche Abflussrinnen …«

»Die schmal sind«, unterbrach sie ihn, »und nicht tief.«

»Das stimmt, aber sie nichtsdestotrotz unterteilen sie das Schlachtfeld in Abschnitte.«

Sie blickte ihn von der Seite her an. »Wir haben drei von diesen Rinnen auf unserer Seite, alle rechts von mir. Sie haben vier, eine zu meiner Rechten, zwei direkt vor mir und eine zu meiner Linken – und in der Richtung, nach Norden hin, verengt sich das Tal.« Sie deutete auf die entsprechende Stelle. »Seht Ihr den Felsvorsprung da vorne auf unserer Seite, wo die Dresh-Ballisten in Stellung gebracht werden? Er kann vom Talgrund aus nicht angegriffen werden. Das wird unser Fels in der Brandung sein. Und noch ehe der Tag vorbei ist, nicht einfach nur ein Felsen, sondern ein Amboss.«

»Vorausgesetzt, Ihr könnt die Ausfallstelle darunter halten«, bemerkte der Tiste Edur.

»Ich bete zum Abtrünnigen, dass die Ahl versuchen werden, diesen Hohlweg zur Flucht zu benutzen. Er sieht vielleicht nicht aus wie eine tödliche Falle, aber ich versichere Euch eines: Zwingt ein paar tausend in Panik geratene Barbaren in diesen Engpass, und es werden ebenso viele zu Tode getrampelt werden, wie wir niedermachen.«

»Dann habt Ihr also vor, mit Eurer rechten Flanke hinunterzustürmen, herumzuschwenken und den Feind dadurch auf dem Talgrund nach Norden zu drängen, auf die Engstelle zu. Wird Rotmaske das nicht durchschauen?«

»Er hat diese Örtlichkeit ausgewählt, Aufseher.«

»Angenommen, er sieht, was Ihr seht – dass dieser Ort zu einer halbkreisförmigen Umschließung einlädt, die seine Krieger nach Norden treiben wird – in ihren Tod. Aber Ihr habt doch gesagt, dass dieser Rotmaske kein Narr ist. Was wird er dann gegen das tun, was Ihr vorhabt?«

Sie blickte wieder auf das Tal hinunter. »Aufseher, ich fürchte, ich habe keine Zeit für diese …«

»Wäre es in Anbetracht des Sonnenstands nicht zu unserem Vorteil, wenn Ihr Eure Truppen langsam in Stellung bringen würdet?«

»Ich glaube, dass er schon bereit ist, jetzt, in diesem Moment«, entgegnete sie und unterdrückte ihre Verärgerung. »Er könnte jederzeit vorrücken – nur wir sind noch nicht bereit.«

»Und warum dann kein Rückzug?«

»Weil die Ebene hinter uns über viele Meilen hinweg flach ist – er hat mehr berittene Krieger als ich, und sie sind leichter gerüstet als meine Lanzenreiter aus Blaurose. Abgesehen davon haben sie ausgeruhte Pferde und können uns daher ganz nach Belieben zusetzen, Aufseher. Was noch schlimmer ist: Wir haben unsere Kriegshunde verloren, wohingegen Rotmaske hunderte, wenn nicht gar tausende von Zug- und Hirtenhunden hat, wenn ich das Gebell richtig deute. Euer Vorschlag führt ins Chaos, zu immer neuen ziemlich schmutzigen Geplänkeln, Angriffen, Finten, Überfällen …«

»Na schön«, unterbrach Brohl Handar sie. »Atri-Preda, mein K'risnan hat mir gesagt, dass dieses Tal tot ist.«

»Was meint er damit – *tot*?«

»Der Energien beraubt, die man benutzt, um Magie zu wirken. Es ist … ermordet worden.«

»Hat deshalb keiner der Magier die Ahl-Armee gespürt?«

Brohl Handar nickte.

Ermordet? Von Rotmaske? Spielt eh keine Rolle. »Habt Ihr Euren K'risnan über die bevorstehende Schlacht befragt? Wird er dazu in der Lage sein, Zauberei einzusetzen?«

»Nein. Genauso wenig wie Eure Magier. Wie er gesagt hat, wird es hier – in diesem Tal – keine Magie geben. Das ist der Grund, warum ich erneut zum Rückzug rate. Selbst wenn wir auf der Ebene ungeschützt sind, wie Ihr sagt, werden wir zumindest über Zauberei verfügen.«

Bivatt schwieg und dachte nach. Sie hatte bereits gewusst, dass ihre Magier in dem Tal vor ihr nutzlos sein würden, auch wenn jene ihr nicht erklären konnten, warum das so war. Dass die Hexer der Edur den Grund herausgefunden hatten, bestätigte ihren Verdacht, dass Geistermagie im Spiel war. Nach einem langen Augenblick fluchte sie und schüttelte den Kopf. »Wir sind ihnen immer noch zahlenmäßig überlegen und haben die diszipliniertere, besser ausgerüsteten Truppen. Auch wenn es Stahl gegen Stahl heißt, werden wir die Ahl heute zermalmen. Und diesen Krieg beenden, Aufseher. Habt Ihr nicht selbst zu einem kurzen Feldzug geraten?«

»Das habe ich. Aber ich habe ein ungutes Gefühl, Atri-Preda ...«

»Auf uns wartet eine Schlacht – wir haben alle ein ungutes Gefühl.«

»So meine ich das nicht.«

Bivatt verzog das Gesicht. »Zieht Eure Krieger zurück, Aufseher, und postiert sie auf halbem Weg zwischen dem Lager unseres Trosses und meinen Reserve-Einheiten; die besagten mittelschweren Infanterie-Einheiten sind – nebenbei bemerkt – in eigenständige Kompanien von jeweils mindestens fünfhundert Mann aufgeteilt, und jede von ihnen beschützt einen unserer Magier. Die selbst *nicht* im Tal sind.«

»Das heißt, solltet Ihr zum Rückzug gezwungen werden ...«

»Werden wir entsprechend vorbereitet sein, die Verfolger mit Zauberei aufzuhalten.«

»Ist dies Euer Plan, Atri-Preda? Ein vorgetäuschter Rückzug?«

»Das ist einer meiner Pläne, aber ich glaube nicht, dass er vonnöten sein wird.«

Brohl Handar musterte sie mehrere Herzschläge lang, dann griff er nach seinen Zügeln und wendete sein Pferd. »Dann werde ich meine Krieger neu aufstellen.«

Während er davonritt, ertönten von mehreren Stellen auf der Westseite des Tals Signalhörner, mit denen Einheiten verkündeten, dass sie an Ort und Stelle und bereit waren. Einmal mehr stellte Bivatt sich in den Steigbügeln auf und ließ den Blick über ihre Linien schweifen.

Dieser Talabschnitt lud zu einem beidseitigen Vorrücken der Flanken ein – sein westlicher Rand war geschwungen, das Überbleibsel einer breiten Biegung eines seit langer Zeit ausgetrockneten Flusses. Die Seite des Feindes war eher gewellt, wölbte sich in der Mitte vor. Die Stelle, an der die Ahl in breitester Front angreifen konnten, befand sich zu ihrer Rechten. Um dem entgegenzuwirken, hatte sie drei Legionen der Rotwut-Brigade in Schildwall-Formation oben auf dem Hang postiert, fünfzehnhundert Mann mittelschwere Infanterie, die auf der näheren Seite von fünfhundert Schweren der Harridict-Brigade flankiert wurden. Zur äußersten Rechten und bereits langsam hinunter ins Tal vorrückend befanden sich tausend Mann leichte Infanterie der Rotwut-Brigade als Plänkler. Innerhalb der Schweren bewegten sich weitere fünfzehnhundert Plänkler – die zum Kunsthandwerker-Bataillon gehörten – ebenfalls langsam und ungleichmäßig nach unten. Die Fußsoldaten auf dieser Seite schirmten drei Schwadronen Reiterei aus Blaurose ab: fünfzehnhundert Lanzenreiter, die auf ihr Zeichen hin zwischen den Plänklern im Süden und dem Schildwall der Rotwut-Brigade nach unten preschen würden, um dem Feind auf dem Talgrund zuzusetzen und nach Norden zu drängen, während besagter Schildwall gleichzeitig in Richtung auf das Flussbett vorrücken würde.

Unmittelbar rechts von ihr – auf einer bescheidenen Ausbuchtung der Kammlinie – hatte die Atri-Preda die Garnison aus Drene in Stellung gebracht – fünfzehnhundert Mann mittelschwere Infanterie –, die auf einen Hang hinabblickte, der von zwei Abflussrinnen begrenzt wurde. Direkt vor ihr warteten die miteinander verbundenen Keile von tausend Mann schwerer Infanterie des Kaufmanns-Bataillons – eine Sägezahn-Formation, die sie hangabwärts vorrücken und dann entweder nach rechts oder links schwenken lassen würde, je nachdem, wie die Schlacht stand. Ein Schwenk nach rechts war nicht unproblematisch, weil die Soldaten dann eine Abflussrinne würden überqueren müssen, aber das würde so frühzeitig auf dem Marsch nach unten geschehen, dass der Gedanke sie nicht übermäßig beunruhigte.

Unmittelbar links von ihr warteten drei Halblegionen Schwere des Kunsthandwerker-Bataillons, die vorne von tausend Plänklern der Harridict-Brigade abgeschirmt wurden, die gerade mit ihrem Marsch hinunter zum breiten, flachen Flussbett begannen. Gleich im Norden dieser Einheiten wartete die gepanzerte Faust der Atri-Preda, tausend Schwere der Rotwut-Brigade, ebenfalls in Sägezahn-Formation, denen, wie sie vermutete, Rotmaske die Hauptmacht seiner Krieger entgegenschleudern würde – jene Krieger, die sich bereits genau gegenüber auf der anderen

Seite des Tals befanden und immer noch ihre Speerspitzen-Formationen – insgesamt fünf – beibehielten.

Hinter diesem massiven Wall aus schwerer Infanterie warteten die restlichen drei Kompanien Lanzenreiter aus Blaurose, was allerdings eine Finte war, denn Bivatt hatte vor, sie nach Norden zu schicken; sie sollten um die Hügelkuppe mit den Ballisten herum und dann hinter dem Engpass nach unten ins Flussbett reiten.

Nördlich der schweren Infanterie der Rotwut-Brigade befand sich ein weiterer Schildwall aus mittelschwerer Infanterie der gleichen Brigade; sie waren so aufgestellt, dass sie die Flanke der Schweren zu ihrer Rechten und den Zugang zur Hügelkuppe zu ihrer Linken bewachen konnten.

Bivatt ließ sich wieder in den Sattel sinken; sie winkte, und ein Adjutant kam an ihre Seite geeilt. »Gebt den Schweren der Rotwut-Brigade ein Zeichen, dass sie ins Tal vorrücken und auf halbem Weg zwischen ihrer derzeitigen Position und dem Flussbett Halt machen sollen. Sorgt dafür, dass die Dresh-Ballisten freie Sicht für ihr Flankenfeuer haben.«

Der Läufer rannte zu der Gruppe von Signalgebern, die mit ihren Flaggen auf einer erhöhten Plattform hinter ihr standen. Ohne Magier mussten sie auf die alten Methoden des Nachrichtenaustauschs zurückgreifen. Das war alles andere als optimal, wie sie zugeben musste, und wenn erst einmal die Staubwolken über dem Schlachtfeld aufstiegen … nun, zu diesem Zeitpunkt wurden Signale ohnehin häufig belanglos.

Sie winkte einen weiteren Adjutanten zu sich. »Schickt die Lanzenreiter an der linken Flanke nach Norden, hinter die Engstelle.«

Rechts und links auf dem Talhang vor ihr erreichten die letheriischen Plänkler das Flussbett, ohne angegriffen zu werden. Das Geräusch von Unmengen sich bewegender Soldaten hing wie ein Flüstern über dem Donnern der Pferdehufe von der anderen Seite des Tals.

Auf jener Seite verdeckten Wolken aus von der Sonne angeleuchtetem Staub fast alles, aber sie bemerkte, dass diese Wolken sich sowohl nach Norden wie nach Süden über das Schlachtfeld hinaus erstreckten. *Nun, eins davon ist eine Finte, wahrscheinlich die im Norden. Er weiß, welche meiner Spitzen am tiefsten zustoßen und dann die Richtung ändern wird.* Sie rief einen dritten Boten zu sich. »Gebt den Lanzenreitern an der rechten Flanke das Zeichen, dass sie bis zum Rand des Flussbetts vorrücken sollen, in lockerer Formation, falls die Plänkler sich schnell zurückziehen müssen. Die Mittelschweren der Rotwut-Brigade und die Schweren Harridicts sollen ihnen zum Talgrund folgen.«

Lass uns endlich mit dieser verdammten Sache anfangen, Rotmaske.

Sie konnte ihn nicht sehen. Es gab keine Ansammlung von Standarten oder Bannern, die seine Position gekennzeichnet hätte. Keine Reiter, die an einem Ort zusammengeströmt und dann wieder davongeritten wären.

Aber es gab – endlich – Bewegung. Leicht gerüstete Plänkler kamen den Hang herunter, die auf ihre rechts vorrückenden Soldaten treffen würden – Bogenschützen mit Kurzbögen, Speerwerfer, runde, fellbespannte Schilde und Krummsäbel. Die unzähligen berittenen Bogenschützen, die auf dem Grat hin und her geritten waren, waren plötzlich weg.

»Lasst die Lanzenreiter im Süden haltmachen!«, bellte Bivatt. Die Ahl-Plänkler waren eine Einladung zum Angriff, und danach würde die Flanke ihrer Kavallerie von den berittenen Bogenschützen weggefegt werden – und von dem, was auch immer hinter ihnen lauerte.

Leichte Gefechte nun zwischen den Plänklern, direkt unterhalb der Garnison aus Drene. Die Wurfspeere waren eine unerwartete Zutat, und sie erwiesen sich auf blutige Weise als wirksam.

Die sich am weitesten im Süden befindenden Plänkler der Rotwut-Brigade hatten das Flussbett überquert und bewegten sich jetzt gen Norden – immer noch tausend oder mehr Schritt von ihren Gegenspielern auf Seiten der Ahl entfernt. Und dann begannen Pfeile auf sie herabzuregnen – berittene Bogenschützen, die in großer Zahl auf dem Grat direkt über der steilsten Böschung auftauchten. Es waren zwar nicht unbedingt Wolken von Geschossen, aber doch genug, um die nur leicht gerüsteten Plänkler zurückschrecken und in Richtung Flussbett zurückweichen zu lassen.

Dort, wo es zum Handgemenge kam, trieben die Plänkler des Kunsthandwerker-Bataillons – nachdem sie die Wurfspieße überstanden hatten – die Ahl zurück.

Die Luft blieb an diesem frühen Morgen aufreizend still – es gab nicht den kleinsten Windhauch, und die Staubwolken wogten und wirbelten und breiteten sich aus, bildeten einen immer dichter werdenden Schleier.

Als die Ahl-Plänkler die fünfhundert Schweren der Harridict-Brigade zu Gesicht bekamen, die am westlichen Rand des Flussbetts auftauchten, begannen sie einen umfassenden Rückzug, wobei viele von ihnen ihre runden Schilde wegwarfen.

Rotmaske hat ihre Herzen nicht. Oh, wir können sie hier und jetzt zerbrechen. Hart und schnell. »Gib den Schweren des Kaufmanns-Bataillons das Zeichen, dass sie vorrücken und nach Süden schwenken sollen!«

Die einzige Bewegung zu ihrer Linken kam von ihren eigenen Streitkräften, den Plänklern der Harridict-Brigade und – gleich nördlich davon – der schweren Infanterie der Rotwut-Brigade, die jetzt fast unten im Flussbett angekommen war. Sie schaute blinzelnd zur anderen Talseite hinüber. Vielleicht war das Chaos, das sie dort sah, der Beweis dafür, dass Rotmaske die Kontrolle verloren hatte. *Nein, halte dich mit solchen Überlegungen zurück. Warte, bis wir das südliche Ende des Tals eingenommen haben.*

Die Plänkler des Kunsthandwerker-Bataillons versuchten, Kontakt zu den zurückweichenden Ahl zu halten, aber Bivatt konnte sehen, dass ihre Sergeanten sie bewusst bremsten, so dass sie nur kurz vor den vorrückenden Schweren an ihrer rechten Flanke blieben. *Trotzdem … dass sie ihre verdammten Schilde weggeworfen haben …*

Dann tauchten genau vor ihr berittene Bogenschützen auf, ein schmaler Speer, der auf das Zentrum des Schlachtfelds zuflog und dem nur Plänkler gegenüberstanden – die rasch hangaufwärts und leicht nach Süden versetzt zurückwichen, um sich hinter die vorrückende schwere Infanterie des Kaufmanns-Bataillons zurückzuziehen. *Ist Rotmaske verrückt? Diese Speerspitze wird an den Schweren zerbrechen – das ist doch kein Kavallerie-Angriff – das sind nur berittene Bogenschützen!*

Woraufhin die berittenen Bogenschützen herumschwenkten und aus dem Speer schlagartig eine Linie wurde – von tausend Mann oder mehr –, die plötzlich nach Süden fegte.

Und die Plänkler des Kunsthandwerker-Bataillons in der Flanke erwischte.

Pfeile flogen durch die Luft.

Die leichte Infanterie der Letherii schien wegzuschmelzen, Soldaten brachen zusammen. Die Überlebenden rannten um ihr Leben.

Dann begann die breite Front der berittenen Bogenschützen ein verblüffendes, kompliziertes Manöver: ihr hinteres, sich am weitesten östlich befindendes Ende wurde langsamer, schwenkte nach Westen, um die Linie süd-nördlich auszurichten, wobei sie zunächst einen Pfeilhagel auf die vorderen Reihen der schweren Infanterie der Harridict-Brigade herabregnen ließen, dann auf die mittelschwere der Rotwut-Brigade, ehe sich die Spitze der Linie wieder zurück nach Osten wandte und dabei weitere Geschosse zu den Lanzenreitern aus Blaurose hinüberschickte, die mit trompetenden Hornsignalen antworteten und vorpreschten, um auf die Ahl loszugehen.

Doch letztere waren an einem solchen Kampf nicht interessiert. Die Linie zerbrach, als die Reiter ihre Pferde so schnell wie möglich zurück in Richtung des östlichen Hügelkamms trieben.

»Stoppt den Angriff!«, rief Bivatt. *Gestochen schlagen wir um uns – wer befehligt die Schwadron?*

Während die Lanzenreiter sich bei ihrer schnellen Verfolgungsjagd verteilten, erschienen drei Schwadronen schwerer bewaffneter und gerüsteter berittener Ahl-Krieger oben auf dem Hügelgrat, stürmten dann den Hang herunter, um in die Flanke der Kompanien aus Blaurose zu stoßen. Drei Schwadronen, was bedeutete, dass sie den Lanzenreitern zahlenmäßig zwei zu eins überlegen waren.

Bivatt schaute wütend zu, wie ihre Kavallerie herumzuschwenken versuchte, um dem Angriff zu begegnen, während andere auf ihre Befehle reagierten – und die Einheit als Ganzes so jeglichen Schwung verlor.

»Blast zum Rückzug für die Lanzenreiter!«

Zu spät.

Die berittenen Ahl-Krieger fegten durch die weit verstreuten Plänkler der Rotwut-Brigade, dann krachten sie in die Kompanien aus Blaurose.

Sie hörte Pferde schrill wiehern, spürte den Aufprall, der die Erde erzittern ließ – so sehr, dass ihr Reittier einen Schritt zur Seite machte –, und dann verhinderten die aufsteigenden Staubwolken jeden Blick auf das Geschehen. »Lasst die Schweren im Laufschritt vorrücken!«

»Welche Schweren, Atri-Preda?«

»Die von der Harridict-Brigade und vom Kaufmanns-Bataillon, du Narr! Der gleiche Befehl ergeht an die mittelschwere Infanterie der Rotwut-Brigade! Mach schnell!«

Sie sah Reiter und reiterlose Pferde aus den wallenden Staubwolken auftauchen. Ihre Lanzenreiter waren zerschmettert worden – wurden sie von den Ahl verfolgt? *Ihr Blut muss kochen – oh, lass sie die Kontrolle verlieren, lass sie die Fäuste meiner Schweren zu spüren bekommen.*

Aber nein, da drüben waren sie, ritten den Hang auf der anderen Talseite hinauf und schwenkten die Waffen, um ihren Sieg zu verkünden.

Sie sah die Plänkler der Ahl wieder auf dem Hügelkamm auftauchen, in Gruppen, zwischen denen Gassen freigelassen wurden, damit die Reiter hindurch konnten – aber diese leichte Infanterie hatte sich verändert. Die Krieger waren jetzt mit eckigen, kupferbeschlagenen Schilden ausgestattet und trugen lange Speere; nachdem die letzten Reiter durch waren, schlossen sie die Reihen und stellten sich ruhig an der Kante des Abhangs auf.

Nur langsam stiegen die Staubwolken vom Talgrund auf und enthüllten so nach und nach die verheerenden Auswirkungen, die der Angriff in die Flanke der Kompanien aus Blaurose gehabt hatte. *Beim Abtrünnigen hienieden, sie sind ausgelöscht worden.* Beiderseits des Gebiets, in dem der verhängnisvolle Ansturm stattgefunden hatte, lagen tote und sterbende Plänkler zu Hunderten auf dem Boden.

Ihre auf der rechten Seite vorrückenden Truppen waren schwer getroffen worden – *allerdings nicht tödlich* ... »Die mittelschwere und die beiden Einheiten schwerer Infanterie sollen quer durch das Tal vorrücken – gebt Befehl, dass sie die Linie auf dem Hügelkamm angreifen sollen. In Keil-Formationen!« *Die Reihen dieser Plänkler sind zu dünn, um standzuhalten.*

»Atri-Preda!«, rief eine Adjutantin. »Bewegung an der Nordflanke!«

Bivatt galoppierte bis an den Rand des Hügelkamms und ließ den Blick über die Szenerie unter und links von ihr schweifen, ehe sie die Frau ansah. »Berichte!«

»Unsere Lanzenreiter sind auf dem Rückzug – der Talgrund hinter dem Engpass gehört dem Feind ...«

»Was? Wie viele verdammte berittene Bogenschützen hat er denn?«

Die Adjutantin schüttelte den Kopf. »Kriegshunde, Atri-Preda«, sagte sie. »Fast zweitausend von den verdammten Viechern – sie haben sich im hohen Gras der Senke angeschlichen und sind über die Lanzenreiter hergefallen, bevor die überhaupt wussten, wie ihnen geschieht. Die Pferde sind durchgegangen, Atri-Preda ...«

»Scheiße!« Dann, als sie die weit aufgerissenen Augen der Frau sah, riss sie sich zusammen. »Na schön. Verlegt die in Reserve gehaltenen Einhei-

ten mittelschwerer Infanterie an die nördliche Flanke des Hügels.« *Siebenhundertfünfzig Mann des Kaufmanns-Bataillons – ich bezweifle, dass sie versuchen werden, die Hunde auf sie zu hetzen. Wenn es an der Zeit ist, kann ich sie immer noch vorrücken lassen, um die freie Fläche hinter der Engstelle wieder zurückzuerobern.*

Während ihr diese Gedanken durch den Kopf gingen, musterte sie den Bereich vor ihr. Direkt gegenüber hatten die tausend Plänkler der Harridict-Brigade das Flussbett überquert, während gleichzeitig die in Sägezahnformation vorrückende Rotwut-Brigade den Talgrund erreichte.

Und Rotmaskes fünf Keile aus Fußsoldaten waren unterwegs, um sich ihnen entgegenzustellen. *Hervorragend. Wir werden sie hier auf Dauer in Kämpfe verwickeln – und sie dabei von den Ballisten beschießen lassen, um ihre Nordflanke zu schwächen – und dann kommt die mittelschwere Infanterie der Rotwut-Brigade runter und schiebt sich in ihre Flanke.*

Überraschenderweise behielten die Keile der Ahl mehr oder weniger ihre Formation bei, obwohl der Abstand zu den jeweiligen flankierenden Nachbarn beträchtlich war; Bivatt vermutete, dass die Keile sich vermischen und an den Rändern ausfransen würden, wenn der Raum enger wurde. Gleichzeitig zu marschieren war schließlich das schwierigste Manöver auf dem Schlachtfeld. Also würde man zwischen ihnen jeweils auch die Schwachpunkte finden können. Vielleicht genug, um mit den Zähnen der Sägezahnformation durchzustoßen und die einzelnen Keile voneinander zu isolieren.

»Kriegshunde auf der Hügelkuppe!«

Sie wirbelte herum. »Beim Fußtritt des Abtrünnigen!« Wildes Gebell, Schreie von den Bedienungsmannschaften der Ballisten – »Die zweite Reserve-Legion – die Kunsthandwerker! Im Laufschritt vorrücken – schlachtet die verdammten Biester ab!«

Plötzlich erinnerte sie sich dunkel an eine Szene, die schon einige Monate zurücklag – verwundet, aber noch lebendig hatten weniger als eine Handvoll solcher Tiere auf einem Hügel oberhalb eines Ahl-Lagers gehockt und zugesehen, wie die Letherii die letzten ihrer Herren niedergemacht hatten. Und während ein Schauer abergläubischer Furcht sie überlief, fragte sie sich, ob jene Tiere jetzt grausam Rache nehmen würden. *Verdammt, Bivatt – denk jetzt nicht daran.*

Die Speerspitzen der Ahl wurden nicht zusammengezogen, wie sie sah – und es bestand nun, da sie vorübergehend ihre Ballisten nicht einsetzen konnte, auch keine Notwendigkeit dafür. Tatsächlich änderten die beiden sich am weitesten nördlich befindenden Keile nun leicht die Richtung und forderten die mittelschwere Infanterie der Rotwut-Brigade heraus. Aber sie wusste, dass dies ein Kampf im alten Stil werden würde – und die Ahl verfügten weder über die Disziplin noch die Ausbildung für diese Art von gewappnetem Gemetzel.

Allerdings führt Rotmaske diese Schlacht nicht in der für die Ahl typischen Weise, oder? Nein, das hier ist etwas anderes. Er geht das Ganze an, als würde es sich um einen Kampf auf der Ebene handeln – nur in einem viel kleineren Maßstab. Die Art und Weise, wie die berittenen Bogenschützen herumgeschwenkt sind, sich neu formiert haben, dann noch einmal neu formiert haben – eine überfallartige Taktik, aber auf engsten Raum verdichtet.

Ich verstehe es jetzt – aber das wird nicht mehr lange funktionieren.

Wenn seine Krieger und ihre gepanzerte Faust sich erst einmal ineinander verbissen hatten.

Die Speerspitzen der Ahl näherten sich nun dem flachen Talgrund – die beiden Parteien würden auf dem hartgebackenen Sand des eigentlichen Flussbetts aufeinandertreffen. Keine der beiden Seiten hatte den Vorteil eines Hangs – *bis die Gezeiten wechseln. In die eine oder andere Richtung – nein, denk nicht –*

Ein neues, dumpfes Vibrieren ließ jetzt den Boden erzittern. Tiefer, grollend, unheilvoll.

Inmitten der Staubwolken zeichneten sich zwischen den Keilen der Ahlkrieger große, voran polternde Umrisse ab.

Wagen. *Wagen der Ahl, diese sechsrädrigen Drecksdinger* – doch sie wurden nicht gezogen, sondern geschoben. Ihre Pritschen quollen über vor halbnackten Kriegern mit unzähligen Speeren. Die gesamte Vorderseite jedes einzelnen holpernden, schlingernden Wagens war ein waagerechter Wald aus überdimensionalen Speeren. Sich überlappende Rundschilde bildeten einen halben Schildkrötenpanzer, der den vorderen Teil des Wagens umhüllte.

Jetzt donnerten sie durch die breiten Lücken zwischen den Keilen – zwanzig, fünfzig, hundert –, rumpelnd zwar, aber nach dem langen Hang doch so rasch, dass die unzähligen kräftigen Krieger, die sie geschoben hatten, nun rennen mussten, um Schritt zu halten.

Die Wagen krachten geradewegs in die Vorderseite der schweren Infanterie der Rotwut-Brigade.

Von Rüstungen umhüllte Körper flogen durch die Luft, als die komplette Sägezahn-Formation zerspalten wurde – und dann warfen sich die halbnackten Fanatiker, die auf den Wagen gehockt hatten, nach allen Seiten ins Gewühl und schrieen dabei wie Dämonen.

Die drei Keile, die der schweren Infanterie gegenüberstanden, stürzten sich im Gefolge der Wagen ebenfalls in den Kampf und begannen ein wahnsinniges Gemetzel.

Bivatt starrte ungläubig zum Talgrund hinunter – und blaffte dann: »Schwere des Kunsthandwerker-Bataillons im Laufschritt vorrücken, Sichelformation und Vorbereitung, den Rückzug zu decken.«

Der Adjutant neben ihr starrte sie an. »Rückzug, Atri-Preda?«

»Du hast gehört, was ich gesagt habe! Gebt das Zeichen zum allgemeinen Rückzug und teilt der Rotwut-Brigade durch Hornsignale mit, dass sie sich zurückziehen soll! Schnell, verdammt, bevor sie alle abgeschlachtet werden!«

Wird Rotmaske uns verfolgen? Oh, ich werde schwere Verluste hinnehmen müssen, wenn er das tut – aber ich werde auch hart zurückschlagen – draußen, auf der Ebene. Ich werde zusehen, wie seine Knochen in Flammen aufgehen …

Sie hörte noch mehr Wagen, dieses Mal zu ihrer Rechten. *Meine anderen vorrückenden Einheiten* – »Blast zum Rückzug für alle!«

Hörner schmetterten.

Hinter ihr ertönten Schreie. »Angriff auf das Lager mit dem Tross! Angriff auf …«

»Still! Glaubt ihr etwa, die Edur können damit nicht fertig werden?« Sie betete darum, dass Brohl Handar es tatsächlich konnte. Ohne Vorräte war dieser Feldzug zu Ende. *Ohne Vorräte werden wir es niemals zurück nach Drene schaffen. Abtrünniger hilf, ich bin auf jeder Etappe dieser verdammten Schlacht überlistet worden …*

Der Lärm hinter ihr schwoll jetzt immer mehr an, übertönte beinahe den aus dem Tal unter ihr. Mit üblem Entsetzen warf sie ihr Pferd herum und ritt zurück, an der Plattform mit den Signalflaggen vorbei.

Ihre noch verbliebenen Reserve-Einheiten waren alle herumgeschwenkt, so dass sie nun in die entgegengesetzte Richtung schauten. Als Bivatt einen Offizier sah, der zwischen zwei viereckigen Formationen hindurchritt, gab sie ihrem Pferd die Sporen, um ihn einzuholen.

»Was im Namen des Abtrünnigen ist da drüben los?«, wollte sie wissen. Aus der Ferne ertönten Schreie, es stank nach Rauch, Donner grollte –

Der Mann drehte sich um, das Gesicht unter dem Helm war bleich. »Dämonen, Atri-Preda! Die Magier verfolgen sie …«

»Sie tun was? Ruf sie zurück, verdammt! *Ruf sie auf der Stelle zurück!«*

Brohl Handar saß auf seinem Pferd, bei ihm waren acht Kriegsführer der Arapay, vier Hexer und der K'risnan vom Stamm der Den-Ratha. Die zweitausend Fußsoldaten – Tiste-Edur-Krieger, die nach letheriischen militärischen Begriffen leichter bis mittelschwerer Infanterie entsprachen – waren in acht eigenständige Blöcke aufgeteilt, die voll gerüstet auf den Befehl zum Abmarsch warteten.

Das Lager des Versorgungstrosses erstreckte sich auf einem breiten, größtenteils flachen Hügel fünfzehnhundert Schritt westlich, und die eingezäunten Lasttiere bewegten sich umgeben von Staubfahnen und dem langsam dahintreibenden Rauch der Dungfeuer. Der Aufseher konnte die Lazarett-Zelte auf dieser Seite des Hügels sehen, deren Zeltwände im Licht der Morgensonne leuchteten. Über einem anderen Hügel nördlich des Lagers kreisten zwei Falken oder vielleicht auch Adler. Ansonsten war der Himmel leer, ein dunkelblauer Baldachin, der allmählich verblasste, während die Sonne immer höher stieg.

Schmetterlinge flatterten zwischen kleinen gelben Blumen herum – ihre Flügel hatten genau die gleiche Farbe wie die Blütenblätter, wie Brohl bemerkte; er war überrascht, dass ihm diese Einzelheit noch nie zuvor aufgefallen war. *Die Natur versteht sich aufs Tarnen und Täuschen. Die Natur erinnert uns daran, was es heißt, zu überleben.* Die Tiste Edur hatten diese Tatsache gut verstanden – grau wie Schatten, aus denen sie geboren waren; grau wie die Baumstämme in den finsteren Wäldern dieser Welt; grau wie die Schleier der Abenddämmerung.

»Was haben wir vergessen?«, murmelte er.

Ein Kriegsführer der Arapay – ein Preda – drehte sich um; das narbige

Gesicht unter dem vorspringenden Helmrand lag im Schatten. »Aufseher? Wir sind so aufgestellt, wie du es befohlen hast …«

»Schon gut«, unterbrach ihn Brohl Handar; unerklärlicherweise ärgerte er sich darüber, die Aufmerksamkeit des Veteranen erregt zu haben. »Wie viele Männer bewachen das Lager?«

»Vierhundert Mann gemischte Infanterie«, antwortete der Krieger. Er zuckte die Schultern. »Diese Letherii sind immer so zuversichtlich.«

»Das kommt von der überwältigenden Überlegenheit«, sagte ein anderer Arapay gedehnt.

Der erste Preda nickte. »Ich kann mich noch gut an ihre überraschten Gesichter an jenem Tag erinnern, als wir sie vor Letheras zerschmettert haben. Als hätte sich die Welt auf einmal als etwas ganz anderes offenbart als das, wofür sie sie immer gehalten hatten. Ihre Mienen – so *ungläubig.«* Der Krieger gab ein gepresstes Lachen von sich. »Sie waren zu sehr damit beschäftigt, sich nicht anpassen zu wollen, als sie genau das hätten tun müssen.«

»Das reicht«, sagte Brohl Handar barsch. »Die Streitkräfte der Atri-Preda haben gegen die Ahl zu kämpfen begonnen – könnt ihr das nicht hören?« Er drehte sich im Sattel und spähte nach Osten. »Seht nur den Staub.« Er schwieg ein Dutzend Herzschläge lang, dann wandte er sich an den ersten Arapay. »Führe zwei Kohorten zum Lager. Vierhundert Letherii reichen nicht aus.«

»Aufseher, was ist, wenn wir aufgerufen werden, die Truppen der Atri-Preda zu verstärken?«

»Wenn das passiert, ist dieser Tag verloren. Ich habe dir meine Befehle erteilt.«

Ein Nicken, und dann lenkte der Preda sein Pferd zu den geordneten Reihen der Edur-Krieger.

Brohl Handar musterte den K'risnan an seiner Seite. Der verkrümmte Mann saß gebeugt im Sattel, wie eine aufgedunsene Krähe. Er hatte die Kapuze hochgeschlagen, zweifellos um seine verzerrten, verwüsteten Gesichtszüge zu verbergen, die früher einmal sehr ansehnlich gewesen waren. Der Sohn eines Häuptlings, in ein grässliches Symbol der chaotischen Macht verwandelt, vor der die Tiste Edur jetzt knieten. Er sah, dass der Mann zusammenzuckte. »Was bestürmt dich?«, wollte der Aufseher wissen.

»Irgendetwas, nichts.« Die Antwort klang kehlig, die Worte aus der missgebildeten Kehle undeutlich. Es war ein Geräusch, das von Schmerz kündete – einem ständigen, unerbittlichen Schmerz.

»Welches davon?«

Ein weiteres Zucken, das, wie Brohl klar wurde, wohl ein Schulterzucken sein sollte. »Schritte auf totem Land.«

»Eine Gruppe von Ahl-Kriegern?«

»Nein.« Der unter einer Kapuze verborgene Kopf drehte sich, bis das von Schatten verschluckte Gesicht direkt dem Aufseher zugewandt war. »Schwerer.«

Schlagartig erinnerte Brohl Handar sich an die gewaltigen Spuren von krallenbewehrten Füßen, die sie bei der zerstörten Siedlung der Letherii gefunden hatten. Er reckte sich, legte eine Hand an den Arapay-Krummsäbel an seiner Seite. »Wo? In welcher Richtung?«

Eine lange Pause, dann deutete der K'risnan mit einer missgestalteten Hand.

Auf das Lager mit den Vorräten. Wo plötzlich Schreie erklangen.

»Kohorten im Laufschritt vorwärts!«, brüllte Brohl Handar. »K'risnan, du und deine Hexer – ihr kommt mit mir!« Bei diesen Worten gab er seinem Pferd die Sporen, galoppierte das überraschte Tier an und raste dann im Jagdgalopp los.

Voraus sah er, dass der Arapay-Preda, der die beiden Kohorten begleitete, diesen bereits befohlen hatte, in Laufschritt zu fallen. Der Krieger drehte den behelmten Kopf und sah dem Aufseher und seinem Magier-Kader nach, als sie an ihm vorbeipreschten.

Weiter vorn wurde das Gebrüll der erschreckten Ochsen und Maultiere immer lauter; es klang traurig und hilflos und wurde von den Geräuschen eines Gemetzels begleitet. Zelte waren zusammengebrochen, Schlepptaue peitschten durch die Luft, und jetzt sah Brohl auch Gestalten, die aus dem Lager flohen, nach Norden rannten …

… wo ein perfekt ausgeführter Hinterhalt der Ahl sie erwartete. Plötzlich tauchten Krieger aus dem hohen Gras auf. Pfeile und Wurfspieße zischten durch die Luft. Soldaten taumelten, fielen der Länge nach hin, und dann rasten die Wilden unter lautem Kriegsgeschrei heran, um mit Speeren, Äxten und Schwertern zum Nahkampf überzugehen.

Für die kann man nichts tun – arme Kerle. Wir müssen unsere Vorräte retten.

Sie erreichten den sanft ansteigenden Hang des Hügels und ritten so schnell wie möglich auf die Lazarett-Zelte zu.

Das Scheusal, das plötzlich direkt vor ihnen in Sicht kam, war in der Tat ein Dämon – ein Bild, das sich wie mit Krallen in seinen Geist grub – und dem Schock des Erkennens. *Unser alter Feind – er muss es sein – die Edur können nicht vergessen …*

Ein Kopf, der sich auf einem geschwungenen Hals nach vorne reckte, ein breites, geöffnetes Maul, das dolchähnliche Fänge enthüllte. Unter dem Hals kräftige Schultern, lange, muskelbepackte Arme – und große, gekrümmte stählerne Klingen dort, wo eigentlich die Hände hätten sein müssen. Sich weit vornüberbeugend, während es auf gewaltigen Hinterbeinen auf sie zu stürmte, den mächtigen Schwanz zur Wahrung des Gleichgewichts gerade nach hinten gestreckt, war das Wesen plötzlich in ihrer Mitte.

Pferde wieherten schrill. Brohl befand sich zur Rechten des Dämons, fast in Reichweite der wie Sensen geschwungenen Schwertklingen, und starrte voller Entsetzen auf die Szenerie, als der Kopf schlangengleich vorzuckte, das Maul sich um den Hals eines Pferdes schloss, zupackte, mahlte, dann begleitet von einem Blutschwall Fleisch und Knochen wegriss, so dass das Rückgrat des Pferdes herausragte, in jene entsetzliche Leere, die das schreckliche Maul zurückgelassen hatte. Eine Klinge spaltete den Hexer, der auf dem betreffenden Tier saß, entzwei. Das andere Schwert schwang herab, durchtrennte erst den Oberschenkel eines weiteren Hexers, dann den Sattel, und grub sich tief in die Schulter des Pferdes, zerschmetterte das Schulterblatt und anschließend etliche Rippen. Das Tier brach unter dem Hieb zusammen, während der Reiter, aus dessen Beinstumpf eine Blutfontäne schoss, zur Seite kippte, noch einen Augenblick in dem einen Steigbügel balancierte und dann der Länge nach auf die Erde fiel, wo im gleichen Moment der herabstampfende Huf eines weiteren Pferdes in sein zum Himmel gerichtetes Gesicht klatschte.

Das Pferd des Aufsehers schien mit irgendetwas zusammenzuprallen, wobei es sich beim Aufprall beide Vorderbeine brach. Das Tier stürzte, und Brohl Handar wurde über seinen Kopf hinweg nach vorne geschleudert. Er kam auf dem Boden auf, rollte weiter, während sich die Klinge seines Krummsäbels tief in sein linkes Bein grub, und blieb schließlich so liegen, dass er sein zappelndes Reittier sehen konnte. Der Dämon hatte es mit einem peitschenden Hieb seines Schwanzes erwischt.

Brohl Handar sah, wie er herumwirbelte, um erneut anzugreifen.

Doch eine schaumige Woge aus zauberischer Energie stieg vor dem Dämon auf, verstellte ihm den Weg, hob und schob sich immer höher.

Hinter der brodelnden Woge verschwand der Dämon aus Brohls Blickfeld.

Plötzlich war das Sonnenlicht fleckig …

… und der Dämon in der Luft. Er sprang über den Scheitelpunkt der Magie des K'risnan hinweg, dann ging es mit den weit ausgestreckten Krallen der Hinterbeine voran nach unten. Einer der Füße zielte auf einen weiteren Magier, drückte den Kopf des Mannes in einem unmöglichen Winkel zwischen die Schultern, als das Gewicht des Dämons sich herabsenkte – das Pferd sackte unter der überwältigenden Last zusammen, seine Beine brachen wie dünne Zweige. Der andere Fuß stocherte nach dem K'risnan, warf ihn, obwohl er ihn nur streifte, vom Rücken seines bockenden Pferdes; die Klauen packten den Rumpf des Tiers, ehe es außer Reichweite kommen konnte, die Krallen drangen tief ein, wurden dann mitsamt Fleisch zurückgerissen und enthüllten – in einem blutigen Blitz – die Knochen von Hüfte und Beinen.

Das Pferd stürzte weniger als drei Schritte von der Stelle, wo Brohl lag, so schwer und verdreht zu Boden, dass es sich beim Aufprall die Rippen brach. Der Aufseher konnte das Weiße in den Augen des Tiers sehen – Schock und Entsetzen, das Schreckgespenst des Todes …

Er versuchte aufzustehen, aber irgendetwas stimmte nicht mit seinem linken Bein. Es war vollkommen kraftlos und fühlte sich merkwürdig schwer an, wie es da so durchnässt im verfilzten Gras lag. Er schaute nach unten. Das Bein war von der Hüfte bis zum Fuß rot – sein eigener Krummsäbel hatte ihm eine tiefe, stark blutende Wunde zugefügt, die sich schräg über seinen Oberschenkel zog und knapp über dem Knie endete.

Eine tödliche Wunde – das Blut strömte immer noch –, und Brohl Handar sank nach hinten, starrte ungläubig zum Himmel hinauf. *Ich habe mich selbst getötet.*

Er hörte die schweren Schritte des Dämons – schnelle Schritte, die sich entfernten – und dann ein tieferes Geräusch … Krieger, die heraneilten, sich mit gezogenen Waffen um ihn scharten. Köpfe drehten sich, Gesichter verzerrten sich, als Worte gerufen wurden – er konnte sie nicht verstehen, die Geräusche wurden schwächer, verklangen – eine Gestalt kam an seine Seite gekrochen, sie trug eine Kapuze, und Blut troff ihr aus der Nase – dem einzigen Teil des Gesichts, den er sehen konnte – eine knorrige Hand streckte sich nach ihm aus – und Brohl Handar schloss die Augen.

Atri-Preda Bivatt zügelte ihr Pferd, als sie zwischen zwei Einheiten ihrer in Reserve gehaltenen mittelschweren Infanterie kam. Zu ihrer Rechten die des Kunsthandwerker-Bataillons, zu ihrer Linken die der Harridict-Brigade, und hinter ihnen, wo eine weitere Einheit der Kunsthandwerker-Brigade positioniert war, ein Tumult – dort fand ein Kampf statt.

Sie sah, wie sich eine reptilische Monstrosität durch die Reihen der Mittelschweren schob – die Soldaten vor ihr schienen auseinanderzuschmelzen, während andere auf beiden Seiten in blutigen Wogen durch die Luft flogen, als die krallenbewehrten Hände des Tiers nach rechts und links schlugen. Dunkel und perfekt auf zwei kräftigen Hinterbeinen balancierend, bahnte der Dämon sich einen Pfad, der genau ins Zentrum des dicht gedrängt stehenden Karrees aus Soldaten führte …

Und dann griff er zu, schloss beide Hände um eine einzelne Gestalt – eine Frau, eine Magierin –, warf sie in die Luft und zerstückelte sie dann so, wie ein Kind eine Strohpuppe zerfetzen mochte.

Weiter hinten konnte Bivatt die am weitesten südlich positionierte Einheit sehen, siebenhundertfünfzig Mann mittelschwere Infanterie des Kaufmanns-Bataillons, die jetzt ein wirres, von toten und sterbenden Soldaten gesprenkeltes Durcheinander war.

»Zauberei!«, schrie sie und wirbelte zu der Einheit des Kunsthandwerker-Bataillons rechts von ihr herum – versuchte, den Magier in ihrer Mitte ausfindig zu machen – und sah Bewegung, als sich jemand durch die Reihen schob.

Plötzlich entdeckte sie in einiger Entfernung Staubwolken – das Lager – die Legion der Edur war nirgendwo zu sehen – sie waren losgeeilt, um es zu verteidigen. *Gegen noch mehr von diesen Dämonen?*

Die Kreatur raste aus dem Knäuel aus Soldaten des Kunsthandwerker-Bataillons heraus, und zwar südlich der sich jetzt zurückziehenden Einheit der Harridict-Brigade, wo ein zweiter Magier in Sicht kam, der auf den anderen Magier zurannte. Sie konnte sehen, wie er die Lippen bewegte, während er Magie wirkte und seine Macht zu der seines Kameraden hinzufügte.

Statt den Angriff fortzusetzen, wandte der Dämon sich nach links und begann zu rennen, umrundete halb die Einheit, die er gerade durchpflügt hatte, und sorgte so dafür, dass sie sich zwischen ihm und der zauberischen Energie befand, die jetzt in einem strahlenden Wirbel vor den Magiern aus dem Boden brach.

Die Geschwindigkeit, die der weit vornübergebeugte Dämon bei seiner Flucht entwickelte, war erstaunlich.

Bivatt hörte, wie die magische Woge sprotzelnd erlosch, und sie drehte sich im Sattel um. »Verdammt! Schlagt zu!«

»Aber Eure Soldaten!«

»Ihr habt zu lange gebraucht!« Sie erspähte einen Preda der Harridict-Einheit. »Zieht alle Einheiten der Reserve hinter die Magier zurück! Nach Norden, du Narr – lasst das Signal ertönen! Kader, haltet Eure verdammte Magie bereit!«

»Das tun wir, Atri-Preda!«

Fröstelnd trotz der aufkeimenden Hitze warf Bivatt ihr Pferd erneut herum und ritt rasch zurück zum Tal. *Ich wurde überlistet. Muss an allen Fronten zurückschrecken, zurückweichen, reagieren – Rotmaske, dieser Tag gehört dir.*

Aber am Ende werde ich dich erwischen. Das schwöre ich.

Ein Stück voraus konnte sie ihre Truppen auf dem Hügelkamm auftauchen sehen; sie zogen sich geordnet zurück, was bedeutete, dass sie nicht verfolgt wurden. Wie es schien, war Rotmaske zufrieden – er würde sich nicht aus dem Tal herauslocken lassen, trotz seiner dämonischen Verbündeten –

Das Lager. Sie musste ihre Soldaten zu dem verdammten Lager zurückbringen – *ich bete, dass die Edur den Angriff zurückgeschlagen haben. Ich bete, dass Brohl Handar nicht vergessen hat, wie ein Soldat zu denken.*

Ich bete, dass es ihm an diesem Tag besser ergangen ist als mir.

Das Gestade ist blind für die See. Ich könnte genauso gut sagen, der Mond ist für immer vom Nachthimmel geflohen. Fröstelnd und erschöpft ritt Yan Tovis mit ihren drei Soldaten die tiefliegende, schmale Straße entlang. Dichte Baumgruppen säumten beide Seiten. Ihr Laub wirkte dort, wo es vom Mondlicht nicht erreicht wurde, schwarz. Von den hohen, steilen Böschungen reichten verflochtene, knorrige und tropfende Wurzeln wie Hexenhaare in der Dunkelheit herunter und kündeten davon, wie alt dieser Weg zur Küste war. Steine knackten unter eisenbeschlagenen Hufen, und in das Schnaufen der Pferde mischte sich das gedämpfte Knirschen von Rüstungen. Es waren immer noch zwei Glockenschläge bis zur Morgendämmerung.

Blind für die See. Der Durst der See war nicht zu stillen. Diese Wahrheit konnte man daran erkennen, dass sie unaufhörlich an der Küste nagte, man konnte sie in ihrer hungrigen Stimme hören, konnte sie im bitteren Gift ihres Geschmacks spüren. Die Triller wussten, dass die Welt am Anfang nur aus Meer bestanden hatte, und dass es am Ende wieder so sein würde. Das Wasser würde ansteigen, würde alles verschlingen, und dieses Schicksal, das die Triller nur hilflos mitansehen konnten, war unausweichlich.

Der Kampf des Gestades war schon immer der Kampf ihres Volkes gewesen. Die Insel, die einst heilig gewesen war, war entweiht, war von den Letherii in ein stinkendes Gefängnis verwandelt worden. *Aber jetzt ist sie wieder frei. Zu spät.* Vor vielen Generationen hatten Landbrücken die Inseln südlich des Fingers miteinander verbunden. Jetzt waren sie fort. Die Insel selbst erhob sich an allen Seiten von hohen Klippen begrenzt aus dem Meer – nur der einzige Hafen bildete eine Ausnahme. So war die sterbende Welt.

Bei den Triller waren oft von Dämonen berührte Kinder geboren worden. Einige wurden vom Hexenzirkel auserwählt, und ihnen wurden die Alten Sitten beigebracht; die Übrigen wurden von den Klippen hinunter ins durstige Meer geworfen. Sterbliches Blut – ein armseliges Geschenk, das vorübergehend sein Verlangen milderte.

Sie war vor vielen Jahren nicht ohne Grund weggelaufen. Das königliche Blut hatte wie Gift in ihren Adern gebrannt, das barbarische Erbe ihres Volkes Scham und überwältigende Schuldgefühle in ihr aufsteigen lassen. Mit der ungezähmten Lebenskraft der Jugend hatte sie sich geweigert, die barbarische Grausamkeit ihrer Vorfahren hinzunehmen, hatte sie sich geweigert, sich im süßlichen, erstickenden Nihilismus eines selbstverschuldeten Verbrechens zu suhlen.

Doch all der Widerstand in ihr war ausgelöscht worden, als sie mit eigenen Augen die Geburt einer von Dämonen berührten Monstrosität gesehen hatte – die krallenbewehrten Hände und Füße, das schuppige, längliche Gesicht, der stumpfe Schwanz, der wie ein kopfloser Wurm gezuckt hatte, die grell-grünen Augen. Wenn der einzige Hinweis auf den Dämonensamen die krallenbewehrten Hände und Füße gewesen wären, hätte der Hexenzirkel dieses Neugeborene auserwählt, denn in dämonischem Blut lag wahre Macht, wenn nicht mehr als ein einzelner Tropfen durch die Adern des Kindes floss. Mehr davon – und das Geschöpf war eine Abscheulichkeit.

Groteske Säuglinge, die durch den Schlamm am Meeresboden kriechen, Klauen, die im Dunkel Furchen ziehen, die Legion der See, die Armee, die auf uns alle wartet.

Der Samen gedieh Generation um Generation in den schäumenden Wogen – dort, wo sie auf das Land schlugen. Hoch ans Ufer geschleudert, sank er in die Erde. Er hauste in lebenden Kreaturen, in Beute und Jägern; an Pflanzen gebunden; klebte an Gräsern, am Laub der Bäume – diesem Samen konnte man nicht entkommen; auch das eine bittere Wahrheit, die alle Triller teilten. Wenn der Samen den Schoß einer Frau fand, in der bereits ein Kind heranwuchs, stahl er ihm sein Schicksal. Er suchte … etwas, doch er brachte nichts weiter hervor, als eine äußere Erscheinung, die mit der menschlichen rang.

Früher einmal waren die Dämonen rein gewesen. Hatten Wesen ihrer eigenen Art geboren, eine Welt der Mütter und ihrer Nachkommen. Der Samen hatte Meer gehaust, die im Mutterleib eines Dämons zu finden war. Bis zu jenem Krieg, in dem die Bäuche dieser Mütter aufgeschlitzt wurden und das, was nach innen gehörte, hinaus in diese Welt geschleudert wurde – der Samen, den selbst die See abzuweisen versuchte. Ein Krieg, der ein Gemetzel gewesen war – aber die Dämonen hatten eine Möglichkeit zu überleben gefunden, bis zum heutigen Tag. In der wirbelnden Gischt von Gezeitenteichen, im Brausen überkippender, sich brechender Wellen. Verloren, doch nicht geschlagen. Fort, doch fest entschlossen zurückzukehren.

Auf der Suche nach der richtigen Mutter.

Dann waren die Hexen also noch da. Yan Tovis hatte geglaubt, dass der Hexenzirkel ausgelöscht worden war, dass er vollkommen vernichtet war – die Letherii wussten nur zu gut, dass Widerstand gegen Tyrannei in Glaubensschulen gefördert wurde, unterstützt von alten, verbitterten Priestern und Priesterinnen, von Alten, die sich närrischer junger Leute bedienten – sie wie eine Waffe benutzten und wegwarfen, wenn sie zerbrochen waren, und melodramatisch beweinten, wenn sie vernichtet waren. Priester und Priesterinnen, deren Version des Glaubens den Missbrauch ihrer eigenen Gefolgsleute rechtfertigte.

Durch die Entstehung einer Priesterschaft wurde – wie Yan Tovis jetzt verstand – der Frömmigkeit eine Hierarchie aufgezwungen, als wären die Regeln der Knechtschaft dehnbar; eine Hierarchie, in der solch ein von geheimnisvollem Wissen verschleiertes System dem Leben eines Priesters oder einer Priesterin größeren Wert und größere Bedeutung zubilligte als dem eines Angehörigen des unwissenden gemeinen Volkes.

In den Jahren, in denen sie bei den Letherii ausgebildet worden war, hatte Yan Tovis gesehen, wie die Ankunft von Schultermännern – von Hexern und Hexen – in Wirklichkeit eine Entartung der Triller war, eine Entartung des wahren Wissens um den Gott, der das Gestade war. Schliche und weltliches Streben sowie geheiligtes Wissen jenen vorzuenthalten, die niemals eingeweiht werden würden, – das war nicht der Wille des Gestades. *Nein, das war nur das, was die Hexer und Hexen wollten.*

Krallenbewehrte Hände und Füße haben sich tatsächlich als symbolhaft erwiesen.

Aber mit dem dämonischen Blut kam auch Macht. Und solange jedes Kind, das mit solch einer Macht geboren wurde und überleben durfte, in den Hexenzirkel aufgenommen wurde, so lange blieb diese Macht nur einigen wenigen vorbehalten.

Als die Letherii das Land der Triller erobert hatten, hatten sie ein Pogrom gegen den Hexenzirkel durchgeführt.

Und waren gescheitert.

Yan Tovis wünschte sich von ganzem Herzen, sie hätten Erfolg gehabt.

Die Triller als Volk waren dahin. Selbst die Soldaten ihrer Kompanie – von denen jeder einzelne im Laufe der Jahre aufgrund des ihm verbliebenen Trillerbluts in seinen Adern sorgsam ausgesucht worden war – waren in Wirklichkeit mehr Letherii als Triller. Sie hatte im Übrigen wenig getan, um ihr Erbe zu erwecken.

Immerhin habe ich sie ausgewählt, oder? Ich wollte ihre Loyalität – eine Loyalität, die über die hinausgeht, die ein letheriischer Soldat seiner Atri-Preda entgegenbringt.

Gestehe es dir ein, Zwielicht. Du bist jetzt eine Königin, und diese Soldaten – diese Triller – wissen es. Und das ist es, was du in den Tiefen deines eigenen Ehrgeizes gesucht hast. Und nun würde sie der Wahrheit dieses Ehrgeizes ins Gesicht blicken müssen, dem Aufwallen ihres adligen Blutes – um nach seiner angemessenen Überlegenheit zu suchen, seinem *Recht.*

Was hat meinen Halbbruder an das Gestade geführt? Kommt er als Triller oder als der letheriische Waffenmeister eines Dresh-Preda? Aber sie stellte fest, dass sie ihre eigene Frage keinen Glauben schenken konnte. Sie kannte die Antwort, die wie ein Messer in ihrer Seele bebte. *Das Gestade ist blind …*

Sie ritten weiter durch die Nacht.

Wir waren niemals wie die Nerek, die Tarthenal oder die anderen Völker. Wir konnten keine Armee gegen die Eindringlinge ins Feld führen. In unserem Glauben an das Gestade lag keine gewaltige Macht, denn es ist ein Glaube an das Veränderliche, an den Wandel. Ein Gott, der kein Gesicht hat – und gleichzeitig alle. Unser Tempel ist der Strand, an dem der ewige Krieg zwischen Land und See geführt wird, ein Tempel, der nur entsteht, um wieder zu zerfallen. Ein Tempel aus Geräuschen, aus Gerüchen, aus Geschmack und Tränen auf jeder Fingerspitze.

Unser Hexenzirkel hat Wunden geheilt, Krankheiten beseitigt und Säuglinge ermordet.

Die Tarthenal haben uns mit Entsetzen betrachtet. Die Nerek haben unsere Leute in den Wäldern gejagt. Für die Faered waren wir Kinderdiebe in der Nacht. Sie haben für uns Brotrinden auf Baumstümpfe gelegt, als wären wir nichts weiter als bösartige Krähen.

Und jetzt bin ich die Königin dieses Volkes, dieser Triller.

Und ein Mann, der ihr Ehemann werden würde, erwartete sie auf der Insel.

Hol mich der Abtrünnige, ich bin zu müde für all das.

Pferdehufe planschten durch Pfützen, wo die alte Straße sich abgesenkt hatte – sie näherten sich der Küste. Vor ihnen stieg das Land wieder an – das Zeugnis eines lange zurückliegenden Hochwassers, ein breiter Grat aus glattgeschliffenen Steinen und Kieseln, die in sandigen Lehm gebettet waren – in die Art von Lehm, die unter der Last der Zeit zu Schieferton wurde, von rastlosen Steinen übersät. In solchem Schieferton konnte man eingeschlossene Muscheln und Molluskenteile finden, ein Beweis für die vielen Siege der See.

Die Bäume standen hier viel lichter, waren gebeugt von dem Wind, den sie noch nicht auf ihrem Gesicht spüren konnte – eine Windstille, mit der sie um diese Jahreszeit nicht gerechnet hatte. Der Geruch der Küste hing schwer in der Luft, reglos und streng.

Sie ließen ihre Reittiere langsamer werden. Vom noch immer unsichtbaren Meer drang kein Geräusch zu ihnen, noch nicht einmal das Flüstern sanfter Wellen. Es war, als wäre die Welt auf der anderen Seite des Grats verschwunden wäre.

»Hier sind Spuren«, sagte einer ihrer Soldaten, als sie kurz vor dem Hang haltmachten. »Reiter, die am Damm entlanggeritten sind, sowohl nach Norden wie nach Süden.«

»Als ob sie jemanden gejagt hätten«, bemerkte ein anderer.

Yan Tovis hob eine behandschuhte Hand.

Pferde im Norden, im Galopp. Und sie kamen näher.

Plötzlich von beinahe abergläubischer Furcht gepackt, machte Yan Tovis eine Geste, und ihre Soldaten zogen die Schwerter. Sie griff nach ihrer eigenen Waffe.

Der erste Reiter kam in Sicht.

Ein Letherii.

Yan Tovis entspannte sich und atmete langsam aus. »Halt, Soldat!«

Der unerwartete Befehl überraschte die Gestalt ganz offensichtlich – genau wie die drei anderen, die ihr folgten. Hufe schlitterten über lockere Kieselsteine.

Sie waren gerüstet wie für eine Schlacht – Halsbergen aus Kettengewebe, deren geschwärzte Ringe glänzten, die Visiere heruntergeklappt. Der vorderste Reiter hielt eine langschäftige, einschneidige Axt in der rechten

Hand; die hinter ihm trugen Lanzen mit breiten, mit Widerhaken versehenen Spitzen, als wäre der Trupp auf Eberjagd gewesen.

Yan Tovis zog ihr Pferd herum und ließ es ein paar Schritte vortreten. »Ich bin Atri-Preda Yan Tovis«, sagte sie.

Der führende Reiter neigte leicht den behelmten Kopf. »Yedan Derryg«, sagte er mit leiser Stimme, »Waffenmeister von Fort Boaral.«

Sie zögerte kurz, ehe sie sagte: »Die Wacht.«

»Zwielicht«, antwortete er. »Selbst in dieser Düsternis kann ich sehen, dass du es bist.«

»Es fällt mir schwer, das zu glauben – du bist geflohen ...«

»Geflohen, meine Königin?«

»Vom Haus meiner Mutter, ja.«

»Dein Vater und ich, wir sind nicht sonderlich gut miteinander ausgekommen, Zwielicht. Du warst noch ein Kleinkind, als ich dich das letzte Mal gesehen habe. Aber das spielt keine Rolle. Ich sehe jetzt in deinem Gesicht das Gleiche, was ich damals gesehen habe. Ein Irrtum ist ausgeschlossen.«

Seufzend saß sie ab.

Nach einem kurzen Augenblick machten die anderen das Gleiche. Yedan winkte ihr mit einem leichten Kopfnicken, und er und Yan Tovis gingen ein paar Schritte weg. Stellten sich unter den größten Baum, der so nah am Grat zu finden war – eine tote Kiefer –, während es leicht zu regnen begann.

»Ich komme gerade aus der Festung«, sagte sie. »Dein Dresh hat versucht, aus der Gefangenschaft zu entkommen, und ist tot. Oder wird es bald sein. Ich habe kurz mit den Hexen gesprochen. Es werden Tiste Edur kommen, aus Rennis, aber wenn sie in der Festung eintreffen werden, wird die Untersuchung vorbei sein, und ich werde mich dafür entschuldigen müssen, ihre Zeit vergeudet zu haben.«

Yedan sagte nichts. Das vergitterte Visier verbarg seine Gesichtszüge vollständig, obwohl sein gekräuselter schwarzer Bart zu sehen war – es schien, als würde er langsam etwas kauen.

»Wacht«, nahm sie den Faden wieder auf, »du hast mich vor deinen Soldaten ›Königin‹ genannt.«

»Sie sind Triller.«

»Ich verstehe. Dann bist du hier … am Gestade …«

»Weil ich die Wacht bin, ja.«

»Der Titel ist bedeutungslos«, sagte sie deutlich barscher, als sie es eigentlich beabsichtigt hatte. »Es ist ein Ehrentitel, ein altes Überbleibsel …«

»Bis vor drei Nächten«, unterbrach er sie – *wie ein älterer Bruder, dieser verdammte Kerl* –, »habe ich das auch gedacht.«

»Warum bist du dann also hier? Nach wem suchst du?«

»Ich wünschte, ich könnte dir eine bessere Antwort geben als die, die ich dir geben kann. Ich weiß nicht genau, warum ich hier bin – ich weiß nur, dass ich hierher beordert wurde.«

»Von wem?«

Er schien noch ein bisschen heftiger zu kauen und sagte dann: »Vom Gestade.«

»Ich verstehe.«

»Was die Frage betrifft, nach wem – oder was – ich suche, kann ich dir leider keine Antwort geben. Fremde sind angekommen. Wir haben sie heute Nacht gehört, doch ganz egal, wohin wir geritten sind oder wie schnell wir gekommen sind – wir haben niemanden gefunden. Und auch keinerlei Hinweise – keine Spuren, nichts. Und dennoch … sind sie hier.«

»Dann sind es vielleicht Geister.«

»Vielleicht.«

Zwielicht drehte sich langsam um. »Von der See?«

»Es gibt auch keine Spuren am Strand. Seit wir hier angekommen sind, Schwester, steht die Luft still. Nicht der geringste Hauch. Tag und Nacht … ist das Gestade still.« Er legte den Kopf in den Nacken und sah nach oben. »Und jetzt, dieser Regen – das erste Mal.«

Gemurmel von den Soldaten ließ sie aufmerken. Sie starrten zum Grat hinüber, sechs reglose Schemen, deren lederne und metallische Rüstungsteile schimmerten.

Jenseits des Grats hob und senkte sich stoßweise etwas Glühendes.

»Das«, sagte Yedan und setzte sich in Bewegung.

Yan Tovis folgte ihm.

Sie kletterten über lockere Steine, kahle Äste und nackte Wurzeln, zogen sich auf die Erhebung. Die sechs Soldaten hinter ihnen standen jetzt auf dem Hang, und Yan Tovis begab sich an die Seite ihres Halbbruders, schob sich durch nachgiebiges Gestrüpp, bis sie beide oben auf der Küstenlinie ankamen.

Wo sie stehenblieben und hinaus aufs Meer starrten.

Schiffe.

Eine ganze Phalanx aus Schiffen, alle noch ein gutes Stück vom Ufer entfernt, in breiter Front von Norden nach Süden.

Und alle in Flammen.

»Beim Segen des Abtrünnigen«, flüsterte Yan Tovis.

Hunderte von Schiffen. Brennende Schiffe.

Flammen tanzten über ruhiges Wasser, Rauchsäulen stiegen auf, von unten beleuchtet, wie gewaltige, von Asche überzogene Kohlen im Bett des schwarzen Himmels.

»Das da«, sagte Yedan, »sind keine letheriischen Schiffe. Und auch keine der Edur.«

»Nein«, flüsterte Zwielicht, »das sind sie nicht.«

Fremde sind angekommen.

»Was bedeutet das?« In der Frage schwang nackte Furcht mit, und Yan Tovis drehte sich um und sah den Soldaten an, der gesprochen hatte. In seinem Gesicht spiegelte sich der Schimmer der fernen Flammen.

Sie blickte wieder zu den Schiffen hinüber. »Dromonen«, sagte sie. Ihr Herz hämmerte wild in ihrer Brust, eine Art fiebriger Aufregung erfasste sie – merkwürdig dunkel vor Bosheit und … *wilder Freude.*

»Was ist das für ein Name?«, fragte Yedan.

»Ich kenne sie – diese Art von Bug, diese Takelung. Von unserer Suche – ein ferner Kontinent. Ein Imperium. Wir haben hunderte – tausende – seiner Untertanen getötet. Wir sind mit seinen Flotten zusammengestoßen.« Sie schwieg ein Dutzend Atemzüge lang, wandte sich dann an einen ihrer Soldaten. »Reite zurück zur Festung. Sorge dafür, dass der Dresh tot ist. Die Kompanie soll unverzüglich aufbrechen – wir werden nördlich von Rennis auf der Küstenstraße zu euch stoßen. Oh, und bring die verdammten Hexen mit.«

»Was …«, begann Yedan.

Sie unterbrach ihren Halbbruder mit grausamer Freude. »Du bist die Wacht. Deine Königin braucht dich.« Sie starrte ihn an. »Du wirst mit uns reiten, Yedan. Du und deine Truppen.«

Die Kiefermuskeln unter dem Bart spannten sich an, dann: »Wohin?«

»Zur Insel.«

»Was ist mit den Letherii und ihren Herren? Wir sollten ihnen eine Warnung schicken.«

Den Blick auf die brennenden Schiffsrümpfe draußen auf dem Meer gerichtet, antwortete sie ihm mit einem fast schon wütenden Knurren. »Wir haben ihre Untertanen getötet. Und ganz offensichtlich wollen sie uns das nicht durchgehen lassen. Der Abtrünnige soll die Letherii und die Edur holen.« Sie wirbelte herum, machte sich zu ihrem Pferd auf. Die anderen eilten hinter ihr her. »Fremde, Yedan? Für mich nicht. Sie sind uns gefolgt.« Sie schwang sich auf ihr Pferd und lenkte es auf den nach Norden führenden Weg. »Wir haben eine Blutschuld zurückgelassen«, sagte sie und fletschte die Zähne. »Malazanisches Blut. *Und es scheint, als wären sie gekommen, um sie einzufordern.*«

Sie sind hier. An diesem Gestade.

Die Malazaner sind an unserem Gestade.